Une col[…] de poche

Terre et Fondation

DU MÊME AUTEUR

DANS LA MÊME COLLECTION

LA fin de l'éternité
Histoires mystérieuses 1
Histoires mystérieuses 2
Quand les ténèbres viendront
L'amour, vous connaissez ?
Les dieux eux-mêmes
Dangereuse Callisto
Noël sur Ganymède
Chrono-minets
Flûte, flûte et flûtes ?
La mère des mondes
Cher Jupiter
L'homme bicentenaire
Jusqu'à la quatrième génération
Au prix du papyrus
Les vents du changement

Cycle Fondation :
Fondation
Fondation et empire
Seconde Fondation
Fondation foudroyée

ISAAC ASIMOV

Terre et Fondation

roman traduit de l'américain
par Jean Bonnefoy

DENOËL

Titre original :

FOUNDATION AND EARTH
(Doubleday and Co, New York)

ISBN 0-385-23312-4

73-75, rue Pascal, 75013 Paris
ISBN : 2-207-30438-8
B 30438-6

A la mémoire de Judy-Lynn del Rey,
(1943-1986)
une géante par l'intellect et l'esprit.

Avant-propos

Petite histoire de la Fondation

Le 1er août 1941 — j'étais encore un galopin de vingt et un ans, étudiant la chimie à l'université de Columbia —, il y avait déjà trois ans que j'écrivais de la science-fiction de manière professionnelle. Ce jour-là, je me hâtais vers un rendez-vous avec John Campbell, le rédacteur en chef d'*Astounding,* à qui j'avais déjà vendu cinq textes. J'étais pressé de lui raconter la nouvelle idée que je venais d'avoir pour une histoire de science-fiction.

Elle consistait à rédiger un roman historique du futur ; à faire le récit de la chute de l'Empire galactique. Mon enthousiasme dut être communicatif car Campbell se passionna bientôt tout autant que moi. Il ne voulait pas que j'écrive une seule nouvelle. Il en voulait toute une série, au long desquelles serait brossé dans son intégralité l'historique des milliers d'années de trouble séparant la chute du Premier Empire galactique de l'instauration du Second. Tout cela à la lumière de la science de la « psychohistoire », dont Campbell et moi avions bientôt dégrossi les grandes lignes.

La première nouvelle devait paraître dans le numéro de mai 1942 d'*Astounding* et la seconde dans celui de juin. Elles eurent un succès immédiat et Campbell veilla à ce que j'en écrive encore six avant la fin de la décennie. Les nouvelles s'allongèrent également. La première ne faisait que soixante-dix mille signes. Deux des trois dernières dépassaient chacune les trois cent mille.

La décennie terminée, je m'étais lassé de la série, et l'avais abandonnée pour passer à d'autres choses. Dans l'intervalle, toutefois, diverses maisons d'édition avaient commencé à publier des livres de science-fiction en édition reliée. L'une d'entre elles était un petit éditeur semi-professionnel, Gnome

Press. Il publia en trois volumes mon cycle de la Fondation : *Fondation* (1951), *Fondation et Empire* (1952), et *Seconde Fondation* (1953)[1]. Les trois réunis devaient être bientôt connus comme la *Trilogie de la Fondation.*

Ils ne se vendirent pas très bien car Gnome Press ne disposait pas du capital suffisant pour en assurer la promotion commerciale. Et ces livres ne me rapportèrent ni articles de presse, ni droits d'auteur.

Au début de 1961, Timothy Seldes, mon directeur littéraire chez mon éditeur d'alors, Doubleday, reçut d'un éditeur étranger une demande pour ressortir la série de la Fondation. Puisque les droits n'étaient pas détenus par Doubleday, il me retransmit la requête. Je haussai les épaules. « Ça ne m'intéresse pas, Tim. Je n'ai jamais rien touché sur ces bouquins. »

Seldes fut horrifié et se mit instantanément à l'ouvrage pour récupérer les droits chez Gnome Press (qui était entre-temps devenu moribond) et, dès août de la même année, les bouquins (en même temps que *Les Robots*) devenaient la propriété de Doubleday.

Dès ce moment, la série de la Fondation décolla et se mit à rapporter des droits d'auteur croissants. Doubleday publia la trilogie en un seul volume qu'il diffusa par l'intermédiaire du Club du livre de Science-Fiction. Grâce à cela, la série connut une énorme renommée.

En 1966, lors de la Convention mondiale de Science-Fiction, qui se tenait à Cleveland, on demanda aux fans de voter dans une catégorie. « La meilleure série de tous les temps. » C'était la première fois (et jusqu'à présent, la dernière) qu'une telle catégorie était incluse dans la sélection pour le Hugo. La *Trilogie de la Fondation* remporta le prix, ce qui accrût encore la popularité de la série.

Avec de plus en plus d'insistance, les fans me demandaient sans cesse de poursuivre celle-ci. Je restai poli mais persistai dans mon refus. Malgré tout, cela me fascinait de voir que des gens qui n'étaient pas encore nés au début du cycle puissent se laisser prendre par celui-ci.

Doubleday, toutefois, prit les demandes bien plus au sérieux

1. Respectivement, n° 89, 92, 94 en Présence du Futur.

que je ne l'avais fait. Vingt ans durant, ils m'avaient passé mes caprices mais comme les demandes croissaient en nombre et en intensité, ils finirent par perdre patience. En 1981, on me somma tout bonnement d'écrire un nouveau roman de la Fondation et, histoire de me dorer la pilule, on me proposa un contrat d'un montant dix fois supérieur à mon avance habituelle.

Nerveux, j'acceptai. Cela faisait vingt-deux ans que je n'avais plus écrit de récit de la Fondation et voilà que j'avais instruction d'en pondre un de huit cent mille signes, soit le double de chacun des volumes précédents, ou près du triple de n'importe laquelle des *novellas* initiales. Je me relus donc la *Trilogie de la Fondation* et, après avoir respiré un bon coup, m'attelai à la tâche.

Le quatrième tome de la série, *Fondation foudroyée,* fut publié en octobre 1982 (aux Etats-Unis)[1], et c'est alors que se produisit une chose fort étrange. Il apparut aussitôt dans la liste des best-sellers du *New York Times.* Il devait y rester vingt-cinq semaines, je dois dire à mon plus total étonnement. Rien de semblable ne m'était jamais arrivé.

Doubleday me commanda sur-le-champ des romans supplémentaires, et j'en écrivis deux qui faisaient partie d'une autre série, *Les Romans des Robots*[2] — puis vint le moment de revenir à la Fondation.

Je rédigeai donc *Terre et Fondation,* qui commence à l'instant même où se terminait *Fondation foudroyée,* et c'est le livre que vous avez entre les mains. Vous aurez pu éventuellement parcourir à nouveau *Fondation foudroyée,* histoire de vous rafraîchir la mémoire, mais cela n'a rien d'obligatoire. *Terre et Fondation* peut tout à fait se lire indépendamment. Mon unique souhait est que ce livre vous plaise.

ISAAC ASIMOV
New York, 1986

1. Février 1983, en France (P.d.F. n° 357).
2. Publiés en France chez *J'ai Lu.*

PREMIÈRE PARTIE

GAÏA

*Chapitre 1er*

Que la quête commence

1.

« Pourquoi ai-je fait ça ? » demanda Golan Trevize.

Ce n'était pas une question nouvelle. Depuis son arrivée à Gaïa, il se l'était posée bien souvent. Il s'éveillait d'un sommeil tranquille dans l'agréable fraîcheur nocturne pour découvrir que la question lui résonnait sans bruit dans la tête, tel un imperceptible roulement de tambour : Pourquoi ai-je fait ça ? Mais pourquoi ai-je fait ça ?

A présent néanmoins, et pour la première fois, il pouvait se résoudre à la poser à Dom, l'Ancien de Gaïa.

Dom était parfaitement conscient de la tension de Trevize car il pouvait déceler la trame de l'esprit du Conseiller. Il n'y réagit pas toutefois. Gaïa ne devait sous aucun prétexte toucher l'esprit de Trevize et la meilleure manière de résister à la tentation était de s'efforcer, non sans mal, d'ignorer ce qu'il ressentait.

« Fait quoi, Trev ? » demanda-t-il. Il avait du mal à nommer un individu avec plus d'une syllabe et d'ailleurs peu lui importait. Trevize commençait à s'y faire.

« La décision que j'ai prise, expliqua ce dernier. De choisir Gaïa comme futur[1].

— Vous avez eu raison d'agir ainsi », répondit le vieillard, en levant ses yeux ridés, profondément enfoncés, pour considérer avec candeur l'homme de la Fondation, resté debout.

1. Pour ceux qui débarquent : voir *Fondation foudroyée*, P.d.F. n° 357. Ainsi, bien sûr, que *Fondation*, *Fondation et Empire*, *Seconde fondation*, P.d.F. n° 89, 92, 94. *(N.d.T.)*

« C'est vous qui le dites, que j'ai eu raison, observa Trevize non sans impatience.

— Je/nous/Gaïa le savons. C'est ce qui fait votre valeur à nos yeux. Vous avez la capacité de fonder les décisions correctes sur des données incomplètes et vous avez pris votre décision. Vous avez choisi Gaïa ! Vous avez rejeté l'anarchie d'un Empire galactique bâti sur la technologie de la Première Fondation, de même qu'un Empire galactique fondé sur le mentalisme de la Seconde Fondation. Vous avez estimé que ni l'un ni l'autre ne pourrait à long terme être stable. Et vous avez choisi Gaïa.

— Oui, dit Trevize. Exactement ! J'ai choisi Gaïa, un super-organisme ; une planète entière dotée d'un esprit et d'une personnalité propres, de sorte que, la citant, on est forcé d'inventer le pronom “ je/nous/Gaïa ” pour exprimer l'inexprimable. » Il faisait les cent pas, incapable de tenir en place. « Et Gaïa doit au bout du compte devenir Galaxia, un super-super-organisme embrassant l'essaim entier de la Voie lactée. »

Il s'arrêta, pivota vers Dom, presque agressif, et reprit : « Je pressens que j'ai raison, au même titre que vous, mais c'est vous qui désirez l'avènement de Galaxia, et qui vous satisfaites de ma décision. Il y a quelque chose en moi, toutefois, qui ne le désire pas, et pour cette raison, je ne me satisfais pas d'en accepter aussi facilement le bien-fondé. Je veux savoir *pourquoi* j'ai pris cette décision, je veux la peser, en juger le bien-fondé pour en être satisfait. La simple impression d'avoir choisi juste ne me suffit pas. Comment puis-je *savoir* que j'ai raison ? Quelle est la formule qui m'a permis d'opérer le bon choix ?

— Je/nous/Gaïa ignorons comment vous êtes parvenu à la décision juste. Est-ce tellement important, du moment que l'on est parvenu à la prendre ?

— Vous parlez pour toute la planète, n'est-ce pas ? Au nom de la conscience collective de chaque goutte de rosée, de chaque caillou, ou même de son noyau en fusion ?

— Si fait, et il en irait de même de toute portion de la planète dans laquelle l'intensité de la conscience collective s'avère suffisante.

— Et toute cette conscience collective se satisfait-elle de

m'utiliser comme une boîte noire ? Puisque la boîte noire fonctionne, quelle importance de savoir ce qu'il y a dedans ? Pas d'accord. Je n'ai aucun plaisir à jouer les boîtes noires. Moi, je veux savoir ce qu'il y a dedans. Je veux savoir comment et pourquoi j'ai choisi comme avenir Gaïa et Galaxia ; à ce prix seul je pourrai me reposer, être en paix.

— Mais pourquoi votre décision vous déplaît-elle à ce point ? Pourquoi refuser de s'y fier ? »

Trevize prit une profonde inspiration puis répondit, lentement, d'une voix grave et forcée : « Parce que je n'ai pas envie de faire partie d'un super-organisme. Je n'ai pas envie d'être un élément à jeter dont le super-organisme peut se débarrasser si jamais il juge la chose utile au bien commun. »

Dom considéra Trevize, l'air pensif. « Voulez-vous modifier votre décision, Trev, alors ? Vous le pouvez, vous savez.

— J'aimerais changer de décision mais je ne peux le faire pour la seule raison qu'elle me déplairait. Avant de faire quoi que ce soit, désormais, je dois *savoir* si ma décision est juste ou non. Une simple impression ne me suffit pas.

— Si vous avez l'impression d'avoir raison, vous avez raison. » Toujours cette voix lente et douce qui, d'une certaine manière, horripilait encore plus Trevize par son contraste avec son propre tourment intérieur.

Enfin Trevize répondit, dans un demi-soupir, sortant de l'oscillation insoluble entre impression et certitude : « Je dois retrouver la Terre.

— Parce qu'elle a un rapport avec votre besoin passionné de savoir ?

— Parce qu'elle représente un autre problème qui me trouble de manière insupportable et parce que j'ai *l'impression* qu'il existe un rapport entre les deux. Ne suis-je pas une boîte noire ? J'ai le net sentiment qu'il existe un rapport. Ça ne vous suffit pas pour admettre la chose comme un fait établi ?

— Peut-être », fit Dom, d'un ton serein.

« En admettant que cela fasse aujourd'hui des milliers d'années — vingt mille peut-être — que les habitants de la Galaxie ne se sont plus préoccupés de la Terre, comment se fait-il néanmoins que nous ayons tous oublié la planète de nos origines ?

— Vingt mille ans constituent une période plus longue que vous ne l'imaginez. Il y a bien des aspects des débuts de l'Empire sur lesquels nous savons peu de chose ; bien des légendes qui sont presque certainement fallacieuses mais que nous ne cessons de répéter, et même de croire, faute de leur avoir trouvé un quelconque substitut. Et la Terre est plus ancienne que l'Empire.

— Mais il existe sûrement des archives. Mon bon ami Pelorat recueille mythes et légendes de la Terre primitive ; tout ce qu'il peut collecter de toutes les sources possibles. C'est sa profession et, plus important encore, son dada. Ces mythes et ces légendes sont tout ce qui existe. On ne trouve jamais aucune archive, aucun document.

— Des documents vieux de vingt mille ans ? Les objets se détériorent, périssent, sont détruits par la guerre ou le manque de fiabilité.

— Il devrait pourtant subsister des enregistrements de ces enregistrements ; des copies, des copies des copies, et des copies des copies des copies ; des matériels utilisables plus récents que vingt millénaires. Mais non, ils ont été retirés. La Bibliothèque impériale de Trantor a dû détenir des documents concernant la Terre. Ces sources sont citées dans les archives historiques connues, mais les documents eux-mêmes n'existent plus dans la Bibliothèque impériale. Les références sont peut-être là, mais on n'en possède aucune citation.

— N'oubliez pas le sac de Trantor, lors du grand Pillage, il y a quelques siècles.

— La Bibliothèque est demeurée intacte. Elle était protégée par le personnel de la Seconde Fondation. Et c'est ce même personnel qui a récemment découvert la disparition des références à la Terre. Elles ont été délibérément supprimées à une période récente. Pourquoi ? » Trevize cessa de faire les cent pas pour fixer Dom. « Si je découvre la Terre, je découvrirai ce qu'elle peut cacher...

— Cacher ?

— Ou pourquoi on la cache. Une fois que je l'aurai trouvé, j'ai le sentiment que je pourrai savoir pourquoi j'ai choisi Gaïa et Galaxia de préférence à notre individualité. Alors, je présume, j'aurai la certitude raisonnée, et pas seulement l'impression, d'avoir eu raison... et si j'ai eu raison » — il haussa les épaules, désespéré — « eh bien, à Dieu vat.

— Si vous avez le sentiment qu'il en est ainsi, reprit Dom, et si vous sentez qu'il vous faut partir en quête de la Terre, alors, bien entendu, nous vous aiderons de notre mieux dans cette tâche. Cette aide, toutefois, est limitée. Par exemple, je/nous/Gaïa ignorons où peut se trouver la Terre dans le désert immense des mondes qui composent la Galaxie.

— Même ainsi, dit Trevize, je dois chercher... Même si l'infini poudroiement d'étoiles de la Galaxie semble rendre vaine ma quête, et même si je dois l'entreprendre seul. »

2.

Les preuves de la domestication de Gaïa entouraient Trevize de toutes parts. La température, comme toujours, était confortable, et la brise soufflait agréablement, rafraîchissante sans être froide. Des nuages dérivaient dans le ciel, interrompant parfois les rayons du soleil et, si d'aventure le degré hygrométrique venait à chuter ici ou là, nul doute qu'il y aurait assez de pluie pour le restaurer.

Les arbres croissaient à intervalles réguliers, comme dans un verger, et il en allait évidemment ainsi dans le monde entier. Les règnes animal et végétal peuplaient terre et mer en nombre suffisant, tant en quantité qu'en variété, pour fournir un équilibre écologique convenable et toutes ces populations, assurément, s'accroissaient et décroissaient en lentes oscillations autour de l'optimum reconnu. Et il en était de même pour la population humaine.

De tous les objets présents dans son champ visuel, le seul élément aberrant était son vaisseau, le *Far Star*.

L'astronef avait été nettoyé et remis à neuf avec efficacité et à-propos grâce à l'aide d'une quantité de composants humains de Gaïa. Il avait été réapprovisionné en boisson et nourriture, son mobilier avait été rénové ou remplacé, ses pièces mécaniques révisées, Trevize avait personnellement vérifié avec soin le fonctionnement de l'ordinateur de bord.

L'astronef n'avait pas non plus besoin d'être réapprovisionné en carburant car il était l'un des rares vaisseaux gravitiques de la Fondation, tirant son énergie du champ de gravité général de la Galaxie, qui aurait suffi à alimenter toutes les flottes possibles de l'humanité dans les siècles des siècles de leur existence probable sans la moindre diminution d'intensité notable.

Trois mois plus tôt, Trevize avait été conseiller de Terminus. Il avait, en d'autres termes, été membre de la législature de la Fondation et, *ex officio,* un haut dignitaire de la Galaxie. Etait-ce seulement trois mois ? Il lui semblait que la moitié de ses trente-deux ans d'âge s'étaient écoulés depuis l'époque où il était en poste et que sa seule préoccupation était de savoir si le grand plan Seldon avait été valide ou non , si la croissance régulière de la Fondation, du village planétaire à la grandeur galactique, avait été ou non correctement prévue à l'avance.

Pourtant, par certains côtés, il n'y avait aucun changement. Il était encore et toujours conseiller. Son statut et ses privilèges demeuraient inchangés, sauf qu'il ne comptait plus retourner à Terminus revendiquer ce statut et ces privilèges. Il ne s'intégrerait pas mieux dans l'immense chaos de la Fondation que dans le petit monde bien ordonné de Gaïa. Il n'était chez lui nulle part, orphelin partout.

Sa mâchoire se crispa et il se passa furieusement les doigts dans sa chevelure brune. Avant de gâcher ainsi son temps à se lamenter sur son sort, il devait retrouver la Terre. S'il survivait à la quête, il aurait tout le loisir de s'asseoir et de pleurnicher. Et peut-être même alors de meilleures raisons pour le faire.

Puis, avec flegme et détermination, il se remémora...

Trois mois auparavant, accompagné de Janov Pelorat, ce lettré aussi capable que naïf, il avait quitté Terminus. Pelorat avait été mû par son enthousiasme d'antiquaire à dénicher le site d'une Terre depuis longtemps perdue, et Trevize lui avait emboîté le pas, utilisant le but de Pelorat comme couverture pour ce qu'il estimait être son véritable objectif. S'ils n'avaient pas découvert la Terre, ils avaient découvert Gaïa, et Trevize s'était retrouvé forcé de prendre sa fatidique décision.

Et à présent c'était lui, Trevize, qui avait fait volte-face — tourné casaque — pour se mettre en quête de la Terre.

Quant à Pelorat, il avait lui aussi rencontré quelque chose d'inattendu : il avait rencontré Joie, la jeune femme aux cheveux bruns, aux yeux noirs, qui était Gaïa, au même titre que l'était Dom — et le plus infime grain de sable ou brin d'herbe. Avec cette ardeur particulière à la fin de l'âge mûr, Pelorat était tombé amoureux d'une femme même pas de moitié plus jeune que lui et la jeune femme, assez bizarrement, semblait s'en satisfaire.

Cela paraissait bizarre — mais Pelorat était certainement heureux et Trevize se dit, avec résignation, que chaque homme ou femme devait trouver son bonheur à sa manière. C'était l'avantage de l'individualité — cette individualité que Trevize, de par son choix, allait abolir (le temps venu) dans toute la Galaxie.

La souffrance revint. Cette décision qu'il avait prise, qu'il devait prendre, continuait de le tourmenter à chaque instant et...

« Golan ! »

La voix vint le troubler dans ses pensées et il leva la tête vers le soleil, clignant les yeux.

« Ah ! Janov », dit-il chaleureusement — d'autant plus qu'il n'avait pas envie que Pelorat devinât l'amertume de ses pensées. Il parvint même à lancer un jovial : « Je vois que vous avez réussi à vous arracher à l'étreinte de Joie... »

Pelorat hocha la tête. La douce brise ébouriffait ses cheveux blancs soyeux et son long visage solennel ne s'était en rien départi de sa longueur et de sa solennité. « A vrai dire, mon bon, c'est elle qui m'a suggéré de venir vous voir pour... pour ce que j'ai à vous exposer. Non que je n'aurais pas moi-même désiré vous voir, bien entendu, mais j'ai l'impression qu'elle pense plus vite que moi. »

Trevize sourit. « Ça va bien, Janov. Vous êtes venu me dire adieu, je suppose.

— Eh bien, non, pas exactement. En fait, ce serait plutôt l'inverse. Golan, quand nous avons quitté Terminus, vous et moi, j'avais la ferme intention de trouver la Terre. J'ai passé virtuellement toute ma vie d'adulte à cette tâche.

— Et je m'en vais la poursuivre, Janov. La mission m'incombe, désormais.

— Oui, mais c'est également la mienne ; encore la mienne.

— Mais... » Trevize leva un bras dans un vague mouvement incluant l'ensemble du monde qui les entourait.

Pelorat dit, dans un halètement soudain : « Je veux venir avec vous. »

Trevize se sentit abasourdi. « Vous ne parlez pas sérieusement, Janov. Vous avez Gaïa à présent.

— Je reviendrai bien un jour à Gaïa mais je ne peux pas vous laisser partir seul.

— Certes si. Je suis capable de me débrouiller tout seul.

— Soit dit sans vouloir vous vexer, Golan, mais vous n'en savez pas encore assez. C'est moi qui connais les mythes et légendes. Je peux vous guider.

— Et vous laisseriez Joie ? Allons donc. »

Une légère rougeur colora les joues de Pelorat. « Ce n'est pas exactement ce que je désire faire, vieux compagnon, mais elle a dit... »

Trevize fronça les sourcils. « C'est qu'elle essaie de se débarrasser de *vous,* Janov. Elle m'avait promis...

— Non, vous ne saisissez pas. Je vous en prie, écoutez-moi, Golan. C'est bien vous, cette manière explosive de sauter à des conclusions avant d'avoir tout entendu. C'est votre spécialité, je sais, et moi-même, je vous donne l'impression d'avoir certaines difficultés à m'exprimer avec concision mais...

— Eh bien, dit Trevize, avec douceur, admettons que vous me racontiez ce que Joie a derrière la tête, de façon précise et de la manière qui vous conviendra le mieux, et je vous promets d'être tout à fait patient.

— Merci, et puisque vous allez être patient, je pense que je vais pouvoir être direct. Voyez-vous, Joie veut venir elle aussi.

— *Joie* veut venir ? dit Trevize. Alors là, non, j'explose à nouveau... Bon, je ne vais pas exploser. Dites-moi, Janov, pourquoi diantre Joie voudrait-elle nous accompagner ? Je pose la question avec calme.

— Elle ne l'a pas dit. Elle a dit qu'elle voulait vous parler.

— Alors, pourquoi n'est-elle pas ici, hein ?

— Je crois — je dis : *je crois* — qu'elle aurait tendance à juger que vous ne la portez pas dans votre cœur, Golan, et elle hésite quelque peu à vous approcher. J'ai fait de mon mieux, mon bon, pour lui assurer que vous n'aviez rien contre elle. Je ne puis croire que quiconque ne puisse avoir d'elle la plus haute opinion. Toutefois, elle désirait me voir aborder le sujet avec vous, pour ainsi dire... Puis-je lui annoncer que vous la verrez volontiers, Golan ?

— Bien entendu, je vais la voir tout de suite.

— Et vous serez raisonnable ? Voyez-vous, mon ami, elle avait passablement insisté. Disant que l'affaire était vitale et qu'elle devait absolument vous accompagner.

— Elle ne vous a pas dit pourquoi, non ?

— Non, mais si elle croit devoir partir, *Gaïa* doit le penser.

— Ce qui veut dire que je n'ai pas le droit de refuser. C'est bien cela, Janov ?

— Oui, je crois que vous n'en avez pas le droit, Golan. »

3.

Pour la première fois de son bref séjour sur Gaïa, Trevize pénétrait dans la demeure de Joie — qui à présent abritait également Pelorat.

Trevize jeta un bref coup d'œil circulaire. Sur Gaïa, les maisons tendaient à être simples. Avec cette absence pratiquement totale de précipitations violentes, avec une température douce en toute période à cette latitude, et jusqu'aux plaques tectoniques qui ne glissaient qu'en douceur quand elles avaient à glisser, il était inutile d'édifier des maisons conçues pour assurer une protection compliquée ou maintenir un environnement confortable dans un environnement extérieur inconfortable. La planète entière était une demeure, au sens propre, conçue pour abriter ses habitants.

La maison de Joie dans cette maison planétaire était de taille modeste, les rideaux remplaçaient les vitres aux fenêtres, le mobilier était rare et d'un fonctionnalisme plein de grâce. Il y avait aux murs des images holographiques ; dont l'une de Pelorat, l'air quelque peu timide et surpris. Trevize pinça les lèvres mais essaya de dissimuler son amusement en faisant mine de rajuster méticuleusement sa ceinture.

Joie l'observait. Elle n'arborait pas son sourire habituel.

Elle semblait au contraire plutôt sérieuse, avec ses beaux yeux sombres agrandis, ses cheveux qui lui cascadaient sur les épaules en douces vagues noires. Seules ses lèvres pleines, peintes d'une touche de rouge, donnaient un soupçon de couleur à ses traits.

« Merci d'être venu me voir, Trev.

— Janov s'est montré fort pressant dans sa requête, Joidilachicarella. »

Joie eut un bref sourire. « Touché. Mais si vous voulez bien m'appeler Joie, un monosyllabe décent, je ferai l'effort de prononcer intégralement votre nom, Trevize. » Elle trébucha, de manière presque imperceptible, sur la seconde syllabe.

Trevize éleva la main droite. « Ce serait un excellent arrangement. J'admets volontiers l'habitude gaïenne d'employer des fragments de noms d'une syllabe lors des échanges habituels de pensée, ainsi, s'il vous arrivait de m'appeler Trev de temps à autre, je n'y verrais aucun mal. Toutefois, je me sentirai plus à l'aise si vous essayez de dire Trevize aussi souvent qu'il vous sera possible — et de mon côté, je vous appellerai Joie. »

Trevize l'étudia, comme il le faisait toujours lorsqu'il la rencontrait. En tant qu'individu, c'était une jeune femme entre vingt et vingt-cinq ans. En tant que partie de Gaïa, toutefois, son âge se comptait en millénaires. Cela ne faisait aucune différence dans son aspect physique, mais cela en faisait une dans sa manière de parler, parfois, et dans le climat qui fatalement l'entourait. Voulait-il qu'il en soit ainsi pour tout être vivant ? Non ! Sûrement non, et pourtant...

Joie reprit : « Je vais en venir au fait. Vous avez souligné votre désir de retrouver la Terre...

— Jai parlé à Dom », coupa Trevize, bien décidé à ne pas céder à Gaïa sans systématiquement faire valoir son point de vue personnel.

« Oui, mais en parlant à Dom, vous avez parlé à Gaïa et à chacun de ses éléments, de sorte que vous m'avez parlé à moi, par exemple.

— M'avez-vous entendu pendant que je parlais ?

— Non, car je n'écoutais pas, mais que, par la suite, j'y prête attention et je pouvais me souvenir de ce que vous aviez dit. Je vous en prie, acceptez la chose telle qu'elle est et poursuivons... Vous avez souligné votre désir de retrouver la Terre et insisté sur son importance. Je ne discerne pas bien cette importance mais vous avez le chic pour avoir raison de sorte que je / nous / Gaïa devons accepter ce que vous dites. Si la mission est cruciale pour votre décision concernant Gaïa, elle est d'une importance cruciale pour Gaïa et donc Gaïa doit vous accompagner, ne serait-ce que pour vous protéger.

— Quand vous dites que Gaïa doit m'accompagner, vous voulez dire que *vous* devez m'accompagner. Est-ce correct ?

— Je suis Gaïa, répondit Joie, simplement.

— Mais il en est de même de tout ce qui est sur ou dans cette planète. Dans ce cas, pourquoi vous ? Et pas quelque autre portion de Gaïa.

— Parce que Pel désire aller avec vous et que s'il va avec vous, il ne pourra être heureux avec nulle autre portion de Gaïa que moi-même. »

Pelorat qui était jusque-là resté plutôt discret, installé sur une chaise dans un autre coin (et, nota Trevize, le dos tourné à sa propre image), Pelorat dit doucement : « C'est vrai, Golan, Joie est ma portion à moi de Gaïa. »

Joie sourit brusquement. « Cela paraît assez excitant d'être considérée de la sorte. C'est très exotique, évidemment...

— Eh bien, voyons voir. » Trevize croisa les mains derrière la tête et voulut se balancer sur sa chaise. Son craquement lui fit aussitôt juger que le siège n'était pas assez robuste pour se prêter à un tel jeu et il s'empressa de la faire redescendre sur ses quatre pieds grêles. « Ferez-vous toujours partie de Gaïa si vous la quittez ?

— Ce n'est pas obligatoire. Je peux m'isoler, par exemple, s'il me semble que je suis en danger d'être sérieusement blessée, de sorte que le dommage ne se répandra pas nécessairement sur Gaïa, ou si jamais se présente quelque autre raison pressante. Ceci, toutefois, n'est valable qu'en cas d'urgence. Dans le cas général, je continuerai de faire partie intégrante de Gaïa.

— Même si nous sautons en hyperespace ?

— Même dans ce cas, bien que cela complique un peu la situation.

— En un sens, je ne trouve pas la chose spécialement réconfortante.

— Pourquoi pas ? »

Trevize fronça le nez, réaction métaphorique habituelle à tout ce qui sent mauvais. « Ça veut dire que tout ce qui sera dit et fait sur mon vaisseau, que vous pourrez entendre et voir, sera entendu et vu de Gaïa tout entière.

— Je suis Gaïa, aussi ce que je vois, entends et perçois, Gaïa l'entendra, le verra et le percevra.

— Exactement. Même ce mur verra, entendra, percevra. »

Joie regarda le mur qu'il désignait et haussa les épaules. « Oui, ce mur aussi. Il n'a qu'une conscience infinitésimale de sorte que sa perception et sa compréhension ne sont qu'infinitésimales mais je présume qu'en ce moment même se produisent certaines modifications sub-atomiques en réaction à ce que nous sommes en train de dire, par exemple, qui lui permettent de s'intégrer à Gaïa avec plus de résolution encore pour l'accomplissement du bien général.

— Mais si je désire de l'intimité ? Il se peut que je ne désire pas voir le mur être conscient de ce que je dis ou fais. »

Joie parut exaspérée et Pelorat intervint soudain. « Vous savez, Golan, je ne voudrais pas m'immiscer puisqu'il est évident que je ne sais pas grand-chose de Gaïa. Toutefois, j'ai été avec Joie et je crois avoir saisi à peu près de quoi il retourne… Si vous marchez au milieu d'une foule à Terminus, vous voyez et vous entendez une grande quantité de choses et il se peut que vous gardiez le souvenir de certaines d'entre elles. Il se peut même que vous soyez en mesure de vous en rappeler l'ensemble, une fois soumis à la stimulation cérébrale adéquate, mais dans le cas général, vous n'y prêtez pas la moindre attention. Vous laissez couler. Même si vous êtes témoin de quelque scène touchante entre deux étrangers, et même si vous y prêtez une certaine attention, ça ne vous concerne pas directement — vous laissez couler — vous oubliez. Il doit en être de même sur Gaïa. Même si Gaïa tout entière connaît intimement vos affaires, cela ne signifie pas obligatoirement que Gaïa s'y intéresse… N'en est-il pas ainsi, Joie chérie ?

— Je n'avais jamais envisagé la chose sous ce jour, Pel, mais il y a du vrai dans ce que vous dites. Toutefois, cette intimité dont parle Trev — Trevize, je veux dire — nous n'y accordons aucune valeur. En fait, je / nous / Gaïa la trouvons incompréhensible. Vouloir ne pas prendre part... que votre voix demeure non entendue... vos actes sans témoins... vos pensées non perçues... » Joie secoua vigoureusement la tête. « J'ai dit que nous pouvions nous isoler en cas d'urgence mais qui voudrait donc vivre ainsi, ne serait-ce qu'une heure ?

— Moi, dit Trevize. C'est pour cela que je dois trouver la Terre — pour découvrir la raison suprême, s'il en est une, qui m'a poussé à choisir pour l'humanité ce destin funeste.

— Ce n'est pas un destin funeste mais n'en discutons plus. Je vais vous accompagner, non pas en tant qu'espionne mais à titre d'amie et pour vous aider... Gaïa va vous accompagner, non pas en tant qu'espionne mais à titre d'amie et pour vous aider.

— Gaïa m'aiderait plus en me guidant vers la Terre », répondit sombrement Trevize.

Joie hocha la tête avec lenteur. « Gaïa ignore la position de la Terre. Dom vous l'a déjà dit.

— Je n'arrive pas vraiment à y croire. Après tout, vous devez bien avoir des archives. Pourquoi n'ai-je donc jamais été en mesure de les voir durant mon séjour ici ? Même si Gaïa ignore honnêtement l'exacte localisation de la Terre, ces archives pourraient toutefois me procurer certaines informations. Je connais la Galaxie dans les plus extrêmes détails, sans aucun doute bien mieux que ne la connaît Gaïa. Je pourrais être capable de comprendre et de suivre dans vos archives des indices que Gaïa peut-être ne saisit pas parfaitement.

— Mais quelles sont ces archives dont vous parlez, Trev ?

— N'importe lesquelles. Livres, films, enregistrements, hologrammes, objets manufacturés, tout ce que vous pouvez avoir. Depuis le temps que je suis ici, je n'ai pas vu un seul élément que je puisse considérer comme pièce d'archives... Et vous, Janov ?

— Moi non plus, reconnut Pelorat, hésitant, mais je n'ai pas vraiment cherché.

— Moi, si, à ma manière tranquille, rétorqua Trevize, et je n'ai rien vu. Rien ! Je ne peux que supposer qu'on me les dissimule. Pourquoi ? C'est la question que je me pose. Voudriez-vous me le dire ? »

Le jeune front sans rides de Joie se plissa sous le coup de la perplexité. « Pourquoi ne pas l'avoir demandé avant ? Je / nous / Gaïa ne dissimulons rien, et nous ne mentons pas. Un Isolat — un individu isolé — est susceptible de dire des mensonges. Il est limité, et il est craintif à cause même de cette limite. Gaïa, en revanche, est un organisme planétaire aux vastes capacités mentales et dénué de toute crainte. Car pour Gaïa, dire des mensonges, créer des descriptions qui soient en désaccord avec la réalité, n'est absolument pas nécessaire. »

Reniflement de Trevize. « Alors, pourquoi m'avoir soigneusement empêché de consulter les moindres archives ? Fournissez-moi une raison qui se tienne.

— Bien sûr. » Elle étendit les deux mains, paumes en l'air, devant elle. « Nous n'avons pas la moindre archive. »

4.

Pelorat se remit le premier, il semblait le moins surpris des deux.

« Ma chère enfant, dit-il avec douceur, ceci est tout à fait impossible. Vous ne pouvez pas avoir une civilisation raisonnable sans archives d'une sorte ou d'une autre. »

Joie haussa les sourcils. « Je comprends cela. Je veux simplement dire que nous ne possédons pas d'archives du type qu'évoque Trev — pardon, Trevize — ou qu'il aurait été susceptible de trouver. Je / nous / Gaïa ne possédons aucun écrit, aucun imprimé, nul film, nulle banque de données informatique, rien. Nous n'avons pas non plus de gravures dans la pierre, d'ailleurs. C'est tout ce que je voulais dire. Et tout naturellement, puisque nous n'avons rien de tout cela, Trevize n'en a rien trouvé.

— Qu'avez-vous donc, alors, s'enquit ce dernier, si vous ne possédez pas d'archives que je pourrais reconnaître comme telles ? »

Et Joie de répondre, énonçant avec soin, comme si elle

s'adressait à un enfant : « Je/nous/Gaïa avons une mémoire. Je *me souviens*.

— De quoi ? demanda Trevize.

— De tout.

— Vous vous souvenez de toutes les données de référence ?

— Certainement.

— En remontant jusqu'où ? A combien d'années dans le passé ?

— Un nombre d'années indéterminé.

— Vous pourriez me fournir des données historiques, biographiques, géographiques, scientifiques ? Jusqu'aux cancans, aux potins ?

— Tout.

— Tout ça dans cette petite tête », et Trevize, sardonique, tapota la tempe droite de Joie.

« Non, dit-elle. La mémoire de Gaïa ne se limite pas au contenu de mon crâne en particulier. Voyez-vous », et pour le moment, elle était devenue sérieuse et même un peu crispée, cessant d'être uniquement Joie pour incarner un amalgame d'autres unités, « il doit y avoir une époque, avant le début de l'histoire, où les êtres humains étaient tellement primitifs qu'ils avaient beau être capables de se souvenir des événements, ils ne savaient pas parler. La parole a été inventée dans ce but : servir à exprimer cette mémoire et la transférer d'une personne à l'autre.

« On a finalement inventé l'écriture pour permettre l'enregistrement de cette mémoire et son transfert à travers le temps, de génération en génération. Toute l'avance technologique depuis lors a servi à accroître la capacité de transfert et de stockage de ces souvenirs et faciliter le rappel des données désirées. Cependant une fois les individus devenus un seul être pour former Gaïa, tout cela s'est trouvé frappé de caducité. Nous pouvons nous référer à la mémoire, le système fondamental de conservation des archives sur lequel tout le reste a été édifié. Vous voyez ?

— Etes-vous en train de dire que la somme de tous les cerveaux de Gaïa est capable de se souvenir de bien plus de données qu'un cerveau unique ?

— Bien entendu.

— Mais si Gaïa détient toutes ces archives réparties sur toute la mémoire planétaire, quel bien cela peut-il faire pour une portion individuelle de Gaïa ?

— Tout le bien que vous pouvez souhaiter. Quoi que je puisse désirer savoir, cela se trouve quelque part dans un esprit individuel, peut-être réparti dans un grand nombre d'entre eux. Si c'est une donnée rigoureusement fondamentale, comme par exemple le sens du mot « chaise », elle se trouve dans tous les esprits. Mais même s'il s'agit d'une chose complexe qui ne réside que dans une infime portion de l'esprit de Gaïa, je peux la rappeler si j'en ai besoin, bien qu'une telle procédure puisse exiger un petit peu plus de temps que lorsque la donnée est plus largement répandue... Tenez, Trevize, si vous voulez savoir une chose qui n'est pas dans votre esprit, vous consultez le vidéolivre approprié, ou bien recourez à une banque de données. Moi, je scrute la totalité de l'esprit de Gaïa.

— Comment empêchez-vous toute cette information de se déverser dans votre esprit et de vous faire éclater le crâne ?

— Donneriez-vous dans le sarcasme, Trevize ?

— Allons, Golan, intervint Pelorat. Ne soyez pas désagréable. »

Le regard de Trevize passa de l'un à l'autre et, avec un effort visible, le jeune homme laissa ses traits se décrisper. « Je suis désolé. Je suis terrassé par une responsabilité que je n'ai pas cherchée et ne sais comment m'en débarrasser. Cela peut me faire paraître désagréable quand je n'en ai nulle intention. Joie, je veux réellement savoir. Comment puisez-vous dans le contenu du cerveau des autres sans stocker alors l'information dans votre cerveau à vous, au risque d'en saturer rapidement la capacité ?

— Je n'en sais rien, Trevize ; pas plus que vous ne connaissez en détail les mécanismes de votre cerveau isolé. Je présume que vous connaissez la distance de votre soleil à une étoile voisine mais vous n'en êtes pas toujours conscient. Vous l'avez mémorisée quelque part et pouvez retrouver le chiffre à tout moment si besoin est. Sinon, vous pouvez, avec le temps, l'oublier, mais vous serez toujours en mesure de le retrouver dans quelque banque de données. Si vous imaginez le cerveau de Gaïa comme une vaste banque de données, je peux y faire appel mais sans pour autant devoir me rappeler consciemment tel ou tel élément dont j'aurai pu avoir besoin. Une fois que j'ai utilisé une donnée, un souvenir, je peux le laisser s'effacer de ma mémoire. En l'occurrence, je peux même délibérément le remettre, pour ainsi dire, à l'endroit où je l'ai pris.

— Combien y a-t-il de gens sur Gaïa, Joie ? Combien d'êtres humains ?

— Un milliard environ. Voulez-vous le chiffre exact à cet instant ? »

Trevize eut un sourire piteux. « J'entends bien que vous pouvez retrouver le chiffre exact si vous le désirez mais l'approximation me suffira.

— A vrai dire, compléta Joie, la population est stable et oscille autour d'un chiffre précis légèrement supérieur au milliard. Je puis vous indiquer de combien ce chiffre excède ou non cette moyenne en étendant ma conscience et en, disons, tâtant les limites. Je suis incapable de mieux expliquer ça à quelqu'un qui n'a jamais partagé cette expérience.

— Il me semblerait, malgré tout, qu'un milliard d'esprits humains — parmi eux, ceux des enfants — ne suffise certainement pas à contenir toute la mémoire, toutes les données exigées par une société complexe.

— Mais les êtres humains ne sont pas les seuls êtres vivants de Gaïa, Trev.

— Voulez-vous dire que les animaux se souviennent également ?

— Les cerveaux non-humains ne peuvent stocker de la mémoire avec la même densité que des cerveaux humains, et une bonne partie de la place dans tous ces cerveaux, humains ou non, doit être réservée à des souvenirs personnels guère utiles, sauf pour le composant particulier de la conscience planétaire qui les abrite. Néanmoins, des quantités significatives de données de haut niveau peuvent être, et sont stockées dans des cerveaux animaux, ainsi que dans les tissus végétaux et dans la structure minérale de la planète.

— Dans la structure minérale ? Vous voulez dire dans la roche des chaînes de montagne ?

— Et, pour certains types de données, dans l'océan et l'atmosphère. Tout cela compose Gaïa, également.

— Mais que peuvent contenir des systèmes non vivants ?

— Quantité de choses. L'intensité est faible mais le volume si grand qu'une large majorité de la mémoire totale de Gaïa se trouve dans sa roche. Cela prend un petit peu plus de temps pour puiser et recharger les données dans la mémoire du roc, de sorte qu'elle constitue le site privilégié du stockage, pour ainsi dire, des souvenirs morts, des éléments dont, dans le cours normal des événements, on a rarement besoin de disposer.

— Que se passe-t-il lorsque meurt une personne dont le cerveau contient des données de valeur considérable ?

— Les données ne sont pas perdues. Elles s'échappent lentement à mesure que le cerveau se désorganise après la mort mais il y a largement le temps de les répartir sur d'autres parties de Gaïa. Et à mesure qu'avec les bébés apparaissent de nouveaux cerveaux qui s'organisent de plus en plus avec la croissance, non seulement ceux-ci développent leurs pensées et souvenirs personnels, mais ils reçoivent, par d'autres sources, des connaissances appropriées. Ce que vous pourriez appeler l'éducation est un processus intégralement automatique chez moi / nous / Gaïa.

— Franchement, Golan, intervint Pelorat, il me semble que cette notion de monde vivant possède quantité d'avantages. »

Trevize adressa un bref regard entendu à son compagnon Fondateur. « J'en suis sûr, Janov, mais cela ne m'impressionne pas. La planète, si vaste et diverse soit-elle, ne représente qu'un cerveau. Un seul ! Chaque cerveau qui naît se fond dans le tout. Qu'en est-il de l'éventualité d'une opposition, d'un désaccord ? Quand vous songez à l'histoire humaine, quand vous songez à tel ou tel être humain dont la vie minoritaire pourra être condamnée par la société mais finira par vaincre et changer le monde... Quel chance y a-t-il sur Gaïa de voir surgir les grands rebelles de l'histoire ?

— Il existe des conflits internes, intervint Joie. Tous les aspects de Gaïa n'acceptent pas nécessairement le point de vue commun.

— Cela doit être limité, observa Trevize. Vous ne pouvez pas avoir beaucoup de remous au sein d'un organisme unique ou bien il ne fonctionnerait plus convenablement. Même si le progrès et le développement n'étaient pas totalement stoppés, ils en seraient certainement ralentis. Pouvons-nous prendre le risque d'infliger ce sort à toute la Galaxie ? A toute l'humanité ?

— Mettez-vous à présent en doute votre propre décision ? rétorqua Joie sans émotion apparente. Etes-vous en train de changer d'avis et de dire que Gaïa constitue pour l'humanité un futur indésirable ? »

Trevize pinça les lèvres, hésitant. Puis, avec lenteur, répondit : « J'aimerais bien mais... pas encore. J'ai pris ma décision sur certaines bases — des bases inconscientes — et tant que je n'aurai pas trouvé ce qu'elles sont, je ne pourrai sincèrement décider si je dois maintenir ou changer ma décision. Retournons-en par conséquent à la question de la Terre.

— Où vous avez l'impression que vous apprendrez la nature des bases sur lesquelles vous avez fondé votre décision ? Est-ce bien cela, Trevize ?

— C'est le sentiment que j'éprouve... A présent, Dom me dit que Gaïa ignore la position de la Terre. Et vous êtes de son avis, je suppose.

— Bien entendu, que je suis de son avis. Je ne suis pas moins Gaïa que lui.

— Et me dissimulez-vous des informations ? Consciemment, je veux dire ?

— Bien sûr que non. Même s'il était possible à Gaïa de mentir, vous, elle ne vous mentirait pas. Nous nous reposons par-dessus tout sur vos conclusions, nous en avons besoin pour être exact, et cela requiert qu'elles soient fondées sur la réalité.

— En ce cas, dit Trevize, faisons usage de votre monde-mémoire. Sondez en arrière et dites-moi jusqu'à quand peuvent remonter vos souvenirs. »

Il y eut une légère hésitation. Joie fixa Trevize d'un œil vide, comme si, durant un instant, elle avait été en transe. Puis elle répondit : « Quinze mille ans.

— Pourquoi avez-vous hésité ?

— Ça a pris du temps. Les vieux souvenirs, vraiment vieux, sont presque tous mémorisés dans les socles montagneux d'où il est long de les déterrer.

— Quinze mille ans dans le passé, donc ? Est-ce la date de la colonisation de Gaïa ?

— Non, pour autant que nous sachions, la colonisation est intervenue quelque trois mille ans auparavant.

— Pourquoi n'êtes-vous pas certaine ? Vous — ou Gaïa — ne vous rappelez pas ?

— C'était avant que Gaïa se soit développée au point que la mémoire soit devenue un phénomène global.

— Pourtant, avant que vous ne puissiez vous appuyer sur cette mémoire collective, Gaïa a bien dû tenir des archives, Joie. Des archives au sens usuel du terme — enregistrées, écrites, filmées et ainsi de suite.

— Je l'imagine, mais elles auraient difficilement survécu si longtemps.

— Elles auraient pu être recopiées ou, mieux, transférées dans la mémoire globale, une fois que celle-ci se serait développée. »

Joie fronça les sourcils. Il y eut une nouvelle hésitation, plus longue celle-ci. « Je ne trouve aucun signe de ces archives initiales que vous évoquez.

— Pourquoi cela ?

— Je n'en sais rien, Trevize. Je suppose qu'elles se sont révélées sans grande importance. J'imagine que le temps qu'on se soit aperçu que les archives non mémorielles initiales étaient en train de se dégrader, il a été décidé qu'elles étaient devenues archaïques et n'étaient plus nécessaires.

— Cela, vous n'en savez rien. Vous supposez et vous imaginez mais vous n'en savez rien. Gaïa n'en sait rien. »

Joie baissa les yeux. « Il faut que ce soit ainsi.

— Il faut ? Je ne fais pas partie de Gaïa et par conséquent, je n'ai pas besoin de supposer ce que Gaïa suppose — ce qui vous donne un exemple de l'importance de l'isolement. Moi, en tant qu'Isolat, je suppose autre chose.

— Et que supposez-vous ?

— Primo, il y a une chose dont je suis sûr. Une civilisation naissante n'est guère encline à détruire ses archives initiales. Loin de les juger archaïques et inutiles, elle les traitera au contraire avec un respect exagéré et fera tout son possible pour les préserver. Si la mémoire pré-globale de Gaïa a été détruite, Joie, cette destruction a peu de chances d'avoir été volontaire.

— Comment l'expliqueriez-vous, alors ?

— Dans la bibliothèque de Trantor, toutes les références à la Terre ont été supprimées par quelqu'un ou quelque force autre que celle des Seconds Fondateurs trantoriens eux-mêmes. N'est-il pas possible, dans ce cas, que sur Gaïa également, toutes les références à la Terre aient été retirées par autre chose que Gaïa elle-même ?

— Comment savez-vous que les archives primitives aient concerné la Terre ?

— A vous en croire, la fondation de Gaïa remonte au moins à dix-huit mille ans. Cela nous ramène à la période précédant l'établissement de l'Empire galactique, la période où la colonisation de la Galaxie était en cours, et où la source principale de colons était la Terre. Pelorat vous le confirmera. »

Pris quelque peu par surprise par cette citation soudaine, Pelorat se racla la gorge : « Ainsi disent les légendes, ma douce. Je les prends au sérieux et pense, de même que Golan Trevize, que l'espèce humaine était à l'origine confinée à une planète unique et que cette planète était la Terre. Les tout premiers colons seraient venus de la Terre.

— Si, dans ce cas, reprit Trevize, Gaïa a été fondée aux premiers jours du voyage hyperspatial, alors il est très probable qu'elle ait été colonisée par des Terriens, ou peut-être par des natifs d'un monde assez récent, lui-même colonisé peu auparavant par des Terriens. Pour cette raison, les archives de la colonisation de Gaïa et des premiers millénaires qui l'ont suivie doivent clairement faire référence à la Terre et aux Terriens ; or, ces archives ont disparu. Il semblerait que *quelque chose* veille à ce que la Terre ne soit mentionnée nulle part dans les archives de la Galaxie. Et s'il en est ainsi, il doit bien y avoir une raison. »

Joie s'emporta : « Tout ceci relève de la pure conjecture. Vous n'avez aucune preuve de ce que vous avancez.

— Mais c'est Gaïa elle-même qui soutient que mon talent particulier est de parvenir aux conclusions correctes sur la base de preuves insuffisantes. Alors, si je débouche sur une conclusion assurée, ne venez pas me dire que je manque de preuves. »

Joie ne dit rien.

Trevize poursuivit. « Raison de plus pour trouver la Terre. J'ai l'intention de partir dès que le *Far Star* sera prêt. Désirez-vous toujours venir ?

— Oui », dit aussitôt Joie, et « oui » fit également Pelorat.

Chapitre 2

Vers Comporellon

5.

Il tombait une petite pluie. Trévize leva le nez au ciel qui était d'un blanc grisâtre uniforme.

Il portait un chapeau imperméable qui repoussait les gouttes en les envoyant voler loin de son corps dans toutes les directions. Pelorat, qui se tenait hors de portée de l'averse, n'avait pas une telle protection.

Trevize remarqua : « Je ne vois pas l'intérêt de vous tremper, Janov.

— L'humidité ne me gêne pas, mon bon ami », répondit Pelorat, l'air toujours aussi solennel. « C'est une pluie légère et tiède. Il n'y a pas de vent à proprement parler. Et d'autre part, pour citer le vieux dicton : En Anacréon, fais ce que font les Anacréoniens. » Il indiqua les quelques Gaïens qui surveillaient tranquillement les alentours du *Far Star*. Ils étaient largement éparpillés, comme des arbres dans un bocage à la gaïenne, et pas un ne portait un chapeau de pluie.

« Je suppose, dit Trevize, que peu leur importe de se tremper puisque le reste de Gaïa est trempé aussi. Les arbres — l'herbe, le sol — tout est mouillé, et tout cela fait au même titre partie de Gaïa, avec les Gaïens.

— Je crois que ça se tient, renchérit Pelorat. Le soleil va bientôt sortir et tout séchera très vite. Les vêtements ne vont pas se froisser ou rétrécir, pas de risque de coup de froid et, puisque n'existe aucun micro-organisme pathogène inutile, personne n'attrapera de rhume, de grippe ou de pneumonie. Alors, pourquoi s'inquiéter pour un peu d'humidité ? »

Trevize n'avait aucun mal à voir la logique de tout cela mais il aurait eu du mal à renoncer à ses doléances. Il reprit : « Pourtant, il était inutile de faire pleuvoir au moment où nous partions. Après tout, la pluie est délibérée. Gaïa ne pleuvrait pas si elle n'en avait pas envie. C'est presque comme si elle nous signifiait son mépris.

— Peut-être, et les lèvres de Pelorat se plissèrent un peu, Gaïa pleure-t-elle sa peine de nous voir partir.

— Ça se pourrait, mais moi je ne pleurerai pas, dit Trevize.

— En fait, poursuivait Pelorat, je présume que le sol en cette région exige d'être humidifié et que ce besoin est plus important que votre désir de voir briller le soleil. »

Trevize sourit. « Je vous soupçonne de bien aimer ce monde, pas vrai ? Même Joie mise à part, je veux dire.

— Oui, c'est vrai, dit Pelorat, un rien sur la défensive. J'ai toujours mené une vie tranquille, rangée, et je crois que je pourrais m'adapter ici, avec un monde entier œuvrant à maintenir son calme et sa belle ordonnance... Après tout, Golan, quand nous bâtissons une maison — ou bien ce vaisseau — nous essayons de recréer un abri parfait. Nous l'équipons de tout ce qui nous est nécessaire ; nous l'arrangeons pour que la température, la qualité de l'air, l'éclairage et tous les autres points importants soient sous notre contrôle et manipulés de manière à nous les rendre parfaitement agréables. Gaïa n'est qu'une extension de ce désir de confort et de sécurité à l'échelle d'une planète entière. Qu'y a-t-il de mal à cela ?

— Le mal, répondit Trevize, est que mon logis ou mon vaisseau est conçu pour me convenir *à moi.* Je ne suis pas conçu pour lui convenir à *lui.* Si je faisais partie de Gaïa, alors, peu m'importerait que la planète soit idéalement organisée pour me convenir ; ce qui me préoccuperait au plus haut point serait en revanche le fait que je sois également conçu pour lui convenir à elle. »

Pelorat pinça les lèvres. « On pourrait arguer que toute société moule sa population pour qu'elle s'y intègre. Des coutumes se développent qui ont leur logique propre au sein de la société et qui lient fermement chaque individu aux besoins de celle-ci.

— Dans les sociétés que je connais, on peut se révolter. Il y a des excentriques, des criminels, même.

— Vous tenez vraiment à avoir des excentriques et des criminels ?

— Pourquoi pas ? Vous et moi sommes des excentriques. Nous ne sommes certainement pas typiques de la population vivant sur Terminus. Quant aux criminels, c'est une affaire de définition. Et si les criminels sont le prix à payer pour avoir des rebelles, des hérétiques et des génies, je suis prêt à le payer. J'exige même qu'il soit payé.

— Les criminels constituent-ils le seul paiement possible ? Ne pouvez-vous pas avoir de génies sans criminels ?

— Vous ne pouvez pas avoir de génies et de saints sans avoir en même temps des gens totalement en dehors de la norme, et je ne vois pas comment vous pouvez envisager une chose comme une norme unilatérale. Il faut bien qu'il y ait une certaine symétrie... En tout cas, pour décider de faire de Gaïa le modèle de l'avenir de l'humanité, je voudrais une meilleure raison qu'obtenir la version planétaire d'une maison confortable.

— Oh ! mon bon compagnon, je n'essayais pas de vous amener à être satisfait de votre décision. Je me contentais simplement de faire une observa... »

Il s'interrompit. Joie avançait à grands pas dans leur direction, ses cheveux bruns trempés et sa tunique plaquée au corps, soulignant les formes généreuses de ses hanches pleines. Elle leur adressa un signe de tête.

« Je suis désolée de vous avoir retardés, dit-elle, légèrement hors d'haleine. Il m'a fallu plus longtemps que prévu pour procéder aux dernières vérifications avec Dom.

— Et pourtant, railla Trevize, vous savez sans aucun doute tout ce qu'il sait.

— Parfois, c'est une question de différence d'interprétation. Nous ne sommes pas identiques, après tout, aussi discutons-nous. Tenez, dit-elle avec une touche de rudesse, vous avez deux mains. Chacune fait partie de vous et elles semblent identiques sauf que l'une est l'image en miroir de l'autre. Pourtant, vous ne les utilisez pas de manière parfaitement identique, n'est-ce pas ? Il y a certaines choses que vous faites la plupart du temps de la main droite et d'autres de la gauche. Différences d'interprétation, pour ainsi dire.

— Là, elle vous a eu », dit Pelorat avec une évidente satisfaction.

Trevize hocha la tête. « Analogie frappante, si elle était pertinente, et je ne suis pas du tout sûr qu'elle le soit. En tout cas, cela signifie-t-il que nous pouvons embarquer maintenant ? C'est qu'il pleut.

— Oui, oui. Nos techniciens sont descendus et le vaisseau est dans un état impeccable. » Puis, avec un soudain regard curieux à Trevize. « Vous êtes sec. Les gouttes ne vous touchent pas.

— Oui, effectivement, dit Trevize. J'évite de me tremper.

— Mais n'est-ce pas agréable d'être mouillé de temps en temps ?

— Absolument. Mais à mon choix. Pas à celui de la pluie. »

Joie haussa les épaules. « Eh bien, comme vous voudrez. Tous nos bagages sont chargés, alors embarquons. »

Tous trois se dirigèrent vers le *Far Star.* La pluie diminuait encore mais l'herbe était complètement trempée. Trevize se surprit à marcher avec précaution mais Joie avait ôté ses pantoufles qu'elle tenait à présent dans une main, pour fouler l'herbe de ses pieds nus.

« C'est une sensation délicieuse », dit-elle en réponse au regard de Trevize.

« A la bonne heure », fit-il, l'air absent. Puis, avec un rien d'irritation : « Au fait, que font tous ces Gaïens plantés là ?

— Ils enregistrent cet événement que Gaïa estime capital. Vous êtes important pour nous, Trevize. Imaginez que si vous deviez changer d'avis à l'issue de ce voyage pour opter contre nous, nous ne deviendrions jamais Galaxia, nous ne resterions même plus Gaïa...

— Alors je représente la vie et la mort pour Gaïa ; pour la planète entière ?

— Nous le croyons. »

Trevize s'immobilisa soudain et retira son couvre-chef. Des taches bleues apparaissaient dans le ciel. Il reprit : « Mais vous avez ma voix en votre faveur, désormais. Vous pourriez me tuer que je ne changerais pas d'avis.

— Golan, murmura Pelorat, outré. Vous dites là quelque chose de terrible.

— Typique d'un Isolat, observa Joie, calmement. Vous devez bien comprendre, Trevize, que ce n'est pas votre choix ou vous-même en tant qu'individu qui nous intéresse mais la vérité, pour parler franchement. Vous êtes seulement important en tant que voie vers la vérité et votre choix, comme indication de la vérité. C'est ce que nous désirons de vous, et si nous vous supprimions pour éviter que vous ne changiez de décision, nous ne ferions que nous dissimuler la vérité.

— Si je vous dis que la vérité est anti-Gaïa, serez-vous alors allégrement d'accord pour mourir tous ?

— Allégrement, c'est peut-être beaucoup dire, mais c'est à cela que ça reviendrait au bout du compte. »

Trevize hocha la tête. « Si quoi que ce soit devait me convaincre que Gaïa est une horreur et doit absolument mourir, ce pourrait bien être la déclaration que vous venez de faire. » Puis il ajouta, reportant son regard sur les Gaïens qui les observaient (et sans doute les écoutaient) avec patience : « Pourquoi sont-ils donc éparpillés ainsi ? Et pourquoi en faut-il autant ? Si l'un d'eux observe cet événement et le stocke dans sa mémoire, ne sera-t-il pas disponible pour tout le reste de la planète ? Ne peut-il pas être mémorisé dans un million d'endroits différents si vous le désirez ?

— Ils observent tout ceci, expliqua Joie, chacun sous un angle différent, et chacun d'eux l'emmagasine dans un cerveau légèrement différent. Lorsque toutes les observations seront étudiées, on pourra constater que ce qui est en train de se dérouler sera bien mieux compris à partir de toutes les observations prises ensemble plutôt qu'avec l'une d'entre elles prise individuellement.

— En d'autres termes, le tout est plus grand que la somme de ses parties.

— Tout juste. Vous avez saisi la justification fondamentale de l'existence de Gaïa. Vous, en tant qu'être humain individuel, êtes composé de peut-être cinquante trillions de cellules mais vous, en tant qu'individu multicellulaire, êtes bien plus important que ces cinquante trillions de cellules vues comme la somme de leur importance individuelle. Sans doute serez-vous d'accord.

— Oui, dit Trevize, évidemment. »

Il pénétra dans le vaisseau et se tourna brièvement pour jeter un dernier regard sur Gaïa. La brève ondée avait procuré une nouvelle fraîcheur à l'atmosphère. Il vit un monde vert, luxuriant, tranquille, paisible ; un jardin de sérénité installé dans les tourments d'une Galaxie lasse.

...Et Trevize espéra sincèrement ne jamais le revoir.

6.

Lorsque le sas se fut refermé derrière eux, Trevize eut l'impression d'avoir écarté non pas exactement un cauchemar mais une chose si sérieusement anormale qu'elle l'avait empêché de respirer librement.

Il avait parfaitement conscience que cet élément d'anormalité était encore avec lui en la personne de Joie. Lorsqu'elle était là, Gaïa aussi — et pourtant, il était également persuadé que sa présence était essentielle. C'était le coup de la boîte noire qui marchait de nouveau, et franchement, il espérait bien ne jamais se mettre à trop croire à cette histoire de boîte noire.

Il considéra l'astronef et le trouva superbe. Il n'était à lui que depuis que le maire Harlan Branno de la Fondation l'avait de force fourré dedans pour l'expédier dans les étoiles — paratonnerre vivant destiné à attirer les foudres de ceux qu'elle considérait comme des ennemis de la Fondation. Cette tâche avait été remplie mais il avait gardé le vaisseau et n'avait aucune intention de le restituer.

Il ne le possédait que depuis quelques mois mais il s'y sentait chez lui et n'avait plus que le vague souvenir d'avoir été naguère chez lui sur Terminus.

Terminus ! Le noyau excentré de la Fondation, destiné, selon le plan Seldon, à former un second empire, plus vaste, au cours des cinq prochains siècles, sauf que lui, Trevize, l'avait désormais fait dérailler. Par sa décision personnelle, il réduisait à néant la Fondation et rendait possible à la place une nouvelle forme de société, un nouveau modèle de vie, une révolution terrifiante, plus vaste que tout ce qui s'était produit depuis le développement de la vie multicellulaire.

Et à présent il était lancé dans un voyage destiné à lui prouver (ou non) le bien-fondé de cette décision.

Il se trouva perdu dans ses pensées, immobile, si bien qu'il dut se secouer, irrité après lui. Il se hâta vers le poste de pilotage où il retrouva son ordinateur.

Il brillait ; tout brillait. On avait fait un nettoyage méticuleux. Les contacts qu'il ferma, presque au hasard, fonctionnaient à la perfection et, lui parut-il indéniablement, avec une facilité plus grande encore qu'auparavant. Le système de ventilation était tellement silencieux qu'il dut plaquer la main sur les bouches d'aération pour s'assurer du courant d'air.

Le cercle de lumière sur l'ordinateur scintillait, encourageant. Trevize l'effleura et la lumière s'étendit pour recouvrir la tablette sur laquelle apparurent les contours d'une main droite et d'une main gauche. Il prit une profonde inspiration et s'aperçut qu'il était resté quelques instants le souffle coupé. Les Gaïens ignoraient tout de la technologie de la Fondation et ils auraient tout aussi bien pu endommager l'ordinateur sans aucune intention malveillante. Jusqu'à présent, tel n'avait pas été le cas — les empreintes de mains étaient toujours là.

Le test crucial restait toutefois d'y plaquer l'une de ses mains et, durant un instant, il hésita. Il allait savoir, presque immédiatement, si quelque chose clochait — mais si tel était le cas, que pourrait-il y faire ? Pour d'éventuelles réparations, il lui faudrait retourner à Terminus et s'il le faisait, il était bien certain que le maire Branno ne le laisserait plus repartir. Et s'il ne s'y rendait pas...

Il sentait battre son cœur ; il était à l'évidence inutile de prolonger délibérément le suspense.

Il lança les mains devant lui, droite, gauche, et les plaça sur les contours de la tablette. Aussitôt, il eut l'illusion qu'une autre paire de mains avait agrippé les siennes. Ses perceptions s'étendirent et il devint capable de voir Gaïa dans toutes les directions humide et verte, les Gaïens toujours en train d'observer. Lorsqu'il voulut regarder vers le haut, ce fut pour apercevoir un ciel généralement nuageux. A nouveau, à sa volonté, les nuages s'évanouirent pour lui révéler le ciel d'un bleu immaculé où filtrait l'orbe du soleil de Gaïa.

Encore une fois, il exerça sa volonté, le bleu s'ouvrit et il aperçut les étoiles.

Il les effaça, désira voir et vit la Galaxie, tel un volant en raccourci. Il mit l'image à l'épreuve, ajusta son orientation, altérant la progression apparente du temps, la faisant tourner dans un sens puis dans l'autre. Il localisa le soleil de Seychelle, l'étoile importante la plus proche de Gaïa ; puis le soleil de Terminus ; puis celui de Trantor ; l'un après l'autre. Il voyagea d'étoile en étoile sur la carte galactique qui résidait dans les entrailles de l'ordinateur.

Puis il retira ses mains et laissa le monde du réel l'entourer de nouveau — pour se rendre compte qu'il était resté debout tout ce temps, à moitié penché au-dessus de l'ordinateur pour assurer le contact par les paumes. Il se sentait raide et dut s'étirer les muscles du dos avant de s'asseoir.

Il contempla l'ordinateur avec un chaleureux soulagement. Il avait parfaitement fonctionné. Il avait même eu, si c'était possible, plus de répondant, et Trevize avait perçu en lui ce qu'il ne pouvait décrire que comme de l'amour. Après tout, pendant qu'il tenait les mains de l'appareil (il se refusa résolument à les voir comme des mains de femme), ils étaient partie intégrante l'un de l'autre, et sa volonté dirigeait, contrôlait, vivait, s'intégrait dans un moi plus grand. Lui et la machine devaient éprouver, à un moindre degré (pensée soudaine, dérangeante), ce qu'éprouvait Gaïa à bien plus vaste échelle.

Il secoua la tête. Non ! Dans le cas de l'ordinateur et de lui, c'était lui — Trevize — qui détenait la maîtrise absolue. L'ordinateur était un objet de totale soumission.

Il se leva pour gagner la cambuse exiguë et le coin repas. Il y avait toutes sortes de vivres en abondance, avec le système de réfrigération et de cuisson faciles adéquats. Il avait déjà remarqué que dans sa cabine les vidéo-livres étaient parfaitement classés et il avait la certitude raisonnable — non, totale — que la bibliothèque personnelle de Pelorat était tout aussi bien rangée. Dans le cas contraire, il aurait déjà entendu de ses nouvelles.

Pelorat ! Tiens, au fait. Il pénétra dans la chambre de ce dernier. « Y a-t-il ici de la place pour Joie, Janov ?

— Oh oui, tout à fait.

— Je peux transformer la salle commune en chambre pour elle. »

Joie leva vers lui ses grands yeux. « Je n'ai nul désir d'une chambre à part. Je suis tout à fait satisfaite de rester ici avec Pel. Je suppose, toutefois, que je puis utiliser les autres pièces si besoin est. La salle de gym, par exemple.

— Certainement, toutes les autres cabines sauf la mienne.

— Bien. C'est l'arrangement que j'aurais moi-même suggéré si j'avais eu à en décider. Naturellement, vous ne pénétrerez pas dans la nôtre.

— Naturellement », dit Trevize qui baissa les yeux pour découvrir que ses semelles dépassaient le seuil. Il recula d'un demi-pas et dit, maussade : « Il n'y a pas de quoi passer ici sa lune de miel, Joie.

— J'oserais dire que, vu l'exiguïté des lieux, ça conviendrait pourtant à merveille. Et encore, Gaïa les a agrandis de moitié. »

Trevize se retint de sourire. « Il faudra vous montrer très amicaux.

— Nous le sommes », dit Pelorat, que le sujet de la conversation rendait à l'évidence mal à l'aise, « mais franchement, mon bon ami, vous pouvez nous laisser nous arranger tout seuls.

— Justement non, répondit lentement Trevize, je veux bien vous faire comprendre qu'il ne s'agit pas d'un voyage de noces. Je n'ai aucune objection à ce que vous pouvez faire par consentement mutuel mais vous devez bien vous rendre compte que vous ne jouirez d'aucune intimité. J'espère que vous comprenez cela, Joie.

— Il y a une porte, observa cette dernière, et j'imagine que vous ne nous dérangerez pas lorsqu'elle sera verrouillée — en dehors bien sûr d'une réelle urgence.

— Bien sûr que non. Toutefois, il n'y a pas d'isolation phonique.

— Ce que vous essayez de dire, Trevize, dit Joie, c'est que vous entendrez, tout à fait clairement, toutes nos conversations, ou les bruits éventuels que nous sommes susceptibles d'émettre au cours de rapports sexuels.

— Oui, c'est ce que j'essaie de dire. Et, gardant ceci à l'esprit, je compte bien que vous en viendrez éventuellement à limiter ici vos activités en ce domaine. Ceci pourra vous paraître désagréable, et j'en suis désolé, mais c'est la situation telle qu'elle est. »

Pelorat se racla la gorge et dit doucement : « A vrai dire, Golan, c'est un problème que j'ai déjà dû affronter. Vous vous rendez bien compte que toute sensation que peut éprouver Joie, lorsque nous sommes ensemble, est éprouvée par Gaïa tout entière.

— J'y ai pensé, Janov », dit Trevize, l'air de retenir une grimace. « Je n'avais pas l'intention de l'évoquer — juste au cas où l'idée ne vous serait pas venue.

— Mais elle m'est venue, j'en ai peur », dit Pelorat.

Joie intervint : « N'en faites pas tout un plat, Trevize. A tout instant, il y a peut-être des milliers d'êtres humains, sur Gaïa, engagés dans des rapports sexuels ; des millions qui mangent, boivent ou se livrent à d'autres activités dispensatrices de plaisir. Tout cela suscite une aura générale de plaisir que Gaïa ressent, dans le moindre de ses éléments. Les animaux inférieurs, les plantes, les minéraux ont leurs plaisirs progressivement de plus en plus atténués qui contribuent de même à un plaisir de la conscience généralisé que Gaïa éprouve en tout temps et dans tous ses éléments, une joie qui n'est ressentie dans aucun autre monde.

— Nous avons nous-mêmes nos propres formes de plaisir, dit Trevize, que nous sommes en mesure de partager, d'une certaine manière, si nous le désirons ; ou de garder pour nous, si nous le désirons aussi.

— Si vous pouviez éprouver les nôtres, vous vous rendriez compte à quel point vous autres Isolats pouvez être déficients en ce domaine.

— Comment pouvez-vous savoir ce que je ressens ?

— Sans savoir de quelle manière vous ressentez, il est toutefois raisonnable de supposer qu'un monde de plaisirs partagés doit être plus intense que l'ensemble de ceux disponibles pour un unique individu isolé.

— Peut-être pas, mais même si mes plaisirs sont déficients, j'ai coutume de garder pour moi mes joies ou mes peines et de m'en satisfaire, si minces soient-elles, d'être moi-même et non le frère de sang du premier caillou venu.

— Ne raillez pas, dit Joie. Vous appréciez le moindre

cristal minéral dans vos os et vos dents et n'aimeriez pas voir l'un d'eux endommagé même s'ils n'ont pas plus de conscience que n'importe quel cristal de roche de la même taille.

— C'est effectivement exact, admit Trevize, à contrecœur, mais nous avons réussi à glisser hors du sujet. Peu m'importe que Gaïa tout entière partage votre plaisir, Joie, *moi*, je ne tiens pas à le partager. Nous vivons ici dans un environnement exigu et je n'ai pas envie d'être forcé de participer à vos activités, même indirectement.

— Vous discutez bien pour rien, mon brave ami, intervint Pelorat. Je n'ai pas plus envie que vous de voir violer votre intimité. Ou la mienne, tant que nous y sommes. Joie et moi saurons rester discrets ; n'est-ce pas, Joie ?

— Il en sera selon votre désir, Pel.

— Après tout, dit Pelorat, nous avons toutes les chances d'être bien plus longtemps à terre que dans l'espace et sur les planètes, les occasions d'avoir une intimité véritable… »

Trevize l'interrompit : « Je me fiche de ce que vous pourrez faire sur les planètes, mais sur ce vaisseau, je suis le maître à bord.

— Exactement, dit Pelorat.

— Eh bien, maintenant que ceci est réglé, il serait temps de décoller.

— Mais attendez… » Pelorat le tirait par la manche. « Décoller pour où ? Vous ne savez pas où se trouve la Terre, moi non plus, Joie non plus. Idem pour votre ordinateur car vous m'avez dit depuis longtemps qu'il ne contenait pas la moindre information sur cette planète. Qu'escomptez-vous faire, alors ? Vous ne pouvez pas simplement errer dans l'espace au hasard, mon ami. »

A cela, Trevize sourit presque avec allégresse. Pour la première fois depuis qu'il était tombé dans l'étreinte de Gaïa, il se sentait maître de son propre destin.

« Je vous assure que je n'ai pas l'intention d'errer au hasard, Janov, lui répondit-il. Je sais exactement où je vais. »

7.

Pelorat entra tranquillement dans la salle de pilotage après avoir attendu de longs moments tandis que ses petits coups sur la porte demeuraient sans réponse. Il trouva un Trevize abîmé dans la contemplation du champ stellaire.

« Golan... dit Pelorat, et il attendit.

Trevize leva les yeux. « Janov ! Asseyez-vous... Où est Joie ?

— Elle dort... Nous sommes en plein espace, à ce que je vois.

— Vous voyez correctement. » La légère surprise de son compagnon n'étonna pas Trevize. Dans les nouveaux vaisseaux gravitiques, il n'y avait tout bonnement aucun moyen de détecter un décollage. Il n'y avait aucun effet d'inertie ; aucune poussée d'accélération ; aucun bruit ; aucune vibration.

Doté de la capacité de s'isoler jusqu'à cent pour cent des champs gravitationnels extérieurs, le *Far Star* quittait une surface planétaire comme s'il flottait sur quelque mer cosmique. Et dans le même temps, l'effet gravitationnel à l'intérieur du vaisseau, paradoxalement, demeurait normal.

Tant que le vaisseau était dans l'atmosphère, bien entendu, il était inutile d'accélérer, de sorte que le sifflement et les vibrations du passage rapide de l'air étaient absents. A mesure que l'atmosphère se raréfiait, toutefois, l'accélération intervenait, de plus en plus rapide, sans affecter les passagers.

C'était le dernier cri en matière de confort et Trevize ne voyait pas comment on pourrait l'améliorer tant que l'homme n'aurait pas découvert le moyen de se passer de vaisseau pour se projeter directement dans l'hyperespace, sans se préoccuper de champs de gravité proches susceptibles d'être trop intenses. Pour l'heure, le *Far Star* devrait s'éloigner de plusieurs jours du soleil de Gaïa avant que l'intensité du champ de gravité eût assez décru pour autoriser le Saut.

« Golan, mon cher compagnon, dit Pelorat. Puis-je vous parler durant quelques instants ? Vous n'êtes pas trop occupé ?

— Pas du tout. L'ordinateur s'occupe de tout une fois que

je lui ai fourni les instructions convenables. Et parfois, il semble les deviner et les satisfaire avant même que j'aie eu le temps de les énoncer. » Trevize caressa avec amour le dessus de la console.

« Nous sommes devenus très amis, Golan, durant le peu de temps qui s'est écoulé depuis que nous avons fait connaissance, bien que je doive admettre que le temps ne m'ait pas paru court. Tant de choses se sont passées. C'est vraiment étrange, si je veux bien songer à mon existence modérément longue, que la moitié de tous les événements que j'aie pu vivre soient tous advenus dans ces tout derniers mois. C'est du moins l'impression que j'en retire. J'en viendrais presque à supposer... »

Trevize éleva une main. « Janov, vous vous écartez de votre sujet initial, j'en suis certain. Vous commencez par me dire que nous sommes devenus très amis en très peu de temps. Oui, certes, et nous le sommes toujours. Dans ce même ordre d'idée, vous connaissez Joie depuis un temps encore plus court et vous êtes devenus encore plus proches.

— C'est différent, bien entendu », observa Pelorat tout en se raclant la gorge, quelque peu gêné.

« Bien entendu, dit Trevize, mais que doit-il découler de notre brève quoique solide amitié ?

— Si, mon brave compagnon, nous sommes encore amis, comme vous venez de le dire, alors il m'en faut venir à Joie, qui, comme vous venez également de le faire remarquer, m'est tout particulièrement chère.

— Je comprends. Et alors ?

— Je sais, Golan, que vous n'aimez guère Joie, mais pour me faire plaisir, je souhaiterais... »

Trevize éleva la main. « Une seconde, Janov. J'avoue ne pas être enthousiasmé par Joie mais elle n'est pas non plus pour moi un objet de haine. A vrai dire, je ne nourris pas la moindre animosité à son égard. C'est une jeune femme séduisante, et même si ce n'était pas le cas, eh bien, pour vous faire plaisir, je n'en serais pas moins prêt à l'admettre. Non, c'est *Gaïa* que je n'aime pas.

— Mais Joie *est* Gaïa.

— Je sais, Janov. C'est bien ce qui complique les choses. Tant que je songe à Joie comme à une personne, tout va bien.

C'est quand je pense à elle en tant que Gaïa que les problèmes surgissent.

— Mais vous n'avez pas donné une seule chance à Gaïa, Golan... Ecoutez, mon bon, laissez-moi vous avouer une chose. Lorsque Joie et moi sommes dans l'intimité, elle me laisse parfois partager son esprit durant une minute peut-être. Pas plus longtemps car elle dit que je suis trop âgé pour m'y adapter... Oh ! ne souriez pas, Golan, vous seriez trop vieux, vous aussi. Si un Isolat, tel que vous ou moi, devait demeurer au contact de Gaïa plus d'une minute ou deux, il y aurait des risques de dommages cérébraux, et si le délai s'étendait à cinq ou dix minutes, ces dommages seraient irréversibles... si seulement vous pouviez en faire l'expérience, Golan.

— Quoi ? De dommages cérébraux irréversibles ? Non merci.

— Golan, vous faites exprès de ne pas comprendre. Je veux dire seulement : de ce bref instant d'union. Vous ne savez pas ce que vous ratez. C'est indescriptible. Joie dit qu'il y a un sentiment de bonheur. C'est comme de dire qu'on éprouve un sentiment de bonheur quand on peut enfin boire une gorgée d'eau après avoir failli mourir de soif. Je ne pourrais même pas commencer à vous raconter à quoi ça ressemble. Vous partagez tous les plaisirs qu'un milliard de personnes éprouvent séparément. Ce n'est pas une joie constante ; sinon, vous auriez tôt fait de ne plus la ressentir. Cela vibre, scintille, est doté d'un étrange rythme pulsant qui ne vous lâche pas. C'est un bonheur plus grand — non pas plus grand, mais plus intense — que tout ce que vous pourrez jamais éprouver isolément. J'en aurais pleuré lorsqu'elle m'en a refermé la porte... »

Trevize hocha la tête. « Vous êtes d'une éloquence surprenante, mon bon ami, mais vous me faites tout à fait l'impression de me décrire une accoutumance à la pseudendorphine ou quelque autre drogue qui vous offre le bonheur à bref délai au risque de vous laisser en permanence dans l'horreur à longue échéance. Très peu pour moi ! Je répugne à troquer mon individualité contre quelque fugace sensation de bonheur.

— Je conserve toujours mon individualité, Golan.

— Mais combien de temps encore la garderez-vous si vous

persistez dans cette voie, Janov ? Vous réclamerez de plus en plus souvent votre drogue jusqu'au moment où, en fin de compte, votre cerveau sera endommagé. Janov, vous ne devez pas laisser Joie vous faire ça. Peut-être même que je ferais mieux de lui en parler.

— Non ! N'en faites rien ! Le tact et vous, ça fait deux, vous le savez, et je ne veux pas la voir blessée. Je vous assure qu'elle prend soin de moi mieux que vous ne pouvez l'imaginer. Elle s'inquiète encore plus que moi des possibilités de dommage cérébral. Vous pouvez en être certain.

— Eh bien, dans ce cas, c'est à vous que je vais parler. Janov, ne faites plus cela. Vous avez vécu cinquante-deux ans avec votre propre type de plaisir et de bonheur et votre cerveau s'est habitué à le supporter. N'allez pas vous enticher de quelque vice nouveau et inhabituel. Il faudrait en payer le prix ; sinon dans l'immédiat, du moins à terme, soyez-en sûr.

— Oui, Golan », dit Pelorat à voix basse, en regardant le bout de ses chaussures. Puis il ajouta : « Supposons que vous considériez la chose ainsi. Imaginez que vous soyez un être unicellulaire...

— Je sais ce que vous allez me dire, Janov. Laissez tomber. Joie et moi avons déjà évoqué cette analogie.

— Oui, mais réfléchissez un instant. Imaginons, voulez-vous, des organismes unicellulaires dotés d'un niveau de conscience humain et de la capacité de penser, et imaginons-les confrontés à la possibilité de devenir un organisme multicellulaire. Les organismes unicellulaires ne regretteraient-ils pas leur perte d'individualité, ne répugneraient-ils pas à la perspective de cette enrégimentation forcée au sein de la personnalité d'un organisme tout-puissant ? Et n'auraient-ils pas tort ? Une cellule individuelle peut-elle même imaginer la puissance du cerveau humain ? »

Trevize fit un vigoureux signe de dénégation. « Non, Janov, c'est une fausse analogie. Les organismes monocellulaires sont dépourvus de conscience ou de capacité de penser — ou s'ils l'ont, c'est à une échelle si infinitésimale qu'on pourrait aussi bien la considérer comme nulle. Pour de tels objets, fusionner et perdre leur individualité, c'est perdre quelque chose qu'ils n'ont jamais vraiment possédé. Un être humain, en revanche, est bel et bien conscient et il jouit de la capacité de penser. Il a bel et bien une conscience et une intelligence autonomes à perdre, tant et si bien que votre analogie n'est pas valable. »

Le silence se prolongea entre eux durant quelques secondes, un silence presque oppressant, et finalement Pelorat, qui voulait orienter la conversation dans une autre direction, reprit : « Pourquoi fixez-vous ainsi l'écran ?

— L'habitude, dit Trevize avec un sourire quelque peu désabusé. L'ordinateur me dit qu'aucun vaisseau gaïen ne me suit et qu'aucune flotte seychelloise ne vient à ma rencontre. Je continue malgré tout à l'observer avec anxiété, conforté par mon propre échec à discerner de tels vaisseaux, alors que les senseurs de l'ordinateur sont des centaines de fois plus aigus, plus perçants que mes yeux. Qui plus est, l'ordinateur est capable de déceler certaines propriétés de l'espace très précisément, des propriétés qu'en aucune condition mes sens ne seraient capables de percevoir — et sachant tout cela, je n'en continue pas moins à le fixer.

— Golan, si nous sommes réellement des amis...

— Je vous promets de ne rien faire qui chagrine Joie ; du moins, dans la mesure du possible.

— Il s'agit à présent d'autre chose. Vous me dissimulez votre destination, comme si vous ne me faisiez pas confiance. Où allons-nous ? Tendriez-vous à croire que vous savez où se trouve la Terre ? »

Trevize leva les yeux, haussa les sourcils. « Je suis désolé. J'ai gardé pour moi mon secret, pas vrai ?

— Oui, mais pourquoi ?

— Pourquoi, en effet. Je me demande, mon ami, si Joie n'en est pas la cause.

— Joie ? Serait-ce parce que vous ne voulez pas qu'elle le sache ? Franchement, vieux compagnon, on peut lui faire une totale confiance.

— Ce n'est pas cela. A quoi bon lui faire ou non confiance ? Je la soupçonne de pouvoir m'extirper de l'esprit tous les secrets qu'elle voudra. Non, je crois avoir une raison plus puérile. J'ai l'impression que vous ne faites attention qu'à elle et que je n'existe plus. »

Pelorat eut l'air horrifié. « Mais ce n'est pas vrai, Golan.

— Je sais, mais j'essaie d'analyser mes propres sentiments.

Là, vous êtes venu me voir uniquement à cause de vos craintes pour notre amitié et, à y réfléchir, j'ai comme l'impression d'avoir ressenti les mêmes craintes. Sans avoir ouvertement voulu l'admettre, je crois bien avoir eu l'impression que Joie nous a séparés. Et si je râle ainsi et vous dissimule certaines choses avec mauvaise humeur, c'est peut-être simplement pour chercher à rétablir l'équilibre. Puéril, je suppose.

— Golan !

— J'ai dit que c'était puéril, n'est-ce pas ? Mais quel individu n'est pas puéril de temps à autre ? Quoi qu'il en soit, nous sommes bel et bien amis. C'est une affaire entendue et par conséquent je ne vais pas m'amuser plus avant à de tels jeux. Nous nous dirigeons vers Comporellon.

— Comporellon ? » dit Pelorat, décontenancé.

« Vous vous souvenez certainement de mon ami le traître, Munn Li Compor. Nous avions fait tous les trois connaissance sur Seychelle. »

Le visage de Pelorat s'illumina visiblement. « Bien sûr que je me souviens. Comporellon était le monde de ses ancêtres.

— S'il a dit vrai. Je ne crois pas obligatoirement tout ce que raconte Compor. Mais Comporellon est un monde connu et Compor disait que ses habitants connaissaient la Terre. Eh bien, dans ce cas, nous allons en juger par nous-mêmes. Il se peut que ça ne débouche sur rien mais c'est le seul point de départ dont nous disposions. »

Pelorat se racla la gorge, l'air dubitatif. « Oh ! mon cher ami, en êtes-vous sûr ?

— Il n'y a pas matière à être sûr ou pas sûr. Nous avons un unique point de départ et, si faible soit cet indice, nous n'avons d'autre choix que de le suivre.

— Oui, mais si nous agissons sur la base de ce que nous a raconté Compor, peut-être devrions-nous dans ce cas considérer l'ensemble de ce qu'il nous a raconté. Je crois me souvenir qu'il nous a dit, avec la plus grande insistance, que la Terre n'existait pas en tant que planète vivante — que sa surface était radioactive et qu'elle était totalement dénuée de vie. Et s'il en est ainsi, alors nous allons sur Comporellon pour rien. »

8.

Tous trois déjeunaient dans la salle à manger, qui se trouvait par le fait littéralement bondée.

« Tout ceci est délicieux », dit Pelorat avec une satisfaction considérable. « Cela fait-il partie de notre approvisionnement initial de Terminus ?

— Non, pas du tout, dit Trevize. On l'a épuisé depuis belle lurette. Non, cela fait partie des vivres que nous avons achetés sur Seychelle, avant de prendre le cap de Gaïa. Inhabituel, n'est-ce pas ? Ce sont diverses variétés de fruits de mer, mais en plutôt croquant. Quant à ce produit... j'avais l'impression que c'était du chou lorsque je l'ai acheté mais ça n'en a pas du tout le goût. »

Joie écoutait mais ne dit rien. Elle chipotait dans son assiette.

Pelorat lui dit avec douceur : « Il faut manger, chérie.

— Je sais, Pel, et je mange. »

Trevize intervint, cachant mal un rien d'impatience : « Nous avons de la nourriture gaïenne, Joie.

— Je sais, dit celle-ci, mais j'aime mieux la conserver. Nous ne savons pas combien de temps nous serons dans l'espace et puis il faudra bien que je m'habitue à manger de la nourriture d'Isolat.

— Est-ce donc si mauvais ? Ou bien Gaïa ne doit-elle que manger Gaïa ? »

Joie soupira. « A vrai dire, nous avons un dicton : “ Quand Gaïa mange Gaïa, rien n'est perdu ni gagné. ” Ce n'est rien de plus qu'un transfert de conscience du bas en haut de l'échelle. Quoi que je mange sur Gaïa, c'est Gaïa, et quand la plus grande partie en est métabolisée et devient moi-même, c'est encore et toujours Gaïa. En fait, par l'acte même de manger, une partie de ce que je mange a une chance de participer à une intensité de conscience plus élevée, tandis que, bien entendu, d'autres portions sont transformées en déchets sous l'une ou l'autre forme et par conséquent s'enfoncent au bas de l'échelle de la conscience. »

Elle prit une grosse bouchée, la mâcha vigoureusement durant quelques secondes, déglutit puis reprit : « Tout cela représente une vaste circulation. Les plantes croissent et sont mangées par des animaux. Les animaux mangent et sont mangés. Tout organisme qui meurt est incorporé dans les cellules des moisissures, des bactéries et ainsi de suite... encore et toujours Gaïa. Dans cette vaste circulation de la conscience, même la matière non organique a sa place, et tout ce qui circule a périodiquement sa chance de participer à des niveaux de conscience élevés.

— On pourrait dire la même chose de n'importe quelle planète, remarqua Trevize. Chaque atome en moi a une longue histoire durant laquelle il peut avoir fait partie de quantité d'êtres vivants, y compris des humains, et durant laquelle il peut également avoir passé de longues périodes comme élément de l'océan, ou dans un bloc de charbon, ou dans un rocher, ou bien encore dans le vent qui nous souffle dessus.

— Sur Gaïa, toutefois, observa Joie, tous les atomes font également en permanence partie intégrante d'un niveau de conscience planétaire plus élevé dont vous ne pouvez rien savoir.

— Eh bien, s'enquit Trevize, qu'arrive-t-il dans ce cas à ces légumes de Seychelle que vous êtes en train de manger ? Deviennent-ils partie intégrante de Gaïa ?

— Absolument, mais de manière assez lente. Et les déchets que j'excrète cessent tout aussi lentement de faire partie de Gaïa. Après tout, les matières que j'élimine sont totalement privées de tout contact avec Gaïa. Leur manque même ce contact hyperspatial moins direct que je suis moi-même capable de maintenir, grâce à mon niveau élevé d'intensité consciente. C'est ce contact hyperspatial qui permet à la nourriture non gaïenne de s'intégrer à Gaïa — lentement — lorsque je la mange.

— Et la nourriture gaïenne de nos réserves ? Va-t-elle lentement devenir non gaïenne ? Si c'est le cas, vous auriez intérêt à la manger tant que vous pouvez.

— Inutile de s'inquiéter à ce sujet, dit Joie. Nos réserves de vivres gaïennes ont été traitées de façon à demeurer partie intégrante de Gaïa sur une longue période. »

Pelorat intervint soudain : « Mais qu'arrivera-t-il si c'est nous qui mangeons la nourriture gaïenne ? Et tant qu'on y est, que nous est-il arrivé lorsque nous avons mangé cette nourriture durant notre séjour sur Gaïa ? Nous transformons-nous lentement en Gaïa, nous aussi ? »

Joie hocha la tête et une expression étrangement troublée s'inscrivit sur ses traits. « Non, ce que vous avez pu manger est perdu pour nous. Du moins, les portions qu'ont métabolisées vos tissus. Ce que vous avez excrété est demeuré Gaïa ou le deviendra très lentement, de sorte qu'en fin de compte l'équilibre était maintenu, mais de nombreux atomes de Gaïa sont devenus non Gaïa par suite de votre visite chez nous.

— Pourquoi cela ? demanda Trevize, curieux.

— Parce que vous n'auriez pas été capable de supporter la conversion, eût-elle même été fort partielle. Vous étiez nos hôtes, pour ainsi dire conduits à venir sur notre monde, et nous avions le devoir de vous protéger du danger, même au prix de la perte d'infimes fragments de Gaïa. C'est un prix que nous étions disposés à payer mais ce fut sans joie.

— Nous le regrettons, dit Trevize, mais êtes-vous sûre que de la nourriture non gaïenne, sous certaines formes du moins, ne risque pas, également, de vous faire du mal ?

— Non, répondit Joie. Ce qui est comestible pour vous devrait l'être pour moi. Je n'ai que le problème supplémentaire de la métabolisation de cette nourriture au sein de Gaïa en même temps que dans mes propres tissus. Cela représente une barrière psychologique qui gâche quelque peu mon plaisir et m'oblige à manger lentement mais que je finirai bien par vaincre.

— Et les risques d'infection ? piailla Pelorat, non sans inquiétude. Je n'arrive pas à comprendre comment on n'y a pas songé plus tôt. Joie ! Toute planète sur laquelle vous vous posez est susceptible d'abriter des micro-organismes contre lesquels vous n'avez aucune défense, d'où le risque pour vous de mourir de quelque banale maladie infectieuse. Trevize, nous devons faire demi-tour !

— Pas de panique, Pel, chou, rétorqua Joie, tout sourire. Les micro-organismes également sont assimilés en Gaïa lorsqu'ils font partie de ma nourriture ou lorsqu'ils pénètrent dans mon corps de quelque autre manière. Qu'ils semblent présenter une menace et ils seront assimilés d'autant plus rapidement, et une fois devenus Gaïa, ils ne seront plus du tout dangereux. »

Le repas s'achevait et Pelorat sirotait son mélange chaud de jus de fruits épicés. « Sapristi, fit-il en se léchant les lèvres, je crois bien qu'il est encore temps de changer de sujet. Il semblerait que mon unique occupation à bord soit de sauter du coq à l'âne. Pourquoi donc ?

— Parce que, répondit Trevize, solennel, Joie et moi nous raccrochons à tous les sujets possibles, jusqu'au bout s'il le faut. Nous comptons sur vous, Janov, pour préserver notre santé mentale. Quel nouveau sujet voulez-vous donc aborder, mon bon ami ?

— J'ai parcouru mes textes de référence sur Comporellon. Il se trouve que tout le secteur dont fait partie cette planète est riche en légendes antiques. Sa colonisation remonte très loin, au premier millénaire du voyage hyperspatial. Les Comporelliens évoquent même un fondateur légendaire du nom de Benbally, disant qu'à l'origine leur planète s'appelait le Monde de Benbally.

— Et qu'y aurait-il de vrai dans tout cela, Janov, selon vous ?

— Un noyau de vérité, peut-être, mais qui peut savoir lequel ?

— Je n'ai jamais entendu parler d'un nommé Benbally dans l'histoire réelle. Et vous ?

— Moi non plus, mais vous savez que vers la fin de l'ère impériale on a assisté à un effacement délibéré de l'histoire pré-impériale. Dans l'agitation des derniers siècles de l'Empire, les Empereurs étaient anxieux de réduire le patriotisme local car ils considéraient, à juste titre, son influence comme désintégratrice. Dans presque tous les secteurs de la Galaxie, par conséquent, l'histoire authentique, avec des archives complètes et une chronologie précise, ne commence qu'à l'époque où l'influence de Trantor s'est fait sentir et où le secteur en question s'est allié à l'Empire ou bien lui a été annexé.

— Je n'aurais pas cru que l'histoire fût si aisée à effacer, remarqua Trevize.

— Par bien des côtés ça n'a rien de facile, reconnut Pelorat, mais un gouvernement puissant et décidé peut l'affaiblir dans de grandes proportions. Et si elle l'est suffisamment, l'histoire antique finit par reposer sur des matériaux épars et tend à dégénérer en contes folkloriques. Invariablement, de tels récits folkloriques s'emplissent d'exagérations et finissent par présenter le secteur comme plus ancien et plus puissant qu'il ne l'a vraisemblablement été dans les faits. Et qu'importe alors la stupidité d'une légende en particulier, voire même son impossibilité ; y croire devient pour les autochtones une affaire de patriotisme. Je puis vous montrer des contes de tous les coins de la Galaxie d'après lesquels la colonisation originelle a eu lieu depuis la Terre elle-même, bien que ce nom soit rarement celui donné à la planète mère.

— Comment l'appellent-ils ?

— Par toutes sortes de noms. Ils l'appellent parfois l'Unique, et parfois l'Aînée. Ou bien ils l'appellent le Monde luné, ce qui, d'après certaines autorités, serait une référence à son satellite géant. D'autres prétendent que cela veut dire le Monde perdu et que " luné " serait une déformation d' " éloigné ", au sens prégalactique de " perdu ", d' " abandonné ". »

Trevize intervint en douceur : « Janov, stop ! Ou vous ne vous arrêterez plus entre vos autorités et contre-autorités. Ces légendes sont répandues partout, dites-vous ?

— Oh ! oui, mon bon. Asolument. Vous n'avez qu'à les parcourir pour entrevoir cette humaine habitude de broder sur une vague coquille de vérité en y rajoutant couche après couche de jolis mensonges, à la manière dont les huîtres de Rhampora fabriquent des perles autour d'un grain de poussière. Je suis tombé précisément sur cette métaphore un jour que...

— Janov ! Arrêtez, encore une fois ? Mais dites-moi, y a-t-il dans les légendes de Comporellon quelque chose de différent des autres ?

— Oh ! » Et Pelorat regarda Trevize quelques instants, bouche bée. « De différent ? Eh bien, elles prétendent que la Terre est relativement proche et ceci est inhabituel. Sur la plupart des mondes qui parlent de la Terre, quel que soit le nom choisi pour la nommer, on note une tendance à rester vague quant à sa localisation — soit elle est située indéfiniment loin, soit rejetée dans quelque contrée imaginaire.

— Oui, dit Trevize, tout comme quelqu'un sur Seychelle nous avait dit que Gaïa était située dans l'hyperespace. »

Joie rit à cette remarque.

Trevize lui jeta un bref regard. « C'est vrai. C'est ce qu'on nous a dit.

— Ce n'est pas que je ne vous croie pas. C'est amusant, c'est tout. Bien entendu, c'est ce que nous voulons leur laisser croire. Ce qu'on demande simplement, c'est qu'on nous laisse tranquilles pour l'instant, et où serions-nous plus tranquilles et en sécurité que dans l'hyperespace ? Si nous n'y sommes pas vraiment, c'est tout comme, pour peu que les gens le croient.

— Oui, dit Trevize sèchement, et de la même manière quelque chose pousse les gens à croire que la Terre n'existe pas, ou qu'elle est très loin, ou pourvue d'une croûte radioactive.

— A l'exception des Comporelliens, remarqua Pelorat, qui la croient située relativement près d'eux.

— Mais néanmoins pourvue d'une croûte radioactive. D'une manière ou d'une autre, tous les peuples dotés d'une légende sur la Terre considèrent celle-ci comme inaccessible.

— C'est plus ou moins exact, admit Pelorat.

— Bien des gens sur Seychelle croyaient Gaïa proche ; certains avaient même identifié correctement son étoile ; et néanmoins, tous la considéraient comme inaccessible. Il se pourrait que certains Comporelliens soutiennent que la Terre est une planète radioactive et morte, mais soient capables d'identifier son étoile. Dans ce cas, nous l'approcherons, qu'ils la considèrent ou non comme inaccessible. C'est exactement ce que nous avons fait avec Gaïa.

— Gaïa était disposée à vous recevoir, Trevize, remarqua Joie. Vous étiez impuissant entre nos mains, même si nous n'avons jamais songé à vous faire du mal. Imaginez en revanche que la Terre elle aussi ait ce pouvoir, mais ne soit pas bienveillante. Qu'arrivera-t-il ?

— Je dois de toute façon tenter de l'atteindre, et en accepter les conséquences. Toutefois, ceci est ma mission. Une fois que j'aurai localisé la Terre et pris son cap, il sera toujours temps pour vous d'abandonner. Je vous déposerai sur le plus proche monde de la Fondation ou vous ramènerai à Gaïa, si vous insistez, puis gagnerai la Terre seul.

— Mon brave compagnon, intervint Pelorat, manifestement au désarroi. Ne dites pas de telles choses. Loin de moi l'idée de vous abandonner.

— Ou moi d'abandonner Pel », dit Joie en tendant la main pour effleurer la joue de Pelorat.

« Dans ce cas, fort bien. Nous n'allons pas tarder à être prêts à effectuer le Saut pour Comporellon ; ensuite, espérons-le, ce sera... cap sur la Terre. »

DEUXIÈME PARTIE

COMPORELLON

Chapitre 3

A la station d'entrée

9.

En pénétrant dans la chambre, Joie lança : « Trevize vous a-t-il dit que nous allions effectuer le Saut et pénétrer d'un instant à l'autre dans l'hyperespace ? »

Pelorat qui était penché sur son lecteur de disque leva les yeux et répondit : « A vrai dire, il a simplement passé la tête et m'a dit : “ dans la demi-heure ”.

— Je n'aime pas trop y penser, Pel. Je n'ai jamais aimé les Sauts. Ça me fait une drôle d'impression d'être sens dessus dessous. »

Pelorat eut l'air un rien surpris : « Je ne vous avais pas imaginée en baroudeuse de l'espace, Joie chérie.

— Je ne le suis pas particulièrement et quand je dis cela, je ne parle pas uniquement de mon aspect composante de Gaïa. Gaïa n'a par elle-même jamais l'occasion d'effectuer des voyages spatiaux réguliers. Par ma/notre nature même, je/nous n'explorons, commerçons, trafiquons pas dans l'espace. Malgré tout demeure la nécessité d'avoir certaines stations d'entrée...

— Comme lorsque nous avons eu la bonne fortune de faire votre connaissance.

— Oui, Pel. » Elle lui sourit affectueusement. « Ou alors pour visiter Seychelle et d'autres régions stellaires, pour diverses raisons — en général clandestines. Mais clandestines ou pas, cela signifie toujours un Saut et, bien entendu, chaque fois que l'un ou l'autre élément de Gaïa l'effectue, Gaïa tout entière le ressent.

— Voilà qui est bien fâcheux, dit Pel.

— Ça pourrait être pire. Le plus gros de la masse de Gaïa ne subit pas le Saut, de sorte que l'effet est largement dilué. Malgré tout, j'ai l'impression de le ressentir plus que la majeure partie de Gaïa. Comme je n'ai cessé de le dire à Trevize, même si tout l'ensemble de Gaïa est Gaïa, ses composants individuels ne sont pas identiques. Nous avons nos différences et ma composition est, pour quelque raison, particulièrement sensible au Saut.

— Attendez ! dit Pelorat, se souvenant soudain. Trevize m'a expliqué ça un jour. C'est avec les vaisseaux ordinaires que vous avez les pires sensations. A bord des vaisseaux ordinaires, on quitte le champ de gravité galactique à l'entrée dans l'hyperespace, et l'on y revient en regagnant l'espace normal. C'est ce changement qui produit la sensation. Mais le *Far Star* est un vaisseau gravitique. Il est indépendant du champ gravitationnel et ne le quitte ni ne le réintègre vraiment. Raison pour laquelle nous ne sentirons rien du tout. Je puis vous l'assurer, chérie, par expérience personnelle.

— Mais c'est merveilleux ! Je regrette de n'avoir pas discuté plus tôt du problème. Cela m'aurait épargné une considérable appréhension.

— Il y a encore un autre avantage », reprit Pelorat, qu'emplissait d'une soudaine allégresse ce rôle inhabituel de vulgarisateur en astronautique. « Le vaisseau ordinaire naviguant en espace normal doit s'éloigner à une assez grande distance des masses importantes telles que les étoiles, pour être en mesure de procéder au Saut. Une des raisons est que plus on est proche d'une étoile, plus intense est le champ gravitationnel et plus prononcées les sensations liées au Saut. Et puis, également, plus est intense le champ gravitationnel et plus se compliquent les équations qu'il faut résoudre pour mener à bien le Saut et aboutir au point de l'espace ordinaire où vous avez choisi d'aboutir.

« Dans un vaisseau gravitique, par contre, il n'y a pour ainsi dire pas de sensation de Saut. De plus, ce vaisseau dispose d'un ordinateur considérablement plus avancé que les machines ordinaires, capable de manipuler des équations complexes avec une aisance et une vitesse inusitées. Le résultat est qu'au lieu d'être obligé de s'éloigner d'une étoile pendant une quinzaine de jours afin d'atteindre une distance sûre pour effectuer la manœuvre, le *Far Star* se contente de deux ou trois jours de trajet. Et ce, en particulier, parce que nous ne sommes pas soumis à un champ gravitationnel et, par conséquent, aux effets de la force d'inertie — je reconnais ne pas bien saisir ce point mais enfin, c'est ce que Trevize m'a dit —, ce qui nous permet d'accélérer bien plus rapidement que n'en serait capable n'importe quel astronef ordinaire...

— Impeccable, dit Joie, et c'est à mettre au crédit de Trev qu'il soit capable de piloter ce vaisseau peu commun. »

Pelorat fronça légèrement les sourcils. « Je vous en prie, Joie. Dites " Trevize ".

— Absolument, absolument. En son absence, toutefois, je me relâche un peu.

— N'en faites rien. N'allez pas encourager cette habitude, ne serait-ce qu'un peu, chérie. Il est tellement susceptible à ce sujet.

— Pas à ce sujet. A mon sujet. Il ne m'aime pas.

— Ce n'est pas vrai, dit avec ardeur Pelorat. J'en ai parlé avec lui... Allons, allons, ne froncez pas les sourcils. J'ai fait montre d'une extraordinaire discrétion, ma chère enfant. Il m'a assuré qu'il ne vous détestait pas. Il a certes des soupçons à l'égard de Gaïa et regrette d'avoir été contraint d'en faire l'avenir de l'humanité. Nous devons tenir compte de cela. C'est un sentiment qu'il surmontera en prenant graduellement conscience des avantages de Gaïa.

— Je l'espère mais ce n'est pas simplement Gaïa. Quoi qu'il puisse vous raconter, Pel — et rappelez-vous qu'il vous aime bien et ne veut pas heurter vos sentiments — il me déteste...

— Non, Joie. Il en serait incapable.

— Personne n'est forcé de m'aimer sous le simple prétexte que vous m'aimez, vous, Pel. Laissez-moi m'expliquer. Trev — d'accord, Trevize — Trevize croit que je suis un robot. »

Une expression de vif étonnement s'inscrivit sur les traits d'ordinaire placides de Pelorat : « Il ne peut certainement pas vous prendre pour une créature artificielle.

— Pourquoi serait-ce tellement surprenant ? Gaïa a bien été colonisée avec l'aide des robots. C'est un fait reconnu.

— Des robots peuvent y avoir contribué, à l'instar de

n'importe quelle machine, mais ce sont bel et bien des gens qui ont colonisé Gaïa ; des gens de la Terre. Voilà ce que pense Trevize. Je le sais.

— Il n'y a rien concernant la Terre dans la mémoire de Gaïa, comme je vous l'ai déjà dit, à Trevize et à vous. Toutefois, dans nos plus anciens souvenirs demeurent encore quelques robots, même après trois millénaires, des robots œuvrant à parachever la modification de Gaïa en un monde habitable. A cette époque, nous étions également en train de transformer Gaïa en une conscience planétaire — cela a pris un long moment, Pel chéri, raison de plus pour que nos souvenirs soient flous ; inutile de faire intervenir leur effacement par la Terre, comme le pense Trevize...

— Certes, Joie, dit Pelorat d'un air soucieux, mais les robots dans tout cela ?

— Eh bien, tandis que Gaïa se formait, les robots sont repartis. Nous ne voulions pas d'une Gaïa avec des robots, car nous étions, et sommes encore, convaincus qu'un composant robotique est, à longue échéance, nuisible à toute société humaine, qu'elle soit par nature formée d'Isolats ou bien planétaire. J'ignore comment nous sommes parvenus à cette conclusion mais il est possible qu'elle soit fondée sur des événements remontant à une période particulièrement archaïque de l'histoire galactique, de sorte que les souvenirs de Gaïa ne remonteraient pas jusque-là.

— Si les robots sont partis...

— Oui, mais certains sont restés. Alors, si j'étais l'un d'eux — vieux peut-être de quinze mille ans ? Trevize le soupçonne. »

Pelorat hocha lentement la tête. « Mais vous n'en êtes pas un.

— Etes-vous sûr d'y croire ?

— Bien entendu. Vous n'êtes absolument pas un robot.

— Qu'en savez-vous ?

— Joie, je le *sais*. Il n'y a rien d'artificiel en vous. Personne n'est mieux placé que moi pour le savoir.

— N'est-il pas possible que je sois si habilement artificielle que sous tous les aspects, du plus grand au plus infime détail, je sois indiscernable du naturel ? Si tel était le cas, comment feriez-vous la différence entre moi et un authentique être humain ?

— Je ne crois pas qu'il soit possible que vous soyez si habilement artificielle.

— Et si c'était quand même possible, malgré ce que vous pensez ?

— Je n'y crois pas, c'est tout.

— Dans ce cas, considérons simplement la chose comme un problème d'école. Si j'étais un robot indiscernable, en tant que tel, quel effet ça vous ferait ?

— Eh bien, je... je...

— Soyons précis. Quel effet ça vous ferait de faire l'amour à un robot ? »

Pelorat fit soudain claquer les doigts de sa main droite. « Vous savez, il y a des légendes de femmes tombant amoureuses d'hommes artificiels et *vice versa.* J'ai toujours estimé qu'elles véhiculaient un sens allégorique sans jamais imaginer que ces contes pouvaient représenter la vérité littérale... Bien entendu, Golan et moi n'avions jamais entendu le terme “ robot ” avant d'avoir atterri sur Seychelle mais, maintenant que j'y pense, ces hommes et ces femmes artificiels devaient être des robots. Apparemment, de tels robots ont bel et bien existé à l'aube des temps historiques. Ce qui veut dire qu'il faudrait reconsidérer les légendes... »

Il s'abîma dans une réflexion silencieuse et, après avoir attendu quelques instants, Joie fit soudain claquer sèchement ses doigts. Pelorat sursauta.

« Pel chéri, dit Joie. Vous vous servez de votre mythographie pour esquiver la question. La question est : quel effet ça vous ferait de faire l'amour à un robot ? »

Il la fixa, gêné. « Un robot vraiment indiscernable ? Qu'on ne pourrait distinguer d'un être humain ?

— Oui.

— Il me semble, dans ce cas, qu'un robot qu'on ne peut en aucune manière distinguer d'un être humain *est* un être humain. Si vous étiez un tel robot, vous ne seriez rien d'autre qu'un être humain pour moi.

— C'est ce que je voulais vous entendre dire, Pel. »

Pel attendit puis reprit : « Eh bien, dans ce cas, maintenant que vous m'avez entendu le dire, chérie, n'allez-vous pas m'avouer que vous êtes bel et bien un être humain naturel et que je n'ai pas à me colleter avec d'hypothétiques situations ?

— Non, je n'en ferai rien. Vous avez défini un être humain naturel comme un objet doté de tous les attributs d'un être humain naturel. Si me voir posséder tous ces attributs vous satisfait, alors cela met fin à la discussion. Nous avons la définition opératoire et nous n'avons besoin de rien de plus. Après tout, comment saurais-je que vous n'êtes pas, vous non plus, un simple robot qui se trouverait être indiscernable d'un être humain ?

— Parce que je vous ai dit que je n'en étais pas un.

— Ah ! Mais si vous étiez un robot indiscernable d'un être humain, vous pourriez être conçu de façon à me dire que vous êtes un être humain naturel, voire programmé pour y croire vous-même. Une définition opératoire, c'est tout ce dont nous disposons, tout ce dont nous *pouvons* disposer. »

Elle lui passa les bras autour du cou et l'embrassa. Le baiser devint plus passionné et se prolongea jusqu'à ce que Pelorat parvienne à dire, d'une voix quelque peu étouffée : « Mais nous avions promis à Trevize de ne pas l'embarrasser en convertissant ce vaisseau en nid d'amour pour jeunes mariés. »

Joie lui répondit, enjôleuse : « Laissons-nous emporter sans prendre le temps de songer aux promesses... »

Troublé, Pelorat rétorqua : « Mais je ne peux pas faire ça, chérie. Je sais que cela doit vous irriter, Joie, mais je suis constamment en train de réfléchir et me montre par constitution opposé à me laisser emporter par les émotions. C'est une habitude venue de loin et sans doute fort ennuyeuse pour les tiers. Je n'ai jamais vécu avec une femme qui n'ait tôt ou tard des objections à faire à cela. Ma première épouse... mais je suppose qu'il serait déplacé de discuter de cela...

— Tout à fait déplacé, oui, mais pas fatalement. Vous n'êtes pas non plus mon premier amant.

— Oh ! » fit Pelorat, quelque peu désemparé, puis, prenant conscience du petit sourire de Joie, il se ressaisit : « Je veux dire, bien sûr que non. Je n'aurais jamais imaginé être... toujours est-il que ma première femme n'appréciait pas.

— Mais moi, si. Je trouve vos interminables plongées dans des abîmes de réflexion absolument fascinantes.

— Ça, je ne peux pas y croire, mais il me vient effectivement une autre pensée. Robot ou humain, peu importe. Nous sommes d'accord là-dessus. Malgré tout, je suis un Isolat et vous le savez. Je ne suis pas un élément de Gaïa et quand nous sommes dans l'intimité, vous partagez des émotions extérieures à Gaïa même quand vous me laissez participer de celles-ci durant de brèves périodes, et il se peut que ce ne soit pas la même intensité d'émotions que vous pourriez éprouver si c'était Gaïa qui aimait Gaïa.

— Vous aimer, Pel, a son attrait propre. Je ne cherche pas au-delà.

— Mais il ne s'agit pas simplement d'être aimé de vous. Vous n'êtes pas seulement vous-même. Supposez que Gaïa y voie une perversion ?

— Si tel était le cas, je le saurais, car je suis Gaïa. Et puisque j'éprouve du plaisir avec vous, Gaïa de même. Quand nous faisons l'amour, Gaïa tout entière partage la sensation à un degré ou à un autre. Quand je vous dis que je vous aime, cela veut dire que Gaïa vous aime, même si c'est uniquement la composante que je représente qui se voit assigner le rôle immédiat... Vous m'avez l'air perplexe.

— Etant un Isolat, Joie, je ne saisis pas tout à fait.

— Vous pouvez toujours établir une analogie avec le corps d'un Isolat. Quand vous sifflez un air, tout votre corps, c'est-à-dire *vous* en tant qu'organisme, désire siffler un air, mais la tâche immédiate en est dévolue à vos lèvres, votre langue et vos poumons. Votre gros orteil droit n'y participe en rien.

— Il pourrait battre la mesure.

— Mais cela n'est pas nécessaire à l'action de siffloter. Taper du gros orteil ne constitue pas l'action en elle-même mais une réponse à l'action et, sans nul doute, toutes les composantes de Gaïa pourraient aussi bien réagir de telle ou telle autre infime manière à mon émotion, tout comme je réagis aux leurs.

— Je suppose qu'il est inutile d'en concevoir de la gêne.

— Absolument.

— Mais cela me procure un étrange sentiment de responsabilité. Quand j'essaie de vous rendre heureuse, j'ai l'impression de devoir essayer de rendre heureux jusqu'au plus infime organisme vivant sur Gaïa.

— Jusqu'au plus infime atome — mais c'est bien ce que vous faites. Vous contribuez à ce sentiment d'allégresse général que je vous laisse parfois brièvement partager. Je suppose que votre contribution est trop mince pour être aisément mesurable mais elle existe bel et bien, et le savoir devrait accroître votre bonheur.

— J'aimerais pouvoir être certain que Golan est suffisamment occupé par ses manœuvres dans l'hyperespace pour rester un bon bout de temps dans le poste de pilotage.

— Vous tenez à votre lune de miel, pas vrai ?

— Oui.

— Alors, prenez une feuille de papier, inscrivez dessus " Nid d'amour pour lune de miel ", collez-la sur la porte et s'il veut entrer, c'est son problème. »

Pelorat s'exécuta et ce fut durant les délicieuses opérations qui s'ensuivirent que le *Far Star* effectua son saut. Ni Pelorat ni Joie ne s'aperçurent de la manœuvre, qu'ils n'auraient de toute manière pas décelée, y eussent-ils prêté attention.

10.

Quelques mois à peine s'étaient écoulés depuis que Pelorat avait fait la connaissance de Trevize et, pour la première fois de sa vie, quitté le sol de Terminus. Jusque-là, durant son plus que demi-siècle (galactique standard) d'existence, il n'avait été qu'un rampant.

Dans son esprit, il était dans l'espace de ces quelques mois devenu un vieux loup du cosmos. Depuis l'espace, il avait contemplé trois planètes : Terminus elle-même, Seychelle et Gaïa. Et sur l'écran, voici qu'il en découvrait une quatrième, bien que par l'intermédiaire d'un télescope piloté par ordinateur. Cette quatrième planète était Comporellon.

Et de nouveau, pour la quatrième fois, il se sentait vaguement déçu. Quelque part, il persistait à trouver que contempler depuis l'espace un monde habitable signifiait découvrir le contour de ses continents entourés par les mers ; ou, s'il s'agissait d'un monde désertique, le contour de ses lacs entourés par la terre.

Or, ce n'était jamais le cas.

Si un monde était habitable, il possédait une atmosphère en même temps qu'une hydrosphère. Et s'il avait à la fois de l'air et de l'eau, il avait des nuages ; et s'il avait des nuages, la vue était compromise. Et donc, une fois encore, Pelorat se retrouva en train de lorgner de blancs tourbillons avec, à l'occasion, une percée de bleu pâle ou de brun rouille.

Il se demanda, maussade, si quiconque était capable d'identifier une planète à partir d'une simple diapo prise, mettons, à trois cent mille kilomètres de distance. Comment diable distinguer un tourbillon de nuages d'un autre ?

Joie considéra Pelorat non sans une certaine inquiétude. « Qu'y a-t-il, Pel ? Vous semblez malheureux.

— Je trouve que, vues de l'espace, toutes les planètes se ressemblent.

— Et après, Janov ? intervint Trevize. C'est bien pareil avec toutes les côtes de Terminus lorsqu'elles apparaissent à l'horizon, à moins que vous ne sachiez au juste ce que vous cherchez — un pic montagneux précis, ou bien, au large, un îlot à la forme caractéristique.

— Je veux bien, dit Pelorat, manifestement mécontent, mais qu'est-ce que vous cherchez, vous, dans une masse de nuages en perpétuel mouvement ? Et à supposer que vous essayiez, avant même d'avoir pu décider, vous avez toutes les chances de vous retrouver du côté obscur.

— Ecoutez-moi un peu plus attentivement, Janov. Si vous suivez le contour des nuages, vous verrez qu'ils tendent à former une structure qui fait le tour de la planète, centrée autour d'un point, grossièrement situé à l'un des pôles.

— Lequel ? demanda Joie, intéressée.

— Puisque, relativement à nous, la planète tourne dans le sens des aiguilles d'une montre, nous sommes, par définition, en train de contempler son pôle sud. Puisque le centre de rotation semble situé à une quinzaine de degrés du terminateur — la limite entre face éclairée et face obscure — et que l'axe de la planète est incliné de vingt et un degrés par rapport à la perpendiculaire à son plan de révolution, nous sommes soit au milieu du printemps, soit au milieu de l'été, selon que le pôle s'éloigne ou s'approche du terminateur. L'ordinateur pourrait calculer son orbite et me fournir le renseignement en un rien de temps si je le lui demandais. La capitale étant située dans l'hémisphère nord, on est donc là-bas soit au milieu de l'automne, soit en plein hiver. »

Froncement de sourcils de Pelorat : « Vous pouvez dire tout ça ? » Il fixait la couche de nuages comme si elle pouvait — ou devait — lui dire maintenant quelque chose mais bien entendu il n'en était rien.

« Pas seulement ça, répondit Trevize, mais si vous examinez les régions polaires, vous constaterez qu'il n'y a pas de déchirures dans la couche nuageuse, comme on en voit ailleurs. En vérité, il y en a bien, mais à travers les déchirures on aperçoit de la glace, ce qui donne du blanc sur blanc.

— Ah ! fit Pelorat. Je suppose qu'on peut s'y attendre aux pôles.

— Des planètes habitables, certainement. Les planètes sans vie pourraient être dépourvues d'air ou d'eau, ou présenter certains stigmates révélant que les nuages ne sont pas des nuages d'eau, ou que la glace n'est pas de la glace d'eau. Cette planète ne présentant pas de tels stigmates, nous savons donc que nous sommes en train de contempler des nuages et de la glace d'eau.

« Le point suivant que l'on peut remarquer est la taille du secteur blanc continu du côté éclairé du terminateur, et pour un œil expérimenté, celui-ci apparaît immédiatement plus étendu que la moyenne. Qui plus est, il est possible de déceler une certaine tonalité orangée, certes tout à fait discrète, à la lumière réfléchie, indiquant que le soleil de Comporellon est légèrement plus froid que celui de Terminus. Alors que Comporellon est plus proche de son soleil que Terminus ne l'est du sien, elle ne l'est toutefois pas assez pour compenser la température plus faible de son étoile. Par conséquent, pour un monde habité, il s'agit d'un monde froid.

— Vous lisez ça comme un film, mon brave compagnon, nota Pelorat, admiratif.

— Ne soyez pas trop impressionné », dit Trevize avec un sourire affectueux. « L'ordinateur m'a fourni les statistiques applicables à cette planète, y compris sa température générale légèrement inférieure à la moyenne. Il est aisé de déduire quelque chose que l'on sait déjà. En fait, Comporellon se trouve à la lisière d'une période glaciaire et elle en connaîtrait une si la configuration de ses continents était plus propice à une telle condition. »

Joie se mordit la lèvre inférieure. « Je n'aime pas un monde froid.

— Nous avons des vêtements chauds, remarqua Trevize.

— Ça n'a guère d'importance. L'homme n'est pas vraiment adapté au climat froid. Nous n'avons pas d'épaisse toison de poil ou de plumes, pas de couche de graisse sous-cutanée. Pour une planète, avoir un climat froid semble dénoter une certaine indifférence au bien-être de ses propres éléments.

— Gaïa est-elle une planète uniformément tempérée ? s'enquit Trevize.

— En majorité, oui. Il y a quelques zones froides pour les plantes et les animaux acclimatés au froid et quelques secteurs chauds pour les plantes et animaux habitués à la chaleur, mais la plus grande partie est uniformément tempérée, évitant les écarts inconfortables dans l'un et l'autre sens pour ceux qui se situent entre, êtres humains compris, bien entendu.

— Bien entendu. Tous les éléments de Gaïa sont vivants et égaux à ce titre mais certains, tels les êtres humains, sont manifestement plus égaux que d'autres...

— Ne soyez pas stupidement sarcastique, rétorqua Joie avec un rien de hargne. Le niveau de conscience et l'intensité de perception ont leur rôle. Un être humain constitue une portion de Gaïa plus importante qu'un rocher de même poids et les propriétés comme les fonctions de Gaïa dans son ensemble sont nécessairement pondérées en faveur de l'être humain — pas autant que sur vos mondes d'Isolats, toutefois. Qui plus est, il y a des moments où la pondération s'effectue dans d'autres directions, lorsque l'ensemble de Gaïa l'exige. Elle pourrait même, à de longs intervalles, basculer en faveur de l'écorce rocheuse. Et cela, également, exige de l'attention, faute de quoi tous les éléments de Gaïa pourraient en pâtir. Personne ne voudrait d'une éruption volcanique inutile, n'est-ce pas ?

— Non, fit Trevize. Pas d'éruption inutile.

— Vous n'avez pas l'air très impressionné, hein ?

— Ecoutez, dit Trevize. Nous avons des mondes qui sont plus froids que la moyenne et d'autres plus chauds ; des mondes qui sont en majorité composés de forêts tropicales et d'autres de vastes savanes. Il n'y a pas deux mondes semblables et chacun d'eux est le monde natal de ceux qui y sont acclimatés. Je suis acclimaté à la relative douceur de Terminus — nous l'avons en fait apprivoisée jusqu'à une modération quasi gaïenne — mais j'apprécie de m'en écarter, du moins à titre temporaire, de découvrir quelque chose d'autre. Ce que nous avons, Joie, et que Gaïa n'a pas, c'est la variété. Si Gaïa s'étend sur toute la Galaxie, chaque planète de la Galaxie devra-t-elle obligatoirement devenir tempérée ? La similitude serait insupportable.

— S'il en est ainsi, et si la variété semble désirable, eh bien, la variété sera maintenue.

— A titre de cadeau du comité central, pour ainsi dire ? fit Trevize, sèchement. Et en en concédant le moins possible ? J'aimerais encore mieux laisser faire la nature.

— Mais vous non plus, vous n'avez pas laissé faire la nature ! Chaque planète habitable de la Galaxie a été modifiée. Chacune d'elles a été découverte dans un état de nature qui était inconfortable pour l'humanité et chacune d'elle modifiée pour la rendre aussi tempérée que possible. Si la présente planète est froide, je suis certaine que c'est parce que ses habitants ont été incapables de la chauffer plus sans engager de dépenses inacceptables. Et même ainsi, les portions qu'ils habitent effectivement, nous pouvons être certains qu'elles sont artificiellement chauffées pour être tempérées. Alors inutile de ramener votre vertueuse condescendance sur le respect de la nature.

— C'est Gaïa qui parle, je suppose.

— Je parle toujours au nom de Gaïa. Je *suis* Gaïa.

— Alors, si Gaïa est si certaine de sa supériorité, pourquoi avoir eu besoin de *ma* décision ? Pourquoi ne pas avoir décidé sans moi ? »

Gaïa marqua une pause, comme pour s'exprimer de manière plus réfléchie. Puis elle répondit : « Parce qu'il n'est pas sage de trop se fier à soi. Nous voyons naturellement nos qualités d'un œil plus net que nous voyons nos défauts. Nous sommes anxieux de faire ce qui est bien ; pas nécessairement ce qui nous *paraît* bien mais ce qui *est* bien, objectivement, si une telle notion de bien objectif peut exister. Vous semblez représenter ce qui se rapprocherait le plus de cette idée du bien objectif et c'est pourquoi nous nous laissons guider par vous.

— Un bien tellement objectif, constata Trevize avec tristesse, que je ne comprends pas moi-même ma propre décision et en cherche la justification.

— Vous la trouverez, dit Joie.

— Je l'espère.

— A vrai dire, vieux compagnon, intervint Pelorat, il me semble que ce récent échange vient d'être assez rondement emporté par Joie. Pourquoi ne pas reconnaître le fait que ses arguments justifient bien votre décision que Gaïa est la vague porteuse d'avenir pour l'humanité ?

— Parce que, dit Trevize, d'une voix rauque, j'ignorais encore ces arguments à l'époque où j'ai pris ma décision. Je ne connaissais aucun de ces détails concernant Gaïa. Quelque chose d'autre m'a influencé, inconsciemment du moins, une chose qui ne dépend pas de Gaïa en détail mais doit être plus fondamentale. C'est là ce que je dois retrouver. »

Pelorat tendit une main apaisante. « Ne vous mettez pas en colère, Golan.

— Je ne suis pas en colère. Je suis juste soumis à une tension assez insupportable. Je ne veux pas être le point focal de la Galaxie.

— Je ne vous le reprocherais pas, Trevize, dit Joie, et je suis sincèrement désolée que nos propres dispositions vous aient d'une certaine manière forcé à assumer ce rôle... Mais quand devons-nous atterrir sur Comporellon ?

— Dans trois jours, dit Trevize, et seulement après un arrêt à l'une des stations d'entrée en orbite autour de la planète.

— Combien de temps faut-il en moyenne pour franchir un poste d'entrée ? » s'enquit Pelorat.

Trevize haussa les épaules. « Cela dépend du nombre de vaisseaux qui approchent la planète, du nombre de stations d'entrée et, par-dessus tout, des règles particulières pour permettre ou refuser l'admission. Ces règles changent de temps à autre. »

Indignation de Pelorat : « Que voulez-vous dire, *refuser* l'admission ? Comment peut-on refuser l'entrée à des citoyens de la Fondation ? Comporellon ne fait-elle pas partie des dominions de la Fondation ?

— Eh bien, oui... et non. Il y a une assez délicate affaire de légalisme sur ce point et je ne sais pas au juste comment Comporellon interprète les textes. Je suppose que le risque existe qu'on nous refuse l'admission mais je ne crois pas qu'il soit bien grand.

— Et si on nous la refuse, que faisons-nous ?

— Je ne sais pas bien, dit Trevize. Attendons de voir ce qui arrive avant de nous fatiguer à bâtir des plans de remplacement. »

11.

Ils étaient maintenant assez proches de Comporellon pour que la planète leur apparaisse comme un globe de bonne taille, même sans le grossissement du télescope. Avec un tel grossissement toutefois, les stations d'accès devenaient elles-mêmes visibles. Elles étaient situées plutôt en retrait par rapport à la plupart des autres structures en orbite autour de la planète et parfaitement bien éclairées.

A qui approchait, comme ils le faisaient, par le pôle Sud de la planète, la moitié de son globe apparaissait en permanence éclairé par le soleil. Etincelantes de lumière, les stations d'entrée sur sa face nocturne étaient bien entendu les plus nettement visibles. Elles étaient régulièrement espacées sur tout le pourtour de l'astre. Six d'entre elles se trouvaient dans leur champ de vision (six autres devaient sans aucun doute se trouver sur l'autre face) et toutes orbitaient avec la même vitesse régulière.

Quelque peu estomaqué par le spectacle, Pelorat remarqua : « Il y a d'autres lumières plus près de la planète. Qu'est-ce que c'est ?

— Je ne connais pas la planète en détail, répondit Trevize, je ne peux donc pas vous dire. Certaines pourraient être des usines en orbite, des labos ou des observatoires, voire des cités d'habitation. Certaines planètes préfèrent ne pas éclairer extérieurement leurs objets en orbite, à l'exception des stations d'accès. C'est le cas de Terminus par exemple. Comporellon adopte à l'évidence une attitude plus souple.

— Vers quelle station nous dirigeons-nous, Golan ?

— Ça dépendra d'eux. J'ai envoyé une demande d'atterrissage sur Comporellon et nous allons bien recevoir des instructions nous indiquant vers quel poste nous rendre. Tout dépend du nombre de vaisseaux en attente d'entrée en ce moment. S'il y en a des douzaines qui font la queue à chaque poste, nous n'aurons pas d'autre choix que de patienter.

— Je ne me suis éloignée que deux fois à des distances hyperspatiales de Gaïa, avoua Joie, et dans l'un et l'autre cas c'était à Seychelle ou à proximité. Je ne me suis jamais trouvée aussi loin. »

Regard sévère de Trevize : « Et après ? Vous êtes toujours Gaïa, non ? »

Un instant, Joie parut irritée mais bientôt son irritation se mua en une espèce de petit gloussement gêné. « Je dois reconnaître que vous m'avez eue cette fois, Trevize. Le mot " Gaïa " a deux sens. On peut l'employer en référence concrète à la planète, le globe de matière errant dans l'espace. On peut également l'utiliser pour nommer la chose vivante qui inclut ce globe. Pour parler correctement, on devrait utiliser deux termes différents pour ces deux concepts différents mais le contexte permet toujours aux Gaïens de déduire à quoi l'on fait référence. J'admets toutefois qu'un Isolat puisse être parfois intrigué.

— Eh bien, dans ce cas, reprit Trevize, en admettant que vous soyez à des milliers de parsecs de Gaïa, le globe, faites-vous toujours partie intégrante de Gaïa, l'organisme ?

— Si vous faites référence à l'organisme, je suis toujours Gaïa.

— Pas d'atténuation ?

— Essentiellement, non. Je suis certaine de vous avoir déjà expliqué qu'il y avait un certain surcroît de complexité à demeurer Gaïa dans l'hyperespace mais je demeure toutefois Gaïa.

— Vous est-il venu à l'idée que Gaïa pourrait être envisagée comme un Kraken galactique — la pieuvre monstrueuse des légendes — étendant partout ses tentacules. Vous n'avez qu'à placer quelques Gaïens sur chacune des planètes habitées et vous aurez virtuellement formé Galaxia. En fait, c'est sans doute ce que vous avez déjà fait. Où avez-vous placé vos Gaïens ? Je présume que vous en avez au moins un ou peut-être même plus sur Terminus, *idem* sur Trantor. Jusqu'où cela va-t-il ? »

Joie avait l'air manifestement mal à l'aise. « Je vous ai dit que je ne vous mentirais pas, Trevize, mais ça ne signifie pas que je me sente obligée de vous fournir toute la vérité. Il est certaines choses que vous n'avez pas besoin de savoir et la situation comme l'identité des fragments individuels de Gaïa en font partie.

— Ai-je besoin de connaître la raison de l'existence de ces tentacules, Joie, même si j'ignore où ils se trouvent ?

— L'opinion de Gaïa est que non.

— Je présume, malgré tout, que je peux deviner. Vous êtes persuadés d'être les gardiens du plan Seldon.

— Nous avons le souci d'établir une Galaxie stable et sûre ; une Galaxie paisible et prospère. Le Plan, tel que mis en œuvre à l'origine par Hari Seldon, est conçu pour préparer un Second Empire galactique, plus stable et plus opérationnel que ne le fut le Premier. Continuellement modifié et amélioré par la Seconde Fondation, le Plan a très bien fonctionné jusqu'à maintenant.

— Mais Gaïa ne veut pas d'un Second Empire galactique, n'est-ce pas ? Vous voulez Galaxia — une Galaxie vivante.

— Puisque vous l'autorisez, j'espère, en son temps, voir naître Galaxia. Si vous ne l'aviez pas permis, nous nous serions battus pour le Second Empire de Seldon, en gardant le secret dans la mesure du possible.

— Mais que reprochez-vous à... »

Son ouïe décela le doux bourdonnement du signal : « C'est l'ordinateur qui m'avertit. Je suppose qu'il reçoit des instructions concernant la station d'entrée. Je reviens tout de suite. »

Il entra dans le poste de pilotage, posa les mains sur les empreintes marquées sur le tableau de bord et effectivement, les instructions pour l'approche d'une station bien précise étaient là — avec ses coordonnées en référence à l'axe menant du centre de Comporellon à son pôle Nord et l'itinéraire prescrit.

Trevize accusa réception puis se laissa aller contre son dossier.

Le plan Seldon ! Il n'y avait plus songé depuis un bout de temps. Le Premier Empire galactique s'était effondré et depuis cinq siècles la Fondation avait grandi, d'abord en compétition avec l'Empire, puis seule sur ses ruines — toujours en accord avec le Plan.

Il y avait eu l'interruption du Mulet qui, durant un temps, avait menacé de faire éclater le Plan mais la Fondation s'en était sortie — sans doute avec l'aide de la Seconde, toujours cachée, peut-être également avec celle de cette Gaïa encore mieux dissimulée.

Et voilà que le Plan était confronté à une menace encore plus sérieuse que ne l'avait été celle du Mulet. Il devait être distrait du projet de renouvellement de l'Empire vers quelque chose de totalement différent de tout ce que l'histoire avait connu : Galaxia. *Et lui-même avait donné son accord à cela.*

Mais pourquoi ? Y avait-il une faille dans le Plan ? Une faille fondamentale ?

L'espace d'un éclair, Trevize eut l'impression que cette faille existait bel et bien et qu'il savait en quoi elle consistait, qu'il l'avait su lorsqu'il avait pris sa décision — mais cette impression se dissipa aussi vite qu'elle était venue, sans laisser de traces.

Tout cela n'était peut-être qu'une illusion ; aussi bien lorsqu'il avait pris sa décision que maintenant. Après tout, il ne connaissait rien au Plan ; pas un seul détail, et certainement pas la moindre parcelle de ses mathématiques.

Il ferma les yeux et réfléchit...

Rien.

Cela pouvait-il provenir du surcroît de puissance qu'il recevait de l'ordinateur ? Il plaqua les paumes sur la console et sentit la chaleur de l'étreinte des mains de la machine. Il ferma les yeux et, une fois encore, réfléchit.

Toujours rien.

12.

Le Comporellien qui monta à bord portait une carte d'identité holographique. Elle affichait avec une remarquable fidélité son visage poupin agrémenté d'une courte barbe, avec en dessous son nom : A. Kendray.

L'homme était d'assez petite taille et de corps aussi rond que l'était son visage. Il était d'abord et de manières aimables et contemplait le vaisseau avec un étonnement manifeste.

« Comment avez-vous fait pour descendre si vite ? Nous ne vous attendions pas avant deux heures.

— C'est un nouveau modèle », expliqua Trevize avec une réserve polie.

Kendray n'était malgré tout pas aussi innocent qu'il en avait l'air. Il pénétra dans le poste de pilotage et dit aussitôt : « Gravitique ? »

Trevize ne voyait pas l'intérêt de nier ce qui était apparemment évident. Il confirma, d'une voix atone : « Oui.

— Très intéressant. On en entend parler mais en fait, on n'en voit jamais. Les moteurs sont dans la coque ?

— Exact. »

Kendray avisa l'ordinateur. « *Idem* pour les circuits électroniques ?

— Exact. En tout cas, c'est ce qu'on m'a dit. Je ne suis pas allé vérifier.

— Oh ! très bien. Moi, tout ce qu'il me faut, ce sont les papiers du vaisseau ; numéro de moteur, lieu de fabrication, code d'identification, tout le tintouin. L'ensemble est dans l'ordinateur, j'en suis sûr, et il peut sans doute me sortir en une demi-seconde le formulaire dont j'ai besoin. »

Cela prit à peine plus de temps. Kendray parcourut de nouveau les lieux du regard. « Il n'y a que vous trois à bord ?

— C'est exact, dit Trevize.

— Aucun animal vivant ? Pas de plantes ? Etat de santé ?

— Non. Non. Et bon, répondit Trevize avec raideur.

— Hum, fit Kendray en prenant des notes. Pouvez-vous glisser votre main ici ? Simple routine... La main droite, je vous prie. »

Trevize considéra l'appareil sans indulgence. D'un usage de

plus en plus répandu, il devenait de jour en jour plus élaboré. On pouvait presque connaître l'état d'arriération d'une planète d'un seul regard à l'état d'arriération de son microdétecteur. Rares étaient désormais les mondes, si arriérés fussent-ils, qui ignoraient encore cet appareil. Le mouvement avait commencé avec l'effondrement ultime de l'Empire. alors que chacun de ses fragments devenait de plus en plus anxieux de se protéger des maladies et des micro-organismes étrangers apportés par tous les autres.

« Qu'est-ce que c'est que ça ? » demanda Joie, à voix basse, l'air intéressé, en se dévissant le cou pour examiner l'objet d'abord d'un côté, puis de l'autre.

« Je l'ignore, dit Pelorat.

— Ça n'a rien de mystérieux, répondit Trevize. C'est un appareil qui examine automatiquement une portion de votre corps, intérieurement aussi bien qu'extérieurement, à la recherche de tout micro-organisme susceptible de transmettre des maladies.

— Celui-ci classe également les micro-organismes », ajouta Kendray non sans une touche de fierté. « Il a été entièrement mis au point ici même, sur Comporellon... et si vous n'y voyez pas d'inconvénient, je voudrais toujours avoir votre main droite. »

Trevize inséra sa main droite dans l'appareil et regarda une série de petits voyants rouges danser sur une rangée de lignes horizontales. Kendray effleura un contact et une copie-papier en couleurs apparut aussitôt. « Si vous voulez bien signer ici, monsieur », dit-il.

Trevize s'exécuta. « Je vais comment ? demanda-t-il. Je ne cours aucun danger grave au moins ?

— N'étant pas médecin, je ne saurais vous le dire en détail, répondit Kendray, mais le diagnostic ne présente aucun indice qui pourrait requérir votre refoulement ou la mise en quarantaine. Moi, c'est tout ce qui m'intéresse.

— Quel heureux dénouement », dit sèchement Trevize en secouant la main pour se débarrasser du léger picotement qu'il ressentait.

« A vous, monsieur », dit Kendray.

Pelorat glissa sa main dans le microdétecteur, non sans une certaine appréhension, puis signa le reçu.

« Et vous, madame ? »

Quelques instants plus tard, Kendray fixait le résultat en remarquant : « Jamais encore rien vu de semblable. » Il leva les yeux pour contempler Joie avec une terreur respectueuse. « Vous êtes négative. Totalement. »

Sourire engageant de Joie : « Comme c'est aimable.

— Oui, madame. Je vous envie. » Il consulta de nouveau le premier diagnostic et dit : « Votre identification, monsieur Trevize. »

Trevize lui présenta sa carte. Kendray y jeta un œil puis leva de nouveau un regard surpris : « Conseiller du Parlement de Terminus ?

— C'est exact.

— Haut fonctionnaire de la Fondation ?

— Parfaitement exact, confirma Trevize d'une voix glaciale. Aussi, j'aimerais qu'on en finisse rapidement, voulez-vous ?

— Vous êtes commandant de ce vaisseau ?

— Oui.

— Motif de la visite ?

— Sécurité de la Fédération et c'est la seule réponse que vous aurez de moi. Comprenez-vous cela ?

— Oui, monsieur. Combien de temps comptez-vous rester ?

— Je n'en sais rien. Peut-être une semaine.

— Très bien, monsieur. Et cet autre monsieur ?

— C'est le Dr Janov Pelorat, dit Trevize. Vous avez ici sa signature et je me porte garant pour lui. C'est un érudit de Terminus et il me tient lieu d'assistant dans l'affaire qui justifie ma visite.

— Je comprends, monsieur, mais je dois voir son identification. Le règlement, c'est le règlement, j'en ai peur. Vous au moins, j'espère que vous comprenez, monsieur. »

Pelorat présenta ses papiers.

Kendray acquiesça. « Et vous, mademoiselle Joie. Est-ce votre unique nom, au fait ? »

Trevize intervint d'une voix douce : « Inutile d'ennuyer cette dame. Je me porte garant pour elle également.

— Certes, monsieur. Mais j'ai besoin de son identification.

— J'ai peur de ne pas avoir le moindre papier, monsieur », lui dit Joie.

Kendray fronça les sourcils. « Je vous demande pardon ?

— La jeune femme ne les a pas emportés, intervint Trevize. Simple négligence. Tout est parfaitement en règle. J'en assume l'entière responsabilité.

— J'aimerais vous laisser faire, mais je n'en ai pas le droit. C'est à moi que revient la responsabilité. Au vu des circonstances, tout cela n'a pas tellement d'importance. Il ne devrait pas y avoir de difficultés à obtenir des duplicatas. Mlle Joie, je présume, est originaire de Terminus.

— Non.

— Alors, de quelque part dans le territoire de la Fondation ?

— Pour tout dire, non. »

Kendray considéra tour à tour Joie, puis Trevize. « Voilà une complication, conseiller. Obtenir un duplicata d'une planète extérieure à la Fondation risque de prendre plus de temps. Puisque vous n'êtes pas citoyenne de la Fondation, mademoiselle Joie, je dois avoir le nom de votre planète de naissance et du monde dont vous êtes citoyenne. Il vous faudra ensuite attendre l'arrivée des doubles de vos papiers.

— Bon, écoutez, monsieur Kendray, intervint Trevize. Je ne vois aucune raison justifiant une attente quelconque. Je suis un fonctionnaire de haut rang du gouvernement de la Fondation et je suis ici en mission, une mission de la plus haute importance. Je n'ai pas à être retardé pour une vulgaire question de paperasses.

— Le choix n'est pas de mon fait, conseiller. S'il ne tenait qu'à moi, je vous laisserais débarquer sur Comporellon tout de suite, mais j'ai un épais règlement qui me guide dans chacune de mes actions. Je suis obligé de le suivre sinon on le retournera contre moi... Bien entendu, je présume que vous êtes attendu par quelque haute personnalité gouvernementale. Si vous voulez bien me dire de qui il s'agit, je contacterai la personne et si elle m'ordonne de vous laisser passer, eh bien, nous en resterons là. »

Trevize hésita quelques instants. « Cela ne serait pas très politique, monsieur Kendray. Puis-je parler à votre supérieur immédiat ?

— Très certainement, mais vous ne pouvez pas le voir comme ça...

— Je suis sûr qu'il se présentera aussitôt, dès qu'il aura compris qu'il s'adresse à un fonctionnaire de la Fondation...

— En fait, reprit Kendray, et de vous à moi, cela ne ferait qu'empirer les choses. Nous ne faisons pas partie du territoire métropolitain de la Fondation, voyez-vous. Nous sommes classés comme Puissance associée et nous prenons ce qualificatif fort au sérieux. Les gens sont très désireux de ne pas apparaître comme des marionnettes de la Fondation — j'utilise simplement l'expression populaire, entendez-moi bien — et ont tendance à regimber pour montrer leur indépendance. Mon supérieur s'attendra à être bien noté s'il rechigne à accorder une faveur particulière à un fonctionnaire de la Fondation. »

L'expression de Trevize s'assombrit. « Et vous aussi ? »

Kendray secoua la tête. « La politique, ça me passe au-dessus, monsieur. Personne ne me note bien pour quoi que ce soit. Je suis déjà bien content qu'on me règle mon salaire. Et même si je n'ai pas droit à des points supplémentaires, je peux toujours recevoir des blâmes, et très facilement en plus. J'aimerais autant éviter ça.

— Considérant ma position, vous savez que je pourrais prendre soin de vous ?

— Non, monsieur. Je suis désolé si cela paraît impertinent mais je ne crois pas que vous puissiez... et, monsieur, enfin, c'est embarrassant de dire ça, mais je vous en prie, ne me faites aucune proposition en espèces. Ils font des exemples des officiers qui acceptent ce genre de choses et ils s'y entendent à les déterrer, ces derniers temps.

— Je ne songeais pas à vous acheter. Je songeais simplement à ce que le maire de Terminus pourrait vous faire si vous entraviez ma mission.

— Conseiller, je ne risque absolument rien aussi longtemps que je peux me réfugier derrière le règlement. Si les membres du Présidium comporellien se font plus ou moins taper sur les doigts par la Fondation, c'est leur problème, pas le mien... Mais si ça peut vous aider, monsieur, je peux vous laisser passer, vous et le Dr Pelorat, avec votre vaisseau. Si vous laissez Mlle Joie à la station d'entrée, nous la retiendrons quelque temps et la laisserons descendre à la surface dès que ses duplicatas seront arrivés. Si pour quelque raison ses papiers ne pouvaient être obtenus, nous la renverrons vers sa planète sur le premier transport commercial. Dans ce cas, j'ai bien peur, toutefois, que quelqu'un ne doive acquitter son billet de retour. »

Trevize surprit l'expression de Pelorat à ce discours et dit : « Monsieur Kendray, puis-je vous parler en privé, dans le poste de pilotage ?

— Très bien, mais je ne peux demeurer à bord très longtemps encore, ou l'on va m'interroger.

— Ce ne sera pas long. »

Dans le poste de pilotage, Trevize prit bien soin de fermer hermétiquement la porte puis il lui dit, à voix basse : « J'ai visité bien des endroits, monsieur Kendray mais jamais encore je n'ai vu une telle insistance à appliquer à la lettre des règlements d'immigration, en particulier à l'égard de citoyens de la Fondation et surtout de ses *fonctionnaires.*

— Mais la jeune personne n'est pas de la Fondation.

— Quand bien même.

— Ces choses-là, ça va, ça vient. Nous avons eu quelques scandales tout récemment, alors on serre la vis. Vous reviendriez l'année prochaine, il se pourrait que vous n'ayez aucun problème, mais au jour d'aujourd'hui, je ne peux rien faire pour vous.

— Essayez, monsieur Kendray », dit Trevize en prenant une voix suave. « Je me remets entièrement entre vos mains, j'en appelle à vous, d'homme à homme. Pelorat et moi sommes sur cette mission depuis un bout de temps. Lui et moi. Rien que lui et moi. Certes, nous sommes bons amis mais on se sent un peu seul, si vous voyez ce que je veux dire... Il y a quelque temps, Pelorat a trouvé cette petite dame. Je n'ai pas besoin de vous dire ce qui est arrivé, mais nous avons décidé de l'emmener. Ça nous requinque de l'utiliser de temps à autre.

« Maintenant, le hic, c'est que Pelorat a une relation là-bas, sur Terminus. Pour moi, pas de problème, voyez-vous, mais Pelorat est un homme âgé, et à ces âges-là, n'est-ce pas, ils ont tendance à être... un peu désespérés. Ils ont besoin de retrouver leur jeunesse, ou je ne sais quoi. Bref, il n'arrive pas à la lâcher. En même temps, si jamais la jeune femme est mentionnée, officiellement, ça risque de barder pour le matricule de ce vieux Pelorat le jour où il rentre à Terminus.

« Il n'y a pas de mal là-dedans, vous comprenez. Mlle Joie, comme elle se baptise elle-même — un nom adéquat si l'on considère sa profession — n'est pas exactement une lumière ; ce n'est pas ce qu'on lui demande, d'ailleurs. Faut-il absolument que vous la mentionniez ? Ne pouvez-vous pas simplement n'inscrire que moi et Pelorat à bord ? Nous sommes les seuls censés y être, après tout ; il n'y a pas d'autres noms inscrits à Terminus. Et elle n'est porteuse d'absolument aucune maladie. Vous l'avez noté vous-même. »

Kendray fit la grimace. « Je ne voudrais vraiment pas vous ennuyer. Je comprends la situation et, croyez-moi, je compatis. Ecoutez, si vous croyez que monter la garde des mois durant sur cette station, ce soit rigolo, vous vous fourrez le doigt dans l'œil. Et ici non plus, ce n'est pas mixte ; pas à Comporellon. » Il hocha la tête. « En plus, j'ai une femme, moi aussi, alors je comprends... Mais, écoutez, même si je vous laissais passer, sitôt qu'on s'apercevra que la... euh... la dame est sans papiers, elle est bonne pour la prison, et vous et M. Pelorat pour des ennuis qui ne manqueront pas de retentir jusqu'à Terminus. Quant à moi, à coup sûr, je perds mon boulot...

— Monsieur Kendray, dit Trevize, faites-moi confiance sur ce point. Une fois débarqué sur Comporellon, je ne risque plus rien. Je pourrai parler de ma mission à qui de droit et quand ce sera fait, il n'y aura plus aucun problème. J'endosserai l'entière responsabilité de ce qui aura pu se passer ici, si jamais la question est soulevée — ce dont je doute. Qui plus est, je recommanderai votre promotion et vous l'obtiendrez car je veillerai à ce que Terminus fasse pression sur quiconque hésitera dans l'affaire — alors nous pouvons bien faire une fleur à Pelorat. »

Kendray hésita puis répondit : « Bon, d'accord. Je vous laisse passer... mais je vous préviens : à partir de cet instant, je tâche de trouver le moyen de sauver ma peau si jamais l'affaire éclate au grand jour. Et je n'ai pas la moindre intention de lever le petit doigt pour sauver la vôtre. Qui plus est, je sais comment ce genre de choses se passe sur

Comporellon, pas vous, et Comporellon n'est pas un monde facile pour ceux qui ne filent pas droit.

— Merci, monsieur Kendray, dit Trevize. Il n'y aura pas de problème. Je vous le garantis. »

Chapitre 4

Sur Comporellon

13.

Ils étaient passés. La station d'entrée avait diminué pour n'être plus qu'une étoile de plus en plus pâle derrière eux, et d'ici deux heures, ils allaient traverser la couche de nuages.

Un vaisseau gravitique n'a pas besoin de ralentir l'allure en décrivant avec lenteur une longue spirale descendante mais il ne peut pas non plus dégringoler en piqué. Etre libéré de la pesanteur ne signifie pas être libéré de la résistance de l'air. Le vaisseau pouvait descendre en ligne droite mais il convenait néanmoins d'être prudent ; il ne fallait pas aller trop vite.

« Où allons-nous nous poser ? » demanda Pelorat, l'air perplexe. « Je suis incapable de m'y retrouver au milieu de tous ces nuages, mon bon ami.

— Moi pas plus que vous, dit Trevize, mais je dispose d'une carte holographique officielle de Comporellon qui me donne le contour des masses continentales ainsi qu'un tracé en relief accentué des massifs montagneux et des fonds marins — sans parler également des découpages politiques. La carte est dans l'ordinateur et tout va marcher tout seul. Le calculateur va faire correspondre le contour des côtes de la planète avec la carte, de manière à orienter convenablement le vaisseau puis il nous mènera jusqu'à la capitale en suivant une trajectoire en forme de cycloïde.

— Si nous nous rendons à la capitale, nous plongeons aussitôt dans le tourbillon politique. Si la planète est anti-Fondation, comme le sous-entendait le gaillard de la station d'entrée, nous courons au-devant des ennuis .

— D'un autre côté, elle a toutes chances d'être le centre

intellectuel de la planète et si nous désirons des informations, c'est là que nous les trouverons et nulle part ailleurs. Quant à être anti-Fondation, je doute qu'ils seront en mesure de le montrer trop ouvertement. Le maire ne m'aime peut-être pas beaucoup mais elle ne peut pas non plus se permettre de voir un conseiller maltraité. Elle n'aura pas envie de voir s'établir un précédent. »

Joie venait d'émerger des toilettes, les mains encore humides de leur passage à l'eau. Elle rajusta ses sous-vêtements sans aucune trace de gêne et dit : « Au fait, je suppose que les excréments sont entièrement recyclés.

— Pas le choix, répondit Trevize. A votre avis, combien de temps dureraient nos réserves d'eau sans recyclage des déchets ? Et sur quoi, d'après vous, poussent ces gâteaux à l'agréable parfum de levure que nous mangeons pour donner du piment à nos portions congelées ?... J'espère que ça ne vous coupera pas l'appétit, ma compétente Joie.

— Pourquoi ça ? D'où viennent à votre avis la nourriture et l'eau, sur Gaïa, ou sur cette planète, ou sur Terminus ?

— Sur Gaïa, dit Trevize, les excréments sont bien entendu aussi vivants que vous.

— Pas vivants. Conscients. Il y a une différence. Le niveau de conscience est naturellement très bas. »

Trevize renifla avec dédain mais ne chercha pas à répondre. Il lança : « Je vais dans le poste de pilotage tenir compagnie à l'ordinateur. Non pas qu'il ait besoin de moi. »

— Pouvons-nous venir vous aider à lui tenir compagnie ? s'enquit Pelorat. Etes-vous sûr qu'il peut nous faire atterrir à lui tout seul ? Est-ce qu'il va détecter les autres vaisseaux, les tempêtes, les... enfin, je ne sais pas ? »

Trevize afficha un large sourire : « Le vaisseau est bien plus en sécurité sous le contrôle de l'ordinateur que sous le mien... Mais certainement, venez. Ça vous fera du bien de voir comment ça se passe. »

Ils étaient à présent du côté éclairé de la planète car, comme l'expliqua Trevize, il était plus facile de faire correspondre la carte de l'ordinateur avec le terrain réel à la lumière que dans l'obscurité.

« C'est évident, remarqua Pelorat.

— Pas si évident que ça. L'ordinateur évalue tout aussi

rapidement à l'aide des infrarouges qu'émet la surface même dans l'obscurité. Toutefois, les longueurs d'ondes plus élevées des infrarouges ne lui permettent pas une résolution aussi fine que ne l'autoriserait la lumière visible. Si vous voulez, l'ordinateur ne voit pas avec autant de finesse et d'acuité dans l'infrarouge, et quand nécessité ne fait pas loi, j'aime autant, dans la mesure du possible, lui faciliter la tâche.

— Et si la capitale se trouve sur le côté obscur ?

— Il y a une chance sur deux », répondit Trevize mais si tel est le cas, une fois la corrélation établie côté éclairé, nous pourrons descendre en rase-mottes jusqu'à la capitale sans dévier du bon cap même si elle se trouve dans la nuit. De plus, bien avant d'être à proximité, nous intercepterons des faisceaux de micro-ondes et recevrons des messages destinés à nous diriger sur l'astroport le plus adéquat... Il n'y a aucun souci à se faire.

— En êtes-vous sûr ? demanda Joie. Vous me faites descendre sans papiers et sans planète natale reconnue par ces gens — et je suis bien décidée à ne jamais leur mentionner Gaïa, sous aucun prétexte. Alors, que fait-on si l'on me demande mes papiers une fois que nous serons à la surface ?

— Cela a peu de chances de se produire. Tout le monde supposera que l'affaire a été réglée à la station d'entrée.

— Mais s'ils demandent ?

— Eh bien, en temps opportun, nous ferons face au problème. Dans l'intervalle, inutile de s'en inventer.

— Lorsque nous serons en face des problèmes susceptibles d'apparaître, il pourrait bien être trop tard pour les résoudre.

— Je compte sur mon astuce pour éviter qu'il soit trop tard.

— A propos d'astuce, comment avez-vous réussi à nous faire franchir la station d'entrée ? »

Trevize regarda Joie puis laissa lentement se dessiner sur ses lèvres un sourire qui lui donnait l'air d'un adolescent frondeur. « Juste un peu de cervelle.

— Comment avez-vous fait, mon gars ? demanda Pelorat.

— Il s'agissait de le séduire de la manière adéquate. J'avais essayé la menace puis le pot-de-vin discret. J'avais fait appel à sa logique et à sa fidélité à la Fondation. Rien à faire. Alors, en dernier ressort, je lui ai raconté que vous trompiez votre épouse, Pelorat.

— Mon *épouse?* Mais, mon bon ami, je n'ai point d'épouse à l'heure actuelle.

— Je sais, mais pas lui.

— Par " épouse ", s'enquit Joie, je suppose que vous voulez parler d'une femme qui est la compagne régulière d'un homme en particulier.

— Un petit peu plus que cela, Joie, dit Trevize. Une compagne *légale,* qui jouit de droits applicables en vertu de cette compagnie.

— Joie, intervint Pelorat, nerveux, je n'ai *pas* d'épouse. J'en ai eu une de temps à autre dans le passé, mais je n'en ai plus depuis un bon bout de temps. Si vous vouliez bien accepter de subir le rituel légal...

— Oh ! Pel », dit Joie en balayant la question d'un mouvement de la main, « pourquoi m'en préoccuperais-je ? J'ai d'innombrables compagnons qui me sont aussi proches que votre bras droit est proche compagnon du gauche. Il n'y a que les Isolats qui se sentent aliénés au point de devoir recourir à des conventions artificielles pour donner force de loi à un bien faible substitut à ce compagnonnage authentique.

— Mais moi, je suis un Isolat, Joie chérie.

— Vous le serez moins un jour, Pel. Jamais franchement Gaïa, peut-être, mais moins Isolat, sûrement, et vous aurez alors une flopée de compagnes.

— Je ne désire que vous, Joie.

— C'est parce que vous n'y connaissez rien. Vous apprendrez. »

Durant cet échange, Trevize s'était concentré sur son écran, son visage affichant un air d'indulgence forcé. La couverture nuageuse s'était rapprochée et durant quelques instants, ce ne fut que brume grise.

« Vision en micro-ondes », pensa-t-il et l'ordinateur bascula aussitôt sur la détection des échos radar. Les nuages disparurent et la surface de Comporellon apparut en fausses couleurs, les limites entre secteurs de constitution différente légèrement ondoyantes et floues.

« Est-ce ainsi qu'on va tout voir désormais ? » demanda Joie, non sans étonnement.

« Uniquement jusqu'à ce qu'on soit passé sous les nuages. On retrouvera alors la lumière du jour. » Comme il parlait, le soleil et la visibilité normale revinrent effectivement.

« Je vois », dit Joie. Puis se tournant vers Trevize : « Mais ce que je ne vois pas, c'est en quoi ce fonctionnaire au poste d'entrée avait à se préoccuper de savoir si Pel trompait ou non son épouse ?

— Si ce gaillard, Kendray, vous avait retenue, la nouvelle, lui ai-je dit, risquait de parvenir à Terminus et, par conséquent, à la femme de Pelorat. Ce dernier aurait alors des ennuis. Je n'ai pas spécifié le genre d'ennuis qu'il aurait, mais j'ai fait comme s'ils risquaient d'être sérieux... Il existe une espèce de franc-maçonnerie entre mâles » — Trevize souriait à présent — « et un mâle ne trahira jamais un de ses compagnons. Il aurait même tendance à l'aider, s'il le faut. Le raisonnement, je présume, est que ça pourrait être à charge de revanche. Je suppose », ajouta-t-il, devenant un rien plus grave, « qu'il existe une franc-maçonnerie similaire entre femmes mais n'en étant pas moi-même une, je n'ai jamais eu l'occasion de l'observer de près. »

Le visage de Joie ressemblait à un joli nuage d'orage. « Est-ce une plaisanterie ?

— Non, je suis sérieux, dit Trevize. Je ne dis pas que ce Kendray nous a laissés passer uniquement pour éviter à Janov l'ire de son épouse. La franc-maçonnerie masculine peut n'avoir qu'ajouté l'ultime impulsion à mes autres arguments.

— Mais c'est horrible. Ce sont ces règles qui maintiennent la cohésion sociale. Est-ce une affaire si légère que de les négliger pour des raisons triviales ?

— Eh bien, dit Trevize, aussitôt sur la défensive, certaines de ces règles sont elles-mêmes triviales. Peu de planètes sont pointilleuses sur l'utilisation de leur espace pour entrer ou sortir en temps de paix et de prospérité commerciale, comme c'est le cas de nos jours, grâce à la Fondation. Comporellon, pour quelque raison, fait exception — sans doute pour quelque obscure raison de politique intérieure. Pourquoi devrions-nous en pâtir ?

— Vous répondez à côté. Si nous n'obéissons qu'aux règles qui sont justes et raisonnables, alors aucune règle ne tient debout car il y aura toujours quelqu'un pour en trouver une injuste et déraisonnable. Et si nous désirons pousser notre avantage individuel, tel que nous l'envisageons, eh bien, nous trouverons toujours une bonne raison de croire que telle ou telle règle qui nous entrave est injuste et déraisonnable. Ce qui commence alors comme une manœuvre astucieuse s'achève dans l'anarchie et le désastre, même pour le petit malin astucieux puisque lui non plus ne survivra pas à l'effondrement de la société.

— Les sociétés ne s'effondrent pas aussi aisément, remarqua Trevize. Vous parlez par la bouche de Gaïa et Gaïa ne peut certainement pas comprendre l'association d'individus libres. Des règles, établies avec raison et justice, peuvent sans peine survivre à leur utilité immédiate au gré des changements de circonstances et demeurer néanmoins en vigueur par la force de l'inertie. Il n'est alors pas seulement juste, mais utile, de les enfreindre, ne fût-ce que pour dénoncer le fait qu'elles sont devenues inutiles — voire même nuisibles.

— Dans ce cas, n'importe quel voleur, n'importe quel assassin peut prétendre servir l'humanité.

— Vous allez aux extrêmes. Dans le super-organisme de Gaïa, il existe un consensus automatique autour des règles de la société et il ne viendrait à l'idée de personne de les enfreindre. On pourrait aussi bien dire que Gaïa végète et se fossilise. Je reconnais qu'il existe un ferment de désordre dans l'association libre mais la capacité d'induire la nouveauté et le changement est à ce prix. Tout compte fait, c'est un prix raisonnable. »

La voix de Joie s'éleva d'un ton : « Vous avez tout à fait tort de croire que Gaïa végète et se fossilise. Nos actes, nos usages, nos vues sont soumis à un auto-examen constant. Ils ne se maintiennent pas par la force de l'inertie, hors du contrôle de la raison. Gaïa apprend par l'expérience et la pensée ; et par conséquent, change lorsque c'est nécessaire.

— Même si ce que vous dites est vrai, l'auto-examen et l'apprentissage doivent être lents, parce qu'il n'existe rien d'autre sur Gaïa que Gaïa. Ici, en règne de liberté, même quand le consensus est quasi général, il peut toujours y avoir quelques individus pour n'être pas d'accord et dans certains cas, ce sont ceux-là qui auront raison ; et s'ils sont assez habiles, assez enthousiastes, si leur raison est assez valable, ce sont eux qui gagneront en fin de compte et deviendront les héros des époques futures — comme Hari Seldon, qui inventa la psychohistoire, ancra ses idées personnelles à l'encontre de l'Empire galactique tout entier et finit par gagner.

— Il n'a gagné que jusqu'à présent, Trevize. Le Second Empire qu'il avait prévu ne se réalisera pas. Ce sera Galaxia qui verra le jour à sa place.

— Croyez-vous ? dit Trevize, résolu.

— Telle a été *votre* décision et vous pouvez me soutenir autant que vous voulez les Isolats et leur liberté à être stupides et criminels, il y a quand même quelque chose dans les recoins secrets de votre esprit qui vous a forcé à être d'accord avec moi/Gaïa quand vous avez fait votre choix.

— Ce qui est présent dans les recoins secrets de mon esprit, dit Trevize, encore plus résolu, c'est bien ce que je recherche... Tenez, pour commencer », ajouta-t-il en désignant l'écran sur lequel une vaste cité s'étendait jusqu'à l'horizon, un regroupement de structures basses ponctuées de rares édifices plus élevés, et entouré de champs qui apparaissaient en brun sous une mince couche de givre.

Pelorat hocha la tête. « Pas de veine. Je comptais observer notre approche mais je me suis laissé prendre par votre discussion.

— Ce n'est pas grave, Janov. Vous pourrez toujours observer le spectacle à notre départ. Je vous promets de garder bouche close, si toutefois vous pouvez persuader Joie de fermer la sienne. »

Et le *Far Star* descendit, guidé par un faisceau de micro-ondes pour atterrir au spatioport.

14.

Kendray avait l'air grave lorsqu'il regagna la station d'entrée et regarda passer le *Far Star*. Et il était toujours manifestement déprimé à l'issue de son service.

Il s'asseyait pour prendre l'ultime repas de sa journée lorsqu'un de ses compagnons, un grand échalas aux yeux largement écartés, cheveux blond filasse, sourcils si pâles qu'ils semblaient absents, vint s'installer à côté de lui.

« Qu'est-ce qui cloche, Ken ? » demanda l'autre.

Kendray fit la moue. « C'est un vaisseau gravitique qui vient de passer, Gatis.

— Celui d'allure bizarre avec une radioactivité nulle ?

— C'est bien pour cela qu'il n'était pas radioactif. Pas de carburant. Gravitique. »

Gatis hocha la tête. « Tout juste ce qu'on nous avait demandé de repérer, exact ?

— Exact.

— Et faut que ça tombe sur toi. Toujours aussi veinard.

— Pas tant que ça. Une femme sans identification était à bord — et je ne l'ai pas signalée.

— *Hein ?* Ecoute, viens pas me raconter ça à moi. Je ne veux pas en entendre parler. Plus un mot. T'es peut-être un pote mais je veux pas devenir complice.

— Ce n'est pas ça qui me tracasse. Enfin pas trop. Il fallait que je laisse descendre le vaisseau. Ils veulent ce gravitique — celui-là ou un autre. Tu le sais.

— Evidemment, mais tu aurais pu au moins signaler la femme.

— Pas eu envie. L'était pas mariée. Ils l'avaient ramassée uniquement pour... pour s'en servir.

— Combien d'hommes à bord ?

— Deux.

— Et ils l'ont ramassée rien que pour... pour ça. Ils doivent être de Terminus !

— C'est exact.

— Ils font n'importe quoi sur Terminus.

— C'est exact.

— Dégoûtant. Et ils sont partis avec elle.

— L'un des deux était marié et il ne voulait pas que sa femme le sache. Si je l'avais signalée, sa femme l'aurait appris.

— N'est-elle pas restée sur Terminus ?

— Bien entendu, mais elle l'aurait appris quand même.

— Ça lui aurait fait les pieds, tiens, que sa femme l'apprenne...

— Je suis d'accord — mais moi, je ne voulais pas en être responsable.

— Ils vont te tomber dessus pour ne pas l'avoir signalée. Ne pas vouloir faire des ennuis à un mec n'est pas une excuse.

— Et toi, tu l'aurais dénoncée ?

— L'aurait bien fallu, je suppose.

— Non, tu l'aurais pas fait. Le gouvernement veut ce vaisseau. Si j'avais insisté pour consigner cette femme sur mon rapport, les hommes à bord auraient changé d'avis et dégagé vers une autre planète. Le gouvernement n'aurait pas voulu ça.

— Mais t'imagines qu'ils vont te croire ?

— Je pense que oui... Très mignonne, la fille, en plus. Imagine une femme comme ça qui veuille bien accompagner deux hommes, et des hommes mariés avec assez de culot pour en profiter... Tu sais, c'est tentant.

— Je ne crois pas que tu voudrais que madame sache que t'aies dit ça... ou même que tu l'aies pensé.

— Qui va lui raconter ? fit Kendray, sur la défensive. Toi ?

— Allons. Tu vas pas croire ça ? » L'air indigné de Gatis disparut rapidement et il ajouta : « Tu sais que tu ne leur as pas fait un cadeau, à ces mecs, en les laissant passer ?

— Je sais.

— Les autres, à la surface, auront tôt fait de s'en apercevoir, et même si toi, t'as laissé passer, ce ne sera pas la même histoire avec eux.

— Je sais, répéta Kendray, mais j'en suis désolé pour eux. Quels que soient les ennuis que leur crée cette femme, ce ne sera rien en comparaison de ceux que va leur créer le vaisseau. Le capitaine a fait quelques remarques... »

Kendray marqua un temps d'arrêt et Gatis lança, impatient : « Du genre ?

— T'occupe. Si ça se répand, c'est pour ma pomme.

— Je ne le répéterai pas.

— Moi non plus. Mais je suis quand même désolé pour ces deux types de Terminus. »

15.

Pour quiconque est allé dans l'espace et a fait l'expérience de son immobilité, la vraie sensation du vol spatial intervient au moment d'atterrir sur une nouvelle planète. Le sol défile en dessous de vous tandis que vous entrevoyez fugitivement des terres, de l'eau, des formes géométriques et des traits qui peuvent représenter des champs et des routes. Vous prenez conscience de la verdure des plantes, du gris du béton, du marron du sol dénudé, du blanc de la neige. Et surtout, il y a la sensation provoquée par les zones peuplées ; les cités qui, sur chaque planète, ont leur géométrie caractéristique et leurs variantes architecturales.

A bord d'un vaisseau ordinaire, il y aurait l'émotion de l'atterrissage et du roulage sur la piste. Avec le *Far Star,* il en allait différemment. Flottant dans les airs, ralenti par un habile équilibre entre la résistance de l'air et la pesanteur, il vint s'immobiliser en douceur au-dessus de l'astroport. Le vent soufflait en rafales, ce qui ajoutait une complication supplémentaire. Quand il était réglé pour une faible réaction à la poussée gravitationnelle, le *Far Star* devenait non seulement anormalement bas en poids mais également en masse. Que sa masse soit trop proche de zéro et le vent risquait de le souffler à la dérive. D'où la nécessité d'accroître la réponse gravitationnelle et d'utiliser avec délicatesse les rétro-fusées pour contrebalancer la poussée du vent et ce, de manière à correspondre au plus près aux variations de sa force. Sans l'aide d'un ordinateur idoine, la tâche eût été impossible à mener à bien.

Toujours plus bas, avec les inévitables petites dérives dans une direction ou une autre le vaisseau descendit pour enfin s'insérer dans la zone balisée qui délimitait son amarrage au port.

Le ciel était bleu pâle, rayé de blanc mat, lorsque le *Far Star* atterrit. Le vent demeurait vif même au niveau du sol et bien qu'il ne constituât plus un péril pour la navigation, il produisit chez Trevize un frisson qui le fit grimacer et se rendre compte aussitôt que leur garde-robe était totalement inadaptée au climat comporellien.

De son côté, Pelorat jetait alentour des regards appréciateurs et inspirait profondément avec délices, appréciant la morsure du froid, du moins pour l'instant. Il ouvrit même délibérément son manteau pour mieux sentir le vent contre sa poitrine. D'ici peu, il le savait, il le rebouclerait et rajusterait son écharpe mais pour l'heure, il avait envie de *sentir* physiquement l'existence d'une atmosphère. Ce qui n'était jamais le cas à bord d'un astronef.

Joie s'emmitoufla dans son manteau puis, de ses mains gantées, rabattit son chapeau pour se couvrir les oreilles. Elle avait un pauvre petit visage tout fripé et semblait au bord des larmes.

Elle marmonna : « Ce monde est mauvais. Il nous hait et nous maltraite.

— Pas du tout, Joie chérie, répondit avec conviction Pelorat. Je suis sûr que ses habitants l'aiment et que... euh... il les aime également, si vous voulez voir les choses ainsi. Nous serons très bientôt à l'abri et là, il fera chaud. »

Presque comme s'il s'était ravisé, il releva un pan de son manteau pour abriter la jeune femme tandis qu'elle venait se blottir contre sa chemise.

Trevize faisait de son mieux pour ignorer la température. Il obtint de la direction du port une carte magnétique qu'il vérifia aussitôt sur son ordinateur de poche pour s'assurer qu'elle fournissait les détails nécessaires — numéros de travée et d'emplacement, nom et numéro de moteur de son vaisseau, et ainsi de suite. Il fit une seconde vérification pour s'assurer que le vaisseau était bien amarré puis souscrivit le contrat d'assurance maximal contre les risques divers (inutile, en fait, vu que le *Far Star* devait être invulnérable comparativement au niveau technologique probable de Comporellon et qu'il était totalement irremplaçable, à n'importe quel prix, si tel n'était pas le cas).

Trevize trouva la station de taxis à l'endroit prévu. Les équipements des statioports étaient en grande partie standardisés dans leur disposition, leur aspect et leur usage. Il le fallait bien, compte tenu de la nature multiplanétaire de la clientèle).

Il appela un taxi en pianotant comme destination la simple mention : « Centre ville. »

Un véhicule vint glisser jusqu'à eux sur ses skis diamagnétiques, oscillant légèrement sous les rafales de vent, tremblant sous la vibration de son moteur pas tout à fait silencieux. Il était gris sombre avec l'insigne blanc des taxis sur les portes arrière. Son chauffeur était vêtu d'un manteau noir et d'un bonnet de fourrure blanc.

Emergeant soudain, Pelorat remarqua *in petto :* « Le décor de cette planète semble être en noir et blanc.

— Il se peut que ce soit plus riant dans le centre. »

Le chauffeur leur parla par un petit micro, peut-être pour éviter d'avoir à descendre la vitre. « On va en ville, les gars ? »

Son galactique à l'accent un rien chantant n'était pas déplaisant et facile à comprendre — toujours un soulagement sur une planète nouvelle.

« C'est exact », dit Trevize et la porte arrière s'ouvrit en coulissant.

Joie entra, suivie de Pelorat, puis de Trevize. La porte se referma et une bouffée d'air chaud les submergea.

Joie se frotta les mains et poussa un long soupir de satisfaction.

Le taxi démarra lentement et le chauffeur nota : « Ce vaisseau, là, avec lequel vous êtes arrivé, c'est un gravitique, non ?

— Vu sa façon de descendre, en douteriez-vous ? répondit Trevize, très sec.

— Alors, il vient de Terminus ? poursuivit le chauffeur.

— Connaissez-vous une autre planète capable d'en construire un ? »

Le chauffeur sembla digérer cette réponse tandis que le véhicule prenait de la vitesse. Puis il reprit : « Vous répondez toujours à une question par une question ? »

Trevize ne put résister : « Pourquoi pas ?

— En ce cas, comment me répondriez-vous si je vous demandais si vous vous appelez Golan Trevize ?

— Je répondrais : Qu'est-ce qui vous fait demander ça ? »

Le chauffeur arrêta son taxi à la périphérie du spatioport et répondit : « La curiosité ! Et je vous repose la question : Etes-vous Golan Trevize ? »

La voix de ce dernier devint guindée, hostile : « De quoi vous mêlez-vous ?

— Mon ami, dit le chauffeur, nous ne bougerons pas d'ici tant que vous n'y aurez pas répondu. Si vous n'y répondez pas clairement par oui ou par non d'ici deux secondes, je coupe le chauffage dans le compartiment arrière et nous continuerons de patienter. Etes-vous Golan Trevize, conseiller de Terminus ? Si vous répondez par la négative, il vous faudra me présenter vos papiers d'identité.

— Oui, je suis Golan Trevize, répondit l'interpellé et au titre de conseiller de la Fondation, j'escompte être traité avec toute la courtoisie due à mon rang. Dans le cas contraire, vous vous mettez dans de très mauvais draps, mon ami. Et maintenant ?

— Maintenant, nous pouvons poursuivre dans un climat moins tendu. » Le taxi se remit en route. « Je choisis mes passagers avec soin et j'avais escompté embarquer deux hommes uniquement. La femme constituait une surprise et j'aurais pu commettre une erreur. En fait, tant que je vous ai sous la main, je peux vous laisser m'expliquer sa présence, le temps que nous gagnions votre destination.

— Vous ignorez ma destination.

— Eh bien non, justement. Vous vous rendez au ministère des Transports.

— Je n'ai aucunement l'intention de m'y rendre.

— Cela n'a pas la plus petite importance, conseiller. Si j'étais chauffeur de taxi, je vous emmènerais où vous désirez aller. Ne l'étant pas, je vous emmène où moi, je veux vous emmener.

— Pardonnez-moi, dit Pelorat en se penchant en avant, vous avez tout à fait l'air d'un chauffeur de taxi. Vous en conduisez un.

— N'importe qui pourrait conduire un taxi. Tout le monde n'a pas la licence pour le faire. Et toutes les voitures qui ressemblent à des taxis ne sont pas des taxis.

— Cessons de jouer aux énigmes, intervint Trevize. Qui êtes-vous et que faites-vous ? Rappelez-vous que vous devrez en rendre compte à la Fondation.

— Pas moi, rectifia le chauffeur. Mes supérieurs, peut-être. Je suis un agent des Forces comporelliennes de sécurité. J'ai ordre de vous traiter avec tout le respect dû à votre rang, mais vous devez vous rendre là où je vous emmène. Et faites très attention à vos réactions car ce véhicule est armée et j'ai également ordre de me défendre contre toute attaque.

16.

Ayant atteint sa vitesse de croisière, le véhicule progressait en souplesse dans un silence absolu, et Trevize restait figé dans un silence tout aussi absolu. Sans avoir à tourner la tête, il était conscient du regard que lui jetait de temps en temps Pelorat, le visage rempli d'incertitude, un regard qui disait : « Bon, alors, qu'est-ce qu'on fait maintenant ? Je vous en prie, dites-le-moi. »

Un bref coup d'œil à Joie, tranquillement assise, lui indiqua qu'elle semblait apparemment insouciante. Mais enfin, elle représentait un monde entier à elle toute seule. Même si elle se trouvait à des distances galactiques, Gaïa tout entière était nichée sous sa peau. Elle avait des ressources susceptibles d'être mobilisées en cas d'alerte.

Mais que s'était-il donc passé ?

Sans aucun doute, le fonctionnaire de la station d'entrée, suivant la routine, avait transmis son rapport — en omettant Joie —, rapport qui avait éveillé l'intérêt de la Sécurité et, détail incongru, du ministère des Transports. Pourquoi ?

On était en temps de paix et il n'avait connaissance d'aucune tension spécifique entre Comporellon et la Fondation. Lui-même était un important fonctionnaire de la Fondation…

Minute, il avait dit au fonctionnaire du poste d'entrée — Kendray, c'était son nom — qu'il avait une mission importante auprès du gouvernement comporellien. Il avait bien insisté là-dessus, dans sa tentative de franchir le barrage. Kendray devait également l'avoir signalé, soulevant fatalement toutes sortes de curiosités.

Il aurait dû prévoir cela.

Qu'en était-il de son don supposé de prévoir juste ? Commençait-il à se prendre pour la boîte noire que Gaïa voyait en lui — ou prétendait voir en lui ? Etait-il en train de s'enfoncer dans un bourbier, guidé par un excès de confiance né de la superstition ?

Comment avait-il pu un seul instant se laisser piéger par cette absurdité ? Ne s'était-il jamais trompé de sa vie ? Connaissait-il le temps du lendemain ? Gagnait-il de grosses sommes aux jeux de hasard ? La réponse était non, non et non.

Dans ces conditions, était-ce uniquement dans le cas de choses vastes, informelles, qu'il avait toujours raison ? Comment savoir ?

Au diable tout cela ! Après tout, le seul fait qu'il ait déclaré avoir une importante mission d'Etat — non, c'était de « Sécurité de la Fondation » qu'il avait parlé...

Eh bien, dans ce cas, le seul fait que sa présence fût justifiée par la sécurité de la Fondation, au terme d'un voyage secret, non annoncé, aurait sans aucun doute attiré leur attention... Certes, mais jusqu'à ce qu'ils sachent au juste de quoi il retournait, sans doute auraient-ils agi avec la plus extrême circonspection. Se montrant cérémonieux et le traitant comme un haut dignitaire. Il eût été hors de question de l'enlever et d'employer la menace.

Or, c'était très exactement ce qu'ils étaient en train de faire. Pourquoi ?

Qu'est-ce qui leur donnait assez d'assurance pour traiter de cette façon un conseiller de Terminus ?

Se pouvait-il que ce soit la Terre ? La même force qui dissimulait si efficacement le monde des origines, même à l'encontre des plus grands mentalistes de la Seconde Fondation, cette force était-elle à l'œuvre pour circonvenir sa quête de la Terre à son tout premier stade ? La Terre était-elle omnisciente ? Omnipotente ?

Trevize hocha la tête. Ce genre de raisonnement menait tout droit à la paranoïa. Allait-il rendre la Terre responsable de tout ? Chaque bizarrerie de comportement, chaque tournant de la route, chaque changement de situation devait-il être le résultat des secrètes machinations de la Terre ! Qu'il se mette à penser de la sorte et il était fichu.

A ce point de ses réflexions, il sentit le véhicule ralentir et fut brutalement ramené à la réalité.

Il s'aperçut qu'il n'avait pas jeté un seul coup d'œil sur la ville qu'ils étaient en train de traverser. Il décida de combler son retard, avec une certaine avidité. Les édifices étaient bas mais c'était une planète froide — la majorité des constructions devaient être souterraines.

Il ne vit nulle trace de couleur et cela lui parut aller à l'encontre de la nature humaine.

A l'occasion, il pouvait apercevoir un passant, bien emmitouflé. Mais là aussi, les gens, comme les bâtiments, devaient sans doute être sous terre.

Le taxi s'était arrêté devant un vaste édifice bas, situé dans une dépression dont le fond restait dérobé à sa vue. Quelques instants s'écoulèrent et le véhicule ne bougeait toujours pas, son chauffeur tout aussi immobile. Son haut bonnet blanc touchait presque le toit de l'habitacle.

Trevize se demanda fugitivement comment l'homme s'arrangeait pour monter et descendre du véhicule sans l'accrocher puis il dit, de ce ton de colère maîtrisée qu'on était en droit d'attendre d'un fonctionnaire hautain traité cavalièrement. « Eh bien, chauffeur, à présent ? »

La version comporellienne du champ de force scintillant qui tenait lieu de séparation entre le chauffeur et ses passagers n'avait rien de primitif. Les ondes sonores pouvaient la traverser — même si Trevize était persuadé qu'elle demeurait hermétique aux objets matériels mus par une énergie raisonnable.

« Quelqu'un va venir vous prendre, répondit le chauffeur. Restez patiemment assis. »

Au moment où il disait ces mots, trois têtes apparurent en une lente ascension régulière, venant de la dépression où reposait l'édifice. Suivit bientôt le reste des corps. A l'évidence, les nouveau-venus grimpaient l'équivalent d'un escalator mais, de son siège, Trevize était incapable de voir les détails de l'installation.

Alors que les trois personnages approchaient, la porte de leur compartiment s'ouvrit, livrant passage à un flot d'air froid.

Trevize descendit, rattachant le col de son manteau. Les deux autres le suivirent — non sans une considérable réticence pour ce qui était de Joie.

Les trois Comporelliens offraient un aspect informe, avec leurs vêtements gonflants, sans doute chauffés électriquement. Trevize en conçut du mépris. Ce genre d'attirail n'avait guère d'emploi sur Terminus et la seule fois qu'il avait emprunté un manteau chauffant durant l'hiver, sur la planète voisine d'Anacréon, il avait découvert que le vêtement avait une tendance à chauffer peu à peu de sorte que, le temps de s'en apercevoir, il transpirait désagréablement.

Tandis que les Comporelliens approchaient, Trevize nota, non sans indignation, qu'ils étaient armés. Et qu'ils ne cherchaient pas à dissimuler la chose. Tout au contraire. Chacun arborait un éclateur dans un étui passé à l'extérieur du manteau.

Ayant avancé d'un pas pour affronter Trevize, l'un des Comporelliens lança d'une voix rogue : « Excusez-moi, conseiller », avant d'ouvrir son manteau d'un mouvement brusque et de glisser dessous des mains fureteuses qui lui parcoururent rapidement les flancs, le dos, la poitrine, les cuisses. Le pardessus fut secoué puis tâté. Trop abasourdi par l'étonnement et la confusion, Trevize ne se rendit compte qu'une fois l'opération finie qu'il venait d'être l'objet d'une fouille aussi rapide qu'efficace.

Le menton baissé et la bouche déformée par une grimace, Pelorat était en train de subir la même indignité entre les mains du second Comporellien.

Le troisième s'approchait de Joie qui n'attendit pas d'être touchée. Elle, en tout cas, savait plus ou moins à quoi s'attendre car elle se débarrassa brutalement de son manteau et, durant quelques secondes, resta immobile, exposée à la bise dans sa tenue incroyablement légère et lança, d'une voix aussi glaciale que la température ambiante : « Vous pouvez constater que je ne suis pas armée. »

Et certes, c'était pour tout le monde incontestable. Le Comporellien secoua le vêtement, comme si son seul poids pouvait lui indiquer la présence d'une arme — après tout, c'était possible — puis il battit en retraite.

Joie remit son manteau, se blottissant dedans, et durant quelques instants Trevize admira son geste. Il connaissait ses sentiments à l'égard du froid mais elle n'avait pas laissé le moindre tremblement, le moindre frisson la trahir tandis qu'elle se tenait immobile en chemisette et pantalon (puis il se demanda si, au cours de l'alerte, elle n'aurait pas par hasard récupéré de la chaleur du reste de Gaïa).

L'un des Comporelliens fit un geste et les trois étrangers le suivirent. Les deux autres hommes leur emboîtèrent le pas.

Les deux ou trois passants qui étaient dans la rue ne prirent même pas la peine de regarder ce qui se passait. Soit parce que le spectacle leur était trop habituel, soit, plus probablement, parce qu'ils avaient l'esprit occupé à rejoindre au plus tôt l'abri de leur destination.

Trevize découvrait à présent que les Comporelliens avaient gravi une rampe ascendante. Ils la descendaient maintenant, tous les six, et franchirent un sas presque aussi compliqué que celui d'un vaisseau spatial — destiné sans aucun doute à empêcher non pas l'air, mais la chaleur, de s'échapper.

Et puis, tout d'un coup, ils se retrouvèrent à l'intérieur d'un immense édifice.

Chapitre 5

Lutte pour le vaisseau

17.

L'impression première de Trevize fut qu'il était sur le plateau d'un hyperdrame — plus précisément, un mélo historique sur l'époque impériale. Il y avait un décor particulier, avec quelques variantes (qui sait, peut-être n'en existait-il qu'un seul, utilisé par tous les metteurs en scène), qui représentait la vaste cité planétaire de Trantor au temps de sa splendeur.

On retrouvait les larges espaces, le grouillement affairé des piétons, les petits véhicules qui fonçaient le long des couloirs à eux réservés.

Trevize leva les yeux, s'attendant presque à voir des aérotaxis grimper vers le renfoncement de cavités obscures, mais ce détail au moins était absent. En fait, une fois passée la surprise initiale, il était clair que l'édifice était bien plus exigu que ce qu'on aurait pu escompter voir sur Trantor. Ce n'était qu'un bâtiment, et non pas une partie d'un complexe qui s'étendait sans hiatus sur des milliers de kilomètres dans chaque direction.

Les couleurs également étaient différentes. Dans les hyperdrames, Trantor était toujours dépeinte comme incroyablement criarde et ses habitants étaient immanquablement affublés de vêtements parfaitement dénués de tout aspect pratique et utilitaire. Toutefois, cet assaut de couleurs et de fanfreluches était censé jouer un rôle symbolique car il signifiait la décadence (un point de vue qui était désormais obligatoire) de l'Empire en général et de Trantor en particulier.

Si tel était le cas, toutefois, Comporellon se trouvait alors à l'opposé même de la décadence car la maigre palette de couleurs qu'avait déjà remarquée Pelorat à l'astroport avait ici fini de se délaver.

Les murs étaient dans des tonalités de gris, les plafonds blancs, les vêtements de la population noirs, gris et blancs. A l'occasion, on apercevait un costume noir uni ; encore plus rarement, gris uni ; jamais de costume tout blanc, à ce que put voir Trevize. Les motifs, en revanche, étaient toujours différents, comme si les gens, privés de couleur, parvenaient néanmoins, de manière irrépressible, à trouver le moyen d'affirmer leur individualité.

Les visages tendaient à être dénués d'expression ou, à tout le moins, sinistres. Les femmes portaient les cheveux courts ; les hommes les avaient plus longs mais ramenés en arrière pour former une petite queue. Les gens qui se croisaient ne se regardaient pas. Chacun semblait respirer la préoccupation, comme si tout le monde avait une affaire bien précise en tête et pas de place pour autre chose. Hommes et femmes étaient vêtus de même, avec seules la longueur des cheveux et la légère proéminence d'un sein ou la largeur d'une hanche pour marquer la différence entre les sexes.

On les guida tous trois vers un ascenseur qui descendit de cinq niveaux. Là, ils émergèrent pour être conduits devant une porte sur laquelle était inscrit en petites lettres discrètes, blanc sur gris : « Mitza Lizalor, MinTrans. »

Le Comporellien de tête effleura l'inscription qui, après quelques instants, s'illumina en réponse. La porte s'ouvrit et ils entrèrent.

C'était une pièce spacieuse, plutôt vide, la nudité de son contenu servant peut-être à souligner une espèce de gâchis d'espace manifeste destiné à souligner le pouvoir de son occupant.

Deux gardes se tenaient contre le mur opposé, le visage inexpressif et l'œil fixé sans faillir sur les nouveaux arrivants. Un vaste bureau occupait le centre de la pièce, peut-être légèrement décalé en arrière. Derrière, se tenait celle qui était sans doute Mitza Lizalor, corps imposant, visage lisse, yeux noirs. Deux mains vigoureuses et énergiques, avec de longs doigts aux bouts carrés, étaient posées sur le bureau.

La MinTrans (Ministre des Transports, supposa Trevize) avait une veste dont les larges revers d'un blanc éblouissant contrastaient avec le gris sombre du reste de sa mise. La double barre blanche s'étendait en diagonale sous les revers, pour venir se croiser au centre de la poitrine. Trevize remarqua que même si le vêtement était coupé de manière à effacer la proéminence des seins de la femme, le X immaculé attirait au contraire l'attention sur eux.

Le Ministre était sans aucun doute une femme. Même si l'on ignorait ses seins, ses cheveux courts le montraient et, bien qu'elle ne portât pas de maquillage, ses traits également.

Sa voix aussi était indiscutablement féminine, un contralto profond.

« Bonjour, leur dit-elle. Ce n'est pas souvent que j'ai l'honneur d'une visite d'hommes de Terminus — ainsi que d'une femme non signalée. » Son regard passa de l'un à l'autre avant de s'arrêter sur Trevize qui se tenait très raide, le sourcil froncé. « Et dont l'un est en outre membre du Conseil.

— Conseiller de la Fondation », rectifia Trevize en essayant de faire retentir sa voix. « Conseiller Golan Trevize, en mission pour la Fondation.

— En mission ? » Haussement de sourcils du ministre.

« En mission, répéta Trevize. Pourquoi, dans ce cas, sommes-nous traités comme des félons ? Pourquoi nous avoir fait interpeller par des gardes armés et conduire ici comme des prisonniers ? Le Conseil de la Fondation, j'espère que vous le comprenez, ne sera pas ravi de l'apprendre.

— Quoi qu'il en soit », dit Joie dont la voix semblait un rien perçante, comparée à celle de l'autre femme, plus âgée, « va-t-on rester debout comme ça indéfiniment ? »

Madame le Ministre considéra longuement Joie d'un regard froid puis leva un bras et dit : « Trois chaises ! Sur-le-champ ! »

Une porte s'ouvrit et trois hommes, vêtus de sombre à la mode comporellienne, entrèrent au petit trot en portant trois chaises. Trevize et ses deux compagnons s'assirent.

« Là, dit le ministre, avec un sourire hivernal, est-on à l'aise, à présent ? »

Trevize trouva que non. Les chaises étaient dépourvues de coussin, froides au contact, avec l'assise et le dossier droit, ne faisant aucun compromis avec la forme du corps. « Pourquoi sommes-nous ici ? » demanda-t-il.

Le ministre consulta des papiers épars sur le bureau. « Je m'en vais vous l'expliquer aussitôt que je serai sûre de deux faits. Votre vaisseau est le *Far Star,* parti de Terminus. Est-ce correct, Conseiller ?

— Oui. »

Le ministre leva la tête. « J'ai fait usage de votre titre, Conseiller. Voudriez-vous, par courtoisie, faire usage du mien ?

— Madame le Ministre sera-t-il suffisant ? Ou avez-vous un titre honorifique ?

— Pas de titre honorifique, monsieur, et vous n'avez pas besoin de vous répéter. " Ministre " est suffisant ou " Madame ", si la répétition vous lasse.

— En ce cas, ma réponse à votre question est : Oui, ministre.

— Le commandant du vaisseau est Golan Trevize, citoyen de la Fondation et membre du Conseil de Terminus — nouvellement promu, de fait. Et vous êtes Trevize. Suis-je dans le vrai en tout ceci, conseiller ?

— Vous l'êtes, ministre. Et puisque je suis citoyen de la Fondation...

— Je n'ai pas encore terminé, conseiller. D'ici là, épergnez-moi vos objections. Vous accompagnant, il y a Janov Pelorat, érudit, historien et citoyen de la Fondation. Et c'est bien vous, n'est-ce pas, docteur Pelorat ? »

Pelorat ne put réprimer un léger sursaut lorsque la fonctionnaire tourna vers lui son regard aigu. « Oui, effectivement, ma chèr... » Il s'interrompit et reprit : « Oui, effectivement, ministre.

Le ministre croisa les doigts, raide : « Je ne vois nulle part mention d'une femme dans le rapport qui m'a été transmis. Cette femme fait-elle partie de l'équipage de ce vaisseau ?

— Elle en fait partie, ministre, répondit Trevize.

— Alors, je m'adresse directement à elle. Votre nom ?

— On m'appelle Joie », dit celle-ci, assise bien droite et s'exprimant avec calme et clarté, « bien que mon nom tout entier soit plus long, madame. Souhaitez-vous l'entendre en entier ?

— Je me contenterai de Joie pour l'instant. Etes-vous citoyenne de la Fondation, Joie ?

— Non, madame.

— De quel monde êtes-vous citoyenne, Joie ?

— Je n'ai aucun document attestant ma citoyenneté sur aucun monde, madame.

— Aucun papier, Joie ? » Elle fit une petite marque sur le dossier ouvert devant elle. « Le fait est noté. Que faites-vous à bord de ce vaisseau ?

— Je suis passagère, madame.

— Le conseiller Trevize ou le docteur Pelorat ont-ils demandé à voir vos papiers avant votre embarquement, Joie ?

— Non, madame.

— Les avez-vous informés que vous étiez dépourvue de papiers, Joie ?

— Non, madame.

— Quelle est votre fonction à bord de ce vaisseau, Joie ? Votre nom traduirait-il votre fonction ?

— Je suis passagère, répondit fièrement Joie, et n'ai pas d'autre fonction. »

Trevize intervint : « Pourquoi harceler ainsi cette femme, ministre ? Quelle loi a-t-elle enfreint ? »

Les yeux du ministre Lizalor passèrent de Joie à Trevize. « Vous êtes d'un autre monde, conseiller, et ne connaissez pas nos lois. Malgré tout, vous y êtes soumis dès lors que vous choisissez de visiter notre planète. Vous n'apportez pas vos lois avec vous ; c'est une règle générale dans la Galaxie, crois-je savoir.

— Certes, ministre, mais cela ne me dit pas laquelle de vos lois elle a enfreint.

— Il est de règle générale dans la Galaxie, conseiller, qu'une visiteuse venue d'un monde extérieur aux dominions de la planète qu'elle visite ait ses papiers sur elle. Bien des mondes sont libéraux en ce domaine, soit par intérêt pour le tourisme, soit par indifférence au respect de l'ordre. Nous autres Comporelliens ne sommes pas ainsi. Nous sommes un monde respectueux de la loi et ferme dans son application. Cette femme est une personne sans planète et en tant que telle, elle enfreint notre loi.

— En l'occurrence, elle n'avait pas le choix, remarqua

Trevize. Je pilotais le vaisseau et l'ai posé sur Comporellon. Il fallait bien qu'elle nous accompagne, ministre, ou bien suggérez-vous qu'elle aurait dû demander à être larguée dans l'espace ?

— Tout cela signifie simplement que vous avez également enfreint notre loi, conseiller.

— Non, absolument pas, ministre. Je ne suis pas un étranger. Je suis citoyen de la Fondation et Comporellon ainsi que ses mondes vassaux forment une Puissance associée à la Fondation. En tant que citoyen de celle-ci, je suis libre de voyager ici.

— Certainement, conseiller, aussi longtemps que vous détenez les documents prouvant que vous êtes bel et bien citoyen de la Fondation.

— Ce qui est le cas, ministre.

— Pourtant, même en tant que citoyen de la Fondation, vous n'avez pas le droit d'enfreindre nos lois en amenant avec vous une personne apatride. »

Trevize hésita. A l'évidence, Kendray, le garde frontalier, n'avait pas tenu parole ; il était donc inutile de le protéger. « Nous n'avons pas été stoppés au poste d'immigration, ce que j'ai pris pour une autorisation implicite de me faire accompagner par cette femme, ministre.

— Il est exact que vous n'avez pas été stoppés, conseiller. Il est exact que la femme n'a pas été signalée par les services d'immigration et qu'elle a franchi librement la douane. Je puis soupçonner, toutefois, que les fonctionnaires de la station d'entrée auront décidé — et tout à fait correctement — qu'il était plus important de faire atterrir votre vaisseau à la surface que de s'inquiéter d'une personne apatride. Ce qu'ils ont fait était, *stricto sensu,* une infraction au règlement et l'affaire sera réglée comme il convient, mais je n'ai aucun doute que la décision sera que l'infraction était justifiée. Nous sommes un monde strictement légaliste, conseiller, mais pas strict au-delà des exigences de la raison.

— Alors, dit aussitôt Trevize, j'en appelle à votre raison pour infléchir votre rigueur, ministre. Si, effectivement, vous n'avez reçu aucune information du poste d'immigration quant à la présence d'une personne apatride à mon bord, alors vous ignoriez que nous enfreignions une loi quelconque au moment de notre atterrissage. Or, il est tout à fait patent que vous étiez prête à nous interpeller sitôt que nous nous serions posés et c'est effectivement ce que vous avez fait. Pourquoi donc, si vous n'aviez aucune raison d'estimer qu'il y eût une quelconque infraction ? »

Le ministre sourit. « Je comprends votre confusion, conseiller. Laissez-moi vous assurer, je vous prie, que ce que nous avons pu apprendre — ou non — sur la condition d'apatride de votre passagère, n'avait rien à voir avec votre interpellation. Nous agissons sur mandat de la Fondation, dont nous sommes, comme vous l'avez souligné, une Puissance associée. »

Trevize la fixa, ébahi. « Mais c'est impossible, ministre. C'est même pire : c'est ridicule. »

Le rire du ministre était pareil à un doux flot de miel. « J'aimerais bien savoir en quoi, selon vous, être ridicule est pire qu'être impossible, conseiller. Je partage votre point de vue sur ce point. Malheureusement pour vous, toutefois, ce n'est ni l'un ni l'autre. Mais pourquoi, selon vous, devrait-il en être ainsi ?

— Parce que je suis un fonctionnaire du gouvernement de la Fondation, en mission pour lui, et qu'il est absolument inconcevable que celui-ci désire m'arrêter, ou même qu'il ait le pouvoir de le faire, puisque je jouis de l'immunité parlementaire.

— Ah ! vous omettez mon titre mais vous êtes profondément troublé et c'est peut-être pardonnable. Quoi qu'il en soit, on ne m'a pas directement demandé de vous arrêter. Je l'ai fait uniquement pour pouvoir accomplir ce qu'on m'a effectivement demandé de faire, conseiller.

— Et qui est, ministre ? » demanda Trevize, en essayant de maîtriser son émotion face à cette femme redoutable.

« Qui est de réquisitionner votre vaisseau, conseiller, pour le restituer à la Fondation.

— Quoi ?

— De nouveau, vous omettez mon titre, conseiller. Voilà qui est très négligent de votre part et ne fait rien pour alléger votre cas. Le vaisseau ne vous appartient pas, je présume. L'avez-vous dessiné, construit ou acheté ?

— Bien sûr que non, ministre. Il m'a été attribué par le gouvernement de la Fondation.

— Eh bien, sans doute le gouvernement de la Fondation a-t-il le droit d'annuler cette attribution. Ce vaisseau est de grande valeur, j'imagine. »

Trevize ne répondit pas.

« C'est un vaisseau gravitique, conseiller, reprit le ministre. Il ne doit pas en exister beaucoup et même la Fondation n'en possède sans doute que très peu. Et elle doit regretter de vous avoir assigné l'un de ces rares spécimens. Peut-être parviendrez-vous à les persuader de vous attribuer un autre vaisseau de moindre valeur mais qui vous suffira néanmoins amplement pour votre mission... Nous devons quant à nous récupérer le vaisseau sur lequel vous êtes arrivé.

— Non, ministre, je ne peux pas vous abandonner le vaisseau. Je ne puis pas croire que la Fondation exige de vous une telle chose. »

Le ministre sourit. « Pas uniquement de moi, conseiller. Pas de Comporellon en particulier. Nous avons tout lieu de croire que la requête a été transmise à l'ensemble, fort nombreux, des planètes et régions sous la juridiction de la Fondation ou associées à elle. D'où j'en déduis que la Fondation ignore votre itinéraire et vous recherche... pour le moins activement. D'où j'en déduis également que vous n'avez nulle mission à remplir vis-à-vis de Comporellon au nom de la Fondation — puisque dans ce cas, elle saurait où vous trouver et nous aurait contactés nommément. En bref, Conseiller, vous m'avez menti. »

Trevize répondit, non sans une certaine difficulté : « J'aimerais voir une copie de la requête que vous avez reçue du gouvernement de la Fondation, ministre. Je pense être en droit de vous le demander.

— Certainement, si tout ceci doit déboucher sur une action en justice. Nous prenons fort au sérieux nos procédures légales, conseiller, et vos droits seront entièrement préservés, je vous l'assure. Il serait préférable et plus facile, toutefois, que l'on parvienne ici même à un accord en s'épargnant la publicité et les retards occasionnés par une action légale. Nous le préférerions et, j'en suis certaine, la Fondation de même, qui ne peut se permettre de voir toute la Galaxie apprendre qu'un législateur est en fuite. Cela la ferait voir sous un jour ridicule, et selon vos critères et les miens, ce serait pire qu'impossible. »

De nouveau, Trevize resta sans répondre.

Le ministre attendit quelques instants puis poursuivit, toujours aussi imperturbable. « Allons, conseiller, d'une manière ou d'une autre, par un accord officieux ou par les moyens légaux, nous avons l'intention de récupérer le vaisseau. La peine encourue pour introduction d'un passager apatride dépendra de la voie adoptée. Vous exigez l'application de la loi et cette femme représente un point supplémentaire contre vous ; vous endurez tout le poids de la peine correspondant à ce délit, peine qui ne sera pas légère, croyez-moi. D'un autre côté, nous nous mettons d'accord et votre passagère peut être renvoyée par le premier vol commercial vers la destination de son choix, la possibilité vous étant laissée, à vous et votre assistant, de l'accompagner si tel est votre souhait. Ou bien encore, et si la Fondation est d'accord, nous pouvons vous fournir l'un de nos vaisseaux, d'un modèle parfaitement adéquat, pourvu évidemment que la Fondation nous le remplace par un modèle équivalent. Ou enfin, si pour quelque raison vous ne désiriez pas retourner vers un territoire contrôlé par la Fondation, nous serions prêts à vous offrir refuge et peut-être, éventuellement, la citoyenneté comporellienne. Vous voyez donc que vous avez quantité de possibilités de gain si vous acceptez un arrangement à l'amiable mais pas la moindre si vous insistez pour faire valoir vos droits légaux.

— Ministre, répondit Trevize, vous êtes trop pressée. Vous promettez ce que vous ne pouvez tenir. Vous ne pouvez m'offrir refuge face à une requête de la Fondation exigeant que je lui sois livré.

— Conseiller, je n'ai jamais promis ce que je ne pouvais tenir. La requête de la Fondation ne concerne que votre vaisseau. Elle n'en a fait aucune vous concernant en tant qu'individu, vous ou l'un quelconque de vos passagers. La seule demande a trait à votre bâtiment. »

Trevize jeta un bref regard à Joie avant de demander : « Puis-je avoir votre permission, ministre, pour consulter un court instant le Dr Pelorat et Mlle Joie ?

— Certainement, conseiller. Je vous accorde un quart d'heure.

— En privé, ministre.

— On va vous conduire dans une salle et, au bout d'un quart d'heure, vous serez ramenés ici, conseiller. Dans l'intervalle, vous ne serez pas dérangés et nous ne chercherons pas non plus à espionner votre conversation. Vous avez ma parole et je la tiens toujours. Néanmoins, vous restez sous bonne garde, aussi ne faites pas la bêtise de tenter de vous échapper.

— Nous comprenons, ministre.

— Et quand vous reviendrez, nous comptons sur votre libre accord pour nous remettre le vaisseau. Dans le cas contraire, la loi suivra son cours, conseiller, pour votre plus grand désagrément à tous. Est-ce bien compris ?

— Parfaitement compris, ministre », dit Trevize en maîtrisant sa rage, car l'exprimer ne lui aurait absolument rien valu de bon.

18.

C'était une pièce exiguë mais elle était bien éclairée ; elle contenait un divan et deux chaises et l'on pouvait entendre le doux murmure d'un ventilateur. Dans l'ensemble, elle était manifestement plus confortable que le vaste et stérile bureau du ministre.

Un garde les y avait conduits, un grand type grave, les mains à portée de la crosse de son éclateur. Il resta dehors comme ils entraient et leur dit, d'un ton péremptoire : « Vous avez quinze minutes. »

A peine avait-il prononcé ces mots que la porte coulissante se refermait avec un bruit sourd.

« Je ne peux qu'espérer qu'on ne nous espionne pas, dit Trevize.

— Elle nous a donné sa parole, remarque Pelorat.

— Vous jugez les autres à votre image, Janov. Sa prétendue “ parole ” ne suffira pas. Elle la rompra sans hésiter si elle le désire.

— Peu importe, intervint Joie. Je peux nous isoler.

— Vous avez un écran protecteur ? » demanda Pelorat.

Joie sourit ; éclat soudain de ses dents blanches. « L'esprit de Gaïa, Pel. C'est un esprit gigantesque.

— Si nous sommes ici, nota Trevize avec colère, c'est à cause des limitations de ce gigantesque esprit.

— Que voulez-vous dire ? s'étonna Joie.

— Quand a éclaté la triple confrontation[1], vous m'avez effacé de l'esprit du maire comme de celui de ce Second Fondateur, Gendibal. Aucun des deux ne devait à nouveau songer à moi, sinon de manière lointaine, indifférente. Je devais être désormais livré à moi-même.

— Nous étions obligés de le faire, dit Joie. Vous étiez notre ressource la plus importante.

— Oui. Golan Trevize, l'homme qui a toujours raison. Mais mon vaisseau, vous ne le leur avez pas ôté de l'esprit, hein ? Le maire Branno ne m'a pas réclamé ; moi, je ne l'intéresse absolument pas, mais le vaisseau, en revanche, elle le réclame. Celui-là, elle ne l'a pas oublié. »

Joie fronça les sourcils.

Trevize poursuivit : « Réfléchissez-y. Gaïa a tranquillement supposé que j'étais compris avec le vaisseau, que nous formions une unité. Si Branno ne pensait pas à moi, elle ne penserait pas non plus au vaisseau. Le problème est que Gaïa ne comprend pas la notion d'individualité. Elle nous a considérés, le vaisseau et moi, comme un seul organisme ; c'était une erreur.

— C'est possible », dit doucement Joie.

« Eh bien, dans ce cas, dit Trevize tout net, c'est à moi de rectifier cette erreur. Il me faut mon vaisseau gravitique et mon ordinateur. C'est obligatoire. Par conséquent, Joie, assurez-vous que je garde le vaisseau. Vous pouvez contrôler les esprits.

— Oui, Trevize, mais nous n'exerçons pas ce contrôle à la légère. Nous l'avons fait dans le cadre de la triple confrontation mais savez-vous depuis combien de temps cette rencontre était prévue ? Calculée ? Pesée ? Ça a pris — littéralement — des années. Je ne peux pas simplement m'approcher d'une femme et lui modifier l'esprit pour faire plaisir à tel ou tel.

— Est-ce bien le moment... »

1. Voir *Fondation foudroyée. (N.d.T.)*

Joie poursuivit derechef : « Si je commence à suivre une telle voie, où nous arrêtons-nous? J'aurais pu influencer l'esprit de l'agent à la station d'entrée et nous aurions franchi le poste sans encombre. J'aurais pu influencer l'esprit de l'agent dans le véhicule et il nous aurait laissés partir.

— Eh bien, puisque vous faites mention de cela, pourquoi ne pas l'avoir fait ?

— Parce que nous ignorons où cela pourrait mener. Nous ignorons les effets secondaires qui pourraient faire empirer la situation. Si je réajuste à présent l'esprit du ministre, cela affectera son comportement vis-à-vis de ceux avec lesquels elle entrera en contact et, puisqu'elle occupe un poste élevé dans son gouvernement, cela pourrait affecter les relations interstellaires. Jusqu'à ce que l'affaire soit totalement étudiée, nous n'osons pas lui toucher l'esprit.

— Alors, pourquoi rester avec nous ?

— Parce que le moment peut venir où votre vie sera menacée, je dois protéger votre vie à tout prix, même au prix du mon Pel ou de moi-même. Votre vie n'était pas menacée à la station d'entrée. Elle ne l'est pas non plus maintenant. Vous devez vous débrouiller seul, et continuer au moins jusqu'à ce que Gaïa soit en mesure d'estimer les conséquences d'une éventuelle action avant d'en décider. »

Trevize s'abîma dans une période de réflexion. Puis il dit : « Dans ce cas, il faut que je tente quelque chose. Ça pourrait ne pas marcher. »

La porte s'ouvrit, coulissant dans son logement aussi bruyamment qu'à sa fermeture.

« Sortez ! » dit le garde.

Comme ils émergeaient, Pelorat murmura : « Que comptez-vous faire, Golan ? »

Trevize hocha la tête et murmura : « Je ne suis pas entièrement certain. Je vais devoir improviser. »

19.

Le ministre Lizalor était encore à son bureau lorsqu'ils furent de retour. A leur entrée, son visage se fendit en un sourire menaçant. Elle lança :

« J'espère, conseiller Trevize, que vous êtes revenu m'annoncer que vous me remettez ce vaisseau de la Fondation encore entre vos mains.

— Je suis venu, ministre, dit calmement Trevize, pour discuter des conditions.

— Il n'y a aucune condition à discuter, conseiller. Si vous insistez vraiment, on peut arranger très rapidement un procès qui sera mené encore plus rapidement. Je vous garantis votre condamnation même dans un jugement parfaitement équitable puisque votre culpabilité, en faisant entrer une apatride, est aussi manifeste qu'indiscutable. Après cela, nous aurons toute latitude pour saisir le vaisseau tandis que vous trois subirez de lourdes peines. N'allez pas prendre ce risque pour le seul plaisir de nous retarder d'une journée.

— Quoi qu'il en soit, il y a des conditions à discuter, ministre, car aussi prompte que vous soyez à nous faire condamner, vous ne pouvez saisir le vaisseau sans mon consentement. Toute tentative d'y pénétrer de force hors de ma présence le détruira, et le spatioport avec, ainsi que toutes les personnes présentes. Cela mettra certainement en fureur la Fondation, une chose que vous n'oserez pas faire. Nous menacer ou nous maltraiter pour me forcer à ouvrir le vaisseau est certainement illégal, et si en désespoir de cause vous enfreignez la loi et nous soumettez à la torture ou même à une période incongrue de cruel emprisonnement, la Fondation s'en apercevra et n'en sera que plus furieuse encore. Quel que soit son désir de récupérer l'appareil, elle ne peut se permettre un précédent qui autoriserait à maltraiter des citoyens de la Fondation... Alors, discutons-nous ?

— Tout cela est absurde, dit le ministre, l'air renfrogné. Si nécessaire, nous préviendrons directement la Fondation. Ils doivent bien savoir comment ouvrir leurs propres engins, ou ce seront eux qui vous forceront à l'ouvrir.

— Vous omettez mon titre, ministre, remarqua Trevize, mais l'émotion vous trouble, aussi est-ce peut-être pardonnable. Vous savez bien que la dernière chose que vous ferez sera d'appeler la Fondation puisque vous n'avez aucune intention de leur livrer le vaisseau. »

Le sourire disparut des traits du ministre. « Quelles bêtises me chantez-vous là, conseiller ?

— Le genre de bêtises, ministre, qu'il y aurait peut-être avantage à ne pas laisser parvenir à d'autres oreilles. Laissez mon ami et la jeune femme gagner un hôtel confortable pour avoir le repos dont ils ont si grand besoin et faites également sortir vos gardes. Ils peuvent demeurer derrière la porte et vous laisser un éclateur. Vous n'avez rien d'un gringalet et, munie d'un éclateur, vous n'avez rien à craindre de moi. Je suis sans arme. »

Le ministre se pencha par-dessus le bureau. « Je n'ai rien à craindre de vous de toute manière. »

Sans regarder derrière elle, elle fit signe à l'un des gardes qui approcha aussitôt et vint s'immobiliser à côté d'elle en claquant les talons. « Garde, lui dit-elle, conduisez ces deux-là à la suite numéro cinq. Veillez à ce qu'ils soient installés confortablement et qu'il y restent sous bonne garde. Vous serez tenu responsable de tout mauvais traitement à leur égard, ainsi que de toute infraction à la sécurité. »

Elle se leva, et malgré sa ferme détermination de ne pas broncher, Trevize ne put s'empêcher de tressaillir un peu. Elle était grande ; aussi grande au moins que son mètre quatre-vingt-cinq, avec peut-être un ou deux centimètres de plus. Une taille fine, avec les deux bandes blanches en travers de la poitrine qui se prolongeaient pour lui enserrer la taille, l'amincissant encore. Il émanait d'elle une grâce imposante, et Trevize songea, piteux, qu'elle pouvait bien avoir raison en affirmant ne rien avoir à craindre de lui. Dans un corps à corps, elle n'aurait aucun mal à le clouer au tapis.

« Venez avec moi, conseiller. Si vous devez dire des bêtises, alors, pour votre propre bien, moins vous aurez d'auditeurs, mieux cela vaudra. »

Elle le précéda d'un pas vif et Trevize suivit, se sentant tout petit derrière son ombre massive, un sentiment qu'il n'avait jamais encore éprouvé avec une femme.

Ils pénétrèrent dans un ascenseur et, tandis que les portes se refermaient derrière eux, elle lui dit : « Nous sommes seuls à présent et si vous avez l'illusion, conseiller, de pouvoir user de la force avec moi pour parvenir à vos fins, je vous prierai de n'y plus songer. » Le chantonnement de sa voix devint plus prononcé comme elle ajoutait, avec un amusement manifeste : « Vous m'avez l'air d'un spécimen raisonnablement robuste mais je vous assure que je n'aurai aucun mal à vous rompre le bras — ou le dos, si j'y suis forcée. J'ai bien une arme mais je n'aurai pas besoin d'en faire usage. »

Trevize se gratta la joue tandis que son regard la parcourait de haut en bas puis de bas en haut : « Ministre, je ne serais pas ridicule dans un combat avec n'importe quel homme de mon poids mais j'ai déjà décidé de renoncer à en découdre avec vous : je sais évaluer quand je suis surclassé.

— Bien, dit le ministre qui parut ravie.

— Où allons-nous, ministre ?

— En bas. Tout en bas. Mais ne vous inquiétez pas. Dans les hyperdrames, ceci préludrait à votre mise au cachot, je suppose, mais nous n'avons pas de cachots sur Comporellon — rien que des prisons décentes. Nous nous rendons à mes appartements privés ; un lieu pas aussi romantique qu'un cachot du sale vieux temps de l'Empire mais autrement plus confortable. »

Trevize estima qu'ils se trouvaient à cinquante mètres au moins sous la surface de la planète, lorsque la porte de l'ascenseur coulissa. Ils sortirent.

20.

Trevize examina l'appartement avec une surprise manifeste. Le ministre observa, l'air mécontent : « Vous n'appréciez pas mes quartiers d'habitation, conseiller ?

— En aucun cas, ministre. Non, je suis simplement surpris. Je trouve cela inattendu. L'impression que j'avais retirée de votre planète, par le peu que j'en ai vu et entendu depuis mon arrivée, était celle d'un monde d'abstinence, bannissant tout luxe inutile.

— Tel est bien le cas, conseiller. Nos ressources sont limitées et notre vie doit être aussi dure que notre climat.

— Mais tout ceci, ministre », et Trevize étendit les deux mains comme pour embrasser la pièce où, pour la première fois en ce monde, il voyait des couleurs, où les sièges étaient bien rembourrés, où la lumière tombant des murs lumineux était douce et où le sol était recouvert d'un tapis de force de sorte que les pas étaient élastiques et silencieux. « Tout ceci relève sans aucun doute du luxe.

— Nous bannissons, comme vous dites, conseiller, le luxe inutile ; le luxe ostentatoire ; le luxe traduisant un gaspillage excessif. Ceci, toutefois, est un luxe privé qui a son rôle. Je travaille dur, j'assume de vastes responsabilités. J'ai besoin d'un endroit où je puisse oublier durant quelque temps les difficultés de mon poste.

— Et tous les Comporelliens vivent-ils de la sorte lorsque les yeux des autres sont détournés, ministre ? remarqua Trevize.

— Cela dépend du degré de travail et de responsabilité. Peu nombreux sont ceux qui peuvent se le permettre, le méritent, ou même — grâce à notre code éthique — le désirent.

— Mais vous, ministre, pouvez-vous le permettre, le mériter... et le désirer ?

— Le rang a ses privilèges de même que ses devoirs. Et maintenant, asseyez-vous, conseiller, et racontez-moi votre folie. » Elle s'assit sur le divan qui céda légèrement sous son poids, et désigna un siège tout aussi confortable dans lequel Trevize lui ferait face sans être placé trop loin.

Trevize s'assit, « Ma folie, ministre ? »

Le ministre se détendit visiblement et posa le coude droit sur un coussin. « Dans une conversation privée, nous n'avons pas besoin d'observer aussi scrupuleusement les règles du dialogue officiel. Vous pouvez m'appeler Lizalor. Je vous appelerai Trevize... Dites-moi ce que vous avez dans la tête, Trevize, et nous examinerons ça ensemble. »

Trevize croisa les jambes et se carra sans son siège. « Voyez-vous, Lizalor, vous m'avez laissé le choix, soit d'accepter d'abandonner de plein gré le vaisseau, soit d'être soumis à un procès en bonne et due forme. Dans l'un et l'autre cas, vous le récupérez au bout du compte... Malgré tout, vous avez fait des pieds et des mains pour me persuader d'opter pour la première solution. Vous voulez m'offrir un autre vaisseau pour remplacer le mien afin que mes amis et moi puissions aller où bon nous semble. Nous pourrions même rester ici sur Comporellon et nous faire naturaliser si tel est notre choix. Dans un ordre mineur, vous avez bien voulu m'accorder un quart d'heure pour consulter mes amis. Vous avez même voulu m'amener ici, dans vos appartements privés, tandis qu'en ce moment même, mes amis sont sans doute installés fort confortablement. Bref, vous faites tout pour m'acheter, Lizalor, pour me convaincre de vous offrir le vaisseau en vous épargnant la nécessité d'un procès.

— Allons, Trevize, n'êtes-vous pas enclin à m'accorder le crédit d'impulsions bien humaines ?

— Certainement pas.

— Ou l'idée qu'une reddition volontaire serait plus rapide et plus pratique qu'un procès ?

— Non ! J'aurais une suggestion différente.

— Qui est ?

— Un procès présente un gros défaut : c'est une affaire publique. Vous avez à plusieurs reprises évoqué le strict légalisme de cette planète, et je soupçonne qu'il serait extrêmement difficile d'organiser un procès sans qu'il soit intégralement enregistré. Si tel était le cas, la Fondation l'apprendrait fatalement et vous seriez contraints de restituer le vaisseau sitôt le procès achevé.

« Evidemment, dit Lizalor, sans broncher. C'est la Fondation qui en est propriétaire.

— En revanche, poursuivit Trevize, un accord passé en privé avec moi n'aurait pas à être enregistré officiellement. Vous pourriez alors récupérer le vaisseau et, la Fondation ignorant l'affaire — elle ignore jusqu'à notre présence sur cette planète —, Comporellon pourrait conserver l'appareil. Et c'est, j'en suis sûr, ce que vous comptez faire.

— Pour quelle raison ? » Elle restait toujours aussi impassible. « Ne faisons-nous pas partie de la Confédération de la Fondation ?

— Pas tout à fait. Votre statut est celui de Puissance associée. Sur toute carte galactique, où les planètes membres de la Fédération figurent en rouge, Comporellon et ses dépendances apparaissent comme une tache rose pâle.

— Même ainsi, au titre de Puissance associée, nul doute que nous coopérerions avec la Fondation.

— En êtes-vous certaine ? Comporellon ne caresserait-elle pas des rêves de totale indépendance, voire de domination ?

Vous êtes un monde ancien. Presque toutes les planètes prétendent être plus anciennes qu'elles ne le sont réellement mais dans le cas de Comporellon, c'est vrai. »

Le ministre Lizalor se permit un sourire froid. « Le plus ancien, même, s'il faut en croire certains de nos enthousiastes.

— N'aurait-il pas existé une époque où Comporellon était bel et bien le monde dominant d'un ensemble planétaire de taille moyenne ? Et ne serait-il pas possible que vous rêviez de retrouver cette position de force perdue ?

— Croyez-vous que nous rêvions d'un objectif aussi impossible ? Avant même de connaître vos idées, je les avais qualifiées de folles et elles le sont sans aucun doute, maintenant que je les connais.

— Les rêves sont peut-être impossibles mais ça n'empêche pas de rêver. Terminus, pourtant située à l'extrême lisière de la Galaxie, et avec une histoire plus brève que celle de tout autre monde puisqu'elle remonte à seulement cinq siècles, Terminus dirige virtuellement la Galaxie. Et Comporellon ne pourrait pas ? Hein ? » Trevize souriait.

Lizalor demeurait grave : « Terminus a atteint cette position, jugeons-nous, en déchiffrant le plan Seldon.

— Tel est le fondement psychologique de sa supériorité et il tiendra aussi longtemps, peut-être, que les gens y croiront. Il se peut que le gouvernement de Comporellon n'y croie pas. Même dans ce cas, Terminus jouit par ailleurs d'un fondement technologique. Son hégémonie sur la Galaxie repose sans aucun doute sur sa technologie avancée — dont le vaisseau gravitique que vous êtes si pressée d'avoir représente un exemple. Aucune autre planète en dehors de Terminus ne possède de vaisseaux gravitiques. Si Comporellon pouvait en avoir un et pouvait en connaître en détail le fonctionnement, cela lui ferait accomplir une gigantesque percée technologique. Personnellement, je ne crois pas que cela suffirait à vous faire dépasser Terminus mais il se peut que votre gouvernement le pense.

— Vous ne pouvez pas être sérieux. Tout gouvernement qui garderait le vaisseau à l'encontre du désir de la Fondation de le récupérer subirait sans nul doute la colère de celle-ci et l'histoire nous montre que cette colère peut se révéler fort désagréable...

— La colère de la Fondation ne pourrait s'exercer que si elle avait matière à se mettre en colère.

— En ce cas, Trevize — à supposer que votre analyse de la situation ne relève pas de la folie — ne tireriez-vous pas avantage de la remise du vaisseau et d'un marchandage difficile ? Nous paierions comme il convient l'apaisement de vos scrupules, si l'on doit suivre votre raisonnement.

— Vous me feriez confiance pour ne pas rapporter l'affaire à la Fondation ?

— Certainement. Puisqu'il vous faudrait rapporter votre propre rôle dedans.

— Je pourrais dire que j'ai agi sous la contrainte.

— Certes. A moins que votre bon sens vous dicte que le maire n'y croirait jamais... Allons, mettons-nous d'accord. »

Trevize hocha la tête. « Non, madame Lizalor. Ce vaisseau est à moi et il doit le rester. Comme je vous l'ai dit, toute tentative d'y pénétrer de force provoquera une explosion extraordinaire. Je vous assure que je dis la vérité. N'allez pas croire que je bluffe.

— Vous, vous pourriez l'ouvrir, et reprogrammer l'ordinateur.

— Sans aucun doute, mais je n'en ferai rien. »

Lizalor poussa un gros soupir. « Vous savez que nous pourrions vous faire changer d'avis... sinon par ce que nous pourrions vous faire, du moins par ce que nous pourrions faire subir à votre ami, le Dr Pelorat, ou à la jeune femme.

— La torture, ministre ? Est-ce là votre loi ?

— Non, conseiller. Mais peut-être serait-il inutile d'en venir à de telles extrémités. Il y a toujours la sonde psychique. »

Pour la première fois depuis qu'il était entré dans les appartements ministériels, Trevize sentit un frisson intérieur. « Vous ne pouvez pas non plus faire ça. L'emploi de sondes psychiques en dehors de l'usage médical est prohibé dans toute la Galaxie.

— Mais si nous étions poussés au désespoir...

— Je suis prêt à courir ce risque, dit Trevize, très calme, car cela ne vous rapporterait rien. Ma détermination est si bien ancrée que la sonde psychique me détruirait l'esprit avant de l'amener à vous remettre le vaisseau. » (Ça, c'était du bluff, songea-t-il, et le frisson intérieur s'amplifia.) « Et même si vous étiez assez habile pour me persuader sans me détruire l'esprit, et si je devais ouvrir le vaisseau, le désarmer et vous le remettre, vous n'en seriez pas plus avancée pour autant. L'ordinateur de bord est encore plus sophistiqué que le vaisseau lui-même, et il est conçu de telle sorte — j'ignore les détails — qu'il ne travaille à son potentiel complet qu'avec moi. C'est ce que j'appellerais un ordinateur uni-personnel.

— Supposons, dans ce cas, que vous gardiez votre vaisseau et restiez son pilote. Envisageriez-vous de le piloter pour nous — en tant qu'honorable citoyen de Comporellon ? Salaire élevé. Luxe considérable. *Idem* pour vos amis.

— Non.

— Qu'est-ce que vous suggérez ? Que nous vous laissions tranquillement, vous et vos amis, repartir à bord de votre vaisseau et filer dans la Galaxie ? Je vous avertis qu'avant que nous vous autorisions à le faire, nous pourrions simplement informer la Fondation de votre présence ici avec votre vaisseau et la laisser se débrouiller...

— Et perdre vous-même le vaisseau.

— Si nous devons le perdre, autant peut-être que ce soit au profit de la Fondation plutôt que d'un impudent venu d'une planète étrangère.

— Dans ce cas, laissez-moi vous suggérer un compromis de mon cru.

— Un compromis ? D'accord, je vous écoute. Allez-y. »

Trevize commença, avec précaution : « Je suis chargé d'une importante mission. Elle a commencé avec le soutien de la Fondation. Ce soutien semble avoir été suspendu mais la mission demeure importante. Accordez-moi le soutien de Comporellon à la place et si ma mission est couronnée de succès, votre monde en bénéficiera. »

Lizalor arborait une expression dubitative : « Et vous ne restitueriez pas le vaisseau à la Fondation ?

— Je n'en ai jamais eu l'intention. Jamais la Fondation ne me chercherait avec une telle ardeur si elle pensait que je compte le leur rendre.

— Ce n'est pas tout à fait la même chose que de dire que vous nous donnerez le vaisseau...

— Une fois la mission achevée, il se peut qu'il ne me soit plus d'aucune utilité. En ce cas, je ne verrais pas d'objection à ce que Comporellon le récupère. »

Tous deux se dévisagèrent en silence durant quelques instants.

Puis Lizalor reprit : « Vous parlez au conditionnel. " Il se pourrait. " Cela n'a aucune valeur pour nous.

— Je pourrais faire des promesses en l'air mais quelle valeur auraient-elles pour vous ? Le fait que mes promesses soient prudentes et limitées devrait au contraire vous prouver qu'au moins elles sont sincères.

— Habile, dit Lizalor en hochant la tête. J'aime ça. Eh bien, quelle est donc votre mission, et en quoi pourrait-elle profiter à Comporellon ?

— Non, non, dit Trevize, à votre tour. Me soutiendrez-vous si je vous montre que la mission est d'importance pour Comporellon ? »

Le ministre Lizalor quitta le divan, présence de haute taille, imposante. « J'ai faim, conseiller Trevize, et je ne poursuivrai pas plus avant l'estomac vide. Je vais vous offrir quelque chose à manger et à boire — avec modération. Par la suite, nous terminerons notre affaire. »

Et Trevize crut alors discerner quelque impatience carnivore dans son regard, si bien qu'il pinça les lèvres, légèrement mal à laise.

21.

Le repas avait peut-être été nourrissant mais il n'était pas du genre à ravir le palais. Le plat principal était du bœuf bouilli à la sauce moutarde, posé sur un lit de légumes filandreux que Trevize ne reconnut pas. Et n'apprécia pas non plus à cause de leur goût amer et salé. Il devait découvrir plus tard qu'il s'agissait d'une espèce d'algue.

Suivit un fruit qui avait un goût de pomme mâtiné de pêche (pas mauvais, à vrai dire) et un breuvage noir, brûlant, assez amer pour que Trevize en laissât la moitié et demandât s'il ne pouvait pas avoir de l'eau fraîche à la place. Les portions étaient congrues mais, en la circonstance, il ne s'en plaignit pas.

Le repas avait été pris en privé, sans le moindre domestique en vue. C'est le ministre elle-même qui avait fait cuire et servi les plats puis débarrassé la table par la suite.

« J'espère que vous avez trouvé le repas agréable », dit Lizalor comme ils quittaient la salle à manger.

« Tout à fait », répondit Trevize sans enthousiasme.

Le ministre reprit sa place sur le divan. « Eh bien, dans ce cas, reprenons notre discussion de tout à l'heure. Vous avez mentionné que Comporellon pourrait jalouser l'avance technologique de la Fondation et son emprise sur la Galaxie. En un sens, c'est vrai, mais cet aspect de la situation n'intéressera jamais que ceux qui se passionnent pour la politique interstellaire, et ils sont comparativement peu nombreux. Ce qui est plus exact, c'est que le Comporellien moyen se montre horrifié par l'immoralité de la Fondation. Il y a de l'immoralité sur la plupart des planètes mais cela semble plus marqué sur Terminus. Je dirai que c'est de cela, plus que de questions plus abstraites, que se nourrit chez nous tout sentiment anti-Fondation.

— L'immoralité ? fit Trevize, perplexe. Quelles que soient les erreurs de la Fondation, vous devez admettre qu'elle gère sa portion de la Galaxie avec une raisonnable efficacité, et avec honnêteté du point de vue fiscal. Les droits civiques sont, dans l'ensemble, respectés...

— Conseiller Trevize, je parle de moralité *sexuelle.*

— En ce cas, je ne vous comprends certainement pas. Nous sommes une société entièrement morale, sexuellement parlant. Les femmes sont parfaitement représentées à chaque échelon de la vie sociale. Notre maire est une femme et près de la moitié du Conseil est formé de... »

Une lueur d'exaspération traversa fugitivement le visage du ministre. « Conseiller, vous moqueriez-vous de moi ? Vous savez sans aucun doute ce que morale sexuelle veut dire. Le mariage est-il, oui ou non, un sacrement sur Terminus ?

— Que voulez-vous dire par sacrement ?

— Y a-t-il une cérémonie officielle de mariage destinée à unir un couple ?

— Certainement, si les gens le désirent. Une telle cérémonie simplifie les problèmes d'impôts et d'héritage.

— Mais le divorce est possible.

— Bien entendu. Il serait sans aucun doute sexuellement immoral de maintenir réunis des gens lorsque...

— Y a-t-il des restrictions religieuses ?

— Religieuses ? Certains appliquent une philosophie dérivée des cultes antiques, mais quel rapport avec le mariage ?

— Conseiller, ici sur Comporellon, chaque aspect du sexe est sévèrement contrôlé. Il ne peut intervenir en dehors du mariage. Son expression est limitée même dans le cadre de celui-ci. Nous sommes tristement choqués par le spectacle de ces mondes, Terminus en particulier, où le sexe semble considéré comme un simple plaisir social sans grande importance que l'on peut pratiquer où, quand et avec qui bon vous semble, sans égard pour les valeurs de la religion. »

Trevize haussa les épaules. « Je suis désolé mais je ne peux pas entreprendre de réformer la Galaxie, ou même Terminus — et puis quel rapport avec la question de mon vaisseau ?

— Je parle de la réaction de l'opinion publique dans cette affaire, et de la façon dont elle limite ma capacité d'élaborer des compromis. Les citoyens de Comporellon seraient horrifiés s'ils découvraient que vous avez embarqué une femme jeune et séduisante pour assouvir vos pulsions érotiques et celles de votre compagnon. C'est par égard pour votre sécurité à vous trois que je vous ai pressé d'accepter une reddition pacifique au lieu d'un procès public.

— Je constate que vous avez mis à profit le repas pour réfléchir à une nouvelle forme de persuasion par la menace. Dois-je à présent craindre la vindicte populaire ?

— Je me contente de souligner les dangers. Serez-vous capable de nier que la femme que vous avez prise à bord est autre chose qu'un objet sexuel ?

— Bien sûr, que je peux le nier. Joie est la compagne de mon ami, le Dr Pelorat. Elle n'a pas de rivale. Vous pouvez ne pas donner à leur état le nom de mariage mais je crois que dans l'esprit de Pelorat, comme dans celui de cette femme, leurs relations sont celles d'un couple marié.

— Etes-vous en train de me dire que vous n'y êtes pas personnellement impliqué ?

— Certainement. Pour qui me prenez-vous ?

— Je ne saurais dire. J'ignore vos notions de moralité.

— Alors, permettez-moi de vous expliquer que mes notions de moralité me dictent de ne pas jouer avec les possessions — ou les relations — de mes amis.

— Vous n'êtes pas même tenté ?

— Je ne puis maîtriser l'existence de la tentation mais il n'y a pas le moindre risque que j'y succombe.

— Pas le moindre ? Peut-être que les femmes ne vous intéressent pas ?

— N'allez pas croire ça. Je m'y intéresse.

— Cela fait combien de temps que vous n'avez pas eu de relations sexuelles avec une femme ?

— Des mois. Aucune depuis que j'ai quitté Terminus.

— Sûr que vous ne devez pas apprécier.

— Certainement non, dit Trevize, qui n'en pensait pas moins, mais la situation est telle que je n'ai pas le choix.

— Sans doute votre ami, Pelorat, remarquant votre souffrance, serait-il prêt à partager sa femme.

— Rien dans mon comportement ne trahit une quelconque souffrance et le cas se présenterait-il, il ne serait pas prêt à partager Joie. Je ne crois pas non plus que la femme y consentirait. Elle n'a aucune attirance pour moi.

— Le dites-vous parce que vous avez déjà tâté le terrain ?

— Je n'ai rien tâté du tout. J'émets ce jugement sans éprouver le besoin de le mettre à l'épreuve. De toute façon, elle n'est pas particulièrement mon genre.

— Etonnant ! Elle est pourtant ce qu'un homme considérerait comme une femme séduisante.

— Physiquement, elle l'est sans doute. Quoi qu'il en soit, elle ne m'attire pas. D'abord, elle est trop jeune, trop enfantine par certains côtés.

— Vous préférez les femmes mûres, alors ? »

Trevize marqua un temps d'arrêt. Y avait-il un piège ? Il hasarda prudemment : « Je suis assez âgé pour savoir apprécier certaines femmes mûres. Mais quel est le rapport de tout ceci avec mon vaisseau ?

— Pour un instant, oubliez votre vaisseau, dit Lizalor. J'ai quarante-six ans et je ne suis pas mariée. Disons que j'ai été sans doute trop occupée pour cela.

— En ce cas, d'après les règles de votre société, vous devez être restée chaste toute votre vie. Est-ce pour cela que vous m'avez demandé depuis combien de temps je n'avais pas eu de rapports ? Me demanderiez-vous conseil en la matière ?... Si tel était le cas, je dirais que ce n'est ni le boire ni le manger. Il est inconfortable de vivre sans sexe mais ça n'a rien d'impossible. »

Le Ministre sourit et dans son œil s'alluma de nouveau cette lueur carnivore. « Ne vous méprenez pas, Trevize. Le rang a ses privilèges et il est possible d'être discret. Je ne suis pas totalement abstinente.

« Néanmoins, les Comporelliens sont peu satisfaisants. J'accepte le fait que la moralité soit un bien absolu mais elle tend à charger de culpabilité les hommes de cette planète, de sorte qu'ils tendent à ne plus être aventureux, entreprenants, qu'ils sont lents à démarrer, rapides à conclure, et de manière générale, dépourvus de talent.

— Je ne vois pas ce que je puis y faire, répondit Trevize fort prudent.

— Sous-entendriez-vous que la faute puisse m'en incomber ? Que je ne les inspire pas ? »

Trevize éleva la main. « Je n'ai pas du tout dit ça.

— En ce cas, comment réagiriez-vous, vous, si vous en aviez l'occasion ? Vous, un homme venu d'un monde immoral, qui doit avoir derrière lui une vaste variété d'expériences sexuelles de toutes sortes, qui est sous la pression de plusieurs mois d'abstinence forcée, et qui plus est, en la présence constante d'une jeune et charmante personne. Comment réagiriez-vous, vous, en la présence d'une femme telle que moi, du type mûr que vous prétendez apprécier ?

— Je me comporterais, répondit Trevize, avec le respect et la décence qui conviennent à votre rang et votre importance.

— Ne faites pas l'idiot ! » dit le ministre. Elle porta la main à sa taille, du côté droit. Le bandeau blanc qui l'encerclait se relâcha ; libéré au niveau de sa poitrine et de son cou, le haut de sa robe noire devint notablement plus flottant.

Trevize était médusé. Avait-elle eu ce plan à l'esprit depuis... depuis quand, au fait ? Ou bien était-ce son moyen de réussir là où les menaces avaient échoué ?

Le haut de la robe glissa, en même temps que les renforts à

hauteur des seins. Le ministre était assis devant lui, avec sur le visage un regard de fier dédain, nue depuis la taille. Ses seins étaient une version plus réduite de la femme elle-même : massifs, fermes, et absolument impressionnants.

« Eh bien ? fit-elle.

— Superbe ! dit Trevize en toute honnêteté.

— Et que comptez-vous faire à présent ?

— Que dicte en l'occurrence la morale sur Comporellon, madame Lizalor ?

— Qu'est-ce que cela pour un homme de Terminus ? Que dicte votre morale à vous ?... Et dépêchez-vous. Ma poitrine est froide et cherche la chaleur. »

Trevize se leva et commença de se dévêtir.

Chapitre 6

La nature de la Terre

22.

Trevize se sentait presque drogué, et se demanda combien de temps s'était écoulé.

Près de lui reposait Mitza Lizalor, ministre des Transports. Elle était allongée sur le ventre, la tête sur le côté, ronflant distinctement, la bouche ouverte. Voilà qui soulageait Trevize. Une fois éveillée, il espérait bien qu'elle aurait conscience de s'être endormie.

Trevize aurait bien voulu dormir lui aussi mais sentait qu'il était important de n'en rien faire. Elle ne devait surtout pas le trouver assoupi à son réveil. Elle devait se rendre compte que tandis qu'elle était terrassée jusqu'à l'inconscience, il avait dû prendre son mal en patience. Elle ne pouvait pas attendre moins de la part d'un immoraliste éduqué par la Fondation et, de ce côté, mieux valait ne pas la décevoir.

En un sens, il ne s'était pas mal débrouillé. Il avait deviné à juste raison que vu la taille de Lizalor et sa force physique, son pouvoir politique, son mépris pour les Comporelliens qu'elle avait rencontrés, son horreur mêlée de fascination pour les récits (qu'avait-elle entendu ? se demanda Trevize) contant les prouesses sexuelles des décadents de Terminus, elle désirerait être dominée. Quand bien même elle serait incapable d'exprimer son désir et ses espoirs.

Il avait agi en conséquence et, pour sa bonne fortune, découvert qu'il avait vu juste. (Trevize, l'homme qui ne se trompe jamais, railla-t-il.) Cela avait plu à la femme et lui avait permis d'orienter leurs activités dans une direction qui tendait à épuiser celle-ci tout en le laissant relativement intact.

La chose n'avait pas été facile. Elle avait un corps superbe (quarante-six ans, avait-elle dit, mais ce corps n'aurait pas fait honte à une athlète de vingt-cinq printemps) et une énergie gigantesque — une énergie surpassée seulement par l'insouciante ardeur déployée à l'épuiser.

Eh bien, s'il pouvait l'apprivoiser et lui enseigner la modération ; si la pratique (mais pourrait-il lui-même y survivre ?) pouvait amener Mme le ministre à une meilleure compréhension de ses capacités et, plus important encore, de ses capacités *à lui,* il ne serait peut-être pas déplaisant de...

Le ronflement s'interrompit soudain et elle s'étira. Il lui posa la main sur l'épaule, la caressa doucement... et elle ouvrit les yeux. Trevize était appuyé sur le coude et faisait de son mieux pour avoir l'air en forme et plein d'allant.

« Je suis content que vous ayez dormi, chérie, lui dit-il. Vous aviez besoin de repos. »

Elle lui adressa un sourire assoupi et, durant un instant de malaise, il crut qu'elle allait lui proposer de renouveler leurs exercices mais elle se contenta de se tortiller jusqu'à ce qu'elle se retrouve sur le dos. Puis, d'une voix douce et satisfaite, elle dit : « Je vous avais jugé correctement dès le début. Sexuellement parlant, vous êtes un roi. »

Trevize essaya de prendre un air modeste. « C'est me faire trop d'honneur.

— Balivernes. Vous aviez parfaitement raison. J'avais peur que cette jeune femme ne vous ait maintenu en activité et complètement épuisé, mais vous m'avez assuré que non. C'est bien exact, n'est-ce pas ?

— Avais-je le comportement d'un homme à moitié repu, d'abord ?

— Non, absolument pas », et son rire éclata, sonore.

« Vous envisagez toujours d'employer des sondes psychiques ? »

Elle rit encore. « Vous êtes fou ? Voudrais-je vous perdre à présent ?

— Pourtant, il vaudrait peut-être mieux m'oublier temporairement...

— Quoi ? » Elle fronça les sourcils.

« Si je devais rester ici définitivement, ma... ma chère, combien de temps s'écoulerait-il avant que des yeux commencent à observer, des bouches à murmurer ? Si toutefois, je devais repartir pour ma mission, je reviendrais périodiquement rendre compte, et il serait alors tout à fait naturel que nous nous isolions ensemble quelque temps — et puis, ma mission est vraiment importante. »

Elle y réfléchit en se grattant négligemment la cuisse droite. Puis elle répondit : « Je suppose que vous avez raison. Je n'aime pas cette idée mais... je supose que oui, vous avez raison.

— Et vous n'avez pas besoin de vous imaginer que je ne reviendrai pas, ajouta Trevize. Je ne suis pas idiot au point d'oublier ce qui m'attendrait ici. »

Elle lui sourit, lui caressa doucement la joue et lui dit, les yeux dans les yeux : « Ça vous a plu, mon chou ?

— Bien plus que ça, chérie.

— Pourtant, vous êtes un Fondateur. Un homme en pleine jeunesse, venu tout droit de Terminus. Et qui doit être habitué à toutes sortes de femmes avec toutes sortes de talents...

— Je n'ai jamais rien rencontré, rien du tout, qui vous soit, même de loin, comparable », dit Trevize avec cette ardeur qui venait tout naturellement lorsqu'on n'énonçait, somme toute, que la vérité.

« Eh bien, si c'est vous qui le dites », fit Lizalor, sur un ton suffisant. « Malgré tout, les mauvaises habitudes sont dures à perdre, vous savez, et je ne crois pas que je pourrais me résoudre à faire confiance à la parole d'un homme sans un minimum de garantie. Il serait concevable que vous et votre ami Pelorat poursuiviez votre mission une fois que j'en connaîtrai la teneur et l'aurai approuvée mais je n'en garderai pas moins la jeune femme ici. Elle sera bien traitée, n'ayez crainte, mais je présume qu'elle va manquer à votre Dr Pelorat, aussi veillerai-je à ce qu'il y ait de fréquents retours à Comporellon, même si votre enthousiasme pour cette mission a tendance à vous entraîner à rester trop longtemps parti.

— Mais Lizalor, c'est impossible.

— Vraiment ? » Une lueur de soupçon envahit soudain son

regard. « Impossible ? Pourquoi ça ? Pour quelle raison auriez-vous besoin de cette femme ?

— Pas pour le sexe. Je vous l'ai dit, et je n'ai pas menti. Elle appartient à Pelorat et elle ne m'attire pas. Par ailleurs, je suis sûr qu'elle se briserait en deux si elle tentait ce que vous avez si triomphalement réussi. »

Lizalor sourit presque mais se retint et reprit, sévère : « Qu'est-ce que ça peut vous faire, alors, qu'elle reste sur Comporellon ?

— C'est qu'elle est d'une importance cruciale pour notre mission. C'est pour cela que nous avons besoin d'elle.

— Eh bien, alors, en quoi consiste votre mission ? Il serait temps de me le dire. »

Trevize n'hésita qu'un bref instant. Il fallait que ce fût la vérité. Il ne voyait pas quel mensonge aussi crédible il pourrait inventer.

« Ecoutez-moi, dit-il. Comporellon est peut-être un monde ancien, parmi les plus anciens sans doute, mais il ne peut pas être le plus ancien de tous. La vie humaine n'est pas originaire d'ici. Les tout premiers hommes sont arrivés ici depuis une autre planète et peut-être que la vie humaine n'en était pas non plus originaire mais venait d'un astre encore plus lointain et plus ancien. Malgré tout, ces sauts vers le passé doivent avoir un terme et, il faudra bien atteindre enfin la planète originelle, le monde des origines humaines. Je suis à la recherche de la Terre. »

Le changement qui se produisit tout à coup chez Mitza Lizalor le sidéra.

Ses yeux s'agrandirent, sa respiration se précipita, chacun de ses muscles parut se tétaniser, alors qu'elle était toujours allongée sur le lit. Elle projeta brusquement les bras vers le haut, croisant les deux premiers doigts des deux mains.

« Vous avez prononcé son nom », murmura-t-elle, la voix rauque.

23.

Elle ne dit plus rien après ça ; elle ne le regarda même pas. Ses bras retombèrent lentement, ses jambes glissèrent sur le côté du lit et elle s'assit, lui tournant le dos. Trevize resta allongé où il était, rigoureusement immobile.

Il pouvait entendre résonner dans sa mémoire les paroles de Munn Li Compor, lors de leur rencontre dans les locaux déserts de l'office du tourisme de Seychelle. Il l'entendait encore, évoquant la planète de ses propres ancêtres — celle-là même sur laquelle Trevize se trouvait aujourd'hui —, lui dire que ses compatriotes « étaient restés très superstitieux à ce propos. Chaque fois qu'ils mentionnent ce fameux nom, ils lèvent les deux mains, l'index et le majeur croisés, pour conjurer le mauvais sort ».

Il était bien vain de s'en souvenir après coup.

« Qu'aurais-je dû dire, Mitza ? » marmonna-t-il.

Elle secoua lentement la tête, se leva, et se dirigea d'un pas lourd vers une porte. Le battant se referma derrière elle et, quelques instants après, on entendit couler de l'eau.

Il n'avait d'autre recours que d'attendre, tout nu, sans dignité, se demandant s'il devait ou non la rejoindre sous la douche avant d'être bien certain qu'il ne valait mieux pas. Et parce que, en un sens, il sentait que la douche lui était refusée, il éprouva illico le besoin d'en prendre une.

Elle en sortit enfin et, sans un mot, entreprit de choisir des vêtements.

« Est-ce que ça vous dérange si... » commença-t-il.

Elle ne dit rien et il prit son silence pour un consentement. Il essaya de gagner la douche d'un pas viril et assuré mais se sentit mal à l'aise comme au temps où sa mère, vexée par quelque inconduite de sa part, ne lui offrait d'autre punition que son silence, lui donnant envie de rentrer sous terre.

Il parcourut du regard la cabine aux murs lisses qui était nue, entièrement nue. Il l'examina plus attentivement... Rien.

Il rouvrit la porte, passa la tête et dit : « Ecoutez, comment suis-je censé ouvrir la douche ? »

Elle reposa le déodorant (c'est du moins la fonction que lui supposa Trevize), gagna la cabine de douche et, toujours sans un mot, pointa le doigt. Trevize suivit la direction indiquée et remarqua sur la paroi une tache ronde vaguement rose, à peine colorée, comme si le concepteur avait répugné à gâcher ce blanc immaculé, pour la seule raison de fournir un indice sur sa fonction.

Trevize haussa légèrement les épaules, s'appuya contre le mur et effleura la marque. C'était sans doute ce qu'il convenait de faire car l'instant d'après, un déluge d'eau finement pulvérisée vint le frapper, jailli de toutes les directions. Hoquetant, il toucha de nouveau la marque et l'eau s'arrêta.

Il rouvrit la porte, conscient d'avoir l'air encore plus indigne, frissonnant au point d'en éprouver des difficultés pour articuler. Il coassa : « Mais comment faites-vous donc pour avoir de l'eau *chaude ?* »

Elle se décida cette fois à le regarder et, apparemment, son aspect lui fit oublier sa colère (ou sa peur, ou l'émotion, quelle qu'elle fût, dont elle était victime) car elle souffla du nez puis, sans crier gare, partit d'un grand éclat de rire.

« Quelle eau chaude ? dit-elle. Croyez-vous que nous allons dilapider de l'énergie à fabriquer de l'eau chaude pour nous laver ? C'est de la bonne eau tiède que vous avez là, de l'eau juste dégourdie. Qu'est-ce qu'il vous faut de plus ? Ah ! ces mauviettes de Terminiens... Retournez vous laver ! »

Trevize hésita mais pas longtemps, car il était clair qu'il n'avait pas le choix dans l'affaire.

Avec une réticence remarquable, il effleura de nouveau la touche rose et cette fois se prépara à recevoir la douche glaciale. *Tiède,* l'eau ? Il se retrouva avec la chair de poule et se frictionna en hâte, ici, là, partout, estimant que ce devait être le cycle de lavage et soupçonnant qu'il ne devait pas durer longtemps.

Puis vint le cycle de rinçage. Ah ! de l'eau chaude — enfin, peut-être pas chaude, mais pas tout à fait aussi froide, et certainement brûlante pour son corps totalement frigorifié. Puis, alors même qu'il envisageait de toucher de nouveau le contact pour arrêter l'eau tout en se demandant comment Lizalor avait fait pour sortir toute sèche quand il n'y avait ni serviette ni équivalent d'aucune sorte dans la cabine — l'eau cessa de couler. Elle fut suivie par un jet d'air qui l'aurait certainement renversé s'il n'était pas venu de plusieurs directions à la fois.

Il était brûlant ; presque trop. Il fallait bien moins d'énergie, Trevize le savait, pour chauffer de l'air que pour chauffer de l'eau. Le jet d'air chaud vaporisa l'eau sur sa peau et en quelques minutes, il pouvait sortir, aussi sec que s'il n'avait jamais reçu de sa vie une goutte d'eau.

Lizalor semblait s'être complètement ressaisie. « Vous vous sentez bien ?

— Tout à fait bien », dit Trevize. A vrai dire, il était même surpris d'être à ce point à l'aise. « Tout ce qu'il me fallait, c'était me préparer à la température. Vous ne m'aviez pas dit...

— Mauviette, va », dit Lizalor avec une trace de mépris.

Il lui emprunta son déodorant puis entreprit de s'habiller, conscient du fait qu'elle avait des sous-vêtements propres et pas lui. « Comment aurais-je dû appeler... ce monde ? lui demanda-t-il.

— Nous l'évoquons sous le nom de l'Ancien.

— Comment pouvais-je savoir ? Me l'avez-vous dit ?

— Avez-vous demandé ?

— Comment aurais-je su qu'il fallait demander ?

— Vous l'avez bien fait maintenant.

— Je risque d'oublier.

— Il vaudrait mieux pas.

— Quelle différence ? » Trevize sentait la colère monter. « Ce n'est jamais qu'un mot, un son.

— Il y a des mots qu'on ne prononce pas, fit Lizalor, lugubre. Dites-vous tous les mots que vous connaissez dans n'importe quelles circonstances ?

— Certains termes sont vulgaires, d'autres inappropriés, et il y en a d'autres que les circonstances peuvent rendre blessants. Ce qui est le cas du... mot que j'ai employé ?

— C'est un mot triste, un mot solennel. Il représente un monde qui fut notre ancêtre à tous et qui n'existe plus. Il est synonyme de tragédie, et nous y sommes d'autant plus sensibles qu'il était près de nous. Nous préférons ne pas en parler ou, s'il le faut, ne pas utiliser son nom.

— Et ces doigts croisés devant moi ? En quoi cela soulage-t-il la blessure et la tristesse ? »

Le visage de Lizalor s'empourpra. « C'était une réaction machinale et je ne vous remercie pas de l'avoir suscitée chez moi. Il y a des gens qui croient que ce mot, même simplement pensé, porte malheur — et c'est pour cela qu'ils le conjurent.

— Croyez-vous, vous aussi qu'on conjure le mal en croisant simplement les doigts ?

— Non... enfin, si, en un sens. Ça me met mal à l'aise si je ne le fais pas. » Elle ne le regardait pas. Puis, comme pressée de changer de sujet, elle enchaîna vivement : « Et en quoi la présence de votre brune compagne est-elle si primordiale, dans le cadre de votre mission, pour atteindre... ce monde que vous mentionnez.

— Dites " l'Ancien ". Ou préféreriez-vous ne même pas avoir à prononcer ce nom ?

— Je préférerais ne pas en discuter du tout mais je vous ai posé une question.

— Je crois que ses compatriotes, lorsqu'ils ont colonisé le monde qui est à présent le leur, étaient des émigrants venus de l'Ancien.

— Tout comme nous, fit Lizalor, très fière.

— Mais son peuple détient certaines traditions qu'elle dit être la clé de la compréhension de l'Ancien, à la seule condition qu'on l'atteigne et qu'on puisse étudier ses archives.

— Elle ment.

— Peut-être, mais nous devons vérifier.

— Si vous avez cette femme avec son savoir problématique, et si vous voulez gagner ce monde avec elle, pourquoi être venu sur Comporellon ?

— Pour localiser l'Ancien. J'avais un ami qui était, comme moi, membre de la Fondation. Lui, par contre, avait des ancêtres comporelliens et il m'avait assuré qu'une grande partie de l'histoire de l'Ancien était bien connue sur Comporellon.

— Pas possible ? Et vous a-t-il raconté quoi que ce soit de cette histoire ?

— Oui », dit Trevize, à nouveau incapable d'éluder la vérité. « Il disait que l'Ancien était un monde mort, entièrement radioactif. Il en ignorait le pourquoi mais pensait que ce devait être la conséquence d'explosions nucléaires. Lors d'une guerre, peut-être.

— Non ! explosa Lizalor.

— Non, il n'y a pas eu de guerre ? Ou non, l'Ancien n'est pas radioactif ?

— Il est radioactif mais il n'y a pas eu de guerre.

— Alors, comment l'est-il devenu ? Il n'a pas pu l'être depuis le début puisque la vie humaine est née sur l'Ancien. Il n'aurait jamais porté la moindre vie. »

Lizalor parut hésiter. Elle se sentait très raide, respirait profondément, haletant presque. Elle dit enfin : « Ce fut une punition. C'était un monde qui utilisait des robots. Savez-vous ce que c'est ?

— Oui.

— Ils avaient des robots, et pour cela, ils ont été châtiés. Tous les mondes qui ont eu des robots ont été châtiés et n'existent plus.

— Qui les a châtiés, Lizalor ?

— Celui Qui Châtie. Les forces de l'histoire. Je ne sais pas. » Elle détourna les yeux, mal à l'aise, puis reprit, à voix basse : « Demandez à d'autres.

— J'aimerais bien, mais à qui ? Y a-t-il sur Comporellon des spécialistes d'histoire ancienne ?

— Il y en a. Ils ne sont guère populaires parmi nous — parmi les Comporelliens moyens — mais la Fondation, *votre* Fondation, tient à la liberté intellectuelle, comme elle dit.

— Ce qui n'est pas un mal, à mon avis, observa Trevize.

— Tout est mal qui est imposé de l'extérieur », rétorqua Lizalor.

Trevize haussa les épaules. Il eût été vain de discuter. Il reprit plutôt : « Mon ami, le Dr Pelorat, est à sa manière un historien de l'Antiquité. Il aimerait, j'en suis sûr, rencontrer ses collègues comporelliens. Pouvez-vous arranger cela, Lizalor ? »

Elle acquiesça. « Il y a un historien du nom de Vasil Deniador, en poste à l'université de cette ville. Il n'enseigne pas mais sera peut-être en mesure de vous dire ce que vous voulez savoir.

— Pourquoi n'enseigne-t-il pas ?

— Ce n'est pas qu'il soit interdit de cours ; c'est simplement que les étudiants ne le choisissent pas.

— Je présume », observa Trevize en essayant de ne pas

être sardonique, « qu'on encourage les étudiants à ne pas le choisir.

— Pourquoi le feraient-ils ? C'est un sceptique. On en a, vous savez. Ce sont toujours des individus qui s'entêtent à aller à contre-courant des modes généraux de pensée et sont assez arrogants pour estimer qu'eux seuls ont raison et que la majorité a tort.

— Ne pourrait-il pas en être ainsi dans certains cas ?

— Jamais ! » aboya Lizalor avec une assurance qui rendait évidente que toute poursuite de cette discussion serait vaine. « Et malgré tout son scepticisme, il sera bien forcé de vous dire exactement ce que n'importe quel autre Comporellien pourrait vous dire.

— A savoir ?

— Que si vous cherchez l'Ancien, vous ne le trouverez jamais. »

24.

Dans les appartements privés qu'on leur avait assignés, Pelorat écouta Trevize, pensif, son long visage solennel dénué d'expression, puis dit enfin : « Vasil Deniador ? Je n'ai pas souvenance d'avoir entendu ce nom mais il se pourrait qu'à bord je retrouve des articles de lui dans ma bibliothèque.

— Etes-vous sûr de n'avoir jamais entendu parler de lui ? Réfléchissez ! dit Trevize.

— Je n'ai pas souvenance, à l'instant présent, d'avoir entendu parler de lui, dit Pelorat, prudent. Mais après tout, mon brave ami, il doit exister des centaines d'estimables universitaires dont je n'ai pas entendu parler ; ou à tout le moins, dont je n'ai pas conservé le souvenir.

— En tout cas il ne doit pas avoir un grand renom, sinon vous le connaîtriez.

— L'étude de la Terre...

— Entraînez-vous à dire “ l'Ancien ”, Janov. Sinon ça risque de compliquer les choses.

— L'étude de l'Ancien, dit Pelorat, ne constitue pas une niche fort estimée dans les corridors du savoir, de sorte que des universitaires de renom, même dans le champ de l'histoire ancienne, ne risquent guère d'y trouver leur voie. Ou, en prenant les choses à l'envers, ceux qui se trouvent déjà dans le domaine ont peu de chance de se faire un nom sur une planète délaissée, même s'ils possèdent les qualités requises. Quant à moi, je ne passe aux yeux de personne pour une spécialiste hors pair, j'en suis sûr.

— A mes yeux, si, dit Joie tendrement.

— Oui, aux vôtres sans aucun doute, très chère, dit Pelorat, esquissant un sourire, mais vous ne jugez pas de mes capacités d'universitaires. »

Il faisait presque nuit à présent, à en croire l'heure, et Trevize se sentait gagné par l'impatience, comme toujours lorsque Joie et Pelorat échangeaient des mots doux. Il les interrompit : « Je vais essayer d'arranger notre rencontre avec Deniador pour demain, mais s'il en sait aussi peu sur la question que le ministre, nous ne serons guère plus avancés que maintenant...

— Il peut être en mesure de nous indiquer quelqu'un de plus utile, remarqua Pelorat.

— J'en doute. L'attitude de cette planète envers la Terre... mais je ferais mieux moi aussi de m'habituer à pratiquer l'ellipse. L'attitude de cette planète envers l'Ancien est stupide et superstitieuse. » Il se détourna. « Mais la journée a été dure et nous devrions penser au dîner — si nous sommes capables d'affronter leur menu sans attrait — avant de songer peut-être à dormir. Avez-vous appris, vous deux, à vous servir de la douche ?

— Mon cher compagnon, observa Pelorat, on nous a fort aimablement traités. Nous avons reçu toutes sortes d'instructions, pour la plupart inutiles.

— Au fait, Trevize, dit Joie, et le vaisseau ?

— Quoi, le vaisseau ?

— Le gouvernement de Comporellon le confisque-t-il ?

— Non, je ne crois pas qu'ils feront une telle chose.

— Ah ! A la bonne heure. Et pourquoi pas ?

— Parce que j'ai convaincu Mme le Ministre de changer d'avis.

— Etonnant, dit Pelorat. Elle ne me semblait pas du genre particulièrement facile à convaincre.

— Je ne sais pas, remarqua Joie. D'après la texture de son esprit, il était clair qu'elle était attirée par Trevize. »

Ce dernier la considéra avec une soudaine exaspération. « Vous avez fait ça, Joie ?

— Que voulez-vous dire, Trev ?

— Je veux dire toucher à...

— Je n'ai touché à rien. Cependant, après avoir noté son attirance pour vous, je n'ai pu résister à l'envie de lui faire sauter une ou deux inhibitions. Presque rien. Ces inhibitions auraient sauté de toute manière, et il semblait important de garantir sa bienveillance à votre endroit.

— Sa bienveillance ? C'était plus que ça ! Elle s'est radoucie, certes, mais post-coïtalement...

— Vous ne voulez quand même pas dire, mon ami..., s'étonna Pelorat.

— Et pourquoi pas ? dit Trevize, revêche. Elle n'est peut-être plus de la prime jeunesse, mais elle s'y connaît. Elle n'a rien d'une débutante, je vous assure. Je ne vais pas non plus jouer les gentlemen et mentir pour la couvrir... Après tout, l'idée venait d'elle — grâce au traficotage par Joie de ses inhibitions — et je n'étais pas en position de refuser, même si l'idée m'en était venue, ce qui ne fut pas le cas... Allons, Janov, ne restez donc pas planté là avec cet air puritain. Cela fait des mois que je n'avais pas eu une occasion. Vous, vous avez... » Et il fit un vague geste en direction de Joie.

« Croyez-moi, Golan, dit Pelorat, embarrassé, si vous interprétez mon expression comme puritaine, vous vous méprenez sur mon compte. Je n'ai aucune objection.

— Mais c'est elle qui l'est, puritaine, intervint Joie. Je voulais la rendre plus chaleureuse à votre égard ; je ne comptais pas sur un paroxysme sexuel.

— Mais c'est exactement ce que vous avez amené, ma gentille petite tripatouilleuse. Il se peut que Mme le Ministre doive jouer les puritaines en public, mais si tel est le cas, cela, semble-t-il, ne fait qu'attiser le feu.

— De sorte que, pourvu qu'on la gratte au bon endroit, elle trahira la Fondation...

— En aucun cas, dit Trevize. Ce qu'elle voulait, c'était le vaisseau... » Il se tut puis reprit dans un murmure : « Est-ce qu'on nous espionne ?

— Non ! dit Joie.

— Vous êtes sûre ?

— Certaine. Il est impossible de toucher à l'esprit de Gaïa de quelque façon que ce soit sans que Gaïa n'en ait conscience.

— Dans ce cas, Comporellon veut garder le vaisseau pour elle seule... un complément de valeur pour sa flotte.

— Jamais la Fondation ne le permettra.

— Comporellon n'a pas l'intention que la Fondation le sache. »

Joie soupira. « Voilà bien les Isolats. Le ministre compte trahir la Fondation au nom de Comporellon et, contre un peu de sexe, elle s'empresse de trahir Comporellon dans la foulée... Quant à Trevize, il sera ravi de monnayer les services de son corps afin de favoriser la trahison. Quelle anarchie dans votre Galaxie ! Quel *chaos !*

— Vous vous trompez, jeune femme, dit Trevize, glacial.

— Dans ce que je viens de dire, je ne suis pas une jeune femme, je suis Gaïa. Gaïa tout entière.

— Alors, vous vous trompez, *Gaïa.* Je n'ai pas monnayé les services de mon corps. Je les ai offerts avec joie. J'y ai pris plaisir et n'ai fait de mal à personne. Quant aux conséquences, elles se sont révélées favorables de mon point de vue et j'accepte ce fait. Et si Comporellon désire le vaisseau pour son propre compte, qui est dans son bon droit dans cette affaire ? C'est un vaisseau de la Fondation, mais il m'a été donné pour rechercher la Terre. Il est à moi jusqu'à ce que j'aie achevé ma quête et j'ai le sentiment que la Fondation n'a aucun droit de revenir sur son accord. Quant à Comporellon, elle n'apprécie guère la domination de la Fondation et nourrit donc des rêves d'indépendance. A ses yeux, il est correct d'agir ainsi et de tromper la Fondation car pour eux ce n'est pas un acte de trahison mais de patriotisme. Qui peut dire ?

— Exactement. Qui peut dire ? Dans une Galaxie de l'anarchie, comment est-il possible de trier entre les actions raisonnables et déraisonnables ? Comment décider entre le juste et l'injuste, le bien et le mal, la justice et le crime, l'utile et l'inutile ? Et comment expliquez-vous que le ministre trahisse son propre gouvernement quand elle vous laisse conserver le vaisseau ? Rêverait-elle d'indépendance personnelle hors d'un monde oppresseur ? Est-elle une traîtresse ou bien une patriote individualiste isolée ?

— Pour être sincère, dit Trevize, je ne sais pas si elle était prête à me laisser mon vaisseau simplement pour me remercier du plaisir que je lui ai procuré. Je crois qu'elle a pris cette décision uniquement lorsque je lui ai dit que je recherchais l'Ancien. C'est pour elle un monde de mauvais augure et en le cherchant, nous le sommes également devenus, nous et le vaisseau qui nous transporte. J'ai le sentiment qu'elle est persuadée d'avoir amené le malheur sur elle et sa planète, à vouloir s'emparer de notre vaisseau, et qu'elle considère désormais celui-ci avec horreur. Peut-être a-t-elle l'impression qu'en nous laissant partir avec et en me laissant poursuivre ma mission, elle détournera la malchance de Comporellon, ce qui, à ses yeux, équivaut à un acte de patriotisme.

— Si tel était le cas, ce dont je doute, Trevize, la superstition serait le ressort de l'action. Admirez-vous cela ?

— Je n'admire ni ne condamne. La superstition a toujours dirigé les actes en l'absence de savoir. La Fondation croit au plan Seldon, bien que personne à notre connaissance ne soit capable de le comprendre, d'en interpréter les détails ou d'en faire un instrument de prédiction. Nous le suivons à l'aveuglette, par ignorance et par foi. N'est-ce pas de la superstition ?

— Oui, peut-être.

— *Idem* pour Gaïa. Vous croyez que j'ai fourni la décision correcte en jugeant que Gaïa devait absorber la Galaxie en un seul vaste organisme mais vous ne savez pas pourquoi il faudrait que j'aie raison, ou dans quelle mesure vous avez bien fait de suivre cette décision. Vous êtes prête à poursuivre dans cette voie, par ignorance et par foi, au point même d'être dérangée par ma quête d'une preuve qui supprimerait cette ignorance et rendrait inutile la foi. N'est-ce pas de la superstition ?

— Là, je crois qu'il vous coince, ma petite Joie, dit Pelorat.

— Sûrement pas. Ou il n'aboutira à rien dans sa quête, ou il trouvera quelque chose qui confirmera sa décision.

— Et pour soutenir cette croyance, dit Trevize, vous

n'avez que votre ignorance et votre foi. En d'autres termes : de la superstition ! »

25.

Vasil Deniador était un homme de petite taille, aux traits délicats, avec une façon de vous regarder en levant les yeux sans lever la tête. Ceci, combiné avec les brefs sourires qui illuminaient périodiquement son visage, lui donnait l'air de se rire du monde en silence.

Son bureau était étroit et long, rempli de bandes magnétiques apparemment dans le plus grand désordre, impression due au fait qu'elles n'étaient pas régulièrement disposées dans leurs casiers, ce qui donnait aux étagères un aspect de mâchoire édentée. Les trois sièges qu'il indiqua à ses visiteurs étaient dépareillés et trahissaient un dépoussiérage récent quoique imparfait.

« Janov Pelorat, Golan Trevize et Joie... j'ai peur de n'avoir pas saisi votre nom, madame.

— Joie est mon seul nom usuel », lui répondit-elle avant de s'asseoir.

« C'est bien assez, somme toute », fit Deniador en lui lançant une œillade. « Vous êtes assez séduisante pour qu'on vous pardonne cette lacune. »

Tous étaient assis à présent. « J'ai entendu parler de vous, docteur Pelorat, bien que nous n'ayons jamais correspondu. Vous êtes de la Fondation, n'est-ce pas ? De Terminus ?

— Effectivement, docteur Deniador.

— Et vous, conseiller Trevize. Il me semble avoir entendu récemment que vous auriez été renvoyé du Conseil et exilé. Je crois bien ne pas en avoir saisi la raison.

— Non pas renvoyé, monsieur. Je suis toujours membre du Conseil même si j'ignore quand je vais reprendre mes fonctions. Ni tout à fait exilé. On m'a assigné une mission au sujet de laquelle nous aimerions vous consulter.

— Ravi de pouvoir vous aider. Et notre joyeuse amie ? Est-elle également de Terminus ? »

Trevize s'interposa rapidement. « Elle vient d'ailleurs, docteur.

— Ah ! un monde bien étrange, cet Ailleurs. Une surprenante quantité d'individus en sont natifs... Mais puisque deux d'entre vous proviennent de la capitale de la Fondation à Terminus, que la troisième personne est une séduisante jeune femme et que Mitza Lizalor n'est pas connue pour son affection pour l'une ou l'autre catégorie, comment se fait-il qu'elle vous recommande aussi chaudement auprès de moi ?

— Je crois, dit Trevize, que c'est pour se débarrasser de nous. Plus tôt vous nous aiderez, voyez-vous, plus tôt nous aurons quitté Comporellon. »

Deniador lorgna Trevize avec intérêt (à nouveau, ce sourire pétillant) et répondit : « Evidemment, un vigoureux jeune homme tel que vous ne peut qu'être attirant, quelles que soient ses origines. Elle sait assez bien jouer le rôle de la froide vestale mais pas encore à la perfection.

— Je ne vois pas ce que vous voulez dire, dit Trevize, guindé.

— Et vous auriez intérêt à continuer. En public, du moins. Mais je suis un sceptique, et donc par profession peu enclin à me fier aux apparences. Eh bien, dites-moi, conseiller, quelle est votre mission ? Que je sache si je puis vous aider.

— En cette affaire, le Dr Pelorat est notre porte-parole.

— Je n'y vois aucune objection. Docteur Pelorat ?

— Pour simplifier au maximum, cher docteur, j'ai toute ma vie d'adulte tenté de pénétrer le fonds de connaissances ayant trait au monde sur lequel l'espèce humaine est née, et je me suis trouvé expédié avec mon bon ami Golan Trevize — bien que, pour être précis, ne le connaissant pas encore à l'époque — aux fins de découvrir, si nous le pouvions, la... l'Ancien, puisque c'est ainsi, je crois, que vous l'appelez.

— L'Ancien ? fit Deniador. Je suppose que vous parlez de la Terre. »

Pelorat en resta bouche bée. Puis, bafouillant légèrement, il reprit : « J'avais l'impression — enfin, on m'avait fait comprendre — qu'il ne fallait pas... »

Il se tourna vers Trevize, quelque peu désemparé.

Ce dernier enchaîna : « Le ministre Lizalor m'a dit qu'on ne devait pas utiliser ce terme sur Comporellon.

— Vous voulez dire qu'elle a fait ça ? » Deniador fit la

moue, fronça le nez et projeta vigoureusement les bras en avant, croisant les deux premiers doigts de chaque main.

« Oui, fit Trevize, c'est bien ce que je veux dire. »

Deniador se détendit et éclata de rire. « Balivernes, messieurs. Nous faisons cela par pure habitude et, dans les contrées arriérées, peut-être prend-on encore la chose au sérieux, mais en général personne n'y prête attention. Je ne connais pas de Comporellien qui ne dira pas " Terre, alors " quand il est ennuyé ou surpris. C'est le vulgarisme le plus commun que nous ayons.

— Vulgarisme ? dit faiblement Pelorat.

— Gros mot, si vous préférez.

— Quoi qu'il en soit, reprit Trevize, le ministre a paru toute bouleversée quand j'ai utilisé ce terme.

— Bah, elle descend de ses montagnes.

— Que voulez-vous dire, monsieur ?

— Exactement ce que ça veut dire. Mitza Lizalor est originaire de la Chaîne centrale. Les enfants, là-bas, sont élevés selon ce qu'on appelle les bonnes vieilles méthodes, ce qui signifie que, si bien éduqués soient-ils, vous ne pourrez jamais leur ôter cette manie de croiser les doigts.

— Alors le mot Terre ne vous gêne pas du tout, n'est-ce pas, docteur ? dit Joie.

— Aucunement, chère madame. Je suis un sceptique.

— Je sais ce que signifie ce terme en galactique, intervint Trevize, mais dans quel sens l'utilisez-vous ?

— Exactement dans le même que vous, conseiller. Je n'accepte que ce que je suis forcé d'accepter suivant des preuves raisonnablement fiables, et maintiens cette acceptation provisoire dans l'attente de preuves ultérieures. Cela ne nous rend pas populaires.

— Pourquoi ça ? dit Trevize.

— Nous ne serions populaires nulle part. Quelle est la planète dont les habitants ne préféreraient pas une croyance confortable, douillette et bien rodée, si illogique soit-elle, aux vents frisquets de l'incertitude ?... Voyez comment vous croyez au plan Seldon sans la moindre preuve.

— Oui, admit Trevize en étudiant le bout de ses doigts. J'évoquais également cet exemple pas plus tard qu'hier.

— Puis-je revenir au sujet, mon bon ami ? intervint

Pelorat. Que sait-on de la Terre qu'un sceptique serait prêt à accepter ?

— Fort peu de chose, répondit Deniador. Nous pouvons assumer qu'il existe une planète unique sur laquelle l'espèce humaine s'est développée, parce qu'il est hautement improbable que des espèces assez identiques pour que les croisements soient fertiles se soient développées sur plusieurs planètes, voire sur deux seulement, de façon indépendante. Nous pouvons choisir de baptiser Terre ce monde des origines. Il semble raisonnablement probable que la Terre ait pu exister quelque part dans ce coin de la Galaxie car les planètes y sont inhabituellement anciennes et il y a des chances que les premiers mondes à avoir été colonisés aient été proches de la Terre plutôt qu'éloignés.

— Et la Terre a-t-elle quelques caractéristiques particulières en dehors d'être la planète des origines ? s'empressa de demander Pelorat.

— Auriez-vous une idée en tête ? remarqua Deniador avec son sourire vif.

— Je songeais à son satellite que d'aucuns appellent la Lune. Voilà quelque chose d'inhabituel, n'est-ce pas ?

— C'est une question fondamentale, docteur Pelorat. Voilà qui pourrait me suggérer des idées.

— Je n'ai pas encore dit ce qui rendait la Lune inhabituelle.

— Sa taille, bien entendu. Je ne me trompe pas ?... Non, je vois bien que non. Toutes les légendes concernant la Terre parlent de sa vaste gamme d'espèces vivantes et de son vaste satellite — un satellite de quelque 3000 ou 3500 kilomètres de diamètre. L'extrême variété de la vie est une chose aisée à admettre puisqu'elle serait la résultante naturelle de l'évolution biologique si nos connaissances sur le processus sont exactes. Un satellite géant est en revanche plus difficile à accepter. Aucune autre planète habitée de la Galaxie n'en est pourvue. Les satellites de grande taille sont invariablement associés aux géantes gazeuses inhabitables et inhabitées. En tant que sceptique, par conséquent, je préfère ne pas accepter l'existence de la Lune.

— Si la Terre est unique par sa possession de millions d'espèces, remarqua Pelorat, ne peut-elle pas l'être égalementment par la possession d'un satellite géant ? L'un pourrait entraîner l'autre. »

Deniador sourit. « Je ne vois pas comment la présence de millions d'espèces sur la Terre pourrait créer un satellite géant à partir de rien.

— Mais l'inverse... peut-être qu'un satellite géant pourrait contribuer à la création de millions d'espèces.

— Je ne vois pas non plus comment.

— Et cette histoire de radioactivité de la Terre ? s'enquit Trevize.

— C'est une histoire et une croyance universellement répandues.

— Mais, reprit Trevize, la Terre n'a pu être radioactive au point d'empêcher la vie durant les milliards d'années où elle l'a abritée. Comment alors l'est-elle devenue ? Une guerre nucléaire ?

— Une guerre nucléaire ?

— C'est l'opinion la plus répandue, conseiller Trevize.

— A la manière dont vous le dites, je crois deviner que vous n'en croyez rien.

— Il n'y a aucune preuve qu'une telle guerre ait eu lieu. Une croyance commune, et même une croyance universellement répandue n'est pas, en soi, une preuve.

— Que pourrait-il s'être produit d'autre ?

— Rien ne prouve qu'il se soit produit quoi que ce soit. La radioactivité pourrait être une pure invention, au même titre que le satellite géant.

— Quelle est la version de l'histoire de la Terre la plus généralement admise ? Au cours de ma carrière professionnelle, j'ai pu collationner une vaste quantité de légendes sur les origines, dont bon nombre évoquent une planète nommée Terre ou quelque nom très similaire. Je n'en possède aucune venue de Comporellon.

— Non, vous ne risquez pas. Nous n'avons pas coutume d'exporter nos légendes. Superstition, encore.

— Mais vous n'êtes pas superstitieux et vous n'hésiteriez pas à en parler, n'est-ce pas ?

— C'est exact », dit le petit historien, levant les yeux vers Pelorat. « Le faire ajouterait considérablement, peut-être même dangereusement, à mon impopularité, mais vous allez tous les trois bientôt quitter Comporellon et j'imagine que vous ne me citerez jamais comme votre source.

— Vous avez ma parole d'honneur, répondit aussitôt Pelorat.

— Alors, voici un résumé de ce qui est censé s'être produit, élagué de tout aspect surnaturel ou moralisateur. La Terre fut durant une période incommensurable l'unique monde abritant des êtres humains, puis, il y a vingt ou vingt-cinq mille ans, la découverte du Saut hyperspatial a permis à l'espèce humaine de développer le voyage interstellaire et de coloniser un groupe de planètes.

« Les premiers colons ont utilisé des robots, qui avaient été conçus à l'origine sur Terre, avant l'époque du voyage hyperspatial — vous savez ce qu'est un robot, au fait ?

— Oui, dit Trevize. On nous a posé plus d'une fois la question. Nous savons ce qu'est un robot.

— Avec une société entièrement robotisée, les colons, qui avaient développé une technologie évoluée et d'une longévité inhabituelle, méprisaient la planète de leurs ancêtres. S'il faut en croire les versions les plus dramatiques de l'histoire, ils dominèrent et opprimèrent ce monde même.

« Finalement, la Terre envoya un nouveau groupe de colons, au sein desquels les robots étaient interdits. Comporellon devait être l'un des premiers de ces nouveaux mondes. Nos patriotes soutiennent que c'était bel et bien le premier, mais on n'en a aucune preuve acceptable par un sceptique. Le premier groupe de colons s'est éteint et...

— Pourquoi s'est-il éteint, docteur Deniador ? » l'interrompit Trevize.

« Pourquoi ? En général, nos romantiques imaginent qu'ils ont été punis par Celui qui Châtie, bien que personne ne se préoccupe d'expliquer pourquoi il aurait attendu si longtemps. Mais on n'a pas besoin de recourir à des contes de fées. On peut estimer sans peine qu'une société totalement dépendante de robots devienne molle et décadente, et finisse par s'étioler et mourir de pur ennui ou, plus subtilement, en perdant la volonté de vivre.

« La seconde vague de colons, sans robots, survécut et s'empara de toute la Galaxie mais la Terre, devenue radioactive, disparut lentement de la scène. La raison généralement invoquée étant qu'il devait y avoir des robots sur Terre, également, puisque la première vague avait encouragé leur emploi. »

Joie, qui avait écouté le récit non sans manifester une certaine impatience, l'interrompit : « Eh bien, docteur Deniador, radioactivité ou pas, et quel que soit le nombre de vagues de colonisation, la question cruciale demeure simple : Où se trouve exactement la Terre ? Quelles sont ses coordonnées ?

— La réponse à la question est : je n'en sais rien... Mais, venez, il est l'heure de déjeuner. Je peux nous faire apporter un repas, ainsi pourrons-nous ensuite continuer à discuter de la Terre aussi longtemps que vous le voudrez.

— Vous n'en *savez* rien ? s'exclama Trevize, d'une voix perçante.

— A vrai dire, à ma connaissance, personne ne le sait.

— Mais c'est impossible.

— Conseiller, répondit Deniador, avec un doux soupir, si vous souhaitez qualifier la vérité d'impossible, libre à vous, mais cela ne vous mènera nulle part. »

Chapitre 7

Départ de Comporellon

26.

La collation consistait en une pile de boulettes moelleuses qui contenaient chacune sous une croûte de couleur différente tout un assortiment de garnitures.

Deniador saisit un petit objet qui se déplia pour former une paire de gants fins et transparents qu'il enfila. Ses hôtes l'imitèrent.

« Qu'y a-t-il à l'intérieur de ces objets, je vous prie ? demanda Joie.

— Les boulettes roses sont farcies de lamelles de poisson épicé, une grande spécialité comporellienne. Les jaunes contiennent une garniture au fromage extrêmement douce. Les vertes un mélange de légumes. Mangez-les tant qu'elles sont chaudes. Ensuite, nous aurons un gâteau aux amandes chaud servi avec les boissons habituelles. Je me permets de vous recommander le cidre chaud. Dans un climat froid, nous avons tendance à servir nos plats chauds, même les desserts.

— Vous vous soignez bien, observa Pelorat.

— Pas vraiment, répondit Deniador. Je suis hospitalier avec mes invités. Quant à moi, je me contente de fort peu. Je n'ai pas une grosse masse corporelle à nourrir, comme vous l'aurez sans doute remarqué. »

Trevize mordit dans une des boulettes roses et lui trouva effectivement un net goût de marée, avec une touche d'épices pas déplaisante mais qui, estima-t-il, alliée au poisson, allait lui rester dans la bouche pour le reste de la journée et peut-être de la nuit.

Lorsqu'il examina l'objet duquel il avait pris une bouchée,

il découvrit que la croûte s'était refermée sur son contenu. Pas de jus, pas de fuite, et, durant un instant, il s'interrogea sur l'utilité des gants. Il lui semblait ne courir aucun risque de se tacher les mains s'il s'en passait, aussi estima-t-il que ce devait être une question d'hygiène. Les gants remplaçaient le lavage des mains si la chose n'était pas pratique, et sans doute la coutume dictait-elle désormais leur usage même quand les mains étaient lavées. (Lizalor n'en avait pas utilisé lorsqu'ils avaient mangé la veille — peut-être parce que c'était une montagnarde.)

« Serait-il discourtois de parler de notre affaire durant le repas ?

— D'après l'usage comporellien, effectivement, conseiller, mais vous êtes mes hôtes et je me conforme à vos usages. Si vous désirez discuter sérieusement et sans estimer — ou vous soucier — que cela puisse diminuer votre plaisir d'être à table, je vous en prie, faites, et je me joindrai à vous.

— Merci, dit Trevize. La ministre Lizalor a laissé entendre — non, elle a carrément affirmé —, que les sceptiques étaient mal vus ici. Est-ce vrai ? »

La bonne humeur de Deniador parut s'intensifier. « Certainement. Comme nous serions blessés si tel n'était pas le cas ! Comporellon, voyez-vous, est un monde frustré. Nous n'oublions jamais que jadis, il y a bien des millénaires, lorsque la taille de la Galaxie habitée était encore limitée, Comporellon était une planète dominante. Nous n'avons pas oublié les légendes qui content les grandes empoignades avec les Spatiaux — la première vague de colons.

« Mais que pouvons-nous faire ? Le gouvernement a été un beau jour contraint de devenir un loyal vassal de l'Empereur et est aujourd'hui devenu un loyal Associé de la Fondation. Et plus on nous fait prendre conscience de notre position subordonnée, plus imposantes et plus échevelées deviennent nos légendes du passé.

« Et que pourraient faire les Comporelliens ? Jamais dans le temps ils n'ont pu défier l'Empire, pas plus qu'ils ne peuvent aujourd'hui défier la Fondation. Par conséquent, ils se rabattent sur leur haine et leurs attaques contre nous, puisque nous ne croyons pas aux légendes et rions des superstitions.

« Quoi qu'il en soit, nous sommes à l'abri des effets les plus violents de la persécution. Nous maîtrisons la technologie, nous occupons les départements de l'université. Certains parmi nous, les plus hardis, éprouvent quelque difficulté à enseigner librement. Je l'éprouve moi-même, par exemple, bien que j'aie mes étudiants et puisse tranquillement tenir des réunions en dehors du campus. Néanmoins, si nous étions vraiment écartés de la vie publique, la technologie s'effondrerait et les universités perdraient leur crédit auprès de la Galaxie. Sans doute, telle est la stupidité des hommes que la perspective d'un suicide intellectuel pourrait bien ne pas les empêcher de se livrer à leur haine, mais nous avons le soutien de la Fondation. Par conséquent, tout en étant constamment l'objet de railleries, de mépris et de dénonciations, on ne nous touche jamais.

— Est-ce l'opposition populaire qui vous empêche de nous dire où se trouve la Terre ? demanda Trevize. Craignez-vous que, malgré tout, le sentiment anti-sceptique finisse par mal tourner si vous alliez trop loin ? »

Deniador secoua la tête. « Non. La position de la Terre est inconnue. Je ne vous dissimule rien par peur — ou pour toute autre raison.

— Mais, écoutez, le pressa Trevize. Il existe un nombre limité de planètes dans ce secteur de la Galaxie à posséder les caractéristiques physiques associées à l'habitabilité, et presque toutes doivent être non seulement habitables mais habitées, et par conséquent bien connues de vous. Quelle difficulté y aurait-il à explorer le secteur à la recherche d'une planète qui serait habitable mis à part le fait qu'elle soit radioactive ? En outre, il s'agirait de repérer une telle planète accompagnée d'un satellite de grande taille. Entre sa radioactivité et son satellite géant, il serait impossible de ne pas remarquer la Terre ou de la rater, même au cours d'une recherche superficielle. Cela pourrait prendre un certain temps mais ce serait bien là la seule difficulté.

— L'opinion des sceptiques est, bien entendu, qu'aussi bien la radioactivité de la Terre que son satellite géant ne sont que de simples légendes. Les chercher, c'est chercher du lait d'hirondelle et des plumes aux lapins.

— Peut-être, mais cela ne devrait pas empêcher Comporellon d'entreprendre au moins la recherche. Qu'elle découvre un monde radioactif de taille convenable pour être habité, et doté d'un vaste satellite, quelle apparence de crédibilité cela ne procurerait-il pas à l'ensemble des légendes comporelliennes ! »

Deniador éclata de rire. « Il se pourrait bien que Comporellon s'en abstienne pour cette raison précise. Si nous échouons, ou si nous découvrons une Terre manifestement différente de celle des légendes, c'est l'inverse qui se produirait. L'ensemble des légendes de Comporellon se dégonflerait et deviendrait l'objet de risées. Jamais Comporellon ne prendra un tel risque. »

Trevize observa un silence puis poursuivit sans se démonter : « Par ailleurs, même si nous écartons ces deux caractéristiques uniques — la radioactivité et le satellite géant — il en demeure une troisième qui, par définition, *doit* exister, sans nulle référence aux légendes. La Terre doit abriter soit une vie florissante d'une incroyable diversité soit les survivants d'une telle abondance ou, à tout le moins, leurs traces fossiles.

— Conseiller, dit Deniador, même si Comporellon n'a jamais organisé la moindre expédition de recherche de la Terre, nous avons toutefois l'occasion de voyager dans l'espace et nous recevons à l'occasion les comptes rendus de vaisseaux qui, pour telle ou telle raison, se sont écartés de leur route. Les Sauts ne sont pas toujours parfaits, comme vous le savez-peut-être. Quoi qu'il en soit, nous n'avons jamais relevé trace de la moindre planète ayant des caractéristiques approchant celles de la Terre des légendes, ou d'une planète grouillante de vie. Pas plus qu'aucun vaisseau n'ira s'amuser à atterrir sur une planète apparemment inhabitée pour aller à la pêche aux fossiles. Si donc, au cours de milliers d'années, on n'a jamais rien rapporté de la sorte, j'aurais fortement tendance à croire qu'il est impossible de localiser la Terre pour la bonne raison qu'il n'y a pas de Terre à localiser.

— Mais elle doit bien se trouver quelque part, quand même ! » s'exclama Trevize, frustré. « Quelque part doit exister une planète sur laquelle ont évolué l'humanité et toutes les formes de vie familières qui lui sont associées. Si la

Terre n'est pas dans ce secteur de la Galaxie, elle doit se trouver ailleurs.

— Peut-être », fit Deniador, sans se démonter, « mais durant tout ce temps, elle n'est apparue nulle part.

— Les gens ne l'ont pas vraiment cherchée.

— Eh bien, vous si, apparemment. Je vous souhaite bonne chance mais je ne parierais pas sur votre succès.

— Y a-t-il eu des tentatives pour déterminer par des moyens indirects la position possible de la Terre, des moyens autres que la simple recherche ?

— Oui », répondirent deux voix à la fois. Deniador, qui était l'une des voix, se tourna vers Pelorat : « Etes-vous en train de penser au projet de Yariff ?

— Certes, dit Pelorat.

— Alors, voudriez-vous l'expliquer au conseiller ? Je crois qu'il sera plus enclin à vous croire que moi.

— Voyez-vous, Golan, commença Pelorat, dans les derniers temps de l'Empire, il y eut une période où la Quête des Origines, comme on disait à l'époque, était devenue un passe-temps populaire, peut-être pour s'évader des désagréments de la réalité environnante. L'Empire était à l'époque engagé dans un processus de désintégration, voyez-vous.

« Il apparut à un historien livien, Humbal Yariff, que quelle que fût la planète des origines, elle avait dû coloniser des mondes proches d'elle avant les planètes situées plus loin. Et plus généralement, plus un monde serait situé loin du point d'origine et plus tardivement il aurait été colonisé.

« Supposez, alors, que l'on notât les dates de colonisation de toutes les planètes habitables de la Galaxie de manière à raccorder toutes celles datant d'un même nombre de millénaires. Il pourrait exister un réseau de planètes âgées de dix mille ans ; un autre pour celles de douze mille ans, un autre encore pour les planètes colonisées depuis quinze mille ans. Chacun de ces réseaux devrait, en théorie, être plus ou moins sphérique et tous devraient être plus ou moins concentriques. Les plus anciens formeraient des sphères de diamètre plus petit que les plus récents, et si l'on repérait tous leurs centres, ceux-ci devraient se retrouver dans un volume d'espace relativement réduit qui devrait inclure la planète des origines... la Terre. »

La ferveur se lisait sur le visage de Pelorat tandis qu'il ne cessait de dessiner dans les airs des enveloppes sphériques de ses mains en coupe. « Vous me suivez, Golan ? »

Trevize acquiesça. « Oui. Mais je parie que ça n'a pas marché.

— En théorie, ça aurait dû, mon brave compagnon. Le hic, c'est que les dates d'origine étaient totalement inexactes. Chaque monde exagérait son âge à un degré ou un autre et il n'y avait aucun moyen facile de déterminer leur âge indépendamment de la légende.

— La décomposition du carbone-14 dans les souches d'arbres anciennes, dit Joie.

— Sans doute, ma chérie, mais il vous aurait fallu obtenir la coopération des mondes en question et celle-ci ne fut jamais accordée. Aucune planète n'avait envie de voir détruire sa revendication d'ancienneté et l'Empire n'était pas en position de surmonter les objections locales dans une affaire aussi mineure. Il avait d'autres soucis en tête.

« Tout ce que Yariff put faire, ce fut donc d'exploiter les mondes à n'avoir été colonisés que depuis deux mille ans au mieux, et dont la fondation avait été méticuleusement enregistrée dans des circonstances fiables. Il n'y avait que quelques planètes dans ce cas, et si elles étaient distribuées de manière grossièrement sphérique, leur lieu géométrique était relativement proche de Trantor, la capitale impériale, car c'était de là que les expéditions colonisatrices étaient parties pour ces mondes relativement peu nombreux.

« Ce qui, bien entendu, constituait un autre problème. La Terre n'était pas le seul point d'origine de la colonisation d'autres planètes. A mesure que le temps passait, les mondes les plus anciens organisaient eux-mêmes leurs propres expéditions de colonisation, et au moment de l'apogée de l'Empire, Trantor avait contribué de manière non négligeable à celles-ci. Yariff fut assez injustement raillé et ridiculisé et sa réputation professionnelle démolie.

— Je vois le tableau, Janov, dit Trevize... Mais, docteur Deniador, n'avez-vous vraiment rien à me fournir qui puisse alimenter la moindre parcelle d'espoir ? Y a-t-il une planète quelconque où il serait concevable qu'on puisse trouver quelque information au sujet de la Terre ? »

Deniador s'abîma quelques instants dans une réflexion dubitative. « E-eh bien, dit-il enfin, d'une voix hésitante, en tant que sceptique, je dois vous dire que je ne suis pas certain que la Terre existe ou qu'elle ait jamais existé. Toutefois... » Il retomba dans le silence.

Finalement, Joie intervint : « Je crois que vous avez songé à quelque chose qui pourrait être important, docteur.

— Important ? J'en doute, fit Deniador d'une voix faible. Peut-être amusant, toutefois. La Terre n'est pas la seule planète dont la position soit un mystère. Il y a les mondes du premier groupe de colons ; les Spatiaux, comme les appellent nos légendes. Certains appellent les planètes qu'ils ont habitées les “ Mondes spatiaux ”, d'autres les baptisent les “ Mondes interdits ”. Ce dernier terme est le plus commun.

« Au temps de leur splendeur, dit la légende, les Spatiaux avaient une durée de vie qui s'étendait sur des siècles et ils refusaient à nos ancêtres à l'existence brève l'atterrissage sur leurs planètes. Après que nous les avons eu défaits, la situation s'est trouvée renversée. Nous avons refusé de traiter avec eux, les laissant se débrouiller seuls, interdisant à nos vaisseaux et nos négociants de commercer avec eux. D'où ce terme de Mondes interdits. Nous étions certains, si l'on en croit la légende, que Celui qui Châtie les détruirait sans notre intervention et, apparemment, ce fut le cas. En tout cas, aucun Spatial n'est à notre connaissance apparu dans la Galaxie depuis des millénaires.

— Croyez-vous que les Spatiaux pourraient connaître la Terre ? demanda Trevize.

— C'est concevable, puisque leurs planètes étaient plus anciennes que les nôtres. C'est-à-dire, si les Spatiaux existent encore, ce qui est hautement improbable.

— Même si eux n'existent plus, leurs mondes, si, et ils pourraient contenir des archives.

— Encore faudrait-il que vous puissiez les retrouver, ces mondes. »

Trevize paraissait exaspéré. « Entendez-vous par là que la clé de la Terre, dont la position est inconnue, pourrait se trouver sur un de ces mondes spatiaux, dont la position est tout aussi inconnue ? »

Deniador haussa les épaules. « Nous n'avons pas eu de

rapport avec eux depuis vingt mille ans. Pas une fois songé à eux. Ils se sont, tout comme la Terre, fondus dans le brouillard.

— Sur combien de planètes vivaient les Spatiaux ?

— Les légendes parlent de cinquante — un nombre bien curieusement rond. Il y en avait sans doute beaucoup moins.

— Et vous ne connaissez pas la position d'une seule de ces cinquante planètes ?

— Eh bien, maintenant, je me demande...

— Que vous demandez-vous ?

— L'histoire ancienne étant mon dada, comme celui du Dr Pelorat, j'ai eu l'occasion de consulter de vieux documents à la recherche de tout ce qui pourrait se rapporter à ces temps anciens ; quelque chose de plus consistant que les légendes. L'an dernier, je suis tombé sur les archives d'un ancien vaisseau, des archives presque indéchiffrables. Ces documents remontaient aux tout premiers jours où notre planète n'était pas encore connue sous le nom de Comporellon mais avait encore sa dénomination initiale de " Baleyworld " — le monde de Baley. Le fait était intéressant car, jusqu'alors, le seul endroit où le terme apparaissait était dans la poésie primitive.

— Avez-vous publié ? dit Pelorat, tout excité.

— Non, pour reprendre le vieux dicton, je n'ai pas envie de me jeter à l'eau tant que je ne suis pas certain que la piscine est remplie. Voyez-vous, le journal de bord dit que le commandant du vaisseau a relâché sur un monde de Spatiaux et redécollé avec une Spatiale.

— Mais vous avez dit que les Spatiaux n'autorisaient pas l'entrée de visiteurs, remarqua Joie.

— Tout juste, et c'est la raison pour laquelle je n'ai pas publié mes recherches. Cela paraît incroyable. Quantité de planètes possèdent, avec de multiples variantes, quantité de contes sur les Spatiaux et leur conflit avec les secondes vagues de Colons — nos propres ancêtres — mais toutes les légendes s'accordent absolument au moins sur un point : les deux groupes, spatiaux et colons, ne se mêlaient pas. Il n'y avait aucun contact social, encore moins sexuel, et pourtant, il semblerait que le capitaine colon et la femme spatiale étaient unis par les liens de l'amour. Cela apparaît si incroyable que je ne vois aucune chance que l'histoire soit acceptée autrement qu'à titre, au mieux, de fiction historique romantique. »

Trevize paraissait déçu. « Est-ce tout ?

— Non, conseiller, il y a encore autre chose. Je suis tombé sur certains chiffres dans ce qui restait du journal de bord du vaisseau, chiffres qui pourraient — ou non — représenter des coordonnées spatiales. Si tel était le cas — et je le répète, puisque mon honneur de sceptique m'y pousse, il se pourrait que non —, eh bien, des preuves internes m'ont amené à conclure qu'il s'agirait des coordonnées spatiales de trois des mondes spatiaux. L'un d'eux pourrait être celui où le capitaine a atterri et d'où il est reparti avec sa bien-aimée spatiale.

— Ne serait-il pas possible, insista Trevize, même si le récit relève de la fiction, que les coordonnées soient vraies ?

— Cela se pourrait, admit Deniador. Je vais vous donner les chiffres et vous êtes libres d'en faire usage, mais ils peuvent fort bien vous mener nulle part... Et pourtant, j'ai là-dessus une hypothèse amusante. Son vif sourire reparut.

— Qui est ? demanda Trevize.

— Et si l'un de ces trois groupes de coordonnées représentait la Terre ? »

27.

Le soleil de Comporellon, distinctement orange, était plus gros en apparence que celui de Terminus, mais il était bas dans le ciel et délivrait peu de chaleur. Le vent, par chance léger, caressait les joues de Trevize de ses doigts glacés.

Il frissonna dans le manteau chauffant que lui avait donné Mitza Lizalor, laquelle se tenait à présent près de lui. Il remarqua : « Ça doit bien se réchauffer quelquefois, Mitza. »

Elle leva les yeux pour jeter un bref regard vers le soleil, debout sur l'étendue déserte du spatioport, sans trahir le moindre inconfort — grande, imposante, vêtue d'un manteau plus léger que celui de Trevize, et sinon insensible au froid, du moins dédaigneuse.

« Nous avons un été magnifique, lui répondit-elle. Il n'est pas long mais nos cultures y sont adaptées. Les plants sont soigneusement sélectionnés pour croître rapidement au soleil et bien résister à la gelée. Nos animaux domestiques ont une épaisse fourrure et, de l'avis général, la laine de Comporellon est la meilleure de la Galaxie. Et puis, nous avons en orbite autour de la planète des fermes qui cultivent des fruits exotiques. Nous exportons même des ananas en boîte d'un parfum exquis. La plupart de ceux qui nous connaissent comme un monde froid l'ignorent.

— Je vous remercie d'être venue nous dire au revoir, Mitza, et d'avoir bien voulu coopérer avec nous pour notre mission. Pour ma tranquillité d'esprit, toutefois, je me dois de vous demander si cela ne risque pas de vous occasionner des problèmes sérieux.

— Non ! » Elle hocha fièrement la tête en signe de dénégation. « Aucun problème. Tout d'abord, on ne me posera pas de question. Je dirige les transports, ce qui veut dire que moi seule établis le règlement pour ce spatioport et les autres, pour les stations d'entrée, les vaisseaux qui entrent ou qui sortent. Le premier ministre se repose sur moi pour tous ces points et n'est que trop ravi de rester dans l'ignorance des détails... Et même si j'étais interrogée, je n'aurais qu'à dire la vérité. Le gouvernement m'applaudirait pour ne pas avoir remis le vaisseau à la Fondation. Tout comme le reste de la population si l'on pouvait sans risque les en informer. Quant à la Fondation, elle n'en saurait rien.

— Le gouvernement acceptera peut-être la non-restitution du vaisseau à la Fondation, mais acceptera-t-il que vous nous ayez laissé partir ? »

Lizalor sourit. « Vous êtes un être plein de décence, Trevize. Vous avez lutté avec ténacité pour conserver votre vaisseau et maintenant que vous l'avez, vous prenez la peine de vous soucier de ma sécurité. » Elle esquissa vers lui un geste de la main, comme tentée de donner quelque signe d'affection, puis, avec une évidente difficulté, maîtrisa son impulsion.

Elle reprit, avec un renouveau de rudesse : « Même s'ils discutent ma décision, je n'aurai qu'à leur dire que vous étiez, et que vous êtes encore, à la recherche de l'Ancien, et ils estimeront que j'ai bien fait de me débarrasser de vous le plus vite possible, avec le vaisseau et le reste. Et ils accompliront les rites d'expiation pour vous avoir autorisés à atterrir, bien qu'il n'y ait alors eu aucun moyen de deviner vos mobiles.

— Craignez-vous franchement le malheur pour vous-même et votre monde par la seule faute de ma présence ?

— Absolument, » dit Lizalor, avec obstination. Puis elle ajouta, plus doucement : « Vous m'avez déjà porté malchance, car maintenant que je vous ai connu, les Comporelliens vont me paraître encore plus insipides. Je vais me retrouver désespérément seule. Celui qui Châtie y a déjà veillé. »

Trevize hésita puis dit : « Je ne veux pas vous faire changer d'avis en la matière, mais je ne voudrais pas non plus vous voir en proie à des appréhensions inutiles. Vous devez bien vous rendre compte que cette idée que je vous aurais porté malchance relève de la pure superstition.

— C'est encore le sceptique qui vous aura dit ça, je présume.

— Je n'ai pas eu besoin qu'il me le dise. »

Lizalor s'essuya le visage car une mince pellicule de givre s'amassait sur ses sourcils fournis, puis elle lui répondit : « Je sais que certains prennent cela pour de la superstition. Que l'Ancien apporte le malheur reste toutefois un fait. La chose a été plusieurs fois démontrée et tous les habiles arguments du Sceptique ne peuvent empêcher la vérité d'exister. »

Elle tendit soudain les mains. « Adieu, Golan. Embarquez et rejoignez vos compagnons avant que votre fragile corps de Terminien ne se gèle dans le froid, mais bon vent à vous.

— Adieu, Mitza, j'essaierai de vous revoir à mon retour.

— Oui, vous avez promis de revenir et j'ai bien tenté de vous croire. Je me suis même dit que j'irais à votre rencontre dans l'espace afin que la malchance épargne ma planète — mais vous ne reviendrez pas.

— C'est faux ! Je reviendrai ! Je ne renoncerai pas à vous si facilement, ayant connu le plaisir avec vous. » Et à cet instant, Trevize était convaincu de dire vrai.

« Je ne doute pas de vos ardeurs romantiques, mon doux Fondateur, mais ceux qui s'aventurent en quête de l'Ancien ne reviennent jamais — où qu'ils soient allés. Je le sais au tréfonds de mon cœur. »

Trevize essayait d'empêcher ses dents de claquer. C'était

de froid et il ne voulait pas qu'elle s'imagine que ce fût de peur. Il répondit : « Ça aussi, c'est de la superstition.

— Et pourtant, ça aussi, c'est vrai. »

28.

Cela faisait du bien de se retrouver dans le poste de pilotage du *Far Star*. Il pouvait être exigu. Il pouvait constituer une bulle d'emprisonnement dans l'infini de l'espace. Malgré tout, il était familier, amical, chaud.

« Je suis contente que vous soyez enfin monté à bord, dit Joie. Je me demandais combien de temps encore vous resteriez avec Mme le Ministre.

— Pas longtemps, dit Trevize, il faisait froid.

— Il m'a semblé, reprit Joie, que vous envisagiez de rester avec elle et de retarder votre quête de la Terre. Je n'aime guère sonder votre esprit, même légèrement, mais vous m'inquiétiez et j'ai eu l'impression que cette tentation qui vous travaillait me sautait littéralement dessus.

— Vous avez tout à fait raison, admit Trevize. Momentanément, sur la fin, j'ai éprouvé cette sensation. Le Ministre est certes une femme remarquable et je n'ai jamais rencontré quelqu'un comme elle... Avez-vous renforcé ma résistance, Joie ?

— Je vous ai dit bien des fois que je ne devais et ne voulais pas influer sur votre esprit de quelque manière que ce soit, Trevize. Vous avez vaincu la tentation, j'imagine, grâce à la force de votre sens du devoir.

— Non, je crois bien que non. » Il sourit, désabusé. « Rien d'aussi dramatique, d'aussi noble. Ma résistance a été renforcée, d'une part, tout bêtement par le froid, et d'autre part, par la triste perspective qu'il ne me faudrait pas beaucoup de séances avec cette femme pour qu'elle m'achève. Jamais je n'aurais pu tenir le rythme.

— Eh bien, coupa Pelorat, en tout cas, vous voilà de retour à bord sain et sauf. Qu'allons-nous faire, à présent ?

— Dans l'avenir immédiat, nous allons prendre nos distances en traversant rapidement le système planétaire jusqu'à ce que nous soyons assez loin de Comporellon pour effectuer un Saut.

— Croyez-vous qu'on va nous arrêter ou nous filer ?

— Non, je crois réellement que le ministre n'a qu'une hâte, c'est qu'on aille au diable le plus vite possible et qu'on y reste, pour que la vengeance de Celui qui Châtie ne retombe pas sur la planète. En fait…

— Oui ?

— Elle croit que la vengeance va sans aucun doute tomber sur nous. Elle est fermement convaincue que nous ne reviendrons jamais. Ceci, je m'empresse d'ajouter, n'est pas une estimation de mon niveau probable d'infidélité, qu'elle n'a pas eu l'occasion de mesurer. Elle estime que la Terre est un si terrible vecteur de malchance que quiconque la recherche ne peut que trouver la mort dans sa quête.

— Combien de personnes ont-elles quitté Comporellon à la recherche de la Terre pour qu'elle puisse faire un tel raisonnement ? s'enquit Joie.

— Je doute qu'un Comporellien quelconque ait jamais quitté la planète pour une telle recherche. Je lui ai dit que ses craintes relevaient de la pure superstition.

— Etes-vous sûr, vous-même, de le croire, ou vous êtes-vous laissé ébranler par elle ?

— Je sais que ses craintes sont pure superstition, dans la forme où elle les exprime, mais elles peuvent être néanmoins parfaitement fondées.

— Vous voulez dire que la radioactivité va nous tuer si nous essayons de nous poser sur la Terre ?

— Je ne crois pas que la Terre soit radioactive. Ce que je crois, en fait, c'est qu'elle se protège. Souvenez-vous qu'on a effacé toutes les références à la Terre dans la bibliothèque de Trantor. Souvenez-vous que cette merveilleuse mémoire de Gaïa, à laquelle prend part toute la planète, jusqu'aux strates rocheuses de sa surface et au métal en fusion de son cœur, que cette merveilleuse mémoire ne réussit pas à pénétrer assez loin dans le passé pour nous révéler quoi que ce soit de la Terre.

« Manifestement, si la Terre est assez puissante pour faire ça, elle pourrait bien être aussi capable de rajuster les esprits pour imposer la croyance en sa radioactivité afin d'empêcher toute velléité de recherche. Et peut-être que Comporellon est si proche de la Terre qu'elle constitue pour elle un danger particulier d'où le renforcement de cette curieuse cécité. Deniador, pourtant un sceptique et un scientifique, est parfaitement convaincu de la totale vanité de notre recherche de la Terre. Il dit qu'on ne peut pas la trouver... Et c'est pour cela que la superstition du ministre pourrait bien être entièrement fondée. Si la Terre montre une telle ardeur à se dissimuler, ne pourrait-elle pas nous tuer, ou nous déformer, plutôt que nous laisser la découvrir ? »

Joie fronça les sourcils : « Gaïa... »

Trevize l'interrompit aussitôt : « Ne dites pas que Gaïa va nous protéger. Si la Terre a été capable d'effacer les premiers souvenirs de Gaïa, il est clair qu'en cas de conflit entre elles deux, c'est la Terre qui gagnera.

— Comment le savez-vous, répondit Joie, glaciale, s'ils ont été effacés ? Il se pourrait simplement qu'il ait fallu du temps à Gaïa pour élaborer une mémoire planétaire et que nous ne puissions aujourd'hui remonter qu'à l'époque où ce développement a été achevé. Et si le souvenir a bel et bien été effacé, comment pouvez-vous être sûr que la Terre soit à son origine ?

— Je l'ignore, admit Trevize. Je ne fais qu'avancer des spéculations.

— Si la Terre est si puissante, intervint Pelorat non sans une certaine timidité, et si empressée à dissimuler sa vie intime, pourrait-on dire, alors à quoi bon poursuivre nos recherches ? Vous semblez envisager que la Terre ne nous laissera pas aboutir et nous tuera s'il n'y a pas d'autre moyen pour ce faire. En ce cas, quel intérêt de s'entêter à poursuivre ?

— Il pourrait effectivement sembler que mieux vaut pour nous renoncer, je l'admets, mais j'ai la profonde conviction que la Terre existe et je dois et je veux la trouver. Et Gaïa me dit que lorsque j'éprouve une profonde conviction de cette sorte, j'ai toujours raison.

— Mais comment pourrons-nous survivre à cette découverte, brave compagnon ?

— Il se pourrait, répondit Trevize, se forçant à prendre un ton dégagé, que la Terre reconnaisse elle aussi la valeur de mon extraordinaire jugement et me laisse tranquille. Mais, mais — et c'est la conclusion à laquelle je voulais aboutir — je ne puis être certain que vous y survivrez tous les deux, et cela me préoccupe. Cela m'a toujours préoccupé, mais mon inquiétude s'accroît à présent et j'ai l'impression qu'il vaudrait mieux que je vous ramène à Gaïa avant de repartir seul de mon côté. C'est moi, pas vous, qui ai décidé en premier qu'il fallait rechercher la Terre ; c'est moi, pas vous, qui y vois un intérêt ; c'est moi, pas vous, qui suis attiré. Que ce soit donc moi, pas vous, qui prenne le risque. Que ce soit moi qui y aille seul... Janov ? »

Le visage allongé de Pelorat parut s'allonger encore tandis qu'il enfonçait le menton dans son cou : « Je ne nierai pas que je me sens nerveux, Golan, mais j'aurais honte de vous abandonner. Je me déshonorerais si je le faisais.

— Joie ?

— Gaïa ne vous abandonnera pas, Trevize, quoi que vous fassiez. Si la Terre devait se révéler dangereuse, Gaïa vous protégera autant que possible. Et en tous les cas, dans mon rôle de Joie, je n'abandonnerai jamais Pel, et s'il s'accroche à vous, alors je m'accrocherai sans aucun doute à lui.

— Fort bien, alors, fit Trevize, résolu. Je vous aurai laissé votre chance. Nous continuons ensemble.

— Ensemble », dit Joie.

Pelorat esquissa un sourire puis saisit Trevize par l'épaule. « Ensemble. Toujours. »

29.

« Regardez ça, Pel », dit Joie.

Elle s'était amusée à braquer à la main le télescope de bord, presque au hasard, pour se distraire de la bibliothèque de légendes terrestres de Pelorat.

Pelorat approcha, lui passa un bras autour des épaules et regarda l'écran de visualisation. L'une des géantes gazeuses du système planétaire de Comporellon était en vue, grossie pour révéler son imposante masse.

En couleurs, c'était une douce orange rayée de bandes plus pâles. Vue depuis le plan de l'écliptique, et plus éloignée du soleil que ne l'était le vaisseau, elle apparaissait comme un cercle de lumière presque parfait.

« Superbe, dit Pelorat.

— La bande centrale s'étend au-delà de la planète, Pel. »

Pelorat fronça les sourcils et dit : « Vous savez, Joie, je crois bien que oui.

— A votre avis, serait-ce une illusion d'optique ?

— Je ne suis pas sûr, Joie. Je suis autant que vous novice de l'espace... Golan ! »

Trevize répondit à l'appel avec un assez faible : « Qu'y a-t-il ? » et pénétra dans le poste de pilotage, l'air quelque peu chiffonné, comme s'il avait fait la sieste tout habillé — ce qui était précisément le cas.

Un rien bougon, il lança : « S'il vous plaît ! Ne tripotez pas les instruments.

— C'est juste le télescope, dit Pelorat. Regardez-moi ça. »

Trevize regarda. « C'est une géante gazeuse, celle qu'ils appellent Gallia, d'après les informations qu'on m'a fournies.

— Comment pouvez-vous dire que c'est celle-ci, rien qu'à la regarder ?

— Primo, expliqua Trevize, à notre distance du Soleil, et compte tenu de la taille des planètes et de leur position orbitale, que j'ai étudiées pour calculer notre course, c'est la seule qu'en ce moment vous puissiez grossir à ce point. Secundo, il y a l'anneau.

— L'anneau ? fit Joie, interdite.

— Tout ce que vous pouvez en apercevoir est un mince trait pâle parce que nous le voyons pratiquement par la tranche. Mais nous pouvons sortir du plan orbital pour le voir sous un meilleur angle. Cela vous dit ?

— Je ne voudrais pas vous obliger à recalculer positions et caps, Golan.

— Oh ! eh bien, l'ordinateur s'en chargera pour moi sans guère de problème. » Ce disant, il s'assit à la console et posa les mains sur les marques destinées à les recevoir. Précisément accordée à son esprit, la machine fit le reste.

Dégagé des problèmes de carburant ou d'inertie, le *Far Star* accéléra rapidement et, une fois encore, Trevize sentit une bouffée d'affection pour ce couple ordinateur-vaisseau qui répondait d'une telle manière à ses actions — un peu comme si c'était sa pensée qui le mouvait et le dirigeait, l'engin n'étant plus qu'un prolongement puissant et docile de sa volonté.

Rien d'étonnant à ce que la Fondation ait voulu le récupérer ; rien d'étonnant à ce que Comporellon l'ait voulu pour son compte. L'unique surprise était que la force de la superstition avait été assez grande pour amener Comporellon à vouloir renoncer.

Convenablement armé, il pouvait surpasser en vitesse et en puissance de feu n'importe quel vaisseau ou escadre de la Galaxie, à la seule condition de ne pas se trouver confronté à un engin identique.

Bien entendu, il était désarmé. En lui assignant le vaisseau, le maire Branno avait au moins pris cette élémentaire précaution.

Pelorat et Joie contemplaient avec attention la planète Gallia qui, avec une infinie lenteur, basculait vers eux. L'un des pôles devint visible, entouré de tourbillons dans une vaste région circulaire, tandis que le pôle opposé disparaissait derrière la masse de la sphère.

A la partie supérieure, la face obscure de l'astre envahit la sphère de lumière orange, entamant de plus en plus le superbe disque.

Le plus saisissant était la bande pâle centrale qui ne formait plus un trait droit mais avait commencé de s'incurver, comme les autres bandes au nord et au sud, mais de manière encore plus accentuée.

A présent, cette bande centrale s'étendait très distinctement au-delà des limites de la planète, en formant une boucle étroite de part et d'autre. Il n'était plus question d'illusion : sa nature était évidente. C'était un anneau de matière, bouclé autour de la planète, caché dans l'ombre de la face obscure.

« Cela suffit pour vous en donner une idée, je pense, dit Trevize. Si nous passions au-dessus de l'axe de la planète, vous découvririez l'anneau dans sa forme circulaire, concentrique à l'astre sans le toucher. Vous verriez sans doute qu'il n'est pas unique mais formé de plusieurs anneaux concentriques.

— Je n'aurais pas cru la chose possible, fit Pelorat, ébahi. Qu'est-ce qui le fait tenir ainsi dans le vide ?

— La même chose qui maintient un satellite, dit Trevize. Les anneaux sont formés d'infimes particules, chacune en orbite autour de la planète. Les anneaux sont si proches de celle-ci que les forces de marée l'empêchent de se condenser en un corps unique. »

Pelorat hocha la tête. « C'est horrible quand j'y pense, mon bon. Comment se fait-il que j'aie pu passer toute une vie d'érudit, en sachant si peu de choses en astronomie ?

— Et moi je ne sais rien du tout des mythes de l'humanité. Nul ne peut embrasser l'ensemble du savoir... Le fait est que ces anneaux planétaires n'ont rien d'inhabituel. Presque toutes les géantes gazeuses en sont pourvues, même s'il ne s'agit que d'un mince cordon de poussière. Il se trouve simplement que le soleil de Terminus ne possède pas de véritable géante gazeuse dans sa famille planétaire, de sorte qu'à moins d'être un navigateur spatial ou d'avoir étudié l'astronomie à l'université, un Terminien a peu de chances d'avoir connaissance de ce phénomène. Ce qui est inhabituel, en revanche, c'est qu'un anneau soit suffisamment large pour être brillant et visible, comme celui-ci. Il est magnifique. Il doit bien faire au moins deux cents kilomètres de large. »

C'est à cet instant que Pelorat claqua les doigts. « Mais voilà ce que ça voulait dire ! »

Joie parut surprise. « Quoi donc, Pel ? »

Pelorat s'expliqua : « Je suis tombé un jour sur un fragment de poésie, très ancien, écrit dans une version archaïque de galactique difficile à déchiffrer mais qui prouvait manifestement son grand âge... Quoique je ne devrais pas me plaindre de l'archaïsme, vieux compagnon. Mon travail a fait de moi un expert en diverses variantes de galactique antique, ce qui est tout à fait gratifiant même si cela se révèle d'un intérêt absolument nul en dehors de mes travaux... Mais de quoi parlais-je donc ?

— D'un vieux fragment de poésie, Pel chéri.

— Merci, Joie. » Puis, s'adressant à Trevize : « Elle suit de près tout ce que je dis de manière à me remettre sur la voie lorsque je m'égare, ce qui arrive la plupart du temps.

— Cela fait partie de votre charme, Pel, dit Joie, tout sourire.

— Quoi qu'il en soit, ce fragment de poème se voulait une

description du système planétaire dont fait partie la Terre. Dans quel but, je l'ignore, car le poème dans son intégralité n'a pas survécu ou, du moins, je n'ai pas été capable de le retrouver. Seul cet extrait est resté, peut-être à cause de son contenu astronomique. En tout cas, il parlait de l'éclatant triple anneau de la sixième planète, « tant vaste et large, que l'astre s'en étrécissait par comparaison ». Comme vous voyez, je peux encore le citer mot pour mot. Je ne saisissais pas ce que pouvait bien être un anneau planétaire. Je me rappelle avoir imaginé trois cercles alignés sur un côté de la planète, côte à côte. Cela me paraissant absurde, je ne pris pas la peine de l'inclure dans ma bibliothèque. Je regrette à présent de ne pas avoir approfondi. Il hocha la tête. Etre un mythologue de nos jours dans la Galaxie est un boulot de solitaire, et l'on finit par oublier les bienfaits de la recherche.

— Vous avez sans doute eu raison de l'ignorer, Janov », dit Trevize, en manière de consolation. « C'est une erreur que de prendre au mot les bavardages poétiques.

— Mais c'est bien ce qu'il voulait dire », dit Pelorat en désignant l'écran. « Voilà de quoi parlait le poème. Trois larges anneaux, concentriques, plus larges que la planète elle-même.

— Je n'ai jamais entendu parler d'une telle chose, dit Trevize. Je ne crois pas que des anneaux puissent être aussi larges. Comparés à la planète qu'ils entourent, ils sont toujours fort étroits.

— Nous n'avons jamais non plus entendu parler d'une planète habitable dotée d'un satellite géant. Ou d'une croûte radioactive. Voici la caractéristique unique numéro trois. Si nous découvrons une planète radioactive qui serait sinon habitable, avec un satellite géant, et une autre planète dans le même système dotée d'un anneau géant, nul doute alors que nous aurons découvert la Terre. »

Trevize sourit. « Je suis d'accord, Janov. Si nous découvrons les trois, nous aurons très certainement trouvé la Terre.

— Si... ! » dit Joie avec un soupir.

30.

Ils avaient dépassé l'orbite des astres principaux du système et plongeaient à présent entre les deux planètes les plus extérieures, de sorte qu'il n'y avait plus autour d'eux de masse significative dans un rayon inférieur à un milliard et demi de kilomètres. Devant eux s'étendait le vaste nuage cométaire, insignifiant du point de vue gravitationnel.

Le *Far Star* avait accéléré jusqu'à une vitesse de 0,1 *c*, un dixième de celle de la lumière. Trevize savait bien qu'en théorie le vaisseau pouvait être accéléré quasiment jusqu'à celle-ci mais il savait également qu'en pratique, 0,1 *c* constituait une limite raisonnable.

A cette vitesse, il convenait d'éviter tout objet de masse appréciable mais il était impossible d'esquiver les innombrables particules de poussière errant dans l'espace et, dans une plus grande mesure encore, les atomes individuels et les molécules. Aux vitesses extrêmes, même d'aussi infimes objets pouvaient endommager, éroder, érafler la coque du vaisseau. Aux vélocités avoisinant celle de la lumière, chaque atome percutant la coque aurait les propriétés d'une particule de rayon cosmique. Soumis à un tel bombardement pénétrant, nul être à bord n'y survivrait longtemps.

Les étoiles lointaines ne trahissaient aucun mouvement perceptible sur l'écran de visualisation, et bien que l'astronef évoluât à 30 000 kilomètres par seconde, tout laissait croire qu'il était immobile.

Jusqu'à de grandes distances, l'ordinateur scrutait l'espace à la recherche d'éventuels objets de petite taille mais non moins conséquents sur une trajectoire de collision avec le vaisseau, et déroutait légèrement celui-ci pour les éviter, au cas hautement improbable où la chose se révélerait nécessaire. Entre la taille réduite de l'éventuel objet, la vitesse à laquelle il était croisé, et l'absence d'inertie pour trahir le changement de cap, rien ne pouvait indiquer qu'on l'avait ou non « échappé belle ».

Trevize, par conséquent, ne se préoccupait guère de tels détails, ou du moins n'y prêtait qu'une attention distraite. Il se concentrait entièrement sur les trois jeux de coordonnées que lui avait fournis Deniador, et en particulier, sur celui correspondant à l'objet le plus proche d'eux.

« Y aurait-il quelque chose qui cloche dans ces chiffres ? s'enquit Pelorat, anxieux.

— Je ne saurais encore dire. Les coordonnées par elles-mêmes sont sans utilité tant qu'on ne connaît pas leur point d'origine et les conventions utilisées pour les calculer — la direction à partir de laquelle calculer les distances, l'équivalent pour ainsi dire d'un méridien d'origine, et ainsi de suite...

— Comment allez-vous trouver tout cela ? demanda Pelorat, interdit.

— J'ai obtenu les coordonnées de Terminus et de quelques autres points connus, relativement à Comporellon. Si je les rentre dans l'ordinateur, il me calculera quelles doivent être les conventions à appliquer si l'on veut localiser correctement Terminus et les autres sites. J'essaie simplement d'organiser les choses dans ma tête pour être en mesure de programmer convenablement la machine. Une fois déterminées les conventions, les données que nous avons pour les Mondes interdits pourront alors éventuellement signifier quelque chose.

— Eventuellement, seulement ?

— Eventuellement, seulement, j'en ai peur, dit Trevize. Ce sont des chiffres anciens, après tout... sans doute d'origine comporellienne, mais ce n'est pas absolu. Supposez qu'ils soient basés sur d'autres conventions ?

— Eh bien ?

— Eh bien, nous n'aurons alors que des chiffres dépourvus de signification. Mais... à nous de savoir trouver. »

Ses mains coururent sur les touches doucement éclairées de l'ordinateur, pour entrer les informations nécessaires. Puis il les plaça sur les emplacements idoines de la console. Il attendit tandis que la machine déterminait les conventions des coordonnées connues, marquait une pause, puis interprétait les coordonnées du Monde interdit le plus proche selon les mêmes conventions pour finalement les reporter sur la carte galactique qu'elle avait en mémoire.

Un champ stellaire apparut sur l'écran, évoluant rapidement pour s'ajuster. Une fois calé, il s'agrandit, hémorragie d'étoiles débordant dans toutes les directions jusqu'à disparaître presque toutes. A aucun moment, l'œil n'aurait été capable de suivre ce rapide changement ; tout s'était passé dans un brouillard tacheté, jusqu'à ce qu'enfin ne subsistât qu'un espace d'un dixième de parsec de côté (s'il fallait en croire l'échelle sous l'écran). Il n'y eut pas de nouveau changement : seule une demi-douzaine de faibles points lumineux égayaient à présent l'obscurité de l'écran.

« Lequel est le Monde interdit ? demanda doucement Pelorat.

— Aucun, répondit Trevize. Quatre de ces points sont des naines rouges, le cinquième une naine quasi rouge et le dernier une naine blanche. Aucune de ces étoiles ne pourrait avoir un monde habitable en orbite autour d'elle.

— Comment savez-vous que ce sont des naines rouges, rien qu'à les regarder ?

— Nous ne contemplons pas les étoiles réelles ; nous contemplons une section de la carte galactique stockée dans la mémoire de l'ordinateur. Chacune d'elles est étiquetée. Vous ne pouvez pas le voir et, d'ordinaire, moi non plus, mais tant que mes mains établissent le contact, comme c'est en ce moment le cas, je suis mis au courant d'une quantité considérable de données concernant chacun des astres sur lesquels se portent mes yeux.

— Alors, dit Pelorat, abattu, les coordonnées sont inutiles. »

Trevize leva les yeux sur lui. « Non, Janov. Je n'ai pas terminé. Il reste encore la question du temps. Les coordonnées du Monde interdit remontent à vingt mille ans. Depuis cette époque, la planète et Comporellon ont l'une et l'autre tourné autour de l'axe de la Galaxie, et il est fort possible que leur rotation s'effectue à des vitesses différentes et selon des orbites d'inclinaison et d'excentricité différentes. Avec le temps, par conséquent, les deux astres peuvent s'être rapprochés ou éloignés et, en l'espace de vingt mille ans, le Monde interdit peut fort bien s'être écarté de n'importe quelle valeur entre un demi et cinq parsecs des coordonnées initiales. Il ne risque certainement pas d'apparaître dans ce cube d'un dixième de parsec...

— Que fait-on, alors ?

— On demande à l'ordinateur de faire reculer la Galaxie de vingt mille ans dans le temps, relativement à Comporellon.

— Il peut faire ça ? demanda Joie, d'un ton passablement sidéré.

— Eh bien, il ne peut pas faire reculer dans le temps la Galaxie elle-même, mais il peut faire reculer la carte qu'il a en mémoire.

— Verrons-nous quelque chose se produire ?

— Regardez plutôt », dit Trevize.

Très lentement, la demi-douzaine d'étoiles se mit en branle sur l'écran. Une nouvelle étoile fit soudain son apparition depuis le coin gauche et Pelorat pointa le doigt, tout excité. « Là ! Là !

— Désolé, dit Trevize. Encore une naine rouge. Elles sont très répandues. Les trois quarts au moins des étoiles de la Galaxie sont des naines rouges. »

L'image finit par se stabiliser.

« Eh bien ? demanda Joie.

— Nous y sommes. Voici la vue de cette portion de la Galaxie telle qu'elle était il y a vingt mille ans. Au centre même de l'écran se trouve le point où le Monde interdit aurait dû se trouver s'il avait dérivé avec une vélocité moyenne.

— Aurait dû mais ne s'y trouve pas, remarqua Joie, acide.

— Certes », admit Trevize avec un remarquable manque d'émotion.

Pelorat laissa échapper un gros soupir. « Oh ! c'est vraiment pas de veine, Golan.

— Attendez. Ne désespérez pas. Je ne m'attendais pas à découvrir notre étoile ici.

— Ah bon ? fit Pelorat, surpris.

— Non. Je vous ai dit que ce n'était pas la Galaxie elle-même que nous contemplions mais la carte de celle-ci établie par l'ordinateur. Si une étoile réelle n'est pas portée sur la carte, nous ne la voyons pas. Si la planète est qualifiée d' “ interdite ” et qu'elle l'est depuis vingt mille ans, il y a des chances qu'elle n'apparaisse pas sur la carte. Et c'est bien le cas, puisque nous ne la voyons pas.

— Il se pourrait aussi qu'on ne la voie pas parce qu'elle n'existe pas, remarqua Joie. Il se pourrait que les légendes comporelliennes soient fausses, ou les coordonnées erronées.

— Tout à fait exact. L'ordinateur, toutefois, est à présent en mesure d'estimer quelles devraient être les coordonnées actuelles, maintenant qu'il a localisé l'endroit où l'astre aurait dû se trouver il y a vingt mille ans. Avec l'aide de ces coordonnées corrigées de la dérive temporelle, une correction que je ne pouvais faire qu'à l'aide de la carte galactique, nous pourrons dès lors basculer sur le champ stellaire réel de la Galaxie...

— Mais, remarqua Joie, vous avez simplement supposé au déplacement du Monde interdit une vélocité moyenne. Et si ce n'était pas le cas ? Vous n'auriez plus les coordonnées correctes.

— Tout à fait exact, mais des coordonnées corrigées d'une dérive temporelle affectée d'une vélocité moyenne seront presque à coup sûr plus proche de la position réelle que sans correction du tout.

— C'est ce que vous espérez ! fit Joie, dubitative.

— Tout juste, dit Trevize. J'espère... Et maintenant, regardons un peu la Galaxie réelle. »

Les deux spectateurs regardaient attentivement, tandis que Trevize (peut-être pour réduire sa tension et retarder l'instant crucial) parlait à voix basse, presque comme s'il faisait une conférence.

« Il est plus difficile d'observer la Galaxie réelle, expliqua-t-il. La carte de l'ordinateur est une construction artificielle, avec la capacité d'éliminer les détails non pertinents. Si une nébuleuse obscurcit le champ, je peux l'enlever. Si l'angle de vision n'est pas adapté à ce que je recherche, je puis le modifier, et ainsi de suite. En revanche, la véritable Galaxie, je dois la prendre telle qu'elle se présente, et si je désire un changement, je suis obligé de me déplacer physiquement dans l'espace, ce qui exigera bien plus de temps que pour modifier une carte. »

Tandis qu'il parlait, l'écran révéla un nuage stellaire si riche en étoiles qu'il ressemblait à un tas de poudre irrégulier.

Trevize poursuivit : « Voici, vue sous un grand angle, une section de la Voie lactée et je désire en avoir le premier plan, bien entendu. Si j'agrandis celui-ci, l'arrière-plan aura tendance à s'effacer en comparaison. Le point défini par les coordonnées est assez proche de Comporellon pour que je sois en mesure de l'agrandir à peu près jusqu'à la situation que m'offrait la carte... Le temps d'entrer les instructions nécessaires, si je suis capable de garder jusque-là ma santé mentale. *Voilà...* »

Le champ stellaire s'agrandit d'un seul coup, chassant des milliers d'étoiles de tous les côtés et donnant aux spectateurs une si vivace impression de plongeon vers l'écran que tous trois reculèrent machinalement, en réaction à ce vertigineux bond en avant.

La vue précédente revint, pas tout à fait aussi sombre que lorsqu'il s'agissait de la carte, mais avec la demi-douzaine d'étoiles disposées comme sur l'image initiale. Et là, tout près de son centre, se trouvait une autre étoile, bien plus brillante que les autres.

« La voilà, dit Pelorat, avec un murmure respectueux.

— Ça se pourrait. Je vais demander à l'ordinateur de relever son spectre et de l'analyser. » Il y eut une pause notable puis Trevize annonça : « Classe spectrale G4, ce qui la rend un poil plus pâle et plus petite que le soleil de Terminus mais notablement plus brillante que celui de Comporellon. Et la carte galactique ne devrait pas omettre une seule étoile de classe G [1]. Puisque celle-ci en est une, voilà qui suggère fortement qu'il pourrait s'agir d'un soleil autour duquel orbite le Monde interdit.

— Est-il possible, demanda Joie, qu'il apparaisse en fin de compte qu'aucune planète habitable ne tourne autour de cette étoile ?

— C'est possible, je suppose. En ce cas, nous essaierons de retrouver les deux autres Mondes interdits. »

Joie persévéra : « Et si les deux autres sont également des fausses pistes ?

— Eh bien, nous essaierons autre chose.

— Par exemple ?

— Je voudrais bien savoir », reconnut Trevize, lugubre.

1. Les étoiles sont rangées en différentes classes spectrales, caractérisées par des lettres (O, B, A, F, G, K, M) et des indices, en fonction de leur couleur (des géantes bleues aux naines rouges), et de leur température de surface décroissante. La classe G, médiane, est celle des étoiles jaunes du type Soleil. *(N.d.T.)*

TROISIÈME PARTIE

AURORA

Chapitre 8

Monde interdit

31.

« Golan, dit Pelorat. Est-ce que cela vous dérange si je regarde ?

— Pas du tout, Janov, dit Trevize.

— Si je pose des questions ?

— Allez-y.

— Qu'êtes-vous en train de faire ? » dit Pelorat.

Trevize quitta des yeux l'écran de visualisation. « Je dois mesurer la distance de chacune des étoiles de l'écran qui semble proche du Monde interdit, de manière à pouvoir déterminer leur proximité réelle. Cela exige de connaître leur champ de gravitation et pour ce faire, j'ai besoin de savoir leur masse et de leur distance. Faute de ces données, on ne peut être certain d'effectuer un Saut correct.

— Et comment vous y prenez-vous ?

— Eh bien, chaque étoile que je fixe a ses coordonnées en mémoire dans l'ordinateur, qui peuvent être converties en coordonnées dans le système de Comporellon. Lesquelles à leur tour peuvent être légèrement corrigées en fonction de la position actuelle du *Far Star* dans l'espace relativement au soleil de Comporellon, ce qui me fournit ainsi ma distance à chacune. Sur l'écran, toutes ces naines rouges paraissent toutes proches du Monde interdit mais certaines peuvent en réalité se situer bien plus près et d'autres bien plus loin. Nous avons besoin de connaître leur position dans un espace tridimensionnel, voyez-vous. »

Pelorat acquiesça. « Et vous avez déjà les coordonnées du Monde interdit...

— Oui, mais ce n'est pas suffisant. J'ai besoin des distances des autres étoiles avec une marge en gros inférieure à un pour cent. Leur intensité gravitationnelle dans les parages du Monde interdit est si réduite qu'une légère erreur ne crée pas de différence perceptible. Le Soleil autour duquel tourne — ou pourrait tourner — le Monde interdit possède un champ gravitationnel d'une intensité énorme à proximité de la planète et je dois connaître sa distance avec une précision peut-être mille fois supérieure à celle des autres étoiles. Dans ce cas, les coordonnées seules ne suffisent pas.

— Alors, que faites-vous ?

— Je mesure la distance apparente séparant le Monde interdit — ou, plutôt, son étoile — de trois étoiles proches si faibles qu'il faut un grossissement considérable pour les discerner. On peut présumer que celles-ci sont situées extrêmement loin. Ensuite, tout en maintenant l'une des trois centrée sur l'écran, on saute d'un dixième de parsec dans une direction normale à la ligne de visée vers le Monde interdit. Une manœuvre qu'on peut effectuer en toute sécurité même en ignorant la distance d'étoiles comparativement lointaines.

« L'étoile de référence centrée dans le viseur devrait le rester après le Saut. Les deux autres astres faibles, si tous les trois sont effectivement très éloignés, ne changent pas de position de manière mesurable. Le Monde interdit, en revanche, est assez proche pour que la parallaxe affecte sa position. L'ampleur de cet écart nous permet de déterminer sa distance. Si je veux en être doublement certain, je choisis trois autres étoiles et fais un autre essai.

— Combien de temps tout cela prend-il ? demanda Pelorat.

— Pas très longtemps. L'ordinateur fait le plus difficile. Je me contente de lui donner les instructions. Ce qui exige en fait le plus de temps, c'est d'étudier les résultats et de s'assurer qu'ils sont corrects et que mes instructions ne sont pas quelque part erronées. Si j'étais de ces casse-cou qui ont une confiance totale en eux-mêmes et en leur ordinateur, tout cela pourrait être réalisé en l'espace de quelques minutes.

— C'est vraiment étonnant. Imaginer tout ce que l'ordinateur fait pour nous...

— J'y pense en permanence.

— Que feriez-vous sans lui ?

— Que ferais-je sans un vaisseau gravitique ? Que ferais-je sans ma formation d'astronaute ? Que ferais-je sans vingt mille ans de technologie hyperspatiale derrière moi ? Le fait est que je suis moi-même, ici, et maintenant. Supposez qu'on se projette à vingt mille ans dans l'avenir. De quels prodiges techniques ne devrions-nous pas être reconnaissants ? Ou se pourrait-il que dans vingt mille ans l'humanité n'existe plus ?

— Peu probable, dit Pelorat. Peu probable qu'elle n'existe plus. Même si nous ne faisons pas partie de Galaxia, nous aurons toujours la psychohistoire pour nous guider. »

Trevize pivota dans son fauteuil, rompant le contact avec l'ordinateur. « Laissons-le calculer les distances et opérer plusieurs vérifications. On n'est pas pressés. »

Puis il regarda Pelorat d'un air intrigué et dit : « La psychohistoire ! Vous savez, Janov, le sujet est venu deux fois sur le tapis sur Comporellon et les deux fois on l'a décrit comme une superstition. Je l'ai dit moi-même, le premier, et Deniador l'a répété ensuite. Après tout, comment pouvez-vous définir la psychohistoire autrement que comme une superstition de la Fondation ? N'est-ce pas une croyance, dénuée de toute preuve ? Qu'en pensez-vous, Janov ? Après tout, c'est plus votre domaine que le mien.

— Pourquoi dites-vous qu'il n'y a aucune preuve, Golan ? Le simulacre d'Hari Seldon a fait une douzaine d'apparitions dans la Crypte temporelle et, chaque fois, il a discuté des événements tels qu'ils se produisaient. Il n'aurait pas pu les connaître à l'avance à son époque, s'il n'avait pas été capable de les prédire par la psychohistoire. »

Trevize acquiesça. « Cela paraît impressionnant. Certes, il s'est trompé au sujet du Mulet, mais même ainsi, le résultat reste remarquable. Pourtant, il y a là-dedans un petit côté magique désagréable. N'importe quel magicien peut réussir des tours.

— Aucun magicien ne pourrait prédire un avenir éloigné de plusieurs siècles.

— Aucun magicien ne pourrait réellement faire ce qu'il veut vous faire croire qu'il fait.

— Allons, Golan. Je ne vois pas quel truc me permettrait de prédire ce qui se produira dans cinq siècles d'ici.

— Pas plus que vous n'imaginez quel truc permet à un magicien de lire le contenu d'un message dissimulé dans un pseudo-tesseract en orbite dans un satellite artificiel inhabité. Malgré tout, j'ai vu un magicien le faire. L'idée ne vous est jamais venue que la Capsule temporelle, en même temps que le simulacre d'Hari Seldon, pourrait être truquée par le gouvernement ? »

Pelorat donna l'impression d'être révolté par cette suggestion. « Ils ne feraient pas ça. »

Trevize émit un borborygme méprisant.

« Et ils se feraient prendre s'ils essayaient, ajouta le bon docteur.

— Je n'en suis pas du tout certain. Le fait demeure, toutefois, que nous ignorons totalement comment marche la psychohistoire.

— Je ne sais pas comment marche l'ordinateur mais je sais qu'il marche.

— C'est parce que d'autres le savent. Qu'en serait-il si *personne* ne le savait ? A ce moment-là si pour une raison ou une autre, il cessait de fonctionner, nous serions totalement désemparés. Et si la psychohistoire cessait subitement de marcher...

— Les Seconds Fondateurs connaissent les mécanismes de la psychohistoire.

— Qu'en savez-vous, Janov ?

— C'est ce qu'on dit.

— On peut dire n'importe quoi... Ah ! nous avons la distance de l'étoile du Monde interdit et, je l'espère, avec grande précision. Examinons les chiffres. »

Il les considéra un long moment, remuant parfois les lèvres comme s'il effectuait quelque grossier calcul mental. Puis il dit, sans lever les yeux : « Que fait Joie ?

— Elle dort, mon bon », répondit Pelorat. Puis, sur la défensive : « Elle a vraiment besoin de sommeil, Golan. Maintenir son lien avec Gaïa à travers l'hyperespace exige une grosse dépense d'énergie.

— J'imagine », dit Trevize avant de se retourner vers l'ordinateur. Il posa les mains sur la console et marmonna : « Je vais le laisser y aller en plusieurs Sauts en revérifiant les calculs entre chaque. » Puis il retira les mains et reprit : « Je suis sérieux, Janov. Que savez-vous réellement de la psychohistoire ? »

Pelorat parut pris de court. « Rien. Il y a des mondes d'écart entre un historien — ce que je suis, d'une certaine manière — et un psychohistorien... Bien sûr, je suis au courant des deux conditions de base de la psychohistoire, mais tout le monde les connaît.

— Même moi. La première requiert que le nombre d'êtres humains impliqués soit assez grand pour rendre valide un traitement statistique. Mais quelle est la dimension d' " assez grand " ?

— La dernière estimation de la population galactique tourne autour de quelque chose comme dix quatrillions, et le chiffre est probablement sous-estimé. Voilà qui est sans aucun doute assez grand.

— Qu'en savez-vous ?

— Je le sais parce que la psychohistoire, ça marche, Golan. Vous pouvez triturer la logique comme vous voulez, la psychohistoire marche.

— Et la seconde condition est que les hommes ne soient pas avertis de la psychohistoire, pour éviter que cette connaissance ne gauchisse leurs réactions... Seulement voilà, ils sont bel et bien au courant.

— Uniquement de son existence, mon ami. Ce n'est pas cela l'important. La seconde condition est que les hommes n'aient pas connaissance des *prédictions* de la psychohistoire, et c'est bien le cas — exception faite des Seconds Fondateurs, qui sont censés les connaître mais constituent un cas particulier.

— Et à partir de ces deux seules conditions, s'est développée la science de la psychohistoire. C'est un peu dur à avaler.

— Pas de ces seules deux conditions, rectifia Pelorat. Elle exige des mathématiques avancées et des méthodes statistiques élaborées. L'histoire nous dit — si vous tenez à la tradition — que Hari Seldon a conçu la psychohistoire sur le modèle de la théorie cinétique des gaz. Chaque atome ou molécule d'un gaz se déplace au hasard, de sorte que nous ne connaissons pas leur position et leur vélocité individuellement. Malgré tout, les statistiques nous permettent d'établir des règles gouvernant leur comportement général avec une grande précision. De manière analogue, Seldon comptait décrire le comportement général des sociétés humaines même si les solutions n'étaient pas applicables au comportement individuel des hommes.

— Peut-être, mais les hommes ne sont pas des atomes.

— Certes, admit Pelorat. Un être humain a une conscience et son comportement est suffisamment compliqué pour donner l'impression qu'il s'agit de libre arbitre. Comment Seldon en a-t-il tenu compte, je n'en ai pas la moindre idée, et je suis sûr que je n'y comprendrais rien même si un spécialiste essayait de me l'expliquer... mais il y est parvenu.

— Et tout cela, à condition de traiter une population humaine à la fois nombreuse et non avertie. Cela ne vous semble-t-il pas un terrain bien meuble pour construire un édifice mathématique aussi imposant ? Si ces conditions ne sont pas scrupuleusement remplies, alors tout l'édifice s'effondre.

— Mais puisque le Plan ne s'est pas effondré...

— Ou si les conditions ne sont pas exactement fausses ou inadaptées mais simplement plus faibles qu'il n'est requis, la psychohistoire pourra fonctionner de manière correcte pendant des siècles puis, que survienne quelque crise particulière, elle s'effondrera — comme ce fut le cas, temporairement, à l'époque du Mulet... Ou bien, imaginez qu'il y ait une troisième condition ?

— Quelle troisième condition ? demanda Pelorat en fronçant légèrement les sourcils.

— Je ne sais pas. Une démonstration peut apparaître parfaitement élégante et logique et malgré tout contenir des hypothèses non formulées. Peut-être que la troisième condition est une hypothèse qui va tellement de soi que personne n'a jamais songé à la mentionner.

— Une hypothèse aussi évidente est en général suffisamment valide, ou alors elle ne serait pas considérée comme allant de soi. »

Trevize souffla du nez « Si vous connaissiez l'histoire des sciences aussi bien que vous connaissez l'histoire traditionnelle, Janov, vous sauriez à quel point ceci est faux... Mais je vois que nous sommes à présent dans les parages du soleil du Monde interdit. »

Effectivement, au centre de l'écran était apparue une étoile éclatante — si éclatante que sa lumière fut automatiquement filtrée, au point que toutes les autres étoiles disparurent.

32.

Les installations destinées au lavage et à l'hygiène personnelle à bord du *Far Star* étaient fort exiguës et l'emploi de l'eau limité à un minimum raisonnable pour éviter de surcharger les équipements de recyclage. Trevize avait nettement rappelé le fait à Pelorat et Joie.

Malgré tout, Joie parvenait à rester tout le temps fraîche et dispose et ses longs cheveux bruns restaient immanquablement éclatants, ses ongles impeccables.

Elle entra dans le poste de pilotage et lança : « Ah ! Vous voilà ! »

Trevize leva la tête et répondit : « Pas besoin de prendre l'air surpris. On ne risquait pas d'avoir quitté le vaisseau et trente secondes de recherche vous suffiraient à nous retrouver à bord, même si vous ne pouviez détecter mentalement notre présence.

— L'expression n'était qu'une forme de salut et n'était pas destinée à être prise au pied de la lettre, comme vous le savez fort bien. Où sommes-nous ?... Et n'allez pas me répondre " dans le poste de pilotage ".

— Joie chérie, dit Pelorat en étendant le bras, nous sommes aux confins du système planétaire du plus proche des Mondes interdits. »

Elle s'approcha de lui, lui posa légèrement la main sur l'épaule tandis qu'il lui passait le bras autour de la taille. Elle remarqua : « Il ne doit pas être si interdit que ça. Rien ne nous a arrêtés.

— Il n'est interdit que parce que Comporellon et les autres planètes de la seconde vague de colonisation ont volontairement mis au ban les mondes de la première vague — les Spatiaux. Si nous-mêmes ne nous sentons pas liés par cet accord volontaire, qu'est-ce qui pourrait nous arrêter ?

— Les Spatiaux, s'il en reste, auraient pu de même mettre au ban les mondes de la seconde vague. Le simple fait que nous n'avons pas l'intention de nous immiscer dans leurs affaires ne signifie pas qu'ils n'y voient pas d'inconvénient.

— Exact, reconnut Trevize. S'ils existent. Jusqu'à présent, nous ne savons même pas s'ils ont une planète sur laquelle vivre. Jusqu'à présent, tout ce que nous distinguons, ce sont les géantes gazeuses habituelles. Une planète habitable doit se trouver bien plus près du soleil, être bien plus petite et par conséquent délicate à détecter, noyée dans son éclat à cette distance. Il va nous falloir progresser par micro-sauts pour détecter sa présence éventuelle. » Il ne semblait pas peu fier de parler comme un vieux bourlingueur de l'espace.

« En ce cas, nota Joie, pourquoi n'avançons-nous pas ?

— Pas encore, dit Trevize. J'ai demandé à l'ordinateur de rechercher aussi loin qu'il le peut les signes de la présence d'une structure artificielle. Nous allons avancer par étapes — une douzaine, si nécessaire — en contrôlant à chaque fois notre position. Je n'ai pas envie, ce coup-ci, d'être pris au piège comme ça nous est arrivé la première fois que nous avons approché Gaïa. Vous vous souvenez, Janov ?

— Je tomberais bien tous les jours dans des pièges semblables... Celui de Gaïa m'a amené Joie. » Pelorat la contemplait avec tendresse.

Trevize sourit. « Vous espérez rencontrer une nouvelle Joie tous les jours ? »

Pelorat eut l'air blessé et Joie répondit, avec un rien de contrariété : « Mon bon, ou quel que soit le nom que tienne à vous donner Pel, vous pouvez aussi bien avancer au plus vite. Tant que je suis avec vous, vous ne tomberez dans aucun piège.

— Le pouvoir de Gaïa ?

— De détecter la présence d'autres esprits ? Certainement.

— Etes-vous sûre d'être assez forte, Joie ? J'imagine qu'il vous faut beaucoup de sommeil pour récupérer les forces dépensées à maintenir le contact avec la masse principale de Gaïa. Jusqu'à quel point pouvez-vous compter sur les limites peut-être étroites de vos capacités à une telle distance de leur source ? »

Joie rougit. « La résistance de la connexion est amplement suffisante.

— Ne vous vexez pas. Je posais une simple question... Ne

voyez-vous pas cela comme un désavantage à être Gaïa ? Je ne suis pas Gaïa. Je suis un individu complet et indépendant. Cela signifie que je peux voyager aussi loin que je désire de ma planète et de mes semblables et demeurer Golan Trevize. Les pouvoirs qui sont les miens, tels qu'ils sont, je continue d'en disposer et ils demeurent identiques où que j'aille. A supposer que je sois perdu, seul dans l'espace, à des parsecs de tout être humain, et incapable, pour quelque raison, de communiquer de quelque manière avec quiconque, voire de discerner l'éclat d'une seule étoile dans le ciel, je n'en serais et n'en demeurerais pas moins Golan Trevize. Il se pourrait que je sois incapable de survivre, et même que je meure, mais je mourrais Golan Trevize.

— Tout seul dans l'espace et loin de tous les autres, remarqua Joie, vous seriez incapable de compter sur l'aide de vos semblables, sur leurs divers talents et connaissances. Seul, individu isolé, vous seriez tristement diminué en comparaison de ce que vous êtes, intégré dans la société. Vous le savez bien.

— Il n'y aurait néanmoins pas la même diminution que dans votre cas. Il existe entre vous et Gaïa un lien qui est bien plus fort que celui existant entre moi et ma société, et ce lien s'étend à travers l'hyperespace et requiert de l'énergie pour son entretien, au point que l'effort exigé vous met, mentalement, hors d'haleine, et doit faire de vous une entité considérablement plus diminuée que moi. »

Le visage juvénile de Joie se durcit, et durant quelques instants, elle cessa de paraître jeune ou plutôt, parut sans âge — plus Gaïa que Joie, comme pour mieux réfuter l'assertion de Trevize. Elle rétorqua : « Même si tout ce que vous dites est vrai, Golan Trevize — enfin, l'était ou le sera, peut-être pas moins mais certainement pas plus —, si tout ce que vous dites est vrai, escomptez-vous qu'il n'y aura aucun prix à payer pour un profit gagné ? Ne vaut-il pas mieux être une créature à sang chaud telle que vous qu'une créature à sang froid telle qu'un poisson ou je ne sais quoi ?

— Les tortues sont des animaux à sang froid, observa Pelorat. Il n'y en a pas sur Terminus mais certains mondes en possèdent. Ce sont des créatures à carapace, très lentes mais d'une grande longévité.

— Eh bien, donc, ne vaut-il pas mieux être un homme qu'une tortue ? Se mouvoir rapidement quelle que soit la température, plutôt qu'avec lenteur ? Ne vaut-il pas mieux entretenir des activités de haute énergie, des muscles à contraction rapide, des fibres nerveuses rapides, des pensées actives et prolongées... plutôt que de se traîner avec lenteur, de n'éprouver que des sensations progressives, et n'avoir qu'une conscience floue de l'environnement immédiat ? Non ?

— D'accord, admit Trevize. Ça vaut mieux. Et après ?

— Eh bien, ne savez-vous pas le prix à payer pour être une créature à sang chaud ? Pour maintenir votre température au-dessus de celle de votre environnement, vous devez dépenser considérablement plus d'énergie qu'une tortue. Vous devez manger presque constamment afin de déverser dans votre organisme de l'énergie aussi vite qu'elle s'en échappe. Vous mourriez d'inanition bien plus vite qu'une tortue. Alors, préférez-vous être une tortue et vivre plus lentement et plus longtemps ? Ou aimez-vous mieux payer le prix pour être un organisme rapide, vif et pensant ?

— Est-ce une véritable analogie, Joie ?

— Non, Trevize, car avec Gaïa la situation est encore plus favorable. Nous ne dépensons pas des quantités particulières d'énergie lorsque nous sommes réunis. Ce n'est que lorsqu'une partie de Gaïa s'en trouve éloignée à des distances hyperspatiales que la dépense en énergie s'accroît... Et rappelez-vous que le choix que vous avez fait n'est pas simplement celui d'une Gaïa plus grande, pas simplement celui d'une unique planète plus grande. Vous avez opté pour Galaxia, pour un vaste complexe de planètes. Partout dans la Galaxie, vous serez partie intégrante de Galaxia et serez toujours entouré de près par les éléments d'une entité qui s'étendra de chaque atome de gaz interstellaire jusqu'au trou noir central. Maintenir alors votre intégrité ne requerra qu'une faible quantité d'énergie. Car alors, aucun élément ne se trouvera à une grande distance de tous les autres. C'est pour tout cela que vous avez opté, Trevize. Comment pouvez-vous douter de la justesse de votre choix ? »

Trevize avait incliné la tête, songeur. Finalement, il leva les yeux et dit : « J'ai peut-être fait le bon choix, encore faut-il que j'en sois convaincu. La décision que j'ai prise est la plus importante de l'histoire de l'humanité et cela ne me suffit pas que ce soit la bonne. Je dois absolument en avoir la certitude.

— Que vous faut-il de plus que je ne vous ai dit ?

— Je ne sais pas, mais je trouverai la réponse sur Terre. » Il parlait avec une absolue conviction.

Pelorat l'interrompit : « Golan, le disque de l'étoile apparaît. »

Effectivement. L'ordinateur, tout occupé à ses affaires et pas le moins du monde concerné par les discussions qui pouvaient se dérouler alentour, les avait approchés de l'étoile par paliers, pour atteindre la distance que Trevize lui avait assignée.

Ils continuaient d'être nettement hors du plan de l'écliptique et l'ordinateur découpa l'écran pour leur présenter en incrustation chacune des trois petites planètes intérieures.

C'était la plus proche de l'étoile qui avait une température de surface compatible avec l'eau en phase liquide, ainsi qu'une atmosphère d'oxygène. Trevize attendit le calcul de son orbite et la première estimation grossière lui parut admissible. Il laissa néanmoins se poursuivre le calcul, car plus longtemps on observait le mouvement planétaire et plus précise était la valeur des éléments de l'orbite.

Trevize annonça, très calme : « Nous avons une planète habitable en vue. Très probablement habitable.

— Ah », fit Pelorat l'air aussi ravi que le permettait son expression solennelle.

« J'ai bien peur toutefois, continua Trevize, qu'elle n'ait pas de satellite géant. En fait, pas le moindre satellite n'a été détecté jusqu'à présent. Ce n'est donc pas la Terre. Du moins, pas si l'on suit la tradition.

— Ne vous tracassez pas pour ça, Golan, dit Pelorat. J'avais plus ou moins soupçonné que nous n'allions pas la trouver quand j'ai vu qu'aucune des géantes gazeuses n'était dotée du système d'anneaux habituel.

— Très bien, dans ce cas, la prochaine étape est de découvrir la nature de la vie qui habite cette planète. Vu son atmosphère d'oxygène, nous pouvons déjà être certains qu'elle possède une vie végétale mais...

— Une vie animale également, le coupa brusquement Joie. Et en quantité.

— Hein ? » Trevize s'était tourné vers elle.

« Je peux la sentir. Faiblement, à cette distance, mais il ne fait aucun doute que la planète est non seulement habitable mais habitée. »

33.

Le *Far Star* était en orbite polaire autour du Monde interdit, à une distance assez grande pour que la période orbitale soit légèrement supérieure à six jours. Trevize ne semblait pas pressé de descendre d'orbite.

« Puisque la planète est habitée, expliqua-t-il, et puisque, d'après Deniador, elle le fut jadis par une civilisation humaine technologiquement évoluée représentant la première vague de Colons — les prétendus Spatiaux — ils peuvent continuer d'être technologiquement évolués et ne pas éprouver un grand amour pour ceux de la seconde vague, comme nous, qui les ont remplacés. J'aimerais bien qu'ils se montrent, qu'on en apprenne un petit peu sur eux avant de risquer un atterrissage.

— Il se peut qu'ils ignorent notre présence, dit Pelorat.

— Nous, nous l'aurions détectée si la situation était inverse. Je dois par conséquent supposer que, s'ils existent, ils sont susceptibles de chercher à nous contacter. Voire de tenter de venir nous capturer.

— Mais s'ils viennent à notre rencontre et sont technologiquement évolués, nous pourrions très bien être impuissants devant...

— Je ne peux pas le croire. Le progrès technique ne s'effectue pas nécessairement d'un bloc. Il est tout à fait concevable qu'ils soient très en avance sur nous dans certains domaines mais il est clair qu'ils ne se consacrent pas au voyage interstellaire. C'est nous, pas eux, qui avons colonisé la Galaxie, et dans toute l'histoire de l'Empire, je n'ai pas connaissance qu'ils aient quitté leur monde pour se manifester. S'ils n'ont pas voyagé dans l'espace, comment imaginer qu'ils aient pu effectuer de sérieux progrès en astronautique ?

Et si ce n'est pas le cas, il est impossible qu'ils aient quoi que ce soit de semblable à un vaisseau gravitique. Nous avons beau être quasiment désarmés, même s'ils débarquaient avec un vaisseau de combat, ils ne seraient pas en mesure de nous capturer... Non, aucun risque que nous soyons impuissants.

— Leur avance pourrait être en mentalique. Il est possible que le Mulet ait été un Spatial... »

Trevize haussa les épaules, manifestement irrité. « Le Mulet ne peut pas être tout à la fois. Les Gaïens l'ont décrit comme un Gaïen aberrant. On le considère également comme un mutant né par hasard.

— Assurément, reconnut Pelorat, on a même été jusqu'à raconter — spéculations guère prises au sérieux, bien sûr — qu'il s'agissait d'une créature artificielle. En d'autres termes, un robot, bien que le terme ne fût pas utilisé.

— S'il y a effectivement quelque chose qui semble mentalement dangereux, nous devrons nous reposer sur Joie pour le neutraliser. Elle peut... au fait, est-ce qu'elle dort en ce moment ?

— Elle dormait, mais elle se retournait dans sa couchette lorsque je suis sorti pour venir ici.

— Elle se retournait, hein ? Eh bien, il faudra qu'elle soit debout vite fait si jamais quelque chose se manifeste. Je compte sur vous pour y veiller, Janov.

— Oui, Golan », dit Pelorat, très calme.

Trevize reporta son attention sur l'ordinateur. « Une chose qui me préoccupe, c'est les stations d'entrée. D'ordinaire, elles sont le signe manifeste d'une planète habitée par des humains à la technique évoluée. Mais celles-ci...

— Ont-elles quelque chose d'anormal ?

— Plusieurs choses. Tout d'abord, elles sont très archaïques. Elles pourraient avoir des milliers d'années. En second lieu, il n'y a pas de rayonnements autres que thermiques.

— Des thermiques ?

— Les radiations thermiques émanent des objets plus chauds que leur environnement. C'est une signature familière pour tout objet et qui consiste en une large bande de radiations qui suit un motif immuable, fonction de la température. Or, c'est un tel spectre qu'irradient les stations d'entrée. S'il existait des appareils d'origine humaine en fonctionnement à bord des stations, on devrait détecter une fuite de rayonnements non thermiques non aléatoires. Puisque seules sont présentes des thermiques, nous pouvons assumer ou bien que les stations sont vides et le sont, peut-être, depuis des millénaires, ou bien qu'elles sont occupées, mais par des gens d'une technique si évoluée que leurs machines ne dégagent aucun rayonnement parasite.

— Peut-être, dit Pelorat, la planète jouit-elle d'un haut degré de civilisation, les stations d'entrée se trouvant vides parce que ce monde est demeuré depuis si longtemps dans un si strict isolement de la part de colons comme nous que ses habitants ne s'inquiètent plus d'une éventuelle approche.

— Peut-être... ou peut-être qu'il s'agit d'un piège quelconque. »

Joie entra et Trevize, la remarquant du coin de l'œil, bougonna : « Oui, nous sommes là.

— C'est ce que je vois, dit Joie. Et toujours sur la même orbite. Ça, j'ai remarqué. »

Pelorat s'empressa de lui expliquer : « Golan veut être prudent, ma chérie. Les stations d'entrée semblent désertes et nous ne savons pas trop qu'en penser.

— Inutile de se tracasser pour ça, dit Joie, indifférente. Il n'y a aucun signe détectable de vie intelligente sur la planète autour de laquelle nous orbitons. »

Trevize lui jeta de biais un regard surpris. « Qu'est-ce que vous racontez ? Vous aviez dit...

— J'ai dit qu'il y avait une vie animale sur la planète, et c'est bien le cas, mais où dans la Galaxie avez-vous appris que la vie animale impliquait nécessairement la vie humaine ?

— Pourquoi ne pas l'avoir dit dès que vous avez détecté une vie animale ?

— Parce qu'à cette distance, la distinction était impossible. Je pouvais tout juste déceler la trace manifeste d'une activité neurale animale, mais à cette intensité, pas question de distinguer un papillon d'un être humain.

— Et maintenant ?

— Maintenant, nous sommes bien plus proches et vous avez peut-être cru que j'étais endormie mais je ne l'étais pas — ou du moins, pas tout le temps. J'étais, pour employer une expression, tout ouïe afin de détecter un signe quelconque d'activité mentale assez complexe pour traduire une présence intelligente.

— Et il n'y en a pas ?

— Je suppose, dit Joie avec une soudaine prudence, que si je ne détecte rien à cette distance, il ne doit pas y avoir plus de quelques milliers d'êtres humains sur la planète. Si nous nous approchons, je pourrai encore affiner mon jugement.

— Bon, voilà qui change bien des choses, dit Trevize, avec une certaine confusion.

— Je m'en doute », fit Joie qui semblait manifestement assoupie et, par conséquent, irritable. « Vous pouvez désormais larguer toutes vos histoires d'analyses de radiations, d'hypothèses, de déductions ou je ne sais quelles autres activités. Mes sens gaïens font le travail bien plus efficacement et sûrement. Vous voyez peut-être enfin ce que j'entends en disant qu'il vaut mieux être Gaïen qu'Isolat. »

Trevize attendit avant de répondre, avec un effort manifeste pour garder sa contenance. Lorsqu'il reprit la parole, ce fut sur un ton poli, presque officiel : « Je vous suis reconnaissant de l'information. Malgré tout, vous devez bien comprendre que, pour employer une analogie, la perspective d'une amélioration de mon odorat serait un motif insuffisant pour me décider à abandonner mon humanité pour devenir un limier. »

34.

Ils pouvaient à présent contempler le Monde interdit, tandis qu'ils descendaient sous la couche nuageuse pour dériver à travers l'atmosphère. Son aspect semblait curieusement mité.

Les régions polaires étaient couvertes de glace, comme on pouvait s'y attendre, mais n'étaient pas étendues. Les zones montagneuses étaient dénudées, avec de rares glaciers, mais également de superficie limitée. Il y avait quelques petites étendues désertiques, très éparses.

Ces secteurs mis à part, la planète était, potentiellement, superbe. Ses zones continentales étaient vastes mais sinueuses, d'où une grande longueur de côtes et de riches plaines côtières étendues. On voyait les luxuriants sillons de forêts tropicales et tempérées, bordées de prairies — et pourtant, l'aspect mité de l'ensemble du paysage restait évident.

Eparpillées au milieu des forêts apparaissaient des taches semi-désertiques, et certaines prairies semblaient maigres et dénudées.

« Une espèce de maladie des plantes ? demanda Pelorat, songeur.

— Non, dit Joie, lentement, quelque chose de pire, et de plus permanent...

— J'ai vu quantité de mondes, observa Trevize, mais jamais rien de semblable.

— J'ai vu fort peu de mondes, dit Joie, mais je pense les pensées de Gaïa et c'est là ce que vous pourriez escompter d'un monde d'où l'humanité a disparu.

— Pourquoi ? demanda Trévize.

— Réfléchissez, dit Joie, acide. Aucune planète habitée ne jouit d'un véritable équilibre écologique. La Terre a dû en avoir un à l'origine, car même si elle a été la planète sur laquelle a évolué l'humanité, il a dû s'écouler de longues périodes où celle-ci n'existait pas, pas plus que d'autres espèces capables de développer une technologie évoluée et dotées de la capacité de modifier l'environnement. Auquel cas un équilibre naturel — perpétuellement changeant, bien entendu — doit avoir existé. Sur tous les autres mondes habités, en revanche, les hommes ont soigneusement terraformé leur nouvel environnement, acclimaté une vie animale et végétale mais le système écologique ainsi introduit est promis au déséquilibre. Il ne possédera qu'un nombre limité d'espèces et seulement celles désirées par les hommes, ou qu'ils n'auront pu éviter d'introduire...

— Vous savez à quoi ça me fait penser ? remarqua Pelorat... Pardonnez-moi, Joie, de vous interrompre, mais cela correspond si bien que je ne puis résister à l'envie de vous en parler avant d'oublier. Il y a un antique mythe fondateur sur lequel je suis tombé un jour ; un mythe selon lequel la vie se serait formée sur une planète et n'aurait consisté au départ qu'en un assortiment limité d'espèces, uniquement celles utiles ou agréables à l'humanité. Les premiers hommes firent alors quelque chose de stupide — peu importe quoi, mon bon ami, parce que ces vieux mythes sont généralement symboliques et ne font que vous embrouiller si on les prend à la lettre —, et le sol de la planète fut frappé de malédiction. “ Icelui oncques ne t'offrira qu'épines et chardons ” : ainsi est énoncée la malédiction bien que le passage sonne mieux dans le galactique archaïque de la version originale. Le problème demeure toutefois de savoir si c'était vraiment une malédiction. Toutes ces choses que l'homme n'aime pas ou ne désire pas, telles que les épines et les chardons, peuvent être utiles à l'équilibre écologique. »

Joie sourit. « C'est vraiment étonnant, Pel, comment tout est prétexte à vous rappeler une légende et comme celles-ci peuvent être éclairantes. Lorsqu'ils terraforment une planète, les hommes négligent épines et chardons, quels qu'ils soient, et sont ensuite contraints de travailler dur pour que ce monde continue à tourner. Car ce n'est pas un organisme autonome comme Gaïa, mais plutôt une collection hétéroclite d'Isolats ; et cette collection n'est pas encore suffisamment variée pour autoriser le maintien indéfini d'un équilibre écologique. Que l'humanité disparaisse, que se retire sa main directrice, et l'ensemble de l'écosystème commence immanquablement à partir à vau-l'eau. La planète se “ dé-terraformera ” toute seule.

— Si c'est ce qui arrive, observa Trevize, sceptique, cela doit prendre du temps. Ce monde est peut-être vide d'êtres humains depuis vingt mille ans, et pourtant, cela me semble toujours en gros une affaire qui marche...

— Je suppose, dit Joie, que tout doit dépendre de la qualité initiale de l'équilibre écologique. Pour peu qu'il ait été bien calculé, il pourra survivre un long moment à l'absence de l'homme. Pourtant, même si vingt mille ans, c'est long à l'échelle des affaires humaines, ce n'est qu'un clin d'œil au regard de la durée de vie d'une planète.

— Je suppose », dit Pelorat en fixant intensément le panorama, « que si la planète est en train de dégénérer, nous pouvons être sûrs que les hommes ont disparu.

— Je ne détecte toujours pas la moindre activité mentale de niveau humain et suis encline à supposer que la planète est parfaitement dépourvue de toute présence humaine. On note toutefois le bruit de fond et le bourdonnement des niveaux inférieurs de conscience, assez élevés pour représenter des oiseaux et des mammifères. Malgré tout, je ne suis pas certaine que la dé-terraformation suffise à prouver la disparition des hommes. Une planète pourrait se détériorer même avec des hommes dessus, si la société était elle-même anormale et ne comprenait pas l'importance de la préservation de l'environnement.

— Sans doute une telle société aurait-elle tôt fait d'être détruite, nota Pelorat. Je ne crois pas possible que des hommes soient incapables de saisir à quel point il est important de préserver les facteurs mêmes qui garantissent leur survie.

— Je n'aurai pas votre réconfortante foi dans la raison humaine, Pel. Il me semble au contraire tout à fait concevable que, lorsqu'une société planétaire est uniquement formée d'Isolats, les préoccupations locales et même individuelles puissent aisément primer les préoccupations planétaires.

— Je ne crois pas la chose concevable, intervint Trevize, pas plus que Pelorat. En fait, puisqu'il existe par millions des mondes occupés par l'homme et qu'aucun d'eux ne s'est détérioré au point de se dé-terraformer, il se pourrait que votre crainte de l'Isolatisme soit exagérée, Joie. »

Le vaisseau quittait maintenant l'hémisphère éclairé pour entrer dans la nuit. L'effet était celui d'un crépuscule qui s'assombrissait rapidement, suivi d'une totale obscurité à l'extérieur, hormis l'éclat des étoiles là où le ciel était dégagé.

Le vaisseau maintenait son altitude en surveillant avec précision la pression atmosphérique et l'intensité de la pesanteur. Ils se trouvaient à une altitude trop élevée pour rencontrer la saillie d'un quelconque massif montagneux car la planète en était à un stade géologique où aucune orogenèse n'était récemment intervenue. Malgré tout, l'ordinateur tâtait le terrain du bout des doigts électroniques de ses microondes, juste au cas où...

Trevize considéra le velours de l'obscurité et remarqua songeur : « En un sens, le signe qui me paraît le plus convaincant d'une planète déserte est l'absence de lumière visible sur la face obscure. Aucune société technologique ne serait capable de supporter les ténèbres... Sitôt que nous aurons pénétré sur la face éclairée, nous descendrons.

— Quel intérêt ? s'étonna Pelorat. Il n'y a rien là-dessous.

— Qui a dit qu'il n'y avait rien ?

— Joie. Et vous.

— Non, Janov. J'ai dit qu'il n'y avait aucun rayonnement d'origine technologique et Joie a dit qu'il n'y avait aucun signe d'activité mentale humaine, mais cela ne signifie pas qu'il n'y ait rien là-dessous. Même s'il n'y a pas d'hommes sur la planète, il y subsiste certainement des reliques quelconques. Je recherche de l'information, Janov, et, en ce sens, les restes d'une technologie peuvent avoir leur intérêt.

— Au bout de vingt mille ans ? » La voix de Pelorat devint plus aiguë. « Qu'est-ce qui peut survivre vingt mille ans, à votre avis ? Il n'y aura ni films, ni papiers, ni imprimés ; le métal aura rouillé, le bois sera pourri, le plastique pulvérisé. La pierre même sera brisée et érodée.

— Ça peut remonter à moins de vingt mille ans, observa Trevize, patient. J'ai mentionné cette période comme le plus grand laps de temps durant lequel la planète a pu rester déserte car les légendes de Comporellon indiquent que ce monde était florissant à cette époque. Mais supposez que le dernier homme soit mort, ait fui ou disparu, il y a seulement mille ans ? »

Ils arrivaient à l'autre extrémité de la face obscure et l'aube vint pour s'illuminer de soleil presque instantanément.

Le *Far Star* plongea et ralentit sa progression jusqu'à ce que les détails de la surface deviennent clairement apparents. Les minuscules îlots qui parsemaient le plateau continental étaient maintenant parfaitement visibles. La plupart étaient couverts de verdure.

« J'ai dans l'idée que nous devrions plus particulièrement nous attacher aux zones désertiques, observa Trevize. Il me semble que les endroits de plus forte concentration humaine devraient être ceux où l'équilibre écologique est le plus compromis. Ces secteurs devraient constituer le centre de diffusion de cette peste qu'est la dé-terraformation. Qu'en pensez-vous, Joie ?

— C'est possible. En tout cas, en l'absence de connaissance précise, nous aurions tout intérêt à commencer nos recherches là où c'est le plus facile. Les prairies et les forêts auront englouti la plupart des traces d'habitation humaine de sorte qu'une recherche dans ces secteurs risque de se révéler une perte de temps.

— Il me semble quand même, nota Pelorat, qu'un monde devrait parvenir à établir un équilibre avec ce dont il dispose ; que de nouvelles espèces pourraient se développer ; et que les zones incultes pourraient être à nouveau colonisées sur de nouvelles bases.

— C'est possible, Pel, dit Joie. Tout dépend de la gravité du déséquilibre initial. Et pour qu'un monde se guérisse et parvienne à retrouver un nouvel équilibre par l'évolution, cela exige bien plus de vingt millénaires. On parle là de millions d'années. »

Le *Far Star* n'orbitait plus autour de la planète. Il dérivait lentement au-dessus des cinq cents kilomètres d'une lande couverte de bruyères et d'ajoncs, avec parfois un bouquet d'arbres.

« Qu'est-ce que vous dites de ça ? » dit soudain Trevize en pointant un doigt. Le vaisseau s'immobilisa lentement dans les airs. Un grondement sourd mais persistant se déclencha lorsque les moteurs gravitiques passèrent en régime haut, pour neutraliser presque intégralement le champ de gravité de la planète.

Il n'y avait pas grand-chose à voir à l'endroit que Trevize désignait, en dehors d'une herbe rase et de monticules laissant apparaître le sol nu.

« Pour moi, je ne vois rien de spécial, dit Pelorat.

— On discerne une disposition rectiligne. Des lignes parallèles, et même quelques vagues traces perpendiculaires. Vous voyez ? Là ? Et là ? Vous ne trouverez jamais ça dans aucune formation naturelle. C'est de l'architecture humaine. Le tracé délimite le contour de fondations et de murs presque aussi nettement que s'ils étaient encore debout.

— Supposons, dit Pelorat. Ce ne sont là que des ruines. Si nous devons faire des recherches archéologiques, il va falloir creuser et creuser. Des professionnels mettraient des années pour faire ça convenablement...

— Certes, mais on n'a pas le temps de faire ça convenablement. Tout ceci pourrait indiquer le tracé d'une cité antique, et, qui sait, peut-être que des fragments en sont encore debout. Suivons ces lignes, et voyons où elles nous mènent. »

Ce fut vers la fin de la zone, à un endroit où les arbres étaient quelque peu plus touffus, qu'ils tombèrent sur des murs encore debout — en partie, du moins.

« Pas mal pour un début, lança Trevize. On se pose. »

Chapitre 9

Face à la meute

35.

Le *Far Star* vint se poser au pied d'une légère éminence, une colline dans ce paysage autrement plat. Presque sans y penser, Trevize avait trouvé naturel d'éviter que leur vaisseau ne fût visible à des kilomètres dans chaque direction.

Il annonça : « La température extérieure est de 24 degrés Celsius, le vent est d'environ 11 kilomètres heure, soufflant d'ouest, et le ciel partiellement nuageux. L'ordinateur n'en sait pas suffisamment sur la circulation générale de l'air pour être en mesure de prédire le temps. Toutefois, puisque l'humidité est de quelque quarante pour cent, il est fort peu probable qu'il pleuve. Dans l'ensemble, il semblerait que nous ayons choisi une latitude ou une saison agréable, et venant après Comporellon, c'est un vrai plaisir.

— Je suppose, nota Pelorat, qu'à mesure que la planète continuera de se déterraformer, les conditions météo vont devenir de plus en plus mauvaises.

— J'en suis certaine, dit Joie.

— Soyez aussi certains que ça vous chante, reprit Trevize, nous avons encore des millénaires devant nous. En attendant, c'est toujours une planète agréable et qui continuera de l'être jusqu'à la fin de nos jours et bien au-delà. »

Tout en parlant, il triturait une espèce de large ceinture et Joie lança sèchement : « Qu'est-ce que c'est, Trevize ?

— Rien qu'une vieille habitude de la marine, dit Trevize. Je ne débarque jamais désarmé sur un monde inconnu.

— Vous avez sérieusement l'intention de porter des armes ?

— Absolument. Là, à droite », et il claqua l'étui qui contenait une arme imposante de gros calibre, « c'est mon éclateur, et là, à gauche » — il désigna une arme plus petite, au canon mince dépourvu d'ouverture — « c'est mon fouet neuronique.

— Deux variétés de meurtres, dit Joie, avec dégoût.

— Une seule. L'éclateur tue. Pas le fouet neuronique. Il stimule simplement les nerfs de la douleur et ça fait tellement mal qu'on regrette de ne pas être mort, m'a-t-on dit. Par chance, je ne me suis jamais trouvé du mauvais côté du canon.

— Pourquoi les prenez-vous ?

— Je vous l'ai dit. C'est un monde hostile.

— Trevize, ce monde est *vide*.

— L'est-il ? Il n'existe pas de société technologique, semblerait-il, mais s'il y a des primitifs post-technologiques ? Il se peut qu'ils ne disposent de rien de pire que des bâtons et des cailloux, mais ça aussi, ça peut tuer. »

Joie paraissait exaspérée mais elle baissa la voix dans un effort pour se montrer raisonnable : « Je ne décèle aucune trace d'activité neuronique, Trevize. Ceci élimine toute possibilité de civilisation primitive, post-technologique ou autre.

— Alors, je n'aurai pas à faire usage de mes armes. Dans ce cas, quel mal y a-t-il à les porter ? Elles m'alourdissent un peu, c'est tout, et puisque la pesanteur à la surface est d'environ quatre-vingt-onze pour cent de celle de Terminus, je peux en supporter la surcharge... Ecoutez, le vaisseau proprement dit est peut-être désarmé, mais il est raisonnablement pourvu en armes de poing. Je vous suggère, l'un et l'autre, de...

— Non, dit aussitôt Joie. Je ne ferai pas le moindre geste susceptible de tuer — ou simplement d'infliger de la douleur.

— Il n'est pas question de tuer mais d'éviter de l'être, si vous voyez ce que je veux dire.

— Je peux me protéger toute seule à ma façon.

— Janov ? »

Pelorat hésita. « Nous n'avions pas d'armes sur Comporellon.

— Allons, Janov. Comporellon est une donnée connue, un

monde associé à la Fondation. Par ailleurs, on s'est retrouvés illico sous bonne garde. Si nous avions eu des armes, on nous les aurait retirées. Voulez-vous un éclateur ? »

Pelorat hocha la tête. « Je n'ai jamais été dans la marine, mon bon. Je serais incapable de m'en servir et, en cas d'urgence, je n'aurais pas la présence d'esprit de m'en servir à temps. Je détalerais... et me ferais tuer.

— Vous ne vous ferez pas tuer, Pel, dit Joie avec énergie. Gaïa vous a sous ma/sa protection tout comme ce poseur de héros de la marine.

— A la bonne heure, dit Trevize. Je ne vois aucune objection à être protégé mais je ne pose pas. Je me contente de prendre deux précautions au lieu d'une, et si je n'ai pas à porter la main à ces objets, vous m'en verrez absolument ravi, croyez-le bien. Néanmoins, il faut que je les garde. »

Il tapota ses deux armes d'un geste affectueux puis ajouta : « Et maintenant, sortons poser le pied sur ce monde dont la surface n'a peut-être pas été foulée par l'homme depuis des millénaires. »

36.

« J'ai comme l'impression, dit Pelorat, qu'il doit être assez tard dans la journée ; pourtant, l'éclairement laisserait croire qu'on est aux alentours de midi.

— Je soupçonne, expliqua Trevize en contemplant le paisible panorama, que votre impression provient de la teinte orangée du soleil, qui donne à la lumière cet aspect crépusculaire. Si nous sommes encore là au moment réel de son coucher et que les formations nuageuses l'autorisent, nous devrions contempler un crépuscule d'un rouge plus profond que celui auquel nous sommes habitués. J'ignore si nous le trouverons superbe ou déprimant... A vrai dire, ce devait être encore plus extrême sur Comporellon mais là-bas, nous sommes restés enfermés pratiquement tout le temps... »

Il pivota lentement pour considérer le paysage dans toutes les directions. Ajouté à l'étrangeté presque subliminale de la lumière, il y avait le parfum particulier à ce monde — à cette partie du monde, du moins. Une vague odeur de moisi, mais loin d'être franchement déplaisante.

Les arbres proches étaient de hauteur moyenne et paraissaient âgés, avec leur écorce noueuse et leur tronc légèrement de biais, bien qu'on ne sût dire si c'était à cause des vents dominants ou de la mauvaise qualité du sol. Etait-ce ces arbres qui donnaient à l'ambiance quelque chose de menaçant ou bien autre chose — quelque chose de moins matériel ?

Joie demanda à Trevize ce qu'il comptait faire : « Nous n'avons quand même pas parcouru tout ce chemin pour admirer le paysage ?

— A vrai dire, c'est peut-être, quant à moi, ce que je devrais me contenter de faire désormais. Je suggère que Janov explore les lieux. Il y a des ruines là-bas, dans cette direction, et c'est lui qui pourra juger de la valeur des éventuelles traces qu'il pourra y trouver. J'imagine qu'il saura déchiffrer les écrits ou les films en galactique archaïque, alors que je m'en sais pertinemment incapable. Et je suppose, Joie, que vous voudrez l'accompagner pour le protéger. De mon côté, je resterai ici, à guetter les abords...

— Guetter quoi ? Des primitifs munis de pierres et de bâtons ?

— Peut-être. » Puis le sourire qui avait effleuré ses lèvres disparut comme il ajoutait : « Paradoxalement, Joie, cet endroit me met légèrement mal à l'aise. Je ne saurais dire pourquoi.

— Venez, Joie, dit Pelorat. Toute ma vie, j'ai été un collectionneur en chambre de vieux récits, de sorte que je n'ai jamais concrètement mis la main sur des documents antiques. Imaginez un peu que... »

Trevize les regarda s'éloigner, la voix de Pelorat diminuant tandis qu'ils se dirigeaient d'un bon pas vers les ruines ; Joie avançait d'une démarche chaloupée à ses côtés, tout en l'écoutant avec un sourire ravi.

Trevize leur prêta une oreille distraite puis se retourna pour poursuivre son examen du secteur. Qu'est-ce qui pouvait bien motiver son appréhension ?

Il n'avait jamais réellement posé le pied sur un monde dépourvu de population humaine, mais il en avait contemplé quantité depuis l'espace. D'ordinaire, c'étaient de petites planètes, pas assez vastes pour conserver de l'eau ou de l'air mais qui avaient leur utilité comme point de ralliement au cours des manœuvres navales (il n'y avait pas eu de conflit de son vivant, ni même durant le siècle précédant sa naissance, mais les manœuvres se poursuivaient), ou pour les exercices de réparation urgente lors de simulations d'avaries. Les vaisseaux sur lesquels il s'était trouvé avaient orbité autour ou même s'étaient posés sur de telles planètes, mais il n'avait jamais eu l'occasion de quitter le bord à ces occasions.

Etait-ce parce qu'il se trouvait à présent sur un monde désert ? Aurait-il éprouvé la même sensation s'il s'était trouvé sur un des innombrables petits astres dépourvus d'atmosphère qu'il avait rencontrés durant ses années de formation — et même depuis ?

Il secoua la tête. Cela ne l'aurait pas tracassé, il en était certain. Il aurait été vêtu d'une combinaison spatiale, tout comme les innombrables fois où il flottait avec son vaisseau librement dans l'espace. C'était une situation familière et le contact avec une simple boule de roc n'aurait produit aucune altération de ce sentiment de familiarité. Sans aucun doute.

Evidemment... cette fois-ci, il ne portait pas de combinaison.

Il se tenait sur un monde habitable, aussi confortable que l'était Terminus — bien plus confortable que ne l'avait été Comporellon. Il goûtait la caresse du vent sur sa joue, la chaleur du soleil dans son dos, le friselis de la végétation à ses oreilles. Tout était familier, sauf qu'il n'y avait pas d'êtres humains — ou du moins plus.

Etait-ce cela ? Cela qui rendait apparemment ce monde aussi inquiétant ? Etait-ce qu'il n'était pas seulement inhabité mais *déserté ?*

Il n'avait jamais encore visité de monde abandonné ; jamais entendu parler d'un tel phénomène ; jamais imaginé même qu'il pût se produire. Toutes les planètes qu'il avait connues jusqu'à présent, une fois peuplées par les hommes, le restaient à perpétuité.

Il leva les yeux vers le ciel. Rien d'autre ne l'avait déserté : de temps à autre, un oiseau traversait son champ visuel, vision d'une certaine façon plus naturelle que le fond du ciel bleu ardoise qui apparaissait entre les nuages de beau temps teintés d'orangé (Trevize était certain qu'au bout de quelques jours sur la planète il finirait par s'habituer à ces bizarreries au point que le ciel et les nuages lui paraîtraient normaux).

Il entendait des chants d'oiseaux dans les arbres, et le bruit plus doux des insectes. Joie avait mentionné plus tôt l'existence de papillons et, effectivement, ils étaient là — en nombre surprenant, et en plusieurs variétés riches de couleurs.

Il nota également des froissements occasionnels dans les touffes d'herbe qui entouraient les arbres, mais il fut incapable d'en discerner la cause.

La présence manifeste de la vie dans les parages ne soulevait en lui aucune crainte. Comme l'avait dit Joie, les mondes terraformés étaient, depuis le tout début, dépourvus de bêtes dangereuses. Les contes de fées de l'enfance, et l'*heroic-fantasy* de son adolescence étaient invariablement situés sur un monde légendaire sans doute dérivé de vagues mythes terrestres. Les hyperdrames sur holo-écran étaient remplis de monstres — lions, licornes, dragons, baleines, brontosaures, ours. Il y en avait des douzaines dont les noms ne lui revenaient plus ; certains sans aucun doute mythiques et peut-être tous. Il y avait des animaux plus petits qui mordaient ou piquaient et même des plantes dangereuses au toucher ! — mais tout cela n'existait que dans les romans. Il avait également eu l'occasion d'entendre que les abeilles primitives étaient capables de piquer, mais indubitablement, aucune abeille réelle n'était le moins du monde dangereuse.

A pas lents, il partit vers la droite, longeant le pied de la colline. L'herbe était haute et luxuriante, mais rare, poussant par touffes. Il se fraya un chemin parmi les arbres qui croissaient également en bouquets.

Puis il bâilla. Certes, il ne se passait rien de palpitant et il se demanda s'il ne ferait pas mieux de regagner le vaisseau pour s'offrir un petit somme. Non, impensable. Manifestement, il fallait qu'il monte la garde.

Peut-être qu'il devrait jouer les sentinelles — marcher, une-deux, une-deux, demi-tour droite et manipulations complexes avec une électro-canne de parade (une arme qu'aucun guerrier n'avait utilisée depuis trois siècles, mais qui demeurait absolument essentielle à l'exercice, sans que personne pût en avancer la raison).

L'idée le fit sourire puis il se demanda s'il ne vaudrait pas mieux qu'il rejoigne Pelorat et Joie dans les ruines. Pourquoi ? A quoi leur servirait-il ?

A supposer qu'il voie une chose que Pelorat aurait négligée ?... Eh bien, il serait toujours temps de tenter le coup après le retour de celui-ci. S'il y avait un élément aisé à trouver, qu'au moins Pelorat ait sa chance de le découvrir.

Risquaient-ils l'un ou l'autre de courir un danger ? Stupide ! Lequel ?

Et puis, s'il y avait réellement danger, ils pourraient toujours l'appeler à l'aide.

Il s'arrêta pour prêter l'oreille. Il n'entendit rien.

Et puis, l'irrésistible envie de jouer les sentinelles lui revint et il se surprit à marcher en faisant résonner ses pas, l'électro-canne imaginaire décollant de l'épaule, tournoyant, pour se tendre droit devant lui, parfaitement verticale — nouveau tournoiement, et retour sur l'autre épaule. Puis, après un vif demi-tour, il se retrouva de nouveau face au vaisseau (assez loin maintenant).

Ce faisant, il se figea bel et bien, et cette fois plus seulement pour jouer les sentinelles.

Il n'était pas seul.

Jusqu'à présent, il n'avait pas vu d'autres créatures vivantes, sinon des plantes, des insectes, un oiseau à l'occasion. Il n'avait vu ni entendu approcher quoi que ce soit... et voilà qu'un animal se tenait entre lui et l'astronef.

L'absolue surprise devant cet événement inattendu le priva momentanément de la capacité d'interpréter ce qu'il voyait. Ce ne fut qu'après coup qu'il reconnut ce qu'il avait devant lui.

Ce n'était qu'un chien.

Trevize n'était pas très chien. Il n'en avait jamais eu un et n'éprouvait aucun élan d'amitié envers ceux qu'il croisait. Il n'en éprouva pas plus cette fois-ci mais observa, non sans une certaine impatience, qu'il n'y avait pas de planètes où ces créatures n'aient pas accompagné l'homme. Il en existait d'innombrables variétés et Trevize avait depuis longtemps la lassante impression que chaque monde en possédait au moins une variété caractéristique. Néanmoins, toutes avaient cette constante : qu'ils fussent dressés pour l'agrément, le spectacle ou quelque forme d'activité utile, les chiens étaient élevés pour aimer l'homme et lui faire confiance.

Un amour et une confiance que Trevize n'avait jamais appréciés. Il avait vécu avec une femme qui possédait un chien. Celui-ci, que Trevize tolérait par amour pour la femme, avait nourri à son égard une profonde adoration ; il le suivait, se couchait sur lui quand il se reposait (de toutes ses cinquante livres), le couvrait de salive et de poils aux moments les plus incongrus, et s'asseyait devant la porte en gémissant chaque fois que la femme et lui tentaient d'avoir des rapports sexuels.

Trevize était sorti de cette expérience avec la conviction bien ancrée que pour quelque raison seulement connue de l'esprit canin et de sa capacité à analyser les odeurs, il était un objet définitif de la dévotion chiennasse.

Par conséquent, une fois passée la surprise initiale, il examina l'animal sans inquiétude. C'était une bête de grande taille, efflanquée, haute sur pattes, et qui le fixait sans signe évident d'adoration. Il avait la gueule ouverte en ce qui pouvait passer pour un sourire accueillant, mais les crocs ainsi découverts avaient quelque chose d'imposant et de dangereux et Trevize jugea qu'il se sentirait plus à l'aise sans la bête dans son champ visuel.

Il lui vint alors à l'esprit que ce chien n'avait jamais vu d'être humain, pas plus que d'innombrables générations canines précédentes. Il était fort possible que l'animal eût été aussi surpris et décontenancé par cette soudaine apparition d'un homme que Trevize l'avait été par celle du chien. Au moins Trevize avait-il rapidement reconnu le chien pour ce qu'il était, mais ce dernier n'avait pas cet avantage. Il était toujours intrigué, et peut-être inquiet.

A l'évidence, il n'était pas sans risque de laisser un animal de cette taille, et doté de telles dents, dans un état d'inquiétude. Trevize se rendit compte qu'il allait être nécessaire d'instaurer au plus tôt des relations amicales.

Très lentement, il s'approcha du chien (pas de gestes brusques, bien sûr). Il tendit la main, prêt à se laisser renifler, et émit de petits bruits apaisants, consistant pour la plupart en : « oh-le-gentil-toutou » — une chose qu'il considérait comme intensément embarrassante.

Le chien, les yeux fixés sur Trevize, recula d'un ou deux pas, comme saisi de méfiance, puis sa babine supérieure se plissa en un rictus tandis que de sa gueule sortait un grondement rauque. Bien que Trevize n'eût jamais vu de chien se conduire ainsi, il était impossible d'analyser ce comportement autrement que comme une menace.

En conséquence, Trevize cessa d'avancer et se figea. Du coin de l'œil, il saisit un mouvement et tourna lentement la tête. Deux autres chiens avançaient de cette direction. L'air tout aussi meurtrier que le premier.

Meurtrier ? L'adjectif ne lui était venu qu'à l'instant et sa menaçante justesse était indubitable.

Son cœur se mit soudain à battre la chamade. Le passage vers le vaisseau était bloqué. Impossible de courir au hasard, car ces longues pattes canines pourraient le rejoindre en quelques mètres. S'il restait sur place et faisait usage de son éclateur, alors, tandis qu'il en tuerait un, les deux autres lui sauteraient dessus. Dans le lointain, il pouvait voir approcher d'autres bêtes. Communiquaient-elles d'une manière ou d'une autre ? Chassaient-elles en meute ?

Lentement, il glissa vers la gauche, dans une direction où il n'y avait pas encore de chiens — pas encore. Lentement. Lentement.

Les molosses suivirent son mouvement. Il était certain que tout ce qui le sauvait d'une attaque instantanée était le fait que les chiens n'avaient encore jamais vu ou flairé quelque chose de semblable. Ils n'avaient pas encore établi de schème de comportement à suivre en un tel cas.

S'il détalait, bien entendu, cela représenterait pour les chiens une attitude familière. Ils sauraient que faire si une créature de la taille de Trevize trahissait sa peur et courait. Ils courraient, eux aussi. Plus vite.

Trevize continuait d'avancer de biais vers un arbre. Sa plus grande envie était de grimper là où ils ne pourraient le suivre. Ils avancèrent avec lui, grondant doucement, de plus en plus près. Tous les trois le fixaient sans ciller. Deux nouvelles bêtes les rejoignirent et, plus loin, Trevize en voyait approcher d'autres. A un moment, quand il serait assez près, il faudrait qu'il fonce. Il ne fallait pas qu'il attende trop longtemps, ou qu'il démarre trop tôt. L'un ou l'autre choix pouvait être fatal.

Maintenant !

Il établit sans doute un record personnel mais ne s'en tira que de justesse. Il sentit le claquement des mâchoires tout contre l'un de ses talons et, l'espace d'un instant, se sentit retenu avant que les dents ne glissent sur le céramoïde coriace.

Grimper aux arbres n'était pas son fort. Il n'en avait pas escaladé un depuis l'âge de dix ans et, pour autant qu'il se souvienne, l'entreprise avait été laborieuse. Dans le cas présent, toutefois, le tronc n'était pas tout à fait vertical et l'écorce noueuse offrait de nombreuses prises. Qui plus est, il était poussé par la nécessité, et c'est fou ce que l'on peut accomplir quand le besoin est suffisamment pressant...

Trevize se retrouva assis sur une fourche, à dix mètres peut-être au-dessus du sol. Pour l'heure, il ne s'était absolument pas rendu compte qu'il s'était éraflé la main et saignait. Au pied de l'arbre, cinq chiens étaient à présent assis, le nez en l'air, langue pendante, apparemment bien installés pour prendre leur mal en patience.

Et maintenant ?

37.

Trevize n'était pas en position pour réfléchir logiquement à la situation en détail. Il lui venait plutôt, par éclair, des pensées en séquences bizarrement déformées, dont, s'il en avait fait le tri, l'enchaînement aurait donné ceci :

Joie avait initialement soutenu qu'en terraformant une planète, les hommes instauraient un déséquilibre écologique, qu'ils étaient par la suite contraints de maintenir par d'incessants efforts. Par exemple, aucun colon n'avait amené avec lui de grands prédateurs. Les petits, on ne pouvait les éviter. Les insectes, les parasites — voire les faucons, les musaraignes et ainsi de suite...

Ces fabuleux animaux des légendes et de vagues récits littéraires — tigres, ours grizzly, orques, crocodiles —, qui irait les transporter de planète en planète, même s'il y avait une raison pour le faire ? Et quelle raison y aurait-il ?

Cela signifiait que l'homme était le seul grand prédateur et qu'il lui revenait d'élaguer parmi ces plantes et ces animaux qui sinon, laissés à eux-mêmes, s'étoufferaient sous leur propre pléthore.

Et si pour une raison ou une autre, l'homme disparaissait, d'autres prédateurs devaient alors prendre sa place. Mais lesquels ? Les plus grands prédateurs tolérés par l'être humain étaient les chiens et les chats, domestiqués et vivant de l'aumône humaine.

Et s'il ne restait aucun homme pour les nourrir ? Alors, il leur faudrait trouver eux-mêmes leur nourriture — pour leur survie et, en toute vérité, pour la survie de ceux qui constituaient leur proie et dont le nombre devait être limité car la surpopulation de ceux-ci engendrerait des dommages cent fois supérieurs à la prédation.

Et donc, les chiens se multipliaient, dans toute la diversité de leurs races, les plus grandes attaquant les herbivores laissés à l'abandon ; les plus petites s'attaquant aux oiseaux et aux rongeurs. Les chats feraient la nuit ce que faisaient les chiens le jour ; les premiers solitaires, les seconds en meute.

Et peut-être qu'au bout du compte l'évolution produisait d'autres variétés, pour remplir de nouvelles niches écologiques. Qui sait si certains chiens ne développeraient pas des caractéristiques amphibies pour leur permettre de se nourrir de poissons ; tandis que certains chats pourraient acquérir des capacités de vol plané afin de chasser les oiseaux les moins vifs, aussi bien dans l'air que sur le sol ?

Par éclairs, tout cela apparut à Trevize tandis qu'il réfléchissait toujours à des solutions plus concrètes pour s'en sortir.

Le nombre des chiens continuait à s'accroître. Il en comptait à présent vingt-trois, entourant son arbre, et d'autres encore approchaient. Quelle taille avait la meute ? Quelle importance ? Elle était déjà bien assez grande.

Il retira l'éclateur de son étui, mais le ferme contact de la crosse dans sa main ne lui procura pas l'impression de sécurité qu'il aurait appréciée. Depuis quand avait-il inséré un bloc énergétique et combien de charges pouvait-il tirer ? Sûrement pas vingt-trois.

Et Pelorat et Joie ? S'ils faisaient leur apparition, les chiens se retourneraient-ils sur eux ? Etaient-ils en sécurité même s'ils n'apparaissaient pas ? Si les bêtes sentaient la présence de deux humains à l'intérieur des ruines, qu'est-ce qui pouvait les retenir de les y attaquer ? Sans doute ne subsistait-il pas de portes ou de barrières pour les contenir.

Joie serait-elle en mesure de les contenir, voire de les écarter ? Serait-elle capable de concentrer ses pouvoirs à travers l'hyperespace jusqu'au niveau d'intensité désiré ? Et combien de temps pourrait-elle les retenir ?

Alors, devait-il appeler à l'aide ? S'il criait, allaient-ils venir à toutes jambes et les chiens fuiraient-ils sous le seul regard de Joie ? (Lui suffirait-il d'un regard ou d'une simple action mentale indétectable aux témoins dépourvus de son don ?) Ou bien, s'ils apparaissaient, seraient-ils mis en pièces sous les yeux même de Trevize, spectateur forcé, impuissant, depuis la relative sécurité de son perchoir dans l'arbre ?

Non, il allait lui falloir utiliser son éclateur. S'il pouvait tuer un chien et effrayer les autres rien qu'un instant, il pourrait dégringoler de l'arbre, appeler à grands cris Pelorat et Joie, tuer un second fauve s'ils faisaient mine de revenir, avant d'aller tous trois se réfugier en hâte dans le vaisseau.

Il ajusta l'intensité du faisceau de micro-ondes jusqu'à l'échelon trois quarts. Cela suffirait amplement à tuer un chien avec une détonation fracassante. La détonation servirait à terroriser les autres, et il économiserait de l'énergie.

Il visa soigneusement un animal au milieu de la meute, une bête qui semblait (du moins dans son imagination) exsuder une plus grande malveillance que les autres — simplement, peut-être, parce qu'il était plus calme et semblait par conséquent guetter sa proie avec plus de sang-froid. Le chien fixait à présent l'arme comme s'il éprouvait le plus grand mépris pour les éventuels agissements de Trevize.

Ce dernier se rendit compte qu'il n'avait jamais tiré à l'éclateur sur un homme ni vu quelqu'un le faire. A l'entraînement, ils avaient tiré sur des mannequins de cuir et de plastique remplis d'eau ; l'eau portée presque instantanément à ébullition, des lambeaux propulsés partout par l'explosion...

Mais qui, en l'absence de guerre, irait tirer sur un être humain ? Et quel humain pouvait tolérer une telle arme et justifier son emploi ? Il n'y avait qu'ici, sur un monde rendu pathologique par la disparition de l'homme...

Avec cette bizarre capacité du cerveau à noter un détail parfaitement incongru, Trevize releva qu'un nuage avait dissimulé le soleil... puis il tira.

Un étrange frémissement de l'atmosphère joignit en ligne droite le canon de l'éclateur au chien ; un vague étincellement qui serait passé inaperçu si le soleil avait encore brillé sans obstacle.

Le chien devait avoir senti la première bouffée de chaleur et avait esquissé un infime mouvement, comme prêt à bondir. Et puis il explosa en même temps qu'une partie de son sang et de ses cellules se vaporisaient.

L'explosion provoqua un bruit décevant, car les téguments de l'animal n'étaient pas aussi rigides que ceux des mannequins sur lesquels il s'était entraîné. Chair, peau, sang et os s'éparpillèrent néanmoins, et Trevize se sentit l'estomac retourné.

Les chiens battirent en retraite, certains ayant subi l'inconfortable bombardement de fragments encore chauds. Il n'y eut cependant qu'une brève hésitation. Ils se ruèrent soudain les uns sur les autres, pour dévorer la manne qui leur était fournie. Trevize sentit son écœurement s'accroître. Il ne les effrayait pas : il les nourrissait. A ce compte, ils ne risquaient pas de partir. En fait, l'odeur de sang frais et de chair chaude allait en attirer de nouveaux et peut-être, de surcroît, d'autres petits prédateurs.

Une voix s'écria : « Trevize ! Que... »

Trevize se retourna. Joie et Pelorat venaient d'émerger des ruines. Joie s'était immobilisée, les bras tendus pour retenir Pelorat. Elle fixait les chiens. La situation était évidente et claire. Elle n'avait pas besoin de poser de questions.

Trevize hurla : « J'ai tenté de les faire fuir sans vous mettre dans le coup, vous ou Janov. Pouvez-vous les contenir ?

— Tout juste », avoua Joie, sans crier, de sorte que Trevize eut du mal à l'entendre même si les grondements des chiens s'étaient apaisés comme si l'on avait jeté sur eux une couverture d'isolation phonique.

« Ils sont trop nombreux, continua la jeune fille, et je ne suis pas familiarisée avec leur structure d'activité neuronique. Nous n'avons pas de telles créatures sauvages sur Gaïa.

— Ni sur Terminus. Ni sur aucun monde civilisé, lança Trevize. Je vais en descendre autant que je peux et vous essaierez de contenir les autres. Moins il y en aura, moins vous aurez de problèmes.

— Non, Trevize. Tirer ne fera qu'en attirer d'autres... Restez derrière moi, Pel. Vous n'avez aucun moyen de me protéger... Trevize, votre seconde arme.

— Le fouet neuronique ?

— Oui. Celle qui provoque des douleurs. A basse puissance. A basse puissance !

— Auriez-vous peur de leur faire mal ? lança Trevize, irrité. Est-ce bien le moment de songer au caractère sacré de la vie ?

— Je songe à celle de Pel. Et à la mienne. Faites comme je vous dis. Basse puissance et tirez sur l'un des chiens. Je ne pourrai pas les contenir beaucoup plus longtemps. »

Les chiens s'étaient écartés de l'arbre pour encercler Pelorat et Joie, acculés, le dos contre un mur en ruine. Les plus proches faisaient des tentatives hésitantes pour s'approcher encore, gémissant un peu, comme s'ils essayaient de discerner ce qui les tenait à distance, quand ils étaient incapables de déceler quoi que ce soit. Certains essayaient vainement d'escalader le mur pour les prendre à revers.

Trevize avait la main qui tremblait lorsqu'il ajusta la puissance du fouet neuronique. Celui-ci dépensait considérablement moins d'énergie que l'éclateur et une simple cartouche était capable d'alimenter des centaines de coups de fouet mais, maintenant qu'il y songeait, il était tout aussi incapable de se rappeler quand il avait rechargé l'arme pour la dernière fois.

La précision de visée n'était pas aussi cruciale. Et puisque la conservation d'énergie n'était pas si critique, il pouvait se permettre de balayer la meute. C'était la méthode traditionnelle pour maîtriser les foules qui montraient des signes d'activité menaçante.

Il suivit néanmoins la suggestion de Joie. Il visa un chien précis et tira. L'animal bascula et se mit à gigoter en poussant des couinements aigus.

Les autres chiens s'écartèrent à reculons de la bête atteinte, les oreilles rabattues en arrière contre le crâne. Puis, couinant à leur tour, ils firent demi-tour et partirent, d'abord à pas lents, puis plus vite, et enfin au pas de course. Le chien qui avait été touché se releva tant bien que mal et s'éloigna en gémissant, bon dernier.

Le bruit décrut dans le lointain et Joie lança : « Nous ferions mieux de regagner le vaisseau. Ils vont revenir. Eux ou d'autres. »

Trevize estima que jamais encore il n'avait manœuvré aussi vite le mécanisme d'entrée de leur appareil. Et il était bien possible qu'il n'ait jamais l'occasion de rééditer cet exploit.

38.

La nuit était tombée et Trevize était loin de trouver que la situation était redevenue normale. Le mince bandeau de synthépiderme plaqué sur son égratignure avait calmé la douleur physique mais dans son mental restait une écorchure pas aussi facile à cicatriser.

Ce n'était pas la simple exposition au danger. A cela, il pouvait réagir aussi bien que n'importe quel autre individu normalement courageux. C'était la direction totalement inattendue d'où était provenu ce danger. C'était le sentiment de ridicule. De quoi aurait-il l'air si l'on découvrait qu'il avait été mis en déroute par de vulgaires chiens hargneux ? C'aurait été à peine pire s'il avait été mis en fuite par les piaillements de canaris en colère.

Des heures durant, il guetta une nouvelle attaque des chiens, prêtant l'oreille à d'éventuels hurlements, au crissement de griffes sur la coque extérieure.

Par comparaison, Pelorat semblait parfaitement calme. « Je n'ai jamais douté, mon bon, que Joie saurait régler le problème, mais je dois dire que vous avez tiré juste. »

Trevize haussa les épaules. Il n'était pas d'humeur à discuter de la chose.

Pelorat tenait sa bibliothèque — l'unique disque compact sur lequel était stockée une vie entière de recherches sur les mythes et légendes — et, muni de ce trésor, il se retira dans sa chambre où se trouvait son petit lecteur.

Il semblait très content de lui. Trevize nota le fait mais n'en tira aucune conclusion. Il serait temps d'y songer plus tard, une fois qu'il aurait l'esprit moins accaparé par les chiens.

Une fois qu'ils furent seuls, Joie hasarda : « Je présume que vous avez été pris par surprise.

— Absolument, dit Trevize, maussade. Qui aurait pu imaginer qu'à la seule vue d'un chien — un *chien* — je devrais trouver mon salut dans la fuite ?

— Vingt mille ans sans hommes et ce n'est plus tout à fait le même chien. Ces bêtes doivent constituer à présent le prédateur dominant. »

Trevize acquiesça. « C'est la déduction à laquelle j'étais parvenu, perché là-haut sur ma branche, devenu la proie dominée. Vous aviez certainement raison quant à un éventuel déséquilibre de l'écosystème.

— Déséquilibre, sans doute, du point de vue de l'homme — mais si l'on considère l'efficacité dont font preuve les chiens pour mener à bien leurs affaires, je me demande si Pel n'aurait pas raison quand il suggère que l'écologie pourrait se rééquilibrer toute seule, en occupant certaines niches par des variantes évolutives du nombre relativement restreint d'espèces initialement importées sur la planète.

— Assez curieusement, la même idée m'était venue, nota Trevize.

— A condition, évidemment, que le déséquilibre ne soit pas excessif et n'entraîne du même coup un processus de rectification trop long. La planète risquerait de devenir totalement invivable en attendant. »

Trevize émit un grognement.

Joie le considéra, songeuse : « Comment se fait-il que vous ayez eu l'idée de vous armer ?

— Pour le bien que ça m'a fait... C'est grâce à votre don de...

— Pas entièrement. J'avais besoin de votre arme. A si brève échéance, avec mon seul contact hyperspatial avec le reste de Gaïa, et un tel nombre d'esprits individuels aussi peu familiers, je n'aurais rien pu faire sans votre fouet neuronique.

— Mon éclateur n'a servi à rien. Je l'ai essayé.

— Avec un éclateur, Trevize, un chien disparaît, c'est tout. Le reste de la meute est peut-être surpris, mais pas terrifié.

— Pis que ça, dit Trevize. Ils ont dévoré les restes. Je les encourageais plutôt à rester...

— Oui, ça pourrait bien avoir été le cas. Avec le fouet neuronique, c'est différent : il inflige une douleur et un chien qui souffre émet des cris bien précis, parfaitement compris des autres chiens qui, par un réflexe conditionné, faute d'autre chose, commencent à se sentir eux-mêmes terrorisés. Avec des animaux déjà craintifs par disposition naturelle, je n'ai eu qu'à leur infliger l'équivalent d'une pichenette mentale pour qu'ils détalent aussitôt.

— Oui, mais vous vous êtes aperçue qu'en l'occurrence le fouet était l'arme la plus meurtrière des deux, pas moi.

— Je suis habituée au contact avec les esprits. Pas vous. C'est bien pourquoi j'ai insisté pour que vous utilisiez la puissance minimale en ne visant qu'un seul chien. Je ne voulais pas une douleur telle qu'elle fasse taire l'animal en le tuant. Je ne voulais pas non plus qu'elle soit diluée au point de ne causer qu'un simple concert de gémissements. Je désirais une douleur violente concentrée en un seul point.

— Et vous l'avez eue, Joie, dit Trevize. Ça a marché à la perfection. Je vous dois une considérable gratitude.

— Vous me l'accordez à contrecœur, nota Joie, pensive, parce que vous avez l'impression d'avoir joué un rôle ridicule. Et pourtant, je le répète, je n'aurais rien pu faire sans vos armes. Ce qui m'intrigue, c'est comment vous parvenez à expliquer que vous vous soyez armé malgré mon assurance qu'il n'y avait pas un être humain sur ce monde, un fait que je considère toujours aussi certain. Aviez-vous prévu l'apparition des chiens ?

— Non, certainement pas. Pas consciemment du moins. Et je ne me balade pas non plus armé, d'habitude. Il ne m'est même pas venu à l'idée de porter des armes sur Comporellon... Mais je ne puis pas non plus me permettre de plonger dans le piège de croire que cela relève de la magie. C'est impossible. Je soupçonne que dès lors que nous avons commencé à discuter de déséquilibres écologiques, j'ai plus ou moins eu la vision inconsciente d'animaux devenus dangereux en l'absence de l'homme. Cela devient assez clair après coup, mais il demeure possible que j'en aie eu le vague pressentiment. Rien de plus.

— N'écartez pas aussi négligemment la chose. J'ai participé à la même conversation concernant les déséquilibres écologiques et je n'ai pas eu la même prévoyance. C'est ce don particulier que Gaïa apprécie en vous. Je comprends également qu'il doit vous paraître irritant de posséder ce don caché de prévision dont vous ne pouvez détecter la nature ; de savoir agir avec décision mais sans raison claire.

— L'expression usuelle sur Terminus est : “ agir par intuition. ”

— Sur Gaïa, on dit : “ savoir sans réfléchir. ” Vous n'aimez pas, n'est-ce pas ?

— Ça me tracasse, effectivement. Je n'aime pas être guidé par des intuitions. Je suppose que l'intuition a derrière elle une raison mais ignorer celle-ci me donne l'impression que je ne maîtrise pas mon propre esprit... une manière de folie douce.

— Et quand vous avez opté en faveur de Gaïa et Galaxia, vous avez agi sur une intuition, et maintenant vous en cherchez la raison.

— Je l'ai déclaré au moins une douzaine de fois.

— Et j'ai refusé de prendre votre déclaration au pied de la lettre. Ce dont je suis désolée. Je ne vous contrerai plus là-dessus. J'espère, toutefois, pouvoir continuer à souligner les points en faveur de Gaïa.

— Faites, admit Trevize, si de votre côté vous me reconnaissez la possibilité de ne pas les accepter.

— Vous vient-il à l'esprit, alors, que ce Monde interdit est peut-être en train de retourner à une espèce d'état sauvage, pour ne pas dire désertique et finalement inhabitable, par la faute du seul retrait d'une espèce unique, capable d'agir comme une intelligence directrice ? Si ce monde était Gaïa, ou mieux encore, une partie de Galaxia, cela ne pourrait pas se produire. Car l'intelligence directrice existerait toujours au niveau de la Galaxie dans son ensemble, et chaque fois qu'une raison quelconque bouleverserait l'écologie, celle-ci tendrait à retrouver son équilibre.

— Ce qui veut dire que les chiens ne mangeraient plus ?

— Bien sûr qu'ils mangeraient, tout comme les hommes. Ils mangeraient toutefois dans un but précis, pour rééquilibrer l'écologie sous une direction délibérée, et non au gré de circonstances aléatoires.

— La perte de la liberté individuelle peut être dénuée d'importance pour un chien mais pas pour un homme... Et puis, supposez que *tous* les hommes disparaissent, partout, et pas seulement sur une planète ou quelques-unes ? Que Galaxia se retrouve sans un seul être humain ? Y aurait-il encore une intelligence directrice commune ? »

Joie hésita. « On n'a jamais fait l'expérience d'une telle situation. Et il ne semble guère plus probable qu'une telle expérience se produise dans le futur.

— Mais ne vous semble-t-il pas évident que l'esprit humain est qualitativement différent de tout le reste et que s'il était absent, la somme de toutes les autres consciences ne saurait le remplacer ? Ne pourrait-on pas dire, dans ce cas, que les êtres humains constituent un cas à part et doivent être traités comme tels ? Ils ne devraient même pas fusionner entre eux, et encore moins avec des objets non humains.

— Malgré tout, vous avez opté en faveur de Galaxia.

— Pour une raison supérieure que je suis incapable de déceler.

— Peut-être que cette raison supérieure était la vision de l'effet qu'engendrent les déséquilibres écologiques ? N'auriez-vous pu estimer que chaque monde de la Galaxie est sur le fil du rasoir, en équilibre instable, et que Galaxia seule serait en mesure de prévenir des désastres tels que celui que l'on constate ici — pour ne rien dire des perpétuels désastres inhérents aux hommes que sont la guerre et la paralysie administrative ?

— Non. Je n'avais pas en tête les déséquilibres écologiques au moment de ma décision.

— Comment pouvez-vous en être certain ?

— Je ne sais peut-être pas ce que je prévois, mais si quelque chose m'est suggéré après coup, je suis capable de reconnaître *a posteriori* si cela correspond bien à mon idée initiale... Tout comme j'ai l'impression d'avoir prévu la présence de bêtes dangereuses sur ce monde.

— Eh bien, dit Joie sans se démonter, nous pourrions être morts à cause de ces bêtes dangereuses si ne s'étaient pas combinés nos pouvoirs, votre don de prévision et mon mentalisme. Alors, allez, soyons amis. »

Trevize hocha la tête. « Si vous voulez. »

Il y avait dans son ton une froideur qui fit hausser les sourcils à la jeune fille mais ce fut le moment que choisit Pelorat pour faire irruption, hochant la tête comme s'il voulait la faire choir de ses épaules.

« Je crois, leur dit-il, que nous l'avons. »

39.

Trevize n'avait pas coutume de croire aux victoires faciles et pourtant, il n'était que trop humain de se laisser emporter par la foi contre toute logique. Il sentit le souffle lui manquer, sa gorge se nouer, mais parvint néanmoins à dire : « La position de la Terre ? C'est ce que vous avez découvert, Janov ? »

Pelorat dévisagea Trevize quelques instants, puis se démonta : « Eh bien... non, avoua-t-il, manifestement déconfit. Pas tout à fait... A vrai dire, Golan, même pas du tout. J'avais totalement oublié. C'est autre chose que j'ai découvert dans les ruines. Je suppose que ce n'est pas vraiment important. »

Trevize parvint à lâcher un long soupir et dit enfin : « Ce n'est pas grave, Janov. Toute découverte est importante. Qu'étiez-vous venu nous annoncer ?

— Eh bien, reprit Pelorat, c'est simplement que presque rien n'a survécu, vous comprenez. Vingt mille années de tempête et de vent ne laissent pas subsister grand-chose. Qui plus est, la végétation détruit graduellement toute trace ; quant à la vie animale... Mais peu importe. Le principal est que " presque rien " n'est pas synonyme de " rien du tout ".

« Parmi ces ruines devait se trouver un édifice public car on y trouve des pierres ou du béton sur lesquels étaient gravées des inscriptions. Certes, à peine visibles, vous comprenez, mon bon ami, mais j'ai pris quelques photos à l'aide d'un des appareils que nous avons à bord — le modèle équipé d'un traitement d'images intégré ; je n'ai jamais pu me résoudre à demander la permission d'en prendre un, Golan, mais c'était important et je... »

Trevize écarta l'objection d'un geste impatient. « Continuez !

— J'ai pu déchiffrer une partie des inscriptions, qui étaient fort archaïques. Même avec le traitement par ordinateur et mes propres dons pour lire le galactique archaïque, je n'ai rien pu en déchiffrer à l'exception d'une brève mention. Ses lettres étaient plus grosses et légèrement plus lisibles que le reste. Il se peut qu'elles aient été gravées plus profondément parce qu'elles identifiaient ce monde même. Le membre de phrase est en effet " Planète Aurora ", ce qui me donne lieu de penser que le monde sur lequel nous sommes s'appelle Aurora, ou *s'est appelé* de la sorte.

— Il fallait bien lui donner un nom quelconque, remarqua Trevize.

— Oui, mais les noms sont rarement choisis au hasard. Je viens d'éplucher avec soin ma bibliothèque et il existe deux vieilles légendes, issues de planètes fort éloignées, à ce qu'il se trouve — ce qui autorise qu'on puisse raisonnablement leur supposer des origines indépendantes, si l'on veut bien tenir compte de ce fait... Mais peu importe. Dans l'une et l'autre légende, le mot *Aurora* est employé pour désigner l'aube. On peut supposer qu'il ait effectivement eu ce sens dans quelque langue prégalactique.

« Or il se trouve que ce genre de terme est souvent utilisé pour baptiser les stations spatiales ou autres structures qui sont les premières édifiées du genre. Si ce monde est appelé " Aube " en une langue quelconque, il pourrait de même être le premier de son genre.

— Etes-vous prêt à me suggérer que cette planète est la Terre et qu'Aurora en serait un autre nom parce qu'elle représente l'aube de la vie et de l'humanité ?

— Je n'irais pas aussi loin, Golan. »

Trevize nota, avec un soupçon d'amertume : « Après tout, on n'a vu ni surface radioactive, ni satellite géant, ni géante gazeuse aux anneaux gigantesques.

— Exactement. Mais Deniador, là-bas sur Comporellon, semblait estimer qu'il s'agissait de l'un des mondes jadis habités par la première vague de colons — les Spatiaux. Si tel était le cas, alors ce nom, Aurora, pourrait le désigner comme le tout premier de ces mondes de Spatiaux. Il se pourrait, en cet instant précis, que nous nous trouvions sur le plus ancien monde humain de la Galaxie, en dehors de la Terre elle-même. N'est-ce pas saisissant ?

— Intéressant en tout cas, Janov, mais n'est-ce pas pousser un peu loin la déduction à partir de ce simple nom, Aurora ?

— Il y a plus, poursuivit Pelorat, tout excité. Aussi loin que j'aie pu remonter dans mes archives, il n'existe aujourd'hui dans la Galaxie aucune planète portant ce nom d' " Aurora " et je suis certain que votre ordinateur le vérifiera. Comme je l'ai dit, il existe toutes sortes d'astres et autres objets baptisés " aube " de diverses manières mais aucun n'utilise ce mot précis : " Aurora ".

— Il faudrait ? C'est un terme prégalactique. Il ne risque pas d'être très répandu.

— Mais les mots subsistent, eux, même quand leur sens s'est perdu. S'il s'agissait du premier monde colonisé, il serait célèbre ; il pourrait même, durant une période, avoir été la planète dominante de la Galaxie. Il ne fait aucun doute qu'il devrait exister d'autres mondes baptisés " Nouvelle Aurora ", " Aurora Minor " ou quelque chose dans le genre. Et puis d'autres... »

Trevize l'interrompit : « Peut-être que cette planète n'a pas été la première colonisée. Peut-être n'a-t-elle jamais eu la moindre importance.

— Mon opinion a une meilleure raison, mon bon ami.

— Laquelle, Janov ?

— Si la première vague de colonisation a été balayée par une seconde à laquelle appartiendraient maintenant tous les mondes de la Galaxie — comme l'affirmait Deniador — alors, il est tout à fait probable qu'ait existé une période d'hostilité entre les deux vagues. Jamais la seconde — qui a fondé les mondes existant aujourd'hui — n'aurait utilisé les noms donnés aux planètes de la première. En ce sens, nous pouvons déduire du fait que ce terme " Aurora " n'a jamais été réutilisé qu'il y a bel et bien eu deux vagues de colonisation et que cette planète appartient à la première. »

Trevize sourit. « Je commence à entrevoir comment vous travaillez, vous autres mythologues. Vous construisez une magnifique superstructure mais qui peut fort bien être bâtie sur du vent. Les légendes nous disent que les colons de la première vague étaient accompagnés d'innombrables robots et que ceux-ci auraient censément causé leur perte. Alors là, si nous pouvions trouver un robot sur ce monde, je serais prêt à admettre cette hypothèse de la première vague, mais nous ne pouvons espérer, au bout de vingt mill... »

Pelorat, dont la bouche s'agitait, parvint enfin à retrouver sa voix : « Mais, Golan, je ne vous l'ai donc pas dit ?... Non, bien sûr que non. Je suis tellement excité que je n'arrive pas à mettre les choses en bon ordre. Il y avait bien un robot. »

40.

Trevize se massa le front, presque comme s'il avait la migraine : « Un robot ? Il y avait un robot ?

— Oui, dit Pelorat en hochant énergiquement la tête.

— Comment le savez-vous ?

— Eh bien, c'était un robot. Comment ne pas le reconnaître au premier coup d'œil ?

— Avez-vous déjà vu un robot ?

— Non, mais c'était un objet de métal qui ressemblait à un être humain. Une tête, des bras, des jambes, un torse. Bien sûr, quand je dis métal, c'était essentiellement de la rouille, et quand je me suis dirigé vers lui, je suppose que les vibrations de mes pas ont achevé de l'endommager, de sorte que lorsque j'ai voulu le toucher...

— Il a fallu que vous le touchiez !

— Eh bien, je suppose que je n'en croyais pas entièrement mes yeux. Ce fut un réflexe. Bref, à peine l'ai-je eu touché qu'il est tombé en poussière. Mais...

— Oui ?

— Juste avant, j'ai cru voir une infime lueur dans ses yeux et il a émis un son, comme s'il essayait de dire quelque chose...

— Vous voulez dire qu'il *fonctionnait* encore ?

— A peine, à peine, Golan. Et puis, il s'est effondré. »

Trevize se tourna vers Joie. « Vous corroborez tout ceci, Joie ?

— C'était un robot, et je l'ai vu, dit cette dernière.

— Et il fonctionnait encore ? »

La jeune fille répondit d'une voix neutre : « Alors qu'il tombait en poussière, j'ai décelé une vague trace d'activité neuronique.

— Comment aurait-il pu y avoir une activité neuronique ? Un robot n'a pas de cerveau organique formé de cellules.

— Il en a l'équivalent cybernétique, j'imagine. Que je pourrais détecter.

— Avez-vous détecté une mentalité plus robotique qu'humaine ? »

Joie pinça les lèvres et dit : « Elle était trop faible pour que je puisse juger quoi que ce soit, à part son existence. »

Trevize considéra Joie, puis Pelorat, avant de lancer, sur un ton exaspéré : « Mais ça change tout ! »

QUATRIÈME PARTIE

SOLARIA

Chapitre 10

Robots

41.

Lors du dîner, Trevize semblait perdu dans ses pensées et Joie absorbée par la nourriture.

Pelorat, le seul qui semblait avide de parler, souligna que si le monde sur lequel ils se trouvaient était bien Aurora et s'il s'agissait du premier monde colonisé, il devait se trouver tout près de la Terre.

« Il pourrait être payant d'éplucher l'environnement interstellaire immédiat. Cela signifierait passer au crible quelques centaines d'étoiles tout au plus. »

Trevize marmonna qu'entreprendre une recherche au juger était le dernier recours et qu'il voulait obtenir autant d'informations que possible sur la Terre avant d'en risquer l'approche même s'il l'avait découverte. Il ne dit rien de plus et Pelorat, le sifflet manifestement coupé, plongea lui aussi dans le silence.

Après le repas, comme Trevize persistait dans son mutisme, le bon docteur hasarda : « Allons-nous rester ici, Golan ?

— Jusqu'à demain, en tout cas. J'ai besoin de réfléchir encore.

— N'y a-t-il aucun risque ?

— A moins que ne se présente quelque chose de pire que les chiens, nous sommes en parfaite sécurité ici à bord.

— Combien de temps nous faudrait-il pour décoller si se présentait effectivement quelque chose de pire que les chiens ?

— L'ordinateur est en alerte lancement. Je pense que nous

pourrions décoller dans un délai de deux à trois minutes. Et de toute manière, il nous préviendra s'il se produit quelque chose d'inattendu, aussi je suggère qu'on aille dormir un peu. Demain matin, j'aurai pris une décision quant à notre prochaine étape. »

Facile à dire, songea Trevize, se surprenant à fixer les ténèbres. Il était couché en boule, à demi dévêtu, sur le plancher de la salle d'ordinateur. L'endroit était parfaitement inconfortable mais il était certain que même dans son lit, il n'aurait pas trouvé le sommeil, et puis au moins, ici, il pourrait agir immédiatement si l'ordinateur donnait l'alarme.

Puis il entendit des pas et s'assit machinalement, se cognant la tête contre le coin de la console — pas au point de se blesser, mais assez fort pour grimacer et devoir se masser.

« Janov ? lança-t-il d'une voix assourdie, écarquillant les yeux.

— Non, c'est Joie. »

Trevize passa une main par-dessus le bord de la table pour établir au moins un demi-contact avec la machine et une lumière tamisée révéla Joie dans un déshabillé rose.

« Que se passe-t-il ?

— J'ai regardé dans votre chambre et vous n'y étiez pas. Vous aviez toutefois une activité neuronique indubitable et j'en ai suivi la trace. Comme vous étiez manifestement éveillé, je suis entrée.

— D'accord, mais que voulez-vous ? »

Elle s'assit contre la paroi, les genoux levés, le menton posé dessus. « Ne vous inquiétez pas. Je n'ai aucune visée sur ce qui reste de votre virginité.

— Je ne l'aurais pas imaginé, dit Trevize, sardonique. Pourquoi ne dormez-vous pas ? Vous en avez plus besoin que nous.

— Croyez-moi, répondit-elle sur un ton grave et sincère, cet épisode avec les chiens a été particulièrement épuisant.

— Je le crois volontiers.

— Mais il fallait que je vous parle pendant que Pel est endormi.

— De quoi ?

— Quand il vous a parlé du robot, vous avez dit que cela changeait tout. Que vouliez-vous dire ?

— Vous ne le voyez pas de vous-même ? Nous avons trois ensembles de coordonnées ; trois Mondes interdits. Je veux les visiter tous les trois pour en apprendre un maximum sur la Terre avant d'essayer de l'atteindre. »

Il s'approcha un peu de manière à pouvoir parler encore plus bas, puis s'écarta de nouveau brusquement. « Ecoutez, je n'ai pas envie que Janov nous surprenne ici, s'il se met en tête de nous chercher. Je ne sais pas ce qu'il en penserait, lui.

— Il y a peu de chance. Il dort et je l'y ai encouragé un tantinet. Si jamais il s'agite, je le saurai... Mais continuez. Vous voulez visiter les trois planètes. Qu'y a-t-il de changé ?

— Je n'avais pas escompté perdre inutilement du temps sur une planète. Si ce monde, Aurora, n'a plus eu d'occupation humaine depuis vingt mille ans, alors il est douteux qu'une quelconque information de valeur ait survécu. Je n'ai pas envie de passer des semaines ou des mois à gratter vainement la surface de la planète, en me battant contre les chiens, les chats, les taureaux ou autres bestioles qui auront pu devenir sauvages et dangereuses, rien que dans l'espoir de découvrir un vague bout d'objet intéressant dans la poussière, la rouille et la pourriture. Il se peut que sur l'un des autres Mondes interdits, ou même les deux, il y ait des hommes et des bibliothèques intactes... J'ai donc bien l'intention de quitter cette planète au plus tôt. Si je l'avais fait, nous serions déjà dans l'espace, dormant en parfaite sécurité.

— Mais... ?

— Mais s'il existe encore des robots en fonctionnement sur ce monde, ils pourraient détenir des informations importantes susceptibles de nous être utiles. Il serait plus aisé de traiter avec eux qu'avec des hommes, puisque, à ce que j'ai entendu, ils doivent suivre les ordres et ne peuvent nuire aux êtres humains.

— Alors, vous avez changé vos plans et maintenant, vous allez traîner sur ce monde à y chercher des robots.

— Je n'en ai pas envie, Joie. Il me semble que des robots ne peuvent pas durer vingt mille ans sans entretien... Néanmoins, puisque vous en avez vu un, encore doté d'une étincelle d'activité, il n'est manifestement plus possible que je me fie à mes suppositions de bon sens au sujet des robots. Plus question de me laisser guider par l'ignorance. Les robots sont peut-être plus résistants que je ne l'imaginais ou alors ils ont une certaine capacité d'auto-entretien.

— Ecoutez-moi, Trevize, le coupa Joie, et s'il vous plaît, gardez le secret sur tout ceci.

— Le secret ? s'étonna Trevize, élevant la voix avec surprise. Vis-à-vis de qui ?

— Chut ! De Pelorat, bien sûr. Ecoutez, vous n'avez pas besoin de changer vos plans. Vous aviez raison dès le début. Il n'y a pas un seul robot en service sur ce monde. Je ne détecte rien du tout.

— Vous avez détecté celui-ci et s'il y en a un...

— Je ne l'ai pas détecté. Il était hors service ; depuis bien longtemps.

— Vous avez dit...

— Je sais ce que j'ai dit. Pel a cru déceler un mouvement, percevoir un bruit. Pel est un romantique. Il a passé sa vie active à recueillir des données, mais ce n'est pas le meilleur moyen de faire son trou dans le monde universitaire. Il adorerait être l'auteur d'une découverte importante. Sa découverte du nom " Aurora " était tout à fait légitime et l'a rendu plus heureux que vous ne pourriez l'imaginer. Il avait une envie désespérée de trouver plus.

— Etes-vous en train de me dire qu'il voulait à tel point faire une découverte qu'il s'est persuadé, à tort, d'être tombé sur un robot en état de fonctionner ?

— Ce sur quoi il est tombé, c'est un tas de rouille pas plus doté de conscience que le rocher contre lequel il était posé.

— Mais vous avez soutenu son récit.

— Je n'ai pu me résoudre à le dépouiller de sa découverte. Il compte tant pour moi. »

Trevize la contempla une bonne minute puis demanda : « Ça vous dérangerait de m'expliquer pourquoi il compte tant pour vous ? Je veux savoir. Vraiment. A vos yeux, ce ne doit être qu'un vieillard sans rien de romantique. C'est un Isolat et vous méprisez les Isolats. Vous êtes jeune et belle et il doit bien y avoir d'autres parties de Gaïa qui possèdent des corps de beaux et vigoureux jeunes gens. Avec eux, vous pourriez avoir une relation physique capable de résonner à travers Gaïa tout entière et de conduire à des sommets d'extase. Alors, que trouvez-vous à Janov ? »

Joie considéra Trevize, l'air solennel : « Vous ne l'aimez donc pas ? »

Trevize haussa les épaules : « Je l'aime bien. Je suppose qu'on pourrait dire, d'une manière non sexuelle, que je l'aime, oui.

— Vous ne le connaissez pas depuis très longtemps, Trevize. Pourquoi l'aimez-vous, à votre manière non sexuelle ? »

Trevize se surprit à sourire involontairement. « C'est un type tellement bizarre. Je crois honnêtement qu'il n'a jamais de sa vie songé à lui. On lui a donné l'ordre de m'accompagner et il est venu. Aucune objection. Il voulait que je me rende sur Trantor mais quand je lui ai dit que je voulais aller vers Gaïa, il n'a jamais discuté. Et voilà qu'il se trouve embarqué avec moi dans cette quête de la Terre, bien qu'il sache que c'est dangereux. Je suis absolument certain que s'il devait sacrifier sa vie pour moi — ou pour n'importe qui d'autre — il le ferait sans l'ombre d'une hésitation.

— Feriez-vous don de votre vie pour lui, Trevize ?

— Ce serait fort possible, si je n'avais pas le temps de réfléchir. Dans le cas contraire, je pourrais bien hésiter et tout gâcher. Je ne suis pas un type aussi bien que lui. Et à cause de ça, j'éprouve ce terrible besoin de le protéger, l'isoler du mal. Je n'ai pas envie que la Galaxie lui enseigne à ne pas être bon. Comprenez-vous ça ? Et je dois tout particulièrement le protéger de *vous*. Je ne supporte pas l'idée de vous voir le plaquer le jour où vous en aurez fini avec les balivernes, quelles qu'elles soient, qui pour l'heure vous le font trouver amusant.

— Oui, je me disais bien que vous penseriez quelque chose dans ce genre. Vous n'imaginez pas que je puisse voir en Pel ce que vous voyez en lui — et même plus encore, puisque je peux entrer directement en contact avec son esprit. Agirais-je comme si je voulais lui faire du mal ? Soutiendrais-je son rêve d'avoir vu un robot en état de marche, si ce n'est parce que je ne supporterais pas de le blesser ? Trevize, j'ai l'habitude de ce que vous appelleriez la bonté, car chaque fragment de Gaïa est prêt à se sacrifier pour l'ensemble. Nous ne connaissons et ne comprenons pas d'autre façon d'agir. Mais ce faisant, nous ne renonçons à rien, car chaque partie est bel et bien le tout, bien que je n'escompte pas vous voir comprendre cela. Pel, c'est autre chose. »

Joie ne regardait plus Trevize. C'était comme si elle s'était mise à parler toute seule. « C'est un Isolat. Il n'est pas altruiste parce qu'il ferait partie d'un tout plus grand. Il est altruiste comme ça. Est-ce que vous me comprenez ? Il a tout à perdre et rien à gagner, et pourtant, il est ce qu'il est. Il me donne honte d'être ce que je suis sans crainte de rien perdre, quand il est ce qu'il est sans espoir de gagner. »

Elle leva de nouveau les yeux vers Trevize avec, cette fois, quelque chose de très solennel dans le regard : « Savez-vous à quel point je le comprends mieux que vous ne pouvez le comprendre ? Et pensez-vous que je pourrais lui nuire d'une manière quelconque ?

— Joie, plus tôt aujourd'hui, vous avez dit : “ Allez, soyons amis ” et tout ce que je vous ai répondu, ce fut : “ Si vous voulez. ” J'étais réticent parce que je songeais alors à ce que vous pouviez faire à Janov. A mon tour, à présent : Allons, Joie, soyons amis. Vous pouvez continuer à souligner l'avantage de Galaxia et moi persister à refuser vos arguments mais même ainsi, et malgré cela, soyons amis. » Et il tendit la main.

« Bien sûr, Trevize », répondit-elle, et leurs mains s'étreignirent avec force.

42.

Trevize sourit tranquillement pour lui-même. C'était un sourire intérieur, car le pli de ses lèvres demeura immobile.

Lorsqu'il avait travaillé sur l'ordinateur pour trouver l'étoile correspondant éventuellement au premier ensemble de coordonnées, Pelorat comme Joie l'avaient observé avec attention, lui avaient posé des questions. A présent, ils demeuraient dans leur cabine et dormaient ou, à tout le moins, se reposaient, s'en remettant entièrement à Trevize.

En un sens, c'était flatteur, car il lui semblait qu'ils avaient enfin admis le fait qu'il savait ce qu'il faisait et n'avait besoin ni de supervision ni d'encouragements. En l'occurrence, Trevize avait, par ce premier épisode, acquis assez d'expérience pour se fier plus complètement à l'ordinateur et sentir qu'il avait besoin de moins de surveillance à défaut d'aucune.

Une autre étoile apparut — lumineuse et non répertoriée sur la carte galactique. Cette seconde étoile était plus brillante que celle autour de laquelle orbitait Aurora, ce qui rendait d'autant plus significatif qu'elle ne fût pas archivée dans l'ordinateur.

Les bizarreries de la tradition antique stupéfiaient Trevize. Des siècles entiers pouvaient aussi bien se télescoper ou disparaître entièrement de la conscience collective ; des civilisations entières s'évanouir dans l'oubli. Et pourtant, issus des brumes de ces siècles, rescapés de ces civilisations, deux ou trois points de détail demeuraient parfois dans la mémoire, intacts — telles ces coordonnées.

Il s'en était ouvert auprès de Pelorat, quelque temps auparavant, et ce dernier lui avait aussitôt répondu que c'était précisément cela qui rendait si gratifiante l'étude des mythes et des sciences. « L'astuce, avait expliqué Pelorat, c'est d'établir ou de décider quel composant particulier d'une légende représente une vérité sous-jacente précise. Ce n'est pas aisé et divers mythologues seront susceptibles de sélectionner des composants différents, fonction, en général, de ce qui se trouvera confirmer leurs interprétations personnelles. »

En tout cas, l'étoile correspondait pile avec les coordonnées de Deniador, une fois celles-ci rectifiées par rapport à la dérive temporelle. Dès lors, Trevize était prêt à parier une somme considérable que la troisième étoile allait se trouver également à sa place. Et si tel était bien le cas, Trevize était prêt à admettre l'exactitude du reste de la légende qui établissait l'existence au total de cinquante Mondes interdits (malgré ce douteux chiffre rond), et tout aussi prêt à s'interroger sur la position des quarante-sept autres.

Une planète habitable, un Monde interdit orbitait autour de l'étoile — et cette fois, sa présence ne causa pas chez Trevize le moindre frisson de surprise. Il avait eu l'absolue certitude de la trouver là. Il plaça le *Far Star* en orbite lente autour de l'astre.

La couche nuageuse était assez dispersée pour autoriser une vue passable de la surface depuis l'espace. C'était une planète océanique comme l'étaient presque tous les mondes habitables. Il y avait un océan tropical ininterrompu ainsi que deux océans polaires. Sur un hémisphère, aux latitudes tempérées, un continent plus ou moins serpentiforme encerclait la planète, avec de chaque côté des baies parfois prolongées par un isthme étroit. Sur l'autre hémisphère, la masse continentale était séparée en trois parties dont chacune était plus épaisse dans la direction nord-sud que le continent de l'hémisphère opposé.

Trevize aurait bien voulu en savoir suffisamment en climatologie pour être en mesure, partant de ces indices, de prédire températures et saisons. Un instant, il caressa l'idée de faire travailler l'ordinateur sur la question. Le problème restait que le climat n'était pas le point crucial.

Ce qui était bien plus important, une fois encore, c'était que l'ordinateur ne détectait aucune radiation qui fût d'origine technologique. Ce que son télescope lui disait, c'est que la planète n'était pas mitée et qu'il n'y avait aucune trace de désert. Les terres défilaient sous eux, avec leurs diverses teintes de vert mais on ne voyait nulle trace de zones urbaines sur la face éclairée, aucune lumière sur la face obscure.

Etait-ce encore une planète où grouillaient toutes les espèces sauf l'espèce humaine ?

Il frappa à la porte de l'autre cabine.

« Joie ? » chuchota-t-il assez fort. Il frappa de nouveau.

On entendit un froissement puis la voix de Joie : « Oui ?

— Pourriez-vous venir ? J'ai besoin de votre aide.

— Si vous attendez un petit instant, le temps que je sois présentable. »

Quand elle apparut enfin, elle était plus présentable que jamais. Cette obligation d'attendre avait toutefois provoqué chez Trevize un soupçon d'irritation car son apparence était bien le cadet de ses soucis. Mais enfin, ils étaient amis à présent et il refréna son irritation.

Elle lui dit, avec un sourire et sur un ton parfaitement aimable : « Que puis-je pour vous, Trevize ? »

Trevize indiqua l'écran du moniteur : « Comme vous pouvez le constater, nous survolons la surface de ce qui ressemble à une planète en parfaite santé, avec des masses continentales dotées d'une couverture végétale fort dense. Pas de lumières nocturnes, toutefois, et aucun rayonnement d'origine technologique. Je vous demande d'écouter et de me dire s'il existe une quelconque vie animale. Il y a un endroit où j'ai cru voir des troupeaux mais je ne suis pas sûr. On voit parfois ce qu'on veut désespérément voir. »

Joie « écouta ». En tout cas, une expression curieusement attentive se peignit sur ses traits. Elle dit enfin : « Oh ! oui... riche en vie animale.

— Mammifère ?

— Sans doute.

— Humaine ? »

Cette fois, elle parut se concentrer encore plus. Une bonne minute s'écoula, une autre encore, enfin elle se détendit. « Je ne peux pas encore dire au juste. De temps à autre, il m'a semblé déceler une bouffée d'intelligence suffisamment intense pour être considérée comme humaine. Mais elle était si faible, si rare, que moi aussi je n'ai peut-être fait que percevoir ce que je voulais désespérément détecter. Vous savez... »

Elle se tut, songeuse, et Trevize la harcela avec un : « Eh bien ?

— Le fait est, reprit-elle, qu'il me semble détecter quelque chose d'autre. Une chose qui ne m'est pas familière, mais je ne vois pas de quoi il pourrait s'agir en dehors de... »

Son visage se figea de nouveau comme elle se remettait à « l'écoute » avec un surcroît d'intensité.

« Eh bien ? » s'impatienta de nouveau Trevize.

Elle se détendit. « Je ne vois pas de quoi il pourrait s'agir sinon de robots.

— De robots !

— Oui. Et si je les détecte, je devrais sans doute être en mesure de déceler également des hommes. Mais non.

— Des robots ! répéta Trevize en fronçant les sourcils.

— Oui, dit Joie, et je dirais même en grand nombre. »

43.

« Des robots ! » s'exclama presque sur le même ton Pelorat lorsqu'on lui eut appris la nouvelle. Puis il eut un léger sourire. « Vous aviez raison, Golan, et j'ai eu tort de douter de vous.

— Je n'ai pas souvenance que vous ayez jamais douté de moi, Janov.

— Oh ! allons, mon bon ami, je n'avais pas cru bon de l'exprimer ouvertement. J'ai simplement pensé, au fond de mon cœur, que c'était une erreur de quitter Aurora quand nous avions une chance d'interroger peut-être un quelconque robot survivant. Mais il est évident que vous saviez déjà que vous en trouveriez ici en plus grand nombre.

— Mais absolument pas, Janov. Je n'en savais rien du tout. J'ai simplement tenté ma chance. Joie me dit que leur champ mental semble indiquer qu'ils sont en parfait état de fonctionnement et la chose ne semble guère envisageable sans hommes pour les entretenir et les réparer. Et pourtant, elle est incapable de repérer la moindre trace humaine, c'est pourquoi nous poursuivons nos recherches. »

Pelorat étudiait l'écran, pensif. « Ce monde me semble entièrement recouvert de forêts, non ?

— Essentiellement. Mais il y a des zones claires qui pourraient être des prairies. Le fait est que je ne vois aucune ville, aucune lumière nocturne, ni quoi que ce soit en dehors des rayonnements thermiques.

— Alors, aucun homme, au bout du compte ?

— Je me demande. Joie est dans la chambre, à tâcher de se concentrer. J'ai défini arbitrairement un méridien d'origine pour la planète, ce qui permet à l'ordinateur de définir latitudes et longitudes. Joie dispose d'un petit contacteur qu'elle active chaque fois qu'elle rencontre ce qui lui paraît une concentration inhabituelle d'activité mentale robotique — je suppose qu'avec des robots, on ne peut parler d'activité “ neuronale ” — ou une éventuelle bouffée de pensée humaine. L'appareil est relié à l'ordinateur qui repère les coordonnées de ces points, et nous le laisserons ensuite sélectionner parmi ceux-ci le meilleur site d'atterrissage. »

Pelorat semblait mal à l'aise. « Est-il bien sage de laisser l'ordinateur choisir seul ?

— Pourquoi pas, Janov ? C'est un ordinateur très compétent. Par ailleurs, quand vous n'avez aucune base pour faire vous-même votre choix, quel mal y a-t-il à envisager au moins le choix de la machine ? »

Pelorat s'épanouit. « Il y a quelque chose là-dedans, Golan. Certaines des légendes les plus anciennes parlent de gens qui auraient fait leur choix en projetant des cubes par terre.

— Oh ? Et pour quoi faire ?

— Chaque face du cube porte une décision quelconque — " oui ", " non ", " peut-être ", " ajourner ", et ainsi de suite. La face qui se trouve sur le dessus lorsque le cube s'immobilise est censée porter le conseil à suivre. Ou bien on les voit lancer une boule qui roule sur un disque rainuré, avec diverses décisions réparties selon les rainures. La décision à prendre est celle correspondant au logement où la boule achève sa course. Certains mythologues estiment que de telles activités représenteraient des jeux de hasard plutôt que des loteries mais selon moi, les deux choses sont plus ou moins équivalentes.

— En un sens, observa Trevize, le choix de notre site d'atterrissage relève du jeu de hasard. »

Joie émergea de la cambuse à temps pour entendre cette dernière remarque. « Pas un jeu de hasard, rectifia-t-elle. J'ai indiqué plusieurs " peut-être " puis un seul et unique " oui à coup sûr " et c'est vers ce " oui " que nous allons nous diriger.

— Pourquoi un " oui " ? demanda Trevize.

— Parce que j'y ai décelé une bouffée de pensée humaine. Manifestable. Indubitable. »

44.

Il avait plu car l'herbe était humide. Dans le ciel, les nuages s'effilochaient et donnaient des signes d'éclaircie.

Le *Far Star* était venu s'immobiliser en douceur près d'un petit bosquet d'arbres. (Pour les chiens sauvages, songea Trevize, plaisantant à moitié). Tout autour apparaissait ce qui ressemblait à des pâturages, et depuis leur point de vue en altitude, Trevize avait déjà pu déceler ce qui avait toutes les apparences de vergers et de champs et cette fois, sans contestation possible, d'animaux en train de paître.

Il n'y avait cependant aucun édifice. Aucune construction artificielle, encore que la régularité des arbres dans les vergers et les contours définis qui séparaient les champs, fussent tout autant le produit de l'artifice qu'une station de réception de micro-ondes.

Des robots pouvaient-ils toutefois être les auteurs d'un tel niveau d'artificialité ? Et en se passant des hommes ?

Avec calme, Trevize prit ses armes. Cette fois, il savait que l'une et l'autre étaient en état de marche et à pleine charge. Un instant, il surprit le regard de Joie et marqua un temps d'arrêt.

« Allez-y, lui dit-elle. Je ne crois pas que vous aurez à en faire usage, mais c'est déjà ce que j'ai cru une fois, non ?

— Voulez-vous une arme, Janov ? » demanda Trevize.

Pelorat haussa les épaules. « Non, merci. Entre vous avec votre défense physique, et Joie et ses défenses mentales, je ne ressens pas le moindre danger. Je suppose que c'est couardise de ma part de me réfugier sous votre aile protectrice mais je suis incapable de ressentir la moindre honte quand je suis trop content de pouvoir m'épargner d'être réduit à user de la force...

— Je comprends, dit Trevize. Evitez seulement de vous promener seul. Si Joie et moi sommes séparés, vous restez avec l'un de nous et surtout, n'allez pas batifoler n'importe où, poussé par l'aiguillon de la curiosité.

— Inutile de vous tracasser, Trevize, dit Joie. J'y veillerai. »

Trevize descendit le premier du vaisseau. Le vent était vif et juste un rien frisquet après la pluie, mais Trevize n'y vit rien à redire. Il avait sans doute dû faire une chaleur humide et inconfortable avant la pluie.

Il prit une inspiration avec surprise. Le parfum de la planète était délicieux. Chaque planète avait son odeur propre, il le savait, une odeur toujours étrange et généralement désagréable — uniquement, peut-être, à cause de son étrangeté. Celle-ci ne pouvait-elle être étrangement plaisante ? Ou cela venait-il de la circonstance accidentelle d'une arrivée juste après l'averse, en une saison particulière de l'année ? Quoi qu'il en soit...

« Venez, lança-t-il. Il fait un temps parfaitement agréable ici. »

Pelorat émergea et dit : « Agréable est tout à fait le mot. Vous pensez que ça sent toujours ainsi ?

— Peu importe. D'ici une heure, nous serons suffisamment accoutumés à l'arôme et nos récepteurs olfactifs tellement saturés que nous ne sentirons plus rien.

— Quel dommage, dit Pelorat.

— L'herbe est humide », nota Joie, le ton un rien désapprobateur.

« Ne pleut-il pas sur Gaïa ? » demanda Trevize, et comme il posait la question, le soleil vint momentanément darder un rayon d'or par un étroit passage entre les nuages. Il n'allait pas tarder à revenir.

« Si, dit Joie, mais nous savons quand et nous nous y préparons.

— Dommage, remarqua Trevize, vous ratez le frisson de l'inattendu.

— Vous avez raison. Je tâcherai de ne pas me montrer provinciale. »

Pelorat jeta un coup d'œil circulaire et remarqua, sur un ton déçu : « Je ne vois rien de particulier, apparemment.

— En apparence seulement, dit Joie. Ils approchent de derrière cette éminence. » Elle se tourna vers Trevize. « Vous croyez qu'on devrait aller au-devant d'eux ? »

Trevize hocha la tête. « Non. Nous avons franchi bien des parsecs pour les rencontrer. Qu'ils terminent le chemin à pied. On va les attendre ici. »

Seule Joie pouvait percevoir leur approche jusqu'au moment où, dans la direction de son doigt pointé, une silhouette apparut derrière la crête. Puis une seconde et une troisième.

« Je crois que c'est tout pour l'instant », annonça Joie.

Trevize était curieux. Bien qu'il n'en eût jamais vu, il ne doutait pas le moins du monde qu'il s'agît de robots. Leur silhouette évoquait vaguement, schématiquement, celle d'êtres humains, sans avoir toutefois un aspect franchement métallique : leur revêtement était terne et donnait une illusion de douceur, comme s'ils étaient recouverts de peluche.

Mais comment savait-il que cette douleur était illusoire ? Trevize éprouva le désir soudain de toucher ces silhouettes qui approchaient d'un pas si décidé. S'il était vrai qu'ils étaient sur un Monde interdit et que les astronefs ne s'en approchaient jamais — et sans doute était-ce le cas puisque son soleil n'était pas porté sur la carte galactique —, alors le *Far Star* et son équipage représentaient quelque chose qui échappait à l'expérience des robots. Pourtant, ils réagissaient avec une totale assurance, à croire qu'ils accomplissaient un exercice de routine.

Trevize dit, à voix basse : « C'est là que nous pouvons recueillir des informations que nous ne trouverons nulle part ailleurs dans la Galaxie. On pourrait leur demander les coordonnées de la Terre par rapport à cette planète et, s'ils les connaissent, ils nous les diront. Qui sait depuis combien de temps ces engins fonctionnent ? Ils peuvent fort bien répondre à partir de leur mémoire personnelle. Songez-y.

— D'un autre côté, dit Joie, ils peuvent être de fabrication récente et ne rien savoir du tout.

— Ou bien, ajouta Pelorat, savoir et refuser de nous renseigner.

— Je soupçonne, intervint Trevize, qu'ils ne peuvent refuser, à moins d'en avoir reçu l'ordre exprès. Et pourquoi un tel ordre aurait-il été émis quand il ne fait aucun doute que personne sur cette planète n'aurait pu escompter notre arrivée ? »

Parvenus à une distance de trois mètres environ, les robots s'arrêtèrent. Ils ne dirent rien, ne firent plus un mouvement.

La main sur son éclateur, Trevize dit à Joie, sans quitter les robots des yeux : « Pouvez-vous dire s'ils sont hostiles ?

— Vous devez tenir compte du fait que je n'ai pas la moindre expérience de leur fonctionnement mental, Trevize, mais je ne détecte toutefois rien d'hostile chez eux. »

Ce dernier retira la main de la crosse de son arme tout en gardant celle-ci à portée. Il éleva la main gauche, paume ouverte vers les robots, dans ce qui, espérait-il, serait reconnu comme un geste de paix, et dit, articulant avec lenteur : « Je vous salue. Nous venons sur ce monde en amis. »

Le robot du centre du trio inclina la tête en une esquisse de salut qu'un optimiste aurait également pu considérer comme un geste de paix, et répondit.

Trevize en resta bouche bée de surprise. Dans un monde de communication galactique, personne n'aurait imaginé la possibilité d'un échec dans le cadre d'un besoin aussi fondamental. Et pourtant, le robot ne parlait pas le galactique classique ou quoi que ce fût d'approchant. En fait, Trevize ne comprit pas un traître mot.

45.

La surprise de Pelorat était aussi grande que celle de Trevize mais en outre assortie d'une trace évidente de plaisir.

« N'est-ce pas étrange ? » fit-il.

Trevize se tourna vers lui et lança, d'un ton plus qu'acide : « Ce n'est pas étrange. C'est du charabia.

— Absolument pas. C'est du galactique, mais fort archaïque. J'en saisis quelques mots. Je le comprendrais sans doute par écrit. C'est la prononciation qui surprend vraiment.

— Eh bien, qu'a-t-il dit ?

— Il a dit qu'il ne comprenait pas ce que vous disiez.

— Je ne saurais dire ce qu'il a dit, intervint Joie, mais je perçois en lui de la perplexité, ce qui concorde... Enfin, si je puis me fier à mon analyse des émotions robotiques — si tant est qu'une telle notion existe. »

Parlant avec une extrême lenteur, et non sans difficulté, Pelorat dit quelque chose et les trois robots inclinèrent la tête de concert.

« Qu'est-ce qui s'est passé ? demanda Trevize.

— Je leur ai dit que je ne parlais pas très bien mais que j'allais essayer. Je leur ai réclamé un peu de patience. Sapristi, mon bon, mais tout ceci est terriblement intéressant.

— Terriblement décevant, oui, marmonna Trevize.

— Voyez-vous, poursuivit le professeur, chaque planète habitable de la Galaxie s'arrange pour élaborer sa propre variante de galactique de sorte qu'il existe un million de dialectes parfois tout juste intercompréhensibles mais tous sont réunis par le développement du galactique classique. A supposer que cette planète soit restée isolée durant vingt mille ans, la langue aurait dû normalement dériver si loin de ce qu'elle est dans le reste de la Galaxie qu'elle en apparaîtrait comme entièrement différente. Qu'il n'en soit pas ainsi vient peut-être de ce que ce monde possède un système social fondé sur des robots qui ne peuvent comprendre la langue que prononcée selon leur programmation initiale. Pour éviter d'incessantes reprogrammations, la langue est demeurée statique et nous avons maintenant ce qui pour nous correspond à une forme tout à fait archaïque de galactique.

— Ce qui nous prouve, nota Trevize, combien une société robotisée peut devenir figée et être conduite à la dégénérescence.

— Mais mon cher compagnon, protesta Pelorat, maintenir une langue à peu près intacte n'est pas forcément un signe de dégénérescence. Cela comporte des avantages. Des documents conservés depuis des siècles et des millénaires gardent leur signification et procurent une plus grande longévité, une plus grande autorité aux archives historiques. Dans le reste de la Galaxie, les décrets impériaux du temps d'Hari Seldon ont déjà une tonalité vieillotte.

— Et vous connaissez ce galactique archaïque ?

— Sans aller jusque-là, Golan, disons simplement qu'à force d'étudier les mythes et légendes antiques, j'ai plus ou moins pris le coup. Le vocabulaire n'est pas entièrement différent mais les inflexions, elles, sont différentes, il y a des expressions idiomatiques tombées en désuétude et, comme je l'ai dit, la prononciation est totalement changée. Je pourrai vous tenir lieu d'interprète, à condition que vous ne soyez pas trop difficile. »

Trevize laissa échapper un soupir vacillant. « Un petit coup de chance, c'est toujours mieux que rien. Allez-y, Janov. »

Pelorat se tourna vers les robots, attendit un moment puis jeta un coup d'œil à Trevize. « Qu'est-ce que je suis censé leur raconter ?

— Jouons la carte à fond. Demandez-leur où se trouve la Terre. »

Pelorat posa la question, mot à mot, en soulignant chacun d'eux avec des gestes outrés.

Les robots s'entre-regardèrent en émettant des sons divers.

Puis celui du milieu s'adressa à Pelorat qui répondit en écartant les mains comme pour étirer un élastique. Le robot répondit en espaçant ses mots avec le même soin que l'avait fait Pelorat.

Ce dernier traduisit enfin à Trevize : « Je ne suis pas sûr de bien leur avoir fait comprendre ce que j'entendais par “ Terre ”. Je les soupçonne de croire que je fais référence à quelque région de leur planète car ils me disent ne pas connaître une telle région.

— Ont-ils cité le nom de cette planète, Janov ?

— Ce qui se rapprocherait le plus du terme qu'ils ont l'air d'employer, ce serait quelque chose comme “ Solaria ”.

— En avez-vous déjà entendu parler dans vos légendes ?

— Non — pas plus que je n'avais entendu parler d'Aurora.

— Eh bien, demandez-leur s'il existe un endroit nommé Terre dans le ciel — parmi les étoiles. Levez le doigt en l'air. »

Nouvel échange et finalement Pelorat se retourna et dit : « Tout ce que je peux tirer d'eux, Golan, c'est qu'il n'y a pas d'endroit dans le ciel. »

Joie intervint : « Demandez à ces robots leur âge ; ou plutôt, depuis combien de temps ils fonctionnent.

— Je ne sais comment dire “ fonctionner ”, avoua Pelorat en secouant la tête. En fait, je ne suis pas sûr de savoir comment leur demander leur âge. Je ne suis vraiment pas un bon interprète.

— Faites du mieux que vous pouvez, Pel chéri », dit Joie.

Et après quelques nouveaux échanges, Pelorat annonça : « Ils fonctionnent depuis vingt-six ans.

— Vingt-six ans, grommela Trevize, écœuré. Ils sont à peine plus âgés que vous, Joie.

— Il se trouve..., commença celle-ci avec un orgueil soudain.

— Je sais, je sais. Vous êtes Gaïa qui est âgée de milliers d'années... En tout cas, ces robots sont incapables de parler de la Terre par expérience personnelle et leurs banques de mémoire ne contiennent à l'évidence rien en dehors du strict nécessaire à leur fonctionnement. D'où leur totale ignorance de l'astronomie.

— Il se peut qu'il y ait sur la planète d'autres robots plus anciens, remarqua Pelorat.

— J'en doute mais demandez-leur toujours, si vous trouvez les mots pour le dire, Janov. »

Cette fois, la conversation fut assez longue et lorsque Pelorat y mit un terme, il était tout rouge et avait l'air manifestement dépité.

« Golan, je n'ai pas saisi une partie de ce qu'ils essaient de me dire mais j'ai cru comprendre que les robots les plus anciens sont employés à des travaux manuels et qu'ils ne savent rien. Si ce robot était un homme, je dirais qu'il parle de ses aînés avec mépris. Ces trois-là sont des robots domestiques, disent-ils, et n'ont pas le droit de vieillir avant d'être remplacés. Ce sont eux qui s'y connaissent vraiment — leur expression, pas la mienne.

— Ils n'y connaissent pas grand-chose, grommela Trevize. Du moins, sur ce que nous voulons savoir.

— Je regrette à présent qu'on ait quitté Aurora si précipitamment. Si nous avions trouvé là-bas des robots rescapés, et nous en aurions trouvé sans aucun doute, puisque le tout premier que j'ai découvert possédait encore une étincelle de vie, eh bien, ils auraient connu l'existence de la Terre par leur mémoire personnelle.

— A condition encore qu'elle soit restée intacte, Janov, observa Trevize. On peut toujours retourner là-bas et, s'il faut le faire, meutes de chiens ou pas, nous y retournerons... Mais si ces robots-ci ne sont vieux que d'une vingtaine d'années, leurs fabricants doivent encore exister et doivent être des humains, à mon avis. » Il se tourna vers Joie. « Vous êtes bien certaine d'avoir perçu... »

Mais elle éleva la main pour le faire taire, tandis qu'une expression attentive, tendue, se peignait sur ses traits. « Les voilà », annonça-t-elle à voix basse.

Trevize se tourna vers la butte et là, émergeant tout juste, puis se dirigeant vers eux, apparut l'incontestable silhouette d'un être humain. Il avait le teint pâle et de longs cheveux blonds, légèrement hirsutes sur les côtés. Le visage était grave mais d'allure tout à fait juvénile. Ses bras et ses jambes nus n'étaient pas particulièrement musclés.

Les robots s'écartèrent et l'homme avança parmi eux avant de s'immobiliser.

Il se mit alors à parler, d'une voix claire, agréable et, malgré les tournures archaïsantes, dans un galactique classique facile à comprendre :

« Je vous salue, vagabonds de l'espace, leur dit-il. Que vouliez-vous à mes robots ? »

46.

Trevize, en l'occurrence, ne se couvrit pas de gloire. Il lança tout bêtement : « Vous parlez galactique ?

— Et pourquoi pas, répondit le Solarien, avec un sourire maussade, puisque je ne suis pas muet.

— Mais ceux-là ? » Trevize indiquait les robots.

« Ce sont des robots. Ils parlent notre langue, tout comme moi. Mais je suis un Solarien, et j'écoute les communications hyperspatiales des mondes d'au-delà, de telle sorte que j'ai pu apprendre votre manière de parler, comme le firent mes prédécesseurs. Mes prédécesseurs ont laissé des descriptions de la langue mais j'entends constamment des mots nouveaux et des expressions qui changent avec les années, comme si vous autres colons étiez plus capables de vous fixer sur les mondes que sur les mots. Comment se fait-il que vous soyez surpris de me voir comprendre votre langue ?

— Je n'aurais pas dû, répondit Trevize. Veuillez m'en excuser. C'est simplement qu'ayant parlé aux robots, je n'avais pas imaginé entendre du galactique sur cette planète. »

Il étudia le Solarien. Il portait une fine tunique blanche, négligemment drapée sur l'épaule, avec de larges ouvertures pour les bras. Echancrée sur le devant, elle exposait sa poitrine nue et le simple pagne qu'il portait en dessous. Exception faite d'une paire de sandales légères, c'était son seul costume.

Trevize se rendit compte qu'il n'aurait su dire son sexe. Les seins étaient certes masculins, mais la poitrine était glabre et le pagne étroit ne trahissait pas le moindre renflement.

Il se tourna vers Joie et lui dit à voix basse : « Ce pourrait être quand même un robot, quoique fort semblable à un être humain... »

Presque sans bouger les lèvres, Joie lui répondit : « L'esprit est celui d'un être humain, pas d'un robot. »

Le Solarien intervint : « Vous n'avez toujours pas répondu à ma question initiale. J'excuserai la défaillance en la mettant sur le compte de la surprise. Je vous la pose à nouveau et apprécierais cette fois une réponse. Que vouliez-vous à mes robots ?

— Nous sommes des voyageurs qui cherchons des renseignements pour atteindre notre destination. Nous avons demandé à ces robots des informations susceptibles de nous aider mais ils n'ont su répondre.

— Quel genre d'information cherchez-vous ? Peut-être pourrai-je vous dépanner.

— Nous cherchons les coordonnées de la Terre. Pouvez-vous nous les donner ? »

Le Solarien haussa les sourcils. « J'aurais cru que votre premier objet de curiosité serait ma propre personne. Je vais vous fournir cette information bien que vous ne l'ayez pas demandée. Je m'appelle Sarton Bander et vous vous trouvez sur le domaine Bander, lequel s'étend à perte de vue dans toutes les directions et bien au-delà. Je ne puis dire que vous êtes les bienvenus ici, car en venant, vous avez violé un pacte. Vous êtes les premiers colons à atterrir sur Solaria en plusieurs milliers d'années et, comme par hasard, vous venez uniquement pour vous informer sur la meilleure manière d'atteindre un autre monde. Dans le temps, colons, vous et votre vaisseau auriez été détruits à vue.

— Une manière bien barbare de traiter des gens qui ne vous veulent aucun mal, dit Trevize, prudent.

— Je suis d'accord, mais lorsque les membres d'une société en expansion débarquent au sein d'une société inoffensive et statique, ce simple contact est empli de danger potentiel. Tant que nous craignions ce danger, nous étions prêts à détruire les arrivants aussitôt débarqués. Puisque nous n'avons plus de motifs de crainte, nous sommes, vous pouvez le constater, prêts à discuter.

— J'apprécie l'information que vous nous avez si volontiers fournie et malgré tout, vous avez omis de répondre à la question que je vous avais posée. Je vais donc la répéter : Pourriez-vous nous indiquer les coordonnées de la Terre ?

— Par “ Terre ”, je suppose que vous signifiez le monde dont l’espèce humaine et les diverses espèces de plantes et d’animaux » — ses mains volèrent avec grâce comme pour embrasser l’ensemble de la nature environnante — « sont originaires ?

— Oui, monsieur, effectivement. »

Une expression de dégoût se dessina fugitivement sur les traits du Solarien. « Je vous prierais de m’appeler simplement Bander, s’il vous faut user d’une forme de politesse. Evitez de m’appeler par tout autre terme portant une marque de genre. Je ne suis ni masculin, ni féminin. Je suis *entier.* »

Trevize acquiesça (il ne s’était pas trompé). « Comme vous voudrez, Bander. Alors, quelle est la position de la Terre, le monde de nos origines à nous tous ?

— Je l’ignore, répondit Bander. Non pas que l’envie m’en manque. Si je le savais, ou si je pouvais le savoir, vous n’en seriez pas plus avancés, car la Terre, en tant que monde, n’existe plus... Ah ! », poursuivit-il en écartant les bras. « Le soleil est agréable. Je ne viens pas souvent à la surface, et jamais quand le soleil ne se montre pas. Nous avons envoyé nos robots vous accueillir alors que le soleil était encore dissimulé derrière les nuages. Je ne les ai suivis que lorsque les nuages se sont éclaircis.

— Comment se fait-il que la Terre n’existe plus en tant que monde ? » insista Trevize, prêt à entendre à nouveau la fable de la radioactivité.

Bander, toutefois, ignora la question ou, plutôt, la mit négligemment de côté. « C’est une trop longue histoire. Vous m’avez dit que vous n’aviez aucune intention malveillante.

— C’est exact.

— Dans ce cas, pourquoi être venu armé ?

— Simple précaution. J’ignorais quelles rencontres je pourrais faire.

— Peu importe. Vos petites armes ne représentent aucun danger pour moi. Je suis toutefois curieux. J’ai, bien sûr, beaucoup entendu parler de vos armes et de votre histoire curieusement barbare qui paraît si totalement reposer sur l'emploi de celles-ci. Malgré tout, je n'en ai jamais vu une en vrai. Puis-je examiner les vôtres ? »

Trevize recula d'un pas. « J'ai bien peur que non, Bander. »

Ce dernier parut amusé. « Je n'ai demandé que par politesse. J'aurais pu m'en passer. »

Il étendit la main et de l'étui droit de Trevize émergea l'éclateur tandis que du gauche s'élevait son fouet neuronique. Trevize voulut les saisir mais sentit ses bras retenus avec fermeté comme par des liens élastiques. Pelorat et Joie firent également mine d'avancer mais il était manifeste qu'eux aussi étaient retenus.

« Ne vous fatiguez pas à essayer d'intervenir, dit Bander. Vous ne pouvez pas. » Les armes volèrent jusqu'entre ses mains et il les examina soigneusement. « Celle-ci, dit-il en indiquant l'éclateur, me semble être un éjecteur de faisceau de micro-ondes qui produit de la chaleur, engendrant ainsi l'explosion de tout corps contenant un fluide. L'autre engin est plus subtil et j'avoue ne pas discerner immédiatement sa fonction. Néanmoins, puisque vous n'avez aucune intention malveillante, vous n'avez pas besoin d'armes. Je puis, et je vais le faire, vider les cartouches d'énergie de chacune de ces armes. Ce qui les rendra inoffensives, à moins que vous ne comptiez utiliser l'une ou l'autre comme un gourdin, un usage qui ne serait guère pratique. »

Le Solarien libéra les armes qui flottèrent de nouveau dans les airs, cette fois pour retourner vers Trevize. Chacune vint proprement réintégrer son étui.

Se sentant lui aussi libéré, Trevize dégaina l'éclateur, mais c'était inutile. Le contact pendait lamentablement et la cartouche d'énergie avait été à coup sûr totalement vidée. *Idem* pour le fouet neuronique.

Il leva les yeux vers Bander qui remarquait, souriant : « Vous êtes totalement sans défense, étranger. Je pourrais tout aussi facilement, si je le désirais, détruire votre vaisseau et, bien entendu, vous avec. »

Chapitre 11

Sous terre

47.

Trevize se figea. Essayant de respirer normalement, il se retourna vers Joie.

Elle avait passé le bras autour de la taille de Pelorat dans un geste protecteur et, selon toute apparence, était parfaitement calme. Elle esquissa un discret sourire et, plus discrètement encore, hocha la tête.

Trevize se tourna de nouveau vers Bander. Ayant interprété la mimique de Joie comme un signe de confiance, et espérant de toutes ses forces qu'il ne s'était pas trompé, il lança d'un ton résolu : « Comment avez-vous fait ça, Bander ? »

Bander sourit, manifestement de fort belle humeur. « Dites-moi, petits étrangers, croyez-vous à la sorcellerie ? A la magie ?

— Non, petit Solarien », répondit Trevize du tac au tac.

Joie le tira par la manche et chuchota : « Ne l'irritez pas. Il est dangereux.

— Je le vois bien », dit Trevize, se contenant pour ne pas élever le ton. « Alors, faites quelque chose. »

La voix presque inaudible, Joie répondit : « Pas encore. Il sera moins dangereux s'il se sent en confiance. »

Bander n'avait pas relevé leur bref échange murmuré. Il s'éloigna négligemment, les robots s'écartant pour lui livrer passage.

Puis il se retourna et plia le doigt d'un geste languide : « Venez. Suivez-moi. Tous les trois. Je vais vous conter une histoire qui ne vous intéressera pas forcément mais qui, moi, m'intéresse. » Il poursuivit sa route d'un pas tranquille.

Trevize resta quelques instants immobile, hésitant sur l'attitude à prendre. Joie s'avança cependant, et la pression de son bras entraîna Pelorat avec elle. Finalement, Trevize les suivit ; l'autre possibilité était de rester planté là tout seul en compagnie des robots.

D'un ton léger, Joie lança : « Si Bander veut bien avoir l'amabilité de nous conter l'histoire qui pourrait ne pas nous intéresser... »

Bander se retourna et dévisagea la jeune femme comme s'il prenait pour la première fois conscience de sa présence. « Vous êtes la moitié féminine de l'humanité, n'est-ce pas ? La moitié inférieure ?

— La plus petite en taille, Bander. Oui.

— Les deux autres alors sont masculins ?

— Effectivement.

— Avez-vous déjà eu votre enfant, féminine ?

— Mon nom, Bander, est Joie. Je n'ai pas encore eu d'enfant. Voici Trevize. Et voici Pel.

— Et lequel de ces deux masculins doit-il vous assister, le moment venu ? A moins que ce ne soit les deux ? Ou aucun ?

— Pel m'assistera, Bander. »

Ce dernier reporta son attention sur Pelorat : « Je vois que vous avez des cheveux blancs.

— Certes, dit l'intéressé.

— Ont-ils toujours été de cette couleur ?

— Non, Bander. Ils le sont devenus avec l'âge.

— Et quel âge avez-vous ?

— J'ai cinquante-deux ans, Bander », dit Pelorat, puis il s'empressa d'ajouter : « En années standars galactiques. »

Bander reprit sa marche (vers le domaine visible dans le lointain, supposa Trevize), mais plus lentement. Il remarqua : « J'ignore combien dure une année standard galactique mais elle ne doit pas être très différente de la nôtre. Et quel âge aurez-vous quand vous mourrez, Pel ?

— Je ne saurais dire. Je peux vivre encore trente ans.

— Quatre-vingt-deux ans, alors. Longévité réduite, et divisés en deux. Incroyable, et pourtant, mes lointains ancêtres étaient comme vous et vivaient sur Terre... Malgré tout, certains ont quitté celle-ci pour établir de nouveaux mondes autour d'autres étoiles, des mondes magnifiques, parfaitement organisés, et en grand nombre.

— Pas en si grand nombre : cinquante. »

Bander tourna un œil condescendant vers celui qui venait ainsi de l'interpeller. Il y avait, semblait-il, beaucoup moins d'humour dans ce regard. « Trevize. C'est votre nom.

— Golan Trevize. J'ai dit qu'il a existé cinquante Mondes de Spatiaux. Les nôtres se comptent par millions.

— Connaissez-vous, alors, l'histoire que je désire vous conter ? dit Bander, d'une voix douce.

— Si l'histoire en question est qu'ont existé jadis cinquante mondes de Spatiaux, nous la connaissons.

— Nous ne comptons pas seulement en nombre, petite moitié d'humanité, rétorqua Bander. Nous comptons également la qualité. Ils n'étaient certes que cinquante, mais une cinquantaine telle que même tous vos millions ne pourraient équivaloir un seul d'entre eux. Et Solaria fut le cinquantième et dernier et par conséquent, le meilleur. Solaria surpassait de loin les autres Mondes spatiaux, comme eux-mêmes avaient en leur temps surpassé la Terre.

« Seuls nous autres Solariens avons appris comment la vie devait être vécue. Nous ne vivions plus rassemblés en troupeau, comme autrefois sur Terre, comme sur les autres mondes, même les Mondes spatiaux. Nous vivions chacun seul, avec des robots pour nous aider, nous voyant par des moyens électroniques aussi souvent que nous le désirions, mais ne nous rencontrant en personne que rarement. Cela fait bien des années que je n'ai plus contemplé d'êtres humains comme vous aujourd'hui, mais enfin, vous n'êtes qu'à moitié humains et par conséquent votre présence ne limite pas plus ma liberté que ne le ferait une vache, ou un robot.

« Et pourtant, nous avons été des demi-humains, nous aussi. Peu importe comment nous avons parfait notre liberté ; peu importe comment nous sommes devenus des maîtres solitaires parmi d'innombrables robots ; la liberté n'était jamais absolue. Afin de produire des jeunes, il fallait toujours la coopération de deux individus. Il était certes possible d'obtenir des ovules et des spermatozoïdes, de provoquer artificiellement et de manière automatique la fertilisation et donc la croissance de l'embryon. Il était possible d'élever convenablement le nourrisson sous la surveillance de robots. Tout cela pouvait être fait, mais les demi-humains ne voulaient pas renoncer au plaisir qui accompagnait l'imprégnation biologique. Avec pour conséquence le développement de liens émotionnels pervers et la disparition de la liberté. Comprenez-vous que cela devait être changé ?

— Non, Bander, parce que nous ne mesurons pas la liberté à la même aune.

— C'est parce que vous ne savez pas ce qu'est la liberté. Vous n'avez jamais vécu qu'en essaim, et vous ne connaissez d'autre façon de vivre que contraints, en permanence et jusque dans les plus infimes détails, à plier votre volonté à celle des autres ou bien, ce qui est tout aussi vil, à passer vos journées à vous démener pour forcer les autres à se plier à votre volonté. La liberté n'est rien si ce n'est pas pour vivre à sa guise ! Exactement à sa guise !

« Puis vint le temps où les gens de la Terre se remirent à essaimer, où leurs rangs serrés se remirent à déferler à travers l'espace. Les autres Spatiaux, tout en n'étant pas aussi grégaires que les Terriens, voulurent néanmoins rivaliser avec eux.

« Nous autres Solariens, nous nous y refusâmes. Nous avions discerné l'inévitable échec de cette prolifération en troupeau. Alors, nous avons déménagé sous terre et rompu tout contact avec le reste de la Galaxie. Nous étions décidés à demeurer nous-mêmes à tout prix. Nous avons mis au point les robots et les armes adéquates pour protéger notre surface apparemment déserte et ils ont admirablement rempli leur tâche. Des vaisseaux venaient qui se faisaient détruire, puis ils cessèrent bientôt de venir. On considéra la planète comme abandonnée et on l'oublia, comme nous l'avions escompté.

« Et pendant ce temps, sous terre, nous œuvrions à résoudre nos problèmes. Nous ajustâmes nos gènes avec précaution et délicatesse. Nous eûmes des échecs, mais aussi quelques succès, et nous capitalisions dessus. Il nous a fallu bien des siècles mais nous avons fini par devenir des humains entiers, incluant dans un seul corps les principes masculin et féminin, générant à notre guise notre propre plaisir complet, et produisant, à volonté, des œufs fertilisés destinés à se développer sous la surveillance compétente de robots.

— Des hermaphrodites, dit Pelorat.

— Est-ce donc le terme utilisé dans votre langue ? demanda Bander, indifférent. Je n'ai jamais entendu ce mot.

— L'hermaphrodisme bloque totalement l'évolution, dit Trevize. Chaque enfant est le double génétique de son parent hermaphrodite.

— Allons, dit Bander, vous parlez de l'évolution comme d'une affaire de hasard. Nous pouvons concevoir nos enfants à notre guise. Nous pouvons changer et rajuster les gènes et, à l'occasion, ne nous en privons pas... Mais nous voici presque arrivés à ma demeure. Entrons. Il commence à se faire tard. Le soleil n'arrive déjà presque plus à délivrer convenablement sa chaleur et nous serons plus à l'aise à l'intérieur. »

Ils franchirent une porte qui n'avait pas le moindre verrou mais qui s'ouvrit à leur approche et se referma après leur passage. Il n'y avait pas de fenêtres mais lorsqu'ils parvinrent dans une salle caverneuse, les murs s'illuminèrent. Quoique apparemment nu, le sol était doux et élastique. A chacun des quatre coins, un robot se tenait, immobile.

« Ce mur, dit Bander en indiquant la paroi opposée à la porte — un mur qui ne semblait en rien différent des trois autres — est mon écran vidéo. Par cet écran, le monde s'ouvre devant moi mais il ne limite en rien ma liberté car rien ne peut me forcer à l'utiliser.

— Pas plus, remarqua Trevize, que vous ne pouvez forcer un autre à utiliser le sien si vous désirez le voir sur l'écran et qu'il ne le veut pas.

— Forcer ? répondit Bander, hautain. Que l'autre fasse comme ça lui plaît si l'on veut bien me laisser faire de même. Notez, je vous prie, que nous n'utilisons jamais de pronoms à genre précis pour faire référence les uns aux autres. »

Il y avait un siège dans la pièce, face à l'écran vidéo, et Bander s'y installa.

Trevize regarda alentour, comme s'il s'attendait à voir d'autres sièges jaillir du sol. « Pouvons-nous nous asseoir, nous aussi ?

— Si vous voulez », dit Bander.

Souriante, Joie s'assit par terre. Pelorat s'installa près d'elle. Têtu, Trevize persista à rester debout.

« Dites-moi, Bander, commença Joie, combien d'êtres humains vivent sur cette planète ?

— Dites Solariens, demi-humaine Joie. L'expression " être humain " est contaminée par le fait que les demi-humains se nomment ainsi. Nous pourrions nous baptiser humains-entiers mais ce serait peu pratique. Le terme idoine est Solarien.

— Combien de Solariens, donc, vivent sur cette planète ?

— Je ne sais avec certitude. Nous ne nous comptons pas. Douze cents peut-être.

— Douze cents seulement sur la planète entière ?

— Douze cents amplement. Vous comptez de nouveau en nombre, quand nous comptons en qualité... tout comme vous ne comprenez pas la liberté. Si quelque autre Solarien est là pour disputer mon absolue liberté sur ma portion de territoire, sur les robots, les êtres vivants ou les objets inanimés, alors ma liberté est limitée. Puisqu'il existe d'autres Solariens, la limitation de la liberté doit être autant que possible supprimée en les éloignant tous jusqu'au point où le contact devient pratiquement inexistant. La capacité de Solaria est de douze cents Solariens dans des conditions proches de l'idéal. Ajoutez-en, et la liberté se trouvera limitée de manière palpable, avec un résultat subséquemment insupportable.

— Cela veut dire que chaque enfant doit être compté pour équilibrer les décès, remarqua soudain Pelorat.

— Certainement. Cela doit être vrai de tout monde pourvu d'une population stable — même le vôtre, peut-être.

— Et puisqu'il y a sans doute peu de décès, il y a par conséquent peu d'enfants.

— Certes. »

Pelorat hocha la tête et retomba dans le silence.

« Ce que j'aimerais savoir, dit Trevize, c'est comment vous avez fait voler mes armes dans les airs. Vous ne l'avez pas expliqué.

— Je vous ai offert comme explication la sorcellerie ou la magie. Refusez-vous de les accepter ?

— Bien entendu que je refuse. Pour qui me prenez-vous ?

— Croirez-vous, dans ce cas, à la conservation de l'énergie, ainsi qu'au nécessaire accroissement de l'entropie ?

— Ça, oui. Mais je ne croirai pas non plus qu'en l'espace de vingt mille ans vous ayez pu changer ces lois ou les modifier d'un iota.

— Nous non plus, demi-personne. Mais maintenant, réfléchissez. Dehors, le soleil brille. » A nouveau, ce geste curieusement gracieux, comme pour définir la lumière du dehors. « Et il y a de l'ombre. Il fait plus chaud au soleil qu'à l'ombre, et la chaleur s'écoule spontanément de la zone éclairée vers celle plongée dans l'ombre.

— Vous ne me dites rien que je ne sache déjà.

— Mais peut-être le savez-vous si bien que vous n'y réfléchissez plus. Et la nuit, la surface de Solaria est plus chaude que l'espace au-delà de son atmosphère, de sorte que la chaleur s'écoule spontanément de la surface planétaire vers l'espace extérieur.

— Je le sais également.

— Et le jour ou la nuit, l'intérieur de la planète est plus chaud que sa surface. La chaleur, par conséquent, s'écoule tout aussi spontanément de l'intérieur vers la surface. J'imagine que vous le savez également.

— Et après, Bander ?

— Cet écoulement de la chaleur de la source chaude vers la source froide, qui doit intervenir d'après la seconde loi de la thermodynamique, peut être utilisé pour fournir du travail.

— En théorie, oui, mais la lumière solaire est diffuse, la chaleur de la surface planétaire plus encore, et le taux d'évasion de la chaleur depuis l'intérieur est encore le plus dilué de tous. La quantité de chaleur susceptible d'être ainsi maîtrisée serait sans doute insuffisante pour soulever un caillou.

— Tout dépend de l'appareil employé pour ce faire, nota Bander. La mise au point de notre instrument s'est étalée sur des milliers d'années et ce n'est pas rien moins qu'une portion de notre cerveau. »

Bander souleva les cheveux de chaque côté de sa tête, exposant la partie du crâne située derrière les oreilles. Il fit pivoter sa tête de part et d'autre, révélant derrière chaque oreille une excroissance de la taille d'un œuf de poule, vu depuis son bout arrondi.

« Cette portion de mon cerveau et son absence chez vous, voilà ce qui fait la différence entre un Solarien et vous. »

48.

Trevize jetait de temps à autre un coup d'œil sur Joie qui semblait totalement absorbée par Bander. Il n'avait aucun doute sur ce qui était en train de se passer.

Malgré son hymne à la liberté, Bander devait juger l'occasion irrésistible. Il n'avait aucun moyen de parler avec des robots sur la base d'une égalité intellectuelle et encore moins avec des animaux. Discuter avec ses semblables solariens lui serait désagréable et les éventuelles communications toujours forcées, jamais spontanées.

Quant à Trevize, Joie et Pelorat, ils pouvaient être à demi humains à ses yeux, estimait-il, ne pas entraver plus sa liberté que ne l'eussent fait un robot ou une chèvre, ils n'en demeuraient pas moins intellectuellement ses égaux (ou quasi égaux) et l'occasion de pouvoir leur parler était un luxe unique dont il n'avait encore jamais joui.

Pas étonnant, songea Trevize, qu'il se laissât aller en ce sens. Et Joie (il en était encore plus certain) encourageait ce penchant, se contentant de pousser doucement l'esprit de Bander vers ce vers quoi il inclinait de toute façon.

Sans doute la jeune femme partait-elle de l'hypothèse que si Bander parlait suffisamment, il avait des chances de leur révéler quelque détail utile au sujet de la Terre. Pour Trevize, l'idée se tenait, de sorte que même s'il n'avait pas été franchement curieux du sujet en cours, il aurait néanmoins fait l'effort de poursuivre la conversation.

« Comment agissent ces lobes cérébraux ? demanda-t-il donc.

— Ce sont des transducteurs, répondit l'intéressé. Ils sont activés par les échanges thermiques qu'ils transforment en énergie mécanique.

— Je n'arrive pas à y croire. La circulation thermique est insuffisante.

— Petit demi-humain, vous ne réfléchissez pas. S'il y avait des foules de Solariens, chacun cherchant à utiliser les échanges thermiques, alors là, oui, l'approvisionnement serait insuffisant. Je dispose en revanche de plus de quarante mille kilomètres carrés à moi, moi tout seul. Je puis recueillir les calories émises par n'importe quelle proportion de ces kilomètres carrés sans personne pour me les disputer, de sorte que la quantité est suffisante. Vous voyez ?

— Est-ce donc aussi simple de recueillir la chaleur émise sur une aussi vaste surface ? Le simple fait de la concentrer doit exiger de grandes quantités d'énergie.

— Peut-être, mais je n'en ai pas conscience. Mes lobes transducteurs concentrent en permanence les transferts thermiques de sorte que le travail est fourni en fonction des besoins. Quand j'ai soulevé vos armes dans les airs, un volume précis d'atmosphère éclairée par le soleil a perdu une partie de sa chaleur en excès au profit d'un volume équivalent situé à l'ombre, de sorte qu'en l'occurrence, je me suis servi de l'énergie solaire. Au lieu, toutefois, d'utiliser des moyens mécaniques ou électroniques pour mener la tâche à bien, j'ai utilisé un moyen neuronique. » Il caressa l'un de ses lobes transducteurs. « Cet organe agit rapidement, efficacement, de manière permanente... et sans effort.

— Incroyable, marmonna Pelorat.

— Pas du tout incroyable, dit Bander. Songez à la finesse de l'œil et de l'oreille, capables de transformer en information d'infimes quantités de photons, d'imperceptibles vibrations de l'air. Cela vous semblerait incroyable s'ils ne vous étaient pas familiers. Les lobes transducteurs ne sont pas plus incroyables, et ne le seraient pas pour vous s'ils ne vous étaient étrangers.

— A quoi vous servent ces lobes transducteurs en fonctionnement permanent ? demanda Trevize.

— A diriger notre monde. Chacun des robots de ce vaste domaine retire de moi son énergie ; ou, plutôt, des échanges thermiques naturels. Qu'un robot ajuste un contact, ou qu'il abatte un arbre, son énergie provient de la transduction mentale — *ma* transduction mentale.

— Et si vous dormez ?

— Le processus de transduction se poursuit que je veille ou

que je dorme, petit demi-humain. Cessez-vous de respirer quand vous êtes endormi ? Votre cœur arrête-t-il de battre ? La nuit, mes robots continuent à travailler, au prix d'un infime refroidissement de l'intérieur de la planète. Le changement est imperceptible à l'échelle du globe et nous ne sommes que douze cents en tout, si bien que toute l'énergie utilisée ne raccourcit pas notablement la vie de notre soleil ni n'épuise la chaleur interne de la planète.

— Avez-vous songé que vous pourriez vous en servir comme d'une arme ? »

Bander fixa Trevize comme s'il s'agissait d'un objet curieusement incompréhensible. « Je suppose par là que selon vous Solaria pourrait affronter d'autres mondes avec des armes énergétiques fondées sur la transduction ? Pour quoi faire ? Même si nous pouvions défaire leurs armes énergétiques basées sur d'autres principes — ce qui est rien moins que certain — qu'aurions-nous à y gagner ? La maîtrise d'autres planètes ? Qu'irions-nous faire d'autres mondes quand nous en avons un, idéal, pour nous seuls ? Chercherions-nous à établir notre domination sur des demi-humains pour les utiliser à des travaux forcés ? Pour ce faire, nous avons nos robots qui sont bien supérieurs. Nous avons tout. Nous ne voulons rien — sinon qu'on nous laisse en paix. Tenez... je vais vous raconter une autre histoire.

— Faites, dit Trevize.

— Il y a vingt mille ans, lorsque les demi-créatures de la Terre ont commencé à envahir l'espace, alors que nous nous retirions sous terre, les autres mondes de Spatiaux se montrèrent bien décidés à s'opposer aux nouveaux colons terriens. Alors ils frappèrent la Terre.

— La Terre », répéta Trevize, cherchant à dissimuler sa satisfaction de voir le sujet apparaître enfin.

« Oui, ils avaient voulu frapper au cœur. Un mouvement raisonnable, en un sens. Si vous voulez tuer quelqu'un, vous ne visez pas le doigt ou le talon, mais bien le cœur. Et nos semblables spatiaux, encore peu éloignés des humains par leurs passions, réussirent à transformer la surface de la Terre en un brasier radioactif, si bien que la planète devint largement inhabitable.

— Ah ! c'est donc là ce qui s'est produit », dit Pelorat,

serrant le poing et l'agitant rapidement, comme pour appuyer une thèse. « Je savais bien qu'il ne pouvait s'agir d'un phénomène naturel. Comment ont-ils fait ?

— Je l'ignore, dit Bander, indifférent. En tout cas, cela n'a pas profité aux Spatiaux. C'est là que l'histoire devient intéressante. Les colons ont continué à se répandre et les Spatiaux... se sont éteints. Ils avaient voulu rivaliser et disparurent. Nous autres Solariens nous sommes retirés, refusant la compétition, et nous sommes toujours là.

— Les colons aussi, remarqua Trevize d'un ton dur.

— Oui, mais pas pour l'éternité. Les envahisseurs doivent lutter, doivent rivaliser, et au bout du compte mourir. Cela prendra peut-être des dizaines de milliers d'années, mais nous pouvons attendre. Et lorsque cela se produira, nous autres Solariens, entiers, solitaires, libérés, disposerons de la Galaxie pour nous seuls. Nous pourrons alors exploiter ou non, à notre guise, tel ou tel monde en sus du nôtre.

— Mais pour revenir à la Terre », dit Pelorat, claquant des doigts avec impatience, « ce que vous nous racontez relève-t-il de la légende ou de l'histoire ?

— Qui peut faire la différence, demi-Pelorat ? dit Bander. Toute histoire est légende, plus ou moins.

— Mais que disent vos archives ? Pourrais-je voir les documents ayant trait au sujet, Bander ?... Comprenez-vous, ces affaires de mythes, de légendes, d'histoire ancienne sont mon domaine. Je suis un érudit qui s'est spécialisé dans ces matières et tout particulièrement celles en relation avec la Terre.

— Je ne fais que répéter ce que j'ai entendu, dit Bander. Il n'existe aucun document sur le sujet. Nos archives ont uniquement trait aux affaires solariennes et les autres mondes n'y sont mentionnés que pour autant qu'ils nous affectent.

— Sans aucun doute la Terre vous a-t-elle affectés, nota Pelorat.

— C'est fort possible, mais même dans ce cas, cela remonte à bien longtemps et, de tous les mondes, la Terre était celui qui nous inspirait le plus de répugnance. Si nous avons détenu des actes mentionnant la Terre, je suis certain qu'ils ont été détruits, par pure révulsion. »

Trevize en grinça des dents de contrariété. « Détruits par vous ? » lança-t-il.

Bander reporta son attention vers Trevize. « Il n'y avait personne d'autre pour le faire. »

Pelorat refusait de voir dévier le sujet. « Qu'avez-vous entendu d'autre concernant la Terre ? »

Bander réfléchit. Puis reprit : « Quand j'étais jeune, j'ai entendu un robot me raconter l'histoire d'un Terrien qui jadis avait visité Solaria ; et d'une Solarienne qui serait repartie avec lui pour devenir un personnage important de la Galaxie. Ceci, toutefois, relève selon moi de la pure invention. »

Pelorat se mordit la lèvre. « En êtes-vous certain ?

— Comment puis-je être certain de quoi que ce soit en un tel domaine ? Néanmoins, cela dépasse les limites du crédible qu'un Terrien ait osé venir sur Solaria, ou que Solaria ait permis cette intrusion. Il est encore moins imaginable qu'une femme solarienne — nous étions demi-humains, à l'époque, mais même dans ces conditions — ait accepté volontairement de quitter cette planète... Mais venez, que je vous montre mes appartements.

— Vos appartements ? dit Joie, en regardant autour d'elle. N'y sommes-nous pas ?

— Pas du tout, dit Bander. Ceci n'est qu'une antichambre. Une salle vidéo. C'est là que je vois mes semblables solariens quand il le faut. Leur image apparaît sur ce mur, ou en trois dimensions dans l'espace devant. Cette salle est un lieu de réunion publique par conséquent, et ne fait pas partie de mes appartements. Venez avec moi. »

Il partit, sans se retourner pour voir s'ils lui emboîtaient le pas, mais les quatre robots avaient quitté leur coin et Trevize comprit que si ses compagnons et lui ne suivaient pas spontanément, les robots les y forceraient en douceur.

Les deux autres se levèrent et Trevize murmura discrètement à Joie : « L'avez-vous poussé à parler ? »

Joie lui pressa la main et acquiesça. « Tout de même, j'aurais bien voulu savoir quelles étaient ses intentions », ajouta-t-elle, un soupçon de malaise dans la voix.

49.

Ils suivirent Bander. Les robots demeuraient à distance respectueuse mais leur présence traduisait une menace constante.

Ils progressaient le long d'un corridor et Trevize grommela, démoralisé : « On ne trouvera rien d'intéressant concernant la Terre sur cette planète. J'en suis certain. A part encore une nouvelle variation sur le thème de la radioactivité. » Il haussa les épaules. « Il va falloir qu'on mette le cap sur les troisièmes coordonnées. »

Une porte s'ouvrit devant eux, révélant une pièce exiguë. Bander leur dit : « Entrez, demi-humains, je veux vous montrer comment nous vivons. »

Trevize chuchota : « Il tire un plaisir infantile à s'exhiber. J'adorerais lui flanquer une beigne.

— Inutile de rivaliser en puérilité », lui recommanda Joie.

Bander les fit entrer tous les trois dans la pièce. Un des robots les suivit. Bander congédia les autres d'un signe puis entra lui-même. La porte se referma derrière lui.

« C'est un ascenseur », dit Pelorat, visiblement ravi de sa découverte.

« Effectivement, dit Bander. Nous nous sommes enterrés un beau jour et n'avons jamais vraiment émergé depuis. Nous n'en avons d'ailleurs aucun désir, même si je trouve agréable à l'occasion de sentir la caresse du soleil. Je n'aime pas les nuages ou la nuit en plein air, toutefois. Cela vous donne la sensation d'être sous terre sans l'être vraiment, si vous voyez ce que je veux dire. C'est une dissonance cognitive en quelque sorte, et que je trouve fort désagréable.

— La Terre reconstruite sous terre, dit Pelorat. Les Cavernes d'Acier, ainsi appelaient-ils leurs cités. Et Trantor a bâti sous terre elle aussi, à plus grande échelle encore, à une époque reculée de l'Empire... Et Comporellon fait de même aujourd'hui. C'est une tendance constante, si l'on veut bien y songer.

— Des demi-humains qui grouillent sous terre, et nous qui vivons enterrés dans un splendide isolement, ce sont deux choses intégralement différentes, dit Bander.

— Sur Terminus, releva Trevize, les habitations sont à la surface.

— Et exposées aux intempéries. Très primitif. »

Après la sensation initiale de faible gravité qui avait trahi sa nature à Pelorat, l'ascenseur ne procurait aucune impression de mouvement. Trevize se demandait jusqu'où ils allaient descendre, lorsqu'il y eut une brève sensation de pesanteur élevée et la porte s'ouvrit.

Devant eux s'étendait une vaste pièce meublée avec raffinement. Elle était dans la pénombre bien qu'on ne vît nulle part de source d'éclairage. On aurait presque cru que l'air même était lumineux.

Bander pointa le doigt et dans la direction indiquée la lumière se fit plus intense. Il le pointa ailleurs et le même phénomène se reproduisit. Il posa la main gauche sur une tige émoussée saillant à côté de la porte et, de la droite, balaya l'ensemble de la pièce qui s'éclaira alors comme en plein soleil, mais sans la sensation de chaleur.

Trevize fit la grimace et remarqua, presque à voix haute : « Cet homme est un charlatan.

— Pas “ cet homme ”, rétorqua Bander, sèchement. “ Ce Solarien. ” Je ne suis pas sûr de la signification du mot “ charlatan ” mais si j'ai bien saisi l'intonation, le terme est péjoratif.

— Il signifie quelqu'un qui n'est pas authentique, qui arrange ses effets pour rendre ses actes plus impressionnants qu'ils ne sont.

— J'admets goûter la dramatisation mais ce que je viens de vous montrer n'est pas un effet. C'est réel. »

Il tapota la tige sur laquelle reposait sa main gauche. « Ce tube conducteur de chaleur plonge dans le sous-sol sur plusieurs kilomètres et de nombreux tubes similaires sont disposés en quantité d'endroits commodes répartis sur tout mon domaine. Je sais qu'il y a les mêmes sur les autres domaines. Ces tiges accroissent la vitesse de diffusion de la chaleur du sous-sol de Solaria vers sa surface et facilitent la conversion. Je n'ai pas besoin des gestes de la main pour produire la lumière mais cela donne effectivement un petit côté théâtral ou, peut-être, comme vous l'avez relevé, une légère touche d'inauthenticité qui ne me déplaît pas.

— Avez-vous souvent l'occasion de goûter le plaisir de telles touches théâtrales ? demanda Joie.

— Non, reconnut Bander en hochant la tête. Ce genre de choses n'impressionne pas mes robots. Ni n'impressionnerait non plus mes semblables solariens. Cette chance inhabituelle de rencontrer des demi-humains et de leur faire une démonstration est des plus... amusantes. »

Pelorat intervint à son tour : « A notre entrée, cette pièce était vaguement éclairée. L'est-elle en permanence ?

— Oui, la consommation reste infime... comme pour maintenir les robots en fonction. Mon domaine entier fonctionne en permanence et les parties qui ne sont pas activement engagées dans une tâche tournent au ralenti.

— Et vous fournissez en permanence l'énergie pour tout ce vaste domaine ?

— Ce sont le soleil et le noyau de la planète qui la fournissent. Je ne suis tout au plus qu'un conducteur. Et tout le domaine n'est pas non plus productif. La majeure partie reste à l'état sauvage et tient lieu de réserve d'animaux ; d'abord, parce que cela protège mes frontières, et ensuite parce que j'y trouve une valeur esthétique. En fait, mes cultures et mes usines sont de taille réduite et ne servent qu'à subvenir à mes besoins personnels, à quelques spécialités près destinées à être troquées contre celles des autres. J'ai des robots, par exemple, capables de manufacturer et d'installer à la demande les tubes conducteurs de chaleur. Bien des Solariens dépendent de moi en ce domaine.

— Et votre demeure ? demanda Trevize. Quelle est sa taille ? »

Il avait dû poser la bonne question car Bander était devenu radieux. « Très vaste. Une des plus vastes de la planète, je crois. Elle s'étend sur des kilomètres dans chaque direction. J'ai autant de robots pour entretenir mes appartements souterrains que j'en ai eu pour les milliers de kilomètres carrés à la surface.

— Vous ne vivez pas partout, certainement, dit Pelorat.

— Il est bien possible que je n'aie jamais pénétré dans certaines pièces, et puis après ? dit Bander. Les robots s'occupent du ménage, de l'aération, du rangement. Mais venez, sortons d'ici. »

Ils émergèrent par une porte différente de celle par laquelle ils étaient entrés et débouchèrent dans un autre corridor. Devant eux se trouvait un petit véhicule découvert sur rails.

Bander leur fit signe de monter et, l'un après l'autre, ils s'installèrent. Il n'y avait pas trop de place pour eux quatre mais Pelorat et Joie se serrèrent pour permettre à Trevize de s'asseoir. Bander s'assit tout seul devant, manifestement à l'aise, et le véhicule s'ébranla sans le moindre signe de manipulation de commandes quelconques, à part, de temps à autre, un vague mouvement de la main de Bander.

« C'est un robot en forme de véhicule, en fait », expliqua Bander d'un air négligemment dégagé.

Ils progressaient à une allure majestueuse, dépassant en douceur des portes qui s'ouvraient à leur approche et se refermaient après leur passage. Chacune était décorée de manière différente comme si des robots décorateurs avaient reçu l'ordre d'établir des combinaisons au hasard.

Devant comme derrière eux, le corridor était plongé dans la pénombre. En revanche, à l'endroit précis où ils passaient, ils étaient baignés dans l'équivalent d'un soleil froid. Les pièces également s'éclairaient à l'ouverture des portes. Chaque fois, Bander remuait la main d'un geste lent et gracieux.

Le voyage semblait interminable. De temps à autre, ils décrivaient une courbe indiquant que le domaine souterrain s'étendait dans deux dimensions (« Non, trois », se dit à un moment Trevize, comme ils descendaient régulièrement une légère pente).

Où qu'ils aillent, il y avait des robots, par douzaines, par vingtaines, par centaines — tranquillement engagés dans des tâches dont Trevize avait du mal à discerner la nature. Ils dépassèrent la porte ouverte d'une vaste salle dans laquelle, par rangées entières, des robots étaient tranquillement penchés sur des bureaux.

« Que font-ils, Bander ? demanda Pelorat.

— De la paperasse, dit Bander. Ils tiennent des statistiques, des comptes financiers, toutes sortes de choses dont, je l'avoue avec plaisir, je n'ai pas à me tracasser. Ce domaine n'est pas uniquement d'agrément. Près d'un quart des zones cultivables est dévolu aux vergers. Dix pour cent encore sont emblavés mais ce sont les vergers qui constituent vraiment ma fierté. Nous cultivons les meilleurs fruits du monde et c'est également nous qui avons le plus grand choix de variétés. *La* pêche de Solaria, c'est une pêche Bander. A peu près personne d'autre ne se soucie de cultiver des pêches. Nous avons vingt-sept variétés de pommes... et ainsi de suite. Les robots pourront vous fournir toutes informations à ce propos.

— Que faites-vous de tous ces fruits ? demanda Trevize. Vous ne pouvez pas les manger tous.

— Loin de moi cette idée. Je n'apprécie que modérément les fruits. Ils sont échangés avec d'autres domaines.

— Echangés contre quoi ?

— Des minéraux, essentiellement. Je n'ai sur mon domaine pas de mines dignes d'être mentionnées. Je les échange également contre tout ce qui est nécessaire au maintien d'un équilibre écologique sain. Je dispose d'un très large assortiment de plantes et d'animaux sur mes terres.

— Ce sont les robots qui s'occupent de tout cela, je suppose, dit Trevize.

— Effectivement. Et fort bien, d'ailleurs.

— Tout cela pour un seul et unique Solarien.

— Tout cela pour le domaine et son écologie. Il se trouve que je suis le seul Solarien à visiter les différentes parties de son domaine — au moment de mon choix — mais cela fait partie de ma liberté absolue.

— Je suppose, intervint Pelorat, que les autres — les autres Solariens — préservent également l'équilibre écologique et qu'ils ont des marais, peut-être, ou des zones montagneuses, ou des terres en bord de mer...

— Je le suppose aussi. Nous traitons de tels problèmes lors des conférences que les affaires mondiales rendent parfois nécessaires.

— Vous avez à vous réunir souvent ? » demanda Trevize. (Ils franchissaient à présent un passage relativement étroit, assez long, et dépourvu de salles latérales. Trevize supposa qu'il devait avoir été taillé dans une zone qui ne permettait guère de percements plus larges, de sorte qu'il servait de liaison entre deux ailes qui pouvaient, elles, s'étendre plus facilement.)

« Trop souvent. Rares sont les mois où je n'ai pas à passer un moment ou un autre à conférer avec l'un des comités dont je suis membre. Malgré tout, et même si je n'ai peut-être pas de montagnes ou de marais sur mes terres, mes vergers, mes viviers et mes jardins botaniques sont les meilleurs du monde.

— Mais mon cher ami — je veux dire, Bander —, rectifia Pelorat, j'avais cru que vous ne quittiez jamais vos terres pour visiter les domaines des autres...

— Certainement, dit Bander, l'air outré.

— J'ai dit que je l'avais cru, répéta Pelorat, avec douceur. Mais en ce cas, comment pouvez-vous être certain que votre domaine est le meilleur, n'ayant jamais visité ou même vu les autres ?

— Parce que, dit Bander, je peux le déduire de la demande pour mes produits dans les échanges inter-domaines.

— Et les objets manufacturés ? s'enquit Trevize.

— Il y a des domaines où l'on fabrique outillage et machines. Comme je l'ai dit, le mien fabrique les tubes conducteurs de chaleur mais ces articles sont assez simples.

— Et les robots ?

— Les robots sont fabriqués ici et là. Tout au long de l'histoire, Solaria a été en tête de la Galaxie pour l'ingéniosité et la subtilité dans la conception des robots.

— Aujourd'hui encore, j'imagine », dit Trevize en prenant soin de faire sonner sa remarque comme une affirmation et non une question.

« Aujourd'hui ? Avec qui rivaliser aujourd'hui ? Solaria seule fabrique encore des robots. Vos mondes n'en fabriquent pas, si j'interprète correctement ce que j'entends sur les hyperondes.

— Mais les autres mondes spatiaux ?

— Je vous l'ai dit. Ils n'existent plus.

— Aucun ?

— Je ne crois pas qu'il reste un Spatial vivant ailleurs que sur Solaria.

— Alors, n'y a-t-il personne qui sache où se trouve la Terre ?

— Qui diantre voudrait donc savoir où se trouve la Terre ?

— Moi, intervint Pelorat. Je veux le savoir. C'est mon domaine d'études.

— Alors, dit Bander, vous allez devoir étudier autre chose.

Je ne sais rien de la position de la Terre et à ma connaissance, personne n'en a jamais rien su, ou ne s'en soucie pas plus que d'un bout de tôle à robot. »

Le véhicule s'immobilisa et, durant un instant, Trevize crut que Bander s'était vexé. L'arrêt s'était toufefois opéré en douceur et Bander, après être descendu, avait son air amusé habituel lorsqu'il fit signe à ses passagers de le suivre.

L'éclairage de la pièce dans laquelle ils entrèrent resta atténué même après que Bander l'eut fait monter d'un geste de la main. Elle donnait sur un couloir latéral, de part et d'autre duquel s'ouvraient des pièces plus petites. Dans chacune de celle-ci se trouvait un vase orné, flanqué par des objets qui auraient pu être des projecteurs de cinéma.

« Qu'est-ce que tout ceci, Bander ? demanda Trevize.

— Les salles funéraires des ancêtres, Trevize », dit Bander.

50.

Pelorat regarda autour de lui, l'air intéressé. « Je suppose qu'ils sont inhumés ici ?

— Si par " inhumés " vous voulez dire enterrés dans le sol, vous faites une légère erreur. Nous sommes peut-être sous terre mais ceci est ma résidence et les cendres s'y trouvent au même titre que vous-même en ce moment. Dans notre langue, nous disons des restes de nos défunts qu'ils sont " inhomés ". » Il hésita avant d'ajouter : « " Home " est un terme archaïque pour " résidence ". »

Trevize parcourut les lieux d'un regard superficiel. « Et ce sont là tous vos ancêtres ? Il y en a combien ?

— Près d'une centaine », dit Bander sans faire aucun effort pour dissimuler sa fierté. « Quatre-vingt-quatorze, pour être précis. Bien sûr, les tout premiers ne sont pas de vrais Solariens — pas au sens actuel du terme. C'étaient des demi-humains, masculins et féminins. Leurs descendants immédiats diposaient ces demi-ancêtres dans des urnes adjacentes. Je ne pénètre pas dans ces salles, évidemment. C'est assez " honti-fère ". Tel est du moins le terme solarien ; mais j'ignore l'équivalent dans votre galactique. Vous devez bien en avoir un.

— Et les films ? demanda Joie. Je suppose que ces appareils sont des projecteurs de cinéma ?

— Des journaux, dit Bander. L'histoire de leur vie. Des scènes prises dans les sites préférés de leur propriété. Cela signifie qu'ils ne meurent pas entièrement. Une partie d'eux subsiste et c'est l'un des privilèges de ma liberté que de pouvoir les retrouver chaque fois que je le désire ; je peux visionner tel ou tel fragment de film, à ma guise.

— Mais pas dans les salles... “ hontifères ”. »

Le regard de Bander devint fuyant. « Non, reconnut-il, mais enfin, nous partageons tous ce même genre d'ancêtres. C'est une tare commune.

— Commune ? Alors, d'autres Solariens ont également ces salles funéraires ? demanda Trevize.

— Mais oui, nous en avons tous, mais les miennes sont les meilleures, les plus élaborées, les mieux préservées.

— Votre propre salle est-elle déjà prête ?

— Absolument. Elle est complètement aménagée et équipée. C'est la première tâche que j'ai fait entreprendre lorsque j'ai hérité du domaine. Et lorsque je serai réduit en cendres — pour parler poétiquement —, le tout premier devoir de mon successeur sera de faire construire la sienne.

— Et avez-vous un successeur ?

— J'en aurai un lorsque l'heure sera venue. J'ai encore du temps devant moi. Lorsqu'il me faudra partir, j'aurai un successeur adulte, assez mûr pour jouir du domaine, avec des lobes assez développés pour la transduction de puissance.

— Ce sera votre rejeton, j'imagine.

— Eh oui.

— Mais si jamais il se produit un événement inattendu ? Je présume que les accidents et les malheurs adviennent aussi sur Solaria. Qu'arrive-t-il lorsqu'un Solarien est réduit prématurément en cendres sans successeur pour prendre sa place, ou du moins sans héritier assez mûr pour jouir du domaine ?

— Cela se produit rarement. Dans ma lignée, l'événement n'est survenu qu'une fois. Quand c'est le cas, néanmoins, il suffit de se rappeler que d'autres successeurs attendent d'autres domaines. Certains sont en âge d'hériter tout en ayant des parents assez jeunes pour produire un second descendant et vivre jusqu'à ce que ce dernier soit mûr pour la succession. L'un de ces vieux/jeunes successeurs, comme on les appelle, se verrait alors attribuer la succession de mes terres.

— Qui se charge de l'attribution ?

— Nous avons un conseil de direction dont c'est l'une des rares prérogatives — la désignation d'un successeur en cas de réduction en cendres prématurée. Tout cela se fait par holovision, bien entendu.

— Mais, dites-moi, intervint Pelorat, si les Solariens ne se voient jamais, comment peut-on savoir que quelque part un Solarien quelconque est prématurément — ou non d'ailleurs — réduit en cendres ?

— Quand l'un d'entre nous est réduit en cendres, toute l'alimentation en énergie de son domaine cesse. Si aucun successeur ne prend aussitôt la relève, l'anomalie finit par être décelée, entraînant alors la mise en œuvre de mesures correctives. Je vous assure que notre système social fonctionne sans heurts.

— Serait-il possible de visionner certains des films que vous avez ici ? » demanda Trevize.

Bander se figea. Puis il répondit : « Votre ignorance seule vous excuse. Ce que vous venez de dire est grossier et obscène.

— Veuillez m'en excuser. Je ne voudrais pas être indiscret mais nous vous avons déjà expliqué que nous étions fort intéressés par l'obtention d'informations concernant la Terre. J'ai pensé que les tout premiers films dont vous disposez pourraient remonter à l'époque où la Terre était radioactive. Il se pourrait par conséquent qu'elle ỹ soit mentionnée. Il pourrait s'y trouver des détails sur elle. Nous n'avons certainement pas l'intention de violer votre intimité, mais n'y aurait-il pas moyen que vous puissiez vous-même examiner ces films, ou les faire examiner par un robot, pour nous faire ensuite communiquer toute information pertinente ? Bien entendu, si vous pouvez respecter nos motifs et comprendre qu'en retour nous ferons notre possible pour respecter vos sentiments, vous pourriez nous permettre de les visionner nous-mêmes.

— J'imagine, rétorqua Bander, glacial, que vous n'avez aucun moyen de vous rendre compte que vous devenez de plus en plus blessant. Quoi qu'il en soit, nous pouvons immédiatement mettre un terme à ce débat car je puis vous dire qu'il n'existe aucun film pour accompagner mes tout premiers ancêtres demi-humains.

— Aucun ? » La déception de Trevize était sincère.

« Il en a existé jadis. Mais même des gens comme vous peuvent imaginer ce qu'ils devaient contenir. Deux demi-humains montrant de l'intérêt l'un pour l'autre ou, même » — Bander se racla la gorge avant de reprendre, avec effort — « en train d'interagir. Naturellement, tous les films de demi-humains ont été détruits depuis de nombreuses générations.

— Et les archives des autres Solariens ?

— Toutes détruites.

— Vous en êtes sûr ?

— C'eût été folie de ne pas le faire.

— Il se pourrait que certains Solariens aient été fous, ou bien sentimentaux, ou encore négligents. Nous supposons que vous ne verrez pas d'objection à nous diriger vers les domaines voisins. »

Bander considéra Trevize avec surprise. « Croyez-vous donc que d'autres seront aussi tolérants que j'ai pu l'être à votre égard ?

— Pourquoi pas, Bander ?

— Vous découvrirez que ce n'est pas le cas.

— C'est un risque à prendre.

— Non, Trevize. Non, aucun de vous ne le prendra. Ecoutez-moi. » Il y avait des robots à l'arrière-plan et Bander s'était renfrogné.

« Qu'y a-t-il, Bander ? » demanda Trevize, soudain mal à l'aise.

« J'ai apprécié de converser avec vous, de vous observer dans toutes vos... bizarreries. Ce fut une expérience unique qui m'a ravi mais que je ne puis consigner dans mon journal, ni conserver sur film.

— Pourquoi pas ?

— Vous parler ; vous écouter ; vous amener chez moi ; vous conduire ici dans la salle funéraire des ancêtres : tous ces actes sont honteux.

— Nous ne sommes pas des Solariens. Nous n'avons pas plus d'importance pour vous que ces robots, n'est-ce pas ?

— C'est ainsi que je m'excuse. Il se peut que l'excuse ne tienne pas pour les autres.

— Que vous importe ? Vous avez l'absolue liberté de faire comme bon vous semble, n'est-ce pas ?

— Certes, et si j'étais le seul Solarien de la planète, je pourrais accomplir des actes honteux en toute liberté. Mais il y a d'autres Solariens sur ce monde et, à cause de cela, bien qu'on s'en approche, on ne parvient jamais à la liberté idéale. Il y a sur la planète douze cents Solariens qui me mépriseraient s'ils savaient ce que j'ai fait.

— Ils n'ont aucune raison de l'apprendre.

— C'est exact. J'en ai pris conscience depuis votre arrivée. J'en suis resté conscient tout le temps que je m'amusais avec vous : les autres ne devaient pas savoir.

— Si cela signifie, dit Pelorat, que vous craignez des complications du fait de notre visite aux autres domaines pour glaner des informations sur la Terre, eh bien, naturellement, nous ne dirons mot de notre visite initiale chez vous. Cela va de soi. »

Bander hocha la tête. « J'ai déjà pris suffisamment de risques. Je ne vais pas parler de tout ceci, bien entendu. Mes robots non plus, et ils recevront même ordre de n'en rien garder en mémoire. Votre vaisseau sera conduit sous terre et examiné pour voir les informations qu'il peut nous donner...

— Attendez, le coupa Trevize. Combien de temps croyez-vous que nous puissions attendre, pendant que vous inspecterez notre vaisseau ? C'est impossible.

— Pas du tout, car vous n'aurez rien à dire là-dessus. Je suis désolé. J'aimerais vous parler plus longuement et discuter de bien d'autres choses avec vous mais vous constatez vous-même que la situation devient plus dangereuse.

— Non, absolument pas, dit Trevize, avec insistance.

— Oh ! mais si, petit demi-homme. J'ai bien peur que le temps ne soit venu pour moi de faire ce que mes ancêtres auraient fait tout de suite. Je dois vous tuer, tous les trois. »

Chapitre 12

Vers la surface

51.

Trevize avait aussitôt tourné la tête en direction de Joie. Le visage de la jeune femme était dénué d'expression, mais crispé, le regard fixé sur Bander avec une intensité telle qu'on pouvait la croire insouciante de tout le reste.

Pelorat écarquillait les yeux sous le coup de l'incrédulité.

Ignorant ce que Joie devait — ou pouvait — faire, Trevize lutta pour combattre une impression envahissante de perte (non pas à l'idée de mourir, mais plutôt de mourir sans savoir où se trouvait la Terre, sans savoir pourquoi il avait choisi Gaïa pour l'avenir de l'humanité). Il devait gagner du temps.

Faisant effort pour empêcher sa voix de trembler et garder une élocution claire, il dit : « Vous vous êtes montré un Solarien courtois et doux, Bander. Vous ne vous êtes pas fâché devant notre intrusion sur votre planète. Vous avez été assez aimable pour nous présenter votre domaine et votre demeure, et vous avez répondu à nos questions. Il serait plus en accord avec votre personnage de nous laisser maintenant partir. Personne n'aura besoin de savoir que nous sommes venus sur ce monde et nous n'avons aucune raison d'y retourner. Nous sommes arrivés en toute innocence, cherchant uniquement des informations.

— Ce que vous dites est vrai, dit Bander, d'un ton léger, et jusqu'à présent, je vous ai accordé un sursis. Vos existences étaient compromises à l'instant même où vous avez pénétré dans notre atmosphère. Dès le premier contact avec vous, j'aurais fort bien pu — et j'aurais dû — vous tuer aussitôt. Puis j'aurais dû ordonner aux robots idoines de disséquer vos corps, à la recherche des informations susceptibles d'être fournies par vos organismes d'êtres venus d'un autre monde.

« Je n'en ai rien fait. J'ai flatté ma propre curiosité et cédé à mon naturel avenant, mais cela suffit. Je ne puis continuer de la sorte. En fait, j'ai déjà compromis la sécurité de Solaria, car si, par quelque faiblesse, je devais me laisser convaincre de vous laisser repartir, d'autres individus de votre sorte suivraient sans aucun doute, malgré toutes vos promesses et vos dénégations.

« Il vous reste toutefois au moins ceci : votre mort sera indolore. Je vais simplement me contenter de désactiver vos cerveaux par un léger réchauffement. Vous ne ressentirez pas la moindre douleur. La vie cessera, c'est tout. Finalement, lorsque la dissection et l'examen seront achevés, je vous convertirai en cendres en un intense éclair de chaleur et tout sera terminé.

— Si nous devons mourir, dit Trevize, je ne vais pas me plaindre d'une mort rapide et sans douleur, mais d'abord, pourquoi faut-il que l'on meure, alors que nous n'avons commis aucun crime ?

— Votre arrivée était un crime.

— Totalement absurde, puisque nous ignorions que c'en était un.

— La société définit ce qui constitue ou non un crime. Pour vous, cela semble peut-être irrationnel et arbitraire, mais pas pour nous, et ce monde-ci est le nôtre, sur lequel nous pouvons de plein droit décider qu'en l'affaire vous avez agi de manière criminelle et méritez la mort. »

Arborant le sourire de qui est lancé dans une agréable conversation, Bander poursuivit : « De même que vous n'avez aucun droit de vous plaindre en arguant de la supériorité de vos vertus. Vous possédez un éclateur qui utilise un faisceau de micro-ondes pour induire une intense chaleur meurtrière. Cet engin fait ce que j'ai l'intention de faire, mais le réalise, j'en suis certain, de manière considérablement plus grossière et douloureuse. Vous n'hésiteriez aucunement à l'utiliser à présent contre moi, si je ne l'avais pas vidé de son énergie, et si j'avais la stupidité de vous laisser la liberté de mouvement vous permettant de retirer l'arme de son étui. »

Au désespoir, craignant même de jeter un nouveau regard vers Joie, de peur d'attirer sur elle l'attention de Bander, Trevize plaida : « Je vous demande, par pitié pour nous, de n'en rien faire. »

Le ton soudain résolu, Bander répondit : « Je dois d'abord avoir pitié de moi et de mon monde, et pour cela, vous devez mourir. »

Il éleva la main et, instantanément, les ténèbres descendirent sur Trevize.

52.

L'espace d'un instant, Trevize sentit les ténèbres le suffoquer et il songea, affolé : est-ce donc cela, la mort ?

Et puis, comme si sa pensée avait donné naissance à un écho, il entendit murmurer : « Est-ce donc cela la mort ? » C'était la voix de Pelorat.

Trevize essaya de chuchoter et s'aperçut qu'il en était capable. « Pourquoi cette question ? » dit-il avec une impression d'immense soulagement. « Le fait même d'être capable de la formuler prouve bien que ce n'est pas le cas.

— Il existe de vieilles légendes sur la vie après la mort.

— Balivernes, marmonna Trevize. Joie. Etes-vous là, Joie ? »

Pas de réponse.

A nouveau, Pelorat fit l'écho : « Joie ? Joie ? Qu'est-il arrivé, Golan ?

— Bander doit être mort. Et dans ce cas, faute d'apport d'énergie à son domaine, les lumières ont dû s'éteindre.

— Mais comment... ? Vous voulez dire que c'était Joie ?

— Je suppose. J'espère que dans l'opération elle n'aura pas souffert. » Il était à quatre pattes, en train de ramper dans les ténèbres totales de cet univers souterrain (si l'on omettait l'occasionnel éclair invisible d'un atome radioactif traversant les parois).

Puis sa main tomba sur quelque chose de tiède et doux. Il tâtonna et reconnut une jambe, qu'il saisit. Manifestement trop mince pour être celle de Bander. « Joie ? »

La jambe rua, forçant Trevize à lâcher prise.

Il s'écria : « Joie ? Dites quelque chose !

— Je suis en vie », dit cette dernière, d'une voix curieusement déformée.

« Mais est-ce que vous allez bien ?

— Non. » Et, sur ce mot, la lumière revint autour d'eux — atténuée. Les murs s'étaient mis à luire d'un vague éclat fluctuant.

Bander gisait en tas dans l'ombre. A côté de lui, lui tenant la tête, il y avait Joie.

Elle leva les yeux vers Trevize et Pelorat. « Le Solarien est mort », dit-elle, et dans la pénombre, ses joues étaient luisantes de larmes.

Trevize n'en revenait pas. « Pourquoi pleurez-vous ?

— Ne devrais-je pas pleurer d'avoir tué un être vivant doué de pensée et d'intelligence ? Ce n'était pas mon intention. »

Trevize se pencha pour l'aider à se relever mais elle le repoussa.

A son tour, Pelorat s'agenouilla et lui dit doucement : « Je vous en prie, Joie, même vous ne pourriez le ramener à la vie. Dites-nous plutôt ce qui s'est passé. »

Elle se laissa relever et dit, d'une voix morne : « Gaïa peut faire ce dont Bander était capable. Gaïa peut exploiter l'énergie inégalement distribuée dans l'Univers pour la convertir en un travail donné par le seul pouvoir mental.

— Ça, je savais », dit Trevize, cherchant à se montrer apaisant sans bien savoir comment s'y prendre. « Je me souviens fort bien de notre rencontre dans l'espace quand vous — ou plutôt Gaïa — avez retenu notre vaisseau captif. J'y ai repensé lorsqu'il m'a tenu entravé après s'être emparé de mes armes. Il vous tenait captive, vous aussi, mais j'étais certain que vous auriez pu vous libérer si vous l'aviez voulu.

— Non. J'aurais échoué si j'avais essayé. Quand votre vaisseau était sous mon/notre emprise, ajouta-t-elle avec tristesse, Gaïa et moi faisions réellement un. A présent, une séparation hyperspatiale limite ma/notre efficacité. En outre, Gaïa agit par la seule force de l'union des cerveaux. Même ainsi, tous ces cerveaux réunis ne possèdent pas les lobes transducteurs dont disposait ce Solarien. Nous sommes incapables d'utiliser l'énergie avec la précision, l'efficacité et l'aisance dont il faisait preuve... Vous constatez que je n'arrive pas à faire briller plus l'éclairage et j'ignore même combien de temps je vais pouvoir tenir avant de fatiguer. Alors qu'il pouvait alimenter en énergie tout un immense domaine, même pendant son sommeil.

— Mais vous l'avez arrêté, observa Trevize.

— Parce qu'il ne soupçonnait pas mes pouvoirs, dit Joie, et que je n'ai rien fait pour lui en trahir la présence. Par conséquent, il n'a nourri aucun soupçon à mon égard et ne m'a pas prêté la moindre attention. Il s'est concentré entièrement sur vous, Trevize, parce que c'était vous qui déteniez les armes — là encore, comme cela vous a servi d'être armé ! — et j'ai dû attendre ma chance de l'arrêter en lui portant un coup aussi rapide qu'inattendu. Lorsqu'il a été sur le point de nous tuer, quand tout son esprit était concentré là-dessus, et sur vous, j'ai été en mesure de frapper.

— Et cela a marché à merveille.

— Comment pouvez-vous dire une chose aussi cruelle, Trevize ? Ma seule intention était de l'arrêter. Je désirais simplement bloquer ses facultés de transduction. Dans le bref instant de surprise où il essaierait de nous liquider mais s'en trouverait incapable et verrait même la lumière décroître, je comptais assurer mon emprise et le plonger dans un sommeil normal prolongé, qui libérerait le transducteur. Ainsi, l'alimentation en énergie subsisterait-elle et nous pourrions sortir du domaine, regagner le vaisseau et quitter la planète. J'espérais m'arranger pour qu'à son réveil, il ait tout oublié de ce qui s'était produit depuis l'instant où il nous avait vus pour la première fois. Gaïa n'a nul désir de tuer quand, pour parvenir à ses fins, elle peut s'en abstenir.

— Qu'est-ce qui n'a pas marché, Joie ? demanda doucement Pelorat.

— Je n'avais jamais encore été confrontée à quelque chose d'analogue à ces lobes transducteurs et le temps m'a manqué pour les étudier et en savoir plus. Je me suis donc contentée de frapper en force avec ma manœuvre de blocage et, apparemment, ça n'a pas marché comme prévu. Ce n'est pas l'entré de l'énergie dans les lobes qui a été bloquée, mais sa sortie. L'énergie s'y déverse en permanence à un rythme soutenu mais, en temps normal, le cerveau se protège en la réémettant pratiquement au même rythme. Une fois la sortie bloquée, toutefois, l'énergie s'est accumulée aussitôt dans les lobes et, en une infime fraction de seconde, la température s'est élevée au point où les protéines du cerveau ont été désactivées de manière explosive, entraînant la mort. Les lumières se sont éteintes, et j'ai retiré aussitôt mon blocage mais, bien entendu, il était trop tard.

— Je ne vois pas ce que vous auriez pu faire d'autre, ma chérie, dit Pelorat.

— Quel réconfort, vu que je l'ai tué !

— Bander était sur le point de nous tuer, observa Trevize.

— C'était un motif pour l'immobiliser, pas pour le tuer. »

Trevize hésita. Il n'avait pas trahi son impatience, car il n'avait pas l'intention de blesser ou bouleverser davantage Joie qui était, après tout, leur seule défense contre un monde suprêmement hostile.

« Joie, commença-t-il, il est temps de regarder au-delà de la disparition de Bander. Parce qu'il est mort, le domaine entier est privé d'énergie. Le fait va tôt ou tard être remarqué par d'autres Solariens, et sans doute plus tôt que plus tard. Ils seront forcés d'enquêter. Je ne crois pas que nous serons capables de contenir l'attaque éventuellement combinée de plusieurs d'entre eux. Et comme vous l'avez reconnu vous-même, vous n'allez pas pouvoir fournir bien longtemps encore la puissance limitée que vous parvenez à fournir actuellement. Il est pourtant fondamental que nous puissions sans retard regagner la surface et notre vaisseau.

— Mais Golan, dit Pelorat, comment allons-nous faire ? Nous sommes arrivés ici en parcourant de nombreux kilomètres par un itinéraire sinueux. J'imagine que nous nous trouvons ici dans un sacré dédale et, pour ma part, je n'ai pas la moindre idée de la route à suivre pour rejoindre la surface. J'ai toujours eu un sens de l'orientation lamentable. »

Regardant autour de lui, Trevize se rendit compte que Pelorat n'avait pas tort. « Je suppose qu'il doit exister de nombreux accès vers la surface, et on n'est pas obligé d'emprunter celui par lequel on est entré.

— Mais nous ignorons où peuvent bien se trouver tous ces accès. Alors, comment fait-on ? »

Trevize se tourna de nouveau vers Joie. « Pouvez-vous

détecter quoi que ce soit, mentalement, qui puisse nous aider à retrouver notre chemin ?

— Les robots de ce domaine sont tous hors service. Je parviens à déceler un infime murmure de vie sous-intelligente, droit au-dessus de nous mais cela nous dit seulement que la surface se trouve droit au-dessus, ce que nous savons déjà.

— Eh bien, dans ce cas, dit Trevize, on n'a plus qu'à chercher nous-mêmes une ouverture quelconque.

— Au jugé ? fit Pelorat, atterré. On ne réussira jamais.

— On peut y arriver, Janov. Si nous cherchons, nous avons une chance, si mince soit-elle. L'autre côté de l'alternative est de rester plantés là, auquel cas, nous sommes assurés de ne jamais réussir. Allez, une petite chance, c'est toujours mieux qu'aucune chance du tout.

— Attendez, dit Joie. Cette fois, je perçois quelque chose.

— Quoi ?

— Un esprit.

— Une intelligence ?

— Oui, mais limitée, je pense. Ce que je reçois le plus clairement, toutefois, c'est autre chose.

— Quoi ? redemanda Trevize, contenant de nouveau son impatience.

— De la terreur ! Une terreur insoutenable ! » murmura Joie dans un souffle.

53.

Trevize regarda autour de lui, l'air piteux. Il savait par où ils étaient entrés mais ne se faisait aucune illusion sur l'éventualité de retrouver le chemin par où ils étaient venus. Après tout, à l'aller, il n'avait guère prêté attention aux bifurcations et aux virages. Comment, en effet, aurait-il imaginé qu'ils se retrouveraient en situation de refaire le parcours à l'envers, seuls et sans aide, et seulement guidés par l'éclat atténué d'une chiche lumière vacillante ?

« Vous croyez que vous pourrez mettre en branle la voiture, Joie ?

— Sans doute, Trevize, mais ça ne veut pas dire que je saurai la piloter.

— Je pense que Bander la pilotait mentalement, observa Pelorat. Je ne l'ai pas vu toucher quoi que ce soit pendant ses évolutions.

— Oui, répondit Joie avec douceur. Certes, il faisait ça mentalement, Pel, mais *comment?* Vous pourriez aussi bien dire qu'il la pilotait à l'aide des commandes. Sans aucun doute, mais si nous ignorons le détail de leur manipulation, nous ne sommes pas plus avancés, n'est-ce pas ?

— Vous pourriez toujours essayer, proposa Trevize.

— Si j'essaie, je vais être obligée d'y atteler tout mon esprit, et dans ce cas, je doute d'être capable de maintenir en même temps la lumière. Le véhicule ne nous sera guère utile dans le noir, même si nous apprenons à le piloter.

— Alors, nous voilà donc obligés d'errer à pied, je suppose ?

— J'en ai bien peur. »

Trevize scruta les ténèbres épaisses et menaçantes qui s'étendaient au-delà de la chiche lumière de leur entourage immédiat. Il ne voyait rien, n'entendait rien.

« Joie, est-ce que vous percevez toujours cet esprit terrorisé ?

— Oui.

— Pouvez-vous dire où il se trouve ? Pouvez-vous nous guider jusqu'à lui ?

— Les ondes mentales se propagent en ligne droite. Elles ne sont pas notablement réfractées par la matière ordinaire, si bien que je peux vous indiquer qu'elles proviennent de cette direction. »

Elle désigna un point sur le mur dans la pénombre, et ajouta : « Mais nous ne pouvons pas traverser le mur pour le rejoindre. Le mieux que nous puissions faire, c'est de suivre les corridors en essayant de nous frayer un chemin dans la direction où s'accentue l'émission. En bref, il va falloir jouer à la main chaude.

— Eh bien, commençons tout de suite. »

Pelorat restait à la traîne : « Attendez, Golan, sommes-nous bien certains de vouloir découvrir cette chose, quelle qu'elle soit ? Si elle est terrorisée, il se pourrait qu'elle ait toutes raisons de l'être... »

Trevize hocha la tête avec impatience. « Nous n'avons pas le choix, Janov. C'est un esprit, terrorisé ou pas, et il se pourrait qu'il accepte — ou se laisse persuader — de nous conduire vers la surface.

— Et on laisse traîner Bander ici ? » ajouta Pelorat, mal à l'aise.

Trevize le prit par le coude. « Allons, Janov. Nous n'avons pas le choix non plus. Un de ces jours, un Solarien va bien réactiver cet endroit, un robot découvrira Bander et s'en occupera — j'espère simplement que ce ne sera pas avant qu'on soit loin d'ici. »

Il laissa Joie leur ouvrir la route. La lumière était toujours plus intense dans son voisinage immédiat et la jeune femme marquait un temps d'arrêt devant chaque porte, à chaque embranchement du corridor, pour essayer de repérer la direction d'où provenaient les ondes de terreur. Parfois, elle franchissait une porte, ou prenait un virage avant de rebrousser chemin pour essayer un autre itinéraire, sous le regard impuissant de Trevize.

Chaque fois que Joie parvenait à une décision et s'enfonçait sans hésiter dans une direction précise, la lumière s'allumait devant elle. Trevize remarqua qu'elle semblait légèrement plus vive à présent — soit que ses yeux se fussent accoutumés à la pénombre, soit que Joie eût appris à manier la transduction avec plus d'efficacité. A un moment, alors qu'elle dépassait une des tiges métalliques enfoncées dans le sol, elle posa la main dessus et l'éclairage s'accrut de manière notable. Elle hocha la tête, l'air contente d'elle.

Rien ne leur semblait familier ; il paraissait évident qu'ils étaient en train d'errer parmi des secteurs de cette délirante demeure souterraine qu'ils n'avaient pas traversés à l'aller.

Trevize cherchait toujours des corridors qui s'inclineraient nettement vers le haut et, pour varier, il examinait également les plafonds, en quête d'une trappe quelconque. Il ne découvrit rien de tel et l'esprit terrorisé demeurait donc leur unique chance de sortir.

Ils marchaient au milieu d'un silence complet, à l'exclusion du bruit de leurs propres pas ; au milieu des ténèbres, à l'exclusion de la lumière dans leurs parages immédiats ; au milieu de la mort, à l'exclusion de leurs propres existences. Parfois, ils distinguaient l'ombre massive d'un robot, assis ou debout dans la pénombre, immobile. A un moment, ils virent un robot allongé sur le flanc, les membres figés dans une étrange posture. Il aura été surpris en déséquilibre au moment de la coupure d'énergie, estima Trevize, et il est tombé. Vivant ou mort, Bander ne pouvait pas influer sur la pesanteur. Peut-être que partout, sur le vaste domaine Bander, des robots étaient ainsi immobiles, debout ou couchés, hors service, et peut-être était-ce cela que l'on remarquerait le plus vite aux frontières.

Ou peut-être que non, songea-t-il soudain. Les Solariens savaient quand l'un d'eux mourait de vieillesse et de décrépitude physique. Le monde était prévenu et prêt à intervenir. Bander, en revanche, était mort subitement, sans prévenir, dans la fleur de l'âge. Qui pouvait savoir ? S'attendre à cela ? Guetter la panne ?

Mais non (et Trevize repoussa cet optimisme consolateur, comme un dangereux appât menant à l'excès de confiance). Les Solariens avaient sans aucun doute des moyens plus subtils de détecter la mort. Tous avaient un trop grand intérêt dans la succession des domaines pour laisser la mort œuvrer seule.

Pelorat murmura, malheureux : « La ventilation s'est arrêtée. Un endroit tel que celui-ci, sous terre, doit être ventilé et c'est Bander qui fournissait l'alimentation. Maintenant, elle est coupée...

— Ce n'est pas grave, Janov, dit Trevize. Il reste assez d'air dans ces souterrains déserts pour tenir encore des années.

— Il n'empêche que nous sommes enfermés. Psychologiquement, c'est mauvais.

— Je vous en conjure, Janov, ne faites pas de la claustrophobie... Joie, est-ce qu'on approche ?

— Nettement, Trevize. La sensation est plus forte et je parviens à mieux la localiser. »

Elle progressait à présent d'une démarche plus assurée, hésitant moins aux bifurcations.

« Par ici ! Par ici ! s'écria-t-elle. C'est plus fort que jamais.

— Même moi, j'arrive à l'entendre », remarqua sèchement Trevize.

Tous trois s'immobilisèrent et, machinalement, retinrent leur souffle. Ils décelaient un gémissement assourdi, entrecoupé de sanglots haletants.

Ils pénétrèrent dans une vaste pièce et, alors que venait la lumière, ils découvrirent que contrairement à toutes les autres, celle-ci était luxueusement meublée et pleine de couleurs.

Au centre de la chambre se tenait un robot, légèrement voûté, les bras écartés dans un geste évoquant l'affection, et bien entendu, il était parfaitement immobile.

Derrière le robot, on voyait s'agiter des vêtements. Un œil rond et terrifié apparut d'un côté de la machine tandis qu'on entendait toujours résonner les sanglots déchirants.

Trevize fonça pour contourner le robot et, par l'autre côté, jaillit une petite silhouette qui piaillait. Elle trébucha, s'étala par terre et resta là, se couvrant les yeux, battant des jambes dans tous les sens, comme pour écarter une quelconque menace d'où qu'elle pût venir, et piaillant, piaillant toujours...

Joie remarqua, assez inutilement : « C'est un enfant ! »

54.

Trevize recula, intrigué. Qu'est-ce qu'un enfant faisait ici ? Bander s'était montré si fier de son absolue solitude, il avait tellement insisté là-dessus.

Pelorat, le moins apte des trois à retrouver un raisonnement inflexible devant un événement obscur, embrassa aussitôt la solution et dit : « Je suppose que voilà notre successeur.

— L'enfant de Bander, approuva Joie, mais trop jeune, ce me semble, pour être un successeur. Les Solariens vont devoir chercher ailleurs. »

Elle considérait l'enfant, sans le fixer mais avec un regard doux, magnétique, et lentement ses cris diminuèrent. Le petit être ouvrit les yeux et rendit à Joie son regard. Les pleurs s'étaient réduits à quelques vagissements.

Joie, de son côté, s'était mise à pousser des petits cris

rassurants, des mots hachés qui en eux-mêmes ne voulaient pas dire grand-chose mais avaient pour seul but de renforcer l'effet apaisant de ses pensées. C'était comme si elle avait mentalement caressé l'esprit inconnu de cet enfant, pour tâcher d'y démêler l'embrouillamini des émotions.

Avec lenteur, sans jamais quitter Joie des yeux, l'enfant se releva, resta quelques secondes vacillant puis fonça vers le robot figé, silencieux. Il passa les bras autour de l'épaisse jambe robotique, comme avide de retrouver la sécurité de son contact.

« Je suppose, nota Trevize, que ce robot est sa... nourrice... ou son gardien. Je suppose qu'un Solarien serait incapable de s'occuper d'un de ses semblables, pas même un parent d'un enfant.

— Et je suppose que l'enfant est hermaphrodite, ajouta Pelorat.

— Nécessairement. »

Toujours entièrement absorbée par l'enfant, Joie approchait avec lenteur, les mains à demi relevées, les paumes tournées dans sa direction, comme pour mieux souligner qu'elle n'avait nulle intention de s'emparer de la petite créature. L'enfant était maintenant silencieux et surveillait son approche, étreignant de plus belle le robot.

« Là, petit..., disait Joie, ... tout doux, petit... tout doux, tout chaud.... gentil... sage, petit, ... sage... sage... »

Elle arrêta puis, sans détourner la tête, dit à voix basse : « Pel, parlez-lui dans sa langue. Dites-lui que nous sommes des robots venus nous occuper de lui par suite de la panne de courant.

— Des robots ! fit Pelorat, outré.

— Il faut qu'on se présente ainsi. Il n'a pas peur des robots. Et il n'a jamais vu d'être humain, peut-être même qu'il est incapable d'en concevoir l'existence.

— Je ne sais pas si j'arriverai à trouver l'expression convenable. J'ignore le terme archaïque pour “ robot ”.

— Alors, dites “ robot ”, Pel. Si ça ne marche pas, dites “ chose en fer ”. Dites ce que vous pouvez. »

Lentement, mot à mot, Pelorat s'exprima en langue archaïque. L'enfant le regarda, les sourcils intensément froncés, comme s'il cherchait à comprendre.

« Vous feriez aussi bien de lui demander comment on sort, tant que vous y êtes, observa Trevize.

— Non, objecta Joie. Non, pas encore. La confiance d'abord, l'information ensuite. »

Examinant à présent Pelorat, l'enfant relâcha lentement son étreinte sur la jambe du robot et se mit à répondre d'une voix musicale haut perchée.

« Il parle trop vite pour moi, s'alarma Pelorat.

— Demandez-lui de répéter plus doucement. Je vais faire de mon mieux pour le calmer et lui retirer ses craintes. »

Ecoutant à nouveau l'enfant, Pelorat traduisit : je crois qu'il demande ce qui a fait s'arrêter Jemby. Ce doit être le robot.

— Vérifiez-le, Pel. »

Pelorat parla, écouta, puis dit enfin : « Oui, Jemby, c'est le robot. L'enfant dit s'appeler Fallom.

— Bien ! » Joie lui sourit, un sourire radieux, heureux, pointa le doigt vers lui et dit : « Fallom. Bien, Fallom. Gentil, Fallom. » Puis elle posa la main sur sa poitrine et dit : « Joie. »

L'enfant sourit. Il était très mignon quand il souriait. « Joie », fit-il en zozotant légèrement.

« Joie, dit Trevize, si vous pouviez activer le robot, Jemby, il pourrait peut-être nous indiquer ce que nous cherchons. Pelorat peut lui parler aussi facilement qu'au gosse.

— Non, dit Joie. Ce serait une erreur. La première tâche du robot est de protéger l'enfant. S'il est activé et prend aussitôt conscience de notre présence, nous des humains bizarres, il risque de nous attaquer aussitôt. Aucun humain bizarre n'habite ici. Si je suis obligée alors de le désactiver, il ne pourra plus nous fournir d'informations et l'enfant, confronté à un second arrêt du seul parent qu'il connaisse... Enfin, bref, je n'en ferai rien. Voilà.

— Mais on nous a dit, remarqua doucement Pelorat, que les robots ne peuvent pas faire de mal aux humains.

— Peut-être, dit Joie. Mais on ne nous a pas dit quel genre de robots ces Solariens ont conçu. Et même si ce robot précis a été programmé pour ne pas faire de mal, il risque d'avoir à faire le choix entre cet enfant, ou ce qui lui paraît le plus proche d'un enfant, et trois objets qu'il pourrait fort bien ne pas reconnaître comme des êtres humains mais plutôt comme de vulgaires intrus. Naturellement, il choisira l'enfant et nous attaquera. »

Elle se retournera vers le gosse. « Fallom, dit-elle, Joie » ; puis, pointant le doigt : « Pel... Trev...

— Pel. Trev », dit l'enfant, docile.

Elle se rapprocha, tendant lentement les mains. Il la regarda approcher puis recula d'un pas.

« Tout doux, Fallom, dit Joie. Bien, Fallom. Touche, Fallom. Gentil, Fallom. »

Il fit un pas vers elle et Joie sourit. « Bien, Fallom. »

Elle effleura son bras nu car il n'était, comme son géniteur, vêtu que d'une longue tunique ouverte sur le devant, avec un pagne en dessous. Le contact était léger. Elle retira son bras, attendit, renoua le contact, caressant doucement.

Les yeux de l'enfant se fermèrent à moitié sous le puissant effet apaisant de l'esprit de Joie.

Celle-ci éleva les mains, lentement, doucement, effleurant à peine, jusqu'aux épaules de l'enfant, son cou, ses oreilles, sous les longs cheveux bruns jusqu'à un point situé juste au-dessus et en avant des oreilles.

Elle laissa retomber les mains puis dit : « Les lobes transducteurs sont encore petits. Les os du crâne ne se sont pas encore développés. Il n'y a qu'une épaisse couche de peau qui doit saillir vers l'extérieur en étant protégée par le bouclier osseux quand les lobes auront atteint leur taille définitive — ce qui veut dire qu'à l'heure actuelle, il est incapable de contrôler le domaine ou même d'activer son robot personnel... Demandez-lui son âge, Pel. »

Après un échange, Pel répondit : « Il a quatorze ans, si j'ai bien compris.

— Je lui en donnerais plutôt onze, remarqua Trevize.

— La longueur des années en usage sur ce monde ne correspond peut-être pas exactement à l'année standard galactique. En outre, on suppose que les Spatiaux ont une durée de vie allongée et, si les Solariens sont analogues aux autres Spatiaux en ce qui concerne ce critère, leur période de développement est peut-être également allongée. Après tout, nous ne pouvons pas non plus nous débrouiller seuls avant des années. »

Trevize l'interrompit, clappant de la langue avec impatience : « Assez d'anthropologie. Nous devons regagner le sol et, avec ce gosse entre les jambes, nous risquons de perdre inutilement notre temps. Il risque de ne pas connaître le chemin vers la surface. Et même de n'y être jamais monté...

— Pel ! » appela Joie.

Ce dernier comprit ce qu'elle désirait : s'ensuivit la plus longue conversation qu'il ait eue avec Fallom.

Enfin, il expliqua : « L'enfant sait ce qu'est le soleil. Il dit qu'il l'a vu. Personnellement, je crois même qu'il a dû voir aussi des arbres. D'après son comportement, il n'est pas évident toutefois qu'il sache vraiment ce que signifie le terme — ou à tout le moins, le terme que moi, j'ai utilisé.

— D'accord, Janov, dit Trevize, mais venez-en au fait, s'il vous plaît.

— J'ai dit à Fallom que s'il pouvait nous mener à la surface, cela nous donnerait la possibilité d'activer le robot. A vrai dire, je lui ai dit que nous l'activerions. Vous pensez qu'on devrait ?

— On s'inquiétera de ça plus tard. A-t-il dit qu'il nous guiderait ?

— Oui. J'ai pensé que l'enfant serait plus enclin à nous aider, voyez-vous, si je lui faisais cette promesse, je suppose qu'on court le risque de le décevoir...

— Bon, bon, pressa Trevize. Allons-y. Tout ce débat risque d'être académique si nous restons piégés sous terre. »

Pelorat dit quelques mots à l'enfant qui se mit en marche mais s'arrêta bientôt, se retournant pour regarder Joie.

Celle-ci tendit la main et tous deux partirent, main dans la main.

« Je suis le nouveau robot », dit-elle en esquissant un sourire.

« Ça ne paraît pas trop lui déplaire », observa Trevize.

Fallom trottinait et, fugitivement, Trevize se demanda s'il était heureux simplement parce que Joie s'y était employée ou bien si, en outre, s'y ajoutait l'exaltation de visiter la surface en compagnie de trois nouveaux robots, à moins que ce ne fût à la perspective de retrouver son père adoptif de Jemby. Non que tout cela eût une quelconque importance — pourvu que l'enfant les conduise.

Ce dernier semblait progresser sans aucune hésitation. Il tournait sans tergiverser lorsqu'il y avait un carrefour. Savait-il vraiment son chemin ou bien n'était-ce qu'une question d'indifférence enfantine ? Celle d'un enfant qui joue sans objectif précis ?

Mais Trevize percevait, à la légère difficulté de sa progression, qu'ils étaient en train de monter et l'enfant, bondissant avec autorité, se mit à pointer le doigt en babillant.

Trevize regarda Pelorat qui se racla la gorge et dit : « Je pense qu'il nous indique une " porte ".

— J'espère que vous pensez correctement », dit Trevize.

L'enfant avait lâché la main de Joie pour détaler au pas de course. Il indiquait une portion du sol qui semblait plus sombre que les sections immédiatement voisines. Il y posa le pied, sauta dessus plusieurs fois puis se retourna, l'air désemparé, et se remit à babiller d'une voix perçante.

Joie fit la grimace et remarqua : « Il va falloir que je fournisse l'énergie... Tout cela m'épuise. »

Son visage se congestionna légèrement, la lumière décrut mais une porte s'ouvrit juste sous le nez de Fallom qui rit avec un ravissement cristallin.

Il franchit la porte au galop et les deux hommes suivirent. Joie vint en dernier, se retournant pour voir la lumière s'éteindre à l'intérieur et la porte se refermer. Elle marqua un temps d'arrêt pour reprendre son souffle, apparemment épuisée.

« Eh bien, dit Pelorat. Nous voilà dehors. Où est le vaisseau ? »

Un crépuscule lumineux les inondait encore.

« Il me semble que c'était dans cette direction, marmonna Trevize.

— A moi aussi, confirma Joie. Allons-y », et elle tendit la main à Fallom.

Il n'y avait aucun bruit hormis ceux produits par le vent, ou les mouvements et les cris d'animaux. A un moment, ils dépassèrent un robot qui se tenait immobile près de la base d'un arbre, tenant un objet à la destination incertaine.

Pelorat s'avança, apparemment curieux, mais Trevize le rappela à l'ordre : « Ce n'est pas notre problème, Janov. Continuez. »

Ils dépassèrent encore un robot, plus loin, qui était tombé.

« Je suppose qu'il doit y avoir des robots éparpillés sur des kilomètres », nota Trevize puis, triomphant : « Ah ! voilà le vaisseau ! »

Ils pressaient le pas maintenant ; puis ils s'arrêtèrent brusquement. Fallom éleva la voix, piaillant avec excitation.

Posé près de leur engin, se trouvait ce qui avait toutes les apparences d'un vaisseau aérien de conception antique, doté d'un rotor manifestement gaspilleur d'énergie, et qui plus est, d'aspect bien fragile. Debout à côté de l'appareil, entre la petite troupe d'intrus et leur vaisseau, se tenaient quatre silhouettes humaines.

« Trop tard, fit Trevize. On a perdu trop de temps. Et maintenant, qu'est-ce qu'on fait ?

— Quatre Solariens ? fit Pelorat, songeur. Impossible. Ils répugneraient sans aucun doute à un tel contact physique. Serait-ce des holo-images, à votre avis ?

— Ils sont tout ce qu'il y a de matériel, dit Joie. J'en suis certaine. Ce ne sont pas non plus des Solariens. Impossible de confondre leur esprit. Non, ce sont des robots. »

55.

« Eh bien, dans ce cas, fit Trevize avec lassitude, en avant ! » Il reprit sa marche vers le vaisseau d'un pas tranquille et les autres suivirent.

Pelorat demanda, légèrement essoufflé : « Qu'est-ce que vous comptez faire ?

— S'il s'agit de robots, ils doivent obéir aux ordres. »

Les robots les attendaient, et Trevize les détailla tandis qu'ils approchaient.

Oui, ce devait bien être des robots. Leur visage, qui donnait l'impression d'être fait de peau recouvrant de la chair, était curieusement dénué d'expression. Ils étaient vêtus d'uniformes qui ne laissaient pas un centimètre carré de peau dénudée, le visage excepté. Jusqu'aux mains que recouvraient de fins gants opaques.

Négligemment, Trevize fit un geste qui leur réclamait sans discussion aucune de s'écarter aussitôt.

Les robots ne bougèrent pas.

A voix basse, Trevize dit à Pelorat : « Dites-le-leur de vive voix, Janov. Soyez ferme. »

Pelorat se racla la gorge et, prenant des accents de baryton inhabituels chez lui, parla avec lenteur, tout en leur signifiant du geste de s'écarter, à la manière de Trevize. A cela, l'un des robots, qui était peut-être un rien plus petit que les autres, répondit quelque chose d'une voix froide et incisive.

Pelorat se tourna vers Trevize. « Je crois qu'il a dit que nous étions des étrangers.

— Dites-lui que nous sommes des hommes et qu'on doit nous obéir. »

C'est alors que le robot s'exprima dans un galactique compréhensible, quoique bizarre : « Je vous entends, étranger. Je parle le galactique. Nous sommes des robots de garde.

— Alors, vous m'avez entendu dire que nous étions des hommes et que par conséquent vous deviez nous obéir.

— Nous sommes programmés pour n'obéir qu'aux Maîtres, étranger. Vous n'êtes ni des Maîtres ni des Solariens. Maître Bander n'a pas répondu à l'instant normal du contact et nous sommes venus inspecter les lieux de plus près. C'est notre devoir de le faire. Nous découvrons un astronef qui n'est pas de fabrication solarienne, plusieurs étrangers sur place et tous les robots de Bander hors service. Où se trouve Maître Bander ? »

Trevize secoua la tête et répondit, d'une voix lente et claire : « Nous ignorons tout de ce que vous nous dites. Notre ordinateur de bord a subi une défaillance. Nous nous sommes retrouvés près de cette étrange planète bien malgré nous. Nous avons atterri pour nous repérer. Et nous avons découvert tous les robots hors service. Nous ignorons totalement ce qui a pu se produire.

— Ce récit n'est pas crédible. Si tous les robots du domaine sont inactivés et si l'énergie est coupée, Maître Bander doit être mort. Il n'est pas logique de supposer que par coïncidence il soit mort justement comme vous atterrissiez. Il doit exister entre les deux événements quelque rapport de cause à effet. »

Sans autre intention que de brouiller les pistes et de souligner son incompréhension d'étranger, et donc, son innocence, Trevize remarqua : « Mais l'énergie n'est pas coupée. Vous fonctionnez, vous et les autres...

— Nous sommes des robots de garde. Nous n'appartenons à aucun Maître en particulier. Nous appartenons à tout le monde. Nous ne sommes pas contrôlés par les Maîtres mais alimentés par une source nucléaire. Je vous redemande où se trouve Maître Bander. »

Trevize regarda autour de lui. Pelorat avait l'air anxieux ; Joie serrait les lèvres mais restait calme. Fallom tremblait mais la main de Joie lui effleura l'épaule et l'enfant se raidit légèrement et ses traits perdirent toute expression (Joie lui faisait-elle subir un traitement sédatif ?).

Le robot insista : « Une fois encore, la dernière, où est Maître Bander ?

— Je n'en sais rien », dit Trevize d'un ton ferme.

Le robot fit un signe de tête et deux de ses compagnons s'éloignèrent rapidement. Puis il reprit : « Mes collègues gardiens vont fouiller la demeure. Entre-temps, vous allez être retenus pour interrogatoire. Donnez-moi ces objets que vous portez au côté. »

Trevize recula d'un pas. « Ils sont inoffensifs.

— Ne bougez plus. Je ne mets pas en question leur nature, inoffensive ou non. Je vous les réclame.

— Non. »

Le robot avança brusquement d'un pas et son bras jaillit trop vite pour que Trevize se rende compte de ce qui s'était produit. Le robot lui avait plaqué la main sur l'épaule ; il raffermit son étreinte et pressa. Trevize tomba à genoux.

Le robot réclama : « Ces objets. » Il tendit l'autre main.

« Non », haleta Trevize.

Joie se pencha, tira l'éclateur de son étui avant que Trevize, immobilisé par le robot, ait pu faire quoi que ce soit pour l'en empêcher, et tendit l'arme au robot. « Tenez, gardien, dit-elle, et si vous me laissez un instant... voici l'autre. A présent, relâchez mon compagnon. »

Tenant les deux armes, le robot recula et Trevize se releva lentement, se massant vigoureusement l'épaule, le visage déformé par une grimace de douleur.

(Fallom gémissait doucement ; Pelorat le recueillit distraitement, et le maintint avec fermeté.)

S'adressant à Trevize, Joie murmura avec une colère contenue : « Pourquoi l'affronter ? Il pourrait vous tuer de deux doigts. »

Trevize grogna et dit, entre ses dents serrées : « Et si vous vous en occupiez, vous ?

— J'essaie. Il faut du temps. Il a l'esprit tendu, intensément programmé, et qui ne laisse aucune prise. Je dois l'étudier. Vous, gagnez du temps.

— N'étudiez pas son esprit. Détruisez-le, c'est tout », répondit Trevize, presque inaudible.

Joie jeta un rapide coup d'œil sur le robot. Il était en train d'examiner les armes avec attention, tandis que le seul autre robot resté avec lui observait les étrangers. Aucun des deux ne semblait intéressé par les messes basses qui s'échangeaient entre Trevize et Joie.

« Non, répondit Joie. Pas de destruction. Nous avons tué un chien et en avons blessé un autre sur la première planète. Vous savez ce qui s'est produit sur celle-ci. » (Nouveau bref coup d'œil aux robots de garde). « Gaïa n'a pas besoin de massacrer la vie ou l'intelligence. Il faut du temps pour réussir de manière pacifique. »

Elle recula d'un pas et fixa le robot.

« Ce sont des armes, constata ce dernier.

— Non, dit Trevize.

— Si, dit Joie, mais elles ne servent plus à rien. Elles sont vides.

— Pas possible ? Pourquoi vous promèneriez-vous avec des armes vides ? Peut-être ne le sont-elles pas. » Le robot empoigna l'une des armes et plaça le pouce à l'endroit adéquat. « Est-ce ainsi qu'on l'active ?

— Oui, dit Joie. Si vous pressez, l'engin serait activé s'il était chargé. Mais il ne l'est pas.

— Est-ce bien certain ? » Le robot visa Trevize. « Maintenez-vous toujours que si je l'active, il ne marchera pas ?

— Il ne marchera pas », dit Joie.

Trevize était figé, immobile, incapable d'articuler. Il avait testé l'éclateur après que Bander l'avait eu vidé et l'arme était totalement inactivée mais celle que tenait le robot était le fouet neuronique. Trevize ne l'avait pas testé.

Si le fouet contenait, ne fût-ce qu'un infime résidu d'énergie, il en resterait assez pour stimuler les nerfs de la douleur, et ce que ressentirait Trevize ferait de l'étreinte du robot une simple tape affectueuse.

Lors de son séjour à l'Académie navale, Trevize avait été forcé de subir une légère décharge de fouet neuronique, comme tous les autres cadets. Juste pour savoir comment ça faisait. Trevize n'avait aucune envie d'en savoir plus.

Le robot activa l'arme et, durant quelques secondes, Trevize se crispa douloureusement — puis il se détendit lentement. Le fouet aussi était entièrement vide.

Le robot fixa Trevize puis jeta les deux armes. « Comment se fait-il que leur chargeur soit vide ? demanda-t-il. Si elles sont inutiles, pourquoi les porter ?

— Je suis habitué à leur poids, expliqua Trevize, et les porte même quand elles sont vides.

— Ça ne tient pas debout. Vous êtes tous en état d'arrestation. Vous allez être retenus pour un interrogatoire ultérieur et, si les Maîtres le décident, vous serez alors désactivé... Comment ouvre-t-on ce vaisseau ? Nous devons le fouiller.

— Ça ne vous avancera pas, dit Trevize. Vous n'y comprendrez rien.

— Nous non, peut-être, mais les Maîtres, si.

— Ils n'y comprendront rien non plus.

— Dans ce cas, vous leur expliquerez.

— Certainement pas.

— Eh bien, vous serez désactivé.

— Me désactiver ne vous fournira pas d'explications et je pense que vous me désactiverez même si je vous les donne.

— Continuez à le cuisiner, marmonna Joie. Je commence à dénouer les mécanismes de son cerveau. »

Le robot ignorait Joie. (Y veillait-elle aussi ? se demanda Trevize, tout en l'espérant fermement.)

Sans quitter des yeux Trevize, le robot le prévint : « Si vous faites des difficultés, eh bien, nous vous désactiverons partiellement. Nous vous endommagerons et vous nous révélerez alors ce que nous voulons savoir. »

Soudain, Pelorat lança un cri à moitié étranglé : « Attendez, vous ne pouvez pas faire ça... Garde, vous ne pouvez pas.

— Je suis soumis à des instructions détaillées, reprit

calmement le robot. Je peux le faire. Bien entendu, j'occassionnerai le minimum de dommages compatible avec l'obtention de renseignements.

— Mais vous ne pouvez pas. Absolument pas. Je suis un étranger, comme le sont mes deux compagnons. En revanche, cet enfant » — et Pelorat regarda Fallom qu'il avait toujours dans les bras — « cet enfant est un Solarien. Il va vous dire quoi faire et vous devrez lui obéir. »

Fallom regarda Pelorat avec des yeux grands ouverts mais qui semblaient vacants.

Joie secouait énergiquement la tête mais Pelorat semblait ne pas la comprendre.

Les yeux du robot ne s'arrêtèrent qu'un instant sur Fallom. « L'enfant n'a aucune importance. Il ne possède pas des lobes transducteurs.

— Ses lobes ne sont pas encore entièrement développés, reconnut Pelorat, haletant, mais il les aura, le temps venu. C'est un Solarien.

— C'est un enfant, mais faute de lobes transducteurs intégralement développés, ce n'est pas un Solarien. Je n'ai pas à suivre ses ordres ou à le protéger.

— Mais c'est le rejeton de Maître Bander.

— Non ? Comment se fait-il que vous sachiez cela ? »

Pelorat bafouilla, comme cela lui arrivait parfois quand il s'emportait. « Qu... quel autre enfant pourrait se trouver sur ce domaine ?

— Comment êtes-vous sûr qu'il n'en existe pas une douzaine ?

— En avez-vous vu d'autres ?

— C'est moi qui pose les questions. »

A cet instant, l'attention du robot se porta sur son voisin qui venait de lui effleurer le bras. Les deux robots qui avaient été envoyés inspecter la demeure revenaient au petit trot, d'une démarche toutefois légèrement vacillante.

Le silence se fit jusqu'à ce qu'ils arrivent et l'un d'eux se mit alors à parler en solarien — et ses paroles semblèrent leur faire perdre à tous quatre toute élasticité : un instant, on eût pu croire qu'ils se ratatinaient, se dégonflaient presque.

« Ils ont trouvé Bander », lâcha Pelorat avant que Trevize ait pu, d'un geste, lui intimer le silence.

Le robot pivota lentement et dit d'une voix pâteuse : « Maître Bander est mort. La remarque que vous venez de faire révèle que vous étiez au courant. Comment cela se fait-il ?

— Comment le saurais-je ? lança Trevize, d'un air de défi.

— Vous saviez qu'il était mort. Vous saviez qu'on le retrouverait ici. Comment pouviez-vous le savoir à moins d'être entrés chez lui — à moins d'être ceux qui ont mis fin à ses jours ? » L'élocution du robot s'améliorait déjà. Il avait accusé le coup mais absorbait le choc.

Alors Trevize reprit : « Comment aurions-nous pu tuer Bander ? Avec ses lobes transducteurs, il pouvait nous détruire en un instant.

— Comment savez-vous ce que peuvent faire ou ne pas faire des lobes transducteurs ?

— C'est vous-même qui venez d'en parler.

— Je n'ai fait que les mentionner. Je n'en ai décrit ni les propriétés ni les capacités.

— L'information nous est venue par un rêve.

— Ce n'est pas non plus une réponse crédible.

— Nous supposer les auteurs de la mort de Bander n'est pas crédible non plus.

— Et en tout cas, ajouta Pelorat, si Maître Bander est mort, alors c'est Maître Fallom qui dirige ce domaine. Le voici, et c'est à lui que vous devez obéissance.

— Je vous ai déjà expliqué, dit le robot, qu'un descendant sans lobes transducteurs développés n'est pas un Solarien. Il ne peut en conséquence être un Successeur. Un autre, d'âge convenable, sera dépêché ici, aussitôt que nous aurons rapporté la triste nouvelle.

— Et Maître Fallom ?

— Il n'y a pas de Maître Fallom. Il n'y a qu'un enfant et nous en avons déjà trop. Il sera détruit.

— Vous n'oserez pas, lança Joie, énergique. C'est un enfant !

— Ce n'est pas moi, précisa le robot, qui accomplirai nécessairement l'acte, et ce n'est certainement pas à moi d'en prendre la décision. Elle revient au consensus des Maîtres. En période d'inflation d'enfants, toutefois, je sais bien quelle sera cette décision.

— Non. Je dis non.

— Ce sera indolore... Mais voici qu'un autre appareil se présente. Il est important que nous pénétrions dans ce qui fut la demeure Bander pour organiser un conseil par holovision en vue de désigner un successeur et décider de votre sort... Donnez-moi l'enfant. »

Joie arracha des bras de Pelorat un Fallom à demi hébété. Le tenant fermement tout en cherchant à contre-balancer ce poids sur son épaule, elle lança : « Ne touchez pas à ce gosse. »

Une fois encore, le bras du robot jaillit tandis qu'il s'avançait pour s'emparer de Fallom. Joie fit promptement un écart, commençant de se mouvoir bien avant le robot. Celui-ci poursuivit néanmoins son mouvement, comme si Joie se tenait encore devant lui. Et s'inclinant, très raide, le bout du pied en guise de pivot, il bascula pour s'écraser la figure par terre. Les trois autres restaient immobiles, l'œil dans le vague.

Joie sanglotait, en partie de rage. « J'avais presque trouvé le moyen de les contrôler et il n'a pas voulu m'en laisser le temps. Je n'avais pas d'autre choix que de frapper et les voilà maintenant désactivés tous les quatre... Montons à bord avant que l'autre engin atterrisse. Je suis trop malade pour faire encore face à de nouveaux robots. »

CINQUIÈME PARTIE
MELPOMENIA

Chapitre 13

Départ de Solaria

56.

Ils partirent dans un brouillard. Trevize avait récupéré ses armes devenues futiles, puis ouvert le sas à travers lequel ils s'étaient précipités. Ce fut seulement lorsqu'ils eurent quitté la surface que Trevize remarqua qu'ils avaient également pris Fallom avec eux.

Ils n'auraient sans doute pas eu le temps de fuir si la manœuvre du vaisseau solarien n'avait pas été aussi primitive. Il lui fallut en effet un temps non négligeable pour effectuer son approche et se poser tandis qu'en pratiquement rien de temps, l'ordinateur du *Far Star* propulsait le vaisseau gravitique à la verticale dans les airs.

Et bien que la suppression de l'interaction gravitationnelle et, par voie de conséquence, de l'inertie, effaçât tous les effets, sinon intolérables, de l'accélération liée à un décollage précipité, elle n'effaçait pas toutefois ceux de la résistance de l'air. A l'extérieur, la température de la coque s'éleva à un taux nettement plus rapide que celui jugé souhaitable par les règlements de la marine (ou les spécifications du constructeur).

Tandis qu'ils s'élevaient, ils virent le second vaisseau solarien atterrir et plusieurs autres approcher. Trevize se demanda combien de robots Joie aurait pu contenir et estima finalement qu'ils auraient été submergés s'ils étaient demeurés un quart d'heure de plus à la surface.

Une fois dans l'espace (ou suffisamment haut, du moins, pour n'avoir autour d'eux que d'infimes traces d'exosphère), Trevize mit le cap vers la face nocturne de la planète. Ce n'était qu'à un saut de puce puisqu'ils avaient quitté le sol juste avant le crépuscule. Dans l'obscurité, le *Far Star* aurait une chance de refroidir plus vite, avant de s'éloigner à nouveau de la surface en décrivant une lente spirale.

Pelorat sortit de la cabine qu'il partageait avec Joie. « Ça y est. L'enfant dort normalement. Nous lui avons montré le fonctionnement des toilettes et il n'a eu aucune difficulté à comprendre.

— Rien d'étonnant. Il devait disposer là-bas d'aménagements similaires.

— Je n'ai jamais rien vu de tel et pourtant, ce n'est pas faute d'avoir cherché, nota Pelorat avec humeur. Nous n'avons pas regagné trop tôt le vaisseau, si vous voulez mon avis.

— Nous sommes tous bien d'accord. Mais pourquoi avoir amené l'enfant à bord ? »

Pelorat haussa les épaules, gêné. « Joie ne voulait pas céder. C'était comme de sauver une vie en échange de celle qu'elle avait prise. Elle ne supporte pas...

— Je sais », l'interrompit Trevize.

Puis Pelorat reprit : « C'est un enfant bizarrement conformé.

— Etant hermaphrodite, c'est normal, remarqua Trevize.

— Il a des testicules, vous savez.

— Il pourrait difficilement s'en passer.

— Et ce que je ne puis décrire que comme un tout petit vagin. »

Grimace de Trevize. « Dégoûtant.

— Pas vraiment, Golan, protesta Pelorat. Cet être est adapté à ses besoins. Il n'engendre simplement qu'un œuf fertilisé ou alors un minuscule embryon qui se développe ensuite en laboratoire, aux bons soins, oserai-je dire, de robots.

— Et que se passe-t-il si leur système robotisé tombe en panne ? Dans ce cas, il ne leur serait plus possible de produire de jeunes viables.

— Toute civilisation connaîtrait de sérieux ennuis si son système social s'effondrait totalement.

— Non que le sort éventuel des Solariens me rende inconsolable.

— Eh bien, dit Pelorat, j'admets que ce monde ne soit guère attirant — pour nous, s'entend. Mais ce ne sont jamais que les habitants et la structure sociale qui ne nous conviennent pas, mon bon. Faites abstraction des gens et des robots et vous aurez une planète qui par ailleurs...

— Pourrait s'effondrer comme Aurora est en train de le faire, termina Trevize. Comment se sent Joie, Janov ?

— Epuisée, j'en ai peur. Elle dort, à présent. Elle a eu une rude journée, Golan.

— Je ne me suis pas exactement amusé, moi non plus. »

Trevize ferma les yeux et jugea qu'un peu de sommeil ne lui ferait pas de mal et qu'il s'offrirait cette pause sitôt obtenue la certitude raisonnable que les Solariens ne disposaient d'aucune capacité spatiale — et jusqu'à présent, l'ordinateur n'avait relevé aucun objet de nature manufacturée dans l'espace entourant la planète.

Il songea, amèrement, aux deux planètes de Spatiaux qu'ils avaient déjà visitées : des chiens sauvages et hostiles sur l'une, des hermaphrodites solitaires et hostiles sur l'autre. Et sur aucune des deux, le moindre indice sur les coordonnées de la Terre. Tout ce qu'ils avaient à montrer après leur double visite était Fallom...

Il ouvrit les yeux. Pelorat était assis à sa place, de l'autre côté de l'ordinateur, et il l'observait, la mine solennelle.

Avec une conviction soudaine, Trevize lança : « Nous aurions dû laisser derrière nous cet enfant solarien.

— Pauvre petite chose, dit Pelorat. Ils l'auraient tué.

— Et alors ? Sa place était là-bas. Il fait partie de cette société. Etre mis à mort pour cause de superfluité est le genre de lot qui lui revient.

— Oh ! mon bon, que voilà une manière bien dure de voir les choses.

— C'est une manière *raisonnable*. Nous ne savons comment nous en occuper et il risque de s'étioler et de souffrir encore plus avec nous pour finir par mourir de toute façon. Et d'abord, qu'est-ce qu'il mange ?

— La même chose que nous, je suppose, mon bon. A vrai dire, le problème serait plutôt : qu'allons-nous manger nous ? Qu'avons-nous en fait de réserves ?

— Amplement assez. Amplement. Même avec notre nouveau passager. »

Pelorat ne parut pas outre mesure enthousiasmé par cette remarque. Il poursuivit : « L'ordinaire est devenu un tantinet monotone. Nous aurions dû embarquer quelques produits sur Comporellon — non que leur cuisine fût excellente.

— Ce n'était guère possible. Rappelez-vous, nous sommes partis assez précipitamment ; de même avec Aurora, pour ne rien dire de Solaria... Mais qu'est-ce qu'un peu de monotonie ? Cela gâche le plaisir mais ça vous maintient en vie.

— Serait-il possible de faire le plein de vivres frais, si nécessaire ?

— Quand vous voulez, Janov. Avec un vaisseau gravitique et des moteurs hyperspatiaux, la Galaxie est toute petite. En quelques jours, nous pouvons être n'importe où. Le seul problème est qu'une bonne moitié des planètes de la Galaxie ont reçu le signalement de notre vaisseau et que j'aimerais mieux rester quelque temps à l'écart.

— Je suppose qu'on n'a pas le choix... Bander ne semblait pas intéressé par notre vaisseau.

— Sans doute n'était-il même pas conscient de son existence. Je soupçonne les Solariens d'avoir depuis belle lurette renoncé à l'espace. Leur désir premier est qu'on les laisse parfaitement tranquilles et ils ne risqueraient pas de goûter la sécurité de l'isolement s'ils se baladaient constamment dans l'espace en signalant leur présence.

— Que va-t-on faire à présent, Golan ?

— Nous avons une troisième planète à visiter. »

Pelorat hocha la tête. « A juger par les deux premières, je n'en espère pas grand-chose.

— Moi non plus pour l'heure, mais sitôt que nous aurons dormi un peu, je mets l'ordinateur sur le calcul de notre cap pour ce nouveau monde. »

57.

Trevize dormit considérablement plus longtemps que prévu mais cela n'avait guère d'importance. Il n'y avait à bord ni jour ni nuit, au sens naturel du terme, et le rythme circadien ne fonctionnait jamais à la perfection. Les heures étaient ce qu'on voulait bien en faire, et il n'était pas rare pour Trevize et Pelorat (et surtout, Joie) de se trouver en déphasage avec les rythmes naturels des repas et du sommeil.

Trevize caressait même, tout en se récurant (l'importance de la conservation de l'eau conseillait le récurage de préférence au rinçage), la possibilité de dormir encore une heure ou deux, lorsqu'en se retournant, il se trouva nez à nez avec Fallom qui était aussi dévêtu que lui.

Il ne put s'empêcher de sursauter ce qui, vu l'exiguïté des sanitaires, devait fatalement amener une partie de son individu en contact brutal avec quelque chose. Il grommela.

Fallom le regardait avec curiosité, tout en désignant son pénis. Ce qu'il disait était incompréhensible mais toute son attitude semblait traduire un sentiment d'incrédulité. Pour sa propre tranquillité d'esprit, Trevize n'avait d'autre choix que de porter les mains sur son membre.

Alors Fallom dit, de sa voix aiguë : « Salutations. »

Trevize sursauta quelque peu devant cet emploi inattendu du galactique mais, à l'oreille, le terme donnait l'impression d'avoir été appris par cœur.

Fallom poursuivit, énonçant péniblement un mot après l'autre : « Joie... a dit... que... vous... me laviez.

— Oui ? » Trevize lui posa les mains sur les épaules. « Tu... restes... ici. »

Il avait pointé le doigt vers le sol et Fallom, bien entendu, regarda aussitôt l'endroit que le doigt désignait. Il n'avait absolument pas saisi le sens de la phrase.

« Ne bouge pas », dit Trevize tout en le maintenant fermement par les deux bras, les lui plaquant au corps comme pour symboliser l'immobilité. Il se sécha en hâte et passa son slip, puis son pantalon.

Il sortit de la cabine et rugit : « Joie ! »

Il était difficile de se trouver à plus de quatre mètres de distance de quiconque à bord et Joie arriva aussitôt, remarquant, tout sourire : « Vous m'avez appelé, Trevize, ou bien était-ce le doux murmure de la brise dans les hautes herbes ?

— Ne plaisantons pas, Joie. Qu'est-ce que c'est que ça ? » Il pointait le pouce par-dessus son épaule.

Joie regarda derrière lui et dit : « Eh bien, on dirait le jeune Solarien que nous avons embarqué hier.

— Que *vous* avez embarqué. Pourquoi voulez-vous que je le lave ?

— J'ai pensé que vous voudriez le faire. C'est une créature fort intelligente. Il saisit très vite le galactique. Une fois que je lui ai expliqué une chose, il ne l'oublie plus. Bien entendu, je l'y aide.

— Evidemment.

— Oui. Je tâche de le calmer. Je l'ai maintenu dans un état d'hébétude durant la plupart des événements troublants sur la planète. J'ai veillé à ce qu'il dorme à bord et j'essaie de lui distraire un petit peu l'esprit de son robot perdu, ce Jemby qu'apparemment il aimait beaucoup.

— Pour qu'il finisse par se plaire ici, je suppose.

— Je l'espère. Il est adaptable parce qu'il est jeune et j'encourage la chose dans la limite où je me risque à lui influencer l'esprit. Je compte lui enseigner le galactique.

— Alors c'est vous qui le lavez. Compris ? »

Joie haussa les épaules. « Je veux bien, si vous insistez, mais j'aimerais qu'il se sente à l'aise avec chacun de nous. Il serait utile que chacun de nous accomplisse tour à tour des fonctions parentales. Vous pouvez certainement coopérer.

— Pas à ce point. Et quand vous aurez fini de le débarbouiller, débarrassez-vous-en. Je veux vous parler. »

Avec une soudaine touche d'hostilité : « Comment ça, m'en débarrasser ?

— Je ne veux pas dire le passer par le sas. Je veux dire, le fourrer dans votre cabine. Installez-le dans un coin. Je veux vous parler.

— A votre service », répondit-elle, glaciale.

Il la fixa un moment, laissant mijoter sa colère, puis gagna le poste de pilotage et activa l'écran.

Solaria était un cercle sombre, avec un croissant de lumière qui s'incurvait à gauche. Trevize plaqua les mains sur la tablette pour établir le contact avec la machine et sentit aussitôt retomber sa colère. Il fallait être calme pour que s'instaure la liaison de l'esprit avec l'ordinateur et au bout du compte, un réflexe conditionné finissait par associer le contact avec la sérénité.

Aucun objet de nature artificielle n'était nulle part visible autour du vaisseau, et ceci sur une distance allant jusqu'à la planète elle-même. Les Solariens (ou plus probablement leurs robots) ne pouvaient, ou ne voulaient pas les suivre.

A la bonne heure. Il pouvait aussi bien sortir de l'ombre, alors. S'il continuait de s'éloigner, celle-ci disparaîtrait de toute façon à mesure que le disque de Solaria deviendrait plus petit que celui, plus lointain, mais bien plus grand, du soleil autour duquel elle orbitait.

Dans la foulée, il programma la machine pour que leur vaisseau sorte du plan de l'écliptique, de manière à faciliter les conditions d'accélération. Ainsi atteindraient-ils plus vite une région où la courbure de l'espace serait assez faible pour autoriser le Saut en toute sécurité.

Et, comme souvent en de telles occasions, il se surprit à étudier les étoiles. Leur tranquille immuabilité les rendait presque hypnotiques. Toutes leurs turbulences, leurs instabilités étaient gommées par la distance qui les réduisait à de simples points de lumière.

L'un de ces points était peut-être le Soleil autour duquel tournait la Terre — le Soleil (avec un S majuscule) originel, sous les rayons duquel était née la vie, et sous les bienfaits duquel avait grandi l'humanité.

Sans aucun doute, si les mondes de Spatiaux tournaient autour d'étoiles qui, bien que membres brillants et importants de la famille stellaire, n'étaient pas reportées sur la carte galactique de l'ordinateur, il devait en aller de même du Soleil.

Ou bien était-ce seulement les soleils des mondes spatiaux qui étaient omis au terme de quelque accord remontant à l'Antiquité, les abandonnant à eux-mêmes ? Le Soleil de la Terre était-il porté sur la carte galactique, mais sans être distinct des myriades d'étoiles analogues, quoique dépourvues de planète habitable en orbite autour d'elles ?

Il y avait après tout quelque trente milliards d'étoiles analogues au Soleil dans la Galaxie, et seulement une sur mille possédait des planètes habitables. Il devait s'en trouver mille dans un rayon de quelques centaines de parsecs autour de leur position actuelle. Devrait-il les passer au crible une par une, pour chercher leurs planètes ?

Ou le Soleil originel ne se trouvait-il même pas dans cette région de la Galaxie ? Combien d'autres régions étaient-elles persuadées que le Soleil était évidemment parmi leurs voisins, qu'elles étaient évidemment issues des premiers colons...

Il avait besoin d'informations et, pour l'instant, n'en avait aucune.

Il avait fortement douté qu'un examen même minutieux des ruines millénaires d'Aurora leur eût apporté la moindre information concernant la position de la Terre. Il doutait encore plus que les Solariens se fussent laissés convaincre de fournir le moindre renseignement.

Et puis aussi, si toutes les informations concernant la Terre avaient disparu de la grande bibliothèque de Trantor, si nul détail sur la Terre ne subsistait dans la vaste mémoire collective de Gaïa, il semblait peu probable qu'on ait négligé une information quelconque qu'auraient pu détenir les planètes perdues des Spatiaux.

Et en imaginant même qu'il trouve le Soleil de la Terre, puis la Terre elle-même, par le plus grand des hasards favorables — quelque chose le forcerait-il à en rester inconscient ? Les défenses de la Terre étaient-elles absolues ? Sa détermination à rester cachée était-elle inflexible ?

Au fait, que cherchait-il au juste ?

Etait-ce la Terre ? Ou bien la faille dans le plan Seldon qu'il pensait (pour des raisons peu claires) éventuellement découvrir sur Terre ?

Le plan Seldon fonctionnait depuis maintenant cinq siècles et devait — prétendument — enfin conduire l'espèce humaine à bon port dans le giron du Second Empire galactique, un empire plus grand encore que le Premier, plus noble et plus libre — et pourtant lui, Trevize, avait voté contre, au profit de Galaxia.

Galaxia devait être un vaste organisme tandis que le Second Empire galactique ne serait jamais, si grande que fût sa taille, si grande sa variété, qu'une simple union d'organismes individuels de taille microscopique comparés à elle. Le Second Empire galactique constituerait encore un exemple du genre d'union d'individualités que l'humanité pratiquait depuis qu'elle était devenue humanité. Le Second Empire galactique pouvait bien être le plus grand, le meilleur représentant de son espèce, il n'en serait jamais qu'un membre de plus.

Pour que Galaxia, un membre d'une espèce d'organisation entièrement différente, surpassât le Second Empire galactique, il fallait qu'il y ait une faille dans le Plan, une chose que même le grand Hari Seldon avait omis de voir.

Mais si Hari Seldon lui-même ne l'avait pas remarquée, comment Trevize pouvait-il rectifier le tir ? Il n'était pas mathématicien ; ne connaissait rien, strictement rien, aux détails du Plan ; *a fortiori,* n'y comprendrait rien, même si on le lui expliquait.

Tout ce qu'il en connaissait, c'étaient les hypothèses — qu'un grand nombre d'hommes devaient être impliqués et qu'ils ne devaient pas avoir conscience des conclusions obtenues. La première hypothèse était manifestement vérifiée, vu la vaste population de la Galaxie, et la seconde devait l'être puisque seuls les Seconds Fondateurs connaissaient les détails du Plan, et qu'ils ne risquaient pas de les divulguer.

Ce qui laissait une hypothèse supplémentaire non vérifiée, une hypothèse considérée comme allant de soi, au point qu'on n'en faisait jamais mention, qu'on n'y songeait jamais — et qui pourtant pouvait se révéler fausse. Une hypothèse qui, si tel était bien le cas, modifierait la grande conclusion du Plan et rendrait Galaxia préférable à l'Empire.

Mais si l'hypothèse était si évidente, si elle allait tellement de soi qu'on ne l'évoquait jamais, comment pouvait-elle être fausse ? Et si jamais personne ne la mentionnait ou n'y songeait, comment Trevize pouvait-il en connaître l'existence, ou simplement avoir une idée de sa nature même s'il l'avait soupçonnée ?

Etait-il bien Trevize, l'homme à l'infaillible intuition — comme le soutenait Gaïa ? Savait-il ce qu'il fallait faire même quand il ignorait lui-même de quoi il retournait ?

Et voilà qu'il visitait tous les mondes de Spatiaux dont il avait connaissance... Etait-ce bien ce qu'il fallait faire ? Les mondes de Spatiaux détenaient-ils la réponse ? Ou du moins un commencement ?

Qu'y avait-il sur Aurora, à part des ruines et des chiens sauvages ? (Et, sans doute, d'autres créatures féroces. Des taureaux écumants ? Des rats géants ? Des chats rôdeurs aux yeux verts ?) Solaria était peuplée, mais qu'y avait-il à sa surface, hormis des robots et des humains vecteurs d'énergie ? Quel rapport avait l'une ou l'autre planète avec le plan Seldon, à moins de posséder le secret des coordonnées de la Terre ?

Et si c'était le cas, quel rapport avait donc la Terre avec le plan Seldon ? Tout cela était-il pure folie ? Avait-il trop longtemps et trop sérieusement prêté foi aux délires de sa propre infaillibilité ?

Il sentit le poids étouffant de la honte l'assaillir et, semblait-il, l'étouffer au point de ne presque plus pouvoir respirer. Il contempla les étoiles — lointaines, indifférentes — et se dit qu'il devait être le Plus Grand Crétin de la Galaxie.

58.

Joie le tira de ses réflexions : « Eh bien, Trevize, pourquoi voulez-vous me voir... y aurait-il un problème ? » Une soudaine inquiétude perçait dans sa voix.

Trevize leva les yeux et, durant quelques secondes, éprouva quelques difficultés à oublier son humeur morose. Il la fixa, puis répondit : « Non, non. Aucun problème. Je... j'étais simplement perdu dans mes pensées. Oui, de temps en temps, après tout, je me surprends à penser. »

Il avait la désagréable certitude que Joie pouvait lire ses émotions. Il avait seulement sa parole qu'elle s'abstenait volontairement de lui espionner l'esprit.

Elle parut toutefois accepter sa déclaration. « Pelorat est avec Fallom, en train de lui apprendre des phrases en galactique. Cet enfant semble avaler tout ce qu'on fait sans objection particulière... Mais pourquoi vouliez-vous me voir ?

— Eh bien, pas ici... L'ordinateur n'a pas besoin de moi pour le moment. Si vous voulez entrer dans ma cabine... le lit est fait, vous pourrez vous y asseoir et moi je prendrai la chaise. Ou *vice versa,* si vous préférez...

— Peu importe. » Ils firent les quelques pas menant à la cabine de Trevize. Elle l'observa avec attention. « Vous n'avez plus l'air furieux.

— On me scrute l'esprit ?

— Pas du tout. Simplement le visage.

— Je ne suis pas furieux. Il arrive que je perde quelque peu patience de temps en temps, mais ça n'a rien à voir avec la fureur. Si vous n'y voyez pas d'inconvénients, toutefois, il y a quelques questions que j'aimerais vous poser. »

Joie s'installa sur le lit de Trevize, très raide, une expression solennelle sur son visage aux pommettes larges et dans ses grands yeux noirs, sous les cheveux bruns tombant sur les épaules et soigneusement peignés. Elle se tenait bien droite, ses mains fines modestement croisées sur les cuisses. Il émanait d'elle une imperceptible odeur de parfum.

Trevize sourit. « Vous vous êtes pomponnée. Je vous soupçonne de me croire moins capable de crier après une jolie jeune fille.

— Vous pouvez crier tout votre saoul si ça peut vous faire du bien. Je veux simplement que vous ne criiez pas après Fallom.

— Je n'en ai pas l'intention. En fait, je n'ai pas non plus l'intention de vous crier après. N'avons-nous pas décidé d'être amis ?

— Gaïa n'a jamais nourri que des sentiments amicaux à votre égard, Trevize.

— Je ne parle pas de Gaïa. Je sais que vous êtes un élément de Gaïa et que vous *êtes* Gaïa. Il y a toutefois une partie de vous qui reste un individu, enfin, d'une certaine manière. Je parle en ce moment à l'individu. Je parle à quelqu'un du nom de Joie sans m'occuper — ou en m'occupant le moins possible — de Gaïa. N'avons-nous pas décidé d'être amis, Joie ?

— Si, Trevize.

— Alors, comment se fait-il que vous ayez attendu pour vous occuper des robots après que nous sommes sortis de la demeure pour rejoindre le vaisseau ? J'ai été humilié et physiquement blessé, et vous n'avez rien fait. Alors même que chaque seconde pouvait amener sur les lieux de nouveaux robots, et que nous risquions d'être noyés sous leur nombre, vous n'avez rien fait. »

Joie le considéra avec sérieux et lorsqu'elle parla, ce fut comme si elle voulait expliquer ses actes plutôt que les défendre. « Je ne faisais pas rien, Trevize. J'étudiais l'esprit des robots gardiens, pour essayer d'apprendre comment les manipuler.

— Ça, je sais. Du moins, c'est ce que vous avez dit sur le moment. Je ne vois simplement pas l'intérêt. Pourquoi leur manipuler l'esprit quand vous étiez parfaitement capable de les détruire... ce que vous avez fait en fin de compte ?

— Croyez-vous qu'il soit si facile de détruire un être intelligent ? »

Les lèvres de Trevize se plissèrent en une expression de dégoût. Un *être* intelligent ? Ce n'était qu'un robot.

— Qu'un robot ? » Une trace de passion était entrée dans sa voix. « C'est toujours le même argument. Qu'un ceci. Qu'un cela ! Pourquoi le Solarien, Bander, a-t-il hésité à nous tuer ? Nous n'étions que des humains sans transducteurs. Pourquoi hésiter le moins du monde à abandonner Fallom à son triste sort ? Ce n'était qu'un Solarien, et qui plus est, un spécimen immature. Si vous commencez à écarter tel ou tel individu, tel ou tel objet dont vous voulez vous débarrasser sous prétexte qu'il est seulement ceci ou cela, vous pourrez détruire tout ce que vous voulez. Vous pourrez toujours leur trouver une catégorie *ad hoc*.

— Ne poussez pas une remarque parfaitement légitime jusqu'à la caricature sous le seul prétexte de la faire paraître ridicule. Le robot n'était qu'un robot. Vous ne pouvez pas le nier. Il n'était pas humain. Il n'était pas intelligent au sens où nous l'entendons. C'était une machine mimant une apparence d'intelligence.

— Comme vous parlez bien de ce dont vous ignorez tout ! Je suis Gaïa. Oui, je suis Joie, également, mais je suis Gaïa. Je suis un monde qui considère chacun des atomes le composant comme précieux et lourd de sens, et chaque organisation d'atomes encore plus précieuse et lourde de sens. Je/nous n'aurons pas idée de détruire à la légère une organisation, même si nous envisageons avec plaisir de la transformer en quelque chose de plus complexe, pourvu que le bilan final ne soit pas négatif.

« La forme d'organisation la plus élevée que nous connaissions produit de l'intelligence et l'on n'envisage de détruire de l'intelligence qu'en toute dernière extrémité. Que cette intelligence soit artificielle ou biochimique importe peu. En fait, le robot gardien représentait une forme d'intelligence que je/nous n'avions jamais encore rencontrée. L'étudier était merveilleux. La détruire, impensable — sauf en cas d'urgence extrême.

— Il y avait en jeu trois intelligences plus grandes encore, remarqua sèchement Trevize. La vôtre, celle de Pelorat, l'homme que vous aimez et, si vous n'y voyez pas d'inconvénient, la mienne.

— Quatre ! Vous persistez à oublier d'inclure Fallom. Elles n'étaient toutefois pas en jeu. Du moins en ai-je ainsi jugé. Tenez... Imaginez que vous vous trouviez devant un tableau, un chef-d'œuvre de l'art, dont l'existence signifie pour vous la mort. Tout ce que vous avez à faire, c'est de donner un grand coup de pinceau, vlan, au jugé, en travers de la toile et elle sera détruite à jamais, et vous serez sauvé. Mais supposez à l'inverse qu'en étudiant soigneusement l'œuvre et en ajoutant simplement une touche de peinture par ici, un poil de couleur par là, en grattant une infime portion ailleurs, et ainsi de suite, vous altériez suffisamment la toile pour vous éviter la mort, sans que le tableau cesse pourtant d'être un chef-d'œuvre. Naturellement, les retouches ne pourraient être effectuées qu'avec le soin le plus extrême. Cela prendrait du temps, mais sans aucun doute, si ce temps vous était offert, vous essaieriez de sauver la toile en même temps que votre vie.

— Peut-être, dit Trevize. Mais en fin de compte, vous avez détruit la toile au-delà de toute possibilité de récupération. Le grand coup de pinceau a effacé toutes les merveilleuses petites touches de couleur, toutes les subtilités de forme et de modelé. Et vous l'avez fait aussitôt quand un petit hermaphrodite était en danger alors que le risque que nous courions, et vous avec, ne vous a pas fait bouger.

— Nous autres étrangers ne courions toujours pas de risque immédiat alors que Fallom, m'a-t-il semblé, était soudain en danger imminent. Je devais choisir entre le robot gardien et Fallom et, n'ayant pas de temps à perdre, j'ai choisi Fallom.

— Est-ce ainsi que ça s'est passé, Joie ? Un rapide calcul pour peser un esprit contre un autre, estimer rapidement de quel côté se trouve la plus grande complexité, la plus grande valeur ?

— Oui.

— Supposez que je vous dise que vous avez simplement eu un enfant devant vous, un enfant menacé de mort. Vous avez alors été soudain prise d'un sentiment maternel instinctif et vous l'avez sauvé quand, un instant plus tôt, vous n'étiez que calcul lorsque la vie seulement de trois adultes était en jeu. »

Joie rougit un tantinet. « Il pourrait y avoir de ça ; mais ça ne s'est pas passé de la manière caricaturale que vous venez de présenter. Il y avait également une réflexion rationnelle derrière tout cela.

— Je me demande. S'il y avait eu une réflexion rationnelle derrière votre comportement, vous auriez considéré que l'enfant connaissait le sort commun inéluctable dans sa société. Qui sait combien de milliers d'enfants ont été supprimés pour maintenir l'effectif réduit que ces Solariens estiment convenir à leur planète ?

— Ce n'était pas aussi simple, Trevize. L'enfant aurait été tué parce qu'il était trop jeune pour être un Successeur, et cela parce qu'il avait un père décédé prématurément, et cela, surtout, parce que j'avais tué ce père.

— A un moment c'était tuer ou se faire tuer.

— Aucune importance. J'avais tué le père. Je ne pouvais le supporter et laisser tuer l'enfant par ma faute... D'autre part, il nous offre l'occasion d'étudier un cerveau d'un type qui n'a jamais encore été étudié par Gaïa.

— Un cerveau d'enfant.

— Il ne va pas le rester. Les deux lobes transducteurs vont bientôt se développer de part et d'autre de l'encéphale. Ces lobes procurent au Solarien une capacité avec laquelle Gaïa tout entière ne peut rivaliser. Maintenir simplement la lumière allumée ou activer une servo-commande de porte m'ont épuisée. Bander, quant à lui, aurait pu maintenir l'alimentation en énergie d'un domaine aussi vaste en taille et en complexité que cette cité que nous avons vue sur Comporellon — et cela, même dans son sommeil.

— Alors, vous voyez cet enfant comme un important élément de recherche fondamentale en neurologie ?

— En un sens, oui.

— Ce n'est pas ainsi que je vois les choses. Pour moi, il me semble avoir amené à bord un danger. Un grand danger.

— Quel genre de danger ? Il va s'adapter parfaitement — avec mon aide. Il est d'une grande intelligence et présente déjà des signes d'affection à notre égard. Il mangera ce que nous mangerons, ira où nous irons, et je/Gaïa retirerons des connaissances inestimables sur son cerveau.

— Et s'il produit des rejetons ? Il n'a pas besoin de compagne. Il est sa propre compagne.

— Il ne sera pas en âge de procréer avant bien des années. Les Spatiaux vivaient des siècles et les Solariens n'avaient aucun désir d'accroître leur nombre. La reproduction tardive est sans doute génétiquement incluse dans cette population. Fallom n'aura pas d'enfants avant fort longtemps.

— Qu'en savez-vous ?

— Je ne le *sais* pas. Je suis simplement logique.

— Et moi je vous dis que Fallom se révélera dangereux.

— Vous n'en savez rien. Et vous n'êtes pas logique non plus.

— Je le pressens, Joie. Sans raison... pour l'instant. Et c'est vous, pas moi, qui soutenez que mon intuition est infaillible. »

A ces mots, Joie fronça les sourcils, mal à l'aise.

59.

Pelorat s'immobilisa à l'entrée du poste de pilotage et regarda à l'intérieur, l'air plutôt gêné. C'était comme s'il cherchait à décider si Trevize était très occupé ou non.

Ce dernier avait les mains plaquées sur la tablette, comme toujours lorsqu'il s'unissait à l'ordinateur, et les yeux rivés sur l'écran. Pelorat jugea par conséquent qu'il était occupé et, patiemment, attendit, essayant de ne pas bouger ni de gêner de quelque façon son compagnon.

Finalement, Trevize leva les yeux vers lui. Les yeux de quelqu'un qui n'était pas totalement conscient. Son regard donnait toujours l'impression d'être légèrement vitreux, dans le vague, lorsqu'il était en communion avec la machine, comme s'il voyait, pensait, vivait, pour ainsi dire, d'une façon différente du commun des mortels.

Il accueillit toutefois Pelorat d'un léger signe de tête, comme si l'image, pénétrant avec difficulté, avait enfin gagné, avec une lenteur d'escargot, ses lobes optiques. Puis, au bout de quelques secondes, il releva les mains et sourit, redevenu lui-même.

Sur un ton d'excuse, Pelorat commença : « J'ai peur de m'immiscer dans vos affaires, Golan.

— Pas franchement, Janov. J'effectuais simplement des tests pour voir si nous étions parés pour le Saut. Nous le sommes dès à présent, mais je pense nous accorder encore quelques heures de délai, histoire de tenter la chance.

— La chance — ou les facteurs aléatoires — ont-ils un rôle à jouer là-dedans ?

— Simple expression, dit Trevize en souriant. Mais les facteurs aléatoires ont effectivement leur rôle, en théorie... Qu'avez-vous en tête ?

— Puis-je m'asseoir ?

— Bien entendu, mais allons plutôt dans ma cabine. Comment va Joie ?

— Très bien. » Il se racla la gorge. « Elle dort de nouveau. Il lui faut son comptant de sommeil, vous comprenez.

— Parfaitement. La séparation hyperspatiale...

— Tout juste, mon bon.

— Et Fallom ? » Trevize s'était installé sur le lit, laissant la chaise à Pelorat.

« Vous savez, ces livres de ma bibliothèque que vous avez fait sortir par votre imprimante ? Les contes populaires ? Eh bien, il est plongé dedans. Evidemment, il comprend très peu de galactique mais il semble se plaire à prononcer les mots. Il... je ne cesse de penser à lui comme à un garçon. A votre avis, pour quelle raison, mon ami ? »

Haussement d'épaules de Trevize. « Sans doute est-ce votre côté masculin qui parle.

— Peut-être... Il est terriblement intelligent, vous savez.

— Je n'en doute pas. »

Une hésitation de Pelorat : « Je crois comprendre que vous ne l'aimez pas beaucoup.

— Je n'ai rien contre lui personnellement, Janov. Je n'ai

jamais eu d'enfants et d'une manière générale, je ne les aime pas particulièrement. Vous, vous avez eu des enfants, si je ne me trompe.

— Un fils... C'était un plaisir, je m'en souviens, quand il était petit. Peut-être est-ce là, en fait, ce qui m'évoque le garçon en lui. Il me ramène un quart de siècle en arrière.

— Je n'ai aucune objection à ce qu'il vous plaise, Janov.

— Il vous plairait à vous aussi, si vous vouliez bien faire un petit effort.

— J'en suis certain, Janov, et peut-être qu'un de ces jours, c'est ce que je ferai. »

Nouvelle hésitation de Pelorat. « Je sais également que vous devez être fatigué de vous disputer avec Joie.

— A vrai dire, je ne crois pas que nous nous disputions tant que ça, Janov. Elle et moi nous entendons en fait plutôt bien. Nous avons eu tous les deux une discussion entre gens raisonnables l'autre jour — sans cris, sans récriminations — sur son temps de réaction pour désactiver les robots de garde. Elle continue de nous sauver la vie, après tout, donc je peux difficilement lui offrir moins que mon amitié, pas vrai ?

— Oui, je vois bien, mais je ne parle pas de dispute au sens de querelle. Je parle de ces perpétuelles chamailleries autour de l'opposition Galaxia-individualité.

— Ah, ça ! Je suppose qu'elles vont continuer — poliment.

— Verriez-vous une objection, Golan, si je reprenais ses arguments à mon compte ?

— Absolument aucune. Acceptez-vous personnellement l'idée de Galaxia, ou bien est-ce simplement parce que vous vous sentez plus heureux en étant d'accord avec Joie ?

— En toute honnêteté, tout à fait personnellement, j'estime que Galaxia devrait constituer notre avenir. Vous-même avez choisi cette voie et je suis de jour en jour plus convaincu que cette option est la bonne.

— Parce que je l'ai choisie ? Ce n'est pas un argument. Quoi que dise Gaïa, je puis me tromper, vous le savez. Alors ne laissez pas Joie vous persuader sur ces bases du bien-fondé de Galaxia.

— Je ne pense pas que vous ayez tort. C'est Solaria qui me l'a démontré, pas Joie.

— Comment cela ?

— Eh bien, pour commencer, nous sommes des Isolats, vous et moi.

— C'est *son* terme, Janov. Je préfère nous voir comme des individus.

— Simple question de sémantique, mon bon. Appelez ça comme il vous chante, nous sommes enfermés dans notre petite peau, enfermant nos petites pensées, et nous pensons, d'abord et avant tout, à nous-mêmes. L'autodéfense est notre première loi naturelle, même si elle signifie nuire à l'existence d'un tiers.

— On connaît des gens qui ont donné leur vie pour les autres.

— Un phénomène rare. Bien plus nombreux sont ceux qui ont sacrifié les besoins les plus essentiels des autres pour satisfaire quelque futile caprice personnel.

— Et quel est le rapport de tout ceci avec Solaria ?

— Eh bien, sur Solaria, nous voyons ce que les Isolats — ou les individus, si vous préférez — peuvent devenir. Les Solariens supportent tout juste de se partager une planète entière. Pour eux, vivre une existence dans un isolement total est synonyme de liberté parfaite. Ils ne manifestent pas la moindre inclination, même envers leurs propres rejetons, mais au contraire les tuent s'ils sont trop nombreux. Ils s'entourent d'esclaves robots auxquels ils fournissent l'énergie, si bien qu'à leur mort, l'ensemble de leur immense domaine meurt également, de manière symbolique, avec eux. Trouvez-vous tout cela admirable, Golan ? Pouvez-vous comparer ça, en décence, en douceur, en respect mutuel, avec Gaïa ?... Notez que je n'ai absolument pas discuté de la question avec Joie. C'est mon sentiment personnel.

— Et c'est bien de vous, ce sentiment, Janov. Je le partage. Je trouve la société solarienne horrible mais elle n'a pas toujours été ainsi. Ils descendent des Terriens et, plus immédiatement, des Spatiaux qui vivaient une existence beaucoup plus normale. Pour une raison ou une autre, les Solariens se sont choisi une voie qui débouche sur un extrême mais vous ne pouvez pas juger sur les extrêmes. Dans toute la Galaxie, avec ses millions de mondes habités, en connaissez-vous un qui, maintenant ou dans le passé, a possédé une société analogue à celle de Solaria, ou même vaguement analogue à celle-ci ? Et Solaria aurait-elle une telle société si elle ne grouillait pas de robots ? Est-il concevable que, sans robots, une société d'individus puisse évoluer jusqu'à ce niveau d'horreur solarienne ? »

Le visage de Pelorat fut pris d'un léger tic. « Vous faites feu de tout bois, Golan — enfin, je veux dire que vous ne me semblez pas en peine pour défendre le type de Galaxie contre lequel vous avez voté.

— Je ne veux pas tout démolir. Il doit bien exister une raison logique à Galaxia et lorsque je l'aurai trouvée, je le saurai et je m'inclinerai. Ou pour être plus précis, si jamais je la trouve...

— Vous croyez que vous pourriez ne pas la trouver ? »

Trevize haussa les épaules. « Comment le saurais-je ?... Savez-vous pourquoi j'attends quelques heures pour opérer le Saut, pourquoi même je cours le risque de me persuader d'attendre quelques jours ?

— Vous avez dit qu'il serait plus sûr d'attendre.

— Oui, c'est ce que j'ai dit mais il n'y aurait déjà plus de problème. Non, ce que je crains vraiment, c'est d'affronter un échec complet avec ces mondes de Spatiaux dont nous avons les coordonnées. Nous n'en avons que trois, nous en avons déjà visité deux, en échappant de peu à la mort à chaque fois. Et malgré tout, nous n'avons pas trouvé le moindre indice pour localiser la Terre et même, à vrai dire, pour nous assurer simplement de son existence. Voilà que se présente la troisième et dernière chance — et si jamais c'était un nouvel échec ? »

Soupir de Pelorat. « Vous connaissez ces vieux contes populaires — il y en a même un parmi les textes que j'ai donnés à Fallom pour s'entraîner — dans lesquels un personnage a droit à trois vœux, mais pas plus ? Le chiffre semble être significatif, peut-être parce que c'est le premier chiffre impair permettant de faire un choix décisif. Vous voyez, avec deux sur trois, on l'emporte... L'important est que dans ces récits les vœux ne servent à rien. Personne ne les choisit convenablement, ce qui, ai-je toujours supposé, correspond à la sagesse populaire selon laquelle la satisfaction de vos désirs doit être méritée et non... »

Il se tut soudain, confus. « Je suis désolé, mon bon ami,

mais je gâche votre temps. Je me mets à radoter sitôt que j'enfourche mon dada.

— Je vous trouve toujours intéressant, Janov. J'aimerais voir l'analogie. Nous avons eu droit à trois vœux, nous en avons déjà usé deux sans bénéfice pour nous. Ne nous en reste qu'un. Quelque part, je suis à nouveau certain de l'échec et donc, je désire l'ajourner. C'est pour cela que je retarde le Saut le plus longtemps possible.

— Qu'allez-vous faire si vous échouez encore ? Retourner à Gaïa ? Regagner Terminus ?

— Oh ! non », dit Trevize dans un souffle en secouant la tête. « La quête doit se poursuivre... si seulement je savais comment. »

Chapitre 14

Planète morte

60.

Trevize se sentait déprimé. Les quelques victoires qu'il avait remportées depuis le début de la quête n'avaient jamais été définitives ; elles n'avaient jamais servi qu'à ajourner la défaite.

Maintenant, il avait retardé leur Saut vers le troisième des mondes spatiaux jusqu'à ce qu'il ait transmis son malaise à ses compagnons. Lorsque, enfin, il prit la simple décision de dire à l'ordinateur de transférer le vaisseau en hyperespace, Pelorat se tenait, solennel, dans l'embrasure de la porte de la cabine de pilotage, et Joie était à ses côtés, légèrement en retrait. Même Fallom était là, fixant Trevize d'un œil rond, une main étreignant avec force celle de Joie.

Trevize avait levé les yeux de l'ordinateur et lancé, plutôt hargneux : « Le vrai tableau de famille ! » mais c'était seulement son malaise qui s'exprimait.

Il ordonna à l'ordinateur d'opérer le Saut de manière à leur faire réintégrer l'espace à une distance un peu plus grande que nécessaire de l'étoile en question. Il eut beau se dire que c'était parce que les événements précédents lui avaient enseigné la prudence, il n'y croyait pas. Sous-jacent, il le savait, demeurait l'espoir de ressortir dans l'espace à une distance telle de l'étoile qu'il serait impossible de décider si elle était ou non dotée d'une planète habitable. Ce qui lui procurerait encore quelques jours de voyage en espace normal avant d'être fixé et (peut-être) de se voir confronté à l'amère défaite.

Et donc, sous les regards du « tableau de famille », il prit une profonde inspiration, retint son souffle, puis expira en sifflant entre ses lèvres serrées au moment d'entrer dans la machine les ultimes instructions.

Une discontinuité silencieuse, et le dessin des étoiles se modifia. L'écran était devenu plus vide car il s'était porté dans une région où les étoiles étaient légèrement plus dispersées. Et là, près du centre, étincelait une étoile brillante.

Trevize eut un large sourire, car c'était un peu une victoire. Après tout, le troisième groupe de coordonnées aurait pu être erroné et il aurait pu n'y avoir aucune étoile de type G en vue. Il jeta un coup d'œil vers les trois autres et dit : « Et voilà. Etoile numéro trois !

— Vous êtes sûr ? demanda Joie, d'une voix douce.

— Regardez ! Je vais basculer sur la vue équicentrée correspondante, extraite de la carte galactique de l'ordinateur, et si cette étoile brillante disparaît, c'est qu'elle ne sera pas consignée sur la carte, et sera donc celle qu'on cherche.

L'ordinateur réagit à sa commande et l'étoile s'éteignit sans prévenir. C'était comme si elle n'avait jamais existé alors que le champ stellaire avoisinant demeurait identique, dans une sublime indifférence.

« On la tient », dit Trevize.

Malgré tout, il ne lança le *Far Star* qu'à un peu plus de la moitié de la vitesse qu'il aurait pu sans peine maintenir. La question de la présence ou non d'une planète habitable demeurait pendante et il n'était pas pressé de la résoudre. Même après trois jours d'approche, rien ne permettait de pencher d'un côté ou de l'autre.

Enfin pas tout à fait rien. Car en orbite autour de l'étoile, il y avait une géante gazeuse de bonne taille. Elle était très loin de celle-ci et brillait d'un éclat jaune très pâle sur sa face éclairée, qu'ils pouvaient apercevoir, de leur position, comme un épais croissant.

Trevize n'aimait guère son allure mais il essaya de n'en rien montrer et prit le ton neutre d'un guide touristique : « Voilà une géante gazeuse de bonne taille. Assez spectaculaire, d'ailleurs. Elle possède une paire d'anneaux minces et deux satellites de taille appréciable sont visibles pour le moment.

— La plupart des systèmes comprennent des géantes gazeuses, n'est-ce pas ? demanda Joie.

— Oui, mais celle-ci est de grande taille. A en juger par la distance de ses satellites et leur période de révolution, cette géante est presque deux mille fois plus massive qu'une planète habitable.

— Quelle différence cela fait-il ? demanda Joie. Ce sont toujours des géantes gazeuses, peu importe leur taille, non ? Elles sont toujours présentes à grande distance de l'étoile autour de laquelle elles orbitent et aucune n'est habitable, à cause à la fois de leur taille et de leur éloignement. Nous n'avons qu'à rechercher plus près de l'étoile une planète habitable. »

Trevize hésita puis décida de jouer cartes sur table. « Le problème, commença-t-il, est que les géantes gazeuses ont tendance à nettoyer un certain volume d'espace autour d'elles. La matière qu'elles n'absorbent pas dans leur structure même s'amasse pour former des corps de taille non négligeable qui vont former leur système de satellites. Lesquels ensuite empêchent toute accrétion jusqu'à une distance considérable de sorte que plus la géante gazeuse est grande et plus elle a de chance d'être la seule planète de taille notable d'un système solaire donné. Il n'y aura que la géante gazeuse et des astéroïdes.

— Vous voulez dire qu'il n'y a pas de planète habitable ici ?

— Plus grande est la géante gazeuse, moins on a de chance de trouver une planète habitable, et cette géante-là est si massive que c'est pratiquement une étoile naine.

— Pourrions-nous la voir ? » demanda Pelorat.

Tous trois fixaient maintenant l'écran (Fallom était dans la chambre de Joie, avec ses bouquins).

L'image s'agrandit jusqu'à ce que le croissant emplisse l'écran. Traversant ce croissant légèrement au-dessus du centre apparaissait un mince trait sombre, l'ombre du système d'anneaux, lui-même visible à brève distance au-delà de la surface, sous la forme d'une arche scintillante qui pénétrait légèrement la face obscure avant de disparaître à son tour dans l'ombre.

Trevize poursuivit : « L'axe de rotation de la planète est

incliné d'environ trente-cinq degrés sur son plan orbital, et l'anneau se trouve dans le plan équatorial, bien entendu, de sorte que la lumière de l'étoile vient de par en dessous, à ce point de son orbite, et projette l'ombre de l'anneau bien au-dessus de l'équateur. »

Pelorat contemplait le spectacle, fasciné. « Ce sont des anneaux fins.

— Plutôt au-dessus de la taille moyenne, en fait, observa Trevize.

— S'il faut en croire la légende, les anneaux entourant une géante gazeuse du système planétaire de la Terre sont beaucoup plus larges, plus brillants et plus complexes que celui-ci. Ils éclipsent la géante gazeuse par comparaison.

— Ça ne me surprend pas, dit Trevize. Lorsqu'une histoire est colportée d'une personne à l'autre durant des milliers d'années, croyez-vous qu'elle ne va pas s'amplifier ? »

Joie les interrompit : « C'est superbe. Quand on regarde le croissant, on dirait qu'il se tortille et serpente sous vos yeux.

— Turbulences atmosphériques, expliqua Trevize. En général, on les voit apparaître plus nettement, à condition de choisir la longueur d'onde convenable. Attendez voir, que j'essaie... » Il posa les mains sur la console, ordonnant à l'ordinateur de parcourir le spectre et de s'arrêter à la longueur d'onde appropriée.

Le croissant à peine éclairé s'illumina d'une débauche de couleurs qui variaient si rapidement qu'elles auraient sidéré l'œil qui eût voulu les suivre. Finalement, l'image se stabilisa en rouge orangé et, à l'intérieur du croissant, apparurent nettement des spirales qui s'enroulaient et se déroulaient au fur et à mesure de leur progression.

— Incroyable, murmura Pelorat.

— Ravissant », dit Joie.

Parfaitement croyable, songea Trevize, amer, et tout sauf ravissant. Ni Pelorat ni Joie, tout à la beauté du spectacle, ne se préoccupaient en effet de songer que la planète qu'ils admiraient diminuait leurs chances de lever le mystère que Trevize essayait de résoudre. Mais enfin, était-ce leur problème ? L'un comme l'autre se satisfaisaient que la décision de Trevize fût correcte, et ils l'accompagnaient dans sa quête de certitude sans y attacher de lien émotionnel. Il était vain de le leur reprocher.

Il poursuivit : « La face obscure paraît sombre mais si nos yeux étaient sensibles aux fréquences juste en deçà des longueurs d'ondes habituelles, elle nous apparaîtrait d'un incarnat sombre, profond, intense. La planète déverse dans l'espace des rayons infrarouges en grande quantité parce qu'elle est assez massive pour être presque chauffée au rouge. C'est plus qu'une géante gazeuse : c'est une proto-étoile. »

Il marqua un temps d'arrêt et reprit : « Et maintenant, écartons cet objet de notre esprit et cherchons la planète habitable qui pourrait éventuellement exister.

— Peut-être existe-t-elle bien, dit Pelorat en souriant. N'abandonnez pas, vieux camarade.

— Je n'ai pas abandonné, dit Trevize sans grande conviction. La formation des planètes est une affaire trop compliquée pour obéir à des règles simples. Nous ne parlons qu'en termes de probabilités. Avec un tel monstre dans l'espace, les probabilités décroissent mais pas jusqu'à zéro. »

Joie intervint : « Pourquoi ne pas voir plutôt les choses ainsi ? Puisque les deux premiers ensembles de coordonnées vous ont donné une planète habitable de Spatiaux, eh bien, le troisième, qui vous a déjà offert une étoile appropriée, devrait également vous offrir une planète habitable. Pourquoi parler de probabilités ?

— J'espère bien que vous avez raison », répondit Trevize qui ne se sentait pas du tout consolé. « A présent, nous allons sortir du plan de l'écliptique et nous diriger vers l'étoile. »

A peine en avait-il évoqué l'intention que l'ordinateur prit en charge la manœuvre. Il se cala dans le siège du pilote et jugea, une fois encore, que le seul défaut inhérent à la conduite d'un vaisseau gravitique aussi évolué était qu'il ne pourrait jamais — *jamais* — plus piloter un autre type d'appareil.

Pourrait-il supporter encore d'effectuer lui-même les calculs ? Supporter encore d'avoir à tenir compte de l'accélération en la limitant à un niveau raisonnable ?... Selon toute vraisemblance, il l'oublierait et lancerait toute la puissance jusqu'à ce que tout le monde à bord soit aplati contre une cloison.

Conclusion : il continuerait à piloter ce vaisseau — ou éventuellement un autre exactement semblable, et encore, s'il pouvait supporter un tel changement — jusqu'au bout.

Et parce qu'il voulait se distraire l'esprit de la question de savoir s'il y avait ou non une planète habitable, il se mit à songer au fait qu'il avait demandé au vaisseau de se déplacer pour aborder le plan de l'écliptique par le haut plutôt que par le bas. Si l'on éliminait les motifs précis de passer en dessous, les pilotes choisissaient presque toujours d'arriver par le dessus. Pourquoi ?

Tant qu'à faire, pourquoi d'ailleurs tenir absolument à considérer une direction comme le haut et l'autre le bas ? Vu la symétrie de l'espace, cela relevait de la pure convention.

Malgré tout, il était toujours conscient de la direction dans laquelle une planète observée tournait autour de son axe et orbitait autour de son étoile. Lorsque les deux mouvements étaient contraires à celui des aiguilles d'une montre, alors la direction du bras levé indiquait le nord et celle des pieds, le sud. Et dans toute la Galaxie, le nord était en haut et le sud en bas.

C'était une pure convention, qui se perdait dans les brumes de l'Antiquité, et qui était servilement suivie. Il suffisait de contempler une carte familière avec le sud orienté vers le haut pour ne pas la reconnaître. Il fallait la retourner pour qu'elle devienne lisible. Et toutes choses étant égales par ailleurs, on la tournait vers le nord — et le « haut ».

Trevize songea à une bataille, menée trois siècles auparavant par Bel Riose, le général d'Empire, qui avait fait basculer son escadre sous le plan de l'écliptique à un moment crucial et pris ainsi par surprise une formation ennemie. D'aucuns avaient crié à la manœuvre déloyale — les perdants, bien entendu.

Pour être aussi forte, être ancrée depuis si longtemps, une convention devait être née sur Terre — ce qui ramena brusquement Trevize au problème de la planète habitable.

Pelorat et Joie continuaient de contempler la géante gazeuse qui tournait sur l'écran en une lente, très lente pirouette arrière. La portion éclairée s'étendit et, comme Trevize avait maintenu le spectre dans les longueurs d'onde du rouge orangé, les entrelacs des tempêtes à sa surface devinrent encore plus déments, plus hypnotiques.

Sur ces entrefaites, Fallom pénétra dans la cabine et Joie jugea qu'il était temps pour l'enfant de faire un somme. Pour elle aussi, d'ailleurs.

Trevize se tourna vers Pelorat, qui était resté, et lui dit : « Je vais devoir abandonner la géante gazeuse, Janov. Je veux que l'ordinateur se concentre sur la recherche d'une signature gravitationnelle de taille adéquate.

— Bien sûr, mon ami », dit Pelorat.

Mais l'affaire était plus compliquée que ça. Ce n'était pas simplement une signature de taille adéquate que devait rechercher l'ordinateur : il fallait qu'elle ait la taille, mais aussi la distance convenable. Il s'écoulerait encore plusieurs jours avant que Trevize ait une certitude.

61.

Trevize entra dans sa cabine, grave, solennel — sombre, même — et sursauta perceptiblement.

Joie l'attendait, et juste à côté d'elle se trouvait Fallom, vêtu de son pagne et de sa tunique, dont émanait l'odeur fraîche et si reconnaissable du tissu nettoyé par aspiro-pressage. L'enfant avait meilleure allure ainsi qu'avec une des chemises de nuit échancrées de Joie.

« Je ne voulais pas vous déranger à la console, lui dit Joie, mais maintenant, écoutez : Vas-y, Fallom... »

Fallom commença, de sa voix musicale haut perchée : « Je vous salue, protecteur Trevize. C'est avec un grand plaisir que je vous appom... attom... accompagne à bord de ce vaisseau dans l'espace. Je suis heureux, également, de la gentillesse de mes amis, Joie et Pel. »

Fallom termina sur un joli sourire et, une fois encore, Trevize se demanda s'il voyait dans cet enfant un garçon, une fille, les deux ou ni l'un ni l'autre.

Il hocha la tête. « Très bien mémorisé. La prononciation est quasiment parfaite.

— Absolument pas mémorisé, dit Joie avec chaleur. C'est Fallom qui a composé cette phrase sans aide aucune et demandé s'il lui serait possible de vous la réciter. Je n'en savais même pas la teneur avant de l'avoir entendue. »

Trevize se contraignit à sourire. « Dans ce cas, c'est effectivement très bien. » Il nota que Joie évitait autant que possible l'emploi de pronoms.

La jeune femme se tourna vers Fallom : « Je t'avais dit que cela plairait à Trevize... Va rejoindre Pel, à présent ; tu peux aller encore lire un peu, si tu veux. »

Fallom détala et Joie reprit : « La vitesse avec laquelle Fallom assimile le galactique est proprement stupéfiante. Les Solariens doivent avoir une aptitude particulière pour les langues... Rappelez-vous comment Bander parlait le galactique rien qu'en ayant écouté les communications hyperspatiales. Ces cerveaux ne doivent pas seulement être remarquables par leurs facultés de transduction. »

Trevize grommela.

« Ne me dites pas que vous n'aimez toujours pas Fallom.

— Ce n'est pas une question de l'aimer ou pas l'aimer. Cette créature me met simplement mal à l'aise. D'abord, ça a un côté macabre, de se trouver confronté à un hermaphrodite.

— Allons donc, Trevize, c'est ridicule. Fallom est une créature vivante parfaitement acceptable. Pour une société d'hermaphrodites, imaginez comme nous devons paraître répugnants, vous et moi — les mâles et les femelles en général. Chacun est la moitié d'un tout et, pour parvenir à se reproduire, on est obligé de procéder à une union temporaire et disgracieuse.

— Vous y voyez une objection, Joie ?

— Ne faites pas semblant de ne pas comprendre. J'essaie de nous considérer du point de vue d'un hermaphrodite. Pour eux, cela doit sembler repoussant à l'extrême ; pour nous, cela paraît naturel. De même, un être comme Fallom vous paraît repoussant, mais ce n'est qu'une réaction de clocher, une réaction à courte vue.

— Franchement, dit Trevize, c'est quand même gênant de ne pas savoir quel pronom utiliser pour cette créature. Cela entrave la pensée et la conversation de toujours devoir buter sur le pronom.

— Mais c'est la faute de notre langue, observa Joie, pas de

celle de Fallom. Aucune langue humaine n'a été conçue en songeant à l'hermaphrodisme. Et je suis contente que vous évoquiez le problème parce que j'y ai moi-même réfléchi... Pourquoi ne pas tout simplement choisir un pronom de manière arbitraire ? Je pense à Fallom comme à une fille. Elle en a la voix aiguë, déjà, et possède en outre la capacité d'engendrer des enfants, ce qui reste la définition cardinale de la féminité. Pelorat est d'accord là-dessus ; pourquoi ne feriez-vous pas de même en acceptant que Fallom devienne " elle " ? »

Trevize haussa les épaules. « Très bien. Ça fera quand même drôle de remarquer qu'*elle* a des testicules, mais enfin... »

Joie soupira « Vous avez cette pénible habitude de tout vouloir tourner en plaisanterie mais je sais que vous êtes sous tension et ceci explique cela. Employez le pronom féminin pour Fallom, c'est tout ce que je vous demande.

— D'accord. » Trevize hésita puis, incapable de résister, poursuivit : « Plus je vous vois ensemble, et plus Fallom ressemble à votre enfant adoptif. Serait-ce que vous vouliez un gosse et ne croyiez pas Janov capable de vous en donner un ? »

Joie écarquilla les yeux. « Il n'est pas là pour ça ! Vous croyez peut-être que je l'utilise comme un instrument pratique pour m'aider à concevoir ? De toute manière, le moment est mal choisi. Et quand l'heure sera venue, il faudra que ce soit un enfant gaïen, une chose à laquelle Pel est inapte.

— Vous voulez dire que Janov devra être mis sur la touche ?

— Absolument pas. Une diversion temporaire suffira. La conception pourrait même se faire par insémination artificielle.

— Je présume que vous ne pouvez avoir d'enfant que lorsque Gaïa a décidé la chose nécessaire ; pour combler un manque provoqué par la mort d'un fragment humain de Gaïa déjà existant.

— C'est une manière peu délicate d'évoquer la chose mais qui a du vrai. Gaïa doit être bien proportionnée dans tous ses éléments et l'ensemble de ses relations.

— *Idem* chez les Solariens. »

Joie pinça les lèvres et son visage pâlit quelque peu. « Pas du tout. Les Solariens produisent plus que de besoin et détruisent l'excédent. Nous produisons juste ce qu'il faut et il n'est jamais nécessaire de détruire — de même que vous remplacez les couches superficielles de votre peau avec juste assez de cellules pour en assurer le renouvellement et pas une de plus.

— Je vois ce que vous voulez dire. J'espère, incidemment, que vous tenez compte des sentiments de Janov.

— Pour ce qui est de l'éventualité d'un enfant de moi ? La discussion n'a jamais été soulevée ; ni ne le sera jamais.

— Non, ce n'est pas ce que je voulais dire... Je suis frappé de votre intérêt croissant pour Fallom. Janov pourrait se sentir délaissé.

— Il ne l'est pas et s'intéresse à Fallom autant que moi. Elle représente un nouvel élément d'engagement mutuel qui nous rapproche encore plus. Ce ne serait pas plutôt vous qui vous sentiriez délaissé ?

— *Moi ?* » Il était sincèrement surpris.

« Oui, vous. Je ne comprends pas mieux les Isolats que vous ne comprenez Gaïa mais j'ai l'impression que vous aimez bien être le centre d'attention à bord de ce vaisseau et que la présence de Fallom vous encombre.

— C'est stupide.

— Pas plus stupide que votre suggestion que je délaisserais Pel.

— Alors faisons la trêve et cessons. Je vais essayer de considérer Fallom comme une fille, et tâcherai de ne pas trop m'inquiéter de vous voir négliger les sentiments de Janov. »

Joie sourit. « Merci. Tout est pour le mieux, alors. »

Trevize allait repartir mais Joie lança : « Attendez ! »

Trevize se retourna et dit, un rien las : « Oui ?

— Il m'apparaît manifeste, Trevize, que vous êtes triste et déprimé. Je ne vais pas vous sonder l'esprit, mais vous pourriez avoir envie de me confier ce qui ne va pas. Hier, vous avez dit que ce système possédait une planète adéquate et vous sembliez ravi... Elle est toujours là, j'espère. La découverte ne s'est pas révélée erronée, non ?

— Le système possède bien une planète adéquate et elle est effectivement toujours là.

— A-t-elle la bonne taille ? »

Trevize acquiesça. « Puisqu'elle est adéquate, elle a la taille convenable. De même qu'elle est située à la bonne distance de l'étoile.

— Eh bien alors, qu'est-ce qui ne va pas ?

— Nous en sommes maintenant assez près pour analyser son atmosphère. Or, il se trouve qu'elle en est quasiment dépourvue.

— Pas d'atmosphère ?

— Pas d'atmosphère notable. C'est une planète inhabitable et il n'y en a pas d'autre en orbite autour du soleil qui puisse le moins du monde prétendre à l'habitabilité. Notre bilan se réduit en fin de compte à zéro à l'issue de cette troisième tentative. »

62.

Pelorat, l'air grave, répugnait à l'évidence à troubler le silence malheureux de Trevize. Il l'observait depuis la porte du poste de pilotage, dans l'espoir sans doute que Trevize entame la conversation.

Ce dernier n'en fit rien. Si un silence devait être qualifié d'obstiné, c'était bien le sien.

Finalement, n'y pouvant plus tenir, Pelorat lança, d'une voix passablement timide : « Qu'allons-nous faire ? »

Trevize leva les yeux, fixa Pelorat quelques instants, se détourna, et dit enfin : « Nous mettons le cap sur la planète.

— Mais puisqu'elle est dépourvue d'atmosphère...

— C'est l'ordinateur qui le dit. Jusqu'à maintenant, il m'a toujours dit ce que je voulais entendre et je l'ai toujours accepté. A présent qu'il m'annonce une chose que je n'ai pas envie d'entendre, je compte bien la vérifier. Si jamais l'ordinateur doit se tromper un jour, autant que ce soit ce coup-ci.

— Vous croyez qu'il se trompe ?

— Non.

— Voyez-vous une raison quelconque qui puisse le faire se tromper ?

— Non.

— Alors, pourquoi vous tracasser ainsi, Golan ? »

Trevize pivota alors dans son siège pour faire face à Pelorat. Il avait les traits déformés, à la limite du désespoir, et lui lança : « Vous ne comprenez donc pas, Janov, que je ne vois pas quoi faire d'autre ? Nous avons fait chou blanc sur les deux premières planètes en ce qui concernait la position de la Terre, et voilà que ça recommence avec la troisième. Qu'est-ce que je peux faire, à présent ? Errer de planète en planète, et fureter en demandant partout : “ Excusez-moi, mais c'est par où, la Terre ? ” La Terre a bien su brouiller ses traces. Elle n'a laissé nulle part le moindre indice. Je commence à penser qu'elle aura veillé à ce qu'on soit incapable d'en retrouver le moindre même s'il en existe encore un. »

Pelorat hocha la tête : « Je reconnais avoir eu le même sentiment. Cela ne vous gêne pas que l'on en discute ? Mais je sais que vous êtes malheureux, mon brave compagnon, et que vous ne voulez pas parler, alors si vous voulez que je vous laisse tranquille, faites...

— Allez-y, discutons-en », dit Trevize sur un ton remarquablement proche du grognement. « Qu'ai-je de mieux à faire que d'écouter ?

— A vous entendre, vous ne m'avez pas l'air très enclin à me laisser parler, mais peut-être que cela nous fera du bien. Je vous en prie, interrompez-moi sitôt que vous trouverez la chose insupportable... Il me semble, Golan, que la Terre n'a pas seulement besoin de prendre des mesures passives et négatives pour se dissimuler. Elle ne doit pas se contenter uniquement d'effacer toute référence à elle-même. Ne pourrait-on pas envisager qu'elle sème de fausses preuves et travaille activement à répandre ainsi l'obscurité ?

— Que voulez-vous dire ?

— Eh bien, nous avons entendu plusieurs fois évoquer la radioactivité de la Terre et ce genre d'information pourrait avoir été lancée pour dissuader les gens de la localiser. Si elle était réellement radioactive, elle serait totalement inapprochable. Selon toute vraisemblance, nous ne serions même pas en mesure d'y poser le pied. Même des explorateurs robots, si nous en avions, pourraient ne pas survivre aux radiations. Alors, pourquoi chercher ? Et si elle n'est pas radioactive, elle demeure inviolée, sauf en cas d'approche accidentelle, et même dans cette hypothèse, elle peut avoir d'autres moyens de se camoufler. »

Trevize parvint à sourire. « C'est plutôt bizarre, Janov, mais la même idée m'est venue. Il m'est même passé par l'esprit que cet improbable satellite géant pouvait également être une invention délibérée incluse dans les légendes courant sur la Terre. Quant à la géante gazeuse avec son monstrueux système d'anneaux, son existence est tout aussi improbable et pourrait également relever de l'affabulation. Le tout conçu, peut-être, pour nous faire chercher une chose qui n'existe pas, de sorte que même si on traversait le système planétaire correct et qu'on contemplât la Terre, on l'écarterait parce qu'elle serait en réalité dépourvue des traits caractéristiques que sont un satellite géant, une cousine à triple anneau et une croûte radioactive. Ne la reconnaissant pas, nous n'irions pas imaginer que nous la contemplons... J'imagine pire, également. »

Pelorat parut découragé : « Comment peut-il y avoir pire ?

— Pas difficile : quand l'esprit se met à divaguer au milieu de la nuit et part chercher dans le vaste royaume du fantasme tout ce qui peut approfondir votre désespoir. Et si la capacité de la Terre à se camoufler était absolue ? Et si elle était en mesure de nous oblitérer l'esprit ? Et si l'on pouvait passer devant la Terre, la bonne, avec son satellite géant et au loin sa géante gazeuse avec ses anneaux, et ne voir ni l'un ni l'autre ? Et si la chose s'était déjà produite ?

— Mais si vous croyez ça, pourquoi sommes-nous...

— Je ne dis pas que j'y crois. Je parle de fantasmes déments. Nous continuons à chercher. »

Pelorat hésita puis demanda : « Combien de temps encore, Trevize ? Il viendra bien un moment où il nous faudra renoncer.

— Jamais, dit Trevize, farouche. Même si je dois passer le restant de mon existence à courir de planète en planète, à chercher et demander : " S'il vous plaît, monsieur, où se trouve la Terre ? ", eh bien, je le ferai. Quand vous voudrez, je peux vous ramener, vous et Joie, et même Fallom, sur Gaïa et repartir tout seul ensuite.

— Oh non ! Vous savez que je ne vous laisserai pas, Golan,

et Joie non plus. Nous ferons avec vous des sauts de puce d'une planète à l'autre s'il le faut. Mais pourquoi ?

— Parce que je dois trouver la Terre, et parce que je la trouverai. Je ne sais pas pourquoi mais je la trouverai... Bon, écoutez, j'essaie de trouver à présent une position depuis laquelle étudier la face éclairée de la planète, sans être toutefois trop près du soleil, alors vous me laissez tranquille un moment... »

Pelorat se tut mais ne bougea pas. Il continua de regarder tandis que Trevize observait sur l'écran l'image de la planète dont plus de la moitié apparaissait éclairée. Pour Pelorat, elle semblait dépourvue de traits remarquables, mais il savait que Trevize, raccordé à son ordinateur, en voyait une image renforcée.

Trevize murmura : « Je dinstingue une brume.

— Alors, il doit y avoir une atmosphère.

— Pas besoin qu'il y en ait beaucoup. Pas suffisante pour abriter la vie, mais assez pour provoquer un faible vent qui soulève la poussière. C'est une caractéristique bien connue des planètes à atmosphère ténue. Il pourrait même exister de minces calottes polaires. Une petite quantité de glace d'eau est condensée aux pôles, vous savez. Cet astre est trop chaud pour que le gaz carbonique y subsiste sous forme solide... Je vais basculer sur la cartographie radar. Et pour ce faire, je travaillerai plus aisément sur la face nocturne.

— Vraiment ?

— Oui. J'aurais dû essayer en premier lieu mais avec un astre pratiquement dépourvu d'atmosphère, et donc de nuages, il m'a paru naturel de commencer la recherche en lumière visible. »

Trevize garda le silence un long moment, tandis que sur l'écran s'étalait l'image floue des échos radar qui engendraient comme une abstraction de planète, quelque chose comme l'œuvre d'un artiste de la période cléonienne. Puis il lança : « Eh bien ça... », laissant traîner son exclamation avant de se replonger dans le silence.

Pelorat n'y tint plus : « Que voulait dire ce “ eh bien ça ” ? »

Trevize lui jeta un bref regard : « Je n'aperçois pas un seul cratère.

— Pas de cratères ? C'est bon signe ?

— Totalement inattendu en tout cas. » Un large sourire s'inscrivit sur ses traits. « Et très bon signe. En fait, peut-être même magnifique. »

63.

Fallom restait le nez plaqué contre le hublot du vaisseau, où un petit fragment de l'univers était visible tel que l'œil nu pouvait le voir, sans agrandissement ou renforcement par l'ordinateur.

Joie, qui avait tenté de lui expliquer tout cela, poussa un soupir et dit à voix basse à Pelorat : « Je ne sais pas dans quelle mesure elle comprend, Pel chéri. Pour elle, la demeure de son père et une faible portion du domaine sur lequel elle était installée composaient tout l'Univers. Je ne sais même pas si elle est déjà sortie la nuit, ou si même elle a vu les étoiles.

— A ce point, vraiment ?

— Je crois, oui. Je n'ai rien osé lui en montrer avant qu'elle ait assimilé suffisamment de vocabulaire pour me comprendre, ne serait-ce qu'un peu — et encore, c'est déjà une chance que vous ayez pu lui parler dans sa propre langue.

— Le problème, c'est que je ne suis pas très doué, s'excusa Pelorat. Et l'univers est un concept passablement difficile à saisir quand on l'aborde brutalement. Elle m'a dit que si toutes ces petites lumières sont des mondes géants, chacun identique à Solaria — et ils sont bien plus vastes que Solaria, évidemment — ils ne peuvent pas tenir suspendus dans le vide. Ils devraient tomber, d'après elle.

— Et elle a raison, jugeant par ce qu'elle sait. Elle pose des questions sensées et, petit à petit, elle va comprendre. Au moins, elle se montre curieuse et n'est pas effrayée.

— Le fait est que moi aussi, je suis curieux, Joie. Regardez comme Golan a changé sitôt qu'il a eu découvert cette absence de cratères sur la planète vers laquelle nous nous dirigeons. Je n'ai pas la moindre idée de la différence que cela fait. Et vous ?

— Pas la moindre. Il s'y connaît toutefois plus que nous, en planétologie. Nous ne pouvons que supposer qu'il sait ce qu'il fait.

— Mais moi, j'aimerais bien savoir.

— Eh bien, allez lui demander. »

Grimace de Pelorat. « J'ai toujours peur de l'ennuyer. Je suis certain qu'il pense que je devrais savoir ces choses sans qu'on me les dise.

— C'est idiot, Pel. Il n'a jamais hésité à vous interroger sur tel ou tel aspect des mythes et légendes galactiques qui lui semblent utiles. Vous êtes toujours prêt à répondre et expliquer, alors pourquoi n'en serait-il pas de même pour lui ? Allez l'interroger. Si ça l'ennuie, eh bien, ça lui donnera une chance de pratiquer la sociabilité, ce qui ne pourra que lui faire le plus grand bien.

— Vous voulez bien m'accompagner ?

— Non, bien sûr que non. Je veux rester avec Fallom et continuer à essayer de lui faire entrer dans la tête le concept d'univers. Vous pourrez toujours m'expliquer la chose après... une fois que Trevize vous aura fourni l'explication. »

64.

Pelorat entra dans le poste de pilotage, la mine embarrassée. Il nota toutefois avec plaisir que Trevize sifflotait, manifestement de bonne humeur.

« Golan », lança-t-il, le ton le plus enjoué possible.

Trevize leva la tête. « Janov ! Vous entrez toujours sur la pointe des pieds comme s'il vous semblait illégal de me déranger. Fermez la porte et asseyez-vous. Asseyez-vous ! Et regardez ça. »

Il désigna la planète sur l'écran et dit : « Je n'ai pas trouvé plus de deux ou trois cratères, et encore, tout petits.

— Cela fait-il une différence, Golan ? Vraiment ?

— Une différence ? Mais évidemment. Comment pouvez-vous poser une telle question ? »

Pelorat eut un geste d'impuissance. « Tout cela, pour moi, c'est du mystère complet. J'ai pris l'option histoire au lycée. J'ai choisi en plus la sociologie et la psychologie, ainsi que les langues et la littérature, anciennes surtout, puis je me suis spécialisé en mythologie à l'université. Je n'ai, voyez-vous, jamais abordé la planétologie ni aucune des sciences physiques...

— Ce n'est pas un crime, Janov. J'aimerais bien en savoir autant que vous. Vos dispositions pour les langues anciennes et vos connaissances en mythologie nous ont été d'un énorme secours. Vous le savez... Et pour ce qui est de la planétologie, je m'en occupe. »

Il poursuivit : « Voyez-vous, Janov, les planètes se forment par l'accrétion d'objets plus petits. Les derniers à entrer en collision avec elle laissent des impacts de cratère. Potentiellement, du moins. Si la planète est assez grande pour être une géante gazeuse, elle est essentiellement liquide sous une atmosphère de gaz et les collisions finales ne sont que de gros plouf qui ne laissent pas de trace.

« Les planètes plus petites, qui sont solides, qu'elles soient de glace ou de roche, présentent bien en revanche des impacts sous forme de cratères, lesquels demeurent indéfiniment à moins que n'existe un agent susceptible de les effacer. Il y en a de trois sortes.

« Primo, un monde peut avoir une surface glacée recouvrant un océan sous-jacent. Dans ce cas, tout objet qui heurte la surface brise la glace et tombe dans l'eau. Derrière lui, la glace se referme et répare littéralement la perforation. Une telle planète, ou un tel satellite, doit être froid et ne peut être considéré comme un monde habitable.

« Secundo, si une planète a une activité volcanique intense, alors, l'épanchement continuel des laves ou les retombées de cendres viennent en permanence combler les cratères qui pourraient se former, les rendant invisibles. Une telle planète, ou un tel satellite, n'a toutefois guère de chances non plus d'être habitable.

« Ce qui nous amène aux mondes habitables du troisième type. De tels astres peuvent avoir des calottes polaires mais la majeure partie de l'océan doit être liquide. Ils peuvent avoir des volcans actifs, mais ceux-ci doivent être peu nombreux. De tels mondes ne peuvent ni effacer les cratères, ni les combler. Il existe néanmoins des effets d'érosion. Le vent et les eaux de ruissellement vont user ces cratères et si la vie existe, l'action érosive des êtres vivants est également notable. Vous voyez ? »

Pelorat considéra ces explications puis remarqua : « Mais Golan, je ne vous suis plus du tout. Cette planète dont nous nous approchons...

— Nous nous poserons demain, dit Trevize, tout content.

— Cette planète dont nous nous approchons ne possède pas d'océan...

— Uniquement de minces calottes polaires.

— Ni guère d'atmosphère...

— Sa densité n'est que le centième de celle de Terminus.

— Ni de vie...

— Rien de détectable.

— Alors, qu'est-ce qui peut avoir érodé ses cratères ?

— Un océan, une atmosphère, et la vie, dit Trevize. Ecoutez, si cette planète avait été depuis le début dépourvue d'air et d'eau, les cratères qui se seraient formés à l'époque existeraient encore et la surface entière en serait grêlée. L'absence de cratères prouve qu'elle n'a pas toujours été privée d'air et d'eau et qu'elle peut même avoir possédé une atmosphère notable ainsi qu'un océan dans le passé proche. Par ailleurs, on note de vastes bassins, bien visibles ici, qui doivent avoir jadis contenu mers ou océans, sans parler des traces de fleuves aujourd'hui asséchés. Alors, vous voyez qu'il a bien existé une érosion et que cette érosion a cessé il y a peu de temps, empêchant ainsi la cratérisation de se développer dans de grandes proportions. »

Pelorat paraissait dubitatif. « Je ne suis peut-être pas un planétologue mais il me semble que si une planète est assez grande pour retenir une atmosphère dense durant peut-être des milliards d'années, elle ne va pas la perdre tout d'un coup, non ?

— Je ne le crois pas non plus, dit Trevize. Mais il est indubitable que ce monde a abrité la vie avant que son atmosphère disparaisse, peut-être même la vie humaine. Je suppose qu'il s'agissait d'une planète terraformée comme le sont presque tous les mondes habités de la Galaxie. Le hic, c'est que je ne sais pas vraiment quelles étaient les conditions qui y régnaient avant l'arrivée de l'homme, ou ce qu'on lui a fait subir pour la rendre confortable pour l'humanité, ni dans quelles conditions, en fait, la vie a disparu de sa surface. Il peut s'être produit une catastrophe qui aura aspiré l'atmosphère et conduit l'humanité à sa perte. Ou il peut avoir existé sur la planète quelque bizarre déséquilibre que les hommes auront contrôlé aussi longtemps qu'ils étaient là et qui s'est emballé dans un cercle vicieux de réduction de l'atmosphère après leur disparition. Peut-être trouverons-nous la réponse à l'atterrissage, ou peut-être pas. Peu importe.

— Mais peu importe aussi que la vie ait existé ici jadis, puisqu'il n'y en a plus aujourd'hui. Quelle différence que la planète ait toujours été inhabitable ou ne le soit qu'à présent ?

— Si elle n'est devenue que récemment inhabitable, on y trouvera des ruines de son occupation passée.

— Il y avait des ruines sur Aurora...

— Tout juste, mais sur Aurora, il s'était écoulé vingt mille ans, vingt mille ans de pluie et de neige, de gel et de dégel, de vent et de changements de température. Et puis, il y avait également la vie... ne l'oubliez pas. Il n'y avait peut-être pas d'hommes mais la vie était partout. Les ruines s'érodent aussi bien que les cratères. Plus vite, même. Et après vingt mille ans, nous n'avions plus grand-chose de notable à nous mettre sous la dent... Ici, sur cette planète, en revanche, il s'est écoulé une période, peut-être de vingt mille ans, peut-être moins longue, sans vent, sans pluie, sans vie. Il s'est produit des changements de température, je l'admets, mais c'est tout. Les ruines seront en bon état de conservation.

— A moins, intervint Pelorat, dubitatif, qu'il n'y ait pas de ruines. Est-il possible qu'il n'y ait jamais eu de vie sur la planète, de vie humaine tout du moins, et que la perte de l'atmosphère ait été la conséquence de quelque événement indépendant de l'homme ?

— Non, non, dit Trevize. Inutile de faire assaut de pessimisme, ça ne marchera pas. Même depuis notre orbite, j'ai pu repérer les restes de ce qui, j'en suis sûr, fut une cité... Alors, on se pose demain. »

65.

« Fallom est convaincue qu'on va la ramener auprès de Jemby, son robot. » Le ton de Joie était préoccupé.

« Hmmmm », fit Trevize, sans cesser d'étudier la surface de la planète qui défilait sous leur coque. Puis il leva les yeux un instant après, comme s'il venait seulement d'entendre la remarque. « Eh bien, c'est le seul parent qu'elle connaissait, non ?

— Oui, bien sûr, mais elle croit que nous sommes revenus à Solaria.

— Ça ressemble à Solaria ?

— Comment pourrait-elle le savoir ?

— Dites-lui que ce n'est pas Solaria. Ecoutez, je vais vous donner un vidéolivre de référence, avec des illustrations graphiques. Montrez-lui des vues rapprochées d'un certain nombre de mondes habités et expliquez-lui qu'il en existe des millions. Vous aurez le temps. J'ignore combien de temps Janov et moi devrons nous promener, une fois que nous aurons sélectionné un site adéquat pour nous poser...

— Janov et vous ?

— Oui. Fallom ne peut pas nous accompagner même si je le voulais, ce qui serait le cas uniquement si j'étais fou. Ce monde exige le port d'une combinaison spatiale, Joie. Il n'y a pas d'air respirable. Et nous n'avons pas de combinaison qui aille à Fallom. Elle et vous resterez à bord.

— Pourquoi moi ? »

Les lèvres de Trevize dessinèrent un sourire sans humour. « J'admets, dit-il, que je me sentirais plus à l'aise si vous veniez avec nous, mais je ne peux pas laisser Fallom seule à bord. Elle risquerait de faire des dégâts, même sans intention. Il faut que Janov m'accompagne parce qu'il a des chances de pouvoir déchiffrer les inscriptions archaïques qui pourraient subsister là-dessous. Ce qui veut dire que vous allez devoir rester avec Fallom. J'aurais pensé que ça vous ferait plaisir. »

Joie paraissait incertaine.

« Ecoutez, dit Trevize. Vous avez voulu amener Fallom, quand je ne voulais pas. Je suis persuadé qu'elle ne va nous apporter que des ennuis. Enfin... sa présence introduit des contraintes et vous allez devoir vous y faire. Elle reste là, alors vous aussi. C'est ainsi, et pas autrement. »

Joie soupira : « Je suppose.

— A la bonne heure. Où est Janov ?

— Avec Fallom.

— Fort bien. Allez le relayer. Je veux lui parler. »

Trevize étudiait toujours la surface de la planète lorsque entra Pelorat, qui se racla la gorge pour signaler sa présence. « Y a-t-il un problème, Golan ?

— Pas exactement un problème, Janov. Je suis simplement incertain. Ce monde est étrange et j'ignore ce qui lui est arrivé. Les mers ont dû être étendues, à en juger par les bassins qu'elles ont laissés mais elles étaient peu profondes. Autant que je puisse en juger par les traces qui subsistent, ce devait être une planète tournée vers la désalinisation et remplie de chenaux... ou peut-être que les mers n'étaient pas très salées. Auquel cas, cela rendrait compte de l'absence de larges dépôts de sel dans les bassins. Ou alors, quand les océans ont disparu, leur contenu en sel a disparu avec... ce qui renforcerait la thèse de l'action humaine.

— Excusez mon ignorance en ce domaine, hésita Pelorat, mais tout cela a-t-il la moindre importance, eu égard à l'objet de notre recherche ?

— Je suppose que non, mais je ne peux m'empêcher d'être curieux. Si seulement je savais comment cette planète a été terraformée pour être habitable par l'homme et à quoi elle ressemblait avant sa modification, peut-être que je comprendrais ce qui lui est arrivé après son abandon — ou juste avant, peut-être. Et si nous le savions, nous serions peut-être prévenus contre d'éventuelles surprises désagréables.

— Quel genre de surprise ? Ce monde est mort, non ?

— Pour être mort, il l'est. Très peu d'eau ; une atmosphère ténue, irrespirable ; et Joie ne détecte aucun signe d'activité mentale.

— Ça devrait régler la question, il me semble.

— L'absence d'activité mentale ne sous-entend pas nécessairement le manque de vie.

— De vie dangereuse, sûrement.

— Je ne sais pas... Mais ce n'est pas la raison pour laquelle je désirais vous consulter. Il y a deux cités qui pourraient convenir à notre première inspection. Elles semblent en excellent état de conservation ; comme toutes les autres, d'ailleurs. Ce qui a détruit l'air et les océans ne semble pas avoir affecté les villes. En tout cas, ces deux-là sont particulièrement vastes. La plus grande, toutefois, semble dépourvue d'espaces dégagés. Il y a bien des astroports dans les faubourgs mais rien dans la ville même. La seconde agglomération possède des espaces ouverts, il sera donc plus facile de se poser au centre, même si ce n'est pas à proprement parler sur un astroport... mais enfin, qui y trouvera à redire, hein ? »

Pelorat fit la grimace. « Vous voulez que ce soit à moi de prendre la décision, Golan ?

— Non, je la prendrai moi-même. Je désire simplement entendre vos réflexions.

— Pour ce qu'elles valent... Une cité dense et étendue a des chances d'être un centre de commerce et d'industrie. Une ville plus petite avec des espaces dégagés est sans doute un centre administratif. C'est un centre administratif qu'il nous faut. Possède-t-elle des édifices monumentaux ?

— Qu'entendez-vous par là ? »

Pelorat eut son petit sourire discret. « Pas grand-chose. Les modes changent d'une planète et d'une époque à l'autre. Je soupçonne, néanmoins, qu'ils ont toujours fatalement une allure imposante, un aspect inutile et dispendieux... Comme le bâtiment où l'on nous a conduits sur Comporellon. »

Trevize sourit à son tour. « Difficile à dire vu de haut, et quand je peux les voir de côté, lorsqu'on approche ou qu'on s'éloigne, la perspective n'est pas nette. Pourquoi préférez-vous le centre administratif ?

— C'est là que nous avons des chances de trouver le musée planétaire, la bibliothèque, les archives, l'université, et ainsi de suite...

— Bien. C'est là que nous irons, donc ; la ville la plus petite. Et peut-être trouverons-nous quelque chose. Nous avons eu deux échecs, alors qui sait...

— Peut-être que la troisième fois sera la bonne. »

Trevize haussa les sourcils. « Où avez-vous déniché cette phrase ?

— C'est un vieux dicton, dit Pelorat. Je l'ai retrouvé dans

une légende antique. Il indique que le succès vient au troisième essai, j'imagine.

— Apparemment. Eh bien... la troisième fois sera la bonne, Janov. »

Chapitre 15

Lichen

66.

Trevize avait l'air grotesque dans son costume pressurisé. La seule partie de son individu à rester à l'extérieur, c'étaient les étuis — pas ceux qu'il s'attachait d'ordinaire à la taille mais ceux, plus imposants, qui faisaient partie de la combinaison. Avec soin, il inséra l'éclateur dans l'étui de droite et le fouet neuronique dans celui de gauche. Cette fois encore, ils étaient rechargés et cette fois, songea-t-il, résolu, rien ni personne ne les lui ôterait.

Joie souriait : « Allez-vous emporter vos armes même sur une planète dépourvue d'air ou… peu importe ! Je ne vais pas discuter vos décisions.

— Très bien ! » dit Trevize et il se retourna pour aider Pelorat à ajuster son casque avant d'arrimer le sien.

Pelorat, qui n'avait jamais encore porté de combinaison spatiale, demanda, quelque peu plaintif : « Je vais vraiment pouvoir respirer dans ce truc, Golan ?

— Je vous le promets. »

Joie le regarda sceller les derniers joints, le bras passé sur l'épaule de Fallom. La jeune Solarienne fixait les deux silhouettes en combinaison avec une inquiétude manifeste. Elle tremblait et Joie la tenait serrée, dans une étreinte douce et rassurante.

Le sas s'ouvrit et les deux hommes y pénétrèrent, agitant leurs bras boursouflés en signe d'au revoir. L'écoutille se referma. La porte extérieure s'ouvrit et, maladroitement, ils posèrent le pied sur le sol d'un monde mort.

C'était l'aube. Le ciel était dégagé, bien entendu, et tirant sur le pourpre, mais le soleil ne s'était pas encore levé. A l'horizon plus clair, là où devait apparaître l'astre du jour, planait une légère brume.

« Il fait froid, dit Pelorat.

— Vous avez froid ? » Trevize était surpris. Leurs combinaisons étaient parfaitement isolées et s'il y avait bien un problème de temps à autre, c'était plutôt pour évacuer la chaleur corporelle.

« Pas du tout, mais regardez... » Transmise par la radio, sa voix était parfaitement audible à l'oreille de Trevize, tandis qu'il pointait le doigt.

Dans la lueur purpurine de l'aube, la façade en ruine de l'édifice duquel ils approchaient était recouverte d'une gangue de givre.

« Avec une atmosphère ténue, les nuits sont plus froides qu'on ne pourrait le prévoir et les journées plus chaudes. A cette heure-ci, nous sommes au moment le plus froid de la journée et il devra s'écouler plusieurs heures avant que la chaleur nous empêche de rester au soleil. »

Comme si ce dernier mot avait été une incantation cabalistique, le bord de l'astre du jour apparut au-dessus de l'horizon.

« Ne le regardez pas, avertit Trevize, sur le ton de la conversation. Votre visière est réfléchissante et opaque aux ultraviolets, mais ça n'en reste pas moins dangereux. »

Il tourna le dos au soleil levant et son ombre démesurément allongée tomba sur la façade. La lumière faisait disparaître le givre sous ses yeux. Quelques instants, le mur parut noir d'humidité puis ce phénomène disparut à son tour.

« Les bâtiments n'ont pas l'air en si bon état vus de près que depuis le ciel. Ils sont fissurés et tombent en ruine. C'est le résultat des changements de température, je suppose, et des alternances de gel et de fonte des traces d'eau nuit et jour durant peut-être une vingtaine de milliers d'années.

— Il y a des lettres gravées dans la pierre au-dessus de l'entrée, nota Pelorat, mais l'érosion les rend difficiles à lire.

— Pouvez-vous les déchiffrer, Janov ?

— Ce devait être une institution financière quelconque. Je déchiffre au moins un terme qui pourrait être “ banque ”.

— Qu'est-ce que c'est que ça ?

— Un édifice dans lequel des capitaux étaient déposés, retirés, échangés, investis, empruntés... s'il s'agit bien de ce que j'imagine.

— Un édifice entier consacré à ça ? Sans ordinateurs ?

— Sans ordinateurs pour se charger du tout. »

Trevize haussa les épaules. Ces détails d'histoire antique ne l'inspiraient pas.

Ils avancèrent, avec une hâte croissante, passant de moins en moins de temps à chaque édifice. Le silence, l'absence de vie étaient totalement déprimants. Ce lent effondrement étalé sur des millénaires dont ils exploraient les traces en intrus faisait des lieux un squelette de cité d'où n'auraient subsisté rien d'autre que les os.

Ils étaient tout au nord de la zone tempérée mais Trevize avait l'impression de sentir la chaleur du soleil dans son dos.

A cent mètres de lui sur la droite, Pelorat lança brusquement : « Regardez ça ! »

Trevize en eut les oreilles qui carillonnèrent. « Inutile de crier comme ça, Janov ! J'entends sans problème vos murmures aussi loin que vous puissiez vous trouver. De quoi s'agit-il ? »

Baissant aussitôt le ton, Pelorat expliqua : « Ce bâtiment est la " Maison des Mondes ". Du moins c'est ainsi que je crois déchiffrer l'inscription. »

Trevize le rejoignit. Devant eux s'élevait un édifice de deux étages, avec une toiture irrégulièrement découpée d'où saillaient de larges fragments de pierre, comme si quelque objet sculpté s'y était jadis dressé avant de s'effondrer.

« Vous êtes certain ? demanda Trevize.

— On n'a qu'à entrer pour vérifier. »

Ils gravirent cinq marches larges et basses et franchirent une gigantesque esplanade. Dans l'air raréfié, le pas de leurs semelles métalliques provoquait une vibration murmurante plutôt qu'un bruit.

« Je vois ce que vous voulez dire par " allure imposante, aspect inutile et dispendieux ", marmonna Trevize.

Ils pénétrèrent dans un hall vaste et haut ; le soleil qui entrait par les hautes fenêtres illuminait l'intérieur trop violemment là où frappaient ses rayons, tout en laissant néanmoins l'obscurité régner ailleurs. L'atmosphère raréfiée diffusait très peu la lumière.

Au centre se dressait un personnage humain plus grand que nature, apparemment sculpté dans la pierre synthétique. Un bras avait chu. L'autre était fissuré à l'épaule et Trevize eut l'impression qu'une tape un peu sèche aurait suffi à le rompre également. Il recula, comme si en s'approchant trop, il risquait d'être tenté par un aussi inqualifiable acte de vandalisme.

« Je me demande bien qui c'est, dit Trevize. Aucune inscription. Je suppose que ceux qui ont érigé la statue de ce monsieur jugeaient sa renommée si évidente qu'elle se passait d'identification mais à présent... » Se sentant en danger de devenir philosophe, il reporta son attention ailleurs.

Pelorat levait les yeux et le regard de Trevize suivit l'angle que décrivait la tête de son compagnon. Il y avait des marques gravées sur le mur, indéchiffrables pour Trevize.

« Incroyable, dit Pelorat. Elles ont peut-être vingt mille ans, et ici, à l'intérieur, abritées sans doute du soleil et de l'humidité, elles sont encore lisibles !

— Pas pour moi.

— L'écriture est ancienne, et qui plus est, ornementée. Bon, voyons voir,... sept... un... deux... » Sa voix s'éteignit dans un marmottement, puis il reprit distinctement : « C'est une liste de cinquante noms et comme on suppose qu'il y a eu cinquante mondes spatiaux et que cet édifice est la " Maison des Mondes ", j'en déduis que ces noms sont ceux des cinquante planètes, sans doute inscrits dans l'ordre de leur colonisation. Aurora est la première et Solaria vient en dernier. Si vous voulez bien noter, il y a sept colonnes, avec sept noms dans les six premières et huit dans la dernière. C'est comme s'ils avaient prévu de composer un tableau de sept sur sept puis ajouté Solaria après coup. J'inclinerais à croire, mon bon, que cette liste remonte à la période immédiatement antérieure à la terraformation et au peuplement de Solaria.

— Et quelle est la planète sur laquelle nous nous trouvons ? Pouvez-vous le dire ?

— Vous aurez noté que le cinquième nom dans la troisième colonne, le dix-neuvième de la liste, est inscrit en caractères légèrement plus grands que les autres. Les auteurs semblent avoir eu assez d'égocentrisme pour s'autoriser un certain chauvinisme. D'autre part...

— Quel est ce nom ?

— Pour ce que j'en déchiffre, il s'agirait de “ Melpomenia ”. Un nom qui m'est totalement étranger.

— Pourrait-il correspondre à la Terre ? »

Pelorat secoua vigoureusement la tête mais, sous le casque, sa mimique passa inaperçue. « Des douzaines de mots sont employés pour nommer la Terre dans les vieilles légendes. Gaïa est l'un d'eux, comme vous le savez. De même que Terra, Earth, Erda, et ainsi de suite... Toujours des mots brefs. Je ne connais pas un seul terme long utilisé pour la nommer, ni aucun qui pourrait ressembler à un quelconque diminutif de Melpomenia.

— Alors nous sommes sur Melpomenia, et ce n'est pas la Terre.

— Oui. Et d'autre part — comme je commençais à vous le dire à l'instant — une indication encore meilleure que la plus grande taille des lettres nous est fournie par les “ 0,0,0 ” et l'on peut imaginer que de telles coordonnées sont toujours rapportés à celles de la planète d'origine.

— Des coordonnées ? » Trevize était abasourdi. « Cette liste fournit également des coordonnées ?

— Elle donne trois chiffres pour chaque planète et je présume que ce sont des coordonnées. Vous avez une autre idée ? »

Trevize ne répondit pas. Il ouvrit un petit compartiment dans la portion de combinaison qui recouvrait sa cuisse droite et sortit un appareil compact qu'un câble reliait au compartiment. Il le porta au niveau de l'œil et visa soigneusement l'inscription sur le mur, ses doigts gantés rendant difficile une manœuvre qui d'ordinaire aurait pris quelques instants.

« Une caméra ? » crut bon de demander Pelorat.

« Qui transmet directement l'image à l'ordinateur de bord. »

Trevize prit plusieurs clichés sous différents angles puis dit : « Attendez ! Il faut que je sois plus haut. Aidez-moi, Janov. »

Pelorat mit les mains en étrier, mais Trevize secoua la tête :

« Vous ne supporterez pas mon poids. Mettez-vous plutôt à quatre pattes. »

Pelorat s'exécuta, laborieusement, et tout aussi laborieusement, Trevize, après avoir rangé de nouveau la caméra, monta sur les épaules de Pelorat et de là, sur le piédestal de la statue. Délicatement, il essaya d'ébranler celle-ci pour juger de sa solidité puis posa le pied sur un genou plié, qui lui servit d'appui pour se propulser vers le haut et saisir l'épaule dépourvue de bras. Coinçant alors les orteils sur une aspérité à hauteur de la poitrine, il se hissa et, finalement, après moult grognements, parvint à se jucher à califourchon sur l'épaule. Pour ceux qui, morts depuis longtemps, avaient jadis révéré la statue et ce qu'elle représentait, un tel comportement aurait paru blasphématoire et Trevize en était conscient, au point qu'il essaya de s'asseoir du bout des fesses.

« Vous allez tomber et vous faire mal, lui lança Pelorat, anxieux.

— Je ne vais ni tomber ni me faire mal mais vous, vous risquez de m'assourdir. » Trevize prit son appareil et visa de nouveau. Il prit encore plusieurs clichés puis rangea la caméra vidéo avant de se laisser glisser précautionneusement jusqu'à ce que ses pieds touchent le socle. De là, il sauta à terre et sans doute les vibrations du contact avec le sol provoquèrent le choc final car le bras encore intact se détacha pour tomber en un petit tas de débris au pied de la statue. Sa chute n'avait pratiquement pas fait de bruit.

Trevize se figea ; son premier réflexe avait été de trouver un coin où se cacher avant d'être pincé par le gardien. Etonnant, songea-t-il par la suite, comme on a tôt fait de revivre sa propre enfance dans une situation pareille — quand on a par accident brisé quelque objet qui semble important. La sensation n'avait duré qu'un instant mais elle n'en était pas moins vive.

La voix de Pelorat était caverneuse, comme il sied à qui est le témoin, pour ne pas dire l'instigateur, d'un acte de vandalisme, mais il parvint à trouver des paroles réconfortantes : « C'est... ça va, Golan. De toute façon, il était sur le point de dégringoler. »

Il se dirigea vers les débris répandus sur le socle et le sol, comme pour mieux asseoir sa démonstration, tendit le bras pour saisir l'un des plus gros fragments et soudain s'exclama : « Golan, venez voir. »

Trevize approcha et Pelorat, désignant un éclat de pierre qui avait manifestement constitué une portion du bras brisé, lui demanda : « Qu'est-ce que c'est que ça ? »

Trevize écarquilla les yeux. On voyait une tache moussue, d'un vert vif. Trevize la frotta doucement de son doigt ganté. Elle se détacha sans problème.

« Ça ressemble énormément à du lichen.

— La vie non intelligente que vous évoquiez ?

— Je ne sais pas jusqu'à quel point. J'imagine que Joie soutiendrait que cette forme de vie également est consciente — mais elle prétendrait que cette pierre l'est aussi.

— Croyez-vous que c'est cette mousse qui attaque la pierre ?

— Je ne serais pas surpris qu'elle y contribue. La planète est très éclairée et possède une certaine quantité d'eau : la moitié de l'atmosphère est formée de vapeur d'eau. Le reste est composé d'azote et de gaz rares. Rien qu'une trace de gaz carbonique, ce qui tendrait à indiquer l'absence de vie végétale... Mais il se pourrait que le taux de gaz carbonique soit faible parce qu'il est presque intégralement piégé dans la croûte rocheuse. Et si cette pierre contient une certaine proportion de carbonate, cette mousse le décompose en sécrétant de l'acide, ce qui lui permet de consommer le bioxyde de carbone généré. Nous avons peut-être là l'ultime espèce dominante sur cette planète.

— Fascinant.

— Indubitablement, mais sans plus. La découverte des coordonnées des mondes spatiaux est encore plus intéressante, quoique ce que nous cherchions, ce soit les coordonnées de la planète Terre. Si elles ne se trouvent pas ici, elles sont peut-être ailleurs dans ce bâtiment... ou dans un autre. Venez, Janov.

— Mais vous savez..., commença Pelorat.

— Non, non, non, fit Trevize, impatient. On causera plus tard. Voyons d'abord ce que ce bâtiment peut éventuellement nous offrir encore. Il fait déjà plus chaud. » Il consultait le petit thermomètre sur le dos de son gant gauche. « Venez, Janov. »

Ils parcoururent les salles, marchant avec un maximum de précaution, non pas à cause du bruit, ou par crainte de déranger qui que ce soit, mais parce qu'ils n'osaient pas, par les vibrations de leurs pas, provoquer de nouveaux dégâts.

Ils soulevaient de la poussière qui s'envolait à faible hauteur avant de redescendre très vite dans l'air raréfié, laissant derrière eux l'empreinte de leurs pas.

Parfois, dans quelque recoin sombre, l'un ou l'autre indiquait en silence d'autres taches de mousse qui se développaient. Ils semblaient tirer un mince réconfort de cette présence de la vie : si primitive fût-elle, c'était une chose qui allégeait l'impression mortelle, suffocante, de parcourir un monde mort, surtout quand l'omniprésence de constructions et d'objets manufacturés soulignait combien la vie y avait été developpée jadis.

A un moment donné, Pelorat remarqua : « Je crois bien que nous sommes dans une bibliothèque. »

Trevize parcourut les lieux d'un regard curieux. Il y avait des rayonnages, et un examen plus attentif lui révéla ce qu'un coup d'œil rapide lui avait fait prendre pour des ornementations et qui ressemblait fort à des vidéolivres. Maladroitement, il saisit l'un d'eux. Ils étaient épais et malcommodes et bientôt Trevize se rendit compte que c'étaient de simples boîtes. Il tâtonna de ses doigts boudinés pour en ouvrir une et découvrit plusieurs disques à l'intérieur. Ils étaient épais, également, et semblaient fragiles même s'il préféra s'abstenir de le vérifier.

« Incroyablement primitif.

— Ça remonte à vingt mille ans », remarqua Pelorat d'un ton d'excuse, comme s'il défendait les anciens Melpoméniens contre cette accusation de retard technologique.

Trevize désigna la tranche du boîtier où s'étalaient les fines volutes du lettrage ornementé utilisé par les Anciens. « C'est le titre ? Que dit-il ? »

Pelorat l'étudia. « Je ne suis pas vraiment certain, mon bon. Je crois que l'un des termes renvoie à la vie microscopique. C'est un mot pour “ micro-organisme ”, peut-être. J'ai bien peur que ce ne soient des termes de technique microbiologique que je serais bien en peine de comprendre même en galactique classique.

— Sans doute, observa Trevize, morose. Et tout aussi probablement, nous ne serions pas plus avancés si nous les comprenions. Les microbes ne nous intéressent pas... Faites-moi plaisir, Janov. Jetez un œil sur certains de ces bouquins et voyez si vous ne dénichez pas un titre intéressant. Pendant ce temps, je vais examiner de plus près ces visionneuses.

— Des visionneuses ? » s'étonna Pelorat. C'étaient des objets cubiques, trapus, surmontés d'un écran incliné et d'une extension incurvée, peut-être un accoudoir ou bien le logement pour poser un électro-calepin — à supposer qu'un tel appareil ait jamais été connu sur Melpomenia.

« Si nous sommes bien dans une bibliothèque, il devait exister des visionneuses sous une forme ou une autre, et cet appareil semble convenir à la fonction. »

Il épousseta l'écran d'une main maladroite et fut soulagé de constater que, quelle qu'en fût la composition, il ne s'effritait pas sous ses doigts. Il manipula doucement les commandes, l'une après l'autre. Rien ne se produisit. Il essaya une autre visionneuse, une autre encore, avec les mêmes résultats négatifs.

Il n'était pas surpris. Même si les appareils pouvaient rester en état de marche au bout de vingt millénaires dans une atmosphère raréfiée, même s'ils résistaient à la vapeur d'eau, il demeurait toutefois la question de leur alimentation. Toute forme de stockage d'énergie était sujette aux fuites, quoi qu'on fît pour les arrêter. C'était encore un aspect de l'irrésistible, l'omniprésente seconde loi de la thermodynamique.

Pelorat était derrière lui : « Golan ?

— Oui.

— J'ai trouvé un vidéolivre...

— Quel genre ?

— Je crois que c'est une histoire du vol spatial.

— Parfait... mais ça nous fait une belle jambe si je ne parviens pas à mettre en route cette visionneuse. » Il en serrait les poings de frustration.

« On pourrait ramener le disque à bord.

— Je ne saurais pas l'adapter à notre lecteur. Il n'entrerait pas dans le tiroir et les systèmes d'analyse sont certainement incompatibles.

— Mais tout ceci est-il bien nécessaire, Golan ? Si nous...

— C'est certainement nécessaire, Janov. Non, ne m'interrompez pas. J'essaie de voir comment faire. Je pourrais tenter d'alimenter l'appareil en énergie. C'est peut-être tout ce qu'il lui faut.

— Et où la trouverez-vous ?

— Eh bien... » Trevize sortit ses armes, les considéra un bref instant puis remit l'éclateur dans son étui. Il ouvrit en revanche le fouet neuronique pour en examiner le niveau de charge. Il était au maximum.

Trevize s'accroupit par terre et tâtonna derrière la visionneuse (il persistait à considérer comme tel l'appareil), essayant de la tirer en avant. Elle bougea un petit peu, et il étudia ce que la manœuvre lui avait permis de découvrir.

L'un de ces câbles devait être chargé de l'alimentation et sans doute devait-il s'agir de celui qui sortait du mur. Il n'y avait ni prise ni connecteur apparent. (Comment appréhender une culture antique et étrangère, où les objets les plus simples, les plus évidents, deviennent méconnaissables ?)

Il tira sur le câble, doucement d'abord, puis plus fort. Il le tourna d'un côté, puis de l'autre. Il pressa le mur au voisinage du câble, puis le câble au voisinage du mur. Il reporta son attention, dans la mesure du possible, vers la face arrière à demi cachée de l'appareil, et là non plus, aucune de ses manipulations n'aboutit.

Il posa la main par terre pour se relever et, alors qu'il se redressait, le câble vint avec lui. Qu'avait-il fait pour le libérer, il n'en avait pas la moindre idée.

Il ne semblait ni rompu ni arraché. L'extrémité paraissait coupée net, tout comme était lisse la partie du mur où il était précédemment raccordé.

Pelorat intervint doucement : « Golan, puis-je... »

Trevize agita le bras de manière péremptoire : « Pas maintenant, Janov ! Je vous en prie ! »

Il remarqua soudain la croûte verte qui recouvrait les plis de son gant gauche. Il devait avoir ramassé puis écrasé un peu de lichen en tâtonnant derrière la machine. Son gant était légèrement humide mais il sécha sous ses yeux et la tache verte vira au brun.

Il consacra de nouveau son attention au câble, examinant

avec soin l'embout. Pas de doute, il y avait bien deux petits orifices, là. Des fils pouvaient y pénétrer.

Il s'assit de nouveau par terre et ouvrit le compartiment des batteries de son fouet neuronique. Avec précaution, il dépolarisa l'un des câbles et le dégagea. Puis, d'un geste lent et délicat, il l'inséra dans le trou, jusqu'à ce qu'il vienne en butée. Lorsqu'il essaya doucement de le retirer, il ne bougea pas, comme s'il avait été serti. Il contint le réflexe immédiat qui était de le libérer de force. Au contraire, il dépolarisa l'autre câble et l'introduisit dans la seconde ouverture. On pouvait imaginer qu'il allait ainsi refermer le circuit et alimenter en électricité la visionneuse.

« Janov, dit-il, vous avez tripoté des vidéolivres de toutes sortes. Tâchez de voir si vous pouvez m'insérer ce bouquin dans l'appareil...

— Est-il vraiment nécessaire...

— Je vous en prie, Janov, vous n'arrêtez pas de poser des questions inutiles. Le temps nous est compté. Je n'ai pas envie de devoir attendre une partie de la nuit que la température soit assez redescendue pour nous permettre de rentrer...

— Ça devrait entrer comme ça, dit Janov, mais...

— Bien. S'il s'agit d'une histoire de la navigation spatiale, elle doit commencer avec la Terre puisque c'est sur Terre qu'on l'a inventée. Voyons voir à présent si ce machin fonctionne. »

Avec un luxe inutile de précautions, Pelorat glissa le vidéolivre dans le tiroir manifestement idoine puis entreprit d'examiner les inscriptions portées sur les commandes, en quête d'une indication quelconque.

En attendant, Trevize parlait à voix basse, en partie pour soulager sa propre tension : « Je suppose qu'il doit également exister des robots sur ce monde — ici et là — dans un état de conservation raisonnable, selon toute apparence — voire rutilants dans ce vide quasi complet. Le seul problème est que leurs batteries sont sans doute épuisées depuis longtemps, et même si on les rechargeait, dans quel état est leur cerveau ? Les leviers et les rouages peuvent traverser les siècles mais *quid* des microcontacts et autres bidules subatomiques qu'ils ont dans la cervelle ? Tous ces machins ont dû se détériorer et même si ce n'est pas le cas, que pourraient-ils savoir de la Terre ? Que pourraient-ils...

— La visionneuse fonctionne, mon ami, l'interrompit Pelorat. Regardez voir. »

Dans la pénombre, l'écran du lecteur s'était mis à clignoter. La lueur était faible mais Trevize n'eut qu'à monter légèrement la puissance sur son fouet neuronique pour que la lumière augmente. L'atmosphère raréfiée autour d'eux laissait les zones extérieures aux rayons de soleil dans une obscurité relative de sorte que la salle était plongée dans l'ombre, renforçant la brillance de l'écran par contraste.

Celui-ci continuait de clignoter, traversé parfois par des ombres.

« Il a besoin d'une mise au point, observa Trevize.

— Je sais mais j'ai bien peur de ne pas pouvoir faire mieux. Le support a dû se détériorer. »

Les ombres défilaient plus rapidement maintenant, entrecoupées périodiquement par une vague caricature de texte. Puis, momentanément, l'image devenait nette avant de s'évanouir à nouveau.

« Revenez en arrière et arrêtez l'image, Janov. »

Pelorat essayait déjà. Il passa en défilement arrière, puis avant, retrouva la séquence et fit un arrêt sur image.

Avec avidité, Trevize chercha à lire le texte puis, dépité, se tourna vers Pelorat : « Vous pouvez me déchiffrer ça, Janov ?

— Pas intégralement », avoua celui-ci en louchant sur l'écran. Je peux au moins vous dire que cela parle d'Aurora. Je crois que c'est en rapport avec la première expédition hyperspatiale — la “ diaspora initiale ”, dit le texte. »

Il remit en défilement et l'image s'assombrit à nouveau et se brouilla. Finalement, il conclut : « Tous les éléments que j'ai pu déchiffrer semblent uniquement traiter des Mondes spatiaux, Golan. Je n'ai rien pu trouver concernant la Terre.

— Non, évidemment, dit Trevize, amer. Tout a été effacé, comme c'était déjà le cas sur Trantor. Eteignez cet appareil.

— Mais ça n'a pas d'importance... », commença Pelorat tout en éteignant la machine.

« Parce qu'on pourra toujours essayer d'autres bibliothèques ? Les documents y seront effacés, là aussi. Partout. Savez-vous... » Il avait tourné la tête vers Pelorat pour s'adresser à lui, et voilà qu'il le considérait avec un mélange d'horreur et de répulsion. « Dites donc, qu'est-ce qu'elle a, votre visière ? »

67.

Pelorat porta machinalement sa main gantée à la visière, puis la retira pour l'examiner.

« Qu'est-ce que c'est ? » demanda-t-il, perplexe. Puis, il regarda Trevize et poursuivit, avec un petit glapissement : « Votre visière aussi a quelque chose de drôle, Golan. »

Trevize chercha automatiquement un miroir du regard. Il n'y en avait pas et de toute manière, il aurait manqué de lumière. Il grommela : « Venez au soleil, voulez-vous ? »

Mi-tirant, mi-poussant Pelorat, il l'amena dans le rayon de soleil qui tombait de la plus proche fenêtre. Il sentait la chaleur de l'astre dans son dos malgré l'isolation de la combinaison spatiale.

« Tournez-vous vers le soleil, Janov, et fermez les yeux. »

Ce qu'il y avait d'anormal sur la visière apparut aussitôt : tout le long du joint entre la vitre et le tissu métallisé du casque, un cordon de lichen s'était développé de manière luxuriante. Une épaisse mousse verte bordait la visière de Pelorat et Trevize se douta qu'il devait en aller de même avec la sienne.

Il passa le doigt le long du joint. Une partie de la mousse se détacha, laissant une tache verte sur son gant. Mais tandis qu'il la regardait briller au soleil, la mousse parut se durcir et sécher. Il fit une nouvelle tentative et, cette fois, elle se détacha en se craquelant. Elle virait au brun. Il frotta de nouveau, vigoureusement cette fois-ci, la bordure de la visière de Pelorat.

« Faites la mienne, Janov. » Puis : « Ça vous paraît propre ? Bien. Et pour vous ?... Parfait. Allons-y. Je ne crois pas qu'on ait encore grand-chose à faire ici. »

Le soleil était désagréablement chaud dans la cité déserte et sans air. Les bâtiments de pierre brillaient d'un éclat éblouissant, presque douloureux. Trevize devait cligner des yeux pour les regarder et, dans la mesure du possible, il essayait de progresser côté ombre. Il s'arrêta devant une fissure sur une façade, une fissure juste assez large pour laisser passer le petit doigt, même ganté. Il l'y glissa, le retira, marmonna : « De la mousse », et gagna d'un pas décidé l'extrémité de l'ombre pour exposer quelques secondes son doigt au soleil.

« Tout tourne autour du gaz carbonique. Chaque fois qu'elle pourra en trouver — dans les roches en décomposition, n'importe où — elle va pousser. Nous sommes une excellente source de gaz carbonique, voyez-vous, sans doute plus riche que tout le reste sur cette planète quasiment morte, et je suppose que des traces de gaz doivent s'échapper par les joints de nos visières.

— Et donc le lichen y pousse.

— Oui. »

Le chemin du retour leur parut long, bien plus long, et évidemment bien plus chaud que l'aller, effectué à l'aube. Le vaisseau était toutefois encore dans l'ombre lorsqu'ils arrivèrent ; de ce côté, du moins, Trevize avait calculé juste.

« Regardez ! » s'exclama Pelorat.

Trevize vit. L'encadrement de la porte du sas était bordé de mousse verte.

« Toujours les fuites ?

— Bien entendu. En proportion insignifiante, j'en suis sûr, mais à ma connaissance, cette mousse semble être le meilleur détecteur de traces de bioxyde de carbone qu'on ait jamais trouvé. Ses spores doivent se trouver partout et dès qu'elles peuvent dénicher quelques malheureuses molécules de gaz carbonique, elles poussent comme des champignons. » Il régla sa radio sur la fréquence de bord et lança : « Joie, vous m'entendez ? »

La voix de la jeune femme résonna aux oreilles des deux hommes. « Oui. Vous êtes prêts à rentrer ? La pêche a été bonne ?

— Nous sommes devant la porte, dit Trevize. Mais surtout, n'ouvrez pas le sas. Nous l'ouvrirons de l'extérieur. Je répète : n'ouvrez pas le sas.

— Pourquoi ça ?

— Joie, épargnez-moi les questions, voulez-vous ? Nous pourrons en discuter tout notre saoul par la suite. »

Trevize sortit son éclateur et régla soigneusement son

intensité au plus bas puis considéra l'arme avec incertitude. Il ne l'avait jamais utilisée à la puissance minimale. Il regarda autour de lui, cherchant vainement un objet assez fragile pour tester son réglage.

En désespoir de cause, il visa le flanc de colline rocailleux dans l'ombre duquel était posé le *Far Star*... La cible ne fut pas chauffée au rouge. Machinalement, il tâta l'endroit qu'il avait touché. Paraissait-il chaud ? Il n'aurait su le dire avec certitude, à travers le tissu isolant de sa combinaison.

Il hésita encore, puis se dit que la coque du vaisseau devait présenter une résistance aussi grande, ou en tout cas du même ordre de grandeur, que le flanc de la colline. Il tourna l'éclateur vers l'encadrement de la porte du sas et pressa fugitivement la détente en retenant son souffle.

L'espèce de lichen se racornit aussitôt sur plusieurs centimètres. Il passa la main au-dessus et le faible courant d'air provoqué suffit à disperser les minces fragments brunis.

« Est-ce que ça marche ? demanda Pelorat, anxieux.

— Oui. J'ai transformé l'éclateur en faisceau calorique. »

Il arrosa les alentours du joint et la mousse verte disparut à mesure. Intégralement. Il frappa sur la porte pour provoquer une vibration qui finirait de décrocher les restes de lichen et une poussière brune tomba par terre, si fine qu'elle resta en suspens dans l'air raréfié, soulevée par d'imperceptibles bouffées de gaz.

« Je crois qu'à présent on peut ouvrir », dit Trevize et, pianotant sur le dos de son poignet, il composa la fréquence de la combinaison qui, par radio, activait de l'intérieur le mécanisme d'ouverture. L'écoutille se déverrouilla et s'était à peine ouverte que Trevize lançait : « Ne lambinez pas, Janov, entrez... Inutile d'attendre le marchepied. Allons, grimpez. »

Trevize le suivit, arrosa la bordure de l'écoutille à l'aide de son éclateur réglé au minimum. Il arrosa de même les marches, sitôt qu'elles se furent déployées. Puis il commanda la fermeture du sas et continua son arrosage jusqu'à ce qu'ils se retrouvent totalement enfermés.

« Nous sommes dans le sas, Joie. Nous allons y demeurer quelques minutes. Continuez à ne rien faire !

— Donnez-moi quand même une indication. Tout va bien ? Comment va Pel ?

— Je suis là, Joie, et je vais parfaitement bien. Il n'y a aucune inquiétude à avoir.

— Si vous le dites, Pel... mais il faudra quand même m'expliquer. J'espère que vous le savez.

— Promis », dit Trevize et il alluma l'éclairage du sas.

Les deux silhouettes en scaphandre se faisaient face.

« Nous sommes en train d'évacuer au maximum l'atmosphère de la planète ; il n'y a plus qu'à attendre que ce soit terminé.

— Et l'atmosphère du vaisseau On va la laisser pénétrer ?

— Pas tout de suite. Je suis aussi pressé que vous de quitter ce scaphandre, Janov. Je veux simplement m'assurer que nous sommes bien débarrassés de toutes les spores qui auraient pu entrer avec nous... ou nous rester collées dessus. »

A la faible lumière de l'éclairage du sas, Trevize braqua son éclateur sur la face intérieure du joint entre la porte et la coque, balayant méthodiquement le sol, montant et redescendant le long de la paroi pour revenir au sol.

« A votre tour, maintenant, Janov. »

Pelorat s'agita, mal à l'aise, et Trevize dut le rassurer : « Vous allez peut-être éprouver une sensation de chaleur. Sans plus. Si ça devient inconfortable, vous n'aurez qu'à me le dire. »

Il passa l'invisible faisceau sur la visière, insistant particulièrement sur le rebord puis, petit à petit, irradia le reste du scaphandre. Il marmotta :

« Levez les bras Janov. » Puis : « Appuyez-vous sur mes épaules et levez un pied... il faut que je fasse les semelles... l'autre, à présent... Vous n'avez pas trop chaud ?

— Je ne baigne pas spécialement dans une fraîche brise, Golan.

— Eh bien, faites-moi donc goûter à mon traitement. Nettoyez-moi.

— Je n'ai jamais de ma vie tenu un éclateur.

— Il le faut. Vous le maintenez bien et, du pouce, vous pressez ce petit bouton — en tenant fermement l'étui. Parfait... Passez-le maintenant sur ma visière. Régulièrement, Janov, ne le laissez pas trop longtemps au même endroit. Le reste du casque à présent, puis les joues et le cou.

Il continua de lui donner des instructions, et une fois rôti de toute part et couvert de sueur, il récupéra son arme et vérifia le niveau de charge.

« Plus qu'à moitié vide. » Il arrosa néanmoins méthodiquement l'intérieur du sas, repassant plusieurs fois sur la paroi, jusqu'à ce que l'arme soit totalement vide ; il la remit alors dans son étui.

Ce n'est qu'alors qu'il lança le signal d'ouverture du sas. Il accueillit avec plaisir le sifflement de l'air qui y pénétrait, quand s'ouvrit la porte intérieure. Sa fraîcheur et ses qualités de convection élimineraient la chaleur de la combinaison bien plus vite que le seul rayonnement. C'était peut-être son imagination mais il perçut aussitôt l'effet rafraîchissant. Imagination ou pas, il n'en fut pas mécontent.

« Retirez votre combinaison, Janov, et laissez-la dans le sas.

— Si vous n'y voyez pas d'inconvénient, je préférerais une douche avant toute chose...

— Pas avant toute chose. En fait, auparavant, et avant même que vous vous soulagiez la vessie, je crains que vous n'ayez des explications à fournir à Joie. »

Celle-ci les attendait évidemment, l'air préoccupé. Derrière elle, curieuse, Fallom était là, agrippée au bras gauche de Joie.

« Qu'est-il arrivé ? demanda Joie, sévère. Qu'est-ce qui se passe ?

— Mesures contre l'infection, dit Trevize, sèchement. Maintenant je vais envoyer les ultraviolets. Sortez les lunettes noires. Ne traînons pas, je vous en prie. »

Sous les ultraviolets en plus de l'éclairage normal, Trevize retira un par un ses vêtements moites et les secoua, les retournant dans tous les sens.

« Simple précaution. Vous faites pareil, Janov... Et, Joie, je vais devoir me déshabiller complètement. Si ça vous gêne, vous n'avez qu'à passer dans la pièce à côté.

— Ça ne me gêne absolument pas. Je crois assez bien savoir à qui vous ressemblez et je ne crois pas découvrir grand-chose d'inédit... Quelle infection ?

— Rien qu'un petit truc qui, laissé libre, dit Trevize, en jouant l'indifférence, pourrait provoquer de grands dommages à l'humanité, je pense. »

68.

Tout était terminé. Les ultraviolets avaient rempli leur rôle. Officiellement, d'après la complexe documentation filmée qui accompagnait le *Far Star* lorsque Trevize en avait pris le commandement sur Terminus, la lumière était là précisément pour des raisons de désinfection. Trevize soupçonnait toutefois que la tentation demeurait toujours — et que d'aucuns devaient y céder parfois — d'utiliser les U-V pour acquérir un bronzage élégant dans le cas de ceux qui venaient de mondes où un teint bronzé était de mise. La lumière ultraviolette demeurait néanmoins désinfectante, quel que soit son emploi.

Ils regagnèrent l'espace et Trevize manœuvra pour les approcher le plus possible du soleil de Melpomenia tout en restant dans les limites d'une chaleur acceptable, faisant tourner le vaisseau sur lui-même pour obtenir que la surface entière de la coque soit baignée d'ultraviolets.

Finalement, ils récupérèrent les scaphandres abandonnés dans le sas et procédèrent à leur examen jusqu'à ce que Trevize s'en jugeât satisfait.

« Et tout ça pour de la mousse, dit enfin Joie. C'est bien ce que vous avez dit, Trevize ? De la mousse ?

— J'appelle ça de la mousse, parce que c'est ce que ça m'a évoqué. Mais je ne suis pas botaniste. Tout ce que je peux dire c'est qu'elle est d'un vert intense et peut sans doute se contenter de fort peu d'énergie.

— Pourquoi fort peu ?

— Les lichens sont sensibles aux ultraviolets et ne peuvent croître, ni même survivre, sous un éclairage direct. Les spores de cette mousse sont répandues partout mais elles ne se développent que dans les recoins, les fissures des statues, la face inférieure des structures, se nourrissant de l'énergie des photons réfléchis chaque fois qu'elles peuvent disposer d'une source de gaz carbonique.

« Je crois comprendre que vous les jugez dangereuses.

— Ça se pourrait bien. Si certaines des spores étaient restées collées sur nous ou étaient entrées avec nous, elles auraient trouvé toute la lumière voulue sans ultraviolets nocifs. Elles auraient trouvé de l'eau en ample quantité, ainsi qu'une inépuisable source de gaz carbonique.

— Il ne constitue jamais que 0,03 pour cent de notre atmosphère, remarqua Joie.

— Une énorme quantité pour ces spores... et quatre pour cent de l'air que nous expirons. Imaginez qu'elles se développent dans nos narines, sur notre peau. Qu'elles décomposent et détruisent notre nourriture ? Qu'elles produisent des toxines mortelles pour nous ? Même si nous nous échinions à les tuer mais en laissions échapper quelques-unes, ce serait suffisant pour que, emportées par nous sur une autre planète, elles l'infestent et, de là, se répandent sur d'autres mondes. Qui sait alors les dommages qu'elles seraient susceptibles d'y provoquer ? »

Joie hocha la tête. « La vie n'est pas nécessairement dangereuse parce qu'elle est différente. Vous êtes si facilement prêt à tuer.

— Là, c'est Gaïa qui parle, dit Trevize.

— Bien entendu, mais je pense que ça se tient malgré tout. La mousse est adaptée aux conditions de ce monde. De même qu'elle utilise la lumière en faibles quantités mais qu'elle est tuée par un excès de lumière, elle utilise d'infimes bouffées de bioxyde de carbone mais pourrait être tuée par de larges quantités de ce gaz. Il se pourrait qu'elle soit incapable de survivre dans un autre environnement que celui de Melpomenia.

— Vous seriez prête à prendre le risque ? »

Joie haussa les épaules. « Bon, bon. Ne soyez pas sur la défensive. Je vois votre point de vue. Etant un Isolat, vous n'aviez sans doute guère d'autre choix que d'agir ainsi. »

Trevize aurait bien répondu mais Fallom intervint, de sa voix aiguë, dans sa propre langue.

Trevize se tourna vers Pelorat : « Que dit-elle ?

— Fallom est en train de dire... »

Toutefois, comme si elle s'était souvenue trop tard que sa langue n'était pas facile à comprendre, Fallom reprit : « Jembly était-il là où vous êtes allé ? »

Les mots étaient prononcés avec soin et Joie s'épanouit. « Ne parle-t-elle pas bien le galactique ? Et presque en un rien de temps. »

A voix basse, Trevize avertit la jeune femme : « Je risque de m'emmêler les pinceaux si j'essaie, mais expliquez-lui, vous, que nous n'avons pas trouvé de robots sur la planète.

— Je lui expliquerai, intervint Pelorat. Viens, Fallom. » Il passa doucement le bras autour des épaules de l'adolescente. « Viens dans notre chambre et je te donnerai un nouveau livre à lire.

— Un livre ? Sur Jembly ?

— Pas exactement... » et la porte se referma sur eux.

« Vous savez », commença Trevize, en les regardant sortir d'un œil impatient, « nous perdons notre temps à jouer les nounous avec cette gosse.

— Le perdre ? En quoi cela entrave-t-il votre quête de la Terre, Trevize ?... En rien. Jouer les nounous instaure une communication, dissipe la peur, apporte de l'amour. N'est-ce rien ?

— Encore Gaïa qui parle.

— Oui. Alors, voyons les choses de manière pratique. Nous avons visité trois des anciens mondes spatiaux sans résultat tangible. »

Trevize acquiesça. « Certes.

— En fait, nous avons découvert que chacun était hostile, n'est-ce pas ? Sur Aurora, c'étaient des chiens sauvages ; sur Solaria, des humains étranges et menaçants ; sur Melpomenia, un dangereux lichen. Apparemment, donc, dès qu'une planète est livrée à elle-même, qu'elle abrite ou non des hommes, elle devient un risque pour la communauté interstellaire...

— Vous ne pouvez pas en faire une règle générale.

— Trois sur trois constitue sans aucun doute une proportion impressionnante.

— Et qui vous impressionne beaucoup, Joie ?

— Je vais vous le dire. Si vous voulez bien m'écouter avec un esprit ouvert. Si dans la Galaxie, vous avez des millions de mondes en interaction, comme c'est bien entendu le cas, et si chacun d'eux est exclusivement composé d'Isolats, comme c'est le cas également, alors sur chaque planète, l'espèce humaine est dominante et peut imposer sa volonté sur les formes de vie non humaines, sur l'assise géologique et même sur ses semblables. La Galaxie se trouve donc être une

Galaxie extrêmement primitive, qui fonctionne de manière tâtonnante et bancale. La simple esquisse d'une unité. Voyez-vous ce que je veux dire ?

— Je vois ce que vous cherchez à expliquer... Mais ça ne veut pas dire que je vais partager votre opinion quand vous en aurez terminé.

— Je vous demande simplement de m'écouter. Que vous soyez d'accord ou pas, à votre guise, mais écoutez-moi d'abord. La seule manière qu'aura la Galaxie de fonctionner c'est en étant une proto-Galaxia, et moins elle sera proto et plus elle sera Galaxia, mieux cela vaudra. L'Empire galactique a constitué une tentative pour instaurer une proto-Galaxia forte et lorsqu'il s'est effondré, la situation a rapidement empiré, en même temps que naissait une tendance constante à renforcer ce concept de proto-Galaxia. La Confédération de la Fondation représente une tentative de cet ordre. De même que l'Empire du Mulet. De même que l'Empire qu'envisage la Seconde Fondation. Mais même si n'avaient pas existé ces empires ou ces confédérations ; même si la Galaxie tout entière était plongée dans la tourmente, les connexions subsisteraient, chaque monde demeurant tout de même en interaction avec les autres, même si c'est de manière hostile. Ce qui formerait, en soi, une sorte d'union, si bien qu'on ne connaîtrait pas encore la pire hypothèse...

— Et quelle serait donc la pire hypothèse ?

— Vous connaissez la réponse, Trevize. Vous l'avez constatée : qu'une planète habitée par l'homme s'effondre totalement, devienne totalement isolée, qu'elle perde toute interaction avec les autres mondes humains, et la voilà qui se développe... de manière maligne.

— Comme un cancer ?

— Absolument. N'est-ce pas le cas de Solaria ? Ce monde s'oppose à tous les autres. Et à sa surface chaque individu également s'oppose à tous ses semblables. Vous l'avez constaté. Et que l'être humain disparaisse complètement et la dernière trace de discipline disparaît avec lui. La loi du chacun pour soi devient la règle, comme avec les chiens, et se réduit à une simple force élémentaire, comme avec le lichen. Vous voyez donc, je suppose, que plus on approche de

Galaxia, meilleure est la société. Alors, pourquoi donc s'arrêter en chemin ? »

Durant quelques instants, Trevize la fixa sans un mot. « Je suis en train d'y réfléchir. Mais pourquoi supposer que le dosage fonctionne à sens unique ? Que si avoir un peu de quelque chose, c'est bien, en avoir beaucoup, c'est mieux, et qu'avoir tout, c'est l'idéal ? N'avez-vous pas vous-même remarqué que la mousse pouvait s'être adaptée à de très faibles taux de gaz carbonique et qu'une abondance de ce gaz pouvait fort bien la tuer ? Un homme de deux mètres se porte mieux qu'un homme d'un mètre de haut ; mais il est également mieux dans sa peau qu'un homme de trois mètres. Une souris ne se portera pas mieux d'avoir la taille d'un éléphant. Elle n'y survivrait pas. Pas plus qu'un éléphant réduit à la taille d'une souris.

« Il existe une taille naturelle, un degré naturel de complexité, un optimum pour toute chose, que ce soit une étoile ou un atome, et il en va certainement de même des êtres vivants et des sociétés vivantes. Je ne dis pas que l'ancien Empire galactique était l'idéal et je n'ai pas de mal à voir les défauts inhérents à la Confédération de la Fondation, mais je ne suis pas près d'admettre que puisque l'isolation totale est un mal, l'unification totale serait un bien. Les extrêmes sont peut-être également horribles, et un bon vieil Empire galactique, malgré ses imperfections, représente peut-être le moindre mal. »

Joie hocha la tête. « Je me demande si vous y croyez vous-même, Trevize. Allez-vous me soutenir qu'un virus et un homme sont également insatisfaisants, et voudraient bien tendre vers un juste milieu — comme une moisissure ?

— Non, mais je pourrais vous soutenir qu'un virus et un surhomme sont également insatisfaisants et voudraient tendre vers un juste milieu — tel qu'un homme ordinaire... Il est toutefois vain de discuter. Je tiendrai ma solution quand j'aurai trouvé la Terre. Sur Melpomenia, nous avons découvert les coordonnées des quarante-sept autres mondes spatiaux.

— Et vous allez les visiter tous ?

— Un par un, s'il le faut.

— En risquant des dangers sur chacun.

— Oui, c'est la rançon à payer pour trouver la Terre. »

Pelorat venait d'émerger de la cabine où il était entré avec Fallom et semblait sur le point de dire quelque chose lorsqu'il se trouva pris dans le rapide échange entre Joie et Trevize. Il les regarda tour à tour se renvoyer la balle.

« Et combien de temps cela va-t-il prendre ? demanda Joie/Gaïa.

— Le temps qu'il faudra. Et l'on pourrait fort bien trouver ce que l'on cherche au prochain que nous visiterons.

— Ou sur aucun d'entre eux.

— Ça, on ne peut pas le savoir d'avance. »

Enfin, Pelorat parvint à placer un mot. « Mais pourquoi chercher, Golan ? Nous avons la réponse. »

Dans un mouvement d'impatience, Trevize agita la main en direction de Pelorat puis il retint son geste, tourna la tête et dit, ébahi : « Hein ?

— J'ai dit que j'avais la réponse. J'ai déjà essayé au moins cinq fois de vous le dire sur Melpomenia mais vous étiez tellement pris par ce que vous faisiez...

— Quelle réponse avez-vous ? De quoi parlez-vous ?

— De — la — Terre. Je crois que nous savons où elle se trouve. »

SIXIÈME PARTIE

ALPHA

Chapitre 16

Le centre des mondes

69.

Trevize fixa Pelorat un bon moment, l'air manifestement contrarié. Puis il demanda : « Auriez-vous vu quelque chose qui m'aurait échappé, et dont vous ne m'auriez pas parlé ?

— Non, répondit Pelorat, avec douceur. Vous l'avez vu et, comme je viens de vous le dire, j'ai essayé de vous l'expliquer mais vous n'étiez pas d'humeur à m'écouter.

— Eh bien, essayez voir encore.

— Ne le harcelez pas, Trevize, intervint Joie.

— Je ne le harcèle pas. Je demande des informations. Et vous, cessez donc de le materner.

— Je vous en prie, dit Pelorat, écoutez-moi, voulez-vous, et cessez de vous quereller... Vous rappelez-vous, Golan, nos discussions sur les premières tentatives pour découvrir les origines de l'espèce humaine ? Le projet de Yariff ? Vous savez, essayer de déduire l'époque de la colonisation des diverses planètes en partant du fait qu'elle avait dû s'effectuer depuis le monde des origines dans toutes les directions de manière symétrique. De sorte qu'en passant d'un monde à un autre plus anciennement colonisé, on se rapprocherait du monde des origines, quelle que soit la direction. »

Trevize hocha la tête avec impatience. « Ce dont je me souviens, c'est que ça ne marchait pas parce que les dates de colonisation n'étaient pas fiables.

— C'est exact, mon bon. Mais les mondes sur lesquels a travaillé Yariff faisaient partie de la seconde vague d'expansion de la race humaine. A cette époque, la technique du voyage hyperspatial était déjà fort évoluée, et les colonisations devaient s'effectuer de manière beaucoup plus irrégulière : ainsi la pratique du saute-mouton sur de très longues distances était-elle devenue fort aisée, si bien que l'expansion ne s'effectuait plus nécessairement de l'intérieur vers l'extérieur selon une symétrie radiale. Ce point sans aucun doute a encore ajouté au problème du manque de fiabilité des dates de colonisation.

« Mais réfléchissez un instant, Golan, aux mondes spatiaux. Ils faisaient partie de la première vague de colonisation. Le voyage hyperspatial en était alors à ses débuts et l'on pratiquait sans doute très peu, ou pas du tout le saute-mouton. Tandis que des millions de planètes ont été colonisées, de manière peut-être chaotique, au cours de la seconde expansion, cinquante seulement l'ont été, et sans doute de manière ordonnée, durant la première. Alors que les millions de planètes de la seconde expansion ont vu leur colonisation s'étendre sur vingt mille ans, celle des cinquante mondes de la première vague n'a pris que quelques siècles — une durée presque instantanée, en comparaison. Prises ensemble, ces cinquante planètes devraient se disposer selon une symétrie grossièrement sphérique, centrée sur le monde des origines.

« Nous avons les coordonnées de ces cinquante planètes. Rappelez-vous, vous les avez photographiées depuis la statue. Quel que soit l'auteur de la destruction des informations concernant la Terre, ou il a négligé ces coordonnées, ou il n'a pas imaginé qu'elles pourraient nous fournir les renseignements que nous cherchons. Tout ce qu'il vous reste à faire, Golan, c'est de rectifier ces coordonnées pour tenir compte de la dérive consécutive à vingt mille ans de mouvements stellaires, puis de trouver le centre de la sphère. Vous aboutirez non loin du soleil de la Terre, ou tout du moins de sa position il y a deux cents siècles. »

Trevize avait écouté ce monologue, la bouche de plus en plus béante, et il lui fallut quelques instants pour la refermer après que Pelorat eut achevé sa démonstration : « Mais pourquoi n'y ai-je pas pensé ?

— J'ai bien essayé de vous en parler pendant que nous étions encore sur Melpomenia...

— J'en suis certain. Acceptez mes excuses, Janov, pour

avoir refusé de vous écouter. Le fait est que je n'ai pas du tout imaginé que... » Il s'interrompit, confus.

Pelorat gloussa doucement. « Que je pourrais avoir quelque chose d'important à vous dire. Je suppose qu'en temps ordinaire, c'est ce qui se passerait, mais voyez-vous, il s'agissait là d'un point en rapport avec mon domaine. Je suis certain qu'en règle générale, vous avez parfaitement raison de ne pas m'écouter...

— Absolument pas, protesta Trevize. Jamais. Je me fais l'effet d'un imbécile, et je le mérite amplement. Acceptez encore mes excuses... A présent il faut que je file à l'ordinateur. »

Suivi de Pelorat, il entra dans le poste de pilotage et Pelorat, comme toujours, regarda avec un mélange d'émerveillement et d'incrédulité Trevize poser les mains sur la tablette et devenir ce qui était presque un symbiote homme-machine.

« Je vais devoir faire certaines hypothèses, Janov », dit un Trevize que la tension nerveuse rendait pâle. « Je vais devoir supposer que le premier chiffre indique une distance en parsecs et que les deux autres sont des angles en radians, le premier donnant une coordonnée pour ainsi dire verticale, et le second, de gauche à droite. Je vais en outre devoir supposer que pour la mesure des angles, l'emploi des signes plus et moins suit la convention galactique et que l'origine des coordonnées spatiales est le soleil de Melpomenia.

— Cela me semble assez logique, dit Pelorat.

— Vous trouvez ? Il y a six manières possibles d'arranger les chiffres, quatre d'arranger les signes, les distances peuvent être en années-lumière plutôt qu'en parsecs, les angles en degrés, plutôt qu'en radians. Cela nous donne déjà quatre-vingt-seize variations. Ajoutez-y le fait que si les distances sont calculées en années-lumière, je n'ai aucune certitude quant à la longueur de l'année utilisée. Ajoutez encore le fait que j'ignore tout des conventions réellement en vigueur pour mesurer les angles... à partir de l'équateur de Melpomenia pour une direction, je suppose, mais pour l'autre en revanche, quel est leur méridien d'origine ? »

Pelorat fronça les sourcils. « A vous entendre à présent, le cas semble désespéré.

— Pas désespéré. Aurora et Solaria font partie de la liste et je connais leur position spatiale. Je vais utiliser leurs coordonnées et voir si en partant de ces données, j'arrive à les localiser. Si jamais je ne tombe pas au bon endroit, je n'aurai plus qu'à les rectifier jusqu'à ce que les positions correspondent, ce qui me fournira une estimation de mon erreur d'hypothèse sur le système de coordonnées. Une fois mes hypothèses rectifiées, je pourrai alors chercher le centre de la sphère.

— Avec toutes ces possibilités de changement, ne va-t-il pas être difficile d'opérer un choix ?

— Hein ? » Trevize était de plus en plus absorbé. Puis, comme Pelorat répétait sa question, il répondit : « Oh ! eh bien, il y a des chances que les coordonnées suivent les conventions galactiques et dans ce cas, leur conversion en fonction d'un méridien d'origine initialement inconnu ne présente pas de difficulté. Ces systèmes de coordonnées spatiales sont rodés depuis longtemps et la plupart des astronomes sont à peu près certains qu'ils remontent encore plus loin que les voyages interstellaires. L'homme est très conservateur par certains côtés et ne change virtuellement jamais ses conventions numériques une fois qu'il en a pris l'habitude. Au point même parfois de les confondre avec des lois de la nature, j'ai l'impression... Ce qui est tout aussi bien, après tout, car si chaque planète changeait ses propres conventions de mesure tous les siècles, je crois sincèrement que la recherche scientifique piétinerait et finirait par se retrouver définitivement au point mort. »

Il travaillait manifestement tout en parlant car son débit était devenu haché. Puis il marmotta : « Mais ne parlons plus à présent. »

Sur quoi, il fronça les sourcils, le front plissé de concentration jusqu'au moment où, quelques minutes plus tard, il put enfin se laisser aller en arrière en exhalant un long soupir. D'une voix tranquille, il annonça : « Les conventions se tiennent. J'ai localisé Aurora. Ça ne fait aucun doute... Vous voulez voir ? »

Pelorat contempla le champ stellaire avec l'étoile brillante en son centre et dit : « Vous êtes certain ?

— Mon opinion personnelle n'a aucune importance, en

l'espèce. C'est l'ordinateur qui est certain. Nous avons visité Aurora, après tout. Nous avons les caractéristiques de son étoile — diamètre, masse, luminosité, température, caractéristiques spectrales, sans parler de la position des étoiles voisines. L'ordinateur confirme qu'il s'agit bien des coordonnées d'Aurora.

— Alors, je suppose que nous devons le croire sur parole.

— Faites-moi confiance, oui. Laissez-moi régler l'écran de visualisation et l'ordinateur pourra se mettre au travail. Il dispose de cinquante groupes de coordonnées et il va les exploiter une par une. »

Tout en parlant, Trevize travaillait sur l'écran. L'ordinateur fonctionnait sans problème dans les quatre dimensions de l'espace-temps mais, pour l'œil humain, le moniteur était rarement utilisable pour plus de deux dimensions. L'écran donnait à présent l'impression de s'ouvrir sur un volume obscur, aussi haut et large que profond. Trevize réduisit presque complètement l'éclairage de la cabine pour faciliter l'observation des étoiles.

Il murmura : « Ça va commencer maintenant. »

Quelques instants plus tard, une étoile apparut — puis une autre, une autre encore. La perspective s'agrandissait à chaque addition pour l'inclure dans le champ. C'était comme si l'espace s'éloignait de l'œil pour offrir une vue de plus en plus panoramique, en même temps que s'effectuaient des décalages vers le haut ou le bas, la gauche ou la droite...

Au bout du compte, cinquante points lumineux apparurent, suspendus dans un espace à trois dimensions.

« J'aurais apprécié un superbe arrangement sphérique, observa Trevize, mais là, on dirait plutôt l'enveloppe d'une boule de neige roulée à la va-vite à partir d'une neige granuleuse et trop dure...

— Ça ne flanque pas tout en l'air ?

— Ça introduit certaines difficultés mais qui sont inévitables, j'imagine. Les étoiles elles-mêmes ne sont pas distribuées régulièrement, et les planètes habitables sûrement pas, de sorte qu'il se produit fatalement une irrégularité dans la distribution des nouvelles colonies. L'ordinateur va rectifier la position de chacun de ces points pour tenir compte de leur mouvement probable au cours des derniers vingt mille ans — même si durant cette période la dérive a été négligeable — puis il va les englober dans une “ sphère minimale ”. En d’autres termes, il va trouver une enveloppe sphérique qui minimise la distance de sa surface à chacun des points. Ensuite, nous trouverons le centre de la sphère et la Terre ne devrait pas s’en trouver bien loin. Enfin, c’est ce qu’on espère... Ce ne sera pas long. »

70.

Ce ne le fut pas. Trevize avait pourtant l’habitude d’accepter des miracles de la part de l’ordinateur, mais il ne put retenir sa surprise devant le peu de temps requis par l’opération.

Il avait demandé à la machine de faire résonner une note douce et réverbérée dès qu’il aurait achevé l’estimation des coordonnées du barycentre. Il n’y avait d’autre justification à cela que la satisfaction de l’entendre et de savoir ainsi que peut-être leur quête avait enfin trouvé son terme.

Le timbre retentit en l’affaire de quelques minutes, et il ressemblait à un délicat coup de gong. Le son s’amplifia jusqu’à ce qu’ils en perçoivent physiquement la vibration puis décrut lentement.

Joie apparut presque aussitôt à la porte : « Qu’est-ce que c’était ? demanda-t-elle avec de grands yeux. Un signal d’alarme ?

— Pas du tout », la rassura Trevize.

Pelorat s’empressa d’ajouter : « Nous avons localisé la Terre, Joie. Ce signal était la façon qu’a l’ordinateur de nous en avertir. »

Elle entra dans la cabine. « Vous auriez dû me prévenir.

— Je suis désolé, Joie, dit Trevize. Je n’avais pas l’intention de le faire retentir aussi fort. »

Fallom, qui avait suivi Joie dans la cabine, demanda : « Pourquoi y a-t-il eu ce son, Joie ?

— Je vois qu’elle sait votre nom », dit Trevize. Il se laissa aller contre son dossier, se sentant épuisé. L’étape suivante serait de tester la découverte sur la Galaxie réelle, d’y reporter les coordonnées du barycentre des mondes spatiaux et de voir si une étoile de type G s'y trouvait réellement. Une fois encore, il hésitait à franchir ce pas évident, incapable qu'il était de se décider à mettre à l'épreuve des faits l'éventuelle solution.

« Oui, dit Joie, elle connaît mon nom. Et le vôtre et celui de Pel. Pourquoi pas ? Nous savons bien le sien.

— Ce n'est pas ça qui me dérange, dit Trevize, dans le vague. C'est simplement sa présence qui me gêne. Elle porte malheur...

— Qu'est-ce qui vous fait dire ça ? »

Trevize étendit les bras. « Une simple impression. »

Joie lui lança un regard dédaigneux puis se tourna vers Fallom : « Nous essayons de localiser la Terre, Fallom.

— Qu'est-ce que la Terre ?

— Un autre monde, mais un monde particulier. C'est celui d'où sont venus nos ancêtres. Tes lectures t'ont-elles appris le sens du mot " ancêtre ", Fallom ?

— Est-ce qu'il veut dire **** ? » Mais le dernier mot n'était pas en galactique.

Pelorat intervint : « C'est un terme archaïque pour " ancêtres ", Joie. Notre mot " aïeux " est ce qui s'en rapprocherait le plus.

— Parfait », dit Joie, en arborant soudain un sourire éclatant. « La Terre est le monde d'où sont venus nos aïeux, Fallom. Les tiens et les miens, ceux de Pel et ceux de Trevize.

— Les tiens, Joie... et aussi les miens. » Fallom semblait intriguée. « Les deux ?

— Il n'y a qu'un ensemble d'aïeux, expliqua Joie. Nous avons les mêmes, tous.

— J'ai bien l'impression, nota Trevize, que cette enfant sait parfaitement bien qu'elle est différente de nous.

— Ne dites pas ça, l'avertit Joie à voix basse. Il faut au contraire la persuader qu'elle n'est pas différente. Pas pour l'essentiel.

— L'hermaphrodisme est un détail essentiel, à mon humble avis.

— Je parle de l'esprit.

— Les lobes transducteurs sont essentiels, également.

— Bon, Trevize, ne commencez pas à pinailler. Elle est intelligente et humaine en dépit des détails. »

Elle se tourna vers Fallom et reprit son ton de voix normal : « Tu vas bien y réfléchir à tête reposée, Fallom, et voir ce que cela signifie pour toi. Tes aïeux et les miens étaient les mêmes. Tous les gens sur toutes les planètes — beaucoup, beaucoup de planètes —, tous ont les mêmes aïeux et ces aïeux vivaient à l'origine sur un monde appelé la Terre. Cela veut dire que nous sommes tous parents, non ? Et maintenant, tu regagnes ta cabine et tu y réfléchis. »

Après avoir gratifié Trevize d'un regard songeur, Fallom fit demi-tour et détala, encouragée par Joie d'une tape affectueuse sur le postérieur.

Joie se retourna vers Trevize : « Je vous en prie, Trevize, promettez-moi de vous abstenir en sa présence de tout commentaire susceptible de l'amener à se croire différente de nous.

— Promis. Je n'ai aucune intention d'entraver ou de pervertir son éducation mais, voyez-vous, elle est quand même différente de nous.

— D'une certaine façon. Comme je suis différente de vous ; comme Pel l'est aussi.

— Ne soyez pas naïve, Joie. Dans le cas de Fallom, les différences sont bien plus grandes.

— Un *petit peu* plus grandes. Les similitudes sont considérablement plus importantes. Elle et les siens feront un jour partie de Galaxia, et y joueront un rôle très utile, j'en suis sûre.

— D'accord. Je ne discuterai pas. » Avec une répugnance manifeste, il se tourna vers l'ordinateur. « Et dans l'intervalle, j'ai bien peur de devoir vérifier la position supposée de la Terre dans l'espace réel.

— Peur ?

— Eh bien... » Trevize haussa les épaules, dans une mimique qu'il espérait vaguement humoristique. « Imaginez qu'il n'y ait pas d'étoile adéquate à proximité ?

— Eh bien, il n'y en aura pas.

— Je me demande s'il est bien utile de vérifier maintenant. Nous ne serons pas en mesure d'effectuer le Saut avant plusieurs jours.

— Que vous passerez à vous ronger les sangs dans l'incertitude. Faites votre test maintenant. Attendre n'y changera rien. »

Trevize resta immobile quelques instants, les lèvres pincées, puis répondit enfin : « Vous avez raison. Très bien... bon, allons-y. »

Il se tourna vers la machine, plaqua les mains sur les empreintes de la console, et l'écran s'obscurcit.

« Eh bien, je vous laisse, dit Joie. Je vais vous rendre nerveux si je reste. » Elle sortit en le saluant de la main.

« Le problème, grommela-t-il, c'est qu'on va contrôler tout d'abord la carte galactique de l'ordinateur et que le soleil de la Terre, même s'il se trouve bien dans la position calculée, ne devrait pas être reporté sur cette carte. Mais par la suite on n'aura plus qu'à... »

La surprise le fit taire lorsqu'une poussière d'étoiles illumina l'écran. Elles étaient pâles mais relativement nombreuses, avec ici et là le scintillement de quelques spécimens plus lumineux, épars sur toute la surface de l'écran. Tout près du centre, toutefois, apparaissait une étoile plus éclatante que toutes les autres.

« On le tient, ce soleil, dit Pelorat, épanoui. On le tient, mon petit vieux. Regardez comme il brille !

— N'importe quelle étoile située à l'origine des coordonnées apparaîtrait brillante », dit Trevize qui cherchait manifestement à contenir toute amorce de jubilation susceptible de se révéler non fondée. « Après tout, la vue est présentée depuis une distance d'un parsec de l'origine des coordonnées. Néanmoins, cette étoile n'est certainement pas une naine ou une géante rouge, ni une blanc bleuté brûlante. Attendons les caractéristiques précises ; l'ordinateur consulte ses banques de données. »

Il y eut un silence de quelques secondes puis Trevize annonça : « Diamètre : 1 400 000 kilomètres — masse : 1,02 fois celle du soleil de Terminus — température de surface : 6 000° Kelvin — rotation lente, juste en dessous de 30 jours — pas d'activité exceptionnelle ni d'irrégularité.

— Tout cela n'est-il pas typique du genre d'étoile autour duquel on doit trouver des planètes habitables ?

— Tout à fait typique », reconnut Trevize en hochant la tête dans la pénombre. « Et par conséquent compatible avec ce qu'on peut attendre du soleil de la Terre. Si c'est bien là qu'est née la vie, le soleil de la Terre a dû servir d'étalon original.

— Donc, on a des chances de trouver une planète habitable en orbite autour.

— Inutile de spéculer là-dessus », dit Trevize, manifestement intrigué par la tournure des événements. « La carte galactique l'indique comme une étoile possédant une planète habitée par l'homme — quoique avec un point d'interrogation. »

L'enthousiasme de Pelorat s'accrut. « Exactement ce à quoi l'on pouvait s'attendre, Golan : la planète de la vie est bien là, mais les tentatives pour masquer les faits obscurcissent les données la concernant, laissant dans l'incertitude les concepteurs de la carte utilisée par l'ordinateur.

— Non, et c'est bien cela qui me préoccupe, dit Trevize. Ce n'est absolument pas ce à quoi l'on aurait dû s'attendre. On aurait dû s'attendre à bien plus que ça. Vu l'efficacité avec laquelle les données concernant la Terre ont été effacées, les auteurs de la carte n'auraient pas dû savoir que la vie existait dans ce système, encore moins la vie humaine. Ils n'auraient même pas dû connaître l'existence du soleil de la Terre. Les mondes spatiaux ne sont pas sur la carte. Pourquoi le soleil de la Terre s'y trouverait-il ?

— Eh bien, il est là malgré tout. A quoi bon discuter les faits ? Qu'avons-nous comme autre information sur l'étoile ?

— Un nom.

— Ah ! Et lequel ?

— Alpha. »

Bref silence, puis Pelorat s'écria, plein d'ardeur : « Ça colle, mon vieux. La voilà la preuve ultime. Considérez un instant sa signification...

— Ah ! parce qu'il a une signification ? s'étonna Trevize. Pour moi, ce n'est jamais qu'un nom, et bizarre en plus. On ne dirait pas du galactique.

— Ce n'est effectivement pas du galactique. Ce nom vient d'une langue préhistorique de la Terre, la même qui nous a donné le mot Gaïa pour désigner la planète de Joie.

— Et alors, que signifie Alpha ?

— Alpha est la première lettre de l'alphabet de cette

langue ancienne. C'est un des mieux attestés parmi les rares éléments dont nous disposons sur elle. Dans l'Antiquité, “ alpha ” était parfois utilisé pour désigner ce qui vient en premier. Baptiser un soleil “ Alpha ” implique qu'il s'agit du premier. Et le premier soleil ne serait-il pas celui autour duquel tourne la première planète à avoir porté la vie humaine… la Terre ?

— Etes-vous sûr de cela ?

— Absolument.

— Y a-t-il quelque chose dans les légendes antiques — c'est vous le spécialiste en mythologie, après tout — qui gratifierait le soleil de la Terre de quelque attribut inhabituel ?

— Non, comment cela se pourrait-il ? Par définition, il doit être l'étalon, le modèle standard, et les caractéristiques que nous a procurées l'ordinateur sont tout ce qu'il y a de standard, j'imagine. Non ?

— Le soleil de la Terre est une étoile simple, je suppose ?

— Eh bien, naturellement ! s'exclama Pelorat. Autant que je sache, tous les mondes habités tournent autour d'étoiles simples.

— Je l'aurais cru moi aussi, dit Trevize. L'ennui, c'est que l'étoile au centre de l'écran n'est pas une étoile simple ; c'est une binaire. La plus brillante du couple formant la binaire est bel et bien standard et c'est bien celle dont l'ordinateur nous a fourni les caractéristiques. En orbite autour d'elle, toutefois, avec une période approximative de quatre-vingts ans, se trouve une autre étoile dont la masse est les quatre cinquièmes de la primaire. On ne peut les résoudre à l'œil nu mais je suis certain qu'en agrandissant l'image, ce serait possible.

— Vous êtes sûr de tout cela, Golan ? dit Pelorat, refroidi.

— C'est ce que me dit l'ordinateur. Et si nous contemplons une étoile binaire, alors ce n'est pas le soleil de la Terre. Ça ne se peut pas. »

71.

Trevize rompit le contact avec l'ordinateur et la cabine s'éclaira.

C'était apparemment pour Joie le signal du retour, Fallom sur les talons. « Eh bien, quels sont les résultats ? »

Trevize lui répondit d'une voix atone : « Un rien décevants. Quand j'escomptais trouver le soleil de la Terre, je suis tombé sur une étoile binaire à la place. Le soleil de la Terre est une étoile simple, donc ce n'est pas celui-ci.

— Et maintenant, Golan ? » demanda Pelorat.

Trevize haussa les épaules. « Je n'escomptais pas vraiment trouver le soleil de la Terre au centre de la mire. Même les Spatiaux n'auraient pas colonisé leurs planètes de manière à former une sphère parfaite. Le plus ancien des mondes spatiaux, Aurora, aura pu lui-même envoyer des colons, provoquant de la sorte une déformation de la sphère. Sans compter que le soleil de la Terre a pu ne pas se déplacer précisément avec la vélocité moyenne des autres mondes spatiaux.

— Par conséquent, la Terre pourrait se trouver n'importe où ? C'est ce que vous êtes en train de me dire.

— Non, Janov. Pas tout à fait “ n'importe où ”. Toutes les sources d'erreur possibles ne pourraient amener aussi loin. Le soleil de la Terre doit nécessairement se trouver à proximité de ces coordonnées. L'étoile que nous avons sélectionnée presque exactement aux coordonnées calculées doit être une voisine du soleil de la Terre. On peut s'étonner qu'une voisine lui ressemble à tel point — hormis son caractère binaire — mais ce doit pourtant être le cas.

— Mais alors nous devrions voir sur la carte le soleil de la Terre, non ? Je veux dire, près d'Alpha.

— Non, car je suis absolument certain qu'il n'est pas reporté sur la carte. C'est d'ailleurs ce qui a ébranlé ma confiance sitôt que nous avons eu repéré Alpha : malgré son éventuelle ressemblance avec l'étoile de la Terre, le seul fait qu'elle soit portée sur la carte m'a fait soupçonner que ce n'était pas la bonne.

— Eh bien, dans ce cas, intervint Joie, pourquoi ne pas se polariser sur les mêmes coordonnées mais dans l'espace réel ? De la sorte, s'il existait une quelconque étoile brillante proche du centre, une étoile non portée sur la carte de l'ordinateur, et si ses caractéristiques étaient fort proches de celles d'Alpha mais qu'elle soit simple, ne pourrait-il s'agir du soleil de la Terre ?

Trevize soupira : « S'il en était intégralement ainsi, je serais prêt à parier la moitié de ma fortune, pour ce qu'elle vaut, qu'en orbite autour de l'étoile dont vous parlez se trouverait la planète Terre... Là encore, j'hésite à essayer.

— Par peur de l'échec ? »

Trevize acquiesça. « Néanmoins, ajouta-t-il, accordez-moi quand même quelques instants pour reprendre mon souffle et je me force à m'y mettre. »

Et tandis que les trois adultes se dévisageaient mutuellement, Fallom s'était approchée de la console de l'ordinateur pour contempler avec curiosité les empreintes de mains dessinées dessus. D'un geste hésitant, elle étendit sa propre main vers les empreintes et Trevize bloqua son geste d'un brusque mouvement du bras assorti d'un très sec : « Pas touche, Fallom ! »

La jeune Solarienne parut surprise et battit en retraite vers l'abri réconfortant des bras de Joie.

« Nous devons y faire face, Golan, intervint Pelorat. Qu'allez-vous faire si l'espace réel est vide ?

— Dans ce cas, nous serons forcés de nous rabattre sur le plan initial et de visiter un par un chacun des quarante-sept mondes spatiaux restants.

— Et si là non plus ça ne donne rien, Golan ? »

Trevise secoua la tête, ennuyé, comme pour empêcher cette idée de trop bien prendre racine. Regardant ses genoux, il lança sèchement : « Eh bien, je réfléchirai à autre chose.

— Mais s'il n'existe pas de monde des aïeux... du tout ? »

La voix aiguë lui avait fait brutalement lever la tête.

« Qui a dit ça ? »

La question était vaine. L'instant d'incrédulité passa, et il sut parfaitement qui l'avait interrogé.

« Moi », répondit Fallom.

Trevize la regarda, un léger pli sur le front : « Tu comprends la conversation ?

— Vous recherchez le monde des aïeux mais vous ne l'avez pas encore trouvé. Peut-être bien qu'un tel monde n'existerait pas.

— N'*existe* pas, rectifia doucement Joie.

— Non, Fallom, répondit Trevize, très sérieux. Quelqu'un a fait de très gros efforts pour le dissimuler. Faire de tels efforts pour cacher quelque chose signifie qu'il y a quelque chose à cacher. Comprends-tu ce que je dis ?

— Oui. Vous ne me laissez pas toucher des mains le tableau. Que vous ne me laissiez pas faire signifie que ce doit être intéressant de le toucher.

— Ah ! mais pas pour toi, Fallom... Joie, vous êtes en train de créer un monstre qui nous détruira tous. Je vous préviens : ne la laissez jamais pénétrer ici sauf si je suis aux commandes. Et même alors, réfléchissez-y à deux fois, voulez-vous ? »

Ce bref aparté, toutefois, semblait l'avoir tiré de son irrésolution. Car il reprit : « Il est évident que je ferais mieux de me remettre au boulot. Si je reste simplement planté là, sans me décider, cette petite peste va prendre le pouvoir à bord. »

L'éclairage diminua et Joie dit à voix basse : « Vous avez promis, Trevize. Ne la traitez pas de monstre ou de peste en sa présence.

— Alors, gardez-la à l'œil et enseignez-lui les bonnes manières. Dites-lui que les enfants ne devraient jamais se faire entendre et le moins possible se montrer. »

Joie se renfrogna : « Votre attitude à l'égard des enfants est tout bonnement consternante, Trevize.

— Peut-être, mais ce n'est pas le moment de discuter de la question. »

Puis il ajouta, sur un ton également partagé entre la satisfaction et le soulagement : « Voilà de nouveau Alpha dans l'espace réel... Et sur sa gauche, légèrement plus haut, une étoile presque aussi brillante et qui n'est pas sur la carte galactique de l'ordinateur. Celle-là, c'est le soleil de la Terre. Et ce coup-ci, je parierais toute ma fortune. »

72.

« Bon, répondit Joie, puisque nous n'aurons rien à gagner de votre fortune même si vous perdez, pourquoi ne pas régler l'affaire une bonne fois pour toutes ? Allons visiter le système de cette étoile dès que vous pourrez faire le Saut. »

Trevize fit un signe de dénégation. « Non. Cette fois, ce n'est pas une question d'indécision ou de peur. C'est une question de prudence. A trois reprises, nous avons visité un monde inconnu, et les trois fois nous sommes tombés sur un danger imprévu. Et qui plus est, à trois reprises, nous avons dû fuir précipitamment. Cette fois, l'affaire est d'une importance cruciale et je ne vais pas recommencer à jouer mes atouts à l'aveuglette si je peux, dans la mesure du possible, l'éviter. Jusqu'à présent, nous n'avons que de vagues histoires de radioactivité, ce qui n'est pas grand-chose. Par une chance insigne, que personne n'aurait pu prévoir, il existe une planète habitée par l'homme à moins d'un parsec de la Terre…

— Savons-nous réellement si Alpha est une planète habitée par l'homme ? intervint Pelorat. Vous avez dit que l'ordinateur avait assorti le renseignement d'un point d'interrogation.

— Même ainsi, ça vaut le coup d'essayer. Pourquoi ne pas aller y jeter un œil ? Si elle est effectivement habitée par des hommes, tâchons de savoir ce qu'ils savent de la Terre. Après tout, pour eux, la Terre n'est pas un astre lointain des légendes ; c'est un monde voisin, dont le soleil brille, bien visible, dans leur ciel.

— Ce n'est pas une mauvaise idée, reconnut Joie, songeuse. Je suis en train de penser que si Alpha est habitée et si ses habitants ne sont pas encore ces sempiternels archétypes d'Isolats complets, ils pourraient être amicaux, et nous pourrions, pour changer, obtenir d'eux un peu de nourriture décente…

— Et rencontrer des gens agréables, ajouta Trevize. Ne l'oubliez pas. Pas de problème pour vous, Janov ?

— C'est vous qui décidez, mon ami. Où que vous alliez, je vous suis.

— Est-ce qu'on va trouver Jembly ? » demanda soudain Fallom.

Joie se hâta de répondre avant que Trevize n'ouvre la bouche : « Nous le chercherons, Fallom.

— Eh bien, c'est entendu, dit alors Trevize. En route pour Alpha. »

73.

« Deux grosses étoiles, dit Fallom en désignant l'écran.

— C'est exact, dit Trevize. Deux... Joie, gardez l'œil sur elle Je n'ai pas envie qu'elle tripote quoi que ce soit.

— Les appareils la fascinent, expliqua Joie.

— Oui, ça je sais. Mais je ne suis pas fasciné par sa fascination... Quoique, pour vous dire la vérité, je sois aussi fasciné qu'elle par le spectacle de deux étoiles de cette magnitude inscrites simultanément sur l'écran. »

Les deux astres étaient assez brillants en effet pour être sur le point de révéler leur disque — l'un comme l'autre. L'écran avait automatiquement accru la densité du filtrage afin d'éliminer les rayonnements durs et d'éviter les dommages à la rétine. En conséquence, peu d'autres étoiles étaient assez brillantes pour être remarquées, de sorte que le couple régnait avec dédain dans un isolement quasi total.

« Le fait est, reconnut Trevize, que je ne me suis encore jamais trouvé aussi près d'un système binaire.

— Non ? Comment est-ce possible ? »

La remarque étonnée de Janov le fit rire : « Je me suis certes baladé, Janov, mais je ne suis pas le vieux bourlingueur de l'espace que vous imaginez.

— Je n'étais jamais allé dans l'espace avant de faire votre connaissance, Golan, mais j'ai toujours cru que celui qui parvenait à y aller...

— Se promenait partout. Je sais. C'est assez naturel. Le problème avec les rampants, c'est qu'ils ont beau faire des efforts pour l'appréhender intellectuellement, leur imagination est tout bonnement incapable d'embrasser la taille exacte de la Galaxie. Nous pourrions voyager toute notre vie durant et continuer à n'en pas connaître la majeure partie. En outre, personne ne s'approche jamais des binaires.

— Pourquoi ça ? » Joie avait froncé les sourcils. « Nous autres, sur Gaïa, nous n'y connaissons peut-être pas grand-chose en astronomie, comparé aux Isolats qui parcourent la Galaxie, mais j'ai la nette impression que les binaires ne sont pas rares.

— Effectivement. Il y en a même nettement plus que

d'étoiles simples. Toutefois, la formation de deux étoiles étroitement associées bouleverse les processus habituels à la genèse planétaire. Les binaires possèdent moins de matériau planétaire que les étoiles simples. Les quelques planètes qui se forment autour d'elles ont souvent des orbites relativement instables et sont très rarement d'un type raisonnablement habitable.

« Les premiers explorateurs, j'imagine, ont dû étudier de près quantité de binaires mais, après un temps, et dans un but de colonisation, ils n'ont plus visité que les étoiles simples. Et bien entendu, une fois la Galaxie largement colonisée, pratiquement tous les déplacements s'effectuent dans un but d'échange commercial ou de communication et s'établissent entre des mondes habités en orbite autour d'étoiles simples. En période d'activité militaire, je suppose qu'on a dû parfois installer des bases sur de petites planètes, autrement inhabitées, tournant autour de l'une ou l'autre étoile d'un couple stratégiquement bien placé, mais à mesure que le voyage hyperspatial se perfectionnait, de telles bases n'ont plus été nécessaires.

— L'étendue de mon ignorance me renverse. »

Ce constat d'humilité de Pelorat amena simplement un sourire sur les lèvres de Trevize. « Ne vous laissez pas impressionner par tout ça, Janov. Quand j'étais dans la marine, nous avons dû subir une incroyable quantité de conférences sur des tactiques militaires démodées qu'aucun contemporain n'avait élaborées ni n'escomptait jamais appliquer mais dont on nous entretenait néanmoins par la seule force de l'inertie. Je ne faisais que vous en débiter un exemple... Considérez tout ce que vous savez de la mythologie, du folklore et des langues archaïques, que j'ignore et qui n'est connu que de vous seul et de quelques rares spécialistes.

— Oui, mais en attendant, intervint Joie, ces deux étoiles forment un système binaire et l'une d'elles possède une planète habitée en orbite autour d'elle.

— On l'espère bien, Joie, dit Trevize. Toute règle a ses exceptions. Et avec, en l'occurrence, un point d'interrogation officiel, ce qui ajoute au mystère... Non, Fallom, ces boutons ne sont pas des jouets... Joie, ou vous lui passez des menottes, ou vous la faites sortir.

— Elle n'abîmera rien », dit Joie sur la défensive, mais n'en attirant pas moins vers elle la jeune Solarienne. « Si cette planète habitable vous passionne tant, pourquoi n'y sommes-nous pas déjà ?

— D'une part, répondit Trevize, parce que je suis assez humain pour avoir envie de contempler le spectacle d'une binaire de plus près. D'autre part, je suis également assez humain pour me montrer prudent. Comme je vous l'ai déjà expliqué, tout ce qui s'est produit depuis notre départ de Gaïa m'encourage à la prudence.

— Oui, mais laquelle de ces deux étoiles est Alpha, Golan ?

— Aucun risque de se perdre, Janov. L'ordinateur sait exactement laquelle est Alpha et, dans ce cas précis, nous aussi : c'est la plus chaude et la plus jaune des deux parce que c'est la plus grande. Or, celle sur la droite a distinctement une tonalité orangée, un peu comme le soleil d'Aurora, si vous vous souvenez. Vous avez remarqué ?

— Oui, maintenant que vous le dites.

— Très bien. C'est la plus petite... Quelle est la deuxième lettre de cet alphabet antique dont vous me parliez ? »

Pelorat réfléchit un instant puis répondit : « Bêta.

— Eh bien, l'étoile orange est Bêta et la blanc-jaune Alpha, et c'est vers Alpha que nous nous dirigeons actuellement. »

Chapitre 17

Nouvelle-Terre

74.

« Quatre planètes, marmonna Trevize. Toutes les quatre petites, avec une poussière d'astéroïdes. Pas de géante gazeuse.

— Vous êtes déçu ? demanda Pelorat.

— Pas vraiment. C'était prévisible. Les binaires en interaction à faible distance ne peuvent pas avoir de planètes en orbite autour d'une seule d'entre elles. Elles doivent tourner autour du centre de gravité des deux, mais il est fort improbable qu'elles soient habitables... étant situées trop loin.

« D'un autre côté, si l'écart entre les binaires est raisonnablement grand, il peut exister des planètes en orbite stable autour de chacune, pourvu qu'elles soient assez proches de l'une ou l'autre des étoiles. Ces deux-là, d'après les banques de données de l'ordinateur, ont un écart moyen de 3,5 milliards de kilomètres et même au périhélie, quand elles sont au plus près, leur distance mutuelle est encore d'un milliard sept cents millions de kilomètres. Une planète décrivant une orbite à moins de deux cents millions de kilomètres de l'une ou de l'autre de ces étoiles serait en situation stable mais il ne peut exister de planète décrivant une orbite large. Ce qui veut dire : pas de géantes gazeuses, puisqu'elles doivent se situer loin d'une étoile, mais quelle différence ? Les géantes gazeuses ne sont pas habitables, de toute façon.

— En revanche, l'une de ces quatre planètes pourrait l'être.

— En fait, seule la seconde offre l'unique réelle possibilité.

D'abord, c'est la seule assez grande pour avoir une atmosphère. »

Ils approchèrent rapidement de la seconde planète et, deux jours durant, son image s'agrandit ; d'abord, en une expansion majestueuse et mesurée. Et puis, quand ils n'eurent pas relevé le moindre signe d'émergence d'un vaisseau d'interception, avec une vitesse croissante et presque terrifiante.

Le *Far Star* décrivait rapidement une orbite temporaire à mille kilomètres au-dessus du plafond de nuages quand Trevize annonça, d'un air mécontent : « Je comprends pourquoi les banques de données de l'ordinateur assortissent d'un point d'interrogation la mention qu'elle est habitée. Il n'y a aucun signe manifeste de rayonnement, que ce soit lumineux dans l'hémisphère nocturne, ou radio n'importe où.

— La couverture nuageuse paraît fort épaisse, nota Pelorat.

— Ça ne devrait pas intercepter les rayonnements radio. »

Ils regardaient la planète rouler au-dessous d'eux, symphonie de nuages blancs tourbillonnants, avec d'occasionnelles déchirures dont la teinte bleutée indiquait un océan.

Trevize remarqua : « La densité nuageuse est passablement élevée pour un monde habité. Il doit être plutôt sinistre... Mais ce qui me tracasse le plus », ajouta-t-il comme ils plongeaient une fois encore dans l'ombre de la face nocturne, « c'est qu'aucune station spatiale ne nous ait encore interpellés.

— Comme ça s'est passé l'autre fois, sur Comporellon, vous voulez dire ?

— Comme cela devrait se passer sur n'importe quel monde habité. Nous devrions faire escale pour la vérification d'usage des papiers, de la cargaison, de la durée de séjour, et ainsi de suite...

— Peut-être n'avons-nous pas entendu leur appel pour une raison ou une autre, suggéra Joie.

— Notre ordinateur l'aurait reçu, quelle qu'en soit la fréquence d'émission. Et nous avons nous-mêmes émis des signaux radio, sans obtenir le moindre résultat. Plonger sous le plafond des nuages sans communiquer avec les contrôleurs aériens est une violation de la politesse spatiale, mais je ne vois guère d'autre choix. »

Le *Far Star* ralentit, augmentant en rapport son antigravité pour maintenir son altitude. Il réapparut au jour et ralentit encore. En coordination avec l'ordinateur, Trevize découvrit une ouverture notable dans la couche nuageuse. L'appareil descendit et la traversa. En dessous d'eux roulait un océan soumis à l'équivalent probable d'une bonne brise. Il s'étendait, ridé, plusieurs kilomètres sous eux, rayé de vagues traits d'écume.

Une fois sortis de la tache de soleil, ils se retrouvèrent à l'ombre des nuages. Juste sous eux, l'étendue liquide prit aussitôt une teinte gris ardoise tandis que la température baissait notablement.

Les yeux rivés à l'écran, Fallom commenta durant quelque temps le spectacle dans sa langue riche en consonnes puis elle passa au galactique. Sa voix tremblait. « Qu'est-ce que c'est, là, ce que je vois en dessous ?

— C'est un océan, dit Joie, apaisante. C'est une vaste étendue d'eau.

— Pourquoi ne s'assèche-t-il pas ? »

Joie regarda Trevize, qui répondit : « Il y a trop d'eau pour qu'il s'assèche.

— Je ne veux pas de toute cette eau », répondit Fallom, d'une voix à moitié étranglée. « Allons-nous-en. » Sur quoi elle poussa un petit cri aigu comme le *Far Star* traversait un cumulus d'orage, de sorte que l'écran devint laiteux en se couvrant de gouttes de pluie.

La lumière décrut dans le poste de pilotage tandis que la progression de l'appareil devenait légèrement saccadée.

Trevize leva les yeux, surpris, et s'écria : « Joie ! Votre Fallom est assez grande pour transduire. Elle se sert de notre alimentation électrique pour essayer de manipuler les commandes. Empêchez-la ! »

Joie entoura de ses bras Fallom et la tint serrée. « Tout va bien, Fallom, tout va bien. Il n'y a pas de raison d'avoir peur. Ce n'est qu'un nouveau monde, c'est tout. Il y en a des quantités comme ça. »

Fallom se détendit quelque peu mais continua de trembler.

Joie se tourna vers Trevize : « Cette enfant n'a jamais vu

un océan et, pour ce que j'en sais, peut-être n'a-t-elle jamais connu le brouillard ou la pluie. Vous ne pouvez pas manifester un peu de sympathie ?

— Pas si elle tripote le vaisseau. Elle est un danger pour nous tous, dans ce cas. Ramenez-la dans votre cabine et tâchez de la calmer. »

Joie acquiesça d'un bref signe de tête.

« Je vous accompagne, Joie, dit Pelorat.

— Non, non, Pel. Vous restez ici. Je vais calmer Fallom et vous, vous calmez Trevize. » Sur quoi, elle sortit.

« Je n'ai pas besoin qu'on me calme, grommela l'intéressé. Je suis désolé de m'être emporté mais il n'est pas question de laisser un enfant jouer avec les commandes, non ?

— Il n'en est pas question, bien entendu, mais Joie a été prise par surprise. Elle saura contrôler Fallom, qui se comporte remarquablement bien pour une enfant arrachée à son milieu et à son... son robot, pour être jetée bon gré mal gré dans une vie qu'elle ne comprend pas.

— Je sais. Mais ce n'est pas moi qui ai voulu l'emmener, rappelez-vous. L'idée était de Joie.

— Oui, mais l'enfant aurait été tuée, si nous ne l'avions pas prise.

— Eh bien, je présenterai mes excuses à Joie plus tard. Et à l'enfant. »

Mais il gardait son air renfrogné et Pelorat lui demanda, d'une voix douce : « Golan, mon ami, y aurait-il encore autre chose qui vous tracasse ?

— L'océan », dit Trevize. Ils avaient depuis longtemps émergé du grain mais les nuages persistaient.

« Qu'a-t-il d'anormal, cet océan ?

— Il y en a trop, c'est tout. »

Pelorat le regarda, ahuri, et Trevize expliqua, énervé : « Pas de terre. Nous n'avons pas vu de terre. L'atmosphère est parfaitement normale, oxygène et azote en proportions décentes, la planète a donc été modifiée, et il faut qu'il y ait une vie végétale pour maintenir le niveau d'oxygène. A l'état naturel, un tel type d'atmosphère n'existe pas — sauf, sans doute, sur Terre, où elle s'est développée nul ne sait comment. Mais en tout cas, sur les planètes terraformées, il y a toujours une proportion raisonnable de masses continentales, qui monte jusqu'à un tiers de la surface totale et ne descend jamais en dessous du cinquième. Alors comment se fait-il que cette planète ait été modifiée et soit dépourvue de continents ?

— Peut-être, dit Pelorat, le fait qu'elle fasse partie d'un système binaire la rend-elle complètement atypique. Peut-être n'a-t-elle pas été terraformée et a-t-elle développé une atmosphère suivant un processus qui ne prévaut jamais sur les planètes autour d'étoiles simples. Peut-être la vie s'est-elle développée ici de manière indépendante, comme elle l'a fait jadis sur Terre, mais sous forme exclusivement aquatique.

— Même en l'admettant, nous ne serions pas plus avancés. Il est hors de question qu'une vie aquatique puisse développer une technologie. La technologie est toujours fondée sur le feu et il est impossible de faire du feu sous l'eau. Une planète porteuse de vie mais dépourvue de technologie n'est pas ce qu'on recherche.

— J'en suis bien conscient mais je lançais simplement des idées. Après tout, autant que l'on sache, la technologie ne s'est développée qu'une fois — sur Terre. Partout ailleurs, les colons l'ont importée avec eux. En l'occurrence, vous ne pouvez pas généraliser quand vous n'avez qu'un cas unique à étudier.

— Les déplacements en milieu marin exigent un profilage du corps. La vie aquatique interdit les contours irréguliers et les appendices tels que les mains.

— Les calmars ont bien des tentacules.

— Je reconnais qu'on puisse spéculer mais si vous songez à l'existence de pseudo-calmars intelligents qui auraient évolué indépendamment quelque part dans la Galaxie, et créé une technologie non basée sur le feu, vous faites là, à mon humble avis, une supposition hautement improbable.

— A *votre* avis », souligna doucement Pelorat.

Soudain, Trevize éclata de rire. « D'accord, Janov. Je vois bien que vous êtes en train d'ergoter pour me punir d'avoir été dur avec Joie, et j'avoue que vous ne vous débrouillez pas mal. Je vous promets que si nous ne trouvons pas de continent, nous examinerons le mieux possible l'océan, voir si nous pouvons y dénicher vos calmars civilisés. »

Comme il disait ces mots, le vaisseau plongea de nouveau dans la nuit et l'écran s'obscurcit.

Pelorat fit la grimace : « Je persiste à m'interroger. N'est-ce pas risqué ?

— Quoi donc, Janov ?

— De foncer ainsi dans la nuit. Nous pourrions dévier et plonger dans la mer pour être détruits instantanément.

— Tout à fait impossible, Janov. Vraiment ! L'ordinateur nous maintient en permanence le long d'une ligne de force gravitationnelle. En d'autres termes, l'intensité de celle-ci demeure identique, ce qui se traduit par le maintien d'une altitude pratiquement constante au-dessus du niveau de la mer.

— Mais à quelle hauteur ?

— Près de cinq kilomètres.

— Ça ne me console pas vraiment, Golan. Ne pourrions-nous pas arriver sur un continent et nous écraser sur une montagne invisible de nous ?

— Invisible de nous, mais pas du radar de bord, et dans ce cas, l'ordinateur déviera le vaisseau pour lui faire contourner ou survoler la montagne.

— Mais alors, si le terrain est plat ? Nous allons le rater dans la nuit ?

— Non, Janov. La signature radar de l'eau n'est pas du tout la même que celle de la terre. L'eau est essentiellement lisse ; la terre rugueuse. Pour cette raison, l'écho renvoyé par la terre est nettement plus chaotique que celui renvoyé par une surface liquide. L'ordinateur décèlera la différence et m'en avertira si une terre est en vue. Même en plein jour et en plein soleil, l'ordinateur la détecterait encore bien avant nous. »

Ils retombèrent dans le silence et, au bout de deux heures, retrouvaient la face éclairée, avec un océan vide qui roulait à nouveau sous eux ses flots monotones, disparaissant simplement à l'occasion, lorsqu'ils traversaient l'une des nombreuses formations orageuses. Dans l'une d'elles, le vent écarta le *Far Star* de son cap. L'ordinateur laissait faire, expliqua Trevize, pour éviter une dépense inutile d'énergie et minimiser les risques de dégâts matériels. Puis, une fois la turbulence passée, le calculateur remit le vaisseau sur le droit chemin.

« Sans doute la queue d'un cyclone, expliqua Trevize.

— Dites-moi, mon bon, nota Pelorat. Nous allons toujours d'ouest en est — ou l'inverse. Nous nous contentons d'examiner l'équateur.

— Ce qui serait crétin, n'est-ce pas ? Non, nous suivons un itinéraire selon un grand cercle du nord-ouest au sud-est. Ce qui nous fait traverser les tropiques et les deux zones tempérées, et à chaque nouvelle boucle, notre trajet se déplace vers l'ouest, à mesure que la planète tourne sur son axe en dessous de nous. Nous sommes en train de la ratisser méthodiquement. Puisque à l'heure qu'il est nous n'avons pas encore vu la terre, les chances d'existence d'un continent de taille notable sont inférieures à une sur dix, selon l'ordinateur, et celles de rencontrer une île de taille notable inférieures à une sur quatre, avec des probabilités qui diminuent à chaque nouvelle révolution.

— Vous savez ce que j'aurais fait, moi ? » dit Pelorat lentement, tandis que l'hémisphère nocturne les engloutissait à nouveau. « Je serais resté à bonne distance de la planète et j'aurais balayé au radar l'hémisphère entier nous faisant face. Les nuages ne nous auraient pas gênés, n'est-ce pas ?

— Et, poursuivit pour lui Trevize, nous aurions filé aux antipodes pour faire de même. A moins de laisser simplement la planète tourner devant nous... C'est de la sagesse rétrospective, Janov. Qui pourrait s'attendre à approcher d'une planète habitable sans être arrêté à une station d'entrée et se voir indiquer un couloir de descente — ou bien être refoulé ? Et, à supposer qu'on ait traversé le plafond de nuages sans un arrêt à une station, qui pourrait s'attendre à ne pas découvrir la terre presque aussitôt ? Les planètes habitables sont synonymes de... terre !

— Sûrement pas entièrement.

— Je ne parle pas de ça ! » dit Trevize, soudain tout excité. « Je vous dis que nous venons de trouver une terre ! Taisez-vous ! »

Alors, avec une retenue qui ne réussissait pas à calmer son excitation, Trevize posa les mains sur la console pour s'intégrer à l'ordinateur. Il annonça : « C'est une île d'environ 250 kilomètres de long sur 65 de large, plus ou moins. De l'ordre de quinze mille kilomètres carrés. Rien de vaste mais une taille respectable. Plus qu'un simple point sur la carte. Attendez... »

L'éclairage de la cabine diminua puis s'éteignit.

« Quoi donc ? » chuchota Pelorat, qui avait machinalement baissé le ton, comme si l'obscurité était une chose fragile à ne pas briser.

« Que nos yeux s'accoutument à la pénombre. Le vaisseau est en train de survoler l'île. Regardez donc. Vous voyez quelque chose ?

— Non... des petites taches de lumière, peut-être. Je n'en suis pas sûr.

— Je les vois, moi aussi. Bon, je passe au grossissement télescopique. »

Et de la lumière apparut ! Nettement visible. En taches irrégulières.

« Elle est habitée, dit Trevize. C'est peut-être le seul secteur habité de la planète.

— Que faisons-nous à présent ?

— Nous attendons le jour. Cela nous donne quelques heures de repos.

— Ils ne risquent pas de nous attaquer ?

— Avec quoi ? Je ne détecte presque pas de rayonnement en dehors du spectre visible et des infrarouges. La planète est habitée et ses habitants sont manifestement intelligents. Ils possèdent une technologie, mais à l'évidence pré-électronique, donc je ne crois pas que nous ayons à craindre quoi que ce soit à cette altitude. Et si je me trompais, l'ordinateur aurait tout le temps de m'en avertir.

— Et une fois le jour venu ?

— Nous atterrissons, bien entendu. »

75.

Ils descendirent comme les premiers rayons du soleil matinal brillaient à travers une trouée de nuages pour révéler une partie de l'île — d'un vert délicat, avec l'intérieur souligné par une rangée de douces collines basses qui s'étendaient dans le lointain mauve.

A mesure qu'ils approchaient, ils purent distinguer des bouquets d'arbres isolés et parfois des vergers, mais la majeure partie du territoire était composée de fermes bien tenues. Juste en dessous d'eux, sur le côté sud-est de l'île, s'étirait une plage argentée adossée à une ligne brisée de rochers, derrière laquelle s'étendait une étendue d'herbe. Ils apercevaient de temps à autre une maison, mais jamais celles-ci ne se groupaient pour former une quelconque agglomération.

Enfin, ils discernèrent un vague réseau routier, des voies bordées de rares habitations puis, dans la fraîcheur de l'air matinal, ils surprirent un véhicule aérien dans le lointain. Ils pouvaient simplement dire que c'était une machine et non un oiseau par sa façon de manœuvrer. C'était le premier signe indubitable de vie intelligente en action qu'ils découvraient sur la planète.

« Ce pourrait être un véhicule automatique, encore faudrait-il y parvenir sans électronique, observa Trevize.

— Ça se pourrait bien, confirma Joie. Il me semble que s'il y avait un homme aux commandes, il se dirigerait vers nous. Nous devons offrir un sacré spectacle... un véhicule qui plonge vers le sol sans recourir à des réacteurs ou des rétrofusées.

— Un spectacle étrange sur n'importe quelle planète, ajouta Trevize, songeur. Il ne doit pas y en avoir beaucoup qui aient jamais eu l'occasion d'assister à la descente d'un astronef gravitique... La plage pourrait faire un site d'atterrissage idéal mais, si le vent souffle, je n'ai pas envie de voir l'appareil recouvert par les eaux. Je vais plutôt me diriger vers la prairie de l'autre côté des rochers.

— Au moins, nota Pelorat, avec un vaisseau gravitique on ne carbonise pas la propriété d'autrui en descendant. »

Ils se posèrent délicatement sur les quatre larges amortisseurs qui s'étaient lentement déployés durant l'ultime phase de la manœuvre. Ceux-ci s'enfoncèrent dans le sol sous le poids de l'engin.

« J'ai peur toutefois que nous ne laissions des marques », ajouta Pelorat.

— Au moins », continua Joie, mais quelque chose dans sa voix n'était pas entièrement approbateur, « le climat est-il sans aucun doute tempéré... je dirais même chaud. »

Il y avait quelqu'un dans l'herbe qui avait regardé le vaisseau descendre sans trahir le moindre signe de peur ou de surprise. Ses traits ne révélaient qu'un intérêt fasciné.

Elle était fort peu vêtue, ce qui corroborait l'estimation de Joie quant au climat. Ses sandales semblaient faites de corde et elle portait roulée autour des hanches une jupe drapée à motif fleuri. Elle avait les jambes nues et ne portait rien au-dessus de la taille.

Elle avait des cheveux bruns, longs et très brillants, qui lui descendaient jusqu'à la taille. Sa peau était brun pâle et ses yeux très bridés.

Trevize scruta du regard les environs : personne d'autre en vue. Il haussa les épaules et dit : « Enfin, nous sommes tôt le matin et la plupart des autochtones doivent être chez eux, ou même encore endormis. Malgré tout, on ne peut pas dire que la région soit très peuplée. »

Puis, se tournant vers les autres : « Je vais sortir et parler à la femme, si elle parle une langue compréhensible. Vous autres...

— Je trouve, intervint avec fermeté Joie, qu'on ferait aussi bien de sortir tous. Cette femme est totalement inoffensive et, de toute manière, j'aimerais bien me dégourdir les jambes et respirer l'air d'une planète, et, qui sait, trouver des vivres sur place. Je voudrais aussi que Fallom retrouve le contact avec un monde, et j'ai comme dans l'idée que Pel aimerait bien examiner la femme de plus près.

— Qui ça ? Moi ? » dit Pelorat en rosissant légèrement. « Pas du tout, Joie, mais enfin, c'est moi le linguiste de notre petite troupe. »

Trevize haussa les épaules. « Plus on est de fous... Néanmoins, malgré l'air innocent de cette femme, j'ai bien l'intention de prendre mes armes.

— Je doute, nota Joie, que vous soyez le moins du monde tenté d'en faire usage contre cette jeune personne.

— Elle est séduisante, n'est-ce pas ? » sourit Trevize.

Il débarqua le premier, suivi de Joie, traînant par la main

Fallom, qui descendait avec précaution la rampe derrière elle. Pelorat était bon dernier.

La jeune femme brune continuait à les observer avec intérêt. Elle n'avait pas reculé d'un pouce.

« Eh bien, essayons », fit Trevize dans sa barbe.

Il éloigna les bras de ses armes et lança : « Je vous salue. »

La jeune femme resta pensive un instant puis répondit : « Je te salue et salue tes compagnons !

— Superbe ! fit joyeusement Pelorat. Elle parle le galactique classique, et avec l'accent correct.

— Je la comprends moi aussi », le coupa Trevize en agitant la main pour indiquer que sa compréhension n'était toutefois pas parfaite. « J'espère que l'inverse est vrai. »

Souriant et adoptant une expression amicale, il reprit : « Nous avons traversé l'espace. Nous venons d'un autre monde.

— C'est bien », dit la jeune femme de sa voix de soprano limpide. « Ton vaisseau provient-il de l'Empire ?

— Il vient d'une étoile lointaine, d'où son nom de *Far Star.* »

La jeune femme examina les caractères sur la coque. « C'est donc ce que cela veut dire ? Sans doute, si la première lettre est un F, puis... mais attendez, il est écrit à l'envers ! »

Trevize s'apprêtait à protester mais Pelorat, extasié, béat, l'approuva : « Elle a raison. La lettre F s'est renversée il y a deux mille ans environ. Quelle occasion magnifique d'étudier le galactique classique en détail et comme une langue vivante ! »

Trevize examina soigneusement la jeune femme. Elle ne mesurait guère plus d'un mètre cinquante et ses seins, quoique bien galbés, étaient petits. Elle semblait toutefois formée : les mamelons étaient larges et les aréoles sombres bien que cela pût tenir à son teint de peau.

« Je m'appelle Golan Trevize ; mon ami est Janov Pelorat ; la femme s'appelle Joie ; et l'enfant, Fallom.

— Est-ce donc la coutume, sur l'étoile lointaine d'où vous venez, de gratifier les hommes d'un double nom ? Je suis Hiroko, fille d'Hiroko.

— Et votre père ? » coupa vivement Pelorat.

A quoi Hiroko répondit par un haussement d'épaules

négligent. « Son nom, à ce qu'en dit ma mère, est Smool, mais c'est sans importance. Je ne le connais point.

— Et où sont les autres ? reprit Trevize. Vous semblez être toute seule ici pour nous accueillir.

— Bien des hommes sont au large sur les bateaux de pêche ; bien des femmes sont dans les champs. Ces deux derniers jours, j'étais en congé, ce qui m'a donné l'insigne chance de voir cette grande chose. Les gens toutefois sont curieux et le vaisseau aura été aperçu lors de sa descente, même de loin. D'autres ne tarderont pas à venir.

— Y a-t-il beaucoup d'autres gens sur cette île ?

— Il en est plus de vingt et cinq mille », dit Hiroko avec une évidente fierté.

« Et y a-t-il d'autres îles sur l'océan ?

— D'autres îles, mon bon seigneur ? » Elle semblait intriguée.

Trevize se contenta de cette réponse. L'île était sur toute la planète le seul point habité par l'homme.

« Comment appelez-vous votre monde ?

— C'est Alpha, mon bon seigneur. On nous enseigne que son nom entier est Alpha Centauri, si ce terme vous éclaire plus, mais pour notre part, nous l'appelons Alpha tout court et, voyez-vous, c'est un monde au doux visage.

— Un monde *quoi ?* » fit Trevize en tournant vers Pelorat un regard ahuri.

« Elle veut dire un monde superbe, expliqua ce dernier.

— Enfin, du moins ici, et maintenant. » Il leva les yeux pour contempler le bleu ciel matinal, où dérivaient quelques rares nuages. « Vous avez une belle journée ensoleillée, Hiroko, mais j'imagine qu'il ne doit pas trop y en avoir sur Alpha. »

Hiroko se raidit. « Autant que nous le souhaitons, mon bon seigneur. Les nuages peuvent venir quand nous avons besoin de pluie mais la plupart des jours, il nous semble bon que le ciel soit limpide. Sans doute un ciel clément ainsi qu'une douce brise sont hautement désirables en ces jours où les bateaux de pêche sont en mer.

— Les vôtres maîtrisent-ils donc le temps, Hiroko ?

— Ne le maîtriserions-nous pas, Sieur Golan Trevize, que nous serions trempés de pluie.

— Mais comment faites-vous ?

— N'étant pas un ingénieur compétent, mon seigneur, je ne puis te le dire.

— Et que pourrait être le nom de cette île sur laquelle vous et les vôtres vivez ? » dit Trevize, se trouvant piégé dans les tournures ornementées du galactique classique (tout en se demandant désespérément s'il ne s'emmêlait pas dans les conjugaisons).

« Nous appelons notre île paradisiaque parmi les eaux du vaste océan : Nouvelle-Terre. »

Sur quoi Trevize et Pelorat se dévisagèrent avec surprise et ravissement.

76.

Ils n'eurent pas le temps de poursuivre dans cette voie. D'autres arrivaient. Par douzaines. Ce devait être, estima Trevize, ceux qui n'étaient pas en mer ou dans les champs, et qui ne venaient pas de trop loin. Ils arrivaient à pied, pour la plupart, bien que deux véhicules terrestres fussent visibles — assez antiques et disgracieux.

A l'évidence, c'était une société à la technologie primitive ; néanmoins, ces gens contrôlaient le temps.

Il était bien connu que la technologie n'était pas obligatoirement homogène dans son développement ; ce manque d'évolution dans certaines voies n'excluait pas de considérables progrès dans d'autres — mais sans doute un tel exemple d'inégalité de développement demeurait-il inhabituel.

Parmi ceux qui étaient en train de contempler le vaisseau, la moitié au moins étaient des hommes et des femmes âgés ; il y avait également trois ou quatre enfants. Pour le reste, plus de femmes que d'hommes. Aucun des témoins toutefois ne trahissait la moindre crainte, la moindre hésitation.

A voix basse, Trevize dit à Joie : « Etes-vous en train de les manipuler ? Ils semblent... sereins.

— Pas le moins du monde. Je n'interviens jamais sur des esprits sauf obligation. Non, c'est Fallom qui me préoccupe. »

Si peu nombreux que fussent les nouveaux venus pour quiconque avait l'expérience des curieux sur n'importe quelle planète ordinaire de la Galaxie, ils n'en constituaient pas moins une foule pour Fallom qui avait déjà dû s'habituer aux trois adultes à bord du *Far Star.* Fallom avait une respiration brève et haletante, les yeux mi-clos. Elle semblait presque en état de choc.

Joie la caressait, d'un mouvement doux et régulier, avec des murmures apaisants. Trevize était certain qu'elle devait en douceur accompagner ce geste d'un réarrangement infiniment délicat de ses connexions nerveuses.

Fallom prit soudain une profonde inspiration, suffoquant presque, et tressaillit, en proie à un frisson peut-être involontaire. Elle releva la tête et considéra les présents d'un regard qui pouvait passer pour normal avant d'enfouir sa tête dans le creux entre le bras de Joie et son corps.

Celle-ci ne l'écarta pas, tandis que son bras, lui enserrant l'épaule, se raidissait périodiquement comme pour mieux lui rappeler sa présence protectrice.

Pelorat semblait passablement abasourdi et ses yeux allaient d'un Alphan à l'autre. Il remarqua : « Ils sont tellement différents entre eux. »

Trevize l'avait noté lui aussi. Il y avait diverses couleurs de peau et de teintes de cheveux, y compris un roux de feu avec les yeux bleus et des taches de rousseur. Au moins, trois adultes apparents étaient d'aussi petite taille qu'Hiroko tandis qu'un ou deux étaient plus grands que Trevize. Quelques-uns, sans distinction de sexe, avaient les mêmes yeux qu'Hiroko et Trevize se souvint que sur les pullulantes planètes commerçantes du secteur de Fili ces yeux bridés étaient caractéristiques de la population mais il n'avait jamais visité ce secteur.

Aucun des Alphans ne portait rien au-dessus de la taille, et chez toutes les femmes les seins semblaient menus. C'était pratiquement la seule constante morphologique qu'il pût constater.

Joie prit soudain la parole : « Mademoiselle Hiroko, ma jeune compagne n'est pas accoutumée aux voyages dans l'espace et elle doit assimiler plus de nouveautés qu'elle n'en est capable. Lui serait-il possible de s'asseoir et d'avoir éventuellement quelque chose à boire et à manger ? »

Hiroko parut intriguée et Pelorat traduisit ce que Joie

venait de dire dans le galactique plus orné de la période impériale moyenne.

Hiroko porta aussitôt la main à sa bouche et tomba à genoux d'un mouvement gracieux : « J'implore ton pardon, gente dame, dit-elle. Je n'avais pas songé aux besoins de cette enfant, ni aux tiens. L'étrangeté de l'événement m'avait accaparé l'esprit. Voudrais-tu — voudriez-vous tous —, en tant que visiteurs et qu'invités, entrer au réfectoire pour le repas matinal ? Et pourrons-nous nous joindre à vous afin de vous servir d'hôtes ?

— C'est fort aimable de votre part », répondit Joie. Elle parlait avec lenteur en détachant ses mots avec soin, espérant les rendre ainsi plus aisés à comprendre. « Il vaudrait mieux, toutefois, que vous seule nous serviez d'hôtesse, pour la tranquillité d'esprit de cette enfant qui n'est pas habituée à la présence simultanée de nombreuses personnes. »

Hiroko se releva. « Il en sera fait selon tes désirs. »

Et elle les conduisit, d'un pas nonchalant, à travers la prairie. Les autres Alphans se rapprochèrent. Ils semblaient particulièrement intrigués par la mise des nouveaux venus. Trevize retira sa veste légère et la tendit à l'homme qui s'était glissé à sa hauteur pour en tâter l'étoffe d'un doigt curieux.

« Tenez, lui dit-il. Vous l'examinez mais vous me la rendez. » Puis, se tournant vers Hiroko : « Veillez à ce que je récupère ma veste, mademoiselle Hiroko. »

Elle hocha gravement la tête : « Sans nul doute, elle vous sera restituée, respecté seigneur. »

Trevize sourit et reprit sa marche. Il se sentait plus à l'aise sans veste, dans cette brise douce et légère.

Il n'avait pas décelé la présence d'une seule arme chez ceux qui l'entouraient et nota non sans intérêt que personne ne semblait montrer de crainte ou de gêne à la vue des siennes. On n'avait même pas manifesté de curiosité à leur égard. Il était fort possible que ces gens ne fussent même pas conscients de leur destination. D'après tout ce que Trevize avait pu constater jusque-là, il se pouvait bien qu'Alpha fût un monde parfaitement non violent.

Une femme qui s'était rapidement portée en avant afin de précéder légèrement Joie, se retourna pour examiner son corsage avec minutie puis elle demanda : « As-tu des seins, ma gente dame ? »

Et comme incapable d'attendre une réponse, elle effleura la poitrine de la Gaïenne.

Cette dernière sourit et dit : « Comme tu as pu le constater, j'en ai. Ils n'ont peut-être pas le galbe superbe des tiens mais je ne les cèle point pour cette raison. Chez nous, il est inconvenant de les laisser découverts. »

Et, en aparté pour Pelorat : « Que dites-vous de ma maîtrise du galactique classique ?

— Vous vous en tirez à merveille, Joie. »

Le réfectoire était une vaste salle avec des tables allongées munies de longs bancs fixés de part et d'autre. A l'évidence, les Alphans prenaient leurs repas en commun.

Trevize éprouva un scrupule de conscience. La requête d'intimité de Joie avait mobilisé cet espace pour eux cinq et, de force, exilé le reste des Alphans à l'extérieur. Un certain nombre, toutefois, s'étaient installés à distance respectueuse des fenêtres (de simples ouvertures dans les murs, pas même garnies de rideaux), sans doute afin de mieux voir manger les étrangers.

Involontairement, il se demanda ce qu'il arriverait s'il se mettait à pleuvoir. Sans aucun doute, la pluie ne tombait qu'à l'endroit désiré, douce et légère, sans vent notable, jusqu'à ce que la quantité d'eau désirée soit obtenue. Trevize se dit qu'elle devait, qui plus est, certainement tomber à heure fixe, permettant ainsi aux Alphans de prendre leurs précautions.

La fenêtre devant lui donnait sur la mer et très loin, à l'horizon, il lui sembla distinguer un banc de nuages analogues à ceux qui recouvraient presque uniformément le ciel partout ailleurs que sur ce minuscule carré d'Eden.

La maîtrise du temps avait ses avantages.

Enfin, une jeune femme vint les servir sur la pointe des pieds. On ne leur avait pas demandé de choisir mais on déposa devant eux un petit verre de lait, un autre, plus grand, de jus de raisin, et un troisième, plus grand encore, rempli d'eau. Chaque convive avait droit à deux gros œufs pochés, accompagnés de lamelles de fromage à pâte blanche, ainsi qu'à une bonne assiette de poisson grillé garni de petites pommes de terre sautées et servies sur des feuilles bien vertes de laitue fraîche.

Joie contempla non sans un certain désarroi l'étalage de victuailles disposé devant elle, manifestement incapable de décider par où commencer. Fallom n'eut pas les mêmes hésitations : elle but avidement le jus de raisin, avec tous les signes d'une évidente satisfaction puis engloutit le poisson et les pommes de terre. Elle les aurait bien mangés avec les doigts si Joie ne lui avait pas tendu une grande cuiller à l'extrémité dentelée qui pouvait également tenir lieu de fourchette.

Pelorat eut un sourire de satisfaction puis attaqua lui aussi ses œufs sans plus tarder.

« Ah ! savoir enfin à quoi ressemblent de vrais œufs », dit Trevize avant de faire de même.

Oubliant elle-même son petit déjeuner, tout à son plaisir de voir les autres se régaler (car même Joie s'y était mise, avec une évidente gourmandise), Hiroko leur demanda : « Est-ce bon ?

— C'est bon, confirma Trevize, la bouche pleine. Apparemment, vous ne connaissez pas de pénurie de nourriture sur cette île... ou bien nous servez-vous plus que de coutume, par politesse ? »

Hiroko l'écouta, le regard attentif, et parut saisir le sens de ses paroles car elle répondit : « Non, non, respecté seigneur. Notre terre est généreuse, notre mer plus encore. Nos canards donnent des œufs, nos chèvres du fromage et du lait. Et puis il y a nos céréales. Par-dessus tout, nos eaux sont remplies d'innombrables variétés de poissons en quantités incalculables. L'Empire tout entier pourrait manger à notre table sans épuiser le poisson de notre océan. »

Trevize eut un sourire discret. A l'évidence, la jeune Alphane n'avait pas la moindre idée de la taille véritable de la Galaxie.

Il lui demanda : « Vous appelez cette île Nouvelle-Terre, Hiroko. Dans ce cas, où pourrait donc se situer l'Ancienne ? »

Elle le regarda, ahurie. « L'*Ancienne* Terre, dis-tu ? J'implore ton pardon, estimé seigneur. Je n'entends point ce que tu veux dire. »

Trevize s'expliqua. « Avant qu'il y eût une Nouvelle-Terre, ton peuple a dû vivre ailleurs. Où donc est cet ailleurs d'où il vient ?

— Je ne sais rien de tout cela, respecté seigneur », dit-elle avec une gravité troublée. « Cette terre a été la mienne durant toute mon existence, et celle de ma mère et de ma grand-mère avant moi ; et, je n'en doute point, celle de leurs grand-mères et arrière-grand-mères avant elles. D'une quelconque autre terre je n'ai nulle connaissance.

— Mais », dit Trevize, revenant avec douceur à une argumentation simple, « vous appelez néanmoins cette contrée Nouvelle-Terre. Pour quelle raison ?

— Parce que, respecté seigneur », lui répondit-elle de la même voix douce, « c'est ainsi que tout le monde l'a de tout temps appelée puisque l'esprit de la femme n'est jamais allé à l'encontre de cette coutume.

— Mais c'est une Nouvelle-Terre, et par conséquent une Terre récente. Il doit bien en exister une *Ancienne,* une Terre antérieure, d'où celle-ci tire son nom. Chaque matin se lève un nouveau jour, et cela implique bien qu'auparavant a existé un ancien jour. Ne voyez-vous pas qu'il doit en être ainsi ?

— Que nenni, respecté seigneur. Je sais simplement comment est appelé ce pays. Je ne sais rien d'autre, ni ne puis suivre le tien raisonnement qui ressemble fort à ce qu'ici nous appelons de l'ergotage. Soit dit sans vouloir t'offenser. »

Sur quoi Trevize secoua la tête, se sentant bien abattu.

77.

Trevize se pencha vers Pelorat pour lui chuchoter : « Où qu'on aille, quoi qu'on fasse, nous ne recueillons pas la moindre information.

— Nous savons déjà où se trouve la Terre, alors quelle importance ? » répondit Pelorat en bougeant à peine les lèvres.

« Je voudrais quand même en savoir un minimum sur cette planète.

— Cette enfant est bien jeune. Il y peu de chances qu'elle soit dépositaire d'une quelconque information. »

Trevize réfléchit à cette remarque puis hocha la tête : « Vous avez raison, Janov. »

Il se retourna vers Hiroko : « Mademoiselle Hiroko, vous ne nous avez pas demandé la raison de notre présence ici, dans votre pays. »

Hiroko baissa les yeux et répondit : « Ce ne serait guère courtois tant que vous ne vous serez pas tous restaurés et reposés, respecté seigneur.

— Mais nous avons fini de manger, enfin presque, et nous avons récemment pris du repos, aussi vais-je moi-même vous dire pourquoi nous sommes ici. Mon ami le Dr Pelorat est un érudit sur notre monde, un homme instruit. C'est un mythologue. Savez-vous ce que cela veut dire ?

— Nenni, respecté seigneur, je l'ignore.

— Il étudie les contes anciens, tels qu'on les raconte sur les diverses planètes. Ce sont ces contes anciens, qualifiés de mythes et de légendes, qui intéressent le Dr Pelorat. Y a-t-il des gens instruits sur la Nouvelle-Terre qui connaissent les contes anciens de ce monde ? »

Un mince pli de réflexion barra le front d'Hiroko. « Ce n'est point une matière en laquelle je sois moi-même versée. Nous avons dans nos contrées un vieil homme qui aime à parler des jours anciens. D'où il tire toutes ces choses, je l'ignore, et tendrais pour ma part à croire qu'il les a tissées à partir du néant ou bien reprises d'autres qui auraient fait de même. Peut-être est-ce là le genre de récit que ton compagnon instruit désire entendre, mais je ne voudrais pas t'induire en erreur. C'est dans mon esprit seul » — et elle jeta des coups d'œil de gauche à droite, comme si elle préférait ne pas être entendue — « que ce vieillard radote, car nombreux sont les gens disposés à lui prêter une oreille attentive. »

Trevize acquiesça. « Ce sont justement de tels radotages que nous cherchons. Vous serait-il possible de conduire mon ami auprès de ce vieil homme…

— Monolee, tel est son nom.

— De Monolee, donc. Et pensez-vous que Monolee serait prêt à parler à mon ami ?

— Lui ? Prêt à parler ? répondit-elle avec mépris. Tu ferais mieux de demander s'il sera jamais prêt à se taire. Ce n'est qu'un homme, et par conséquent il pourra bien parler, si on le lui permet, jusqu'à la prochaine quinzaine sans interruption. Soit dit sans vouloir offenser mon respecté seigneur.

— Bien entendu. Voulez-vous conduire mon ami auprès de Monolee dès maintenant ?

— A tout moment. L'ancien est toujours chez lui et toujours prêt à accueillir une oreille complaisante.

— Et peut-être qu'une vieille femme serait prête à venir tenir compagnie à Mme Joie. Elle doit s'occuper de l'enfant et ne peut guère se déplacer. Elle serait ravie d'avoir de la compagnie, car les femmes, vous le savez, adorent...

— Jaser ? termina Hiroko, clairement amusée. Enfin, c'est ce que disent les hommes, bien que j'aie pu observer qu'eux-mêmes sont toujours de grands bavards. Qu'ils reviennent de leur pêche et vous les verrez rivaliser à qui débitera les plus hauts faits concernant ses prises. Qu'ils ne soient ni écoutés ni crus, ce n'est pas non plus ce qui les arrêtera. Mais assez jasé moi-même... Je vais demander à une amie de ma mère, que j'aperçois à la fenêtre, de rester avec Mme Joie et l'enfant après qu'elle aura guidé ton ami, le respecté docteur, auprès du vieillard Monolee. Et si ton ami écoute celui-ci aussi avidement qu'il radote, tu ne pourras guère les séparer ensuite... Mais si tu veux bien pardonner mon absence un instant. »

Lorsqu'elle fut partie, Trevize se tourna vers Pelorat : « Ecoutez, essayez de tirer ce que vous pouvez du vieux bonhomme et vous, Joie, tâchez de faire de même avec celle qui vous tiendra compagnie. Ce qu'on veut, c'est en savoir le plus possible sur la Terre.

— Et vous ? demanda Joie. Qu'allez-vous faire ?

— Je vais rester avec Hiroko et tâcher de trouver une troisième source de renseignements. »

Joie sourit. « Ah ! oui, je vois. Pel sera avec ce vieux bonhomme ; moi, avec la vieille bonne femme. Vous, vous allez vous forcer à rester avec cette aguichante jeune personne légèrement vêtue. Voilà qui me semble raisonnable, comme division du travail.

— A ce qu'il se trouve, Joie, c'est effectivement le cas.

— Mais vous ne trouvez pas déprimant qu'une division raisonnable du travail doive déboucher sur un tel résultat, je suppose ?

— Non. Pourquoi ?

— Oui, pourquoi, en effet ? »

Hiroko était de retour. Elle se rassit : « Tout est arrangé. Le respecté Dr Pelorat va être conduit auprès de Monolee ; et la respectée dame Joie, avec son enfant, aura de la compagnie. Puis-je donc avoir l'honneur, respecté seigneur Trevize, de poursuivre la conversation avec toi, au cas où cette Vieille Terre à propos de laquelle tu as...

— Radoté ? demanda Trevize.

— Nenni, fit Hiroko en riant. Mais tu fais bien de me railler. Je me suis bien montrée discourtoise tout à l'heure en répondant ainsi à ta question. Je suis prête à m'excuser en toute bonne grâce... »

Trevize se tourna vers Pelorat : « En toute bonne grâce ?

— Volontiers », traduisit ce dernier à voix basse.

« Mademoiselle Hiroko, reprit Trevize, je n'ai vu là aucun manque de courtoisie mais si cela peut vous soulager, je serai ravi de parler avec vous.

— Une bien aimable proposition dont je vous remercie », dit Hiroko en se levant.

Trevize fit de même. « Joie, prenez garde qu'il n'arrive rien de fâcheux à Janov.

— Laissez-moi m'en occuper. Quant à vous, vous avez vos... » D'un signe de tête, elle indiqua ses armes.

« Je ne pense pas que j'en aurai besoin », dit Trevize, mal à l'aise.

Il quitta le réfectoire sur les pas d'Hiroko. Le soleil était à présent plus haut dans le ciel et la température avait encore monté. Il régnait, comme toujours, une odeur particulière. Trevize se souvint qu'elle avait été faible sur Comporellon, nettement désagréable sur Aurora et plutôt forte sur Solaria. (Sur Melpomenia, ils avaient porté des combinaisons où la seule odeur qu'on perçoit est celle de son propre corps.) A chaque fois, cette perception avait disparu en l'affaire de quelques heures, avec la saturation des centres olfactifs.

Ici toutefois, sur Alpha, l'odeur était un agréable parfum d'herbe chauffée par le soleil, ce qui fit regretter à Trevize que cette sensation, elle aussi, dût bientôt disparaître.

Ils approchaient d'une structure de petite taille, qui semblait construite en plâtre rose pâle.

« Voici ma maison, dit Hiroko. Elle appartenait naguère à la jeune sœur de ma mère. »

Elle y pénétra et fit signe à Trevize de la suivre. La porte était ouverte, ou plutôt, nota Trevize en franchissant le seuil, il n'y avait pas de porte.

« Comment faites-vous lorsqu'il pleut ?

— Nous sommes prêts. Il va pleuvoir dans deux jours, trois heures durant avant l'aube, quand la température est la plus fraîche et que la pluie peut le mieux humidifier le sol. Le moment venu, je n'aurai qu'à tirer ce rideau, tout à la fois pesant et imperméable, devant l'entrée. »

Ce qu'elle fit tout en parlant. Il semblait tissé d'une sorte de toile résistante.

« Je vais le laisser en place maintenant, poursuivit-elle. Tous sauront ainsi que je suis à l'intérieur mais non disponible car occupée à dormir ou à quelque affaire d'importance.

— Cela ne paraît un rempart guère solide pour préserver l'intimité.

— Pourquoi cela ? Vois, il masque l'entrée.

— Mais n'importe qui pourrait l'écarter.

— Sans se préoccuper des désirs de l'occupant ? » Hiroko semblait choquée. « Se comporte-t-on de la sorte sur ton monde ? Ce serait barbare. »

Trevize sourit. « C'était une simple question. »

Elle le mena dans la seconde des deux pièces et, à son invitation, il s'installa dans un siège matelassé. Il y avait quelque chose de claustrophobique dans l'exiguïté et le vide de ces pièces, mais la demeure semblait uniquement destinée à l'isolement et au repos. Les ouvertures des fenêtres étaient réduites et proches du plafond mais sur les murs étaient judicieusement disposés en bandes des miroirs de métal terne qui réfléchissaient la lumière de manière diffuse. Il y avait des fentes dans le sol par lesquelles montait une douce brise rafraîchissante. Trevize ne vit aucun signe d'éclairage artificiel et se demanda si les Alphans devaient se lever avec le soleil et se coucher avec lui.

Il allait poser la question mais Hiroko parla la première : « Mme Joie est-elle ta compagne ?

— Veux-tu savoir par là si elle est ma partenaire sexuelle ? » demanda Trevize, prudent.

Hiroko rougit. « Je t'en prie, respecte la décence d'une conversation polie, mais effectivement, je parlais de plaisir intime.

— Non, elle est la compagne de mon ami lettré.

— Mais tu es pourtant le plus jeune, et le plus gracieusement tourné.

— Eh bien, je te remercie de ton opinion, mais ce n'est pas celle de Joie. Elle aime le Dr Pelorat bien plus que moi.

— Voilà qui me surprend grandement. Ne veut-il point partager ?

— Je ne lui ai pas posé la question, mais je suis certain qu'il refuserait. Et je ne voudrais pas non plus. »

Hiroko hocha la tête d'un air entendu. « Je sais. C'est à cause de son fondement.

— Son fondement ?

— Tu sais bien. Ça. » Et elle s'assena une claque sur son joli postérieur menu.

« Oh, ça ! D'accord, j'ai compris. Certes, Joie est généreusement proportionnée du côté de l'anatomie pelvienne. » Des deux mains, il décrivit une ample courbe, tout en lui adressant un clin d'œil — et Hiroko se mit à rire.

« Néanmoins, un grand nombre d'hommes apprécient ce genre de générosité dans la silhouette.

— Je ne peux pas le croire. Nul doute que ce serait une sorte de gloutonnerie que de désirer l'excès dans ce qui est plaisant en modération. M'apprécierais-tu davantage si j'avais les seins massifs et pendants, avec des mamelons pointant vers les orteils ? En vérité, j'en ai déjà vu de semblables sans constater qu'ils attiraient des nuées d'hommes. Tout au contraire, les pauvres femmes affligées de la sorte sont contraintes de masquer leurs monstruosités — à l'instar de Mme Joie.

— Un tel gigantisme ne m'attirerait pas non plus, même si, j'en suis certain, ce n'est pas à cause d'une quelconque imperfection que Joie masque ses seins.

— Tu ne désapprouves pas, alors, mon visage ou ma silhouette ?

— Ce serait folie de ma part. Tu es superbe.

— Et que fais-tu en guise de bagatelle, lorsque tu es à bord de ton vaisseau, voletant de planète en planète — Mme Joie t'étant refusée ?

— Rien, Hiroko. Il n'y a rien à faire. Je songe parfois à la bagatelle, ce qui est une gêne, mais celui qui voyage dans l'espace sait fort bien qu'il est des moments où l'on doit s'en passer. On se rattrape à d'autres.

— Si c'est une gêne, comment peut-on la supprimer ?

— J'éprouve une gêne considérablement plus grande depuis que tu as soulevé le sujet. Je ne crois pas qu'il soit poli de demander comment on pourrait la supprimer.

— Serait-il discourtois que je t'en suggère un moyen ?

— Cela dépendrait entièrement de la nature de la suggestion.

— Je suggérerais que l'on se donne mutuellement du plaisir.

— M'as-tu conduit ici, Hiroko, pour en arriver là ?

— Oui, répondit-elle avec un agréable sourire. C'est à la fois mon devoir de courtoisie d'hôtesse et mon désir aussi.

— Si tel est le cas, je reconnais que c'est également le mien. En fait, j'aimerais grandement t'obliger en la matière. Je serais prêt à te donner du plaisir, euh... en toute bonne grâce. »

Chapitre 18

La fête de la musique

78.

Le déjeuner se prenait dans le même réfectoire. La salle était remplie d'Alphans et en leur compagnie se trouvaient Trevize et Pelorat, parfaitement admis. Joie et Fallom mangeaient à part, plus ou moins isolées, dans une petite annexe.

Il y avait plusieurs variétés de poisson, en même temps qu'un potage dans lequel nageaient des lamelles de ce qui pouvait bien être du chevreau bouilli. Sur la table, étaient disposés de grosses miches de pain à couper en tranches, du beurre et de la confiture pour le tartiner. Une grosse salade venait ensuite, et le dessert brillait par son absence, même si les brocs de jus de fruits semblaient inépuisables. Après leur copieux petit déjeuner, les deux Fondateurs ne purent faire honneur à la chère mais le reste des convives semblait manger d'un solide appétit.

« Comment font-ils pour ne pas grossir ? » s'étonna Pelorat, à voix basse.

Trevize haussa les épaules. « Beaucoup d'activité physique, peut-être. »

C'était à l'évidence une société où l'on ne se souciait guère d'étiquette à table. Il régnait un brouhaha de cris, de rires et de tasses, manifestement incassables, brutalement reposées sur les tables. Les femmes avaient le verbe aussi haut que les hommes, et la voix aussi rauque, quoique plus aiguë.

Pelorat grimaçait mais Trevize, qui pour l'heure (et temporairement du moins) ne ressentait aucune trace de la gêne qu'il avait confiée à Hiroko, se sentait tout à la fois détendu et de bonne humeur.

« En fait, confia-t-il, cela a ses bons côtés. Voici des gens qui semblent goûter la vie et n'avoir que peu ou pas de soucis. Le temps est ce qu'ils en font et la chère incroyablement abondante. C'est tout simplement pour eux un âge d'or sans fin. »

Il devait crier pour se faire entendre et Pelorat lui répondit sur le même registre : « Mais tellement bruyant.

— Ils y sont habitués.

— Je ne vois pas comment ils parviennent à s'entendre dans ce tumulte. »

Certes, il y avait de quoi rendre perplexe les deux Fondateurs. La prononciation bizarre, la grammaire et le vocabulaire archaïques de la langue alphane la rendaient impossible à saisir à d'aussi intenses niveaux sonores. Pour les Fondateurs, c'était comme de vouloir déchiffrer les cris d'un zoo en folie.

Ce ne fut qu'après le repas qu'ils purent retrouver Joie dans une petite bâtisse que Trevize ne jugea pas fondamentalement différente de la demeure d'Hiroko et qu'on leur avait provisoirement assignée comme résidence. Fallom était dans la seconde pièce et, d'après Joie, considérablement soulagée de se retrouver enfin seule ; elle essayait de faire la sieste.

Pelorat considéra l'ouverture dans le mur et remarqua, hésitant : « Il n'y a guère d'intimité ici. Comment peut-on parler librement ?

— Je vous assure, dit Trevize, qu'une fois la barrière de toile tirée en travers de la porte, nous ne serons pas dérangés. Le rideau rend la pièce impénétrable, avec toute la force de la coutume et des règles sociales. »

Pelorat avisa les hautes fenêtres, elles aussi ouvertes. « On pourrait nous entendre.

— Nous n'avons pas besoin de crier. Les Alphans ne nous espionneront pas. Même quand ils étaient devant les fenêtres du réfectoire durant le petit déjeuner, ils sont demeurés à distance respectueuse. »

Joie sourit. « Vous en avez appris des choses sur les mœurs alphanes dans le peu de temps que vous avez passé seul avec la douce petite Hiroko, et vous avez acquis une belle confiance en leur respect de l'intimité. Que s'est-il passé ?

— Si vous avez remarqué que mes neurones ont subi un changement en mieux sans pouvoir en déceler la raison, je ne puis que vous demander de me laisser l'esprit tranquille.

— Vous savez fort bien que Gaïa ne touchera votre esprit en aucune circonstance, sauf danger de mort, et vous savez pourquoi. Malgré tout, je ne suis pas mentalement aveugle. Je décèle ce qui s'est passé à un kilomètre de distance. Serait-ce votre invariable coutume lors des voyages spatiaux, mon ami l'érotomane ?

— Erotomane, moi ? Allons, Joie. Deux fois durant tout le voyage. Deux fois !

— Nous n'avons fait escale que sur deux mondes pourvus de femmes humaines fonctionnelles. Deux fois sur deux, et nous n'y sommes restés que quelques heures.

— Vous savez pertinemment que je n'avais pas le choix sur Comporellon.

— Ça, je veux bien l'admettre. Je me rappelle encore le morceau. » Durant quelques instants, Joie fut écroulée de rire. Puis elle poursuivit : « Je ne crois pas toutefois qu'Hiroko vous ait retenu, impuissant, dans sa poigne de fer, ou qu'elle ait fait subir à votre corps pantelant l'épreuve de son irrésistible volonté...

— Bien sûr que non. J'étais parfaitement consentant. Mais à sa suggestion, pas à la mienne. »

Pelorat intervint, avec juste un soupçon d'envie dans la voix : « Cela vous arrive-t-il à chaque fois, Golan ?

— Bien entendu, Pel, dit Joie. Obligé. Les femmes sont irrésistiblement attirées par monsieur.

— J'aimerais bien, dit Trevize, mais ce n'est pas le cas. Et j'en suis heureux — j'ai quand même aussi d'autres préoccupations dans la vie. Quoi qu'il en soit, dans ce cas d'espèce, j'étais effectivement irrésistible. Après tout, nous sommes les premiers hommes d'un autre monde qu'ait jamais vus Hiroko ou, apparemment, n'importe quel autre Alphan vivant. J'ai cru comprendre à des détails qu'elle a laissé échapper, des remarques en passant, qu'elle avait conçu l'idée assez excitante que je puisse être différent de ses compatriotes, que ce soit par l'anatomie ou par ma technique. Pauvre petite chose. J'ai bien peur qu'elle n'ait été déçue.

— Oh ! fit Joie. Vous aussi ?

— Non. J'ai visité pas mal de mondes où j'ai glané une certaine expérience. Et ce que j'ai découvert, c'est que les gens sont les mêmes partout, et que le sexe reste toujours le sexe, où que l'on aille. S'il y a des différences notables, elles sont en général à la fois triviales et désagréables. Les parfums que j'ai pu rencontrer ! Je me souviens d'une jeune femme qui ne pouvait tout bonnement rien faire sans une musique jouée à fond, musique qui consistait essentiellement en une succession de crissements désespérés. Si bien qu'elle a passé sa musique et que c'est moi qui n'ai rien pu faire. Je vous assure... c'est quand je retrouve les bonnes vieilles pratiques que je suis ravi.

— A propos de musique, reprit Joie, nous sommes invités à une soirée musicale après le dîner. Quelque chose de très officiel, apparemment, organisé en notre honneur. Je crois savoir que les Alphans sont très fiers de leur musique. »

Grimace de Trevize. « Leur fierté, hélas, ne nous la rendra en rien plus mélodieuse.

— Ecoutez-moi jusqu'au bout. J'ai cru comprendre que leur fierté tient à ce qu'ils jouent en experts sur des instruments archaïques. *Très* archaïques. Par cet intermédiaire, il se pourrait que nous obtenions certaines informations sur la Terre. »

Trevize avait arqué les sourcils. « Idée intéressante. Et ça me rappelle que l'un ou l'autre détient peut-être déjà des informations. Janov, avez-vous vu ce Monolee dont Hiroko nous avait parlé ?

— Bigre oui, dit Pelorat. J'ai passé trois heures avec lui et Hiroko n'avait pas exagéré. Ce fut virtuellement un monologue de sa part et quand j'ai voulu le quitter pour venir déjeuner, il s'est raccroché à moi et n'a pas voulu me lâcher avant que je ne lui eusse promis de revenir chaque fois que possible pour avoir le plaisir de l'entendre à nouveau.

— Et vous a-t-il raconté quoi que ce soit d'intéressant ?

— Eh bien, lui aussi — comme tout le monde — a répété à l'envi que la Terre était intégralement et mortellement radioactive ; que les ancêtres des Alphans avaient été les derniers à partir car, sinon, ils seraient morts... et il insistait tellement que je n'ai pu m'empêcher de le croire. Je suis convaincu que la Terre est bien morte, Golan, et j'ai bien peur qu'en fin de compte toute notre quête ne se révèle inutile. »

79.

Trevize se carra dans sa chaise, et fixa Pelorat qui était assis sur une étroite banquette. Ayant quitté sa place auprès de Pelorat, Joie, debout, les regardait alternativement.

Enfin Trevize répondit : « Laissez-moi être juge de l'utilité ou non de notre quête, Janov. Et racontez-moi plutôt ce que vous a conté ce vieillard volubile — brièvement, bien entendu.

— J'ai pris des notes à mesure qu'il parlait. Cela m'a aidé à renforcer mon rôle de chercheur mais je n'aurai pas besoin de m'y reporter. Son récit s'improvisait à mesure : chaque détail lui rappelait autre chose mais, naturellement, ayant passé ma vie à tenter d'organiser les informations à la recherche du pertinent et du signifiant, c'est devenu pour moi une seconde nature que de savoir condenser un discours long et incohérent en...

— ... quelque chose de tout aussi long et incohérent ? l'interrompit doucement Trevize. Allons, venez-en au fait, Janov. »

Pelorat se racla la gorge, gêné. « Oui, certainement, mon bon. Je vais essayer de vous présenter les faits de manière cohérente et chronologique. La Terre fut le lieu d'origine de l'humanité ainsi que de millions d'espèces de plantes et d'animaux. Il en fut de la sorte durant un nombre incalculable d'années, jusqu'à l'invention du voyage hyper-spatial. C'est alors que furent établies les colonies des Spatiaux. Ces derniers rompirent avec la Terre, développèrent leurs propres cultures et en vinrent à mépriser et opprimer la planète mère.

« Après deux siècles de ce régime, la Terre parvint toutefois à regagner sa liberté, bien que Monolee ne m'eût pas expliqué de quelle manière exacte elle avait procédé — je n'ai pas davantage osé lui poser la question, même s'il m'avait donné l'occasion de l'interrompre, ce dont il s'est bien gardé, car cela n'aurait risqué que de l'emmener vers de nouvelles voies de traverse. Il a fait toutefois mention d'un héros culturel du nom d'Elijah Baley mais les références étaient si caractéristiques de cette habitude d'attribuer à une figure unique les prouesses de générations entières qu'il m'a paru de peu d'intérêt d'essayer de…

— Oui, Pel chéri, dit Joie, nous comprenons parfaitement. »

A nouveau, Pelorat s'interrompit à mi-phrase pour reprendre le fil de son discours. « Bien sûr. Mes excuses. Donc, la Terre provoqua une seconde vague de colonisation, découvrant d'une façon nouvelle quantité de nouveaux mondes. Les nouveaux groupes de colons se révélèrent plus vigoureux que les Spatiaux, les dépassèrent, les défirent et leur survécurent pour finalement instaurer l'Empire galactique. Au cours des guerres entre colons et Spatiaux — non, pas les guerres, car il a bien pris soin d'utiliser le terme de " conflit " — la Terre est devenue radioactive.

— C'est ridicule, Janov, intervint Trevize, manifestement déçu. Comment une planète peut-elle *devenir* radioactive ? Chacune l'est légèrement, à un degré plus ou moins grand, dès le moment de sa formation, et cette radioactivité décroît lentement. En aucun cas elle ne *devient* radioactive. »

Pelorat haussa les épaules. « Je ne fais que vous répéter ce qu'il m'a dit. Et lui-même répétait ce qu'il avait entendu… d'un tiers qui lui-même racontait ce qu'il avait lui aussi entendu… et ainsi de suite. C'est du folklore, répété encore et encore, de génération en génération, et qui sait quelles distorsions ont pu s'y glisser à chaque redite.

— Je comprends cela, mais n'y a-t-il pas des livres, des documents, des chroniques anciennes qui auraient figé l'histoire à une période antique et qui pourraient nous offrir quelque chose de plus consistant que le présent récit ?

— De fait, je suis parvenu à lui poser la question et la réponse est non. Il a certes vaguement évoqué des ouvrages traitant du sujet, rédigés dans l'ancien temps et depuis longtemps perdus, mais tout ce qu'il nous avait raconté provenait justement de ces livres.

— Oui, passablement déformé. Toujours la même histoire. Sur chaque planète où nous nous rendons, les archives concernant la Terre ont, d'une manière ou d'une autre, disparu... Enfin, comment a-t-il dit, déjà, que la radioactivité avait commencé ?

— Il ne m'a fourni aucune précision. Tout au plus que les Spatiaux en étaient responsables, mais il m'est alors revenu que les Spatiaux étaient les fameux démons auxquels les gens de la Terre attribuaient tous leurs malheurs. La radioactivité... »

Une voix claire l'interrompit à cet instant : « Joie, est-ce que je suis une Spatiale ? »

C'était Fallom, debout dans l'étroit passage entre les deux pièces, les cheveux en bataille et la chemise de nuit qu'elle portait (coupée aux proportions plus amples de Joie), lui ayant glissé d'une épaule pour révéler un sein non développé.

« Nous nous inquiétons des indiscrets à l'extérieur, remarqua Joie, et nous oublions ceux que nous avons chez nous... Eh bien, Fallom, pourquoi dis-tu ça ? » Elle s'était levée pour aller vers l'adolescente.

« Je n'ai pas ce qu'ils ont », dit Fallom en désignant les deux hommes. « Ou ce que tu as, Joie. Je suis différente. Est-ce parce que je suis une Spatiale ?

— Tu l'es, Fallom, dit Joie, sur un ton apaisant. Mais de petites différences n'ont aucune importance. Allez, retourne te coucher. »

Fallom devint soumise, comme toujours lorsque Joie désirait la voir apaisée. Elle se retourna pour demander : « Je suis un démon ? Est-ce que je suis un démon ?

— Attendez-moi un instant », lança Joie par-dessus son épaule. « Je reviens tout de suite. »

Elle était effectivement de retour dans les cinq minutes. Elle hocha la tête : « Elle va dormir à présent, jusqu'à ce que je la réveille. J'aurais dû le faire plus tôt, je suppose, mais toute intervention sur son esprit doit être le résultat de la nécessité. » Puis elle ajouta, sur la défensive : « Je ne veux pas la voir ruminer sur les différences entre son équipement génital et le nôtre.

— Un de ces jours, il faudra bien qu'elle sache qu'elle est hermaphrodite, remarqua Pelorat.

— Un jour, oui, reconnut Joie. Mais pas maintenant. Poursuivez votre récit, Pel.

— Oui, insista Trevize. Avant qu'autre chose encore ne nous interrompe.

— Eh bien, la Terre est devenue radioactive. Ou du moins, sa croûte. A cette époque, elle avait une population gigantesque, regroupée au sein d'immenses cités essentiellement souterraines...

— Alors là, intervint Trevize, c'est certainement faux. Ce doit être le patriotisme local qui glorifie l'âge d'or de la planète car de tels détails sont la simple déformation de ce que fut Trantor durant son âge d'or, lorsqu'elle était la capitale impériale d'un ensemble de planètes à l'échelle de la Galaxie. »

Pelorat marqua un temps d'arrêt avant de reprendre : « Franchement, Golan, vous n'allez pas m'apprendre mon métier. Nous autres mythologues savons fort bien que les mythes et légendes contiennent des emprunts, des leçons morales, des cycles naturels et cent autres influences déformantes, et nous faisons tout notre possible pour les en élaguer afin de dégager ce qui pourrait constituer un noyau de vérité. En fait, les mêmes techniques doivent également être appliquées aux récits les plus sobres car nul jamais n'écrit la vérité apparente et limpide — si tant est qu'une telle notion puisse exister. Pour l'heure, je vous rapporte plus ou moins ce que m'a confié Monolee, même si, je suppose, j'y ajoute mes propres distorsions, malgré mes efforts pour éviter de le faire...

— Bien, bien, dit Trevize. Poursuivez, Janov, je ne voulais pas vous vexer.

— Et je ne le suis pas. Donc, les vastes cités, à supposer qu'elles aient existé, sont tombées en ruine et disparurent à mesure que la radioactivité croissait lentement et que la population n'était plus que le reliquat de ce qu'elle avait été, survivant de manière précaire en se raccrochant aux quelques régions relativement dénuées de radiations. Le chiffre de la population était maintenu par une stricte limitation des naissances et l'euthanasie des gens de plus de soixante ans.

— Mais c'est horrible ! s'indigna Joie.

— Sans aucun doute, mais c'est pourtant ce qu'ils firent, à en croire Monolee, et il se pourrait bien que la chose soit vraie car ce n'est certainement pas flatteur pour les Terriens et il est improbable qu'on ait inventé un mensonge aussi peu flatteur. Après avoir été méprisés et opprimés par les Spatiaux, les Terriens l'étaient à leur tour par l'Empire bien qu'il puisse en l'occurrence s'agir d'une exagération née de l'apitoiement sur son propre sort, une émotion, je dois dire, fort tentante. Rappelons-nous le cas...

— Oui, oui, Pelorat, une autre fois. Je vous en prie, continuez avec la Terre.

— Je vous demande pardon. L'Empire, dans un accès de bienveillance, accepta d'importer du sol propre et d'évacuer le sol contaminé. Inutile de dire que c'était une tâche énorme dont l'Empire eut tôt fait de se lasser, d'autant plus que cette période (si mon calcul est juste) coïncidait avec la chute de Kandar V, après laquelle l'Empire s'est trouvé avoir bien d'autres soucis que la Terre.

« La radioactivité continua de s'accroître, la population de dégringoler, et finalement l'Empire, dans un second accès de bienveillance, se proposa pour transférer les survivants vers un nouveau monde lui appartenant — en bref, celui-ci.

« A une période antérieure, il semble qu'une expédition aurait ensemencé l'océan de sorte que lorsque fut mis en œuvre le plan de transplantation des Terriens, Alpha se trouvait déjà dotée d'une atmosphère d'oxygène et d'amples réserves de nourriture. En outre, aucun des mondes de l'Empire galactique ne convoitait cette planète car il règne une certaine antipathie naturelle à l'égard des astres qui orbitent autour d'une binaire. Ces systèmes possèdent si peu de planètes convenables, je suppose, que même celles-ci sont rejetées sous prétexte qu'elles doivent bien avoir quelque défaut. C'est un mode de pensée fort répandu. On peut citer, par exemple, le cas bien connu de...

— Plus tard, ce cas bien connu, Janov, dit Trevize. Continuez avec la transplantation.

— Ne restait plus, reprit Pelorat, accélérant légèrement son débit, qu'à préparer une base terrestre. On repéra la zone de plus hauts-fonds océaniques et l'on ramena des zones profondes des sédiments destinés à former l'assise de l'île de la Nouvelle-Terre. On dragua des rochers, on implanta des coraux, tandis qu'à la surface on semait des plantes terrestres destinées à retenir le sol dans leur réseau de racines. Là encore, l'Empire s'était attelé à une tâche gigantesque. Peut-être avait-on d'abord prévu des continents mais lorsque cette île unique fut enfin achevée, la période de bienveillance impériale l'était aussi.

« Ce qui restait de la population terrestre fut amené ici. Les flottes de l'Empire transportèrent hommes et machines et ne revinrent jamais. Les Terriens, exilés sur la Nouvelle-Terre, se retrouvèrent dans un complet isolement.

— Complet ? Monolee vous a-t-il soutenu que personne d'autre dans la Galaxie n'aurait débarqué ici avant nous ?

— Presque complet. Rien ne motive de venir ici, je suppose, même si l'on met à part cette répugnance superstitieuse à l'égard des systèmes binaires. A l'occasion, et à de longs intervalles, tel ou tel vaisseau a pu se poser, comme l'a fait le nôtre, mais pour repartir en définitive, de sorte que ces atterrissages n'ont jamais eu de suite. Et voilà.

— Avez-vous demandé à Monolee où était située la Terre ?

— Bien sûr que je lui ai demandé. Il n'en sait rien.

— Comment peut-il en savoir autant sur l'histoire de cette planète sans connaître sa position ?

— Je lui ai demandé très précisément, Golan, si cette étoile située à un petit parsec d'Alpha pouvait être le soleil autour duquel tournait la Terre. Il ignorait ce qu'était un parsec, et je lui ai expliqué que cela représentait une distance réduite, à l'échelle astronomique. Il me répéta que, réduite ou pas, il ignorait tout de la position de la Terre, qu'il ne connaissait personne qui le sache et qu'à son humble avis nous avions bien tort d'essayer de la trouver. Et il ajouta qu'il fallait la laisser errer en paix sans fin dans l'espace.

— Partagez-vous son opinion ? » demanda Trevize.

Pelorat secoua la tête, désolé. « Pas vraiment. Mais il a dit qu'avec le taux d'accroissement de la radioactivité, la planète a dû devenir totalement inhabitable peu après la transplantation et qu'aujourd'hui encore elle doit brûler intensément au point que personne ne peut plus l'approcher.

— Balivernes, dit avec fermeté Trevize. Une planète ne peut pas devenir radioactive et, par la suite, voir sa radioactivité continuer à monter. La radioactivité ne peut que décroître.

— Mais Monolee est absolument sûr de son fait. Et tant de gens sur toutes les planètes que nous avons visitées partagent cette opinion : la Terre est bien radioactive. Sûrement qu'il est inutile de poursuivre. »

80.

Trevize exhala un long soupir puis répondit, d'une voix soigneusement maîtrisée : « Bêtises, Janov. Ce n'est pas vrai.

— Eh bien, là, mon ami, vous ne devez pas non plus croire une chose sous l'unique prétexte que tel est votre désir.

— Mes désirs n'ont rien à voir dans l'affaire. D'une planète à l'autre, nous ne cessons de découvrir que toutes les archives concernant la Terre ont été effacées. Pourquoi devraient-elles l'être s'il n'y a rien à cacher ? Si la Terre est un monde mort, radioactif, inabordable ?

— Je ne sais pas, Golan.

— Si, vous savez. Quand nous approchions de Melpomenia, vous avez dit que la radioactivité pourrait être le revers de la médaille : détruire les archives pour supprimer tout renseignement précis ; lancer le conte de la radioactivité pour implanter des informations erronées à la place. L'un et l'autre découragent toute tentative de rechercher la Terre et nous ne devons pas laisser le découragement nous saisir.

— En fait, remarqua Joie, vous semblez croire que l'étoile voisine est le soleil de la Terre. Pourquoi, dès lors, continuer de discuter de cette question de radioactivité ? Quelle importance ? Pourquoi ne pas simplement gagner cette étoile voisine, vérifier si la Terre s'y trouve, et dans l'affirmative, voir à quoi elle ressemble ?

— Parce que ceux qui vivent sur Terre doivent détenir, à leur manière, un pouvoir extraordinaire, et que j'aimerais mieux approcher avec un minimum de connaissances préalables ce monde et ses occupants. Et pour l'heure, puisque je continue à tout ignorer de la Terre, l'approche reste dangereuse. Mon idée est de vous laisser tous ici sur Alpha, tandis que je gagnerai seul la Terre. Risquer une seule vie suffit amplement.

— Non, Golan, dit fermement Pelorat, Joie et l'enfant

peuvent rester ici mais je dois vous accompagner. Je suis à la recherche de la Terre depuis avant votre naissance et je ne peux pas rester en retrait quand le but est si proche, quels que soient les dangers.

— Pas question que Joie et l'enfant restent ici, dit Joie. Je suis Gaïa et Gaïa peut nous protéger, même de la Terre.

— J'espère que vous avez raison, dit Trevize, l'air sombre, mais Gaïa n'a quand même pu éviter l'élimination de tous les souvenirs anciens concernant le rôle de la Terre dans sa fondation...

— Cela s'est produit au tout début de l'histoire de Gaïa, quand elle n'était pas encore bien organisée, pas encore avancée. Il n'en va plus de même aujourd'hui.

— Je l'espère... Ou bien serait-ce que vous ayez recueilli ce matin quelque information sur la Terre que nous ignorerions encore ? Je vous avais effectivement demandé de discuter éventuellement avec quelques vieilles femmes.

— Et c'est bien ce que j'ai fait.

— Et alors ? Qu'avez-vous découvert ?

— Rien sur la Terre. De ce côté, c'est le néant complet.

— Ah !

— En revanche, ils sont très évolués en ingénierie génétique.

— Oh ?

— Sur cette île minuscule, ils ont produit et testé d'innombrables variétés de plantes et d'animaux, et réalisé un équilibre écologique convenable, stable et autosuffisant, malgré le peu d'espèces dont ils disposaient au départ. Ils ont fait progresser la vie océanique qu'ils avaient trouvée à leur arrivée, il y a quelques millénaires, accroissant la valeur nutritive du poisson et améliorant son goût. C'est leur ingénierie génétique qui a fait de ce monde une telle corne d'abondance. Et ils ont également prévu des plans pour eux-mêmes.

— Quel genre de plan ?

— Ils savent parfaitement bien qu'ils ne peuvent raisonnablement espérer s'étendre dans les circonstances actuelles, confinés qu'ils sont sur l'unique parcelle de terrain existant sur leur planète, mais ils rêvent de devenir amphibies.

— De devenir quoi ?

— Amphibies. Ils prévoient de se doter de branchies en sus des poumons. Rêvent d'être capables de passer des périodes de temps substantielles sous l'eau ; de découvrir des hauts-fonds sur lesquels bâtir des structures. L'idée enthousiasmait mon informatrice mais elle a reconnu qu'il s'agissait d'un projet lancé par les Alphans depuis plusieurs siècles déjà et que pratiquement aucun progrès en ce sens n'avait encore été accompli.

— Voilà deux champs de recherche dans lesquels ils pourraient bien être plus avancés que nous : la maîtrise du climat et l'ingénierie génétique. Je me demande quelles sont leurs techniques.

— Il nous faudrait trouver des spécialistes et encore, il n'est pas certain qu'ils voudront en parler.

— Ce n'est certes pas notre préoccupation première mais cela rétribuerait sans doute la Fondation si nous pouvions apprendre quelque chose de ce monde en miniature.

— Le fait est que nous savons déjà pas trop mal contrôler le climat de Terminus, remarqua Pelorat.

— C'est le cas sur de nombreux mondes, expliqua Trevize mais toujours en envisageant la planète dans son ensemble. En revanche, ici, les Alphans contrôlent le temps d'un petit secteur de leur planète et ils doivent posséder des techniques que nous n'avons pas... Autre chose, Joie ?

— Des invitations mondaines. Ces gens m'ont l'air de savoir goûter les vacances sitôt qu'ils peuvent se libérer des activités de la terre ou de la pêche. Après le dîner de ce soir, il y aura une fête de la musique. Je vous en ai déjà parlé. Apparemment, tout au long de la côte vont se réunir tous ceux qui pourront se libérer des travaux des champs pour venir profiter de l'eau et fêter le soleil, puisque la pluie est prévue pour dans un jour ou deux. Puis, dès demain matin, la flotte doit revenir, devançant la pluie et, dès le soir, se tiendra une fête de la nourriture, pour goûter le produit de la pêche. »

Grognement de Pelorat : « Les repas sont déjà bien assez copieux. A quoi peut bien ressembler une fête de la nourriture ?

— Je suppose qu'on y insistera moins sur la quantité que sur la qualité. En tout cas, nous sommes tous les quatre invités à participer à toutes ces festivités, et tout particulièrement à la fête de la musique de ce soir.

— Sur les instruments antiques ? demanda Trevize.

— Exactement.

— A propos, en quoi sont-ils antiques ? Ce sont des ordinateurs primitifs ?

— Non, non. C'est tout l'intérêt. Il ne s'agit absolument pas de musique électronique mais mécanique. On me les a décrits. Ils grattent des cordes, soufflent dans des tubes, cognent des surfaces...

— J'espère que vous nous faites marcher, dit Trevize, atterré.

— Non, absolument pas. Et je crois savoir que votre Hiroko soufflera dans un des tubes — j'ai oublié son nom — et que vous devriez être en mesure d'endurer ça.

— Je serai, quant à moi, ravi d'y aller, intervint Pelorat. Je m'y connais fort peu en musique primitive et j'aimerais beaucoup en écouter.

— D'abord, elle n'est pas “ mon ” Hiroko, remarqua Trevize, avec froideur. Mais ces instruments seraient-ils du type jadis employé sur Terre, à votre avis ?

— C'est ce que j'ai cru comprendre, dit Joie. Tout du moins, les Alphanes prétendent qu'ils auraient été conçus bien avant que leurs ancêtres ne débarquent ici.

— En ce cas, dit Trevize, cela vaut peut-être la peine d'écouter ce concert de crissements, cornes et cognements divers, au cas où l'on pourrait en tirer, qui sait, quelque information sur la Terre. »

81.

Assez paradoxalement, c'était encore Fallom que la perspective d'une soirée musicale excitait le plus. En compagnie de Joie, elle prenait son bain dans le petit bâtiment des sanitaires situé derrière leurs quartiers. Il disposait d'une baignoire avec eau courante chaude et froide (ou plutôt tiède et fraîche), d'un lavabo et d'une chaise percée. Les lieux étaient impeccables, pratiques et même, dans ce soleil de fin d'après-midi, accueillants et bien éclairés.

Comme toujours, Fallom était fascinée par les seins de Joie et celle-ci en était réduite à lui répéter (maintenant que l'adolescente comprenait le galactique) que sur sa planète toutes les femmes étaient ainsi. A quoi Fallom rétorquait, inévitablement : « Pourquoi ? » Et Joie, après quelque réflexion, jugeant qu'il n'y avait pas d'autre réponse sensée à fournir, recourait à la répartie universelle : « Parce que ! »

Quand elles eurent terminé, Joie aida Fallom à passer les sous-vêtements fournis par les Alphanes et réussit à trouver la façon de draper la jupe par-dessus. Laisser Fallom torse nu semblait tout à fait raisonnable. Quant à elle, tout en utilisant la garde-robe alphane sous la taille (bien qu'un peu serrée aux hanches), elle enfila son corsage. Il pouvait paraître idiot de se montrer par trop inhibée en se voilant la poitrine dans une société où toutes les femmes l'exhibaient — d'autant que ses seins n'étaient pas trop gros et certainement aussi bien galbés que tous ceux qu'elle avait pu voir — mais enfin, c'était ainsi.

Les deux hommes utilisèrent les lieux à leur tour, non sans que Trevize, comme tout mâle, eût bien sûr protesté contre le temps mis par les femmes à leur laisser la place.

Joie fit tourner Fallom devant elle pour s'assurer que la jupe tenait en place sur ses hanches et ses fesses de garçon. « C'est une très jolie jupe, Fallom. Elle te plaît ? »

Fallom se contempla dans une glace : « Oui. Mais je ne risque pas d'avoir froid sans rien au-dessus ? » Et elle fit courir ses mains sur sa poitrine nue.

« Je ne crois pas, Fallom. Il fait plutôt chaud sur cette planète.

— Mais toi, tu as bien mis quelque chose.

— Oui, effectivement. C'est ainsi qu'on fait chez moi. Maintenant, dis-moi, Fallom, nous allons nous retrouver avec un grand nombre d'Alphans au cours du dîner et par la suite. Crois-tu pouvoir tenir le coup ? »

Devant son air désemparé, Joie poursuivit : « Je vais m'asseoir à ta droite et je ne te lâcherai pas. Pel sera assis de l'autre côté, et Trevize en face de toi. Nous ne laisserons personne te parler et tu n'auras besoin de parler à personne.

— Je vais essayer, Joie, répondit Fallom d'une voix flûtée.

— Ensuite, certains Alphans vont faire pour nous de la musique à leur manière particulière. Sais-tu ce que c'est, la musique ? » Elle fredonna de son mieux une imitation d'harmonie électrique.

Les traits de Fallom s'illuminèrent. « Tu veux dire ***** » (le dernier mot appartenait à sa propre langue), et elle se mit à chanter.

Joie la regarda, les yeux ronds. C'était un air magnifique, bien qu'improvisé, rempli de trilles. « C'est cela, oui. De la musique. »

Fallom expliqua, surexcitée : « Jembly faisait » — elle hésita puis choisit d'employer le terme galactique — « ... de la musique tout le temps. Il en jouait sur un *****. » Encore un mot dans sa langue.

Joie le répéta, dubitative : « Sur un fifeul ? »

Rire de Fallom. « Pas fifeul, *****. »

Les deux mots ainsi juxtaposés, Joie pouvait entendre leur différence mais elle renonça à reproduire le second. Elle préféra demander : « A quoi ça ressemble ? »

Le vocabulaire galactique encore limité de Fallom ne lui permettait pas une description précise et ses gestes ne produisaient pas pour Joie une image clairement évocatrice.

« Il m'a appris à me servir du *****, expliqua Fallom, toute fière. J'en jouais en plaçant mes doigts exactement comme Jemby faisait, mais il m'avait dit que sous peu, je n'en aurais plus besoin.

— C'est magnifique, ma chérie. Après dîner, nous verrons bien si les Alphans sont aussi doués que ton Jembly. »

Le regard de Fallom scintilla et la perspective d'une soirée agréable lui permit de traverser l'épreuve d'un dîner plantureux malgré la foule, les rires et les cris autour d'elle. A un seul moment, lorsqu'un plat renversé par accident déclencha des piaillements excités tout près d'elle, Fallom parut réellement effrayée mais Joie lui avait promptement offert le refuge d'une étreinte chaude et protectrice.

« Je me demande si nous pourrons enfin manger seuls, chuchota-t-elle à Pelorat. Sinon, il faudra repartir. C'est déjà dur de manger toutes ces protéines animales d'Isolats, mais je dois absolument le faire dans le calme.

— Ce n'est qu'une manifestation de bonne humeur », répondit un Pelorat prêt à tout mettre sur le compte des croyances et du comportement primitifs.

Puis le dîner prit fin et l'on annonça le début imminent de la fête de la musique.

82.

La salle dans laquelle devait se tenir la manifestation était presque aussi vaste que le réfectoire et munie de sièges pliants (passablement inconfortables, découvrit Trevize) pour accueillir environ cent cinquante personnes. En tant qu'invités de marque, les visiteurs furent conduits au premier rang, ce qui procura à divers Alphans l'occasion de commenter poliment et favorablement leur mise.

Les deux hommes avaient la poitrine nue et Trevize bandait ses abdominaux chaque fois qu'il y pensait, baissant de temps à autre les yeux, avec une certaine autosatisfaction, sur sa poitrine couverte d'une toison brune. Pelorat, tout à l'ardeur de son observation, était parfaitement indifférent à son allure personnelle. Le corsage de Joie attira quelques discrets regards intrigués mais personne ne fit le moindre commentaire.

Trevize nota que la salle n'était qu'à moitié pleine et que l'assistance était en grande majorité composée de femmes puisque, sans doute, la plupart des hommes étaient encore en mer.

Pelorat lui lança un coup de coude en chuchotant : « Ils ont l'électricité. »

Trevize avisa les tubes verticaux sur les murs et d'autres suspendus au plafond. Ils diffusaient une lumière douce.

« Des tubes fluorescents. Tout à fait primitif.

— Certes, mais efficaces et nous avons les mêmes objets dans nos chambres et aux sanitaires. Je pensais qu'ils étaient simplement décoratifs. Si nous pouvons découvrir comment on les allume, nous n'aurons plus besoin de rester dans le noir.

— Ils auraient pu nous le dire, fit Joie, irritée.

— Ils ont cru que nous le savions, nota Pelorat ; que c'était évident pour tout le monde. »

Quatre femmes venaient d'émerger de derrière un rideau pour s'asseoir en groupe dans l'espace sur le devant. Chacune d'elle tenait un instrument de bois vernis de forme identique, quoique pas aisément descriptible. Ces instruments différaient nettement par la taille. L'un était tout petit, deux autres un rien plus grands, et le quatrième considérablement plus volumineux. Chaque femme tenait également dans sa main libre une longue tige.

L'auditoire siffla doucement à leur entrée, et en réponse, les quatre femmes saluèrent. Chacune portait, serrée autour de la poitrine, une bande de tissu qui lui maintenant étroitement les seins, comme pour les empêcher d'entraver le port de l'instrument.

Interprétant les sifflets comme un signe d'approbation ou de plaisir anticipé, Trevize crut poli d'y mettre du sien. A quoi Fallom ajouta une trille qui était bien plus qu'un sifflet et commençait déjà d'attirer l'attention quand une pression de la main de Joie la fit taire.

Trois des femmes, sans crier gare, se calèrent sous le menton leur instrument tandis que le plus grand de ceux-ci demeurait par terre, entre les jambes de la quatrième instrumentiste. La longue tige dans la main droite de chacune vint dans un mouvement de scie râcler les cordes tendues sur presque toute la longueur de l'instrument, tandis que les doigts de la main droite couraient rapidement sur la partie supérieure desdites cordes.

Ceci, estima Trevize, devait être le « crissement » qu'il avait escompté, mais à l'oreille le son n'avait rien de crissant. C'était au contraire une douce et mélodieuse succession de notes, chaque instrument jouant sa propre partie tandis que le tout fusionnait de manière plaisante.

L'ensemble n'avait pas l'infinie complexité de la musique électronique (la « vraie musique », ne pouvait s'empêcher de songer Trevize) et n'était pas dépourvu d'une certaine monotonie. Pourtant, à mesure que le temps passait et que son oreille s'accoutumait à cet étrange palette sonore, il se mit à y déceler certaines subtilités. La chose était certes fastidieuse et Trevize songea non sans regret à l'éclat, la précision mathématique et la limpidité de la musique réelle, mais l'idée lui vint que s'il écoutait assez longtemps la musique émanant de ces simples objets de bois, il pourrait bien finir par l'apprécier.

Le concert était entamé depuis au moins trois quarts d'heure peut-être quand Hiroko apparut sur scène. Elle remarqua tout de suite la présence de Trevize au premier rang et lui sourit. Ce dernier joignit avec encore plus de cœur ses sifflets à ceux de l'assistance. Elle était magnifique, avec sa jupe longue et raffinée, une grosse fleur dans les cheveux et rien pour lui couvrir les seins puisque (manifestement) ils ne risquaient pas de gêner la manipulation de son instrument.

Celui-ci se trouvait être un tube de bois sombre long d'une bonne soixantaine de centimètres sur près de deux de diamètre. Elle le porta à ses lèvres et souffla dans une ouverture proche de l'extrémité, produisant ainsi une note douce et ténue dont la hauteur variait lorsque ses doigts manipulaient des touches métalliques disposées tout le long du tube.

Dès la première note, Fallom saisit le bras de Joie et lui dit : « Joie, c'est un ***** », et la jeune femme crut encore entendre : « fifeul ».

Joie hocha sévèrement la tête mais Fallom insista, à voix basse : « Mais si, c'en est un ! »

D'autres spectateurs se retournaient vers Fallom. Joie lui plaqua fermement la main sur la bouche et se pencha pour lui chuchoter à l'oreille un « Silence ! » énoncé avec une insistance presque subliminale.

Fallom écouta dès lors jouer Hiroko sans plus rien dire mais ses doigts s'agitaient spasmodiquement, comme s'ils manipulaient les objets le long du tube de l'instrument.

Le dernier exécutant du concert était un vieillard muni d'un instrument aux flancs cannelés qu'il portait suspendu aux épaules. Il en dépliait et repliait le soufflet tandis qu'une main, d'un côté courait sur une succession de touches noires et blanches et que l'autre, sur le flanc opposé, pressait des boutons par groupes.

Trevize jugea le son émis particulièrement éprouvant, et même assez barbare ; il lui remettait en mémoire, évocation désagréable, les glapissements des chiens sur Aurora — c'était moins le son que les émotions qu'il soulevait qui étaient analogues. Joie donnait l'impression de vouloir se plaquer les mains sur les oreilles, et Pelorat avait le visage soucieux. Fallom seule semblait goûter la prestation car elle tapait doucement du pied et Trevize, lorsqu'il le remarqua, s'aperçut à sa propre surprise que cette musique avait un rythme assorti au battement de pied de Fallom.

Le morceau s'acheva enfin, déclenchant une véritable tempête de sifflets, au-dessus de laquelle les trilles de Fallom étaient nettement perceptibles.

Puis l'assistance éclata en petits groupes qui se mirent à discuter bruyamment comme le faisaient toujours les Alphans dès qu'ils étaient réunis en public. Les divers exécutants du concert se tenaient sur le devant de la salle et parlaient avec ceux qui venaient les féliciter.

Fallom échappa à Joie pour se précipiter vers Hiroko.

« Hiroko ! lança-t-elle, hors d'haleine. Montrez-moi le *****.

— Le quoi, ma chérie ?

— La chose avec laquelle vous avez fait de la musique.

— Oh ! « Elle rit. » C'est une flûte, mon petit.

— Puis-je la voir ?

— Voilà. » Hiroko ouvrit un étui et sortit l'instrument. Il était en trois parties mais elle le remonta prestement, le tendit à Fallom en dirigeant l'embouchure près de ses lèvres et lui dit : « Là, tu souffles au-dessus.

— Je sais, je sais », dit Fallom, impatiente, en tendant les mains vers la flûte.

Automatiquement, Hiroko releva son instrument. « On souffle, mais on ne touche pas. »

Fallom parut déçue. « Puis-je alors simplement le regarder ? Je n'y toucherai pas.

— Mais certainement, ma chérie. »

Elle lui rendit la flûte et Fallom la contempla avec avidité.

Alors, l'éclairage des tubes fluorescents décrut légèrement et l'on entendit une note de flûte, légèrement incertaine et fluctuante.

De surprise, Hiroko faillit en échapper son instrument tandis que Fallom s'écriait : « J'ai réussi, j'ai réussi. Jemby avait bien dit qu'un jour j'y arriverais.

— Est-ce toi qui as produit ce son ? s'étonna Hiroko.

— Oui. C'est moi, c'est moi.

— Mais comment as-tu donc fait, mon enfant ? »

Joie, intervint, rouge de confusion : « Je suis désolée, Hiroko, je vais l'emmener.

— Non, dit la jeune fille. J'aimerais qu'elle le refasse. »

Quelques Alphans parmi les plus proches s'étaient rassemblés pour observer la scène. Fallom plissa le front, comme si elle faisait un gros effort. Les tubes fluorescents pâlirent encore plus qu'avant et de nouveau on entendit la note de flûte, cette fois pure et stable. Puis elle devint erratique tandis que les pièces métalliques disposées sur le tube commençaient à se mouvoir toutes seules.

« C'est un petit peu différent du ***** », dit Fallom, légèrement hors d'haleine, comme si le souffle qui avait animé la flûte avait été directement le sien.

Pelorat s'était penché vers Trevize : « Elle doit tirer son énergie du courant électrique qui alimente les tubes.

— Essaie encore », demanda Hiroko, d'une voix étranglée.

Fallom ferma les yeux. Cette fois, la note fut plus douce et mieux maîtrisée. La flûte jouait toute seule, nul doigt ne la manipulait, mais seulement, à distance, l'énergie transmise par les lobes encore immatures du cerveau de Fallom. D'abord presque aléatoires, les notes s'organisèrent bientôt en une succession musicale et toute l'assistance s'était maintenant assemblée autour d'Hiroko et Fallom, Hiroko qui maintenait délicatement l'instrument à chaque bout entre le pouce et l'index, et Fallom, les yeux clos, qui dirigeait le flux de l'air et le mouvement des clés.

« C'est le morceau que j'ai joué, souffla Hiroko.

— Je m'en souviens », dit Fallom, hochant à peine la tête pour éviter de perdre sa concentration.

« Pas une seule note ne t'a échappé », dit Hiroko lorsqu'elle eut terminé.

« Mais ce n'est pas bien, Hiroko. Vous ne l'avez pas bien fait.

— Fallom ! s'interposa Joie. C'est malpoli. Il ne faut pas...

— Je vous prie, la coupa Hiroko, péremptoire. Laissez. Pourquoi n'était-ce pas bien, mon enfant ?

— Parce que je l'aurais joué autrement.

— Eh bien, montre-moi. »

De nouveau, la flûte joua, mais d'une manière bien plus

complexe, car la force qui animait les clés le faisait considérablement plus vite, les notes s'enchaînaient en succession bien plus rapide, et selon des combinaisons bien plus élaborées qu'auparavant. La musique était plus complexe en même temps qu'infiniment plus émouvante. Hiroko resta figée, et un silence complet avait gagné toute la salle.

Même après que Fallom eut terminé son exécution, le silence se poursuivit, jusqu'à ce qu'Hiroko, après un grand soupir, demande : « Petite, as-tu déjà joué ce morceau ?

— Non, répondit Fallom. Avant, je ne savais me servir que de mes doigts et je suis incapable de les mouvoir ainsi. » Puis, simplement et sans la moindre trace de vantardise : « Personne ne pourrait.

— Peux-tu jouer un autre morceau ?

— Je peux inventer quelque chose.

— Veux-tu dire... improviser ? »

Le mot lui fit froncer les sourcils et se tourner vers Joie. Celle-ci acquiesça et Fallom répondit oui.

« Eh bien, vas-y, je t'en prie », dit Hiroko.

Fallom demeura songeuse une minute ou deux puis elle commença lentement, avec une succession de notes toutes simples, évoquant un climat plutôt onirique. Les tubes fluorescents s'assombrissaient et s'éclairaient à l'unisson des fluctuations d'énergie mentale. Personne ne paraissait l'avoir remarqué car elles semblaient l'effet de la musique, plus que sa cause, comme si quelque invisible esprit électrique obéissait aux ordres des ondes sonores.

La combinaison de notes se répéta ensuite un peu plus fort, puis avec un peu plus de complexité, puis avec des variations qui, sans jamais perdre la limpidité de la structure initiale, devenaient de plus en plus prenantes, de plus en plus fascinantes, jusqu'au point où il devenait presque impossible de respirer. Et finalement, la suite redescendit bien plus rapidement qu'elle avait monté, suggérant un plongeon virevoltant qui ramena sur terre les auditeurs alors qu'ils avaient encore l'impression de voler dans les airs.

S'ensuivit aussitôt un véritable charivari de vivats qui déchira l'air, et même Trevize, pourtant habitué à une forme de musique entièrement différente, songea non sans tristesse : « Et maintenant, je n'entendrai plus jamais ça. »

Lorsque enfin, comme à regret, fut revenu un calme relatif, Hiroko tendit sa flûte : Tiens, Fallom, elle est à toi ! »

Fallom voulut s'en emparer avec avidité mais Joie retint le bras tendu de l'enfant : « Nous ne pouvons pas la prendre, Hiroko. C'est un instrument de valeur.

— J'en ai une autre, Joie. Pas aussi bonne, mais il doit en être ainsi. Cet instrument appartient à qui sait en jouer le mieux. Jamais encore je n'ai entendu pareille musique et il ne serait pas séant que je détienne un instrument dont je ne saurais exploiter toute l'étendue des possibilités. Je donnerais cher pour savoir comment on peut en jouer sans même le toucher. »

Fallom saisit la flûte et, avec une expression de profonde satisfaction, la serra contre sa poitrine.

83.

Chacune des deux chambres de leur demeure était éclairée par un tube fluorescent. Il y en avait un troisième pour les sanitaires. L'éclairage était faible, peu agréable pour la lecture, mais enfin ils n'étaient pas dans le noir.

Pourtant, ils s'attardaient encore dehors. Le firmament était empli d'étoiles, un spectacle toujours fascinant pour un natif de Terminus, où le ciel nocturne était presque obscur, avec pour seul trait saillant la vague clarté du nuage galactique vu de loin par le bout.

Hiroko les avait raccompagnés jusqu'à leur chambre, de peur qu'ils ne se perdent dans le noir, ou qu'ils trébuchent. Tout le long du chemin, elle avait tenu par la main Fallom puis, après leur avoir allumé l'éclairage fluorescent, elle resta dehors avec eux, toujours accrochée à l'adolescente.

Joie fit une nouvelle tentative, car il était clair pour elle qu'Hiroko était en proie à un difficile conflit d'émotions. « Vraiment, Hiroko, nous ne pouvons pas vous prendre votre flûte.

— Si. Fallom doit la garder. » Mais elle n'en semblait pas moins prête à craquer.

Trevize continuait de regarder le ciel. La nuit était vraiment noire, d'une obscurité à peine affectée par le rai de lumière provenant de leurs chambres ; et moins encore par les minuscules points lumineux marquant d'autres maisons, au loin.

« Hiroko, demanda-t-il, vois-tu cette étoile qui est si brillante ? Comment s'appelle-t-elle ? »

Hiroko la regarda négligemment et répondit, visiblement sans grand intérêt : « C'est la Compagne.

— Pourquoi s'appelle-t-elle ainsi ?

— Elle fait le tour de notre soleil en quatre-vingts années standard. A cette période de l'année, c'est une étoile du soir. On peut également la voir durant le jour, lorsqu'elle s'attarde au-dessus de l'horizon. »

Bien, songea Trevize. Elle n'est donc pas totalement ignare en astronomie. « Sais-tu qu'Alpha possède une autre compagne, très petite et très pâle, et située beaucoup, beaucoup plus loin que cette étoile brillante ? On ne peut pas la voir sans télescope. » (Lui-même ne l'avait pas vue, n'ayant pas fait l'effort de la chercher, mais il savait que l'ordinateur de bord détenait l'information dans ses mémoires.)

« C'est ce qu'on nous a appris à l'école, répondit-elle, indifférente.

— Mais celle-ci, alors ? Tu vois ces six étoiles décrivant une ligne en zigzag ?

— C'est Cassiopée.

— Vraiment ? fit Trevize, surpris. Laquelle ?

— Toutes les six. Tout le zigzag. C'est Cassiopée.

— Pourquoi ce nom ?

— Je l'ignore. J'ignore tout de l'astronomie, respecté Trevize.

— Aperçois-tu l'étoile tout en bas du zigzag, celle qui est plus brillante que les autres ? Comment s'appelle-t-elle ?

— C'est une étoile. Je ne sais point son nom.

— Pourtant, à part ses deux étoiles compagnes, c'est la plus proche d'Alpha. Elle n'est qu'à un parsec de distance.

— Serait-ce possible ? Je l'ignorais.

— Ne pourrait-il s'agir de l'étoile autour de laquelle tourne la Terre ? »

Hiroko considéra l'étoile avec une vague lueur d'intérêt. « Je l'ignore. Je n'ai jamais ouï quiconque en parler.

— Tu ne crois pas que ça se pourrait ?

— Comment puis-je dire ? Nul ne sait où se situe la Terre. Je... Il faut que je te quitte, à présent. Demain matin, c'est mon tour de partir aux champs avant la fête sur la plage. Je vous y reverrai tous, juste après le déjeuner. Oui, hein ? Oui ?

— Certainement, Hiroko. »

Elle partit soudain, courant presque dans le noir. Trevize la regarda s'éloigner puis suivit les autres à l'intérieur du cottage chichement éclairé.

« Pouvez-vous me dire pourquoi elle a menti au sujet de la Terre, Joie ? »

Cette dernière hocha la tête. « Je ne crois pas qu'elle ait menti. Elle est sous l'emprise de tensions énormes, une chose dont je n'ai pas pris conscience avant l'issue du concert. Une tension qui existait avant que vous l'interrogiez sur les étoiles.

— Parce qu'elle a donné sa flûte ?

— Peut-être. Je ne puis dire. » Elle se tourna vers Fallom. « Maintenant, Fallom, j'aimerais que tu ailles dans ta chambre. Quand tu seras prête à te coucher, tu vas aux sanitaires, tu utilises le pot, puis tu te laves les mains, la figure et les dents.

— Je voudrais jouer de la flûte, Joie.

— Juste un petit moment, alors, et *tout* doucement. Tu as compris, Fallom ? Et tu devras t'arrêter quand je te le dirai.

— Oui, Joie. »

Tous trois étaient seuls à présent ; Joie, sur l'unique siège et les deux hommes installés chacun sur sa couchette. Elle demanda : « Y a-t-il un quelconque intérêt à rester encore sur cette planète ? »

Trevize haussa les épaules. « Nous n'avons pas encore eu l'occasion de discuter des rapports entre la Terre et les instruments antiques et il pourrait y avoir quelque chose là-dessous. Cela pourrait également payer d'attendre le retour de la flotte de pêche. Les hommes pourraient savoir des choses qu'ignorent ceux restés à terre.

— Ça me paraît très improbable, dit Joie. Vous ne croyez pas que ce sont plutôt les yeux noirs d'Hiroko qui vous retiennent ?

— Je ne comprends pas, Joie, fit Trevize, impatient. En quoi ce que je choisis de faire vous regarde-t-il ? Pourquoi semblez-vous vous arroger le droit de me soumettre à un jugement moral ?

— Ce n'est pas votre moralité qui m'inquiète. Mais la question affecte notre expédition. Vous voulez retrouver la Terre, pour pouvoir enfin décider si vous avez raison de choisir Galaxia de préférence aux mondes d'Isolats. Je veux que vous décidiez en ce sens. Vous dites que vous avez besoin de visiter la Terre pour prendre cette décision et vous semblez convaincu qu'elle orbite autour de cette étoile brillante dans le ciel. Eh bien alors, allons-y. J'admets qu'il serait utile d'avoir quelques informations avant de partir, mais il me semble évident que ce n'est pas ce que nous trouverons ici. Je n'ai pas envie de rester simplement parce que vous appréciez Hiroko.

— Peut-être que nous allons partir. Laissez-moi le temps d'y réfléchir et Hiroko ne jouera aucun rôle dans ma décision, je vous le garantis.

— J'ai l'impression, intervint Pelorat, que nous devrions nous porter vers la Terre, ne serait-ce que pour vérifier si elle est ou non radioactive. Je ne vois aucun avantage à attendre plus longtemps.

— Etes-vous sûr que ce ne sont pas les yeux noirs de Joie qui vous guident ? » dit Trevize, un rien venimeux, puis, presque aussitôt : « Non, je retire ça, Janov. Simple puérilité de ma part. Néanmoins, cette planète est charmante, mis à part Hiroko, et je dois dire qu'en d'autres circonstances, je serais tenté d'y prolonger indéfiniment mon séjour... Ne trouvez-vous pas, Joie, qu'Alpha détruit votre théorie sur les Isolats ?

— En quelle manière ?

— Vous avez toujours soutenu que toute planète parfaitement isolée devenait fatalement dangereuse et hostile.

— Même Comporellon, nota Joie d'un ton égal, qui se trouve plutôt à l'écart des courants principaux de l'activité galactique demeure, en théorie, une Puissance associée à la Fédération de la Fondation.

— Mais pas Alpha, justement. Ce monde est totalement isolé mais vous ne pouvez sûrement pas reprocher à ses habitants de ne pas être amicaux et hospitaliers. Nous sommes nourris, logés, blanchis, on organise des festivités en notre honneur, on nous presse de rester. Quel défaut leur trouvez-vous donc ?

— Aucun, apparemment. Même Hiroko vous offre son corps.

— Joie, rétorqua Trevize, furieux, qu'est-ce que vous trouvez à y redire ? D'abord, elle ne m'a pas donné son corps. Nous nous le sommes donné mutuellement. Ce fut entièrement réciproque, parfaitement agréable. Et on ne peut pas dire non plus que vous hésitiez à offrir votre corps lorsque ça vous chante.

— Joie, je vous en prie, intervint Pelorat. Golan a tout à fait raison. Je ne vois pas pourquoi on devrait lui reprocher ses plaisirs intimes.

— Tant qu'ils ne nous affectent pas, persista Joie, têtue.

— Ils ne vous affectent en rien, dit Trevize. On va partir, je vous l'assure. Le temps de recueillir d'autres informations, cela ne nous retardera pas beaucoup.

— Malgré tout, je me méfie des Isolats, dit Joie, même quand ils nous apportent des cadeaux. »

Trevize leva les bras. « Parvenir à une conclusion, puis déformer l'évidence pour la faire coller. Ah ! c'est bien d'une...

— Ne le dites pas, dit Joie, menaçante. Je ne suis pas une femme. Je suis Gaïa. C'est Gaïa, pas moi, qui est mal à l'aise.

— Il n'y a aucune raison de... » Et soudain, ils entendirent gratter à la porte.

Trevize se figea. « Qu'est-ce que c'est ? » dit-il à voix basse.

Joie haussa négligemment les épaules. « Eh bien, ouvrez voir. Vous dites vous-même que ce monde est aimable et n'offre aucun danger. »

Trevize hésita néanmoins, jusqu'à ce que, de l'autre côté de la porte, une voix douce chuchote, implorante : « S'il vous plaît. C'est moi ! »

C'était la voix d'Hiroko. Trevize ouvrit aussitôt.

Hiroko entra rapidement. Elle avait les joues humides. Elle haleta :

« Refermez la porte !

— Qu'y a-t-il ? » demanda Joie.

Hiroko s'agrippa à Trevize. « Je n'ai pas pu rester à l'écart. J'ai essayé mais n'ai pu le souffrir. Pars donc, et tes amis avec toi. Et emmenez aussi la jeune fille. Partez avec votre vaisseau, partez loin d'Alpha, vite, pendant qu'il fait encore nuit.

— Mais pourquoi ? demanda Trevize.

— Parce que sinon, tu vas mourir ; et vous tous également. »

84.

Les trois étrangers fixèrent Hiroko, interdits, durant un long moment. Trevize se ressaisit le premier : « Es-tu en train de me dire que tes compatriotes vont nous tuer ? »

Les joues ruisselantes de larmes, Hiroko répondit : « Tu es déjà sur la voie menant à la mort, respecté Trevize. Et les autres avec toi... Au temps jadis, nos hommes de savoir ont conçu un virus, pour nous inoffensif, mais mortel pour les étrangers. Nous sommes immunisés contre. » Inconsciemment, elle secouait le bras de Trevize. « Tu es infecté.

— Comment ?

— Quand nous avons eu notre plaisir. C'est un des moyens...

— Mais je me sens parfaitement bien.

— Le virus n'est pas encore actif. Il le deviendra au retour de la flotte de pêche, dans deux matins. Selon nos lois, tout le monde doit donner son avis sur une telle question — même les hommes. Tous voteront sans doute pour et, d'ici là, nous devions vous retenir. Partez maintenant, alors qu'il fait encore nuit et que personne n'a de soupçons.

— Pourquoi vos compatriotes font-ils ça ? demanda sèchement Joie.

— Pour préserver notre sécurité. Nous sommes peu et nous avons beaucoup. Nous ne voulons pas voir d'étrangers nous envahir. Qu'un seul vienne et parle de nous, d'autres viendront alors, si bien que lorsqu'un rare vaisseau arrive, nous prenons grand soin que jamais il ne reparte.

— Mais alors, dit Trevize, pourquoi nous avertir de partir ?

— Ne m'en demande pas la raison... non, je vais te la dire quand même, puisque je l'entends à nouveau. Ecoute... »

Venant de la chambre voisine, ils entendaient Fallom jouer en sourdine... et avec une douceur infinie.

« Je ne puis souffrir la destruction de cette musique car la jeune fille également est promise à la mort.

— Est-ce pour cela que tu as donné la flûte à Fallom ? demanda sombrement Trevize. Parce que tu savais que tu pourrais la récupérer quand elle serait morte ? »

Hiroko parut horrifiée. « Que nenni, loin de moi pareille idée. Et quand elle m'est en fin de compte venue à l'esprit, j'ai su qu'il ne fallait point agir de la sorte. Pars avec l'enfant, pars avec elle, et emporte la flûte que je ne puisse jamais plus la voir. Une fois de retour dans l'espace, tu ne courras plus aucun danger et, redevenu inactif, le virus qui niche en ton corps finira par mourir avec le temps. En échange, je vous demande à tous de ne jamais parler de cette planète, qu'elle continue de rester ignorée de tous.

— Nous n'en parlerons pas », promit Trevize.

Hiroko leva les yeux. D'une voix plus basse, elle demanda : « Ne puis-je une dernière fois te baiser les lèvres avant que ne t'en ailles ?

— Non, répondit Trevize. J'ai déjà été infecté une fois et ça suffit certainement. » Puis, un peu moins rudement, il ajouta : « Ne pleure pas. Les gens vont te demander pourquoi tu pleures et tu ne sauras quoi leur répondre... Je te pardonne ce que tu m'as fait au vu de tes efforts présents pour nous sauver. »

Hiroko se redressa, essuya soigneusement ses joues du revers de la main, poussa un gros soupir et dit : « Je t'en remercie », avant de repartir bien vite.

« Nous allons éteindre la lumière, proposa Trevize, et attendre un peu. Puis nous partirons... Joie, dites à Fallom de cesser de jouer. N'oubliez pas de prendre la flûte, bien entendu... Ensuite, nous nous dirigerons vers le vaisseau, si nous pouvons le retrouver dans le noir.

— Je vais le retrouver, déclara Joie. J'ai laissé des vêtements à bord, et si peu que ce soit, ils sont également Gaïa. Gaïa n'aura pas de mal à retrouver Gaïa. » Et elle disparut dans sa chambre pour aller récupérer Fallom.

« Pensez-vous, demanda Pelorat, qu'ils soient parvenus à endommager notre appareil pour nous retenir sur leur planète ?

— Il leur manque la technologie pour le faire », dit Trevize sans hésitation. Dès que Joie eut émergé, tenant Fallom par la main, il éteignit les lumières.

Ils restèrent en silence assis dans le noir pendant ce qui leur parut la moitié de la nuit et n'avait sans doute été que la moitié d'une heure. Puis Trevize, doucement et sans bruit, entrouvrit la porte. Le ciel semblait un rien plus couvert mais des étoiles brillaient encore. Haut dans le firmament culminait à présent Cassiopée, avec ce qui était peut-être le soleil de la Terre qui scintillait, éclatant, à son extrémité inférieure. L'air était calme, et il n'y avait pas un bruit.

Prudemment, Trevize sortit, faisant signe aux autres de le suivre. Presque automatiquement, sa main s'était portée sur la crosse de son fouet neuronique. Il était persuadé qu'il n'aurait pas à en faire usage mais...

Joie prit la tête, tenant par une main Pelorat qui tenait à son tour Trevize. De l'autre main, Joie agrippait Fallom qui elle-même tenait sa flûte. Tâtant délicatement le sol du bout du pied dans l'obscurité quasi totale, Joie guida les autres dans la direction où elle percevait, très faiblement, la Gaïa-ité de ses vêtements restés à bord du *Far Star*.

SEPTIÈME PARTIE

TERRE

Chapitre 19

Radioactive ?

85.

Le *Far Star* décolla sans bruit, s'élevant lentement dans l'atmosphère, au-dessus de l'île plongée dans la nuit. En bas, les faibles points lumineux pâlirent puis disparurent et, à mesure que l'atmosphère se raréfiait avec l'altitude, la vitesse du vaisseau s'accrut et les points de lumière dans le ciel devinrent de plus en plus nombreux, de plus en plus éclatants.

Enfin, ils purent contempler dans son ensemble la planète Alpha, dont seul un croissant était illuminé, et ce croissant était largement enveloppé de nuages.

« Enfin, dit Pelorat, je suppose qu'ils ne disposent pas d'une technologie spatiale évoluée. Ils ne peuvent pas nous suivre.

— Je ne suis pas sûr que ça me réconforte des masses », remarqua Trevize, le visage dur, la voix découragée. « Je suis infecté.

— Mais avec un virus dormant.

— Qui peut néanmoins être activé. Ils avaient une méthode pour le faire. Laquelle ? »

Joie haussa les épaules. « Hiroko a dit que laissé inactif, le virus finissait par mourir dans un organisme qui ne lui était pas adapté — ce qui est le cas du vôtre.

— Ah oui ? fit Trevize avec colère. Comment sait-elle ça ? Et pour le coup, comment savoir si la déclaration d'Hiroko n'était pas un pieux mensonge pour se consoler ? Et n'est-il pas envisageable que la méthode d'activation, quelle qu'elle soit, ne puisse être répliquée naturellement ? Une substance chimique particulière, un certain type de rayonnement, un...

un... qui sait quoi ? Je peux brusquement tomber malade et à ce moment, vous trois aussi, vous mourrez. Ou, si cela se produit après que nous aurons débarqué sur un monde habité, il pourrait se déclencher une pandémie vicieuse que des réfugiés iraient répandre dans leur fuite sur d'autres planètes... » Il regarda Joie. « Est-ce que vous pouvez y faire quelque chose ? »

Lentement, Joie hocha la tête. « Pas aisément. Il y a un certain nombre de parasites qui composent Gaïa — des micro-organismes, des vers. Ils jouent un rôle salutaire dans l'équilibre écologique. Ils vivent et contribuent à la conscience globale mais ne dépassent pas leurs limites. Ils vivent sans provoquer de dommages notables. L'ennui, Trevize, c'est que le virus qui vous affecte ne fait pas partie de Gaïa. »

Trevize avait froncé les sourcils : « Vous dites " pas aisément ". Vu les circonstances, pouvez-vous prendre la peine d'essayer, même si c'est difficile ? Pouvez-vous localiser le virus dans mon organisme et le détruire ? Et, en cas d'échec, renforcer au moins mes défenses ?

— Vous rendez-vous compte de ce que vous demandez, Trevize ? Je ne connais pas la flore microscopique de votre organisme. Je serais bien incapable de distinguer dans vos cellules un virus des gènes normaux qui s'y trouvent. Il me serait encore plus difficile de faire la distinction entre les virus auxquels votre corps est accoutumé et ceux dont Hiroko vous a infecté. Je veux bien essayer, Trevize, mais cela risque d'être long et je ne vous garantis pas de réussir.

— Prenez tout votre temps. Essayez.

— Certainement.

— Si Hiroko a dit vrai, Joie, remarqua Pelorat, vous pourriez être en mesure de déceler déjà des virus dont la vitalité semble décroître et, dans ce cas, accélérer le processus.

— Je pourrais le faire, reconnut Joie. C'est une bonne idée.

— Vous n'allez pas faiblir ? demanda Trevize. Vous allez détruire de précieux fragments de vie en détruisant ces virus, vous savez.

— Toujours sardonique, hein ? dit Joie, glaciale. Mais

sardonique ou pas, vous mettez le doigt sur une réelle difficulté. Malgré tout, je peux difficilement ne pas vous donner la prérogative sur les virus. Mais je vais les tuer si j'en ai la possibilité, n'ayez crainte. Après tout, même si je n'ai aucune considération pour vous » — et ses lèvres se plissèrent comme pour réprimer un sourire — « Pelorat et Fallom courent sans doute également un risque et vous aurez peut-être plus confiance en mes sentiments à leur égard qu'au vôtre. Et je me permettrai de vous rappeler que moi aussi, je cours ce risque.

— Je n'ai guère confiance en votre amour pour votre propre personne, grommela Trevize. Vous êtes parfaitement capable de sacrifier votre vie pour quelque motif supérieur. J'accepterai toutefois votre sollicitude pour Pelorat. » Puis il ajouta : « Je n'entends pas la flûte de Fallom. Elle n'est pas bien ?

— Si. Elle dort. Un sommeil parfaitement naturel avec lequel je n'ai rien à voir. Et je vous suggérerais qu'après avoir calculé la trajectoire du Saut vers l'étoile que vous pensez être le soleil de la Terre, nous en fassions tous de même. J'ai terriblement besoin de sommeil et je vous soupçonne d'être dans le même cas que moi, Trevize.

— D'accord, si j'y arrive... Vous aviez raison, vous savez, Joie.

— A quel propos ?

— A propos des Isolats. La Nouvelle-Terre n'était pas un paradis, malgré l'impression première. Cette hospitalité, toutes ces démonstrations immédiates et voyantes d'amitié, avaient pour objectif d'endormir notre vigilance, afin d'infecter plus aisément l'un de nous. Et toute leur hospitalité ensuite, les fêtes de ceci ou cela, avaient pour seul but de nous retenir là-bas jusqu'au retour de la flotte de pêche et l'activation du virus. Et ce plan aurait marché, s'il n'y avait pas eu Fallom et sa musique. Là aussi, il se pourrait que vous ayez eu raison.

— Pour Fallom ?

— Oui. Je ne voulais pas qu'elle vienne et sa présence à bord ne m'a jamais réjoui. C'est grâce à vous, Joie, que nous l'avons ici, et c'est elle qui, inconsciemment, nous a sauvés. Et pourtant...

— Et pourtant quoi ?

— Malgré tout, la présence de Fallom me laisse toujours mal à l'aise. J'ignore pourquoi.

— Si ça peut vous réconforter, Trevize, je ne sais pas non plus si l'on doit en laisser tout le crédit à Fallom. Hiroko a mis en avant la musique de Fallom comme une excuse pour commettre ce que les autres Alphans auraient sans doute considéré comme un acte de trahison. Il se peut même qu'elle y ait elle-même cru mais il y avait autre chose dans son esprit, une chose que j'ai vaguement détectée sans pouvoir l'identifier avec certitude, une chose que peut-être elle avait honte de laisser émerger au niveau conscient. J'ai l'impression qu'elle éprouvait un certain penchant pour vous, et n'aurait pas apprécié de vous voir mourir, indépendamment de Fallom et de sa musique...

— Vous le pensez vraiment ? » dit Trevize, esquissant son premier sourire depuis leur départ d'Alpha.

« Oui. Vous devez avoir un certain don avec les femmes. Vous avez persuadé le ministre Lizalor de nous laisser récupérer notre vaisseau et quitter Comporellon, et vous avez contribué à ce qu'Hiroko nous sauve la vie. Rendons à chacun les mérites qui lui sont dus. »

Le sourire de Trevize s'élargit. « Eh bien, si c'est vous qui le dites... Cap sur la Terre, alors. » Il disparut dans le poste de pilotage d'un pas presque allègre.

Pelorat, qui était resté en retrait, remarqua : « Vous êtes parvenue à l'apaiser, en fin de compte, n'est-ce pas, Joie ?

— Non, Pelorat. Je n'ai pas touché un instant à son esprit.

— Vous l'avez certes fait en flattant aussi outrageusement sa vanité masculine.

— D'une manière entièrement indirecte, reconnut la jeune femme avec un sourire.

— Même ainsi, merci quand même, Joie. »

86.

Après le Saut, l'étoile susceptible d'être le soleil de la Terre était encore distante d'un dixième de parsec. C'était de loin l'objet le plus brillant du ciel mais ce n'était toujours qu'une étoile.

Maintenant le filtrage pour améliorer le confort visuel, Trevize l'étudia, la mine sombre.

« Il ne fait apparemment aucun doute que c'est virtuellement la jumelle d'Alpha, l'étoile de la Nouvelle-Terre. Pourtant, Alpha est portée sur la carte de l'ordinateur et pas cette étoile-ci. Elle n'a pas de nom, nous n'avons aucune donnée sur elle, ni la moindre information concernant son système planétaire, si elle en possède un.

— N'est-ce pas ce qu'on serait en droit d'attendre si la Terre orbite autour de ce soleil ? remarqua Pelorat. Une telle censure recouperait le fait que toute information sur la Terre semble avoir été éliminée.

— Oui, mais ça pourrait également signifier qu'il s'agit d'un monde de Spatiaux qui se trouve avoir été omis de la liste gravée sur le mur du musée de Melpomenia. Nous ne pouvons être absolument sûrs que cette liste était complète. Ou encore, cette étoile pourrait être dépourvue de planètes et par conséquent ne pas valoir la peine d'être mentionnée sur une carte informatique avant tout destinée à un usage militaire et commercial... Janov, existe-t-il une légende quelconque indiquant que le soleil de la Terre se trouverait à un parsec tout au plus de son double stellaire ? »

Pelorat hocha la tête. « Je suis désolé, Golan, mais aucune légende semblable ne me vient à l'esprit. Il peut toutefois en exister. Ma mémoire n'est pas parfaite. Je vais faire des recherches.

— Ce n'est pas important. Le Soleil de la Terre a-t-il un nom particulier ?

— Plusieurs noms apparaissent. Je suppose qu'il devait en exister un dans chacune des langues de la Terre.

— J'oublie toujours que la Terre connaissait de nombreuses langues.

— Forcément. Quantités de légendes ne s'expliquent qu'ainsi.

— Bon, alors, qu'est-ce qu'on fait ? demanda Trevize, avec humeur. A cette distance, on ne peut rien dire du système planétaire et il faut se rapprocher. J'aimerais être prudent sans pour autant tomber dans l'excès inverse puisque rien n'indique *a priori* un éventuel danger. On peut imaginer qu'une force assez puissante pour éliminer de la Galaxie toute information concernant la Terre le soit également assez pour nous éliminer aussi, même à cette distance, si les Terriens ne voulaient pas être repérés... mais pour l'instant rien ne s'est produit. Il serait toutefois idiot de rester indéfiniment ainsi, sous le simple prétexte qu'il pourrait arriver quelque chose si jamais nous approchions, non ?

— J'imagine que c'est l'ordinateur qui ne détecte rien qui puisse être interprété comme dangereux, dit Joie.

— Quand je dis que rien n'indique *a priori* un éventuel danger, je me repose sur l'ordinateur. Je ne décèle certainement rien à l'œil nu. Je n'y comptais pas.

— Alors, je suppose que vous cherchez simplement un soutien avant de prendre ce qui vous paraît une décision risquée. Eh bien, d'accord. Je vous suis. Nous ne sommes pas venus de si loin pour faire demi-tour sans la moindre raison, non ?

— Non, reconnut Trevize. Qu'en dites-vous, Pelorat ?

— Je suis tout prêt à continuer, ne serait-ce que par curiosité. Il serait insupportable de s'en retourner sans savoir si nous avons ou non découvert la Terre.

— Eh bien, dans ce cas, nous sommes tous d'accord.

— Pas tous, dit Pelorat. Il reste Fallom. »

Air surpris de Trevize : « Etes-vous en train de suggérer qu'on consulte l'enfant ? De quelle valeur serait son opinion, si tant est qu'elle en ait une ? En outre, son seul désir sera de regagner sa planète natale.

— Pouvez-vous le lui reprocher ? » contra Joie avec chaleur.

Et parce que la question de Fallom avait été soulevée, Trevize prit conscience du son de la flûte en train de jouer une marche assez entraînante.

« Ecoutez-la, dit-il. Mais où a-t-elle bien pu entendre un rythme pareil ?

— Peut-être que Jemby lui jouait à la flûte des airs de marche. »

Trevize hocha la tête. « J'en doute. Des danses, plutôt, des berceuses... Ecoutez, Fallom me met mal à l'aise. Elle apprend trop vite.

— Mais je l'aide, dit Joie. Ne l'oubliez pas. Et de plus, elle est très intelligente et a subi d'extraordinaires stimulations depuis qu'elle est avec nous. Elle s'est trouvé l'esprit submergé de nouvelles sensations. Elle a vu l'espace, découvert des mondes nouveaux, rencontré plein de gens, tout cela pour la première fois. »

Le rythme de la marche jouée par Fallom devint plus frénétique, de plus en plus baroque et barbare.

Trevize poussa un soupir. « Enfin, elle est là et nous joue une musique qui semble respirer l'optimisme et le plaisir de l'aventure. J'y vois son vote favorable à notre approche de la Terre. Avançons donc, avec prudence, et allons examiner de plus près le système planétaire de ce soleil.

— S'il en a un », observa Joie.

Trevize eut un discret sourire. « Il y en a un. J'en prends le pari. Choisissez votre mise. »

87.

« Vous avez perdu, fit Trevize, distraitement. Combien aviez-vous misé, finalement ?

— Rien du tout. Je n'ai jamais accepté le pari.

— C'est aussi bien. De toute façon, je n'aurais pas voulu accepter l'argent. »

Ils étaient à quelque dix milliards de kilomètres du soleil. Il avait toujours un aspect stellaire mais était près de quatre mille fois moins éclatant que le soleil moyen vu de la surface d'une planète habitable.

« On peut déjà voir sous grossissement deux planètes, annonça Trevize. D'après la mesure de leur diamètre et le spectre de la lumière réfléchie, ce sont manifestement deux géantes gazeuses. »

Le vaisseau était nettement en dehors du plan de l'écliptique et Joie et Pelorat qui contemplaient l'écran par-dessus l'épaule de Trevize virent devant eux deux minuscules croissants de lumière verdâtre. Le plus petit apparaissait dans une phase légèrement plus épaisse.

« Janov ! s'exclama soudain Trevize. On dit bien, n'est-ce

pas, que le soleil de la Terre posséderait quatre géantes gazeuses ?

— S'il faut en croire les légendes, oui, dit Pelorat.

— La plus proche serait la plus grosse et la suivante immédiate aurait des anneaux. Exact ?

— De grands anneaux proéminents, Golan. Oui. Cela dit, mon bon, vous devez tout de même tenir compte de l'exagération inhérente à la répétition d'une légende. Même si nous ne trouvons pas de planète dotée d'un système d'anneaux extraordinaire, je ne crois pas qu'il faille y voir un indice sérieux contre notre hypothèse.

— En tous les cas, les deux que nous distinguons en ce moment doivent être les deux plus éloignées et les deux plus proches se trouvent peut-être de l'autre côté du soleil, et trop loin encore pour être facilement localisables sur le fond stellaire. Nous allons devoir nous approcher — et dépasser le soleil pour passer en face.

— La manœuvre peut-elle s'effectuer à proximité de la masse de l'étoile ?

— Avec un minimum de précaution, c'est faisable par l'ordinateur, j'en suis sûr. S'il juge le danger trop grand, toutefois, il refusera de nous faire bouger, et dans ce cas, nous en serons réduits à progresser prudemment, par étapes plus courtes. »

Il commanda mentalement l'ordinateur — et le champ stellaire se modifia sur l'écran. L'éclat de l'étoile s'était nettement accru puis celle-ci sortit du champ comme l'ordinateur, suivant les instructions, balayait le ciel à la recherche d'une autre géante gazeuse. Recherche couronnée de succès.

Les trois témoins se raidirent, les yeux écarquillés, tandis que l'esprit de Trevize, que la surprise laissait presque pantois, tâtonnait pour demander à la machine d'augmenter le grossissement.

« Incroyable », fit Joie, dans un souffle.

88.

Une géante gazeuse était apparue, sous un angle tel qu'elle était presque entièrement illuminée par le soleil. Autour d'elle s'incurvait un anneau de matière, large et brillant, orienté de telle sorte que le soleil tombait sur la face visible. Il était plus lumineux que la planète elle-même et, sur sa largeur, au tiers en allant vers la planète, apparaissait le trait d'une fine division.

Trevize ordonna le grossissement maximum et l'anneau se divisa en annelets, étroits et concentriques, scintillants sous le soleil. Seule une portion du système d'anneaux était visible sur le moniteur et la planète elle-même était sortie du champ. Nouvelle instruction de Trevize et, dans un coin de l'écran, apparut en incrustation une vue en miniature de la planète et de ses anneaux sous un grossissement inférieur.

« Ce genre de chose est-il commun ? demanda Joie, fascinée.

— Non, répondit Trevize. Presque toutes les géantes gazeuses possèdent des anneaux de débris. Mais ils ont tendance à être étroits et pâles. J'en ai vu un jour une dont les anneaux étaient étroits mais très lumineux. En revanche, je n'ai jamais rien observé de comparable ; je n'en ai pas non plus entendu parler.

— C'est à l'évidence la géante aux anneaux qu'évoquent les légendes. Si elle est réellement unique...

— Réellement unique, pour autant que je sache, pour autant que sache l'ordinateur.

— Alors, c'est obligatoirement le système planétaire qui contient la Terre. Il est évident que personne n'irait inventer une telle planète. Il faut l'avoir vue pour pouvoir la décrire.

— Je suis désormais prêt à croire tout ce que pourront raconter vos légendes, Janov. Ceci est la sixième planète et la Terre serait la troisième, n'est-ce pas ?

— Exact, Golan.

— Alors, je remarque que nous devons être à moins d'un milliard et demi de kilomètres de la Terre, et que nous n'avons pas encore été stoppés. Gaïa nous avait arrêtés quand nous approchions.

— Vous étiez alors plus près de Gaïa, observa Joie.

— Ah ! dit Trevize, mais j'ai idée que la Terre est plus puissante que Gaïa, et cela me paraît de bon augure : si nous ne sommes pas interceptés, cela peut signifier que la Terre ne voit pas d'objection à notre approche.

— Ou qu'il n'y a pas de Terre, nota Joie.

— Vous voulez parier, ce coup-ci ? » demanda Trevize, l'air mécontent.

Pelorat s'interposa : « Je crois que Joie veut dire que la Terre pourrait être radioactive comme chacun semble s'accorder à le penser, et que si personne ne nous arrête c'est qu'il n'y a pas de vie sur Terre.

— Non, fit Trevize, avec violence. Je veux bien croire tout ce qu'on raconte sur la Terre sauf ça. Nous allons foncer vers elle et en juger par nous-mêmes. Et j'ai comme l'impression qu'on ne nous stoppera pas. »

89.

Les géantes gazeuses étaient loin derrière. Il y avait une ceinture d'astéroïdes juste à l'intérieur de l'orbite de la géante la plus proche du Soleil (cette géante était bien la plus grande et la plus massive, conformément aux légendes).

A l'intérieur de la ceinture d'astéroïdes orbitaient quatre planètes.

Trevize les étudia avec soin. « La plus grosse est la troisième. La taille est appropriée, ainsi que la distance au Soleil. Elle pourrait être habitable. »

Pelorat crut déceler une touche d'incertitude dans les propos de Trevize.

Il demanda : « Possède-t-elle une atmosphère ?

— Oh oui, dit Trevize. Les seconde, troisième et quatrième planètes ont toutes les trois une atmosphère. Et, comme dans le vieux conte pour enfants, celle de la seconde est trop dense, celle de la quatrième pas assez, mais la troisième est parfaite.

— Croyez-vous alors qu'il pourrait s'agir de la Terre ?

— Croire ? » Trevize explosa presque. « Je n'ai pas à croire. C'est bel et bien la Terre. Elle a le satellite géant dont vous m'avez parlé.

— Elle l'a ? » Et le visage de Pelorat se fendit d'un large sourire comme jamais encore Trevize n'en avait vu.

« Absolument ! Tenez, regardez au grossissement maximal. »

Pelorat vit deux croissants, dont l'un était nettement plus grand et plus brillant que l'autre.

« Le plus petit, c'est le satellite ?

— Oui. Il est situé plutôt plus loin de la planète qu'on pourrait l'escompter, mais il est sans aucune discussion en orbite autour d'elle. Il n'a que la taille d'une petite planète ; en fait, il est plus petit que n'importe laquelle des quatre planètes intérieures. Malgré tout, il reste de grande dimension pour un satellite : au moins trois mille kilomètres de diamètre, ce qui le range dans la gamme des plus gros satellites en orbite autour des géantes gazeuses.

— Pas plus ? » Pelorat semblait déçu. « Alors, ce n'est pas un satellite géant ?

— Mais si. Un satellite avec un diamètre de deux à trois mille kilomètres en orbite autour d'une énorme géante gazeuse est une chose. Le même satellite, en orbite autour d'une petite planète tellurique habitable, en est une autre, entièrement différente. Le diamètre du satellite avoisine le tiers de celui de la Terre. Où avez-vous déjà entendu mentionner une telle quasi-parité impliquant une planète habitable ?

— Je connais bien peu de chose en ce domaine, avoua timidement Pelorat.

— Alors, croyez-moi sur parole, Janov. C'est un cas unique. Nous sommes en train de contempler ce qui est pratiquement une planète double et rares sont les planètes habitables à avoir autre chose que de vulgaires cailloux en guise de satellites... Janov, si vous considérez cette géante gazeuse avec son énorme système d'anneaux, située en sixième position, et cette planète avec son satellite énorme, à la troisième — l'une et l'autre citées par vos légendes, à l'encontre de toute crédibilité, avant qu'on les ait sous les yeux —, alors la planète que vous contemplez doit nécessairement être la Terre. Je ne vois pas ce que ça pourrait être d'autre. Nous l'avons trouvée, Janov ; nous l'avons trouvée ! »

90.

Ils étaient au second jour de leur lente dérive vers la Terre, et Joie bâillait sur l'assiette de son dîner : « J'ai l'impression que nous avons passé plus de temps à nous approcher et nous éloigner des planètes qu'à faire quoi que ce soit d'autre. On y a littéralement passé des semaines.

— En partie, reconnut Trevize, parce que les Sauts effectués trop près d'une étoile sont dangereux. Et dans le cas présent, si nous progressons très lentement, c'est parce que je n'ai pas envie de me précipiter trop vite vers un possible danger.

— J'avais cru comprendre que vous aviez l'impression qu'on ne serait pas arrêté.

— Effectivement, mais je n'ai pas envie de tout risquer sur une simple impression. » Trevize contempla le contenu de sa cuillère avant de l'enfourner dans sa bouche puis remarqua : « Vous savez, je regrette le poisson qu'on mangeait sur Alpha. Nous n'avons pris que trois repas là-bas.

— Quelle misère, reconnut Pelorat.

— Eh bien, fit Joie, nous avons visité cinq planètes et dû chaque fois les quitter si vite que nous n'avons jamais eu l'occasion de compléter nos rations et d'y introduire de la variété. Même quand ces mondes avaient des vivres à nous offrir, comme ç'a été le cas de Comporellon et d'Alpha, et sans doute de... »

Elle n'acheva pas sa phrase car Fallom, levant soudain la tête, la finit pour elle : « Solaria ? Vous n'avez pas pu y embarquer de vivres ? Ce monde regorge de ressources alimentaires. Autant qu'Alpha. Et de meilleure qualité.

— Je le sais, Fallom, dit Joie. On n'a tout simplement pas eu le temps. »

Fallom la dévisagea, l'air solennel. « Reverrai-je jamais Jemby, Joie ? Dis-moi la vérité.

— Tu pourras, si nous retournons sur Solaria.

— Retournerons-nous jamais sur Solaria ? »

Joie hésita. « Je ne saurai dire.

— Pour l'instant, nous nous dirigeons vers la Terre, c'est

ça ? N'est-ce pas la planète dont vous avez dit que nous sommes tous originaires ?

— Dont nos *aïeux* sont originaires, rectifia Joie.

— Je sais dire " ancêtres ", nota Fallom.

— Oui, nous allons vers la Terre.

— Pourquoi ?

— Qui n'aurait pas envie de voir le monde de ses ancêtres ? » répondit Joie, d'un ton léger.

« Je crois que ce n'est pas la seule raison. Vous semblez tous si préoccupés.

— Mais personne ne s'y est encore jamais rendu. On ne sait à quoi s'attendre.

— Je crois qu'il y a plus que ça. »

Joie sourit. « Tu as fini de manger, Fallom chérie, alors pourquoi ne pas regagner ta cabine et nous offrir une petite sérénade sur ta flûte ? Tu joues de mieux en mieux, tu sais. Allez, va, va. » Elle lui donna une petite tape sur le postérieur et Fallom partit, ne se retournant qu'une fois pour gratifier Trevize d'un regard songeur.

Ce dernier la considérait avec une répulsion manifeste. « Cette chose sait-elle lire les esprits ?

— Ne la traitez pas de " chose ", Trevize, fit Joie, cassante.

— Sait-elle lire les esprits ? Vous devriez être en mesure de le dire.

— Non, elle n'en est pas capable. Pas plus que Gaïa. Pas plus que les Seconds Fondateurs. Lire dans les esprits au sens où l'on surprend une conversation, ou bien discerner des idées précises, reste encore en dehors du domaine du possible aujourd'hui ou dans un avenir prévisible. Nous pouvons détecter, interpréter et, dans une certaine mesure, manipuler les émotions, mais cela n'a strictement rien à voir.

— Comment savez-vous qu'elle est incapable de faire ce qui est supposé impossible ?

— Parce que, comme vous venez de le remarquer, je devrais être en mesure de le dire.

— Peut-être qu'elle vous manipule pour que vous restiez ignorante du fait qu'elle en est capable. »

Joie leva les yeux au ciel. « Soyez raisonnable, Trevize. Même si elle possédait ces capacités peu communes, elle ne pourrait rien contre moi car je ne suis pas Joie, je suis Gaïa. Vous l'oubliez sans cesse. Vous rendez-vous compte de l'inertie mentale que représente une planète entière ? Croyez-vous qu'un seul Isolat, si talentueux soit-il, puisse surmonter pareil obstacle ?

— Vous ne savez pas tout, Joie, alors pas d'excès de confiance, fit Trevize, maussade. Nous ne sommes pas avec cette ch... avec *elle* depuis très longtemps. Moi-même, je n'aurais pu, dans le même délai, qu'apprendre les rudiments d'une langue, et elle parle le galactique à la perfection et manie un vocabulaire pratiquement complet. Oui, je sais que vous l'avez aidée, mais justement j'aimerais que vous arrêtiez.

— Je vous ai dit que je l'aidais, mais également qu'elle était redoutablement intelligente. Assez intelligente pour que j'aie envie de l'intégrer à Gaïa. Si la chose est possible ; si elle est encore assez jeune ; nous pourrions en apprendre suffisamment sur les Solariens pour absorber finalement la totalité de leur monde. Cela pourrait nous être fort utile.

— Avez-vous songé que les Solariens sont des Isolats à un degré pathologique, même selon mes critères ?

— Ils ne le resteraient pas, une fois intégrés à Gaïa.

— Je crois que vous vous trompez, Joie. Je crois que cette enfant solarienne est dangereuse et que nous devrions nous en débarrasser.

— Comment ? On la jette par le sas ? On la tue, on la découpe et on la congèle pour améliorer notre ordinaire ?

— Oh, Joie ! fit Pelorat.

— C'est dégoûtant, et de plus, totalement déplacé », ajouta Trevize. Il prêta l'oreille un instant. Le concert de flûte se poursuivait, sans hésitation ni interruption, et ils avaient parlé à mots couverts. « Quand tout ceci sera terminé, il faudra retourner sur Solaria et nous assurer que cette planète reste à jamais coupée du reste de la Galaxie. Personnellement, j'inclinerais pour qu'on la détruise. Je me méfie de ce monde, il me fait peur. »

Joie réfléchit quelques instants avant de répondre : « Trevize, je sais que vous avez le don de parvenir aux bonnes décisions, mais je sais également que depuis le début, Fallom vous est antipathique. Je soupçonne que c'est parce que vous avez été humilié sur Solaria et que vous en avez conçu en réaction une haine violente à l'égard de la planète et de ses habitants. Puisque je ne dois pas influer sur votre esprit, je ne saurais l'affirmer avec certitude. Mais je vous ferai toutefois remarquer que si nous n'avions pas pris Fallom avec nous, nous serions en ce moment même sur Alpha — morts et, je suppose, enterrés.

— Je le sais, Joie, mais malgré tout...

— Et l'on doit admirer son intelligence, pas l'envier.

— Je ne l'envie pas. Je la crains.

— Son intelligence ? »

Trevize s'humecta les lèvres, pensif. « Non, pas exactement.

— Quoi, alors ?

— Je ne sais pas. Joie, si je savais ce que je crains, ça ne me ferait peut-être pas peur. C'est une chose que moi-même, je ne comprends pas parfaitement. » Sa voix décrut, comme s'il se parlait à lui seul. « La Galaxie me donne l'impression d'être envahie de choses que je ne comprends pas. Pourquoi ai-je choisi Gaïa ? Pourquoi dois-je trouver la Terre ? Y a-t-il une hypothèse cachée dans la psycho-histoire ? Si oui, laquelle ? Et pour couronner le tout, pourquoi Fallom me met-elle mal à l'aise ?

— Malheureusement, dit Joie, je n'ai pas de réponse à ces questions. » Elle se leva et quitta la cabine.

Pelorat la regarda sortir puis remarqua : « Les choses ne sont certainement pas entièrement noires, Golan. Nous nous approchons de plus en plus de la Terre et une fois que nous l'aurons atteinte, tous ces mystères seront peut-être résolus. Et jusqu'à présent rien ne semble devoir nous empêcher de l'atteindre. »

Trevize tourna vers Pelorat un regard vacillant et lui dit, d'une voix sourde : « J'en viens à souhaiter le contraire.

— Non ? Pourquoi donc ?

— Franchement, je serais ravi de déceler un signe de vie. »

Pelorat écarquilla les yeux. « Avez-vous en fin de compte découvert que la Terre était radioactive ?

— Pas exactement. Mais elle est chaude. Un peu plus que je n'aurais escompté.

— C'est mauvais signe ?

— Pas obligatoirement. Elle peut être plus chaude que prévu sans pour autant être inhabitable. La couverture nuageuse est épaisse et manifestement formée de vapeur d'eau, de sorte que ces nuages, couplés à une copieuse masse océanique, pourraient tendre à maintenir un milieu vivable malgré les températures calculées à partir des émissions infrarouges. Je ne peux toutefois pas encore me prononcer avec certitude. C'est simplement que...

— Oui, Golan ?

— Eh bien, si la Terre était radioactive, cela pourrait alors expliquer qu'elle soit plus chaude que prévu.

— Mais la réciproque n'est pas nécessairement vraie, n'est-ce pas ? Qu'elle soit plus chaude que prévue n'implique pas fatalement qu'elle soit radioactive.

— Non, certes, non. » Trevize parvint à se forcer à sourire. « Inutile de broyer du noir, Janov. D'ici un jour ou deux, je serai en mesure d'en dire plus et nous serons alors définitivement fixés. »

91.

Lorsque Joie pénétra dans la cabine, Fallom était assise sur la couchette, plongée dans ses pensées. Elle leva brièvement les yeux puis baissa de nouveau la tête.

« Qu'y a-t-il, Fallom ? demanda la jeune femme.

— Pourquoi Trevize me déteste-t-il tant, Joie ?

— Qu'est-ce qui te fait croire qu'il te déteste ?

— Il me regarde avec impatience... Est-ce bien le mot ?

— Ça peut l'être.

— Il me regarde avec impatience quand je suis près de lui. Il a toujours une petite grimace.

— Trevize a de gros soucis, Fallom.

— Parce qu'il cherche la Terre ?

— Oui. »

Fallom réfléchit quelques instants puis elle ajouta : « Il est particulièrement impatient lorsque je déplace mentalement quelque chose. »

Joie pinça les lèvres. « Ecoute, Fallom, est-ce que je ne t'ai pas dit qu'il ne fallait pas faire ça, tout particulièrement quand Trevize était là ?

— Eh bien, c'était hier, juste dans cette cabine, il était dans l'embrasure de la porte et je n'ai pas fait attention. Je ne savais pas qu'il regardait. De toute façon, ce n'était qu'un des vidéolivres de Pel que j'essayais de faire tenir sur la tranche. Je ne faisais pas de mal.

— Ça le rend nerveux, Fallom, et je ne veux plus que tu le fasses, qu'il te regarde ou pas.

— Est-ce que ça le rend nerveux parce qu'il ne peut pas le faire ?

— Peut-être.

— Et toi, tu peux ? »

Joie hocha lentement la tête. « Non, je ne peux pas.

— Toi, ça ne te rend pas nerveuse, de ne pas pouvoir. Pel non plus, ça ne le rend pas nerveux.

— Tous les gens sont différents.

— Ça, je sais », dit Fallom, avec une vigueur soudaine qui surprit Joie et lui fit froncer les sourcils.

« Que sais-tu, Fallom ?

— Je suis différente, moi.

— Bien sûr, je viens de le dire. Tous les gens sont différents.

— Ma forme est différente. Je sais déplacer les objets.

— C'est exact. »

Avec un rien d'insubordination, Fallom rétorqua : « Je *dois* déplacer les objets. Trevize ne devrait pas être fâché après moi, et vous ne devriez pas m'en empêcher.

— Mais pourquoi dois-tu le faire ?

— C'est de l'entraînement. De l'exercize — c'est le bon mot ?

— Pas tout à fait. Exercice.

— Oui. Et Jemby disait toujours que je devais entraîner mes... mes...

— Lobes transducteurs ?

— Oui. Et les rendre forts. Comme ça, quand je serais grande, je pourrais commander tous les robots. Même Jemby.

— Fallom, qui commandait tous les robots si ce n'était pas toi ?

— Bander, répondit Fallom, sans nulle émotion.

— Est-ce que tu le connaissais ?

— Bien sûr. Je l'ai visionné plein de fois. Je devais lui succéder à la tête du domaine. Le domaine Bander serait devenu le domaine Fallom. C'est Jemby qui me l'a dit.

— Tu veux dire que Bander avait pénétré dans ton... »

La bouche de Fallom décrivit un rond parfait en une mimique choquée. Elle dit d'une voix étranglée : « Jamais Bander n'aurait... » Le souffle coupé, légèrement haletante, elle reprit : « J'ai *visionné* l'image de Bander.

— Comment Bander te traitait-il ? » demanda Joie, hésitante.

Fallom la considéra d'un œil quelque peu intrigué. « Bander me demandait si j'avais besoin de quoi que ce soit ; si j'étais à l'aise. Mais Jemby était toujours près de moi si bien que je n'avais jamais besoin de rien et que j'étais toujours à l'aise. »

Elle baissa la tête et fixa le plancher. Puis elle plaqua les mains sur ses yeux et dit : « Mais Jemby s'est arrêté. Je crois que c'est parce que Bander... s'est arrêté, lui aussi.

— Pourquoi dis-tu ça ?

— J'y ai réfléchi. Bander alimentait tous les robots et si Jemby s'est arrêté, et tous les autres robots avec, ce doit être parce que Bander s'est arrêté. Ce n'est pas vrai ? »

Joie garda le silence.

Fallom poursuivit : « Mais quand vous me ramènerez sur Solaria, j'alimenterai Bander et tous les autres robots et je serai de nouveau heureuse. »

Elle sanglotait.

« N'es-tu pas heureuse avec nous, Fallom ? demanda Joie. Rien qu'un peu ? De temps en temps ? »

Fallom leva vers Joie son visage maculé de larmes ; et tout en faisant non de la tête, c'est d'une voix tremblante qu'elle répondit : « Je veux Jemby. »

Submergée de compassion, Joie jeta ses bras autour de l'adolescente. « Oh ! Fallom, comme je voudrais pouvoir vous réunir à nouveau, Jemby et toi », et elle découvrit soudain qu'elle pleurait aussi.

92.

Pelorat entra et les trouva ainsi. Il s'arrêta à mi-pas et dit : « Que se passe-t-il ? »

Joie se détacha de l'étreinte de Fallom et chercha un mouchoir à tâtons pour s'essuyer les yeux. Elle hocha la tête et Pelorat répéta aussitôt, avec une inquiétude renouvelée : « Mais enfin, que se passe-t-il ?

— Fallom, dit Joie, repose-toi encore un peu. Je vais réfléchir au moyen d'améliorer les choses pour toi. Et souviens-toi... Je t'aime tout autant que t'aimait Jemby. »

Elle prit Pelorat par le coude et l'entraîna vers le séjour en disant : « Ce n'est rien, Pel... rien du tout.

— C'est Fallom pourtant, non ? Jemby lui manque toujours.

— Terriblement. Et nous ne pouvons rien y faire. Je peux lui dire que je l'aime et, très sincèrement, c'est vrai. Comment ne pas aimer une enfant aussi intelligente et douce ?... Redoutablement intelligente. Trop intelligente, même, estime Trevize. Elle a vu Bander naguère, vous savez, ou plutôt a visionné son image holographique. Ce souvenir toutefois ne l'affecte pas ; elle reste très froide et terre à terre à ce sujet, et je peux comprendre pourquoi. Leur seul lien était le fait que Bander était propriétaire du domaine et que Fallom devait lui succéder. Aucune autre relation.

— Fallom comprend-elle que Bander est son père ?

— *Sa mère.* Si nous sommes convenus que Fallom devait être considérée comme féminine, de même Bander.

— Le raisonnement est valable dans les deux sens, Joie chérie. Fallom a-t-elle conscience de cette relation parentale ?

— Je ne sais pas si elle comprendrait même ce que cela signifie. Cela reste bien sûr possible mais elle n'en a rien trahi. Néanmoins, Pel, elle a su déduire que Bander était mort car elle s'est rendu compte que la désactivation de Jemby devait être la conséquence d'une coupure d'énergie et comme c'était Bander qui la fournissait... Cela me fait peur.

— Pourquoi ? s'étonna Pelorat, songeur. Ce n'est jamais qu'une déduction logique, après tout.

— Cette mort permet de tirer une autre déduction logique : les décès doivent être rares, et fort éloignés les uns des autres sur une planète comme Solaria, avec la longévité et l'isolement de sa population de Spatiaux. L'expérience de la mort naturelle doit être limitée pour chacun d'eux et sans doute totalement absente pour une enfant solarienne de l'âge de Fallom. Si Fallom continue à songer à la mort de Bander, elle peut commencer à s'interroger sur ses raisons, et le fait qu'elle se soit produite quand des étrangers étaient sur la planète va la mener sans aucun doute à raccorder l'effet évident à la cause.

— A savoir que nous avons tué Bander ?

— Ce n'est pas *nous* qui avons tué Bander, Pel. C'est moi.

— Jamais elle ne pourra le deviner.

— Mais je serais bien obligée de le lui dire. Le fait est que Trevize la gêne et il apparaît manifestement comme le chef de l'expédition. Il risque de lui sembler évident qu'il est la cause de la mort de Bander, et comment pourrais-je laisser la faute en retomber injustement sur Trevize ?

— Quelle importance, Joie ? L'enfant n'éprouve aucun sentiment à l'égard de son p... sa mère. Seulement pour son robot, Jemby.

— Mais la mort de sa mère signifie également la mort de son robot. J'ai déjà failli lui avouer toute ma responsabilité. La tentation était forte.

— Pourquoi ?

— Pour que je puisse l'expliquer à ma manière. Pour que je puisse l'apaiser, anticiper sa propre découverte des faits par un raisonnement qui l'amènerait à ne pas y trouver la moindre justification.

— Mais il y en avait bien une. L'autodéfense. En l'espace d'un instant, nous aurions tous été morts si vous n'aviez pas agi.

— C'est ce que je lui aurais dit, mais je n'ai pu me résoudre à l'expliquer. J'ai eu peur qu'elle ne me croie pas. »

Pelorat hocha la tête ; puis il demanda, avec un soupir : « Croyez-vous qu'il aurait mieux valu ne pas l'emmener avec nous ? La situation vous rend si malheureuse.

— Non, dit Joie, pleine de colère, ne dites pas ça. J'aurais été infiniment plus malheureuse si j'avais dû rester ici et me dire que nous avons laissé derrière nous une enfant innocente, destinée à être impitoyablement massacrée à cause de ce que nous avions fait.

— C'est pourtant la méthode sur le monde de Fallom.

— Allons, Pel, ne tombez pas dans le travers de pensée de Trevize. Les Isolats trouvent toujours moyen d'accepter ce genre de choses et de cesser d'y penser. En revanche, la méthode de Gaïa, c'est de sauver la vie, pas de la détruire — ou de rester passive pendant qu'on la détruit. Sous toutes ses formes, la vie, nous le savons tous, est constamment amenée à s'achever pour laisser place à de nouvelles vies, mais ce n'est jamais inutile, jamais vain. La mort de Bander, bien qu'inévitable, était déjà une chose difficile à supporter ; celle de Fallom aurait dépassé toutes les limites.

— Bah, dit Pelorat, je suppose que vous avez raison... Et de toute manière, ce n'est pas le problème des inquiétudes de Gaïa qui m'a amené. C'est Trevize.

— Quoi, Trevize ?

— Joie, ce garçon m'inquiète. Il attend le résultat des analyses sur la Terre et je ne suis pas sûr qu'il soit capable de supporter la tension.

— Je ne me fais pas de souci pour lui. Je le soupçonne d'avoir un esprit solide et stable.

— Nous avons tous nos limites. Ecoutez, la planète Terre est plus chaude qu'il ne l'escomptait ; il me l'a dit. J'ai l'impression qu'il la croit peut-être trop chaude pour abriter la vie, même s'il essaie à l'évidence de se persuader du contraire.

— Peut-être a-t-il raison. Peut-être qu'elle est effectivement trop chaude pour accueillir la vie.

— Il reconnaît également qu'il est possible que la chaleur puisse provenir de la croûte radioactive, mais, là aussi, il se refuse à le croire... D'ici un jour ou deux, nous serons assez proches pour que la question soit définitivement réglée. Et si la Terre se révèle radioactive ?

— Alors, il lui faudra admettre les faits.

— Mais... je ne sais pas comment dire, ou comment le formuler en termes mentaux... Et si son esprit... »

Joie attendit puis, avec une ironie désabusée : « A un fusible qui saute ?

— Oui, c'est ça. Un fusible qui saute. Ne devriez-vous pas faire quelque chose à présent pour l'endurcir ? Le redresser, le remettre en selle, pour ainsi dire ?

— Non, Pel. Je ne veux pas croire qu'il soit à ce point fragile et la décision de Gaïa est ferme : il ne faut pas influer sur son esprit.

— Mais c'est bien là tout le problème. Cette espèce de " justesse de choix " exceptionnelle dont il est doué. Le choc de voir tout son projet réduit à néant à l'instant même où il semblait sur le point d'aboutir avec succès, même s'il ne lui détruit pas le cerveau, pourrait détruire en lui cette faculté si exceptionnelle. Un tel don ne risque-t-il pas également d'être exceptionnellement fragile ? »

Joie demeura quelques instants plongée dans ses pensées. Puis elle haussa les épaules. « Eh bien, peut-être que je vais quand même le garder à l'œil. »

93.

Durant les trente-six heures qui suivirent, Trevize eut vaguement conscience que Joie et, dans une moindre mesure, Pelorat, avaient tendance à ne pas le lâcher d'une semelle. Le fait toutefois n'avait rien de totalement inhabituel dans un vaisseau exigu comme le leur, et il avait d'autres soucis en tête.

Et là, tandis qu'il était assis devant l'ordinateur, il sentit leur présence dans l'embrasure de la porte. Il leva les yeux vers eux, le visage inexpressif.

« Eh bien ? fit-il d'une voix très calme.

— Comment vous sentez-vous, Golan ? demanda Pelorat, un peu gêné.

— Demandez à Joie. Ça fait des heures qu'elle me fixe avec attention. Elle doit me fouiner dans l'esprit... Pas vrai, Joie ?

— Non, absolument pas », répondit l'intéressée d'une voix égale. « Mais si vous croyez avoir besoin de mon aide, je peux essayer... Voulez-vous de mon de aide ?

— Non. Pour quoi faire ? Fichez-moi la paix. Tous les deux.

— S'il vous plaît, dites-nous au moins ce qui se passe, demanda Pelorat.

— Devinez !

— La Terre est-elle...

— Oui, elle l'est. Ce que tout le monde s'est entêté à nous dire se révèle parfaitement exact. » Trevize indiqua du geste le moniteur sur lequel la Terre présentait sa face nocturne, éclipsant le Soleil : un cercle d'un noir total qui se détachait sur le ciel étoilé, avec sa circonférence soulignée par une courbe orange discontinue.

— Cet orange, c'est la radioactivité ? demanda Pelorat.

— Non, simplement la lumière du soleil réfractée par l'atmosphère. Le cercle orange serait ininterrompu si elle n'était pas si nuageuse. On ne peut pas voir la radioactivité. Les diverses radiations, même les rayons gamma, sont absorbées par l'atmosphère. Elles déclenchent toutefois des radiations secondaires, comparativement faibles mais que l'ordinateur sait en revanche détecter. Elles restent toujours invisibles à l'œil humain mais la machine peut produire un photon de lumière visible pour toute onde ou particule radioactive qu'elle reçoit, et recréer ainsi l'image de la Terre en fausses couleurs. Regardez. »

Et le cercle noir s'illumina de vagues taches bleues.

« Quel est le niveau de la radioactivité ? demanda Joie, à voix basse. Suffisant pour indiquer qu'aucune vie humaine n'y est possible ?

— Aucune vie, quelle qu'elle soit, dit Trevize. La planète est inhabitable. La plus infime bactérie, le dernier virus ont disparu depuis longtemps.

— Pouvons-nous l'explorer ? demanda Pelorat. Je veux dire, en scaphandre.

— Quelques heures tout au plus... avant d'être irrémédiablement terrassés par la maladie des radiations.

— Alors, qu'est-ce qu'on fait, Golan ?

— Ce qu'on fait ? » Trevize considéra Pelorat avec le même visage inexpressif. « Savez-vous ce que j'aimerais faire ? J'aimerais vous ramener, vous et Joie — et l'enfant — sur Gaïa et vous y laisser pour toujours. Puis j'aimerais regagner Terminus et restituer le vaisseau. Puis j'aimerais bien démissionner du Conseil, ce qui devrait ravir le maire

Branno. Puis, j'aimerais prendre ma retraite et laisser la Galaxie se débrouiller toute seule. Je me fiche bien du plan Seldon, de la Fondation, de la Seconde Fondation ou de Gaïa. La Galaxie peut bien trouver sa voie toute seule. Elle tiendra encore bien de mon vivant et je ne vois pas pourquoi je devrais me soucier de ce qui peut lui advenir par la suite.

— Vous ne parlez sûrement pas sérieusement, Golan », insista Pelorat.

Trevize le fixa un long moment puis poussa un gros soupir. « Non, mais, ô comme je voudrais pouvoir faire exactement ce que je viens de vous décrire.

— Peu importe. Qu'allez-vous faire *vraiment ?*

— Maintenir le vaisseau en orbite autour de la Terre, me reposer, surmonter le choc, et réfléchir à l'étape suivante. Sauf que...

— Oui ? »

Et Trevize lâcha : « Qu'est-ce que je peux bien faire ensuite ? Où chercher encore ? Que chercher encore ? »

Chapitre 20

Le monde voisin

94.

Durant quatre repas de suite, Pelorat et Joie n'avaient vu Trevize qu'à table. Le reste du temps, il était soit dans le poste de pilotage, soit dans sa cabine. Pendant les repas, il gardait le silence. Ses lèvres restaient hermétiquement closes et il mangeait à peine.

Au quatrième repas toutefois, Pelorat eut l'impression qu'une partie de cette inhabituelle gravité avait quitté Trevize. Pelorat se racla deux fois la gorge, comme s'il s'apprêtait à dire quelque chose, avant de se raviser.

Finalement, Trevize leva les yeux et dit : « Eh bien ?

— Avez-vous... avez-vous réfléchi, Golan ?

— Pourquoi posez-vous la question ?

— Vous semblez moins morose.

— Je ne suis pas moins morose, mais j'ai effectivement réfléchi. Intensément.

— Pouvons-nous connaître le résultat de vos réflexions ? » demanda Pelorat.

Trevize jeta un bref coup d'œil en direction de Joie. Le nez plongé dans son assiette, elle gardait un silence prudent, comme persuadée que Pelorat allait pousser plus loin qu'elle son avantage à ce moment critique.

« Etes-vous également curieuse, Joie ? » s'enquit Trevize.

Elle leva les yeux quelques instants. « Oui. Certainement. »

Fallom donna un coup dans le pied de la table, avec humeur, et demanda : « Alors, on a trouvé la Terre ? »

Joie pressa l'épaule de l'adolescente. Trevize n'avait pas remarqué.

Il expliquait : « Ce qu'il nous faut, c'est partir d'un fait concret. Sur plusieurs planètes, on a supprimé toutes les informations concernant la Terre. Cela doit nous mener à une conclusion inéluctable : quelque chose se dissimule sur la Terre. Et pourtant, la simple observation nous révèle qu'elle est mortellement radioactive, de sorte que tout ce qui peut s'y trouver reste automatiquement inaccessible. Personne ne peut y atterrir et, de la distance où nous nous trouvons, aux confins supérieurs de la magnétosphère — et nous ne risquons pas de descendre plus bas —, nous ne pouvons rien découvrir.

— En êtes-vous si sûr ? demanda doucement Joie.

— J'ai passé mon temps derrière la console, à analyser la Terre sous toutes les coutures. Il n'y a rien. Qui plus est, je le *sens*. Pourquoi, dans ces conditions, toutes les données concernant la Terre ont-elles été effacées ? Il ne fait aucun doute que, quelle que soit la chose qui s'y dissimule, elle est dès lors mieux cachée que quiconque pourrait l'imaginer, et que ce trésor particulier se passe fort bien de gardien humain.

— Il est possible, observa Pelorat, qu'on ait effectivement caché quelque chose sur Terre, à une époque où elle n'était pas encore devenue radioactive au point d'interdire les visites. Les Terriens ont peut-être alors craint que quelqu'un ne vienne sur leur planète et n'y découvre cette chose mystérieuse. C'est *à cette époque* quc la Terre aura cherché à supprimer toute référence la concernant. Tout ce qui nous reste ne serait qu'un écho de ces temps incertains.

— Non, je ne pense pas, dit Trevize. La suppression des informations de la Bibliothèque impériale de Trantor semble être intervenue très récemment. » Il se tourna brusquement vers Joie : « Ai-je raison ?

— Je/nous Gaïa l'avions déduit de l'esprit troublé du Second Fondateur Gendibal, répondit Joie sur un ton égal, lorsque lui, vous et moi avons eu notre rencontre avec le maire de Terminus.

— Donc, la chose mystérieuse qu'il a fallu dissimuler ici parce qu'il existait un risque de la découvrir, doit s'y trouver encore, et le danger de la trouver subsiste *encore* en dépit du fait que la Terre soit radioactive.

— Comment est-ce possible ? demanda Pelorat, impatient.

— Réfléchissez, dit Trevize. Si ce qui se trouvait sur Terre n'y était plus mais avait été déménagé lorsque le danger de radioactivité avait grandi ? Néanmoins, même si le secret ne se trouvait plus sur Terre, le fait de trouver celle-ci pourrait nous permettre de déduire l'endroit où ce secret a été transféré. S'il en était ainsi, le moyen d'accéder à la Terre devrait continuer à rester secret. »

La voix aiguë de Fallom se fit de nouveau entendre : « Parce que si nous ne pouvons pas trouver la Terre, Joie a dit que vous alliez me ramener auprès de Jemby. »

Trevize se tourna vers Fallom, le regard furieux — et Joie dit à voix basse : « Je t'ai dit *peut-être,* Fallom. Nous en reparlerons plus tard. Pour l'instant, tu retournes dans ta cabine, tu lis, tu joues de la flûte, tu fais ce que tu veux. Mais va... va. »

La moue boudeuse, Fallom quitta la table.

Pelorat s'étonna : « Mais comment pouvez-vous dire cela, Golan ? Nous sommes arrivés ici. Nous avons enfin localisé la Terre. Peut-on déduire l'endroit où se trouverait à présent l'objet du mystère, s'il n'est plus sur Terre ? »

Il fallut à Trevize quelques instants pour surmonter l'accès de mauvaise humeur qu'avait provoqué Fallom. Enfin, il répondit : « Pourquoi pas ? Imaginez que la radioactivité de la croûte terrestre empire régulièrement. La population décroît de manière régulière, avec les décès et l'émigration, et le secret, quel qu'il soit, se trouve en danger croissant. Qui restera pour le protéger ? Au bout du compte, il faut donc le transférer sur un autre monde ou son application — quelle qu'elle soit — risque d'être perdue pour la Terre. Je soupçonne d'éventuelles réticences à l'encontre du transfert et il est probable que l'opération sera plus ou moins engagée à la dernière minute... Bien. A présent, Janov, rappelez-vous le vieux bonhomme sur la Nouvelle-Terre, qui vous avait rebattu les oreilles avec sa version de l'histoire terrestre...

— Monolee ?

— Oui. Lui-même. N'a-t-il pas dit, évoquant l'établissement de la Nouvelle-Terre, que les survivants de la population terrienne avaient été transférés sur la planète ?

— Voulez-vous dire, mon bon, que ce que nous cherchons se trouve en ce moment sur la Nouvelle-Terre ? Apporté par les ultimes survivants de la Terre à avoir quitté leur planète ?

— N'est-ce pas envisageable ? La Nouvelle-Terre est à peine plus connue dans l'ensemble de la Galaxie que la Terre originelle, et ses habitants montrent un louche empressement à éloigner les visiteurs venus des autres planètes.

— Nous y sommes allés, intervint Joie. Nous n'avons rien trouvé.

— Mais nous recherchons un objet de technologie avancée, remarqua Pelorat, sur un ton perplexe ; une chose capable de dérober l'information juste sous le nez de la Seconde Fondation et même — excusez-moi, Joie — sous le nez de Gaïa. Ces gens de la Nouvelle-Terre sont peut-être capables de maîtriser le climat sur leur bout d'île, ils ont peut-être quelques techniques d'ingénierie génétique à leur disposition, mais je pense que vous admettrez avec moi que leur niveau technologique reste, dans l'ensemble, fort bas. »

Joie acquiesça : « Je suis d'accord avec Pel.

— Nous jugeons en partant de fort peu, nota Trevize. Nous n'avons jamais vu les hommes de la flotte de pêche. Nous n'avons vu de l'île que le petit secteur où nous avons atterri. Qu'aurions-nous trouvé si nous l'avions explorée plus complètement ? Après tout, nous n'avons pas reconnu les tubes fluorescents avant de les avoir vus allumés, et si leur niveau technologique nous est apparu fort bas, *apparu*, notez-le, je dirai...

— Oui ? » fit Joie, manifestement pas convaincue.

« ... que cela pourrait faire partie du voile jeté sur la vérité afin de l'obscurcir, acheva Trevize.

— Impossible, dit Joie.

— Impossible ? C'est vous-même qui m'avez dit, quand on était encore sur Gaïa, qu'à Trantor, la civilisation la plus importante en nombre était délibérément maintenue dans un état technologique inférieur afin de dissimuler le petit noyau de Seconds Fondateurs. Pourquoi la même stratégie ne s'appliquerait-elle pas sur la Nouvelle-Terre ?

— Suggérez-vous, alors, que nous y retournions, risquant à nouveau l'infection et, cette fois, pour la voir activer ? Les relations sexuelles sont sans aucun doute un mode d'infection particulièrement agréable, mais il se peut que ce ne soit pas le seul. »

Trevize haussa les épaules. « Je ne suis pas pressé de retourner sur la Nouvelle-Terre mais on y sera peut-être contraints.

— Peut-être ?

— Peut-être ! Après tout, il demeure une autre éventualité.

— Laquelle ?

— La Nouvelle-Terre orbite autour d'une étoile que les populations locales appellent Alpha Centauri. Mais Alpha Centauri fait partie d'un système binaire. Si nous appelons Alpha Centauri A l'étoile de la Nouvelle-Terre, son compagnon plus faible serait Alpha Centauri B. Ne pourrait-il pas y avoir également une planète habitable en orbite autour du compagnon ?

— Trop faible, à mon avis, dit Joie en hochant la tête. Cette étoile n'a que le quart de l'éclat d'Alpha Centauri A.

— Faible certes, mais pas trop. Si une planète était assez proche, elle pourrait convenir.

— L'ordinateur indique-t-il quelque chose à ce sujet ? » demanda Pelorat.

Trevize se fendit d'un sourire résolu : « J'ai vérifié. Il y a cinq planètes de taille modérée. Aucune géante gazeuse.

— Et l'une des cinq est-elle habitable ?

— L'ordinateur ne fournit pas la moindre information sur ces planètes, mis à part leur nombre et le fait qu'elles ne sont pas de grande taille.

— Oh », dit Pelorat, abattu.

« Pas de quoi être déçu, observa Trevize. Aucun des mondes spatiaux n'est en mémoire dans l'ordinateur. Les informations sur Alpha Centauri A sont réduites au minimum. Tout cela est délibérément dissimulé et si l'on ne sait presque rien d'Alpha Centauri B, on pourrait alors presque y voir un bon signe.

— Donc, dit Joie, le ton très pratique, votre plan, c'est de visiter Alpha Centauri B et, en cas de résultat négatif, de retourner vers Alpha Centauri A.

— Oui. Et cette fois, lorsque nous toucherons l'île de la Nouvelle-Terre, nous serons préparés. Nous examinerons méticuleusement toute l'île avant de nous poser et, Joie, je compte sur vos facultés mentales pour faire écran... »

C'est à cet instant précis que le *Far Star* fit une légère embardée, comme pris d'un hoquet gigantesque. Aussitôt, Trevize s'écria, partagé entre la colère et la perplexité : « Mais qui est aux commandes ? »

Et à l'instant même où il posait la question, il savait fort bien qui.

95.

Installée devant la console de l'ordinateur, Fallom était complètement absorbée. Elle avait dû étendre complètement ses petites mains aux doigts fins pour les superposer aux empreintes vaguement luminescentes. On aurait cru qu'elles s'enfonçaient dans la matière de la tablette, malgré sa surface manifestement dure et glissante.

Elle avait vu Trevize placer ainsi les mains à de multiples occasions, sans rien faire de plus, bien qu'il lui parût évident que c'était ainsi qu'il pilotait le vaisseau.

A l'occasion, elle l'avait également vu fermer les yeux, elle les ferma donc elle aussi. Après une ou deux secondes, ce fut comme si elle entendait une voix faible et lointaine... lointaine mais qui résonnait dans sa tête, par l'intermédiaire (se rendit-elle compte vaguement) de ses lobes transducteurs. Ils étaient encore plus importants que les mains. Elle se concentra pour distinguer les mots prononcés.

Instructions, disait la machine sur un ton presque implorant. *Quelles sont vos instructions ?*

Fallom ne dit rien. Elle n'avait jamais vu Trevize dire quoi que ce soit à l'ordinateur — mais elle savait ce qu'elle voulait, de tout son cœur : elle voulait revenir sur Solaria, retrouver la réconfortante infinité du domaine, retrouver Jemby... Jemby... Jemby...

Elle voulait aller là-bas et, songeant au monde qu'elle aimait, elle l'imagina, visible sur le moniteur, tout comme elle avait vu d'autres mondes qu'elle ne désirait pas. Elle rouvrit les yeux et fixa l'écran, souhaitant y découvrir autre chose que cette odieuse Terre, puis contemplant ce qu'elle y voyait à présent, s'imaginant que c'était Solaria. Elle détestait cette Galaxie vide qu'on lui avait présentée contre son gré. Les larmes lui vinrent aux yeux et le vaisseau frémit.

Elle décela ce frémissement et oscilla légèrement en réponse.

Puis elle entendit résonner des pas dans la coursive et, lorsqu'elle rouvrit les yeux, les traits déformés de Trevize emplissaient son champ visuel, cachant l'écran qui contenait tout ce qu'elle désirait. Il criait quelque chose mais elle n'y prêta aucune attention. C'était lui qui l'avait arrachée à Solaria en tuant Bander, lui qui l'avait empêchée d'y retourner en ne pensant qu'à la Terre, et elle n'allait pas l'écouter.

Elle allait emmener le vaisseau vers Solaria et, sous la vigueur de sa résolution, la coque frémit de nouveau.

96.

Joie agrippa désespérément le bras de Trevize. « Non ! non ! »

Elle s'accrochait avec force pour le retenir, tandis que Pelorat demeurait figé en retrait, interdit et confus.

Trevize était en train de hurler : « Enlève tes mains de l'ordinateur !... Joie, ôtez-vous de là. Je ne veux pas vous faire mal. »

D'une voix qui semblait presque épuisée, Joie l'avertit : « Pas de violence à l'égard de l'enfant... Je serais obligée de vous faire mal, à vous... malgré tous les ordres. »

Le regard furieux de Trevize passa de Fallom à Joie : « Alors, vous me l'enlevez d'ici, Joie. Tout de suite ! »

Joie le repoussa avec une vigueur surprenante (tirée peut-être, songea-t-il plus tard, de Gaïa).

« Fallom, dit-elle. Lève les mains.

— Non ! piailla l'intéressée. Je veux que ce vaisseau aille sur Solaria. Je veux retourner là-bas ! Là ! » Elle indiquait de la tête le moniteur, refusant de relâcher, ne fût-ce que d'une main, sa pression sur la console.

Mais Joie la saisit aux épaules, et aussitôt l'adolescente se mit à trembler.

La voix de Joie se radoucit : « Maintenant, Fallom, tu dis à l'ordinateur de redevenir comme il était et tu viens avec moi. Viens avec moi. » Ses mains caressaient l'enfant qui s'effondra, secouée de larmes.

Les mains de Fallom quittèrent la console et Joie, la saisissant sous les aisselles, la mit debout. Elle la retourna face à elle, la maintenant fermement contre sa poitrine, et la laissa y étouffer ses sanglots hoquetants.

Puis, s'adressant à Trevize qui se tenait maintenant, interdit, dans l'embrasure : « Dégagez le passage, Trevize, et ne vous avisez pas de nous toucher l'une ou l'autre. »

Trevize s'écarta en hâte.

Joie s'arrêta un instant, pour lui glisser à voix basse : « J'ai dû pénétrer momentanément dans son esprit. Si jamais j'y ai provoqué le moindre dégât, je ne vous le pardonnerai pas aisément. »

Trevize faillit lui dire qu'il se fichait de l'esprit de Fallom comme de la dernière poussière stellaire ; que c'était pour l'ordinateur qu'il s'inquiétait. Mais devant la fureur concentrée dans le regard de Gaïa (car ce n'était pas Joie seule dont l'expression pouvait inspirer l'instant de terreur glaciale qu'il éprouvait), il garda le silence.

Il demeura ainsi muet et figé durant un temps non négligeable après que Joie et Fallom eurent disparu dans leur cabine. Il fallut que ce soit Pelorat qui, de sa voix douce, le tirât de son hébétude : « Golan, vous vous sentez bien ? Elle ne vous a pas fait de mal, n'est-ce pas ? »

Trevize secoua vigoureusement la tête, comme pour éliminer la vague paralysie qui l'affectait encore. « Moi, ça va. La seule question c'est de savoir si lui aussi. » Il s'assit devant la console, les deux mains posées sur les deux empreintes que Fallom avait si récemment encore masquées.

« Eh bien ? » demanda Pelorat, anxieux.

Trevize haussa les épaules. « Il semble répondre normalement. Il y a toujours le risque que je découvre un peu plus tard un truc qui cloche, mais je ne vois rien d'anormal pour l'instant. » Puis, avec plus de colère : « L'ordinateur ne devrait pas pouvoir s'interfacer de manière opérationnelle avec d'autres mains que les miennes, mais dans le cas de cet hermaphrodite, il n'y avait pas que les mains. Il y avait en plus les lobes transducteurs. Je suis certain...

— Mais qu'est-ce qui a fait trembler le vaisseau ? Ça ne devrait pas se produire, n'est-ce pas ?

— Non. C'est un engin gravitique et nous ne devrions pas ressentir ces effets inertiels. Mais ce monstre féminin... » Il s'interrompit, l'air de nouveau furieux.

« Oui ?

— Je la soupçonne d'avoir soumis la machine à des ordres contradictoires, émis chacun avec une telle force que l'ordinateur n'avait d'autre choix que d'essayer de faire les deux choses en même temps. Confronté à une tâche impossible, l'ordinateur a dû momentanément suspendre l'état d'affranchissement de l'inertie du vaisseau. C'est du moins, je crois, ce qui s'est produit. »

Puis son visage parut se détendre. « Et cela pourrait bien ne pas avoir été une mauvaise chose, après tout, car je viens de me rendre compte que tout mon baratin de tout à l'heure sur Alpha Centauri A et B, c'était du pipeau. Je sais à présent où la Terre a dû transférer son secret. »

97.

Pelorat le regarda bouche bée puis ignora son ultime remarque pour revenir à l'énigme antérieure : « En quoi Fallom a-t-elle demandé deux choses contradictoires ?

— Eh bien, elle voulait que le vaisseau retourne vers Solaria.

— Oui, bien entendu, fatalement.

— Mais qu'entendait-elle par Solaria ? Elle serait incapable de la reconnaître depuis l'espace. Elle ne l'a jamais réellement vue de là-haut. Elle dormait quand nous avons quitté sa planète en catastrophe. Et malgré ses lectures dans votre bibliothèque, ajoutées à ce que Joie a pu lui raconter, je doute qu'elle soit vraiment capable d'appréhender la réalité d'une Galaxie composée de centaines de milliards d'étoiles et de millions de planètes habitées. Elevée comme elle l'a été, sous terre, isolée, le seul concept qu'elle parvienne encore à saisir, c'est qu'il existe plusieurs mondes différents — mais combien ? Deux ? Trois ? Quatre ? Pour elle, toute planète qu'elle découvre est susceptible d'être Solaria, et vu la force de son désir, *devient* Solaria. Et puisque je présume que Joie a tenté de la calmer en lui suggérant que si nous ne trouvions pas la Terre, nous la ramènerions sur Solaria, il se peut même qu'elle en ait déduit que sa planète était proche de la Terre.

— Mais comment pouvez-vous dire cela, Golan ? Qu'est-ce qui vous le fait penser ?

— Elle nous l'a pratiquement dit, Janov, quand nous sommes tombés sur elle à l'improviste. Elle a crié qu'elle voulait retourner sur Solaria et puis elle a ajouté : " Là... là ! " en indiquant de la tête le moniteur. Et qu'y avait-il sur l'écran ? Le satellite de la Terre. Il ne s'y trouvait pas lorsque j'ai quitté la machine avant le dîner ; c'était la Terre. Mais Fallom a dû se représenter mentalement le satellite lorsqu'elle a réclamé Solaria, et l'ordinateur, en réponse, s'est par conséquent calé dessus. Croyez-moi, Janov, je sais comment fonctionne cette bécane. Qui mieux que moi le saurait ? »

Pelorat considéra sur l'écran le large croissant lumineux du satellite et remarqua, songeur : « Il est appelé " Lune " dans au moins l'une des langues de la Terre ; " Moon " dans une autre. Il porte encore sans doute quantité d'autres noms... Imaginez la confusion, mon bon, d'un monde aux langues innombrables... les malentendus, la complication, les...

— Lune ? dit Trevize. Eh bien, rien de plus simple, comme nom... Et puis, maintenant que j'y pense, il se pourrait que l'enfant ait voulu, d'instinct, déplacer le vaisseau à l'aide de ses lobes transducteurs, en utilisant la source d'énergie embarquée, ce qui aura contribué à produire cette confusion inertielle momentanée... Mais peu importe, Janov. L'important pour nous, c'est que tout cela nous ait amené cette Lune — oui, ce nom me plaît bien — sur l'écran, en vue agrandie, et qu'elle y soit toujours. Je la regarde maintenant, et je m'interroge...

— Sur quoi, mon ami ?

— Sur sa taille. Nous avons tendance à ignorer les satellites, Janov. Ce sont de si petites choses, quand bien même ils existent. Celui-ci est différent, toutefois. C'est une planète, un monde. Avec un diamètre de près de trois mille cinq cents kilomètres.

— Un monde ? Vous ne pouvez quand même pas lui

attribuer ce nom. Cet astre ne peut pas être habitable. Même avec un diamètre de trois mille cinq cents kilomètres, il est trop petit. Il n'a pas d'atmosphère. Je peux vous le dire rien qu'à le regarder : aucun nuage. Sa courbure sur le fond de l'espace est parfaitement nette, tout comme la courbe intérieure qui délimite les hémisphères éclairé et obscur. »

Trevize hocha la tête. « Mais vous devenez un astronaute chevronné, Janov ! Vous avez raison. Pas d'air, pas d'eau. Toutefois cela signifie simplement que la Lune est inhabitable en surface, sans protection. Mais en dessous ?

— En dessous ? » Pelorat était dubitatif.

« Oui. En dessous. Pourquoi pas ? Les cités de la Terre étaient enterrées, vous me l'avez dit. Nous savons que Trantor également. La majeure partie de la capitale de Comporellon est souterraine. De même que presque toutes les demeures des Solariens. C'est une pratique tout à fait répandue.

— Mais Golan, dans chacun des cas que vous citez, les gens vivaient sur une planète habitable. La surface l'était également, avec une atmosphère et un océan. Est-il possible de vivre sous terre quand la surface est inhabitable ?

— Allons, Janov, réfléchissez ! Où vivons-nous en ce moment même ? Le *Far Star* aussi est un monde minuscule avec une surface inhabitable. Pourtant, nous vivons à l'intérieur dans un parfait confort. La Galaxie est pleine de stations et de colonies spatiales d'une infinie variété, sans parler des astronefs, et tous sont inhabitables, hormis à l'intérieur... Imaginez la Lune comme un gigantesque astronef.

— Avec un équipage à l'intérieur ?

— Oui. Des millions de gens, pour autant qu'on sache ; et des plantes et des animaux ; et une technologie avancée... Ecoutez, Janov, vous ne trouvez pas que ça se tient ? Si la Terre, dans ses derniers jours, a pu envoyer un groupe de colons vers une planète en orbite autour d'Alpha Centauri ; et si, sans doute avec l'aide impériale, ces derniers sont parvenus à la terraformer, ensemencer ses océans, édifier une île là où il n'y avait rien ; la Terre n'aurait-elle pas été capable d'envoyer des hommes sur son satellite pour en terraformer l'intérieur ?

— Je suppose que oui, admit avec réticence Pelorat.

— Evidemment ! Si la Terre avait quelque chose à cacher, pourquoi aller l'expédier à plus d'un parsec de distance, quand on pouvait le dissimuler sur un monde situé à moins d'un cent millionième de la distance d'Alpha Centauri ? Et la Lune constituait une cachette bien meilleure d'un strict point de vue psychologique. Personne n'irait imaginer de la vie sur des satellites. Moi-même, je n'y ai pas songé. Même avec la Lune juste sous le nez, je continuais de battre la campagne du côté d'Alpha Centauri. S'il n'y avait pas eu Fallom... » Il pinça les lèvres, secoua la tête. « Je suppose que je devrais lui en savoir gré. Joie ne manquera pas de me le rappeler si je l'oublie...

— Mais enfin, mon bon, si quelque chose se dissimule sous la surface de la Lune, comment fait-on pour le trouver ? Cela doit représenter des millions de kilomètres carrés de superficie.

— Quarante, en gros.

— Et il faudrait explorer tout ça, en cherchant quoi ? Une ouverture ? Quelque espèce de sas ?

— Présenté ainsi, cela peut sembler une sacrée tâche, mais nous ne recherchons pas simplement des objets, Janov, nous recherchons de la vie ; et qui plus est, une vie intelligente. Et nous avons avec nous Joie, et détecter l'intelligence est son talent, n'est-ce pas ? »

98.

Joie considéra Trevize, l'air accusateur : « Je suis finalement parvenue à la faire s'endormir. Ça n'a pas été sans mal. Elle était littéralement déchaînée. Par chance, je ne crois pas lui avoir fait subir de dommages.

— Vous pourriez déjà tenter de lui retirer sa fixation sur Jemby, dit Trevize, glacial, car je n'ai certainement pas l'intention de jamais retourner sur Solaria.

— Lui retirer sa fixation, comme ça, tout simplement ? Que savez-vous de ces problèmes, Trevize ? Vous n'avez jamais perçu un esprit. Vous n'avez pas la moindre idée de sa complexité. Si vous en connaissiez un minimum sur la question, vous ne parleriez pas de retirer une fixation comme s'il s'agissait simplement de piocher de la confiture dans un pot.

— Eh bien, enfin, au moins l'affaiblir.

— Je pourrais sans doute l'affaiblir très légèrement, au bout d'un mois de délicat détramage.

— Qu'entendez-vous par détramage ?

— Pour qui n'y connaît rien, c'est impossible à expliquer.

— Qu'allez-vous faire avec cette enfant, alors ?

— Je ne sais pas encore ; cela va exiger pas mal de réflexion.

— En ce cas, dit Trevize, laissez-moi vous dire ce que nous allons faire avec le vaisseau.

— Je sais ce que vous allez faire : retourner sur la Nouvelle-Terre et remettre ça avec l'adorable Hiroko si elle promet cette fois de ne pas vous infecter. »

Trevize resta impavide. « Non, justement. J'ai changé d'avis. Nous allons sur la Lune — c'est le nom du satellite, d'après Janov.

— Le satellite ? Parce que c'est ce que vous avez trouvé de plus proche ? Je n'y avais pas songé.

— Moi non plus. Ni personne. Nulle part dans la Galaxie ne se trouve un satellite digne qu'on y songe... mais celui-ci par ses vastes dimensions, est unique. Qui plus est, l'anonymat de la Terre le couvre également. Celui qui ne peut trouver la Terre ne peut pas davantage trouver la Lune.

— Est-elle habitable ?

— Pas en surface mais elle n'est pas radioactive, absolument pas, donc elle n'est pas totalement inhabitable. Elle peut contenir la vie — elle peut même grouiller de vie, en fait — sous sa surface. Et, bien entendu, vous serez en mesure de nous le confirmer, une fois que nous serons assez près. »

Joie haussa les épaules : « J'essaierai... Mais, enfin, qu'est-ce qui vous a donné soudain l'idée d'essayer le satellite ?

— Une chose faite par Fallom lorsqu'elle était aux commandes », répondit tranquillement Trevize.

Joie marqua un temps comme attendant qu'il en dise plus, puis haussa de nouveau les épaules. « Quoi que ce soit, je soupçonne que vous n'auriez pas eu cette inspiration si vous aviez suivi votre impulsion en la tuant.

— Je n'avais pas du tout l'intention de la tuer, Joie. »

Joie agita la main. « D'accord. Soit. Nous dirigeons-nous vers la Lune, en ce moment ?

— Oui. A titre de précaution, je n'avance pas trop vite, mais si tout se passe bien, nous devrions être dans sa banlieue d'ici trente heures. »

99.

La Lune était un désert. Trevize en observait la portion brillamment éclairée qui défilait lentement au-dessous d'eux. C'était un monotone panorama de cirques et de cratères, de zones montagneuses et d'ombres noires contrastant avec la lumière du soleil. Le sol présentait de subtiles variations de teinte et parfois quelques étendues plates de bonne taille, seulement défigurées par de petits cratères.

A mesure qu'ils approchaient de la face nocturne, les ombres s'allongèrent pour finalement se fondre ensemble. Durant un moment, derrière eux, les pics scintillèrent au soleil, telles de grosses étoiles, éclipsant de loin leurs semblables célestes. Puis, ils disparurent et ne resta plus dans le ciel pour éclairer la surface que la lumière plus faible de la Terre, vaste sphère blanc bleuté, un peu plus qu'à moitié pleine. Puis le vaisseau sema la Terre qui, à son tour, s'enfonça sous l'horizon, de sorte qu'au-dessous d'eux l'obscurité était totale, tandis qu'au-dessus ne brillait qu'un faible poudroiement d'étoiles, ce qui, pour Trevize, qui avait grandi sous le ciel vide de Terminus, était déjà un miracle en soi.

Puis de nouvelles étoiles brillantes apparurent devant eux, d'abord juste une ou deux, puis d'autres, s'étendant et se densifiant pour fusionner enfin. Et tout d'un coup ils franchirent le terminateur pour retrouver la face diurne. Le soleil se leva avec une splendeur infernale, tandis que la caméra vidéo s'en écartait aussitôt et cadrait le sol avec un filtre polarisant pour en atténuer l'éclat.

Trevize vit sans peine qu'il serait vain d'espérer découvrir un accès quelconque à l'intérieur habité de la planète (si une telle chose existait) par la simple inspection visuelle de cet astre parfaitement gigantesque.

Il se tourna donc vers Joie qui était installée à côté de lui.

Elle ne regardait pas l'écran ; les yeux clos, elle donnait l'impression d'être affalée, plus qu'assise, sur son siège.

Tout en se demandant si par hasard elle ne s'était pas endormie, Trevize dit doucement : « Détectez-vous autre chose ? »

Joie secoua imperceptiblement la tête. « Non, murmura-t-elle. Il n'y a eu que cette bouffée infime. Vous feriez mieux de me ramener dessus. Saurez-vous où situer cette région ?

— L'ordinateur le sait. »

C'était comme de cadrer une cible, en modifiant la trajectoire jusqu'à ce qu'on l'ait retrouvée. La zone en question était encore nettement plongée dans la nuit et, mis à part la Terre, très bas dans le ciel, qui donnait à la surface entre les ombres une teinte cendreuse et spectrale, ils ne pouvaient rien distinguer, même après qu'ils eurent éteint l'éclairage du poste de pilotage pour accroître la visibilité.

Pelorat s'était approché et, du seuil où il se tenait, anxieux, il leur demanda, dans un murmure rauque : « Avez-vous trouvé quelque chose ? »

Trevize leva la main pour lui intimer le silence. Il observait Joie. Il savait que s'écouleraient des jours avant que la lumière solaire ne revienne éclairer cet endroit sur la Lune, mais il savait également que pour ce qu'elle essayait de détecter elle n'avait besoin d'aucune sorte de lumière.

« C'est là.

— Vous êtes sûre ?

— Oui.

— Et c'est le seul point ?

— Le seul point que j'aie détecté. Avez-vous survolé la totalité de la surface lunaire ?

— Une fraction respectable, en tout cas.

— Eh bien, dans cette fraction respectable, c'est tout ce que j'ai détecté. Le signal est plus fort à présent, comme s'il nous avait également détectés, et il ne semble pas dangereux. L'impression qu'il m'évoque est celle d'un sentiment de bienvenue.

— Vous êtes sûre ?

— C'est l'impression que j'ai.

— L'émetteur pourrait-il simuler ce sentiment ? demanda Pelorat.

— Je détecterais un simulateur, je puis vous en assurer », rétorqua la jeune femme avec un rien de hauteur.

Trevize marmonna quelque chose sur l'excès de confiance puis reprit : « Ce que vous détectez, c'est une intelligence, j'espère.

— Je détecte une intelligence puissante. Excepté... » Une note étrange avait altéré sa voix.

« Excepté quoi ?

— Chut. Ne me troublez pas. Laissez-moi me concentrer. » Ce dernier mot avait été tout juste prononcé du bout des lèvres.

Et puis elle annonça, avec une légère surprise : « Le signal n'est pas humain.

— Pas humain », répéta Trevize, considérablement plus surpris. « Allons-nous encore retrouver des robots ? Comme sur Solaria ?

— Non. » Joie souriait. « Ce n'est pas non plus tout à fait robotique.

— Il faut bien que ce soit l'un ou l'autre.

— Ni l'un ni l'autre. » Elle laissa échapper un petit rire. « Ce n'est pas humain, et pourtant ça ne ressemble à aucun type de robots que j'aie déjà pu détecter.

— J'aimerais bien voir ça », dit Pelorat. Il hochait vigoureusement la tête, les yeux agrandis de plaisir. « Ce serait fascinant. Enfin, quelque chose de neuf !

— Oui, du neuf ! » marmotta Trevize, envahi d'une soudaine bouffée d'optimisme — et un éclair inattendu de perspicacité sembla d'un seul coup lui illuminer l'intérieur du crâne.

100.

Ils dégringolèrent vers la surface lunaire avec une sorte de jubilation. Même Fallom les avait rejoints à présent et, avec l'abandon de la jeunesse, s'étreignait à pleins bras dans son allégresse, comme si elle retournait vraiment sur Solaria.

Quant à Trevize, il sentait en lui un reste de lucidité lui dire qu'il était tout de même étrange que la Terre — ou ce qu'il pouvait en rester, émigré sur la Lune —, la Terre qui avait pris de telles mesures pour éloigner tous les autres, en prît à présent pour les attirer, eux. Le but pouvait-il être le même, dans l'un ou l'autre cas ? Etait-ce un nouvel exemple du « Quand vous ne pouvez plus les éviter, alors attirez-les pour les détruire ». Dans l'une et l'autre hypothèse, le secret de la Terre ne demeurerait-il pas intouché ?

Mais cette pensée se dissipa, noyée dans le flot d'allégresse qui s'accroissait à mesure qu'ils approchaient de la surface lunaire. Et pourtant, au-dessus et au-delà de tout cela, il parvint à se raccrocher à l'instant d'illumination qui l'avait touché juste avant qu'ils n'entament leur plongeon vers la surface du satellite de la Terre.

Il semblait n'avoir aucun doute sur la destination du vaisseau. Ils rasaient à présent le sommet des collines et Trevize, derrière l'ordinateur, n'éprouvait pas le moindre besoin d'agir. C'était comme si lui et sa machine, ensemble, étaient guidés, et il éprouvait une énorme euphorie à se voir déchargé du poids de la responsabilité.

Ils glissaient parallèlement au sol, en direction d'une haute falaise qui se dressait, menaçante comme une barrière, droit devant eux ; une barrière qui luisait vaguement au clair de Terre et dans le faisceau des projecteurs du *Far Star*. L'imminence d'une collision certaine ne semblait pas troubler outre mesure Trevize, et ce fut sans la moindre espèce de surprise qu'il se rendit compte qu'une section de la falaise, juste dans leur trajectoire, venait de s'abattre pour révéler un corridor, brillamment éclairé, qui s'ouvrait droit devant eux.

Le vaisseau ralentit au pas, apparemment de son propre chef et s'introduisit impeccablement dans l'ouverture... il entra... glissa à l'intérieur... L'ouverture se referma derrière lui tandis qu'une autre porte s'ouvrait devant. Le vaisseau la franchit pour pénétrer dans une salle gigantesque qui semblait avoir été creusée à l'intérieur d'une montagne.

Le vaisseau s'immobilisa et tous à bord se ruèrent vers le sas. Pas un, même pas Trevize, ne s'avisa de vérifier si l'atmosphère extérieure était respirable — et si même il y avait une atmosphère.

Il y avait bel et bien de l'air, toutefois. Un air respirable et agréable. Ils regardèrent autour d'eux, avec cette mine satisfaite des gens qui sont finalement parvenus à retrouver leurs pénates, et ce n'est qu'après un moment qu'ils prirent conscience de la présence d'un homme qui attendait poliment qu'ils approchent.

Il était de haute taille, et son expression était grave. Il avait les cheveux couleur bronze et taillés court. Les pommettes étaient larges, l'œil brillant, et le costume rappelait assez le style qu'on voyait dans les livres d'histoire antique. Malgré son air robuste et vigoureux, il émanait de lui comme une lassitude — quelque chose qui ne reposait sur rien de visible, ou plutôt qui ne faisait appel à aucun sens connu.

Fallom avait été la première à réagir. Avec un cri perçant, elle courut vers l'homme, agitant les bras et bramant : « Jemby ! Jemby ! » à perdre haleine.

A aucun moment elle ne ralentit sa course, et lorsqu'elle fut assez près de lui, l'homme se pencha pour l'élever haut dans les airs. Elle lui jeta les bras autour du cou, en sanglots, hoquetant toujours : « Jemby ! »

Les autres approchèrent plus sobrement et Trevize lança, d'une voix lente et claire (se pouvait-il que l'homme entendît le galactique ?) : « Nous vous présentons nos excuses, monsieur, cette enfant a perdu son protecteur et le recherche désespérément. Qu'elle en soit venue à vous confondre avec lui, voilà qui ne laisse pas de nous intriguer, vu qu'elle cherche un robot ; une créature mécan... »

L'homme prit pour la première fois la parole. Sur un ton plus pratique que musical, avec une touche d'archaïsme, mais il s'exprimait en galactique avec une parfaite aisance.

« Soyez les bienvenus en toute amitié », leur dit-il, et il semblait indiscutablement amical, même si son visage continuait à demeurer figé dans son expression grave. « Quant à l'enfant, poursuivit-il, elle montre peut-être une plus grande perspicacité que vous ne l'imaginez, car je suis bien un robot. Je m'appelle Daneel Olivaw. »

Chapitre 21

La quête s'achève

101.

Trevize se retrouva dans un état de totale incrédulité. Il s'était remis de l'étrange euphorie qu'il avait éprouvée juste après l'alunissage — une euphorie, soupçonnait-il à présent, imposée à sa personne par le soi-disant robot qui se tenait là, devant lui.

Trevize le fixait toujours et maintenant qu'il avait l'esprit parfaitement lucide et clair, il était éperdu d'étonnement. Il avait parlé, empli de surprise, discuté, toujours aussi surpris, tout juste compris ce qu'il pouvait dire ou entendre dans ses efforts pour trouver chez cet être qui avait toutes les apparences d'un homme, dans son aspect, son comportement, son élocution, quelque chose qui pût trahir le robot.

Pas étonnant, se dit Trevize, que Joie ait détecté quelque chose qui ne tenait ni de l'humain ni du robot mais qui était, selon les termes mêmes de Pelorat, « quelque chose de neuf ». C'était d'ailleurs aussi bien, jugeait-il, car l'événement avait détourné le cours de ses pensées vers des perspectives beaucoup plus positives, quoique pour l'heure ces préoccupations fussent reléguées à l'arrière-plan.

Joie et Fallom étaient parties explorer les lieux. Sur la suggestion de Joie mais, crut déceler Trevize, non sans un échange de regard, bref comme l'éclair, entre elle et Daneel. Lorsque Fallom refusa, en demandant de rester avec la créature qu'elle persistait à appeler Jemby, un seul mot de Daneel, le ton grave, le doigt levé, suffit à la faire détaler aussitôt. Trevize et Pelorat restèrent.

« Ce ne sont pas des Fondatrices, messieurs », dit le robot, comme si cela expliquait tout. « L'une est Gaïa, et l'autre une Spatiale. »

Trevize garda le silence tandis qu'on les menait sous un arbre, où les attendaient des sièges tout simples. Ils prirent place à l'invitation du robot, et quand ce dernier se fut également assis, avec un mouvement parfaitement humain, Trevize demanda : « Etes-vous réellement un robot ?

— Absolument, monsieur », dit Daneel.

Le visage de Pelorat semblait rayonner de joie : « On trouve dans les anciennes légendes des références à un robot appelé Daneel. Portez-vous ce nom en son honneur ?

— Je suis ce robot, répondit Daneel. Ce n'est pas une légende.

— Oh ! non, dit Pelorat. Si vous étiez ce robot, vous devriez être âgé de milliers d'années.

— Vingt mille », précisa tranquillement Daneel.

Pelorat en resta coi. Il jeta un coup d'œil vers Trevize qui lança, avec un rien de colère : « Si vous êtes un robot, je vous ordonne de dire la vérité.

— Je n'ai pas besoin qu'on me l'ordonne, monsieur. Je suis obligé de dire la vérité. Vous vous trouvez, monsieur, confronté à trois possibilités : ou je suis un homme qui vous ment ; ou je suis un robot programmé pour se croire âgé de vingt mille ans mais qui, en fait, ne l'est pas ; ou je suis un robot bel et bien vieux de vingt mille ans. Vous devez décider quelle hypothèse vous choisissez.

— Le problème se résoudra peut-être au cours de la conversation, dit sèchement Trevize. Tant que nous y sommes, il est difficile de se croire à l'intérieur de la Lune. Ni la lumière » — ce disant, il leva les yeux, car celle-ci, douce et diffuse, était précisément celle d'un soleil voilé, bien qu'il n'y eût nul soleil dans le ciel, lequel ciel d'ailleurs n'était pas non plus clairement visible — « ni la pesanteur ne semblent crédibles. Ce monde devrait avoir en surface une gravité inférieure à 0,2 g.

— La gravité normale en surface serait précisément de 0,16 g, monsieur. Elle est toutefois recréée par les mêmes forces qui vous procurent, à bord de votre astronef, la sensation d'une gravité normale, même quand vous êtes en apesanteur ou en accélération. Les autres besoins en énergie, y compris la lumière, sont assurés selon les mêmes principes, même si nous recourons à l'énergie solaire lorsque c'est plus pratique. Tous nos besoins matériels sont couverts par le sol lunaire, à l'exception des éléments légers — hydrogène, carbone, azote — que la Lune ne possède pas. Nous les obtenons en capturant à l'occasion une comète. Une capture par siècle est plus que suffisante pour couvrir nos besoins.

— J'en déduis que la Terre ne vous sert en rien pour votre approvisionnement.

— Hélas, non, monsieur. Nos cerveaux positroniques sont tout aussi sensibles à la radioactivité que les protéines humaines.

— Vous employez le pluriel et la résidence que nous contemplons ici nous semble vaste, superbe, raffinée... en tout cas, vue de l'extérieur. Il y a donc d'autres êtres sur la Lune. Des hommes ? Des robots ?

— Oui, monsieur. Nous avons sur la Lune une écologie complète, entièrement cantonnée dans ce vaste et complexe ensemble creux. Les créatures intelligentes, cependant, sont toutes des robots, plus ou moins semblables à moi. Vous n'en verrez toutefois aucun. Quant à cette résidence, elle est à mon seul usage et a été construite sur le modèle exact de celle dans laquelle je vivais il y a vingt mille ans.

— Et dont vous vous souvenez en détail, n'est-ce pas ?

— Parfaitement, monsieur. J'ai été construit — et j'ai existé durant un temps, si bref puisse-t-il me sembler, aujourd'hui — sur le monde spatial d'Aurora.

— La planète aux... » Trevize se tut.

« Oui, monsieur. La planète aux chiens.

— Vous êtes au courant ?

— Oui, monsieur.

— Comment se fait-il que vous ayez abouti ici, si vous avez d'abord vécu sur Aurora ?

— Monsieur, c'est pour éviter la création d'une Terre radioactive que je suis venu ici, dans les tout premiers temps de la colonisation de la Galaxie. J'étais accompagné d'un autre robot, du nom de Giskard, capable de percevoir les esprits et de les modifier.

— Comme Joie ?

— Oui, monsieur. Nous avons échoué, en un sens, et

Giskard a cessé de fonctionner. Avant son arrêt, toutefois, il a pu me transmettre son talent et m'a laissé le soin de surveiller la Galaxie ; et la Terre, tout particulièrement.

— Pourquoi particulièrement la Terre ?

— En partie à cause d'un homme du nom d'Elijah Baley, un Terrien.

— C'est le héros culturel dont je vous ai déjà parlé, Golan, intervint Pelorat, tout excité.

— Un héros culturel, monsieur ?

— Ce que veut dire le Dr Pelorat, c'est qu'il s'agit d'une personne à qui l'on attribue quantité de choses, et qui peut être l'amalgame de plusieurs personnages de l'histoire réelle, voire un personnage totalement inventé. »

Daneel réfléchit quelques instants puis dit enfin, d'une voix très calme : « Il n'en est rien, messieurs. Elijah Baley fut un homme bien réel, et il était seul. J'ignore ce que vos légendes disent de lui mais dans l'histoire réelle, jamais la colonisation de la Galaxie n'aurait pu avoir lieu sans lui. En son honneur, j'ai fait de mon mieux pour récupérer ce que j'ai pu de la Terre après qu'elle eut commencé à devenir radioactive. Mes semblables s'étaient répartis dans toute la Galaxie pour s'efforcer d'influencer telle personne ici, telle autre là. A un moment donné, j'ai été l'instigateur d'un projet de recyclage du sol de la Terre. A un autre moment, beaucoup plus tard, j'ai été l'instigateur d'un autre projet, destiné à terraformer une planète en orbite autour d'Alpha Centauri A. Dans l'un et l'autre cas, je n'ai pas vraiment eu de succès. Je n'ai jamais pu parfaitement ajuster l'esprit humain comme je le désirais, car il y avait toujours le risque que j'endommage les divers humains qui étaient ajustés. J'étais lié, voyez-vous, et je le suis encore, par les Lois de la Robotique.

— Oui ? »

Il ne fallait pas avoir les pouvoirs mentaux de Daneel pour déceler de l'incertitude dans ce monosyllabe.

« La Première Loi, monsieur, s'énonce comme suit : " Un robot ne peut blesser un être humain ou, par son inaction, permettre qu'un être humain soit blessé " ; la Seconde : " Un robot doit obéir aux ordres qui lui sont donnés par des êtres humains sauf quand de tels ordres s'opposent à la Première Loi " ; la Troisième : " Un robot doit protéger sa propre existence aussi longtemps qu'une telle protection ne s'oppose pas à la Première et à la Deuxième Loi. " Naturellement, je vous les cite avec l'approximation du langage humain. En réalité, elles représentent de complexes configurations mathématiques de nos synapses positroniques.

— Ne trouvez-vous pas difficile de vous conformer à ces Lois ?

— J'y suis obligé, monsieur. La Première Loi est un absolu qui m'interdit presque totalement d'user de mes talents mentaux. Lorsqu'on a affaire à toute la Galaxie, il y a peu de chances qu'une action quelconque prévienne totalement le mal. Il y aura toujours un certain nombre de personnes, un grand nombre peut-être, qui souffriront qu'un robot doive minimiser le mal. Pourtant, la complexité des options est telle qu'opérer un tel choix exige du temps, et que même alors, on n'a jamais aucune certitude.

— Je vois très bien, dit Trevize.

— Tout au long de l'histoire galactique, poursuivit Daneel, j'ai essayé d'améliorer les pires aspects des querelles et des désastres qui affligent en permanence la Galaxie. J'ai pu réussir à l'occasion, dans une certaine mesure, mais si vous connaissez votre histoire de la Galaxie, vous aurez noté que ces succès furent rares, et limités.

— Ça au moins, je le sais, dit Trevize avec un sourire désabusé.

— Juste avant sa fin, Giskard conçut une Loi de la Robotique qui supplantait même la première. Nous l'avons appelé la " Zéroième Loi ", faute de pouvoir imaginer un autre nom logique. La Zéroième Loi s'énonce ainsi : " Un robot ne peut pas blesser l'humanité ou, par son inaction, permettre que l'humanité soit blessée. " Cela signifie automatiquement que la Première Loi doit être modifiée comme suit : " Un robot ne peut pas blesser un être humain ou, par son inaction, permettre qu'un être humain soit blessé, sauf quand cela s'oppose à la Zéroième Loi. " Et des modifications similaires doivent être apportées aux Seconde et Troisième Lois. »

Trevize plissa le front. « Comment pouvez-vous décider de ce qui risque ou non de nuire à l'humanité prise dans son ensemble ?

— Précisément, monsieur, dit Daneel. En théorie, la Zéroième Loi constituait la réponse à nos problèmes. En pratique, nous ne pouvions jamais décider. Un homme est un objet concret. On peut évaluer et juger la blessure infligée à un individu. L'humanité, en revanche, est une abstraction. Comment s'y prendre ?

— Je ne sais pas, dit Trevize.

— Attendez, intervint Pelorat. Vous pourriez convertir l'humanité en un organisme unique : Gaïa.

— C'est bien ce que j'ai tenté de faire, monsieur. J'ai manigancé l'établissement de Gaïa. Si l'humanité pouvait être réunie en un seul organisme, elle devenait alors un objet concret, manipulable. Créer un super-organisme ne s'avéra toutefois pas aussi facile que je l'avais espéré. En premier lieu, cela ne pouvait pas intervenir avant que les hommes n'estiment le super-organisme plus que leur individualité, et il me fallait trouver une disposition d'esprit qui l'autorisât. Il me fallut du temps avant que je songe aux Lois de la Robotique.

— Ah ! alors les Gaïens sont bien des robots. Je l'avais soupçonné depuis le début.

— En ce cas, vos soupçons étaient erronés, monsieur. Ce sont des êtres humains mais leur cerveau s'est vu inculquer un équivalent des Lois de la Robotique. Ils doivent estimer la vie — réellement. Pourtant, même après que cela fut réalisé, il subsistait encore un sérieux défaut. Un super-organisme uniquement formé d'êtres humains est instable. Il est impossible à établir. Il faut absolument y ajouter d'autres animaux — puis des plantes, puis le monde inorganique. Le plus petit super-organisme qui soit vraiment stable est une planète entière, et encore, suffisamment vaste et complexe pour être dotée d'une écologie stable. Il a fallu longtemps pour comprendre cela, et ce n'est qu'au cours du siècle dernier que Gaïa a été intégralement instaurée et qu'elle est devenue prête à se répandre sur la Galaxie — et même ainsi, cela va exiger encore un temps fort long. Certes, peut-être pas aussi long, toutefois, que le chemin déjà parcouru, puisque nous connaissons maintenant la règle du jeu.

— Mais vous aviez besoin de moi pour prendre la décision à votre place. C'est cela, Daneel ?

— Oui, monsieur. Les Lois de la Robotique ne me permettraient pas — ni à moi ni à Gaïa — de prendre la décision et de courir le risque de nuire à l'humanité. Et entre-temps, il y a cinq siècles, lorsqu'il semblait que je serais incapable de définir les méthodes pour contourner toutes les difficultés qui se dressaient sur la voie de l'instauration de Gaïa, je me suis rabattu vers le second choix, en contribuant au développement de la science de la psychohistoire.

— J'aurais dû m'en douter, grommela Trevize. Vous savez, Daneel, je commence à croire que vous avez bel et bien vingt mille ans.

— Merci, monsieur.

— Un instant, dit Pelorat. Il me semble discerner quelque chose. Faites-vous vous-même partie de Gaïa, Daneel ? Serait-ce de la sorte que vous étiez au courant de l'existence des chiens sur Aurora ? Par l'entremise de Joie ?

— Dans un sens, monsieur, vous avez raison. Je suis associé à Gaïa, bien que n'en faisant pas partie. »

Trevize haussa les sourcils. « Ça me fait penser à Comporellon, le monde que nous avons visité juste après avoir quitté Gaïa. Ils insistent bien sur le fait qu'ils ne font pas partie de la Confédération de la Fondation mais y sont seulement associés. »

Lentement, Daneel acquiesça. « Je suppose que l'analogie est pertinente, monsieur. Je puis, en tant qu'associé de Gaïa, prendre conscience de ce dont Gaïa est consciente — en la personne de cette femme, Joie, par exemple. Gaïa, cependant, ne peut se rendre compte de ce que je perçois, de sorte que je préserve ma liberté d'action. Cette liberté d'action reste nécessaire jusqu'à ce que Galaxia soit fermement établie. »

Trevize fixa longuement le robot puis demanda : « Et avez-vous utilisé votre perception par l'intermédiaire de Joie pour vous immiscer dans les événements de notre voyage afin de les rendre conformes à vos désirs personnels ? »

Daneel eut un soupir curieusement humain. « Je ne pouvais faire grand-chose, monsieur. Toujours retenu que j'étais par les Lois de la Robotique... Et pourtant, j'ai allégé le fardeau pesant sur l'esprit de Joie, assumant moi-même une petite partie du surcroît de responsabilité, pour lui permettre de s'occuper des loups d'Aurora et du Spatial de Solaria avec plus de promptitude et moins de conséquences négatives pour elle. En outre, j'ai influencé la femme sur Comporellon et celle de la Nouvelle-Terre, par l'entremise de Joie, pour qu'elles vous considèrent d'un œil favorable, afin de vous permettre de poursuivre votre voyage. »

Trevize eut un sourire un peu triste. « J'aurais bien dû me douter que je n'y étais pour rien. »

Daneel accepta la déclaration mais revint sur son triste aspect autodépréciateur. « Bien au contraire, monsieur. Vous y avez contribué pour une part considérable. Chacune de ces deux femmes vous regardait favorablement dès le début. Je n'ai fait que renforcer une pulsion déjà présente — c'est à peu près tout ce qu'il est possible de faire dans le cadre strict des Lois de la Robotique. A cause de ces limitations — ainsi que pour d'autres raisons —, ce n'est qu'au prix d'extrêmes difficultés que j'ai pu vous attirer ici, et encore, indirectement. A plusieurs reprises, j'ai été en grand danger de vous perdre.

— Et maintenant que je suis ici, dit Trevize, que voulez-vous de moi ? Que je confirme ma décision en faveur de Galaxia ? »

Le visage de Daneel, bien que toujours dénué d'expression, parut néanmoins réussir à traduire le désespoir. « Non, monsieur. Cette seule décision ne suffit plus. Si je vous ai attiré ici, du mieux que le permettait mon état actuel, c'est pour une cause bien plus désespérée. Je suis en train de mourir. »

102.

Peut-être était-ce à cause du ton neutre avec lequel Daneel avait dit cela ; ou peut-être parce qu'une existence longue de vingt mille ans ne faisait pas de la mort quelque chose de tragique pour qui est condamné à vivre moins d'un demi pour cent de cette période ; quoi qu'il en soit, Trevize ne ressentit pas la moindre compassion.

« Mourir ? Une machine peut-elle mourir ?

— Je peux cesser d'exister, monsieur. Qualifiez cela du

terme de votre choix. Je suis vieux. Pas un être conscient de la Galaxie, vivant au jour où j'ai reçu la conscience, n'est encore en vie aujourd'hui ; ni organique ni robotique. Moi-même, je manque de continuité.

— Comment cela ?

— Aucun élément physique de mon organisme, monsieur, n'a échappé au remplacement, et pas seulement une fois mais à plusieurs reprises. Rien que mon cerveau positronique a déjà subi cinq remplacements. Chaque fois, le contenu de mon cerveau précédent a été regravé sur le nouveau jusqu'au dernier positron. Chaque fois, ce nouveau cerveau était d'une capacité et d'une complexité plus grandes que l'ancien, ce qui accroissait les possibilités de mémorisation, permettait d'accroître la vitesse de décision et d'action. Mais...

— Mais ?

— Plus le cerveau est évolué et complexe, plus il est instable, et plus il se détériore rapidement. Mon cerveau actuel est cent mille fois plus sensible que le tout premier, sa capacité est dix millions de fois supérieure ; mais alors que mon premier cerveau a tenu plus de dix mille ans, celui-ci n'a que six siècles et il est indiscutablement sénescent. Une fois chaque souvenir de vingt mille ans parfaitement mémorisé et les procédures pour leur rappel parfaitement en place, la capacité du cerveau atteint la saturation. On constate un déclin croissant de la capacité à prendre des décisions ; un déclin encore plus rapide de la capacité d'évaluer les esprits et de les influencer à distances hyperspatiales. Et je ne peux pas non plus concevoir un sixième cerveau. La poursuite de la miniaturisation se heurte au mur infranchissable du principe d'incertitude et tout accroissement de complexité ne ferait qu'entraîner une dégénérescence quasi immédiate. »

Pelorat semblait désespérément troublé : « Mais Daneel, sans aucun doute Gaïa peut-elle continuer sans vous. Maintenant que Trevize a jugé et choisi Galaxia...

— Le processus a tout simplement pris trop longtemps, monsieur », répondit Daneel, comme toujours sans trahir la moindre émotion. « J'ai dû attendre la complète instauration de Gaïa, malgré les difficultés imprévues qui se présentèrent. Le temps de localiser un être humain — monsieur Trevize — capable de prendre la décision clé, il était trop tard. N'imaginez pas, toutefois, que je n'aie pris aucune mesure pour prolonger ma durée de vie. Progressivement, j'ai réduit mes activités, de manière à conserver le maximum de réserve en cas d'urgence. Quand je n'ai plus pu compter sur des mesures actives pour préserver l'isolement du système Terre/Lune, j'en ai adopté des passives. Sur une période étalée sur plusieurs années, les robots anthropomorphes qui avaient travaillé avec moi ont été, un par un, rappelés. Leur ultime tâche avait été de supprimer toutes les références à la Terre dans les archives planétaires. Et sans moi et la panoplie complète de mes collègues robots, il aurait manqué à Gaïa les outils essentiels pour mener à bien le développement de Galaxia en une période de temps non démesurée.

— Et vous saviez tout cela, demanda Trevize, quand j'ai pris ma décision ?

— Largement avant, monsieur, dit Daneel. Gaïa, bien entendu, n'en savait rien.

— Mais alors, dit Trevize avec colère, à quoi bon avoir laissé se développer jusqu'au bout la charade ? Quel intérêt ? Dès que j'ai eu pris ma décision, je suis parti ratisser la Galaxie, à la recherche de la Terre et de ce que je croyais son “ secret ” — sans savoir que le secret, c'était *vous*—, afin de pouvoir confirmer cette décision. Eh bien, ça oui, je l'ai confirmée. Je sais à présent que Galaxia est absolument essentielle — et il se trouve que tout cela n'a servi à rien. Pourquoi n'avez-vous pas pu laisser la Galaxie tranquille — et moi aussi, par la même occasion ?

— Parce que, monsieur, répondit Daneel, je cherchais une issue, et j'ai persisté dans l'espoir d'en trouver une. Je crois l'avoir trouvée. Au lieu de remplacer mon cerveau par un nouveau cerveau positronique, ce qui n'est pas réalisable, je pourrais à la place fusionner avec un cerveau humain ; un cerveau humain n'est pas affecté par les Trois Lois, et non seulement il ajoutera sa capacité au mien, mais il y ajoutera également tout un champ d'aptitudes entièrement nouvelles. C'est pour cela que je vous ai fait venir ici. »

Trevize eut l'air épouvanté. « Vous voulez dire que vous envisagez de fondre un cerveau humain dans le vôtre ? Lui faire perdre son individualité pour vous permettre de réaliser une Gaïa bicéphale ?

— Oui, monsieur. Cela ne me rendrait pas immortel mais me permettrait du moins de vivre assez longtemps pour instaurer Galaxia.

— Et c'est moi que vous avez attiré ici dans ce but ? Vous voulez intégrer mon indépendance à l'égard des Trois Lois, mon sens du jugement, au prix de mon individualité... ? Non !

— Pourtant, vous avez reconnu tout à l'heure que Galaxia était essentielle au bien-être de l'human...

— Même si c'est le cas, son instauration prendra du temps, beaucoup de temps, et je resterai un individu toute ma vie durant. D'un autre côté, si elle devait être instaurée rapidement, la perte d'individualité serait à l'échelle galactique et ma propre perte ne serait jamais qu'une fraction d'un tout inimaginablement plus vaste. En revanche, je ne consentirai certainement jamais à perdre mon individualité quand tout le reste de la Galaxie conserverait la sienne.

— C'est bien ce que je pensais, donc. Votre cerveau ne fusionnerait pas bien et, de toute façon, il se montrera bien plus utile si vous conservez une capacité de jugement indépendant.

— Quand avez-vous changé d'avis ? Vous avez dit que c'était pour opérer la fusion que vous m'aviez attiré ici.

— Oui, et seulement au prix de la totale mise en œuvre de mes possibilités grandement diminuées. Toutefois, quand j'ai dit tout à l'heure : " C'est pour cela que je vous ai fait venir ici ", je vous prierai de noter qu'en galactique classique, le mot " vous " représente le pluriel aussi bien que le singulier. Je faisais allusion à vous tous. »

Pelorat se raidit sur son siège. « Vraiment ? Alors dites-moi, Daneel, est-ce qu'un cerveau humain fusionné dans le vôtre partagerait tous vos souvenirs — cette mémoire de vingt mille ans, remontant jusqu'aux temps légendaires ?

— Certainement, monsieur. »

Pelorat poussa un profond soupir. « Voilà qui comblerait une vie entière de recherche, et c'est une chose pour laquelle je renoncerais volontiers à mon individualité. Laissez-moi, je vous en prie, le privilège de partager votre cerveau.

— Et Joie, alors ? Qu'en faites-vous ? » demanda doucement Trevize.

Pelorat n'hésita qu'un instant : « Joie comprendra. De

toute manière, elle sera mieux sans moi — au bout d'un moment. »

Mais Daneel secoua la tête : « Votre offre, docteur Pelorat, est généreuse, mais je ne puis l'accepter. Votre cerveau est âgé et ne pourra survivre que deux ou trois décennies au mieux, même après avoir fusionné avec le mien. J'ai besoin d'autre chose... Tenez ! » Il pointa le doigt en disant : « Je l'ai rappelée. »

Joie revenait effectivement, le pas léger, tout heureuse.

Pelorat bondit sur ses pieds : « Joie ! Oh non !

— N'ayez pas d'inquiétude, docteur Pelorat. Je ne puis utiliser Joie. Cela me ferait fusionner avec Gaïa or, je dois en rester indépendant, comme je vous l'ai déjà expliqué.

— Mais dans ce cas, reprit Pelorat, qui... »

Et Trevize, apercevant la mince silhouette qui courait après Joie, répondit : « Le robot a voulu Fallom depuis le début, Janov. »

103.

Joie revenait, tout sourire, visiblement dans un état de grand plaisir.

« Nous n'avons pu dépasser les limites du domaine, expliqua-t-elle, mais l'ensemble ma beaucoup rappelé Solaria. Fallom, bien entendu, est convaincue qu'il s'agit bien de Solaria. Je lui ai demandé si elle ne trouvait pas que Daneel avait un aspect différent de Jemby — après tout, Jemby était en métal — et elle m'a répondu : “ Non, pas vraiment. ” Je ne sais pas ce qu'elle entendait par “ pas vraiment ”. »

Elle jeta un regard vers Fallom qui, non loin de là, jouait de la flûte pour un Daneel grave qui hochait la tête en mesure. Le son leur parvenait, ténu, limpide et charmant.

« Vous saviez qu'elle avait emporté la flûte en débarquant du vaisseau ? demanda Joie. J'ai bien l'impression que nous n'arriverons pas de sitôt à la séparer de Daneel. »

La remarque fut accueillie par un pesant silence et Joie regarda les deux hommes, aussitôt inquiète : « Que se passe-t-il ? »

Trevize fit un petit signe en direction de Pelorat. A lui de décider, après tout, semblait-il dire.

Pelorat se racla la gorge et répondit : « A vrai dire, Joie, je crois que Fallom va rester définitivement avec Daneel.

— Tiens donc ? » L'air renfrogné, Joie fit mine de se diriger vers Daneel mais Pelorat la saisit par le bras. « Joie chérie, vous ne pouvez pas. Il est plus fort que Gaïa, même encore maintenant, et Fallom doit rester avec lui si Galaxia doit se concrétiser. Laissez-moi vous expliquer... et, Golan, reprenez-moi, je vous en prie, si jamais je me trompe. »

Joie écouta son compte rendu, l'air de plus en plus défait et désespéré.

Tentant de raisonner froidement, Trevize observa : « Vous voyez la situation, Joie : L'enfant est une descendante de Spatiaux et Daneel a été conçu et fabriqué par des Spatiaux. Elle a été élevée par un robot, sans connaître rien d'autre, sur un domaine aussi vide que celui-ci. Elle possède des pouvoirs de transduction dont Daneel aura besoin. et elle va vivre trois ou quatre siècles, ce qui pourrait être la durée requise pour la construction de Galaxia. »

Joie répondit, les joues en feu et l'œil humide : « Je suppose que le robot a manigancé notre périple vers la Terre de manière à nous faire passer par Solaria afin de récupérer l'enfant à son propre usage. »

Trevize haussa les épaules. « Il peut tout simplement avoir tiré parti de l'occasion. Je ne crois pas qu'à l'heure actuelle, ses pouvoirs soient assez puissants pour faire de nous de simples marionnettes à des distances hyperspatiales.

— Non. C'était intentionnel. Il s'est assuré que je me sentirais très attirée par l'enfant, au point de vouloir la prendre avec moi plutôt que de la laisser là-bas se faire tuer ; de vouloir la protéger, même contre vous, quand vous ne montriez que ressentiment et mépris à l'égard de sa présence.

— Daneel pourrait tout aussi bien s'être contenté de renforcer un tantinet votre éthique gaïenne, j'imagine... Allons, Joie, vous n'avez rien à y gagner. Supposons simplement que vous puissiez emmener Fallom. Où pourriez-vous la conduire où elle serait aussi heureuse qu'elle l'est à présent ? La ramener sur Solaria, pour qu'elle s'y fasse sans nul doute impitoyablement tuer ; sur quelque planète surpeuplée, pour la voir s'étioler et mourir ; sur Gaïa, où elle se rongerait le cœur de regret en pensant à Jemby ; dans un voyage sans fin à travers la Galaxie, pour qu'à chaque nouvelle planète, elle s'imagine avoir retrouvé sa Solaria ? Et quelle solution de remplacement proposeriez-vous à Daneel pour que puisse se poursuivre l'édification de Galaxia ? »

Joie garda tristement le silence.

Pelorat lui tendit une main, un rien timide. « Joie, lui dit-il, je me suis porté volontaire pour que mon cerveau soit fusionné avec celui de Daneel. Il n'a pas voulu le prendre sous prétexte, a-t-il dit, que j'étais trop vieux. Je regrette, car cela vous aurait épargné Fallom. »

Joie lui prit la main et l'embrassa. « Merci, Pel, mais le prix serait trop élevé, même pour Fallom. » Elle prit une profonde inspiration, tenta un sourire. « Peut-être, lorsque nous aurons regagné Gaïa, pourra-t-on trouver dans l'organisme global une petite place pour un enfant de moi — et j'introduirai Fallom dans les syllabes de son nom. »

Et là, comme si Daneel avait compris que l'affaire était réglée, ils le virent se diriger vers eux, Fallom sautillant à ses côtés.

L'adolescente se mit à courir et les atteignit la première. Elle lança : « Merci, Joie, de m'avoir ramenée chez moi, auprès de Jemby, et pour t'être occupée de moi pendant que nous étions à bord. Je ne t'oublierai jamais. » Puis elle se jeta dans les bras de Joie et toutes deux s'étreignirent. « J'espère que tu seras toujours heureuse. Je ne t'oublierai pas non plus, Fallom chérie », répondit Joie avant de la relâcher à contrecœur.

Fallom se tourna vers Pelorat : « Merci à vous aussi, Pel, pour m'avoir permis de lire vos vidéolivres. » Puis, sans un mot de plus, et avec une trace d'hésitation, la fine main de petite fille se tendit vers Trevize. Il la saisit un instant, puis la lâcha.

Il marmotta : « Bonne chance, Fallom.

— Je vous remercie tous, messieurs et madame, dit Daneel, pour ce que vous avez fait, chacun à sa manière. Libre à vous de repartir maintenant, car votre quête est achevée. Quant à ma propre mission, elle aussi va prendre fin, très bientôt, et cette fois avec succès. »

Mais Joie intervint : « Attendez, nous n'en avons pas encore tout à fait fini. Nous ne savons toujours pas si Trevize reste encore d'avis que le futur de l'humanité doive passer par Galaxia, en opposition avec un vaste conglomérat d'Isolats.

— Il y a déjà longtemps qu'il s'est clairement exprimé là-dessus, madame, observa Daneel. Il a opté pour Galaxia. »

Joie pinça les lèvres. « J'aimerais mieux l'entendre de sa bouche... Quel est votre choix, Trevize ?

— Lequel aurait votre préférence, Joie ? rétorqua tranquillement l'interpellé. Si je n'opte pas pour Galaxia, vous pourrez récupérer Fallom...

— Je suis Gaïa, dit Joie. Je dois connaître votre choix, et ses raisons, pour le seul amour de la vérité.

— Dites-lui, monsieur, pressa Daneel. Votre esprit, comme le sait Gaïa, demeure intact.

— Mon choix est pour Galaxia, répondit enfin Trevize. Je n'ai plus de doute à ce sujet. »

104.

Joie demeura figée, le temps de compter lentement jusqu'à cinquante, comme si elle attendait que l'information atteigne toutes les parties de Gaïa, puis elle demanda : « Pourquoi ?

— Ecoutez-moi, dit Trevize. Je savais depuis le début qu'il y avait deux futurs possibles pour l'humanité : Galaxia, ou bien le Second Empire du plan Seldon. Et il m'a semblé que ces deux futurs possibles s'excluaient mutuellement. Nous ne pouvions avoir Galaxia sans que, pour quelque raison, le plan Seldon ne se révélât posséder quelque faille fondamentale.

« Malheureusement, je ne savais rien du plan Seldon, à part les deux axiomes sur lesquels il se fonde : primo, que soit impliquée une quantité d'êtres humains suffisamment vaste pour permettre un traitement statistique de l'humanité sous la forme d'un groupe d'individus interagissant de manière aléatoire ; et secundo, que l'humanité reste dans l'ignorance des résultats des conclusions psychohistoriques, avant que ces résultats aient porté leurs fruits.

« Puisque j'avais déjà opté en faveur de Galaxia, j'ai senti que je devais être conscient, de manière subliminale, des failles du plan Seldon, et que ces failles ne pouvaient que résider dans leurs axiomes, qui étaient la seule chose que j'en connaissais. Malgré tout, je ne voyais rien à leur reprocher, à ces axiomes. Je me suis donc évertué à retrouver la Terre, pressentant qu'elle ne pouvait être aussi bien cachée sans motif. Ce motif, je devais le découvrir.

« Je n'avais aucune raison d'escompter trouver une solution, une fois que j'aurais retrouvé la Terre, mais dans mon désespoir, je ne voyais pas quoi faire d'autre... Et puis, peut-être que le désir de Daneel d'avoir un enfant solarien aura contribué à me motiver.

« En tout cas, nous avons finalement gagné la Terre, puis la Lune, et Joie a alors détecté l'esprit de Daneel qui, bien entendu, cherchait délibérément à l'atteindre. Cet esprit, elle l'a décrit comme ni tout à fait humain ni tout à fait robotique. Rétrospectivement, cela s'est révélé logique, car le cerveau de Daneel est bien plus évolué que celui d'aucun robot, et ne saurait être assimilé à un esprit purement robotique. On ne saurait toutefois le considérer comme humain. Pelorat a évoqué à son sujet " quelque chose de neuf ", et cette remarque a de même servi à déclencher en moi " quelque chose de neuf " : une nouvelle idée.

« Tout comme, autrefois, Daneel et ses collègues ont élaboré une quatrième loi de la robotique plus fondamentale que les trois précédentes, de la même façon, je me suis soudain aperçu que devait exister pour la psychohistoire un troisième axiome plus fondamental encore que les deux précédents ; un troisième axiome tellement fondamental que personne encore ne s'était soucié de le mentionner.

« Le voici. Les deux axiomes que l'on connaît traitent des êtres humains et sont fondés sur le postulat tacite que les êtres humains sont la seule et unique espèce intelligente de la Galaxie, et par conséquent les seuls organismes dont les actes contribuent de manière significative à l'évolution de la société et de l'histoire. Tel est le postulat tacite : qu'il n'existe qu'une seule espèce intelligente dans la Galaxie et que c'est l'*Homo sapiens*. S'il y avait " quelque chose de neuf ", s'il existait d'autres formes d'intelligence de nature totalement différente, alors leur comportement ne serait pas décrit de manière précise par les mathématiques de la psychohistoire et le plan Seldon n'aurait aucun sens. Vous voyez ? »

Trevize en tremblait presque, tant il se voulait convaincant. Il répéta : « Vous voyez ?

— Oui, je vois, dit Pelorat. Mais, si je me fais l'avocat du diable, mon bon...

— Oui ? Allez-y.

— Les hommes sont bel et bien l'unique intelligence de la Galaxie.

— Et les robots ? dit Joie. Gaïa ? »

Pelorat réfléchit un instant puis ajouta, sur un ton hésitant : « Les robots n'ont joué aucun rôle significatif dans l'histoire humaine depuis la disparition des Spatiaux. Gaïa n'en avait encore joué aucun jusqu'à tout récemment. Les robots sont la création de l'homme et Gaïa celle des robots — et l'un comme l'autre, obligatoirement liés qu'ils sont par les Trois Lois, n'ont pas d'autre choix que de se plier à la volonté humaine. Malgré les vingt mille années passées à l'ouvrage par Daneel, malgré le long développement de Gaïa, un seul mot de Golan Trevize, malheureux être humain, pourrait mettre un terme à ce labeur et ce développement. Il s'ensuit donc que l'humanité demeure la seule espèce intelligente significative dans la Galaxie, et donc que la psychohistoire demeure valide.

— La seule forme d'intelligence de la Galaxie, répéta lentement Trevize. Je suis d'accord. Pourtant, nous parlons tant et si souvent de la Galaxie qu'il nous est devenu pratiquement impossible de voir que ça ne suffit pas. La Galaxie n'est pas l'Univers. Il y a d'autres galaxies. »

Pelorat et Joie eurent un frisson de malaise. Daneel écoutait, plein de bienveillante gravité, tout en caressant doucement de la main les cheveux de Fallom.

Trevize poursuivit : « Ecoutez-moi encore un peu. Juste en dehors de notre galaxie se trouvent les Nuages de Magellan, qu'aucun vaisseau humain n'a encore pénétrés. Au-delà, s'étendent d'autres galaxies de petite taille, et — pas si loin que cela — la galaxie géante d'Andromède, plus grande encore que la nôtre. Et encore plus loin, les galaxies se comptent par milliards.

« Notre propre galaxie n'a vu se développer qu'une seule espèce d'intelligence suffisante pour bâtir une société technologique mais que savons-nous des autres ? La nôtre pourrait bien être atypique. Dans certaines autres galaxies — peut-être même dans toutes — il se peut que rivalisent quantités d'espèces intelligentes, en lutte au coude à coude, chacune incompréhensible pour nous autres. Leur rivalité commune constitue peut-être leur seule préoccupation mais qu'en serait-il si, dans quelque galaxie, une espèce assurait sa domination sur le reste des autres et dès lors trouvait le temps d'envisager la possibilité de conquérir d'autres galaxies ?

« Hyperspatialement, la Galaxie est un simple point — de même que tout l'Univers. Nous n'avons visité aucune autre galaxie et, pour autant que je sache, aucune espèce intelligente venue d'une autre galaxie ne nous a jamais rendu visite — mais cet état de fait peut prendre fin un beau jour. Et si les envahisseurs viennent, il y a des chances qu'ils parviennent à dresser une partie des humains contre le reste de l'humanité. Nous n'avons eu pour seul ennemi que nous-mêmes durant si longtemps que nous sommes habitués à de telles querelles intestines. Un envahisseur qui nous trouvera divisés nous dominera tous, ou nous détruira tous. La seule défense possible est de réaliser Galaxia, qu'on ne peut faire se retourner contre elle-même, et qui pourra donc affronter les envahisseurs avec le maximum de force.

— Le portrait que vous brossez est terrifiant, remarqua Joie. Aurons-nous le temps de réaliser Galaxia ? »

Trevize leva la tête, comme s'il voulait pénétrer l'épaisse couche de roche lunaire qui le séparait de la surface et de l'espace ; comme pour se forcer à embrasser toutes ces galaxies lointaines, qui évoluaient, lentes et majestueuses, à travers les inimaginables gouffres du vide spatial.

Il répondit : « Dans tout le cours de l'histoire humaine, à notre connaissance, jamais aucune autre intelligence ne nous a dominés. Cet état de fait n'a qu'à se prolonger encore quelques siècles, peut-être un peu plus qu'un dix-millième de l'âge actuel de notre civilisation, et nous serons alors saufs. Après tout » — et là, Trevize ressentit un soudain tressaillement d'inquiétude, qu'il se contraignit à négliger — « ce n'est pas comme si l'ennemi était déjà présent parmi nous. »

Et il évita de baisser les yeux vers le regard que Fallom — hermaphrodite, transductive, différente — faisait peser, insondable, sur lui.

Table

EXTRAIT DU CATALOGUE
« Présence du Futur »

263. R. A. Lafferty .... *Lieux secrets et vilains messieurs*
264. Alain Dorémieux .... *Promenades au bord du gouffre*
265. Pierre Pelot .... *Canyon Street*
266. Clifford D. Simak........... *Héritiers des étoiles*
267. Joe Haldeman............... *En mémoire de mes péchés*
268. Ray Bradbury .... *La colonne de feu*
269. Jean-Pierre Andrevon .... *Dans les décors truqués*
270. Algis Budrys .... *Michaelmas*
271. Maxim Jakubowski .... *Galaxies intérieures 2*
272. Ray Bradbury .... *Un dimanche tant bien que mal*
273. Jean-Marc Ligny .... *Temps blancs*
274. Bob Shaw .... *Qui va là ?*
275. Stan Barets .... *Catalogue des âmes et cycles de la science-fiction*
276. John Varley.................. *Dans le palais des rois martiens*
277. John Varley.................. *Persistance de la vision*
278. Richard Cowper .... *La route de Corlay*
279. Maxim Jakubowski .... *Vingt maisons du zodiaque*
280. Philippe Curval.............. *La forteresse de coton*
281. Michael Moorcock .... *La fin de tous les chants*
282. Philippe Curval.............. *Le dormeur s'éveillera-t-il ?*
283. James Tiptree Jr .... *Par-delà les murs du monde*
284. Jean-Pierre Andrevon .... *Compagnons en terre étrangère 1*
285. Bruce Sterling............... *La baleine des sables*
286. Patrice Duvic .... *Poisson pilote*
287. Frederick Turner .... *Mars aux ombres sœurs*
288. Stanislas Lem .... *Retour des étoiles*
289. Jean-Marc Ligny .... *Biofeedback*
290. Thomas Disch................ *Sur les ailes du chant*
292. Chelsea Quinn Yarbro ...... *Fausse aurore*
293. Jean-Pierre Andrevon .... *Compagnons en terre étrangère 2*
294. Charles Duits .... *Ptah Hotep 1*
295. Charles Duits .... *Ptah Hotep 2*
296. Michel Grimaud .... *Malakansâr*
297. Pierre Pelot .... *La guerre olympique*
298. John Varley.................. *Titan*
299. Kate Wilhelm .... *Quand Somerset rêvait*
300. Serge Brussolo .... *Vue en coupe d'une ville malade*
301. Isaac Asimov .... *Jusqu'à la quatrième génération*
302. Dominique Douay .... *Impasse-temps*
303. Lino Aldani.................. *Éclipses 2000*
304. Michael Moorcock .... *Légendes de la fin des temps*
305. Philippe Curval.............. *Regarde, fiston, s'il n'y a pas un extraterrestre derrière la bouteille de vin*
306. Orson Scott Card .... *Une planète nommée Trahison*
307. Philip Goy .... *Faire le mur*
308. John Varley.................. *Sorcière*
309. Kate Wilhelm .... *Le temps des genévriers*
310. Jean-Pierre Andrevon .... *L'oreille contre les murs*
311. Stanislas Lem .... *Les voyages électriques d'Ijon Tichy*
312. Brian Aldiss .... *Nouveaux venus, vieilles connaissances*
313. Richard Cowper .... *Le réseau des mages*

314. Arkadi et Boris Strougatski .. *Stalker*
315. Serge Brussolo .... *Aussi lourd que le vent*
316. Wolfgang Jeschke .... *Le dernier jour de la création*
317. Philip K. Dick .... *Siva*
318. Christine Renard et Claude Cheinisse .... *A la croisée des parallèles*
319. Maxim Jakubowski .... *Galaxies intérieures 3*
320. Jean-Pierre Andrevon .... *Neutron*
321. Gene Wolfe .... *L'ombre du bourreau*
322. Joe Haldeman .... *Rêves infinis*
323. Alain Dorémieux .... *Couloirs sans issue*
324. Roger Zelazny .... *Repères sur la route*
325. Michel Grimaud .... *La dame de cuir*
326. J. G. Ballard .... *Salut l'Amérique*
327. Elisabeth Vonarburg .... *Le silence de la cité*
328. Chelsea Quinn Yarbro ...... *Ariosto Furioso*
329. Philippe Curval .... *L'odeur de la bête*
330. Stanislas Lem .... *Contes inoxydables*
331. Dominique Douay .... *Le monde est un théâtre*
332. Gregory Benford .... *Un paysage du temps 1*
333. Gregory Benford .... *Un paysage du temps 2*
334. Serge Brussolo .... *Sommeil de sang*
335. Yves Fremion .... *Territoires du tendre*
336. Emmanuel Jouanne .... *Damiers imaginaires*
337. Orson Scott Card .... *Les maîtres chanteurs*
338. Philip K. Dick .... *L'invasion divine*
339. Pierre Pelot .... *Mourir au hasard*
340. Douglas Adams .... *Guide du routard galactique*
341. Bruce Sterling .... *Le gamin artificiel*
342. John Varley .... *Les mannequins*
343. Daniel Walther .... *Happy end*
344. Jean-Pierre Andrevon et Philippe Cousin .... *L'immeuble d'en face*
345. Gene Wolfe .... *La griffe du demi-dieu*
346. Jean-Marc Ligny .... *Furia!*
347. Walter Tevis .... *Loin du pays natal*
348. Serge Brussolo .... *Portrait du diable en chapeau melon*
349. Orson Scott Card .... *Sonate sans accompagnement*
350. Richard Cowper .... *La moisson de Corlay*
351. Douglas Adams .... *Le dernier restaurant avant la fin du monde*
352. Thomas Disch .... *L'homme sans idées*
353. Kate Wilhelm .... *La mémoire de l'ombre*
354. Kit Reed .... *Des vacances inoubliables*
355. Jean-Pierre Hubert .... *Le champ du rêveur*
356. Philip K. Dick .... *La transmigration de Timothy Archer*
357. Isaac Asimov .... *Fondation foudroyée*
358. Roger Zelazny .... *L'œil de chat*
359. Serge Brussolo .... *Le carnaval de fer*
360. Joseph-Marie Lo Duca ...... *La sphère de platine*
361. Gene Wolfe .... *L'épée du Licteur*
362. Philippe Cousin .... *Mange ma mort*
363. Jean-Pierre Andrevon .... *Il faudra bien se résoudre à mourir seul*
364. Gregory Benford .... *Contre l'infini*
365. Donald Kingsbury .... *Parade nuptiale*
366. Somtow Sucharitkul .... *Mallworld graffiti*
367. Jacques Mondoloni .... *Papa 1er*
368. Scott Baker .... *Nouvelle recette pour canard au sang*

369. Douglas Adams .... *La vie, l'univers et le reste*
370. Michel Grimaud .... *L'arbre d'Or*
371. Richard Cowper .... *Le testament de Corlay*
372. Chelsea Quinn Yarbro ...... *Jacinthes*
373. Jean-Pierre Andrevon et Philippe Cousin .... *Hôpital Nord*
374. Walter Tevis .... *Le soleil pas à pas*
375. Gene Wolfe .... *La citadelle de l'autarque*
376. Jean-Pierre Hubert .... *Les faiseurs d'orages*
377. Thomas Disch .... *Le businessman*
378. John Varley .... *Millenium*
379. Somtow Sucharitkul .... *Lumière sur le détroit*
380. Kate Wilhelm .... *Écoute, écoute*
381. L. Sprague de Camp .... *Le roi entêté*
382. J. G. Ballard .... *Les chasseurs de Vénus*
383. Jean-Pierre Andrevon .... *C'est arrivé, mais on n'en a rien su*
384. Emmanuel Jouanne .... *Ici-Bas*
385. Orson Scott Card .... *Espoir-du-Cerf*
386. René Sussan .... *Les insolites*
387. Philipp Mann .... *L'œil de la Reine*
388. Elisabeth Vonarburg .... *Janus*
389. Joanna Russ .... *Des gens (extra)ordinaires*
390. André Ruellan .... *Mémo*
391. Philippe Curval .... *Debout les morts !*
392. Gregory Benford .... *Dans l'océan de la nuit 1*
393. Gregory Benford .... *Dans l'océan de la nuit 2*
394. Maurice Mourier .... *Parcs de mémoire*
395. Isaac Asimov .... *Au prix du papyrus*
396. Frederik Pohl .... *Les gogos contre-attaquent*
397. Antoine Volodine .... *Biographie comparée de Jorian Murgrave*
398. Daniel Walther .... *Sept femmes de mes autres vies*
399. Somtow Sucharitkul .... *Le trône de folie*
400. John Varley .... *Démon 1*
401. John Varley .... *Démon 2*
402. Kate Wilhelm .... *Bonjour, Chaos*
403. Isaac Asimov .... *Les vents du changement*
404. Ian Watson .... *Le voyage de Tchekhov*
405. Gregory Benford .... *A travers la mer des soleils 1*
406. Gregory Benford .... *A travers la mer des soleils 2*
407. Jacques Barberi .... *Kosmokrim*
408. Richard Cowper .... *Le facteur thitonien*
409. K. W. Jeter .... *Dr Adder*
410. Jouanne/Vernay .... *Dites-le avec des mots*
411. R. A. Lafferty .... *Annales de Klepsis*
412. Jean-Pierre Hubert .... *Ombromanies*
413. Antoine Volodine .... *Un navire de nulle part*
414. Scott Baker .... *Fringales*
415. Jean-Claude Dunyach .... *Autoportrait*
416. Gwyneth Jones .... *Divine endurance*
417. Jack Dann .... *La Grande Hurle*
418. Rudy Rucker .... *Maître de l'espace et du temps.*
419. John Sladek .... *Tik-Tok*
420. Philippe Curval .... *Comment jouer à l'homme invisible en trois leçons*
421. Patrice Duvic .... *Demain les puces*
423. Michaël Swanwick .... *Le baiser du Masque*
424. Jean-Pierre Andrevon et Philippe Cousin .... *Gare Centrale*

425.	Kim Stanley Robinson	*Les Menhirs de glace*
426.	Bruce Sterling	*La Schismatrice*
427.	Philippe Curval	*Superfuturs*
428.	Philips K. Dick	*Le crâne*
429.	Francis Berthelot	*La ville au fond de l'œil*
430.	Antoine Volodine	*Rituel du mépris*
431.	Rudy Rucker	*Le secret de la vie*
432.	K. W. Jeter	*Le marteau de verre*
433.	Emmanuel Jouanne	*Cruautés*
434.	Marc Laidlaw	*Papa, maman, l'atome et moi*
435.	Lucius Shepard	*Le chasseur de jaguar*
436.	Lucius Shepard	*La fin de la vie*
437.	Walter Jon Williams	*Câblé*
438.	Isaac Asinov	*Terre et Fondation*
439.	Jean-Marc Ligny	*Yurlunggur*
440.	Frederik Pohl	*Les Annales de la Cité 1*
441.	Frederik Pohl	*Les Annales de la Cité 2*
442.	Kate Wilhelm	*La couvée Huysman*
443.	Phillip Mann	*Le maître des Paxwax*
444.	Philip K. Dick	*Radio libre Albemuth*
445.	Frederik Pohl	*L'avènement des chats quantiques*
446.	Jean-Pierre Hubert	*Roulette mousse*
447.	Serge Brussolo	*Procédure d'évacuation immédiate des musées fantômes*
448.	Ian Watson	*Les oiseaux lents*
449.	Gwyneth Jones	*Plans de fuite*
450.	Somtow Sucharitkul	*Le vent des ténèbres*
451.	Bruce Sterling	*Mozart en verres miroirs*
452.	Limite	*Malgré le monde*
453.	Serge Brussolo	*Le château d'encre*
454.	Antoine Volodine	*Des enfers fabuleux*
455.	Garry Kilworth	*Les ramages de la douleur*
456.	Iain Banks	*Entrefer*
457.	Arcadi et Boris Strougatski ..	*L'auberge de l'alpiniste mort*
458.	James Morrow	*Ainsi finit le monde*
459.	Michael Swanwick	*Les fleurs du vide*
460.	Gene Wolfe	*Soldat des brumes*
461.	Roger Zelazny	*Les 9 princes d'Ambre*
462.	Roger Zelazny	*Les fusils d'Avalon*
463.	Roger Zelazny	*Le signe de la Licorne*
464.	Roger Zelazny	*La main d'Obéron*
465.	Roger Zelazny	*Les cours du chaos*
466.	Roger Zelazny	*Les atouts de la vengeance*
467.	Roger Zelazny	*Le sang d'Ambre*
468.	Roger Zelazny	*Le signe du chaos*
469.	Roger Zelazny	*Chevalier des ombres*
470.	Volume à paraître	
471.	Philip K. Dick	*Le grand O*
472.	Robert Sheckley	*Arena*
473.	Jean-Marc Ligny	*D.A.R.K.*
474.	Jacques Sternberg	*188 contes à régler*
475.	Phillip Mann	*La chute des familles*
476.	Lucius Shepard	*Zone de feu*
477.	Jacques Barberi	*Une soirée à la plage*
478.	Walter Jon Williams	*Le souffle du cyclone*
479.	Emmanuel Jouanne	*Le rêveur de chat*
480.	K. V. Jeter	*Instruments de mort*
481.	Ph. K. Dick	*Derrière la porte*

482. Alain Dartevelle .... *Script*
483. James Morrow .... *Le vin de la violence*
484. Philippe Curval............. *Habite-t-on réellement quelque part ?*
485. George Alec Effinger .... *Gravité à la manque*
486. Joël Houssin .... *Argentine*
487. Colette Fayard .... *Les chasseurs au bord de la nuit*
488. Gene Wolfe................ *Le nouveau soleil de Teur, 1*
489. Gene Wolfe................ *Le nouveau soleil de Teur, 2*
490. Robert Silverberg........... *Compagnons secrets*
491. Richard Kadrey .... *Métrophage*
492. Philip K. Dick.............. *Un auteur éminent*
493. Jean-Pierre Andrevon....... *Sukran*
494 Philippe Cousin .... *La solution du fou*
495. Philip K. Dick.............. *Souvenir*
496. Garry Kilworth............. *Roche-Nuée*
497. Philip K. Dick.............. *Au service du maître*
498. Jacques Barberi .... *Narcose*
499. Lino Aldani................ *La maison-femme*
500. Ray Bradbury .... *A l'ouest d'Octobre*
501. Serge Brussolo .... *L'homme aux yeux de napal*
502. A. et B. Strougatski......... *Les vagues éteignent le vent*
503. Emmanuel Jouanne......... *La trajectoire de la taupe*
504. Jean-Pierre Vernay .... *Fragments du rêve*
505. Robert Sheckley............ *Chasseur/victime*
506. Norman Spinrad............ *Les années fléaux*
507. Francis Berthelot .... *Rivage des intouchables*
508. Bruce Sterling.............. *Les mailles du réseau/1*
509. Bruce Sterling.............. *Les mailles du réseau/2*
510. Philip K. Dick.............. *Le voyage gelé*
511. Dominique Douay .... *La fin des temps et après*
512. Joël Houssin .... *Le temps du twist*
513. Howard Waldrop .... *Ces chers vieux monstres*
514. Jacques Barberi .... *Guerre de rien*
515. Gene Wolfe................ *Silhouettes*
516. George Alec Effinger .... *Privé de désert*
517. Garry Kilworth............. *Abandonati*
518. Robert Silverberg........... *L'appel des ténèbres*
519. Mike Resnick .... *Ivoire 1*
520. Mike Resnick .... *Ivoire 2*
521. Ph. K. Dick................ *L'œil de la sibylle*
522. L. Sprague de Camp .... *L'honorable barbare*
523. Jack Womack .... *Terraplane*
524. Bruce Sterling.............. *Cristal express*
525. Donald E. Westlake .... *Anarchoas*
526. Serge Brussolo .... *Le syndrome du scaphandrier*
527. John Varley................ *Champagne bleu*
528. Gene Wolfe................ *Soldat d'aretê/1*
529. Gene Wolfe................ *Soldat d'aretê/2*
530. James Morow .... *Cité de vérité*
531. Jean-Pierre Hubert .... *Cocktail*
532. Colette Fayard .... *Le jeu de l'éventail*
533. Frederick Pohl .... *Plus de vifs que de morts*
534. Jacques Barberi .... *La mémoire du crime*

Achevé d'imprimer en novembre 1992
sur les presses de l'Imprimerie Bussière
à Saint-Amand (Cher)

— N° d'édit. : 3751. — N° d'imp. : 3101. —
Dépôt légal : novembre 1992.
Imprimé en France

3751